한국문학 속의 합천과 이주홍

진창영 외 지음

국학자료원

머리말

　'지역'이란 말의 뜻을 사전에 찾으면 '일정한 땅의 구역이나 경계 또는 그 안의 땅'이라고 적혀있다. 극히 평면적 의미라 할 수 있다. 그런데 여기에다 지역문학, 지역문화, 지역사회 등의 말을 첨가하면 그 의미는 이러한 평면적 의미를 훨씬 넘어선다. 이렇게 되면 어느 특정 공간의 지리, 역사, 문화 등의 다층적 스펙트럼을 갖는 의미가 되고, 이 때 '지역'이란 말은 이미 그 특성과 독자적 고유성을 갖고 있는 개념으로 확장되는 것이다.

　이런 관점에서 본다면 어떤 특정한 '지역' 또는 '장소'란 일견 단순한 '공간'의 개념으로 여겨질 수 있으나 알고 보면 그것만이 아님을 알 수 있다. 다시 말해 여기에는 '시간'이 깃들어 있고, 이 시간은 다시 '역사'가 되고 역사는 다시 '인물'이 된다. 역사는 사람이 만드는 것이기 때문이다. 그리하여 역사와 인물은 다시 특정 지역과 장소 위에서 이루어지는 것으로 순환된다. 여기서 이 '지역'과 '장소'의 지형적 지정학적 영향은 바로 역사와 인물에 결정적 영향을 미친다. 따라서 특정 지역과 장소 안에서의 역사와 인물은 곧 그 지역의 '문화'라는 이름으로 살아나는 것이다.

　이런 관점에서 합천이라는 특정 지역은 역사 지리적 관점으로는 우리 고대사에서 삼국시대 통일로 나아가는 한 분기점으로서의 의미에서부터 시작하여 산과 강이 조화된 경남 서부지방 자연환경의 지리적 특성을 갖고 있다. 따라서 이 책은 크게 합천과 관련된 '한국문학', '아동문학' 그리고 '이주홍' 이 세 주제를 중심으로 다루어진 글들로 이루어져 있다. 아울러 이 모두는 지역문화라는 현상으로 연결되므로 또 하나의 주제가 되었다.

이 책은 지역 문학·문화를 주제로 하여 두 번의 학술행사 결과를 정리하고 수정 보완하여 펴내는 것이다. 지난 2007년 8월과 금년 2012년 6월에 열렸던 학술대회가 그것이다. 다시 말해 이 책은 합천이라는 특정 지역과 관련하여 지역문학과 문화 그리고 이 곳이 배출한 이주홍이라는 걸출한 작가를 주제로 하여 2회에 걸쳐 개최한 학술행사를 한 결과물인 셈이다. 2007년에 발표되었던 원고 4편과 2012년에 발표되었던 원고 8편을 주제별로 묶고 다시 정리하여 책으로 펴낸다. 아울러 두 번의 학술대회 역시 처음부터 이 지역 출신 학자들의 지역사랑(?)에 의한 주제의 기획에 의하여 이루어진 것이었음도 밝힌다.

이 저술은 우리나라 특정 지역의 문학을 주제로 한 학술 논저란 점에서 감히 '처음'이다. 이것이 우리 문학과 예술·문화사에 새롭게 일어나는 하나의 작은 시발이 되었으면 참 좋겠다. 참다운 지방자치가 뿌리내리고 지역문화가 풍요로와지고 나아가 나라 전체의 문화가 수준 높아지려면 이렇듯 지역에서부터 바람이 일어나야 하고, 이러한 진지한 논의에 대한 경청과 이에 대한 전폭적인 지원이 있어야 한다. 이런 점에서 합천군과 이주홍기념사업회의 자세에 경의를 표하면서 또한 지속되기를 바란다.

합천이라는 경남 서부 특정 지역의 문학과 문화에 특별히 관심을 주시고 이에 대한 학술적 접근을 마다 않고 흔쾌히 응하여 발표와 원고를 주신 전국 대학의 여러 국문학 전공 선생님들께 감사의 뜻을 전한다. 아울러 향파이주홍선생기념사업회 이정일 회장과 사무국장, 하창환 합천군수를 비롯한 관계자 여러분께 지면을 통하여 감사의 마음을 전한다.

2012년 11월 편집자 씀

차례

| 머리말

1부 한국문학과 합천 문학 · 어린이문학

합천 지역시의 흐름 | 박태일 ································· 013

　1. 들머리　013
　2. 근대 시기의 형성과 정착　014
　3. 현대 시기의 분화　028
　4. 마무리　044

한국 소설과 합천지역 | 진창영 ································· 050

　1. 머리말　050
　2. 합천 출신 작가의 작품 배태 장소로서의 합천 : 작가적 관점　052
　3. 작품 소재로서의 합천의 역사적 · 문학적 의미 : 작품소재적 관점　064
　4. 마무리　076

**1930년대 한국 계급주의 소년소설과
『소년소설육인집』 | 박태일** ································· 079

　1. 들머리　079
　2. 글쓴이의 됨됨이　083
　3. 무산소년 수용의 세 길　092
　4. 마무리　115

삼국사기 열전 죽죽설화의 문학성 | 진창영 ····················· 121

1. 서론 121
2. 삼국사기 열전의 문학성 : 허구와 사실, 문학과 역사 사이 124
3. 설화의 갈래와 주제 131
4. 인물의 성격 134
5. 서사적 구조 143
6. 결론 146

2부 한국문학과 향파 이주홍의 길

한국 아동문학의 전통과 이주홍의 문학세계 | 원종찬 ··············· 153

1. 머리말—키워드 '현실'과 '재미' 153
2. 한국 아동문학의 역사적 성격 155
3. 이주홍 아동문학의 특질 162
4. 맺음말—이주홍의 문학적 유산 181

시대적 코드와 희극성 : 이주홍 소설의 형상화 방법 | 노지승 ····· 186

1. 이주홍 문학의 특수성 186
2. '완구상(玩具商)'의 내면과 생활의 수락 190
3. 만화적 상상력과 희극성 197
4. 공유된 코드로서의 시사성 205
5. 결론 210

일제강점기 이주홍의 프롤레타리아 아동문학연구 | 윤주은 ······ 213

  1. 들어가기　213

  2. 마키모토 쿠스로의 아동문학이론의 개괄　216

  3. 마키모토 아동문학이론의 역할과 한계　237

  4. 이주홍의 아동문학이론　241

  5. 동요이론　259

  6. 동화이론　269

  7. 나오며　282

이주홍의「탈선 춘향전」과「춘향전」연구 | 김재석 ·················· 289

  1. 서론　289

  2.「탈선 춘향전」: 세태풍속 희극 추구　292

  3.「춘향전」: 합리적인 춘향전의 추구　303

  4. 결론　314

이주홍『이조문학개관』의 특징과 의의 | 이강옥 ·················· 317

  1. 서론　317

  2. 책의 서술 체제　319

  3. 조선시대 문학사의 전개에 대한 구상　323

  4. 갈래 · 작가 · 작품의 선택과 평가의 특징　328

  5.『이조문학개관』의 한계와 의의　338

3부 합천 문화 전략의 방향성

복합미디어 시대의 문화전략과 영상콘텐츠 기지로서의 합천 | 허혜정 …………… 345

1. 서론 345
2. 스토리노믹스 전략 : 합천을 테마로 한 애니메이션 개발 348
3. 애니메이션 개발의 단계와 활용방안 355
4. 결론 364

합천 '이주홍어린이문학관'의 운영과 발전 방향 | 최영호 ………… 367

1. 들어가는 말 367
2. 어린이의 삶과 세계, 어떻게 볼 것인가? 369
3. 이주홍어린이문학관, 무엇이 문제인가? 379
4. 이주홍어린이문학관, 감동적인 대안은 없는가? 385
5. 맺음말 398

합천 지역 설화의 스토리텔링 방안과 그 실제 | 정태규 외 4인 … 402

1. 들어가며 402
2. 합천 지역 설화 문학의 현황 405
3. 합천 지역 설화의 스토리텔링의 실제 406
4. 나오며 452

1부

한국문학과 합천 문학 · 어린이문학

합천 지역시의 흐름 | 박태일

한국 소설과 합천지역 | 진창영

1930년대 한국 계급주의 소년소설과 『소년소설육인집』 | 박태일

삼국사기 열전 죽죽설화의 문학성 | 진창영

합천 지역시의 흐름

박 태 일[*]

1. 들머리

한국 지역문학연구에서 소지역을 범위로 삼은 글은 아직까지 찾기 힘들다.[1] 문단 소개 수준에서 이루어진 것이 보이긴 하나 연구라 할 만한데에는 턱없이 못 미친다. 일이 이에 이른 가장 큰 까닭은 인식 부족이다. 그 다음은 일이 지니고 있는 어려움이 만만찮았던 데 있다. 무엇보다 좁은 소지역 범위에서 오랜 기간 이루어진 문학적 사실이나 작가·작품·매체를 찾아내고 그것을 두루 연관 지을 수 있을 방법론 찾기가 힘들었던 탓이다.

합천 지역문학은 경남부산 중지역 가운데서도 그 역사가 다른 곳에 뒤지지 않을 전통을 쌓은 데다가, 울산·통영·하동·진주·밀양·마산과

더불어 소지역 문학관이 하루바삐 마련되어야 할 만한 문학 자산과 집단 기억을 갖추고 있다. 그런 점에서 합천 문학에 대한 관심은 단순히 향인의 애향심·자긍심을 드높이기 위한 소극적인 자리에 머물지 않는다. 그 일은 한국 문학사의 주요 맥을 파고드는 뜻 깊은 경험을 예고한다.

이 글은 합천 지역시를 대상으로 삼아 형성과 전개 과정을 짚어보고자 한 첫 시도물이다. 앞으로 제대로 이루어질 합천시문학사, 합천문학사 기술을 위한 작은 디딤돌인 셈이다. 목표에 이르기 위해 시기는 을유광복을 경계로 근대와 현대, 둘로 나눈 다음 통시적[2]으로 주요 시인을 찾아 그들의 삶과 작품 됨됨이를 짧게 살펴보는 길을 따르고자 했다. 이 일로 말미암아 합천 문학에 대한 관심이 지역 안팎으로 더욱 깊어지고 넓어지기 바란다.

2. 근대 시기의 형성과 정착

1) 유엽과 해인사 문학

합천 근대문학의 발생 공간은 1920년대다. 이웃한 거창이나 창녕·산청·고령과 달리 이른 시기에 근대문학이라 일컬을 수 있을 마당이 마련된 셈이다. 그리고 그 첫 자리에 놓이는 이가 유엽(1902~1975, 본명 春燮)이다. 유엽은 전북 전주의 부호집 아들로 태어나 전주신흥학교를 거치고 일본 조도전대학에서 불문학을 공부하다 학업을 그만 두었다. 1920년 김우진·최승일·홍해성들과 함께 극예술협회를 만들었고

---

2) 따라서 기술 시기의 종점은 1960년대까지에 이른다. 1970년대부터 이루어진 성과는 다음 기회를 기다리고자 한다.

대학 동창 양주동·손진태와는 동인지 『금성』을 펴냈다. 『금성』은 1923
년 11월에 첫 호를 내고 1924년 5월 3호로 그쳤지만 먼저 나왔던 『폐허』
나 『백조』와 달리 본격 시동인지3)로서 근대문학 형성에 이바지한 바가
컸다. 유엽은 『금성』 2호에 우리 근대 첫 서사시 작품이라 평가되는 「소
녀의 죽음」을 실었다.

  그러나 그는 『금성』 3집을 내기 앞서 1924년 삭발, 해인사로 입산한
다. 그런 다음 해인사 강원에 머물렀던 경험이야말로 합천 근대문학, 또
는 근대시 발생에 한 중요 자장이었다. 소설가 최인욱, 시인 허민은 해인
사서 유엽이 손수 지도했던 문인이다. 그에 이어 합천 지역시를 이끌었
던 이주홍 또한 1930년대 잠시 해인사에 머물면서 그들과 친교를 엮었
으니, 해인사야말로 합천 근대 이행의 큰 마당이었을 뿐 아니라, 합천 지
역시 형성의 밑거름이었던 셈이다.

　　　1923년
　　　지각(地殼)이 얼기 시작하는 첫날,
　　　내 집에 오는 길 전차에서 나는
　　　매우 침착(沉着)한 소녀를 만나서라.

　　　초생달 갓흔 그의 두 눈섭은
　　　가장 아름다워 그린 듯하고,
　　　포도주(葡萄酒)빗 갓흔 그의 입술은
　　　달콤하게도 붉엇섯다.

　　　그러나 도럄직하고 귀여운 그 얼골에는
　　　맛지 안는 근심빗이 써도라 잇고,
　　　웬 셈인지 힘을 일코 써보는 두 눈가에는
　　　도홍색(桃紅色)의 어린 빗이 써도라라.

　　　　　　　　　　　　　　　　　　　　－「少女의 죽엄」 가운데서4)

3) 김용직, 『한국근대시사』(상), 학지사, 1996, 240쪽.

앞머리만 옮겼다. 전차 안에서 우연히 만난 소녀와 이별, 그리움, 재회, 그리고 그녀의 죽음으로 이어지는 이야기 짜임을 지녔다. 1920년대 초기시로서 드물게 현실과 상상을 오가며 진폭이 넓은 작품이다. 그러나 그의 현실에 대한 이해는 비슷한 시기에 터를 넓히고 있었던 생활문학이나 경향문학이 지닌 관심과 거리를 둔다. 그가 뿌리 내린 낭만성에 원인이 있는 일이겠다. 그럼에도 유엽은 불가와 속가를 오가며 구체적인 여러 사회 변혁 활동에 깊이 관여하고자 했다. 1931년 김법린 · 김일엽과 함께 선불교총동맹 중앙집행위원으로서 고초를 겪었던 바도 한 본보기다. 이런 모습은 광복 뒤에까지 거듭한다.

이 과정에서 유엽은 문학사회와 맺은 연 또한 꾸준하게 가꾸었다. 1931년 자가본 시집 『님께서 나를 부르시니』를 펴낸 뒤, 소설 · 논설 · 수필과 같이 여러 갈래에 걸쳐 다채로운 문필 활동을 거듭했다. 자신의 문학적 포부를 드러내고자 하는 일을 그치지 않았던 셈이다. 광복기 활발한 사회 활동에 이어5) 그는 1960년대로 들어서면서부터 문학사회에서 잊혀지기 시작했다. 그런 속에서도 오랜 세월 해인사, 또는 합천 문인과 맺은 개인 연고는 소중하게 이어졌다. 그가 부산 고갈산 아래 머물며 국제신보 논설위원으로 회갑을 맞이했을 때 이주홍이 기념 수필집 『화봉섬어』 표지그림을 즐겁게 채우고, 기념 시선집 『무저선』 간행을 앞서 이끌었던 일이 그 사정을 잘 보여준다. 앞으로 합천 문학, 해인사 문학6)

---

4) 『금성』 2호, 금성사, 1924, 58~59쪽.
5) 유엽이 낸 대표 저술을 들어 보면 다음과 같다. 장편소설 『꿈은 아니언만』(덕흥서림, 1929), 시집 『임께서 나를 부르시니』(자가본, 1931), 『參禪하는 方式』(民族文化, 1959), 『參禪과 藝術』(民族文化, 1960), 수필집 『華峯譫語』(국제신보출판사, 1962), 회갑헌시선집 『無底船』(國際新報社, 1963), 『멋으로 가는 길』(보림사, 1983).
6) 김윤식은 김동리 문학의 역정을 두루 풀이하는 과정에 '해인사 문단'이라는 말을 처음으로 끌어들였다. 합천 문학의 중요 영역으로서 해인사 문학 속에 유엽을 비롯해, 이주홍 · 허민 · 최인욱이 들 수 있다. 뒷날의 시조시인 박달수 또한 이 범주에 넣어 다룰 수 있을 것이다. 김윤식, 『김동리와 그의 시대』, 민음사, 1995, 80쪽.

이 실체를 갖추어 우리 문학사 안으로 들어서게 된다면 그 첫 자리에 놓인 유엽이 더욱 눈길을 끌게 될 것이다.

2) 이주홍과 이성홍 형제의 재능

1920년대 유엽에 뒤이어 합천 지역시를 수놓은 이는 이주홍(1906~1987)과 이성홍(1911~?) 두 형제다. 이주홍 시에 대해서는 조사가 차근차근 이루어지고 있다.[7] 그러나 이성홍에 대한 일은 세상 사람들이 이제까지 모르고 있었다.[8] 그런데 활동으로 볼 때 이성홍은 합천 문학뿐 아니라 한국 근대 아동문학사에서도 빼어놓을 수 없는 이다.

이성홍은 작품 「잠자는 동생」으로 1924년 3월 『신소년』에 처음 이름을 올린다. 그 뒤부터 1932년까지 꾸준하게 작품을 선보였다.[9] 대구를 거쳐 일본 나고야로 유학을 떠나기도 했던 그는 1920년대 후반부터 합천에서 '달빛사'라는 문학단체를 만들어 지역 소년 문사들을 이끌었을 뿐 아니라 전국 청년 문사들과 어울렸다. 그 무렵 합천의 소년 문학 단체로서는 김영신이 이끈 '합천토요회'가 있었고 정기주와 같은 이가 작품 활동을 할 때다. 이러한 자생적인 지역 소년단 활동이야말로 1920~19

---

7) 이주홍 시에 대한 연구는 김지은이 처음 시작했다. 그 뒤 박태일이 『신소년』 소재 동시만을 살핀 바 있고, 박경수가 꾸준히 모자란 점을 찾아 기웠다. 김지은, 「이주홍 시 연구」, 『지역문학연구』 7집, 경남·부산지역문학회, 2001; 박태일, 「이주홍의 초기 아동문학과 『신소년』」, 『현대문학이론연구』 18집, 현대문학이론연구학회, 2002; 박경수, 「일제강점기 이주홍의 시 연구」, 『우리말글』 29집, 우리말글학회, 2003.

8) 글쓴이가 그를 들내 한 차례 다룬 바 있다. 박태일, 「나라잃은시기 아동잡지로 본 경남·부산지역 아동문학」, 『한국문학논총』 37집, 2004.

9) 초기 이성홍의 작품 가운데 이 「잠자는 동생」을 비롯한 몇 편은 이주홍이 차명으로 발표한 작품일 가능성이 있다. 그러나 지금으로서는 그 하나하나를 바로 잡기 힘들다. 「잠자는 동생」 경우는 이주홍이 그 사실을 손수 밝혀 그렇게 고증할 수 있다. 이주홍, 『예술과 인생』, 세기문화사, 1957, 219쪽.

30년대 우리 아동문학을 자리 잡게 하는 데 큰 텃밭이었다. 이성홍은 1920년대 소년 문사에서부터 시작하여 1930년대까지 청년 시인으로서 동시 · 소년시 · 소설 · 수필에 걸쳐 활동했다. 그러나 1930년대 중반부터 이루어졌던 극심한 사상 탄압과 전향의 분위기 아래서 그는 작품 활동을 멈추고 해주로, 평양으로, 다시 만주 간도를 떠돌며 생업인 금융업으로 문단과 거리를 두기 시작했다.

> 삼천리 우리 땅은 동무님 나라
> 하얀 옷 입은 동무 보고도 지고
> 그립고 새롭든 옛 동무 글월
> 울면서 새롭든 옛 동무 글월
> 울면서 받아 읽고나 보자
>
> 삼천리 우리 땅은 동무님 나라
> 천만년 지나도 하얀 옷 그리워
> 떠나온 이 몸이 언제나 돌이가
> 반가운 옛 동무와 인사해 볼가
>
> —이성홍, 「동무 생각」10)

　1927년 『신소년』에 실린 것으로 알려진 작품이다. 일본 나고야에 유학차 머물렀던 시기 작품으로 짐작된다. 고국 글동무들을 향한 그리움을 담았다. 그러면서 "삼천리"니 "하얀 옷"이니 해서 조국 땅을 애틋하게 드러내고자 하는 의도를 숨기지 않았다. 그러고 보니 "천만년"이라는 시간 설정도 청년기의 허황된 수사에서 더 나아간 열정을 짐작하게 한다. 합천 지역시 형성에 이성홍이 끼친 자리를 제대로 찾아내어야 할 일이 과제로 남는다.

---

10) 유희정 엮음, 『1920년대 아동문학선(1)』, 문학예술종합출판사, 1993, 327쪽(『신소년』 1927년 8월호).

　　동생 성홍과 달리 형인 이주홍은 널리 알려진 바와 같이 예순 해나 되는 긴 세월 동안 문학사회에 몸담았던 이다. 각별히 『신소년』사에서 편집을 보면서 활동하기 시작했던 1929년부터 그는 중도 좌파문학의 중심에서 문학 창작과 매체 편집, 그리고 출판미술과 같은 예능 영역에서 두루 재능을 떨치며 꾸준한 활동을 벌였다. 광복 뒤 다시 서울에서 좌파문단에 몸담았던 그는 1947년 부산으로 내려온 뒤부터 새로운 활동을 시작했다.[11] 그리고 이 무렵부터 이주홍이 문학인으로서, 예술인으로 이룬 바 또한 그 앞선 시기와 마찬가지로 두터운 뜻을 지닌다.

> 가난하다고 가ㅅ자
> 나락 심는다고 나ㅅ자
> 다 쌔앗긴다고 다ㅅ자
> 라팔 불고 모한다고 라ㅅ자
> 마치를 울너멘다고 마ㅅ자
> 바수어 째린다고 바ㅅ자
> 사람 살니라 한다고 사ㅅ자
> 아이고 아이고 운다고 아ㅅ자
> 자동차 탓든 놈이라고 자ㅅ자
> 처서 나렷다고 차ㅅ자
> 칼을 쑥 낸다고 카ㅅ자
> 탁 걱거버린다고 타ㅅ자
> 파업단이 익엿다고 파ㅅ자
> 하하하 웃는다고 하ㅅ자
>
> 　　　　　　　　　　　　　　　　　　－이주홍, 「가나다노래
> 　　　　　　　　　　－동생들이 언문 배울 째 이러케 긔억하도록－」[12]

　　이주홍의 폭넓은 재능이 번뜩이는 동시다. 카프의 계급 아동문학에

---

11) 앞뒤 사정은 아래 글에서 다루었다. 박태일, 「이주홍론－교육자로서 걸어온 길」, 『경남·부산 지역문학 연구 1』, 청동거울, 2004.
12) 『별나라』 5월치, 별나라사, 1931, 9쪽.

몸담고 있으면서도 틀에 박힌 교훈주의에 빠지지 않으려는 모습이 엿보
인다. 전래 어린이 동요 가운데서 언어유희요를 끌어와서 그 틀 안에 현
실에 대한 깨달음을 담아보고자 했다. 박학한 그의 속내를 엿보기에 모
자람 없는 신선한 작품이다. 시인으로서 이주홍은 이렇듯 현실주의 동
시뿐 아니라 『풍림』, 『시학』과 같은 잡지를 엮는 틈틈이 성인시를 발표
했다. 그러나 아동문학이나 소설에 기울인 만큼 시에 열정을 쏟지는 못
했다.13)

　　이주홍과 이성홍 형제가 지닌 재능은 1920년대부터 합천 지역시를
다지고 빛나게 했다. 그들이 벌인 이른 시기 활동은 합천뿐 아니라 경남
부산 지역문학, 나아가 한국 아동문학에도 적지 않은 영향을 끼쳤다. 각
별히 이주홍은 서울에 머물면서 『신소년』이나 『별나라』 합천지사를 지
원하는 일에서부터 경남부산 출신 문학인을 뒷받침하는 남다른 역할까
지 마다하지 않았다. 1930년내 초반 한국 현실주의 아동문단이 뿌리를
다지고 터를 넓히는 걸음에 이 지역 문인들이 중심에 설 수 있었던 까닭
이다.14) 이구월 · 손풍산 · 김병호뿐 아니라 합천 출신 작곡가 이일권과
같은 이가 그 곁에 머물렀다.

3) 계급시와 손풍산

　　손풍산(본명 在奉, 개명 重行, 1907~1973)은 초계 적중 상부리에서
태어났다. 초계보통학교를 거쳐 대구공립보통학교를 졸업했다. 1927년

---

13) 이주홍 생전에 동시나 시를 낱권 형태로 엮어 내놓은 것은 동시집 『해같이 달같이
　　만』(새로출판사, 1978), 『현이네집』(보리밭, 1983)과 시집 『풍경』(보리밭, 1984)이
　　있을 따름이다.
14) 박태일, 「나라잃은시기 아동잡지로 본 경남 · 부산지역 아동문학」, 『한국문학논총』
　　37집, 한국문학회, 2004.

진주사범학교를 나온 뒤 거제로 옮겨가 보통학교 교사로 일했다. 그런 사이 서울 투고문단에 열심히 작품을 올리며 문재를 키웠다. 그러나 계급문학을 좇고 있었던 그로서는 울산의 신고송과 마찬가지로 사상이 온당치 못한 교사였을 터이니, 학교에 오래 몸담기 어려웠을 것이다. 1930년 카프기관지 『음악과 시』 창간호에 작품을 올리고, 1931년 프롤레타리아동요집 『불별』을 낼 무렵에는 3년에 걸친 거제 생활을 접고 서울로 올라가 은평사립학교 강사로 일하는 한편 신소년사 이주홍과 더욱 깊이 어울렸다.

다시 고향 초계로 내려온 그는 『조선중앙일보』 초계지국 기자를 맡았다.[15] 그러면서 농업조합 활동을 하다가 왜경에 체포되어 옥고를 치렀다. 1937년부터는 진주에 머물러 포목점을 꾸리면서 문학 활동과 거리를 두었다. 광복을 맞이한 손풍산은 잡지 『민우』를 내며 다시 문학 활동을 벌였다. 문학동맹 진주지부장 김병호와 함께 진주문단을 광복기 한국 지역문학 가운데서도 활동이 활발했던 곳 가운데 하나로 끌어올리는 데 앞자리에 섰다. 그는 한국 계급시로서나 경남 · 부산 지역문학사로서나 예사롭게 보아 넘길 시인이 아닌 셈이다.

손풍산은 시국이 점점 어려워지고 있었던 1949년 진주에서 부산으로 자리를 옮겼다. 지난 시절 벗이었던 함안 양우정이 이끄는 『연합신문』 이사와 경남지사 지사장을 시작으로 언론인으로서 새 삶을 시작한다. 이름도 중행으로 바꾸었다. 이후 국제신문사 업무국 국장, 1954년 부산일보사 편집국 국장, 1967년 부산일보사 주필과 편집국장, 논설위원을 거치며 지역 언론 원로로서 자리를 틀었다. 그런 틈틈이 창작 활동을 접지는 않았으나, 생전에 작품집은 내지 못하고 영면했다. 다만 신문 단평집 『동남풍』(1967) 한 권이 남았을 따름이다.[16]

---

15) 『조선중앙일보』, 조선중앙일보사, 1932.4.14.
16) 손풍산에 대한 연구는 손영부와 정상희에서 부분적으로 이루어졌다. 정상희에서는 작품 죽보기를 처음으로 마련했다. 그의 작품은 북한에서 류희정이 소중하게 여겨

이미 시가란 것이 우리들의 생활과 독립 존재할 수 없는 물건인 이상, 시인의 감동은 다수 민중의 감동과 공통성이 잇서야 할 것임니다. 진실로 시인은 현실에 대한 비판안을 가져야 하며 다수 민중의 생활을 이해하야야 하겟슴니다. 만약 시인으로써 그러지 못할진댄 차라리 작품 제작의 펜을 던지는 것이 조을 듯합니다.[17]

1920년대 후반 시단을 이끌고 있었던 현실주의 경향을 온몸으로 받아들인 청년 시인의 믿음이 굳게 담긴 글이다. 이러한 믿음 아래 손풍산은 1930년대를 앞뒤로 한 시기 카프 맹원으로서 누구보다 활발하게 계급문학을 이끌고자 했다.

부자 영감 논에서 놀고 먹는 거머리
거머리 배를 찔너라

모 심으는 아버지 피를 빠는 거머리
거머리 배를 찔너라

—「거머리」[18]

흙벌이 첩첩으로 눌러 덮은
벼 한 톨도 없는 들길을
오늘도 나는 혼자
묵묵히 네 유족을 찾어간다.

가보면 가슴이 답답해도
안 가보면 궁금해서 견딜 수 없는
지금은 만 사람이 잊어버린 네 유족을

한 차례 세 편을 묶은 바 있다. 손영부, 『楓山 孫重行 研究』, 동아대학교 대학원 석사학위 논문, 1988; 정상희, 「풍산 손중행의 길」, 『지역문학연구』 7집, 경남지역문학회, 2001; 류희정, 『1929년대 시선(3)』, 문예출판사, 2000, 465~468쪽.
17) 손풍산, 황석우 엮음, 「詩壇時感」, 『청년시인백인집』, 조선시단사, 1929, 2~3쪽.
18) 권환과 여럿 지음, 『불별』, 중앙인서관, 1931, 17쪽.

동무도 조직도 다 없어진 오늘
나는 하늘가에 울고 가는 외거리기
목에 잠긴 이 만 가지 생각을
어떻게 눌러 버리고 사라갈가

락동강을 '또니에벌'로 맨들려는
내 가슴 안에 꿈은 가득하나
너는 서울 서대문 청ㅅ집에 가있고
내가 한없이 좋아하는
머리 위 높고 푸른 가을 하늘에는
방공 연습의 비행긔만 날고 있다.

개룽ㅅ벌 외버들숲을 지나면
가을바람이 설렁대는 갈밭!
오오 만주로 부산으로 다 떠나가도
나는 홀로 직히리라.
아 묵묵한 패배[19]의 세월을

오늘도 네 어린 아들놈은
허리 굽은 할머니 따라
고개 넘어 콩밭으로 갔을까
오오 나래를 펴고 이러나는
내 가슴에 가득한 애정!

─「慰問」[20]

앞서 옮긴 「거머리」가 드러낸 바는 뚜렷하다. 빈/부, 소작농/지주로 대립되는 계급 현실에 대한 자각이다. 이러한 면모는 카프가 닫힐 때까지 『우리들』, 『별나라』와 같은 잡지에 내놓은 스무 편 남짓 되는 작품에서 한결같다. 뒤에 올린 「위문」은 창작뿐 아니라 농민조합 활동과 같은

---

19) 원문에는 '패북'으로 적혀 있으나, '패배'로 바로잡는다.
20) 임화 엮음, 『현대조선시인선집』, 학예사, 1939, 76~78쪽.

실천 조직에 깊숙이 몸담았던 경험을 보여준다. 그 일을 속속들이 드러내지는 못했지만 왜경에 붙잡혀 서대문형무소에서 고초를 겪고 있는 벗의 유족을 찾아 가는 아픈 마음을 잘 담았다. 세상에 들나지 않게 남 몰래 손풍산이 겪었을 고뇌와 고초를 짐작하기에 모자람 없는 시다.

손풍산은 많은 작품을 남긴 시인은 아니다. 그러나 결기 넘치는 청년 시인에서 지역 대표 언론인으로 나아갔던 삶의 역정은 합천 지역시 연구에 있어 중요한 매듭이 될 전망이다. 문학과 삶에서 흠결이 많지 않은 이로서, 합천지역 현실주의 시의 뿌리를 든든하게 가꾸어 뒷날에 이어 준 시인으로서 손풍산은 제대로 된 이해를 기다리고 있는 셈이다.

4) '신체제'기의 허민과 이강수

1930년대 중반을 넘어서 제국주의 파시즘 체제에 의한 탄압이 극에 이르렀던, 이른바 '신체제' 현실로 나아가면서 합천 지역시도 새로운 도전 앞에 놓였다. 사상 통제와 감시가 전면적이고도 일상적으로 저질러졌던 시기, 이른바 '내선일체'와 '황민화'를 내세우며 태평양침략전쟁을 이기기 위해 조선 수탈을 더욱 채찍질 할 때다. 이 시기 합천 지역시는 독특한 두 사람을 갖는다. 서부 경남 합천 골짝에서 용담꽃처럼 피어올랐다 사그라진 허민과 서울 거리를 떠돌며 사향가를 불렀던 이강수가 그들이다.

허민(1914~1943)은 사천 곤양에서 태어났다. 곤양공립보통학교를 졸업한 1928년 해인사 강원에 입학하기 위해 합천으로 옮긴 뒤, 해인사 발치에 머물며 거기서 영면했다. 허민은 오래도록 잊혀 있다가 1970년대 들어 『문학사상』에 작품 발굴 형식으로 한 차례 알려졌다. 그러나 그 뒤 문학사에서 다시 밀려나 버린 이다. 작품 전모가 알려져 있지 않을 뿐 아니라, 알려진 뒤에도 제대로 된 연구가 이루어지지 않았던 까닭이다.

허민은 유엽에서 시작한 해인사 문학을 고스란히 이어받은 시인이다. 1936년 소설 「구룡산」이 『매일신보』 신춘문예에 당선하여 이름을 떨쳤던 그다. 허민은 1930년대 중반 이후 우리시의 중요한 흐름이었던 조선 풍속 탐구나 토속성 지향과 맞물린 작품을 보여준다. 그런 점에서 백석과도 작품이 이어진다. 그의 시에는 백석이 엮었던 평북지역 토속성과 맞물리는 경남지역 정서가 두텁게 묻어 있다. 한때 진주에서 동아일보 진주지국을 운영하며21) 지역 문우들과 친교도 깊었던 그다. 그런데 그를 기다리고 있었던 것은 안타까운 요절이었다. 나라잃은시대 후기 경남 지역문학을 수놓았던 하동 시인 남대우와 함께 그 또한 무명 속으로 가라앉아 버렸다.

두메에 다시 太古의 風俗이 도라와
너구리 族屬들의 榮華가 비롯되고

오랜 歲月을 두고 開拓한 비탈목에는
아직도 구승진 老夫의 노래가 무치엿노라

淺薄한 무리들이 모여 지껄대는 이 하로가
하찬은 살릿에 무슨 탐탁함이 잇을 것이냐

堯舜의 風潮를 부럽지 안흔 오밤중에는
모리하여 잡은 멧돼지가 지글지글 酒香을 풍기고……

雪嶺! 휘날리는 눈보라 사이로
남바위 쓴 숫쟁이 첫길을 티운다

―허민, 「雪後」22)

---

21) 『동아일보』, 동아일보사, 1938.8.2.
22) 『동아일보』, 동아일보사, 1940.3.1.

"남바위 쓴 숫쟁이 첫길을" 티우는 "두메" 풍광을 아름답게 담아냈다. "모리하여 잡은 멧돼지가 지글지글 향주를" 풍기는 산골 삶을 감각적으로 드러낸 점에서 그가 닦은 창작 수련 과정이 남달랐음을 일러 준다. 비록 자신의 재능을 다 펼치지 못했으나 허민의 작품이 있어 합천시뿐 아니라 1940년대 우리시는 더욱 든든할 수 있었다. 북방 만주의 우울한 민족주의를 꿰뚫은 윤동주의 자의식이나, 평북지역의 토속 세계로 맞선 백석의 구체성과 또 다른 자리에서 1940년 제국주의 '국체國體' 아래 웅크리고 있는 경남지역, 그것도 합천 산골 풍속이 지닌 힘을 허민의 시는 보여 준다. 앞으로 그의 문학 전모가 세상에 드러나는 날, 어쩌면 합천 문학은 하늘에 떠 있는 우리시의 새 보석함 하나를 되찾을 수 있을지 모른다.

지역 풍토에 뿌리를 내린 허민과 달리 이강수(李康洙, 1915~?)는 도시 감각을 바탕으로 삼은 작품을 남겼다. 대병면 장단리에서 태어난 시인은 호를 춘인春人으로 썼다. 허민보다 늦은 1941년 『매일신보』 신춘문예에 시나리오 「흘러간 수평선」이 2등 당선함으로써 이름을 들냈다. 그리고 그 힘을 몰아 나이 스물일곱 때인 1943년 한성도서주식회사에서 시집 『남창집』을 냈다.

> 당황히 떠난 날은 유난히도 치워
> 손가방 하나 철로길 천리를 흔들려야 밤이 새니 무슨 꿈을 니어
> 별 무치는 골짝에 새 아츰을 마지하료
>
> 보내주는 이 하나 업는 어둔 박골
> 부산시 차즈면 눈입히 헤살대고
>
> 입술을 깨물어도
> 차창은 얼룩진 거울 되어

어느 때 어데서 나릴 길인지
한 장의 차표를 만작이며
슬픈 나날이 멀리여 오고 가오.

—「고향길」23)

춘인의 작품은 도시공간에서 겪는 젊은이의 우수와 슬픈 자의식이 큰 흐름을 이룬다. 그런 가운데서 모더니즘의 세례를 받아 이룩한 구체적인 이미지 형성력도 엿보인다. 문재가 만만찮음을 짐작하게 하는 일이다. 위에 옮긴 「고향길」 또한 그러한 장점을 잘 보여 준다. "별 무치는 골짝"으로 표현되고 있는 "어둔 박골" 고향에 대한 그리움이 예사롭지 않다. 도시에서도 시골에서도 마음 놓을 길 없어 헤매는 젊은이의 심사가 단출하다.

이러한 애상조 시에 이어 그의 문학은 이른바 제국주의 "신체제" 수탈 책략에 동조하는 여러 편의 수필과 평론을 낳는다. 마침내 파시즘의 강력한 힘 앞에 굴복하는 모습을 보인 셈이다. 그는 단평과 수필까지 발표하며24) 그 점을 분명히 했다. 광복 뒤 이춘인이 벌인 활동은 잘 보이지 않는다. 한때 전향작가를 포함해 범문단 차원에서 한국문학가협회를 결성하려 했을 때 그 추천회원으로 이름이 올랐다.25) 그러나 실제 활동

---

23) 이강수, 『남창집』, 한성도서주식회사, 1943, 62~63쪽.

24) "「문화수감」(『매일신보』 1942.10.2~6)으로 발표한 「전시와 문화」, 「도시와 문화」, 「농촌과 문화」와 같은 일련의 평론에서 자신의 문학 정신을 내세웠다. 「전시와 문화」에서 그는 '생활을 위한 문화'를 말하면서 전시의 문화가 소극적인 취체와 아울러 적극적인 지도 아래 건전한 생활력과 병행할 것을 논했고, 「도시와 문화」에서 도시의 불건강한 오락이 생활적으로 재검토되어야 한다고 말했으며, 「농촌과 문화」에서 '농촌문화'의 수립은 건전한 국민사상의 연성과 아울러 급박한 당면문제를 주장하였다." **임종국, 『친일문학론』, 1978, 평화출판사, 446~448쪽.**

25) 『동아일보』, 동아일보사, 1949.12.13. "전향작가를 포함한 한국문학가협회가 결성 예정—종래의 전국문필가협회 문학부와 한국청년문학가협회를 중심으로 그밖에 일반 무소속작가 및 전향문학인을 포함한 전 문단인 총결속하에 대한민국을 대표하는 유일한 문학단체로서 한국문학가협회를 오는 17일(토) 하오 1시 문총회관에서 결성

여부는 알기 어렵다. 그는 1949년 『민성』 5월치에 시 「봄눈」을 싣는 일을 끝으로 문학사회에 이름을 묻어 버렸다.

　허민과 이강수는 이른바 '신체제'기인 나라잃은시대 후기 합천 지역시를 대표하는 시인이다. 그 둘 모두 불행했던 시대의 시인으로 불행한 삶을 살다 간 점이 지역시로서 안타까운 바다. 허민이 지닌 바 재능을 크게 펼치지 못하고 일찍 병사했고, 이강수 또한 이른바 '신체제'에 몸을 던짐으로써 젊은 시절 고뇌에 마침표를 찍으려 했다. 합천 지역시는 이들이 간직하고 있는 불행과 아픔을 묻어둔 채 격동의 광복 공간으로 나아갔다. 그러니 아직까지 그들이 겪어온 삶과 문학의 밑바닥은 제 모습을 드러낸 적이 없다.

3. 현대 시기의 분화

1) 광복기 박산운의 열정

　광복기 합천지역 안쪽에서 이루어졌던 문학 흐름을 살필 만한 터무니는 아직 드러나 있지 않다. 그러나 합천에서도 가까이 다른 지역과 마찬가지로 새로운 걸음걸이가 사뭇 바삐 오갔음에 틀림없다. 출향 시인의 경우는 활발한 모습을 구체적으로 살필 수 있다. 이주홍이 서울에서 문학동맹 중앙위원으로서 시와 미술, 연극에 걸쳐 남다른 역할을 떠맡았다. 거듭하거니와 손풍산 또한 진주에서 문학동맹을 중심으로 지역 문

하리라 하는데, 그 준비위원은 朴鍾和 · 金晋燮 · 廉尚涉 · 李軒求 · 金珖燮 · 金永郎 · 白鐵 · 朱耀翰 · 柳致眞 諸氏이고 추천회원은(개별통지 생략) 다음과 같은 바, 빠짐없이 참석을 바란다고 한다." 이때 명단에 든 이들 가운데서 합천 지역문인은 이춘인과 함께 최인욱이 이름을 올리고 있다.

풍을 떨치고 있었다.

　그런데 이들과 함께 합천 지역시의 한 방향을 이끌 이가 새로 나타났
으니 그가 바로 초계 출신 박산운(1921~?)이다. 그는 일본 중앙대학을
졸업하고 돌아와 1945년부터 서울 문단에 얼굴을 냈다. 『민중조선』을
펴내고, 『민성』 기자로 일하는 한편 거창지역 김상훈과 함께 이른바 ‘전
위시인’으로서 문명을 떨쳤다. 이주홍이 기꺼이 표지를 그린 『전위시인
집』의 한 자리를 차지하며 자신의 재능을 뚜렷이 했다. 박산운의 시는
합천 지역시의 주요 축 가운데 하나인 현실주의를 방법적으로 세련시키
고, 그것을 한껏 밀고 나간 데 특장이 있다.

　　껍데기 무거운 강냉이 알과
　　衣服에나 낯바닥에 함부로 묻어오는
　　은혜의 밀가루도 마저 먹고

　　내 배(腹)탈이 나 방바닥을 이리저리
　　牛馬와 같이 匍匐하며
　　잠 못 자고 생각하는 것은 무엇이뇨?

　　달밤에만 흐르는 미시시피
　　自由神 훨훨 하눌에 아름다운
　　노래에 남은 나라 아메리카―

　　한 번은 가구 싶던 아메리카에
　　굶주린 우리네 눈을 감기고
　　엄청나게 낸 빗도 빗이련만은

　　입천장 데이고 웃음이 나던
　　우리땅 白米가 하 그리워

―「匍匐의 시」26)

　　광복 공간의 혼란 속에서 반미의식을 가장 잘 담아낸 시가 옮겨 놓은 「匍匐의 시」다. 소련군 진주에 따른 반성적 작품을 북한에서 찾을 수 없는 점과 달리 남한에서는 미국에 대한 의구심과 실망감을 표출한 것이 심심찮게 나타났다. 이 작품은 그들 가운데 한 편이다. 미국에서 보내준 구호물자인 "강냉이 알"에다 "밀가루"까지 먹다 배탈이 났다는 정황을 마련해 "우리땅 백미"를 먹지 못하는 안타까움을 풍자적인 목소리로 담았다. 강냉이죽을 먹고 "우마와 같이 포복"한다는 우스꽝스런 목소리에 언론인으로서 갈고 닦은 현실 비판 의식이 뚜렷하다. 박산운은 이러한 반미 정서를 빌려 좌파 지식인으로서 자리를 분명히 한 셈이다.

> 가물거리는 호롱불 밑에서
> 할머니가 짠 무명천에선
> 밤 깊도록 니죽나죽 부르던
> 시름겨운 물레노래와 함께
> 풀벌레 소리가 났다
>
> 아버지는 그것을 두르고
> 한 뉘 땅을 뚜졌고
> 나는 그것을 두르고
> 먼 려로에 올랐다
>
> 고향길이 막힌 지 40여년—
> 깊어가는 가을밤과 함께
> 지금도 내 몸에서 피줄에서
> 구슬픈 물레노래와 함께
> 풀벌레 소리가 나고 있다
>
> —「할머니」[27]

---

26) 박산운과 여럿, 『전위시인집』, 노농사, 1946, 50~51쪽.
27) 박산운, 『내가 사는 나라』, 문학예술종합출판사, 1992, 77쪽.

　박산운은 남북한 분단 단독국가가 성립된 1948년 서울을 떠나 북한으로 올라갔다.[28] 월북 직후 작품 활동은 활발하지 못했다. 그러나 1960년대 이후부터 두각을 드러내기 시작했다. 뒤에 올린 「할머니」는 북에 머물면서 고향 그리움을 담아낸 시다. 박산운이 재북시기 내놓은 작품에는 사향시가 유달리 많다. 고향 그리움을 동기로 삼아 남한 현실을 비판하고 투쟁을 부추기는 작품을 북한에서 줄기차게 남겼다. 그를 북한 시단에서 오래도록 "최고의 통일주제 전문시인"으로까지 부르게[29] 된 일이 우연이 아니었던 셈이다. 합천 지역시로 볼 때 박산운이 북한에서 얻은 명성이 남녘 고향을 향한 각별한 관심과 무관하지 않을 것이라는 점에서 그가 겪었을 아픔이 새삼스럽다.

　박산운은 1990년대까지 활동했다. 그는 월북한 문인 가운데서도 거창 시인 김상훈과 함께 북한에서 숙청을 겪지 않고 삶을 마친 몇 되지 않는 본보기 가운데 한 사람이다. 김상훈이 창작 현장에서 한 발 물러서 고전 번역, 주석과 같은 문단 간접 활동에 머물러 있었다면, 그는 북한 청년 시인들에게 꾸준하게 영향을 주면서 시단 앞자리에서 끝까지 시인으로서 살다 간 셈이다. 그런 까닭에 박산운 시의 성과와 한계를 지켜보는 합천 지역시인의 심회가 남다를 것이 분명하다.

2) 전후기 손동인의 현실안

　손동인(1924~1992)은 합천 삼가 출신이다. 1946년 『선봉』 2월호를 처음으로 1949년 진주에서 나온 『영문』으로 작품 활동을 시작하고 1950년

---

28) 현재 남한에 남아 있는 박산운의 작품은 1949년 1월치 『신시대』에 발표한 「역정 - 젊어서 돌아가신 아버지에게」가 마지막으로 보인다. 그는 1948년 후반기에 월북한 것으로 보인다.

29) 이명재, 『북한문학사전』, 국학자료원, 1995, 467쪽.

6월『문예』에서 모윤숙 추천을 거쳤으나, 본격 문학 활동을 벌인 때는 전후기였다. 그 가운데서 안장현, 김태홍과 부산에서 교사로 일하면서 동인지『시문』을 2집까지 낸 일이 특기할 만하다. 초기에 그는 시를 썼으나, 곧 소설로, 아동문학으로 영역을 넓혔고 인천교육대학에서 일했던 중년 이후에는 아동문학가로 이름을 남겼다.[30] 그의 시는 대체로 서민의 애환과 삶의 질곡에 대한 강한 공감을 배경으로 삼아 쓰였다.

> 초년각씨 샘길에 물항아리 하나 끼고
> 수수밭에 울었다.
> 수수밭에 울었다.
>
> 달빛 휘청청 오솔길마다 부서지면
> 도망 봇짐 열두 번을 싼다.
>
> 서울 도방 하이칼라 운전수가 눈에 사물거려
> 옥비녀 닦아 놓고 밤을 울어 지새운다.
>
> 무명길삼 청춘에 눈허리 사뭇 다 무너져도
> 붕어소매 적삼 한 벌 걸지 못했다.
>
> 오 유월 긴긴 허기 끝에 보리 주고
> 외 사먹고 손이 재려 발발 떨고.
>
> 열 달 배실러 금싸래기 하나 낳고
> 낳자마자 비로소 들어 하늘을 보았다.
>
> 시할애비 시할망구 시애비 시어미 시누이 시동생

---

30) 손동인이 시인으로서 낸 단행본은 없다. 그러나 아동문학과 소설, 수필 쪽에 여러 권을 남겼다. 대표적인 작품집으로 소설집『인간경품』(1972), 동화집『병아리 삼형제』(1957),『까치고동 목걸이』(19867),『갸륵한 오해』(1989), 수필집에『이 외나무다리 난 우얄고』(1968),『뛰어라 젊은 갈대들이여』(1979)들이 있다.

시퍼런 하늘아 벼락 딱딱 때려라.

양재물 서 근 휘휘 저어 놓고
아그그 내 팔자야,
아그그 내 팔자야.

—「촌색씨」[31]

에이 후레 개새끼 놈들.
에에 후레 개새끼 놈들.

날 미치광이라고—.
생떼 같은 날 미치광이라고—.

보아도 마냥 허물치사 없으리다.
내 눈썹 끝에 킥 쓰러지는 저 신의 무리들
내 다듬아진 혀끝에는
너희 인간들도 획 삼단처럼 쓰러진다.

—「부활 Ⅲ—폐인의 인간고발장」 가운데서[32]

단정한 목소리로 담아내긴 했으나, 시골 아낙이 겪었을 어려운 생활 상을 시집살이 민요를 방불하게 하는 줄거리로 담아낸 작품이 「촌색씨」다. 독특한 내면이나 표현미보다는 서민 현실에 대한 공감을 앞세워, 시인이 앞으로 나아가고자 한 문학 세계가 어디인가를 짐작하게 한다. 이어진 「부활 Ⅲ—폐인의 인간고발장」에 이르면 현실에 대한 눈매가 마냥 매섭고도 단호해졌다. 구체적인 묘사에 이르지 못했으나, "폐인"의 자조적인 목소리로 담아내고자 한 바 전후 부조리한 현실 상황을 거냥한 걸음걸이를 짐작하기 어렵지 않다.

손동인 시에 나타나는 이러한 현실안은 초기시부터 산문 가락을 끌어

---

31) 『문예』, 문예사, 1953, 18~19쪽.
32) 『詩門』 1집, 시문동인, 1954, 34쪽.

들이게 했다. 나아가 소설과 동화로 갈래 확대를 부추겼는지 모른다. 손
동인은 단아한 한 사람의 시인으로 머물기에는 세상을 향한 열정과 사
랑이 넘쳤던 이다. 따라서 그의 열정적인 현실 시각은 1960년 경자시민
의거가 일어났을 때 누구 못지않은 격렬한 목소리로 의거의 의의와 거
기에 맞서는 시대 풍조에 대한 노여움을 드러낼 수 있게 했다.

> 아직도 향불 사르지 말라
> 우리 관머리 빛나게 꾸미지 말라
> 리트마스 시험지보다
> 오히려 확약(確約)은 구름 밖에 머물었다.
>
> …(줄임)…
>
> 조국이 가까우면서도
> 조국이 가장 먼 곳에 있을 때
> 민주주의가 아쉬우면서도
> 민주주의가 쓰레기통에 이울어져 갈 때
> 우리 모두
> 배움도 젊음도 누더기처럼 던지고
> 출렁이는 깃발 대열 앞에 나섰다.
>
> 아 우리 모두 이대로 떠나갈 수야
> 민주주의 꽃밭에 독버섯이 성하다
> 큰 바람 가시어도
> 고추 앞에 잔풍은 여직도 음산하다. ─합동위령제에 부쳐서
> ─손동인, 「여한─아직은 향불 사르지 말라」 가운데서[33]

　　학생들이 겪은 허무한 죽음 앞에 서서 교사며, 어른으로서 지닌 바 침
통한 마음결을 잘 담은 시다. 손동인은 여러 문학 갈래를 넘나들면서 합

---

33) 3·15의거기념사업회 엮음, 『너는 보았는가 뿌린 핏방울을』, 불휘, 2001, 68~71쪽.

천 지역문학의 내용을 크게 넓힌 작가다. 비록 인천으로 옮겨가 출향문
인으로 물러나 있었지만, 이주홍 가까이에 늘 머물면서 그와 마찬가지
로 합천 문학에 대한 자긍심을 높인 점을 기억할 필요가 있다. 손동인 문
학의 자리를 마련하려는 노력이야말로 전후기 합천 지역민이 겪은 고뇌
와 고충을 읽는 한 방법이 될 것이다.

3) 심재언과 최재열의 좌절

출향문인 손동인과는 다른 자리에서 합천지역 문학사회 바깥에 머물
다 잊힌 두 사람이 있다. 심재언과 최재열이 그들이다. 심재언(沈載彦,
1921~?)은 1940년 동경 준대상업학교를 나와, 1946년 귀국했다. 초등
학교 교사로 일하다가 1954년 동시 「기차」를 월간 『소년세계』에 발표
하면서 문단에 이름을 올렸다. 1958년 『자유문학』에 모윤숙 추천으로
등단을 마쳤다. 그 뒤 시보다는 단편과 장편에 걸쳐 소설 발표에 힘을 기
울였다. 그 사이 여러 번역에 꾸준히 손을 대었다.[34]

---

34) 심재언의 저작물은 꽤 많은 쪽이다. 그들을 죽 들면 아래와 같다. 장편소설집 『나를
찾는 소리』, 청산문화사, 1974; 『織女』, 예술문화사, 1977; 『영원한 한국의 명시』, 경
원각, 1977; 『한국의 명시 해설』, 두풍, 1993; 『심어놓고 온 봄』, 백두문화, 1995; 번
역집 『憂愁의 哲理 : 이것이냐 저것이냐』(키르케콜 지음); 『파스칼小品集』(Pascal 지
음), 청산서림, 1960; 『寢園』(橫光利 지음), 청산문화사, 1961; 『情念論批判』(Pascal
지음), 청산문화사, 1961; 『結婚女에의 便紙』(키에르케고르 지음), 청산문화사, 1961;
『숨은꽃』(Pearl S. Buck 지음), 합동출판사, 1962; 『명상록』(파스칼 지음), 청산문화
사, 1965; 『사랑의 哲學』(키르케콜 지음), 청산문화사, 1968; 『攻擊과 防禦』(大平修
三 지음), 불이출판사, 1969; 『孫子兵法 : 企業作戰』(安藤亮 지음), 불이출판사, 1969;
『兵法六韜 · 三略 : 商略 · 商戰에 꼭 이기는 企業作戰』(安藤亮 지음), 불이출판사, 1971;
『한국현대시인 시평론』, 민중서각, 1988; 『이해인 시평론』, 민중서각, 1988; 『김기림
시평론』, 남강, 1988; 『정지용 시론』, 민중서각, 1988; 『조병화 시평론』, 민중서각,
1988; 『김남조 시평론』, 민중서각, 1988; 『청록파 시평론』, 민중(연도 미상이나 1988
년으로 짐작된다).

한 개의 사과 속을 헤치고 들어간다. 사과는 바다와 같아 내가 꼭 잠기고
만다. 나는 살아 있는 것일까? 죽어버린 것일까? 봄이 되면 싹이 날 씨앗이
나의 어디쯤에 남아 있는 것일까?

햇볕 속에서, 어둠으로 가는 기차를 탔다. 어둠에서 햇볕을 맞이하는 기차
를 갈아탔다. 죽은 꽃들이 히죽히죽 웃고 있다.

나의 일생은 몇 권의 책이 되는가를 알 길이 없다. 긴 이야기였다. 사과 속
에서 사과를 따 낸다. 익은 것도 있고, 안 익은 것도 있다. 푸른 하늘도 있다.
해도 있다. 내가 나보담도 더 크다.

—「사과」35)

1회 추천작이다. 1950년대 유행처럼 번졌던, 난삽한 관념과 현학이
배어나는 시다. 그러나 "사과 속을 헤치고" 들어가, "사과 속에서 사과
를" 따낸다는 진술이 지니고 있는 상징적 자장이 이 작품을 단순한 관념
시로 떨어뜨리게 하는 일을 막고 있다. 이러한 상징 이미지 구현은 앞선
합천 지역시에서는 보기 힘들었던 풍경이다. 긴장된 표현미를 나름내로
갖추었던 셈이다.

그러나 심재언은 추천작에서 보이는 이러한 긴장미를 거듭 지키지도
키우지도 못했다. 물론 안정되지 못했을 생활이 문학의 발목을 잡은 경
우일 터이지만, 그의 여러 번역물이나 다소 산만한 문필 작업이 그를 왜
올곧게 시업에 머물지 못하게 했는가를 짐작하게 한다. 문학열은 그 자
체로 중요한 일은 아니다. 그것을 잘 다스려 완성도 높은 작품으로 이끄
는 남다른 적공이 누구에게나 필수다. 그가 보여 주고 있는 산만함은 개
인의 됨됨이에도 까닭이 있을 터이다. 그러나 궁벽한 서부 경남 합천 출
신으로 일본 상고를 나왔던 그가 감내해야 했을 한국 문단의 연고주의
나 문화권력의 벽도 한 까닭이었음직하다.36) 그들 바깥자리에 있었던

---

35)『자유문학』, 3월치, 한국자유문학가협회, 1958, 136~137쪽.

36) 1950~1960년대 경남지역 유명 문인 가운데 많은 수가 조연현, 김동리, 이원수, 유치
환, 정태용, 오영수와 같은 이가 지녔던, 광복기 우파문학과 문협으로 이어지는 문화
자본력 속에 수렴되는 모습을 보이는데 심재언은 그들의 향방과 무관한 자리에서 문

심재언의 문학열은 그 모든 일에 대한 마지막 대거리인 양 1988년에 들어 일곱 권에 걸친 비주류 평론집 형태[37]로 선정적인 모습을 띠며 타오르다 불꽃을 접었다.

심재언의 시가 무명으로 가라앉아버린 것과 비슷한 형국을 보여준 이가 최재열(1913~1978)이다. 그는 손풍산과 같이 초계 적중 상부마을이 고향이다. 초등학교를 마치고 중학부터 합천을 떠나 생활했던 그는 방학을 맞이하면 합천을 드나들었던 바 그 일을 이주홍은 기억하고 있다. 그러면서 1950년 경인전쟁 뒤에는 부산에 살면서 신문에 가끔 시를 발표했다. 합천으로 돌아와 신문기자 일도 했다.[38] 1960년대에는 대구에 머물며 『낙강』 시조 동인으로 교육계와 언론계를 오가다 1970년대는 멀리 강원도 속초에서 어구점을 꾸리다 영면했다. 누구 못지않게 '기복이 심한 생애'[39]를 살다간 셈이다.

그 점은 1950년대부터 작품 활동을 시작했고, 1960년대에는 버젓이 『시조문학』에 작품을 발표했음에도—비록 초대시인 형식이긴 했으나—1978년에 그『시조문학』에 다시 정식 추천 제도를 거치고 있는 구차스러운 격식을 빌린 데서 짐작할 수 있다. 속초에 머물면서 속초문인협회를 만들어 지회장을 맡고, 『속초문예』와 『설악』지를 이끌었다 함에도 오늘날 속초나 강원도 지역에서 그의 혼적을 아는 이 드문 사정 또한 마찬가지다. 그리하여 최재열은 지인 선정주 시인이 유고시집 서문에 적은 바와 같이, 마침내 '시조시인주소록'에 이름 석 자나마 올리고 영면하게 된 일을 다행으로 여겨야 할 자리에 놓인 사람이 되었던 것이다.

그가 영면한 뒤 아들 인규에 의해 나온 유시집 『사향부』에 적힌 바 간

학을 시종했다.
37) 주 31) 뒤쪽에 든 일곱 권을 뜻한다. 곧 『한국현대시인 시평론』, 『이해인 시평론』, 『김기림 시평론』, 『정지용 시론』, 『조병화 시평론』, 『청록파 시평론』, 『김남조 시평론』이 그것이다.
38) 이주홍, 「한 시인의 승천」, 『사향부』, 한국시조시인협회, 1979, 11쪽.
39) 선정주, 「고 최재열 사백의 편모」, 『사향부』, 한국시조시인협회, 1979, 21쪽.

결한 해적이에서 엿볼 수 있는 사실 또한 어김없이 그의 삶과 문학에 내
려 앉아 있었을 기복이다. 굳이 14년이나 떨어진 두 문학 행사, 곧 1959
년 부산에서 가졌던 시화전과 1973년 속초에서 가졌던 시화전을 중요
문학 활동으로 내세우고 있는 구차함에서 암시 받을 수 있는 바다. 최재
열은 시인이고자 했으나 문단 가장자리에 놓일 수밖에 없었고, 문학에
열중하고자 했으나 문학 바깥 일이 발목을 붙잡았다. 그러나 살피기에
따라서 그의 삶과 문학은 그렇듯 가볍게 마무리되지 않을지도 모른다.
그의 해적이를 찾아 늘리고 줄거리를 잡아나가는 일이 남았다. 이런 점
에서 그의 초기 작품 「상혼」은 시인 최재열의 삶과 문학을 읽는 한 들머
리일 수 있겠다.

　　　　내 일찍 邪惡을 庇護한 적도
　　　　正善을 謀反한 적도 없었거니

　　　　지금에 함부로 험간 傷痕이
　　　　한층 모질게도
　　　　쓰리고 따가웁다.

　　　　피를 뱉고
　　　　太陽이 臨終한 붉은 노을—

　　　　내 굳건한 意志에
　　　　敵國의 달빛을 물들여
　　　　또 하나
　　　　다른 하늘을 받든 일 없었거니

　　　　궂은 날 생뼈를 쑤시는
　　　　매운 자욱은
　　　　어느 凶한 風俗이 빚어 놓은
　　　　惡의 씨앗이드뇨

이 악물며 악물며
그래도 내 고요히 견디는 아픔……

—「傷痕」40)

　1950년대 『민주신문』에 실렸던 것으로 짐작되는 이 작품은 시조로
넘어가기 앞선 열정적인 시열을 느끼게 한다. "이 악물며 악물며" "고요
히 견디는 아픔"의 실체가 무엇인가 세상에 드러낼 만한 글을 그는 남기
지 못했다. 얼마 되지 않은 작품 속에서도 그 내용을 짐작할 만한 구체적
인 흔적은 볼 수 없다. 이미 1960년대 대구에 머물면서 이호우와 교유했
던 최재열이다.

저물어 다한 情에
靑山이 다가선다

다스려 꿈으로만
젖어드는 푸름인데

夕陽이 노을로 피어
밝혀 드는 고빗길.

가보면 낯선 고장
아니 가도 있는 것을

눈 뜨면 안 보이고
감으면 도로 선연해져
비바람 불고 간 日月
달무리를 빚는다.

—「思鄕賦」41)

---

40) 최재열, 앞서 든 시집, 91~92쪽.
41) 최재열, 앞서 든 시집, 32~33쪽.

최재열이 발표된 지면도 보지 못한 채 스스로 만장이나 묘비명처럼 써 놓고 간 듯하다고 이주홍이 말한 바 있지만, 이 작품은 일찌감치 『낙강』 1호에 실린 것이다.[42] 뒤늦게 추천이라는 구차스러운 시인 인정제도를 거치면서 고향 선배 이주홍에게 자신의 문학열을 알리기 위해 편지에 실어 보냈던 시조다. 그가 1971년 속초에서 문학강연회를 열었을 때 일행으로 이주홍과 최인욱을 빠뜨리지 않았던 점이 문학 본향인 합천에 대한 사랑 탓이었을 것이라는 사실은 짐작하기 어렵지 않다. "가보면 낯선 고장/아니 가도 있는 것을"이라며 넋을 놓는 듯한 표현에 시조시인 최재열이 오래 지녔을 법한 뿌리 뽑힌 본심이 잘 담겼다.

먼먼 길
떠돌이 역정
인욕으로 일룩져도
때로는 그런대로
눈도 뜨는 보람인데
안개 속 가뭇한 모습
그림자가 없어라.

―「이력서」 가운데서[43]

그가 "먼먼 길/떠돌이 역정" 가운데서 "인욕"을 빌려 얻고자 했던 "보람"은 무엇이었을까. 그 "그림자"를 밝힐 일이 우리 앞에 남아 있다. 최재열과 심재언은 비록 연배는 다르지만 1950년부터 작품을 세상에 내보이기 시작한 사람이다. 그러나 그들은 오랜 문학 창작열에도 뛰어난

---

42) 최재열, 앞서 든 시집, 32~33쪽.
43) 『낙강』 1호(영남시조문학회, 1967)에 실릴 때, 이 시는 앞 세 도막과 뒤 세 도막이 따로 「사양(斜陽)」과 「사향곡(思鄕曲)」으로 된 두 작품이었다. 이주홍이 착각으로 한 작품으로 묶은 것인지, 시인이 뒷날 「사향부(思鄕賦)」로 묶어 발표했는가는 더 조사할 필요가 있다. 최재열 시집에서는 「사향부(思鄕賦)」 한 작품으로 묶어 실었다. 최재열, 앞서 든 시집, 28쪽.

혼적을 남기지 못했다. 문단의 연고사회 안에서 발표 기회를 얻지 못했거나, 시에 집중하기 힘들었을 생활 환경만을 탓하고 말 일일까. 심재언과 최재열이 지녔던 바, 만년까지 사그러들지 않은 열정과 그 좌절은 어쩌면 고스란히 합천 지역문학의 좌절과 고투를 암시하는 것은 아닌가. 그러한 의구심이 이 둘을 바라보는 아픔을 더하게 만든다.

4) 이수정의 교단시

이수정(1927~1983)은 삼가면 어전리 사람이다. 진주농림학교를 거쳐서 교원자격 검정고시로 교사가 된 뒤, 경남에서 교사로 살다 갔다. 1965년 『새한신문』 신춘문예에 동시 「고무줄 놀이」가, 1966년 『한국일보』 신춘문예에 동시 「꽈리」가 당선, 시단에 이름을 올렸다. 생전에 시집 『의식의 씨알』이 나왔고, 사후 유고 동시집 『꽃 그늘 내리고』44)를 유족들이 냈다. 뇌출혈로 쓰러지기 앞서 스무 해 가까운 시작 기간으로 보자면 과작이었던 셈이다. 그러나 고향 묘소에 시비가 서서 못다 한 창작에 대한 꿈을 반듯하게 받들어 놓고 있어 시인에게는 위안이 되었으리라.

그리 많지 않은 이수정의 작품은 한 마디로 교단시라 일컬을 만한 풍모로 한결같다. 경남으로 보더라도 많은 교육자 시인이 있는 터이지만 이수정과 같이 작품의 핵심 주제나 글감으로 교단 생활상이나 교육 현장에서 겪는 교직자의 자의식, 또는 교육 대상인 아이들을 향한 관심을 뚜렷하게 밀고 나간 시인은 드물다. 그런 점에서 그에게 시는 교단생활을 뒤돌아보고 다시 헤아리게 하는 연모로서 제 몫이 뚜렷해 보인다.

---

44) 『의식의 씨알』, 유림문화사, 1975; 『꽃 그늘 내리고』, 신우기획, 1995.

농부는 씨 뿌리고 거두기 위해
녹이 낀
연장을 닦고,

광부는
천 길 땅 속에서
무진장한 광맥을
찾아낸다.

슬기로운
사람은
지름길로 가고,

날개 달린 이는
하늘을
나는데

나의
호미날은
날카롭지 못해서
매양
약한 나무뿌리만
물고
흔든다.

―「연장」45)

쪼르르
내려갔다 올라갔다
여기저지
기웃기웃

---

45) 이수정, 『의식의 씨알』, 유림문화사, 1975, 54~55쪽.

마알간 도랑물
송사리 떼들

햇빛 반짝
골목길에

철수야 –
영희야 –
불러 모아선

나란히
학교 가는
일 학년 학생

– 「송사리 떼들」46)

앞서 올린 「연장」은 한눈에 흔히 있을 법한 나날살이의 사색 흔적을 담은 시다. 그러나 그가 "날카롭지 못해" "매양/약한 나무뿌리만/물고/흔든다"고 말하는 "호미날"이 좋은 교육자로서 제대로 된 배움을 베풀지 못하는 자의식을 짐작하기 어렵지 않다. 자신은 훌륭한 "광부"와 같이 "무진장한 광맥"을 찾지도 못하고, "지름길" 잘 아는 "슬기로운 사람"도 아니며, "하늘을 나는" "날개 달린 이"도 아니다. 하지만 교육이 지닌 본뜻이 어찌 잘난 사람 더 잘 날 길만 열어주는 일에 머무랴. 돌아볼 것 없어 보이는 "약한 나무뿌리"를 챙기고 그들을 아끼는 마음 씀씀이야말로 교육자가 지닐 마땅하고도 한결같은 길이 아닐 것인가. 시인이 담담하게 뱉어내고 있는 바, 자신의 "연장"됨이 모자란다는 자탄 속에는 참교사가 되어 보려는 노력과 함께 좋은 시인으로서 일어서겠다는 다짐까지 수북하다.

뒤에 올린 동시 「송사리 떼들」에서도 교단시인 이수정의 면모는 잘

---

46) 이주정 유고 동시집, 『꽃 그늘 내리고』, 신우기획, 1995, 74쪽.

드러난다. "마알간 도랑물/송사리 떼"와 "햇빛 반짝/골목길"로 "나란히/학교 가는" "철수" "영희"와 같은 "일 학년 학생"들을 한 자리에 불러 앉혔다. 어린이를 향한 사랑이 담백하고도 맑다. 그럼에도 그의 교단시는 문학과 교육이 만났을 때 지닐 수 있을 규범적인 상상력과 틀 안에 닫혀 있다는 지적을 받을 만하다. 한결같이 단아한 시어와 간결하고도 편안한 가락이 그 점을 뒷받침한다. 이수정의 교단시는 이룬 바보다 앞으로 거듭 쓰일 교단시에 한 본보기가 된다는 점에서 의의가 새롭다.

4. 마무리

합천의 지역시 형성은 다른 소지역에 견주어 이른 시기에 이루어졌다. 1920년대 초반부터 해인사와 그 아래 야로, 합천읍을 중심으로 이루어졌던 문학, 조직 활동이 그 뿌리다. 그 가운데서 유엽을 머리로 하여 이루어졌던 해인사 문학과 이주홍, 이성홍을 중심으로 다듬어졌던 소년단 조직 활동은 합천 지역시 형성에 중요한 밑거름이었다. 이러한 앞선 시기 활동은 경남 안에서도 울산, 마산, 진주, 밀양, 통영, 하동 정도에서만 볼 수 있을 따름이다. 서부 경남만 하더라도 광복 뒤부터 문학사회라 할 만한 움직임이 나타나는 고령, 거창, 창령, 산청과 같은 곳과 뚜렷하게 나뉘는 합천지역의 선도 역할을 엿볼 수 있다.

그리하여 합천 지역시는 을유광복으로 나아가며 문학과 조직 활동에서 명실을 같이 하고자 한 손풍산의 계급시, 어려운 '신체제' 전체주의 수탈 아래서 고난에 찬 작품을 잉태했던 허민과 이강수를 거치며 자리를 든든하게 가다듬었다. 을유광복 뒤 합천 지역시는 박산운이 보여 주었던 좌파적 열정으로 말미암아 다시 다채로움을 더했다. 그 뒤 경인년 전쟁의 참화를 딛고 이루어진 손동인의 폭넓은 현실 인식, 끝내 무명한 자리로 내려앉을 수밖에 없었던 심재언과 최재열의 기복 많은 문학열, 나아가 이수정의 단정한 교단시에 이르기까지 합천 지역시는 1950년대와 1960년대를 거치면서 다채로운 분화를 거듭했다.

이러한 흐름으로 볼 때, 합천 지역시가 지닌 특징은 세 가지로 묶어볼 수 있다. 첫째, 좌파 전통이 주요 축으로 꾸준하게 이어졌다. 근대시기 카프 맹원 이주홍과 손풍산, 지역 소년 조직을 이끌었던 이성홍, 그리고 현대시기 박산운의 비판 정신에다 손동인의 현실 의식으로 이어지는 줄기가 그 점을 뚜렷하게 드러낸다. 특히 합천에서도 초계를 중심으로 터 잡은 이러한 전통이 지역 풍토나 지역 안쪽에서 활발했던 사회단체의 동태와 어떤 연관을 갖고 있는가는 앞으로 꼼꼼하게 밝힐 필요가 있다. 합천이 지역 안팎으로 지니고 있는 정치지리학적 층위나 계기를 밝히는 일과 나란히 이루어져야 할 과제인 셈이다.

둘째, 지역의 장소 체험이나 지역성을 다룬 시인이 많지 않다. 지역문학이 지닐 핵심 역할 가운데 하나는 근현대 국가주의가 일방적 기획 아래 획일화하고 비틀고 지워버린 지역 안쪽의 집단 기억이나 삶의 경험을 되살리고 그 안에서 널리 함께 할 만한 진실을 찾는 일이다. 이런 쪽에서 볼 때 합천 지역시는 뚜렷한 성과를 이루었다고 보기 힘들다. 다만 나라잃은시대 후기 허민이 그 점을 앞세워 합천 지역시 자리를 불끈 다지고자 했다. 합천시가 앞으로 쌓아올려야 할 지역성과 지역이미지 창발뿐 아니라, 근대 반성/극복의 한 본보기로서 그의 경험이 우리 시문학사로 흘러드는 물길을 지켜볼 일이다.

셋째, 시로서 업을 이룬 시인을 찾을 수 없다. 합천 지역문학은 80년 남짓한 세월에 걸쳐 드물지 않게 시인을 내놓았다. 그러나 아직까지 대가라 일컬을 만한 시인은 갖지 못했다. 이주홍도 소설가나 아동문학가로서 이바지한 몫이 두드러진 문인이다. 손풍산 또한 언론인으로서 일찌감치 지난 시기 문학을 묻고 살 수밖에 없었다. 박산운이 북한에서 머물며 오랜 세월 일궈낸 업적이 우리 통일문학사 안에 어떠한 자장으로 놓일지도 미지수다. 1950년대 이후 합천시는 여러 길로 나뉘는 모습을 보였으나 큰 자리를 뚫은 이는 없었던 셈이다. 이런 점에서 합천 지역시의 성숙은 어느덧 뒷 세대의 몫으로 남겨진 바다.

합천은 산과 물이 모자람 없는 산수향山水鄕이다. 문화행정 쪽에서 본다면 이주홍 생가 곁에 합천 문학관이나 합천유물관을 세워 지역민이 가꾼 오랜 집단 기억을 갈무리하고 뒷날로 이어 줄 기획까지 가능한 유산을 지녔다. 게다가 합천호 둘레로 합천 문인의 문학비를 둥두렷이 세워, 그들의 고향 사랑과 삶의 곡절을 물낯에 띄우는 즐거움까지 겨냥해도 될 곳이다. 가야산박물관은 또 어떤가. 성글게나마 합천 지역시의 흐름을 짚어본 이 글로 말미암아 그 한 쪽 켜는 들추어 본 셈이다. 합천 사람만을 위한 힙친이 아니라, 고향을 갖지 못한 모든 사람들을 위한 산수향으로서 합천이 지닌 긍지와 꿈이 더욱 깊어지기 바란다.

참고문헌

1. 1차 자료

『민우』,『현대문학』,『자유문학』,『영문』,『파랑새』,『낙강』,『금성』,『자유문학』,『문예』,『신소년』,『별나라』,『새싹』,『아동』,『집단』,『시문』,『신시대』,『민중조선』,『동아일보』

황석우 엮음,『청년시인백인집』, 조선시단사, 1929.

권 환과 여럿 지음,『불별』, 중앙인서관, 1931.

임 화 엮음,『현대조선시인선집』, 학예사, 1939.

이강수,『남창집』, 한성도서주식회사, 1943.

박산운과 여럿,『전위시인집』, 노농사, 1946.

한찬석,『합천해인사지』, 창인사, 1949.

이주홍,『예술과 인생』, 세기문화사, 1957.

______,『해같이 달같이만』, 새로출판사, 1978.

______,『현이네집』, 보리밭, 1983.

______,『풍경』, 보리밭, 1984.

김동렬 · 김보광,『해인사사적』, 영남문학회, 1959.

펄 벅, 심재언 옮김,『숨은 꽃』, 동학사, 1960.

파스칼, 심재언 옮김,『명상록』, 청산문화사, 1965.

심재언,『직녀』, 예술문화사, 1977.

______ 엮음,『영원한 한국의 명시』, 경원각, 1977.

______,『정지용 시론』, 민중서각, 1988.

______,『김기림 시평론』, 남강, 1988.

______,『한국현대시평론』, 민중서각, 1988.

______,『이해인 시평론』, 민중서각, 1988.

______,『정지용 시론』, 민중서각, 1988.

______,『조병화 시평론』, 민중서각, 1988.

______,『한국현대시인 시평론』, 민중서각, 1988.

______,『김남조 시평론』, 민중서각, 1988.

______,『청록파 시평론』, 민중(연도 미상이나 1988년으로 짐작).

유　엽,『화봉섬어』, 국제신보사출판국, 1962.

______ 엮음,『무저선』, 국제신보사출판국, 1963.

______,『멋으로 가는 길』, 보림사, 1983.

허　천,『바람 부는 거리』, 태화출판사, 1966.

손풍산,『동남풍』, 부산일보사, 1967.

2. 2차 자료

임종국,『친일문학론』, 평화출판사, 1978.

이명재,『북한문학사전』, 국학자료원, 1995.

김윤식,『김동리와 그의 시대』, 민음사, 1995.

김용직,『한국근대시사(상)』, 학지사, 1996.

손영부,『楓山 孫重行 硏究』, 동아대학교 대학원 석사학위 논문, 1988.

정상희,「풍산 손중행의 길」,『지역문학연구』7집, 경남지역문학회, 2001.

김지은,「이주홍의 시 연구」,『지역문학연구』7집, 경남지역문학회, 2001.

이지은,「박산운 서사시집『내 고향을 가다』에 대하여」,『지역문학연구』
　　　7호, 경남지역문학회, 2001.

박경수,「일제강점기 이주홍의 시 연구」,『우리말글』29집, 우리말글학회,
　　　2003.

박태일,「근대 통영지역 시문학의 전통」,『통영 · 거제지역연구』, 경남대
　　　학교 경남지역문제연구원, 1999.

______,「소지역 문예지와 합천 문학」,『한국 지역문학의 논리』, 청동거
　　　울, 2004.

______, 「이주홍의 초기 아동문학과 『신소년』」, 『경남·부산지역문학 연구 1』, 청동거울, 2004.

______, 「이주홍론―교육자로서 걸었던 길」, 『경남·부산 지역문학 연구 1』, 청동거울, 2004.

______, 「나라잃은시기 아동잡지로 본 경남·부산지역 아동문학」, 『한국문학논총』 37집, 한국문학회, 2004.

한국 소설과 합천지역

진 창 영*

1. 머리말

문학작품 특히 소설의 공간적 배경은 사건의 진행과 함께 지나가는 부수적 요소로서 작품의 분위기를 형성하거나 작품 주제의 분위기를 형성시키는 요소로서 기능하는 정도로 치부하기 쉽다. 그런데 우리는 일반적으로 자기 동일성의 확인과 존재의 의미 획득은 알고 보면 이 구체적 장소에서부터 비롯되어 부여 받는 것이라는 점을 간과하고 있음을 알 수 있다. 어떻게 보면 사람과 사람의 관계보다 더 안정되고 지속적인 것이 사람과 장소가 맺고 있는 관계라 할만하다. 문학작품에 있어 특정 '지역'에 관한 논의도 기본적으로 이러한 관점 위에서 비롯된다.

작가에게 있어 이른바 장소사랑[1] 곧 작가와 관련 있는 작품 외적 특정 장소 또는 작품 속에 나타나는 특정 장소에 관한 의미 찾기는 지역문

---

* 위덕대학교 교육학부 국문학전공 교수.

1) 이에 대한 어원을 논증 차원에서 찾자면 topophilia에서 확인된다. 박태일, 『한국 근대 시의 공간과 장소』, 소명출판, 2003, 134쪽.

학의 논리 속에서 하나의 테마로서 충분히 성립 가능한 것이라고 본다. 특정 장소나 지역이 인물과 사건이 지나가는 장소로서의 배경이 아니라 작품을 생산한 작가의 체험과 관련되어 이것과 작품세계와 연관되고 또 실제 이 장소나 공간이 작품 속에 등장한다면 그것은 문제가 달라진다는 것이다.

이런 관점에서 한국의 현대소설에서는 이 합천이라는 특정 지역이 어떤 공간의 모습으로 나타나고 있으며 또 작품 내의 등장 인물들에게는 어떤 역할과 기능으로 작용하고 있느냐를 살펴서 밝혀보기 위한 목적으로 이 글은 쓰여진다. 다시 말해 합천 출신의 작가와 작품을 중심으로 살피되, 작가에게는 그의 출신지인 합천이 작품과 관련하여 어떤 의미를 가지는 것인지, 그리고 작품에서는 이 지역이 어떻게 반영되어 나타나며 어떤 의미로 해석될 수 있는 것인지를 알아보고자 하는 것이다.

흔히 합천, 거창, 함양, 산청, 하동 등을 일컬어 서부경남이라고 하며 이중에서도 합천은 서북부 경남지역에 속한다. 지형적으로 소백산맥이 황학산, 가야산, 덕유산, 지리산으로 이어지면서 이 중 가야산과 덕유산이 이어지는 중간 지점을 중심으로 형성된 촌락들이 거창이며 합천은 황학산이 덕유산으로 이어지면서 동남쪽으로 뻗어 솟은 산인 가야산의 남쪽 기슭에서 시작하여 그 남동쪽 지역을 아우르고 있다. 여기서 가야산이 다시 동남쪽으로 뻗어나온 곳에 산청과 경계를 이루는 황매산이 있다. 합천군은 이 가야산의 남쪽과 황매산 두 산이 거느리는 동남사면을 중심으로 형성된 고을들로 이루어져 있다. 이 크지도 낮지도 않은 산들로부터 발원하는 시내와 강이 이루어진 자락자락 마다의 기슭에 고즈넉한 산촌마을을 이루며 이 고장의 선조들은 자손대대로 소박하게 살아왔다. 따라서 이런 지리적 자연환경에서 성장 과정을 거친 사람이면 그 바탕을 이루는 심성이 다들 착하고 소박한 특징을 갖는다 할 것이다. 특히 합천의 중 · 북부지방은 대부분의 지역이 황강을 끼고 있던지 아니면 황강으로 흘러드는 상류 개천을 배경으로 하는 공통점이 있기도 하다.

이러한 합천의 지리적 지형적 환경은 여기서 자라나서 작가가 되어 오늘날 우리의 문학에 자취를 남기고 있는 사람들에게 영향이 없을 수 없다. 아니 이런 자연환경 속에서의 성장과정이 한 작가의 내면세계에 미친 영향은 거의 절대적이라고 할 수 있을 것이다. 물론 성인이 되면서 교육을 통하여 다듬어지는 방향과 개인의 기질에 따라 사람마다 다른 양태로 나타나겠지만 그 저변을 흐르는 내용은 많은 공통점을 가질 개연성이 충분하다고 할 수 있다.

따라서 이러한 지형적 특징을 가진 합천이라는 특정 장소가 한국 소설에 있어서 이 곳 출신 작가의 관점과 이 곳이 소설작품의 소재로 나타나고 있는 관점, 이 두 가지 측면에서 어떻게 나타나고 있는가를 살펴보고 그 특징적 면을 찾아보고자 한다.

2. 합천 출신 작가의 작품 배태 장소로서의 합천 :
   작가적 관점

여기서는 이 곳 출신 작가들을 중심으로 성장지의 공간적 배경이 그의 작품에 어떤 영향을 미쳤으며 구체적으로는 작품 속에 어떻게 투영, 반영되고 있는지를 알아본 다음, 이것이 그 작가의 작품성향과 어떤 관련성을 갖고 있는지를 알아보고자 한다.

그러면 이렇듯 한 작가의 성장 배경이 깊은 산골의 산과 들의 자연환경이었을 경우 그의 작품이 도시적 모더니티를 갖고 있다던지 또는 심리적 복잡성을 가졌다든지 아니면 오늘의 도시적 일상이나 포스트모더니티의 성향을 갖는 경우는 극히 드물 것이다. 따라서 합천에서 태어나

합천을 성장 배경으로 한 작가들의 작품세계는 이런 관점에서 바라볼
수 있을 것이다.

1) 이주홍

한 작가의 작품을 두고 거기에 나타난 공간적 배경이 그 작가의 성장
배경과의 관련성을 따진다는 것은 전기비평의 관점에서 의미있는 일일
수 있으나 성장 과정의 어느 특정 지역의 의미를 논한다는 것은 작품의
본질적 의미를 살피는 데에서는 무의미한 일이다. 즉 향파 이주홍의 작
품을 논함에 있어 출생과 소시적 성장지인 합천이라는 특정 지역을 찾아
밝히고 따진다는 것은 무의미한 일일 수 있다는 것이다. 그러나 앞서 말
했듯이 작가의 성장 배경이 작품에 결정적인 영향을 미칠 수밖에 없다는
점에서 본다면 성장 배경은 그 작가의 작품세계를 밝히는 중요한 단서를
제공하고 결정적인 역할을 한다. 이렇게 본다면 향파의 출생지와 그 성
장 배경을 밝혀 작품과의 관련성을 논하는 일은 그 나름의 의미를 갖는
다. 물론 성장 배경과 관련된 특정 지역만을 찾고자 하는 것은 아니다.
　이렇게 볼 때, 향파의 작품활동 시기 중 중기[2] 즉 1936년『풍림』창간
시기부터 해방 직후 1947년 부산에 정착하기까지 합천, 일본, 서울을 오
가며 작품활동을 하던 시기에 발표한 소설들에서 그의 출신지 합천과

---

[2] 류종렬은 그의 「이주홍 소설 연구의 현황과 방향」에서 신동한의 연구 내용을 소개하
　는 자리에서 이주홍의 문단활동과 작품활동을 크게 세 시기로 나누어 다음과 같이 정
　리한다.
　문단 데뷔부터 1930년을 전후한 시기, 잡지『풍림』창간(1936)부터 해방 이전까지(혹
　은 해방공간과 한국 전쟁 전후까지), 해방 이후 부산에 이주하여 정착한 시기(또는
　1960년대 이후 1984년까지)가 그것이다. 이 중 두 번째 시기는 아동문학보다는 시와
　소설에 주력한 시기로서 이 때 소설들은 하나같이 농촌과 도시에 사는 가난한 사람들
　의 어려운 살림을 그리고 있다고 했다.

관련되고 있는 부분이 많다고 볼 수 있다. 이 때의 소설들은 대체적으로 하층민의 궁핍한 삶과 인간애를 드러내고 있는 작품들이 대부분을 차지하고 있는데 이는 구체적으로 당시 농촌의 실상 즉 당시 1930년대 후반 농촌붕괴 현상과 이로 인한 가정의 파탄과 인간성의 상실을 드러내고 있기 때문이다. 즉 1930년대 한국 농촌의 실상은 일제의 끈질긴 수탈과 착취로 인해 우리 농민들은 토지를 빼앗기거나 소작인으로 전락하고 고향을 떠나 유이민이 되거나 일본의 저임금 노동자가 되곤 하였는데 당시 향파의 고향 합천도 여기에서 예외일 수 없었기 때문이다. 이러한 모습들은 그의 소설에 그대로 반영된다. 물론 그가 고향 합천에서 체험한 이러한 착취와 궁핍의 모습은 당시 우리 농촌의 일반적 모습을 상징적으로 드러내고 있는 것이라고 할 수 있을 것이다. 즉 이것은 그가 소시적 체험한 기아와 궁핍의 모습이 후일 작가가 된 후 일제에 의한 '착취'라는 시각이 보태어져서 작품에 반영되었다고 할 수 있다.

이 때 발표한 작품들로는 「山家」(1936), 「夜花」(1936~1937), 「花房圖」(1937), 「弟嫂」(1937), 「製菓工場」(1937), 「조춘(한 사람의 觀客)」(1939) 등이 있다. 이 중 「산가」, 「야화」, 「화방도」, 「조춘(한 사람의 관객)」은 농촌의 붕괴와 가족의 해체에 따른 농민의 궁핍상을, 「제수」는 농촌의 붕괴로 인한 도시의 취업난을, 「제과공장」은 일본 노동이민의 실상을 보여준다. 이는 향파가 겪은 고향마을의 가난 체험 그리고 1924년 일본에 건너가 탄광, 토목, 철물, 문구, 제과공장 등을 전전하며 막노동을 해본 실제 체험도 함께 반영된 것으로 볼 수 있을 것이다. 이 중 「제수」나 「제과공장」 역시 겉으로는 도시로 이농한 주인공의 취업난과 일본에로의 노동이민을 다루고 있지만 그 이면의 실상은 수탈과 착취로 인한 농촌붕괴와 인간성의 파괴를 다루고 있는 것으로 결국 농촌소설의 범주에 들어가는 것이다. 이 점은 이주홍의 농촌소설이 지향하는 지향점이라고 할 수 있다.

이들 중 특히 수작으로 꼽히는 「조춘」은 당시 향파의 고향 합천의 풍속도가 어느 작품보다 뚜렷이 드러나는 작품이라 할 수 있을 것이다. 일제가 민둥산에 조림을 하고 잔디를 입히는 사방공사를 실시하면서 여기에 공사감독관이라는 권력과 금전을 가진 자가 등장하면서 이로 인하여 소박하던 농촌의 인심과 인간관계가 파탄나는 과정을 그리고 있는 당시의 세태적 농촌소설이라 하겠다. 여기서 발견되는 모습은 당시 사방공사가 벌어지고 술집이 생겨나던 당시 우리 농촌의 한 모델로서 이주홍의 고향 합천의 모습이 반영되었을 것은 당연한 것이라 하겠다.

그런데 여기서 이주홍 소설에 대한 향후 연구에서 한 가지 주목되는 점은 노인문제를 폭넓게 다루고 있는 이른바 노년소설에 대한 것이다.

이주홍의 문학을 전체적으로 연구 정리한 류종렬 교수는 향파의 소설을 크게 세 시기로 나누어 '일제강점기, 해방공간과 한국 전쟁 이후, 1960년대~1984년'으로 나누고 있다. 그리고 이를 각 시기마다 작품의 주제별로 분류하여 정리한 바 있는데3) 여기서 그는 특히 이주홍의 후기 소설(1960년대~1984년) 중 우리 소설사가 가지는 중요한 의미를 언급하면서 '노년소설'을 들고 있다. '노년소설'이란 "다소 생소한 용어지만 산업화·도시화와 더불어 인구의 노령화로 특징지어지는 현대사회에서 생겨난 사회적 장르"라고 말하고 있다.4) 여기서 산업화와 도시화를 인구노령화와 관련짓고 있는 점은 직접적인 관련성이 없다는 점에서 잘못된 판단이라는 필자의 견해이지만 어떻든 2000년대에 넘어오면서 건강

---

3) 류종렬, 『이주홍과 근대문학』, 부산외국어대학교 출판부, 2004, 78~88쪽 참조.
4) 이재선은 이를 '노년학적(gerontological) 소설(한국현대소설사, 민음사, 1991)', 김윤식은 '노인성 문학'이라고 명명(90년대 한국소설의 표정, 서울대출판부, 1994)하고 있으며, 서정자는 '노년소설'이라는 용어를 본격적으로 사용하였다(「하강과 상승 그 복합성의 시학」, 『초당대 논문집』 제1집, 1995).
최근 노년문학에 대한 연구성과는 문학을 생각하는 모임의 『한국문학에 나타난 노인의식』(백남문화사, 1996.10), 『한국노년문학연구 II』(국학자료원, 1998.4), 『한국노년문학연구 III』(푸른사상, 2002.2) 등이 있다(류종렬, 앞의 책, 2004, 87쪽의 각주 참조).

을 바탕으로 한 행복추구의 삶을 지향하는 이른바 웰빙 바람과 의술 및 생명공학의 발달은 미래의 노령화사회를 더욱 촉진시킬 것으로 예상하고 있기 때문이다. 이는 향후 우리 사회의 큰 화두가 되기에 충분한 주제이며 소설문학 역시 이 주제에 관하여 다각적인 접근이 시도되어야 하리라는 판단이다. 가령 죽음의 문제, 노인소외와 자살문제 등 다양한 접근이 필요한 분야이기 때문이다.

그러면 향파의 노년소설이 집중되고 있는 그의 후기 소설기(1960년대 이후)를 다시 작품의 주제별로 정리하고 있는 류종렬의 견해를 보자.

① 현대사회에서 도시화에 따른 가족해체와 이에 따른 세태의 비정함을 통해 노인의 소외된 삶이 문제시된다. 이는 도시화에 따른 가치의 불신화, 비인간화, 소외 같은 반윤리적인 사회현실과 전통적인 가족관계의 해체나 유교적 가치관의 하락이나 약화를 보여준다. 이런 작품으로 「땅」(1968), 「서울 나들이(촌수상경기)」(1974), 「수병」(1975), 「노인도」(1978) 등이 있다.
② 노년에 접어든 주인공이 지나온 삶과 현재의 삶을 담담하고도 냉철하게 관찰하는 생의 체관을 드러낸다. 이는 「노인도」에서도 어느 정도 드러나지만, 「바다의 시」(1967), 「낙엽기」(1969), 「산장의 시인」(1970), 「부유」(1975), 「달밤」(1980) 등에서 잘 드러나 있다.
③ 존재 탐구와 죽음의 철학적 성찰을 드러낸다. 죽음의 문제는 노년의 삶과 연계된 소설의 중요한 주제다. 이것은 「승자의 미소」(1966), 「낙엽기」(1969), 「차로」(1974), 「수병」(1975), 「선사촌」(1976) 등에 두루 나타나지만, 「풍마」(1972)와 「미로의 끝」(1984)에 특히 잘 드러난다.5)

즉 노인 소외에 대한 사회문제, 노년의 삶에 대한 대비, 존재와 죽음에 대한 성찰 등의 주제들은 모두 노년소설에서 다루어질 보편적인 주제들로써 향파 역시 이 점들을 제기하고 있음을 볼 수 있다.

사람이면 누구나 늙어가고 언젠가 죽음을 맞이해야 하는 것이 기정사

---

5) 류종렬, 앞의 책, 84~85쪽 참조.

실이지만 사회 인구의 구성에서 노년층이 두터워지면 그만큼의 문제가 발생할 것이고 아울러 노화된 사회가 되기 때문에 이 역시 하나의 사회 문제로 대두될 것이기 때문이다. 물론 이주홍의 소설이 이러한 사회 문제의 본질적이고 구조적인 부분을 직접 제기하고 있는 것은 아니지만 어떻든 이러한 노인문제의 심각성과 다가올 노령화 사회에 대한 화두를 던지고 있다는 점에서 주목된다는 것이다.

2) 최인욱

최인욱은 1920년 합천 가야면에서 태어났다. 해인불교전문학원 고등과를 중퇴하고 동경 니혼대학日本大學 종교과를 중퇴하였다. 1938년 단편 「시들은 마음」이 『매일신보』 신춘문예에 선외가작으로 입선하고 1939년 『조광』지에 「월하취적도(月下吹笛圖)」를 발표하면서 작가의 길을 걷기 시작했다. 중앙대학교 교수를 역임하고 1972년 타계했다. 그의 작품은 장편 18편, 단편 50여 편이 있는데 이 중 장편은 대부분 우리 역사에서 소재를 취한 것이다. 「草笛」(1961), 「임꺽정」(1962~1965), 「사명당(四溟堂)」(1962), 「죽죽이와 용석」, 「전봉준」(1967), 「子規(자규)야 알랴마는」(1968) 등이 그것이다. 이 중 「죽죽이와 용석」은 바로 그의 출신지인 합천 대야성 전투의 두 신라 충절의 인물성격6)을 중심으로 보여준 역사소설이다.

이처럼 상당수에 이르는 최인욱의 소설 중 그의 성장환경인 합천의 냄새가 두드러지게 드러나고 있는 듯한 작품들을 찾자면 상당수가 있다. 물론 소설이라는 허구적 작품의 공간적 배경을 두고 작가적 현실 공간과 연관시키는 것은 어떤 특정 의도가 아닌 이상 큰 의미가 없는 것일 수 있

---

6) 이상적 명분형과 실리적 실용형.

다. 그러나 한 작가의 가계나 성장환경 등과 작품과의 관련성을 논하는 전기비평이라는 관점에서 볼 때는 의미가 달라진다. 이 글은 이런 관점에서 쓰여지고 있기 때문이다. 따라서 최인욱 소설의 공간적 배경이 갖는 의미에 있어 그의 출신지 합천과의 관련성을 논할 수 있는 근거는 여기에 있다.

최인욱의 소설 중 6·25 이후 역사소설에 치중하기 이전의 것들로는 크게 두 유형으로 나뉘어진다.[7] 하나는 현실문제에 관심을 보인 것들로 주로 해방 전후의 혼란과 격동기에 시대 상황으로 인한 서민의 수난상과 궁핍상을 다룬 것이 그것이고,[8] 다른 하나는 모순된 현실과 부패한 세상을 등지고 탈세속적이며 전통적 낭만을 추구한 소설이 그것이다. 이 중 후자의 것들은 주로 그 배경이 깊은 산골 또는 이에 위치한 사찰과 그 인근 마을이 중심이 되어 있는 것이 대부분이다. 6·25 이전 최인욱의 전기소설 중 그 배경이 주로 이와 같은 절이나 산골 중심의 탈속적 무대를 하고 있는 것이 유난히도 많이 눈에 띄는데 이 점은 그가 태어난 곳이 가야산 자락 해인사 아래 고을인 가야면에서 출생하여 성장한 점이 반영된 것이라 보여 진다. 다시 말해 최인욱 소설의 공간적 배경이 합천이라는 성장지의 영향이 짙게 배어 있는 작품은 주로 그 배경이 깊은 산골마을이나 절寺刹로 설정되어 있는 특성을 갖고 있는 점과 관련된다는 것이다.

여기에 해당되는 소설들 중 산골마을을 배경으로 한 소설로는 「낙엽초(落葉抄)」, 「개나리」, 「두 상인의 기록」, 「낙화부」 등을 들 수 있고, 절을 중심으로 인근 마을이 무대가 되어 사건 전개가 이루어지는 것으로는 「월하취적도(月下吹笛圖)」, 「인생황혼」, 그리고 세속과 대응되는 장소로

---

7) 최인욱 소설의 창작활동 시기에 대하여 대부분의 연구물들이 6·25 이전 그의 나이 20~30대 젊은 시절 작품활동기와 그 이후의 역사소설에 치중하던 시기로 나누고 있다.
8) 여기서 해당하는 것으로는 「멧돼지와 목탄」(1942), 「개나리」(1948), 「동자상」(1950) 등을 들 수 있다.

산이 설정되어 그 세속적 현실로부터의 탈피를 추구하는 것으로 「등산 구락부(登山俱樂部)」가 있다.

　이런 소설들을 통하여 볼 때 그의 고향 합천은 1945년 해방 전의 부조리한 현실과 그 직후의 혼란하고 어수선한 당시의 현실에 염증을 느낀 작가가 이로부터 이탈하고픈 심경의 지향점이 된 것으로 볼 수 있다. 이 점은 작가의 현실인식과 비판정신이 가장 왕성하던 20대에 그가 보고 겪었던 당시 사회상에 대한 대응심리로 택한 것이 현실도피와 그 구체적 장소로 떠오른 곳이 마음의 고향이었던 출생지 합천이었지 않았나 하는 판단이다. 다시 말해 절이 있었고 산수가 깊고 아늑했던 과거 성장지의 고향마을이 자연스레 상정되었을 것이란 점은 쉽게 짐작할 수 있는 부분이다. 가령 「등산구락부」에서 주인공 5명이 당시 해방공간의 어수선한 정치현실에 염증을 느끼고 등산동호인을 만들어 산을 매개로 인간적 우애와 탈속의 공감대를 형성하는 것, 「월하취적도」에서 ‘운호사雲湖寺’9)와 제월담을 무대로 펼쳐지는 현실비판적인 병약한 두 젊은이 즉 화가인 여주인공과 젊은 작가의 꿈꾸는 듯한, 그러나 비극적인 사랑을 그리고 있는 것이라든지, 「낙엽초」에서 주인공 전직 신문기자가 도시인으로서 치열한 현실생활을 위선이라 생각하며 고향으로 낙향하면서 사랑의 좌절을 겪는 이야기 등이 모두 작가의 젊은 시절 비판적 현실인식과 이로부터의 이탈을 꿈꾼 대상으로서 고향이 상정되었던 것으로 볼 수 있다. 물론 작가는 이러한 은둔적 모습의 인물들을 통하여 인생의 의미와 인간의 존재 의미를 묻고 있는 데에까지 나아가기도 하지만 결국 이런 주제의식은 곧 현실비판으로서의 탈속에서 자연으로 귀의하는 도가적 자연 친화의 전통과 맥을 같이 한다고 할 수 있다.

---

9) 이는 현재에도 합천읍의 황강변 언덕의 대야성으로 추정되는 언덕의 절벽에 위치한 ‘연호사(燕湖寺)’라는 절을 연상하게 하는데, 신라의 통일전쟁기 대야성 전투에서 전사한 영혼들을 위로하기 위하여 세운 세워진 신라 이후의 전통 사찰로 알려져 있다.

　최인욱이 후일 역사적 소재로 시야를 돌린 것도 이런 관점에서 보면 젊은 시절 겪은 부조리하고 어수선한 현실로부터의 탈출구로서 취하여진 방향 전환이라고 할 수 있을 것이다.

3) 홍 성 원

　전후소설 「남과 북」, 「D데이의 병촌」, 「폭군」의 작가 홍성원이 합천 출신이란 점은 합천 사람들도 알고 있는 사람들이 많지 않다. 이유는 홍성원이 어린시절을 강원도 김화에서 그리고 수원에서 학창시절을 보낸 것 때문이 아닌가 한다. 그가 언제부터 강원도에서 살았는지 그리고 합천에서는 언제까지 성장하였는지는 확인하지 못하였다. 그러나 그의 초기작인 1969년 『창작과 비평』에 발표한 「폭군」의 공간적 배경에는 '용주골'이 나오는데 이는 합천과의 관련성을 추정하는 것이 가능하다. 폭군을 중심으로 이 점에 관하여 알아본다.

　이 소설은 우리 전래 동화에서 익숙한 이야기인 호랑이와 명포수 이야기가 원형이 되어 있다. 평생을 사냥으로 늙은 한 노인 포수가 마을 주민을 해치던 호랑이를 추적하여 마주치고 이와 함께 싸우다 뒤엉켜 최후를 맞는다는 이야기다.

　홍성원의 소설 「폭군」은 마치 허만 멜빌의 명작소설 「Moby Dick, 白鯨」을 연상하게 한다. 여기서 에이허브선장이 자기 다리를 잃게 한 거대한 흰 고래를 찾아 집요한 추적 끝에 이의 한풀이와 함께 최후를 맞는데 이 한풀이의 대상인 백경은 어느 새 자신의 마음 속 숭앙의 대상이 되어 신적인 존재가 되어 버린 것처럼, 이 소설 역시 유사한 주제를 갖는다. 이는 「폭군」에서 마을 사람들이 자기들을 해친 호랑이에게 오히려 제사를 지내는 것으로 보아 호랑이는 사람들에게 신성시 내지 신적 대상으

로 자리 잡고 있는 점과 유사하기 때문이다. 아울러 사냥꾼 노인 역시 호
랑이는 자신과의 최후의 대결자이기도 하지만 이는 곧 자신의 삶의 가
치와 존재의미를 부여하게 해주는 존재로서, 종내는 삶의 최후를 호랑
이와 함께 맞이함으로써 호랑이는 이미 총으로 쏘아 노획하여 생계수단
을 이어야 할 짐승을 넘어 자나 깨나 그의 마음속에 자리하고 있었던 신
격화인 존재였기 때문이다. 호랑이는 곧 그의 존재 의미와 가치를 부여
해주는 신적 존재로 격상되어 있다는 것이다. 호랑이를 산신령이라고
했던 조상들의 옛말과 고대 민간의 토템신앙은 바로 이것을 두고 하는
말이다.

아울러 이런 관점은 홍성원 소설 특유의 기법인 대결을 통한 존재와
삶의 의미 획득의 구조라고 할 수 있다. 이 작품에 등장하고 있는 포수노
인이 사는 산골과 강이 있는 무대는 곧 그의 출생지인 합천에서 길러졌
던 것이다. 따라서 그의 고향 합천은 그의 작품을 일구어 내는 밭으로서
자리 잡고 있다고 할 수 있다.

이 소설에 등장하는 산촌마을인 '용주골'과 인근의 강변 등을 두고 '황
매산' 자락과 '용주면' 어디라는 장소의 추측은 어찌 보면 무의미하다.
그러나 이 소설의 중심제재인 호랑이와 대조적 성격의 중심인물인 두명
의 포수 그리고 마을 사람들 등에 의해 인간과 동물, 인간과 인간(군 장
성 출신 사냥꾼과 노인 포수와의) 그리고 마을 사람들의 호랑이에 대한
의식 등이 펼쳐지는 배경은 전형적인 합천의 지형 그대로라는 점을 짐
작하게 하는데 이는 작가 홍성원의 성장기의 환경이 그의 작품에 그대
로 나타난 것이라는 점을 주목할 필요가 있다. 유독 많은 호랑이 설화와
함께 성장했을 법한 합천 출신 작가로서 소설 「폭군」은 홍성원의 성장
환경이 작품에 반영된 경우라고 할 수 있을 것이다. 가령 소싯적 실화 반
설화 반으로 들었던 호랑이와 명포수의 이야기는 작가에게 그대로 반영
된 경우가 아닌가 한다. 이런 이야기의 전형을 작가 특유의 힘 있는 문체

와 대결구도로 그려내고 있지만 역시 그 바탕엔 소싯적부터 이런 이야기와 함께 성장하였기에 가능했던 것이다. 즉 서부경남 산골 합천 출신 특유의 작가적 캐릭터를 이런 대목에서 엿볼 수 있다는 것이다.

따라서 이러한 작가의 작품을 잉태하기까지에는 누가 뭐래도 그의 가족사와 성장기의 자연환경이 결정적인 영향을 미쳤을 것이라는 점은 두말할 필요가 없을 것이다.

4) 정태규

정태규는 2007년 현재 부산에서 활동하고 있는 현역 작가이다. 합천 쌍백에서 태어났고 1989년 부산일보 신춘문예에 「청학에서 세석까지」가 당선되면서 작품활동을 시작하였다. 작품세계가 아직 진행형인 현역 작가이기에 섣불리 평가하긴 성급하긴 하지만 지금까지 발표된 작품들로써 그의 문학세계를 들여다보면 다음과 같다.

우선 작가의 인간관이 주로 과거를 향해 있다는 점에 주목할 필요가 있다. 이 점은 그의 작품에 그가 자란 시간 공간적 배경 즉 합천이 크게 자리하고 있음을 짐작하게 하는 대목이다. 이 점은 그의 첫 작품집『집이 있는 풍경』에 실린 작품들 중 표제와 같은 작품인 「집이 있는 유년 풍경」의 공간적 배경이 유년의 성장기의 한 산골마을로 되어 있어 이는 곧 작가의 출생지와 성장지인 합천 쌍백을 더욱 강하게 연상하게 한다. 더욱이 주인공인 '나'의 자전적 형식으로 전개되는 소설이기에 합천과의 관련은 더욱 강한 시사점을 주게 한다.

이 소설은 '나'로 표현되는 한 산골 초등학생의 일상적 생활 주변에서 일어나는 일이었던 병정놀이를 추억하는 이야기이다. 여기서 꼬마들 병정놀이의 지휘본부인 집을 지어 이를 중심으로 벌어지는 아이들의 천진난만한 세계를 그리고 있다. 그러나 이 집이 군사정권에 반대하던 청년과 이 마을 처녀의 은둔 장소로, 그리고 이 처녀가 맞는 비극적 최후의 장소로 돌변하면서 무너져 내린 유년의 충격적 경험을 그리고 있다. 그러나 그의 '집'은 오늘날 자본의 논리에 망가져 있는 재화가 아닌 행복의 공간이었음을 우리에게 알게 해 준다. 유년의 놀이터에 지은 그들만의 집은 그들에겐 하나의 우주이며 육체와 영혼이 담기는 공간으로서의 집이었던 것이다.

이렇듯 행복이 담기는 공간으로서의 '집'이 작가의 성장지의 자연과 공간배경은 결정적 영향을 미치지 않을 수 없을 것이다. 이 점은 그의 다른 작품 「아버지의 가을」, 「형의 방」 등도 거의 동일한 경우로 보인다. 과거로 향하여 있는 작가의 시선과 기억 속의 행복의 흔적과 그 공간을 찾아 나서고 있기 때문이다.

> 마을 뒤편 저 멀리 언제나 보랏빛 이내에 이마를 숨기고 병풍처럼 둘러 서 있는 자굴산이 있었다. 그 산의 여러 등줄기 중의 하나가 수많은 골짜기와 야산 등성이를 거느리고 밋밋하게 뻗어 오다가 들판을 만나 길이 막히자 불끈 한 번 솟구쳤다가 풀썩 감돌아 맺힌 듯한 산기슭에 키낮은 초가지붕들이 어깨들을 맞대고 옹기종기 엎드려 있는 것이 우리 마을이었다. 골담이라고 불리는 산골짜기에서 시작하여 넓은 앞들을 향해 서서히 퍼져나간 마을은 뒷산 꼭대기에서 내려다 보면 정확한 부채꼴 모양을 이루고 있었다.[10]

이 소설은 결국 역사적 장소로서의 비극을 담고 있는 공간으로서의 합천이 등장하는 대목이다. 이 때의 역사적 장소란 구체적으로 이데올로기의 대립이 아직 첨예하게 지속되고 있고 60~70년대 6·25가 지나간 지 10년 남짓 지난 즈음의 시대상이 당시의 시골 마을에 상존하고 있음을 이 하나의 사건을 통해서 보여 주고 있기 때문이다. 그리고 정태규

---

10) 정태규, 『집이 있는 유년 풍경』, 도서출판 해성, 1994, 64쪽.

의 성장지인 쌍백면 평구리의 동쪽은 언제나 자굴산이 푸른빛을 띠며 있었기 때문이다. 이 사실은 위 인용문에 나타나듯이 작품 속에 실명으로 드러나고 마을 이름도 마찬가지다.

곡절 많은 최근 우리의 역사 속에서의 시대상이라고 할 수 있는 박정희 군사정부 초기에 일어날 수 있는 한 음울한 비극의 모습이 이 마을에 상존하고 있었음을 작가는 과거 회상을 통하여 보여준다. 이러한 배경을 통하여 작가는 오늘의 행복 공간으로서의 집의 의미를 반추하게 한다. 그런데 그 바탕에는 역시 과거 성장기의 공간적 환경이 반영되어 이런 작품으로 형상화되고 있음을 볼 수 있다는 것이다.

3. 작품 소재로서의 합천의 역사적 · 문학적 의미 :
　　작품소재적 관점

작가가 역사적 사건이나 소재를 취하여 문학작품으로 형상화하는 작업은 곧 숨 쉬지 않는 과거의 박물학에다 생기를 불어넣어 오늘에 살려내어 숨 쉬게 하는 일이라 할 수 있을 것이다. 고문헌의 기록은 당시의 역사가 오늘까지 박물화 되어 있는 것이다. 소설가 김훈이 이순신의 난중일기를 읽고 아산 현충사에서 정적에 싸인 채 잠들어 침묵하고 있는 칼을 보며 생각해 낸 것이 무엇이었으며, 악기박물관의 침묵하고 있는 가야금을 보며 인간의 생명의 모습과 닮은 질감을 얘기한 이유가 무엇이었겠는가. 그것은 이순신의 칼과, 그리고 악기박물관 전시실에 있는 이것이 과거의 그 누군가가 켜고 뜯었을 당대를 살려내기 위한 상상력의 발동, 즉 작품 구상을 위해서였을 것이다. 다시 말해 작가는 상상력을 통하여 흘러간 과거의 시간을 오늘에 살려내는 역할을 하는 사람이기 때문이다. 즉 작가의 글쓰기는 지난 역사와 그 기록을 오늘에 살려내는 창조행위라 할 수 있다. 김훈이 악기 박물관에 진열된 '불우해 보이는' 그러나 '꿈꾸는 듯한' 악기들을 보면서 하릴없이 소일한 이유도 이를 위하여서라고 할 수 있을 것이다. 그는 그 악기와 이순신의 칼을 보면서 그에게 들리는 것이라곤 전시실의 '맹렬한 적막'뿐이었다고 말한다. 이 '맹렬한' 적막은 바로 작가가 스스로 느꼈던 아니 작가에게 주어진 역사의 현재적 의미에로의 재현이라는 의무감이 아니었던가 한다. 그것은 손끝의 펜에서 나오는 것이 아니라 상상력에서 나와야만 되는 것이다. 그 상상력이 작가에게는 전시실의 적막에서 출발되어 발동되었던 것이고 그것은 잠든 역사를 되살리고픈 강렬한 충동이었기에 맹렬한 적막이라고 한 것이 아닐까. 박물관에 진열된 '잠자고 있는' 악기가 '꿈꾸는 듯이' 보였던 것은 작가의 상상력을 자극하는 동인이 되지 않았을까.

이렇게 볼 때 오늘의 합천이라는 장소는 과거 문헌에 기록되어 현대인의 해석을 기다리고 있는 것과 오늘의 문학에 나타나 우리에게 읽히고 있는 두 유형으로 나뉘어질 것이다. 역사로 기록되어 전하는 전자의 예로 '죽죽설화'를 들 수 있고 후자의 예로는 「칼의 노래」, 「현의 노래」(이상 김훈), 「집이 있는 유년 풍경」(정태규), 그리고 「죽죽과 용석」, 「낙화부」(이상 최인욱) 등을 들 수 있을 것이다. 즉 과거 서사기록 문헌 속의 합천의 모습과 의미 그리고 오늘의 문학작품에 나타나고 있는 합천의 모습과 의미에 대하여 알아보고자 한다.

그러면 먼저 과거 문헌 곧 고대문학에 나타난 합천으로서 삼국사기 권제47 제7열전 죽죽설화와 앞서 예로 든 현대소설 작품들을 중심으로 살펴본다. 전자는 서사기록상 시·공간의 배경이 가야 말기와 합천이라는 것 그리고 후자는 소설 속의 지명이 합천과 그 마을이 배경으로 등장하기 때문이다.

1) 삼국사기 속의 죽죽설화

합천이 최초로 서사적 이야기의 모습으로 문헌에 등장하는 것은『삼국사기』"권제사십칠 열전제칠 죽죽(卷 第四十七 列傳 第七 竹竹)"편을 통해서이다. 그 전편의 내용을 당시 반도 남부 신라와 백제의 영토쟁탈과 고구려와의 관계 등을 종합하여 서사적으로 재구성된 이야기를 보면 다음과 같다.

서기 640년 왕위에 즉위한 백제의 의자왕(義慈王 : 해동증자(海東曾子))은 국내정치의 안정을 도모한 다음 신라에 대하여 적극 공세를 취하였다. 그는 642년 신라 선덕왕 11년 임인년(壬寅年)(백제 의자왕 2년 : 642년)에 친히 군사를 이끌고 신라의 서쪽 변방 40여 성(城)을 빼앗았으며, 8월에 고구려와 함께 신라와 당나라 교통로인 당항성(黨項城 : 화성시 남양만)을 공격하려고 백제 장군 윤충(允忠)으로 하여금 군사 1만으로 대야성(大耶城)을 공격하였디.

죽죽(竹竹)은 신라 선덕왕 때 사지(舍知 : 4두품 벼슬)가 되어 김춘추(金春秋)의 사위인 대야성 도독(都督) 김품석(金品釋)의 휘하에서 보좌역을 맡고 있었다. 여기에는 대야성 도독 김품석의 부하 막객(幕客)인 사지(舍知) 검일(黔日)도 있었다. 그의 아내는 합천 출신으로 특출한 미모를 가지고 있었다고 한다. 김품석은 아내 고타소와 함께 성(城) 안에서 살고 있었음에도 불구하고, 검일의 아내 미모가 아름답다고 하여 빼앗아 버리자, 아내를 빼앗긴 검일은 그 분통을 참아내기가 참으로 어려웠다. 그래서 검일은 원한을 품고 대야성 맞은편 백제의 갈마산성[11]에 투항해서 미리 가있던 옛 동료 모척(毛尺)과

---

11) 대양면 연혁을 소개한 홈피 자료에 대양면 대목리(벌리)에 소재한다고 되어 있는 것은 어디에 근거를 둔 것인지는 확실치 않으나 이는 일제시대 1914년 행정구역 통폐합 정비 이후 오늘날 버러실 이사리 손목리 등이 용주로 편입되기 이전(조선태종13년(1413)~1914년) 대목면 시절(대목면과 양산면)을 두고 하는 말이 아닌가 한다. 즉 대목면과 양산면을 합친 대양이라는 행정구역의 뿌리를 두고 보면 이렇게 말할 수 있다. 그러나 이 두 지역이 합쳐 대양면으로 되고 이 갈마봉이 있는 성산리는 용주로 편입된 것이 아닌가 한다(물론 성산리 사람들은 원래부터 용주였다고 한다).
따라서 현재의 용주면 성산리 북동쪽 뒷산 갈마봉의 북쪽 황강변이 갈마산성의 위치라고 보면 무방할 것 같다. 이는 그곳 지명의 내력도 그렇고 신라의 대야성과 황강을

내통하였다. 어느 날 사지 검일이 대야성 안의 창고에 불을 질러 신라 진영을 혼란에 빠뜨렸다. 이로 인하여 대야성은 큰 혼란에 빠져 전세가 불리해 졌다. 이에 김품석의 보좌관인 아찬(阿飡) 서천(西川)이 성벽에 올라가서 백제 장군 윤충에게 소리치기를 "만약 장군이 우리를 죽이지 않는다면 원컨대 성문을 열어들이고 항복하겠다!"고 하니, 백제의 윤충이 답하기를 "만약 그렇게 한 다면, 그대와 더불어 우호관계를 함께 하겠다. 이 말에 거짓이 없다는 것을 밝은 해를 두고 맹서하겠다"라고 전하자, 아찬(阿飡) 서천(西川)이 그만 항복 하였다. 그리고 김품석도 서천의 항복 권유를 받아들이고 여러 장수들과 함 께 성문을 나가려 하자, 죽죽은 말리며 말하였다. "백제는 자주 말을 번복하 는 나라이니 믿을 수 없습니다. 그리고 윤충의 말이 달콤한 것은 반드시 우리 를 유인하려는 것에 불과합니다. 만약에 성문을 열고 나가면 반드시 적의 포 로가 될 것입니다. 쥐처럼 엎드려서 삶을 구하기보다는 차라리 호랑이처럼 싸우다가 죽는 것이 낫습니다." 김품석은 죽죽의 말을 받아들이지 않고 성문 을 열어 먼저 병졸을 내보냈으나 백제의 복병들이 나타나 모두 죽였다. 김품 석도 항복하려 나가려다가 먼저 나간 장수와 병졸이 죽었다는 말을 듣고는 그의 가족과 처 고타소와 자식을 죽이고 스스로 칼로 목을 찔러 자결하였다. 대야성 함락과 함께, 딸과 사위의 죽음 소식을 접한 김춘추는 종일토록 식음 을 전폐하고는 기둥에 기대서서 눈 한 번 까딱하지 않고, 사람이 그의 앞을 지나가도 분간하지 못하였다고 한다. 그러다가 "아아, 사내장부로 태어나서 어찌 백제 따위를 정복하지 못하랴"라고 울부짖으면서, 백제에 대한 복수심 을 불태웠다고 한다. 죽죽이 남은 병졸을 모아서 성문을 닫고 몸소 대항하니 사지(舍知) 용석(龍石)이 죽죽에게 말하기를 "지금 군대의 형세가 이러한 데 반드시 안전할 수 없다. 항복하여 살아서 후일을 도모하자"고 말하였다. 죽 죽이 답하기를 "그대의 말이 합당하다. 그러나 우리 아버지가 나를 죽죽이라 고 이름을 지어 준 것은 나로 하여금 추운 겨울에도 시들지 않는 절조(節操) 를 지켜 부러질지언정 굽히지 말라, 한 것이니 어찌 죽음을 두려워하여 살아 서 항복하겠는가" 하였다. 그리고는 백제군에 대항하여 힘써 싸웠으나 끝내 는 대야성이 함락되고 죽죽과 용석은 전사하고 말았다. 이 이야기를 들은 신

경계로 하여 백제와 대치한 성이 갈마산성이었다는 점을 보아도 그렇기 때문이다. 성산리 지명의 내력에 의하면 황강을 경계로 신라와 백제가 대치하여 전투상황에 있 을 때 백제장군 갈마가 성을 쌓았다 하여 산 이름을 갈마산이라 하고 그 곳 지명을 성산(城山)이라고 하였다는 구전설화가 이를 방증한다.

라 선덕여왕이 크게 슬퍼하였고 죽죽에게는 급찬(級湌), 용석에게는 대나마
(大奈麻)의 관등을 내려주고 처자식에게는 상을 내리고 왕도(현 경주)로 옮
겨 살게 하였다.

죽죽설화의 중심 사건인 이 신라와 백제의 대야성 1차 전투는 긴 역사
속에서 보면 아주 작은 지역 전투에 불과하지만 결과적으로 이 전투는
백제와 고구려 멸망과 신라 통일로 나아가는 역사적 분기점이라고 할
수 있다. 신라에게는 전화위복의 계기가, 백제에게는 다음 전투에서 대
패하는 계기가 된다는 것이다.

다시 말해 죽죽의 전사와 함께 함락된 대야성으로 인하여 신라는 백
제와의 영토쟁탈에서 전세가 불리해지게 됨으로써 신라로 하여금 크게
각성하게 하는 계기를 만들었으며 이에 김춘추와 김유신이 힘을 합쳐
전열을 정비하는 계기가 되고 이어 통일의 기반을 닦게 되는 분수령이
된 전투였음도 알 수 있다.

아무튼 이 이야기를 통하여 알 수 있는 역사 이야기 속의 합천이라는
장소의 의미는 백제와의 두 번에 걸친 대야성 전투를 통하여 찾을 수 있
다. 즉 신라가 패하는 1차 전투는 신라가 전열을 정비하는 계기가 되었
고 2차 전투에서의 승리는 신라가 당의 원군을 얻어 백제를 멸망시키는
발판을 마련한 전투였던 것이다. 이에 그 역사적 분기점을 이루는 장소
가 합천이었고 대야성이었던 것이다.

삼국사기를 정사라고는 하나 인물의 전기적 사실 중심의 「열전」 이야
기는 서사문학이라고 봐도 무리가 아닐 것이다. 이에 열전 속에 들어 있
는 죽죽전은 고대서사문학 장르로 보아 함께 다룬 것이다. 이에 대한 본
격 연구는 다음 과제로 미룬다.

이에 위와 같은 우리 고대사의 한 분수령을 이루는 대야성 전투에 관
하여서도 그 위치와 내력을 알아볼 필요가 있다. 이에 관한 자료는 다음
과 같다.

대야성(大耶城)은 지금의 경남 합천군 합천읍 합천리 강변(江邊)을 이용해 해발 90m의 취적산(吹笛山) 정상 부분에 흙과 돌로 쌓아 올린 자연 내 · 외 토성이다. 지금은 다 허물어지고, 약 30m 정도의 성벽(城壁)이 황강(黃江)변 함벽루(涵壁樓) 인근에 일부 남아 있을 뿐이다. 합천 사람들은 대야성을 대밭 마루 또는 죽봉산(竹峯山)이라고 불렀다. 신라(新羅)의 죽죽장군(竹竹將軍)이 백제군(百濟軍)과 싸워 마지막 충절을 보인 이곳에 장군의 애절한 혼이 대밭 으로 변했다는 이야기 때문이라고 한다. 이 대야성은 당시 신라와 백제의 접 경지역으로 신라로서는 서쪽으로 백제로서 동쪽으로 진출할 수 있는 군사적 요충지였다. 백제가 신라를 공략하기 위해서는 반드시 자기 땅으로 만들어 야 했고 신라는 대야주(大耶州)를 굳건히 지킴으로써 백제의 예봉을 꺾을 수 있었다. 대야주는 원래 고령(高靈)을 기반으로 한 대가야(大伽倻) 땅이었다. 신라 24대, 진흥왕 23년(562년) 대가야가 신라장군 이사부(異斯夫)에 의해 멸망되어 신라 땅으로 편입 된 것이다. 신라는 새로 점령한 서남지역의 평정 과 금 주산지 보호 및 백제의 침공을 막기 위해 이곳에다 견고한 요새인 대야 성을 구축하고 도독(都督)을 두어 다스리게 했다.[12]

2) 「죽죽과 용석」, 「낙화부」 : 최인욱

「죽죽과 용석」은 앞서 언급된 삼국사기 속의 일화를 바탕으로 한 최 인욱의 역사소설이다. 여기에도 대야성과 갈마산성 그리고 현 경산에 해 당하는 압량주의 지명이 그대로 등장한다. 다만 문헌기록의 이야기와 다 른 점은 인물의 성격을 부각시켜 인물 중심으로 사건전개가 이루어져 있 다는 점이다. 여기서 인물의 성격이란 앞서 말한 1차 대야성 전투에 등장 하는 여러 인물들 중 신라의 두 충절 죽죽과 용석의 대조적 성격을 부각 시켜 오늘의 독자에게 메시지를 전하고자 한 것이다. 즉 항복하면 화친 을 맺겠다는 윤충의 말은 유인책이니 이에 속아 노예로 살기보다 차라리 장렬히 싸워 죽음을 택하자는 절의와 명분을 내세우는 '죽죽'과, 일단 전

---

12) 합천군지.

략상 항복한 후 다음을 도모하자는 '용석'의 실리주의를 대비적으로 보임으로서 현대인의 삶의 방식에도 같은 시사점을 주고자 한 것이다.

문제는 여기에 등장하고 있는 합천의 의미이다.

역사란 현재와 과거의 대화라는 E. H. 카아의 말처럼 역사소설 역시 과거 역사의 소재를 통하여 허구적으로 재구성한 것이다. 이것의 의미 역시 현재의 우리는 이 과거 역사를 어떻게 해석할 것인가 또는 이를 통하여 무엇을 배우고 찾아 미래의 방향설정을 할 것인가를 찾는 것이 그 의미일 것이다. 그렇다면 이러한 역사소설에 등장하는 공간적 배경 역시 이 소설의 주제를 위하여 참여하는 하나의 부수적 요소로서 기능한다 할 것이다.

아울러 소설의 공간적 배경이 기능하는 또 하나의 요소는 지역문화 현양에 기여하는 경우라고 할 수 있다. 역사적 장소와 문학작품의 소재로서의 대야성이라는 문화적 가치가 예사롭지 않다는 것이다. '대야성'과 '죽죽', '용석'이라는 문화브랜드는 미래의 경제 부가가치 창출의 큰 자산이라는 점은 이미 새삼스러운 말이 아니다. 하동군은 역사적 장소도 아닌 문학 속의 허구적 배경인 평사리 최참판댁을 문화상품으로 재현하여 영화촬영은 물론 많은 관광객을 유치하고 있는 것은 그 좋은 예다.

그리고 「낙화부」13)에서 주인공 '나'의 이야기는 일제 말 젊은 시절 식민지시대 청년지식인으로서 좌절감과 권태로운 모습을 담고 있으며 작가의 사적 심경과 인생관을 담담한 필치로 펼쳐나간 역사소설의 느낌을 갖는다. 이러한 심경은 그가 젊은 시절 해인사에서 얼마간 묵을 때의 경험이 기록된 것이라 할 수 있을 것이다. 역시 작가 자신의 대리자인 '지식인 청년'이 '현실 관조의 장소'로 택한 곳은 고즈넉한 고향의 산사인 해인사였던 것이다.

---

13) 당의 시인 백낙천의 五言絶句「落花古調賦」가「낙화부」로 회자되고 있는데 여기에서 제목을 취한 듯함. 원문은 "留春春不駐 春歸人寂寞 厭風風不定 風起花蕭奈"임.

3) 「칼의 노래」, 「현의 노래」: 김훈

이순신의 절망적 고뇌를 김훈 특유의 필치로 다루고 있는 「칼의 노래」
에도 합천의 '초계'가 나온다. 이야기는 이순신의 백의종군에서부터 시
작한다. 옥에서 풀려난 이순신이 백의종군을 위하여 남하하여 순천 도
원수부[14]에 신고 후 보직과 임지도 없는 상태로 만든 장본인이었으며,
당시 도원수로서 이순신을 가두었고 죽음의 절망으로까지 몰아가게 했
던 인물 권율이 찾아와 만나는 장소가 합천의 초계 어느 아전집 토방이
다. 김시민, 최경회가 분전했으나 함락된 진주성은 폐허로 변하여 시찰
할 것이 없는데도 도원수 권율이 이를 명목으로 이 곳 궁벽한 오지인 초
계까지 자신을 찾아 온 사실을 이순신은 납득하지 못한다.

> 도원수 권율은 군관과 나졸들을 거느리고 있었다. 그의 말은 살찌고 기름
> 졌다. 갈기에서 무지갯빛이 부서졌다. 그는 방 안으로 들어오지 않고 토방 툇
> 마루에 걸터 앉았다. 나졸들은 마당에서 창검과 기치를 정렬했다. 나는 마루
> 로 나와서 그에게 절했다.
> — 이순신, 자네를 자네라고 불러도 좋겠는가?
> 그는 백의종군하는 나의 지위를 명석하게도 나에게 인식시켰다. 환갑의
> 나이에도 그의 목소리는 우렁찼다.
> — 백의의 몸이오니…
> 나는 대답을 얼버무렸다. 체포되기 몇 달 전인 병신년 초겨울에 나는 한산
> 통제영에서 그를 대면한 적이 있었다. 그 때 그는 통제영까지 나를 찾아 왔
> 다. 조정에서 입수한 정보에 따르면 가토기요마사의 부대가 곧 바다를 건너
> 서 부산으로 진공하게 되어 있는데, 함대를 이끌고 부산 해역으로 나아가 미
> 리 대기하고 있다가 적을 요격해서 가토의 머리를 조정으로 보내라고, 그 때
> 그는 나에게 말했었다. 그는 이 작전이 조정의 전략이며 도원수의 지시라고
> 말했다. 나는 그 때 다만, 지휘관의 판단을 존중해 주십시오, 라고만 대답했
> 다. 그는 서둘러 돌아갔고 나는 함대를 움직이지 않았다. …(중략)… 가토는

---

14) 전시의 나라 전체의 군무를 총괄하는 국방총사령부.

임진년 출병의 제 1진이었다. 가토의 부대는 한나절 만에 부산성을 깨트리고, 꽃놀이 가는 봄나들이 차림으로 가마 대열을 꾸며 북으로 올라갔다. …(중략)… 임금은 가토의 부대에 쫓겨 의주까지 달아났었다. 임금은 가토의 머리에 걸린 정치적 상징성을 목말라 했다. …(중략)… 나는 정치적 상징성과 나의 군사를 바꿀 수는 없었다.[15]

당시 도원수 권율의 전략 지시를 거부하는 장면과 그 이유 그리고 이 것이 빌미가 되어 기소되어 옥고를 치른 후 백의종군하는 이순신을 권율이 찾아와 만나는 장면이 나타나는 부분이다. 이 때의 만남은, 이순신이 기소되어 문초 당하고 있을 때에 권율의 전략과 원균의 전술로 치러진 칠천량해전이 대패하여 다시 나라 전체의 전세가 위급한 상황에 놓였을 때에, 옥에서 풀려나와 모친상을 치르고 찢어진 마음을 추스르기 위하여 합천 초계에까지 내려와 머물고 있는 이순신을 권율이 찾아와 만나는 의미있는 장면이다. 그리고 그는 "자신을 기소한 자와 탄핵한 자들이 누구였던가를 비로소 알게 되었다. 나는 정치에 아둔했으나 나의 아둔함이 부끄럽지는 않았다. 그 권율이 이 궁벽한 산골까지 또다시 나를 찾아온 것이었다"고 말한다. 그리고 "권율이 돌아간 뒤 나는 종을 시켜 칼을 갈았다. …(중략)… 이 세상을 다 버릴 수 있을 때까지"라고 말한다. 이 칼이 적을 향한 것인지, 자신을 죽음의 곤경까지 몰고 가게 한 권율과 비변사 문인관료를 향한 것인지 아니면 칼의 단순성에 맡기는 것인지의 의미는 독자의 판단이다. "나는 하동, 남해, 여수 쪽 연안으로 길을 정했다. 내가 떠날 때 묵던 집 아전이 좁쌀과 소금과 말린 생선을 싸 주었다"고 말한다. 합천 초계는 그런 장소로 등장한다.

이순신이 출옥하여 백의종군을 위하여 머물며 세상에 대한 절망과 심신을 추스르며 머무는 장소로서의 합천 초계였던 것이다. 앞서 최인욱의 소설에서 현실 비판의 대응 심리로 등장하는 탈속의 장소로 등장하

15) 김훈, 『칼의 노래』(생각의 나무, 2004), 31~32쪽.

는 합천이라는 의미와 일정 부분 상통하는 점이라고 볼 수 있다. 즉 이순신이 백의종군을 위한 마음을 추스르고 마음의 재기를 준비한 작품 속 무대가 합천이었다. 그리하여 하동, 남해를 거쳐 여수 연안으로 길을 잡아 다시 출정하게 되고 이어 명량해전에서 대승하게 되는 백의종군길의 재충전 장소였던 것이다.

다음은 「현의 노래」이다. 이 소설에서 합천은 이야기의 서두에 주인공 우륵이 제자 니문과 함께 가야산 홍류동계곡에 들어가 아름드리 오동나무를 베어와 가야금의 재료를 준비하는 장소이기도 하고, 노련한 대장장이이자 가야군의 군수사령관 격인 야로가 무기제련을 위한 쇠터가 곳곳에 있는 장소이기도 하다. 여기에선 우륵의 활동 무대를 따라 나오는 지명과 야로와 이사부가 신라군의 위치에 따라 전략하는 지역들이 주로 그 공간적 무대로 등장한다. 즉 우륵의 고국인 대가야의 고령과 가야산 그리고 물류이동의 중심지 개포開浦, 창녕 등이 자주 등장한다. 이곳들은 가야말 당시 신라와의 교류와 전투는 물론 백제와도 잦은 전투와 쇠잔해 가는 가야의 모습이 함께 그려지고 있다. 그러나 역시 주 무대는 개포나루와 가야산 일대 대가야의 도읍지 현 고령 부근이다.

당시의 합천은 가야국의 마지막 국가였던 대가야의 전략 요충지였던 가야산을 중심으로 백제와 신라의 삼각지에 위치한 중요한 전략적 위치에 있었던 것이다. 그러나 이 소설은 가야 신라 백제의 전쟁을 테마로 한 작품이 아니기에 가야산을 비롯한 위의 장소들이 전략적인 관점에서 그려지고 있는 것은 아니다. 다만 우륵과 야로와 니문과 아라의 인물을 중심으로 멸망해가는 가야의 불우한 역사를 가야금의 음률에 빗대어 보이고자 한 것일 뿐이다.

이 소설에 등장하는 가야산은 쇠의 원료인 철광석을 캐내는 장소인 '쇠터'가 곳곳에 있는 장소로, 그리고 우륵이 가야금의 재료인 오동나무를 베어다 대는 재료 생산지로 등장한다. 그래서 가야산 곳곳에 있는 쇠터는 가야의 노련한 대장장이 '야로冶爐'가 연 것들로 그려져 있다. 그는 가야산에서 쇠를 캐내어 이를 정제하여 무기와 농기구를 만드는 명 대장장이였던 것이다. 이 소설에 야로의 집이 가야산 속 쇠터 안이라고 그려져 있는 것으로 보아 아마 가야산 아래 오늘의 '야로'가 아니었던가 싶다. 물론 야로라는 인물은 작가가 이 지명을 따 가공의 인물로 설정한 것이라고 보아야 할 것이다. 그는 비록 비천한 신분이긴 하지만 전투에 쓰일 무기를 만들어 조달하는 총책임자, 오늘날 군제로 말하자면 국방부 군수사령부의 실무 총책임자 정도로 보아야 할 것이다. 그것은 쇠의 원료 조달에서부터 제련과정을 거처 창, 칼, 도끼, 갈쿠리, 철퇴, 화극, 화살촉, 방패, 갑옷 등의 무기를 만드는 과정까지 총괄하는 이른바 연금술사이자 병기전략가였던 것이다.

아무튼 야로는 쇠붙이로 병장기와 농장기를 화로爐에 달구어 두들겨冶 만드는 의미와 관련된 듯한 현 지명이 이러한 성격의 소설 속 인물로 변용되어 나타난 경우이다.

결국 이 소설 속 합천은 가야산을 근거로 하여 병장기를 조달하는 쇠의 근원지로, 그리고 서북쪽 너머로는 거창과 함양으로 이어지는 통로의 출발지로 이어져 백제의 남원 땅과 쟁탈하는 요충적 지형으로 등장한다. 즉 김해 땅 금관가야의 뒤를 이은 대가야의 마지막을 버티던 가야의 최후 요충지였다가 서기 562년 진흥왕 때에 신라에 복속되어 신라 땅으로 편입되게 된다.

아울러 가야산을 중심으로 한 오늘의 합천 땅은 우리 고대 역사에서도 주지하듯이 백제와 신라의 쟁탈지가 되었던 요충지로서 여기에 대가야가 위치하여 존속되다가 병약한 나머지 신라에 멸망되는 역사적 의미를 가진 장소가 합천의 고대사라 할 수 있을 것이다. 이렇듯 합천은 가야의 멸망과 신라의 재건을 이루는 비장의 역사적 장소로 문학작품에도 나타나고 있다.

그런데 여기서 우륵 외의 중심인물인 야로는 가야산 자락의 지명 '야로'가 변형된 것으로 볼 수 있는데, 원래 '야로'는 대가야 시절 철의 산지로서 제련터의 의미가 담긴 지명이었다. 이것이 소설 속에서는 이와 걸맞는 성격의 인물 '야로'로 변용되어 나타난 경우라고 하겠다.

4)「집이 있는 유년풍경」,「형의 방」: 정태규

앞서 언급했듯이「집이 있는 유년풍경」의 배경무대가 작가의 성장지인 쌍백 평구리이며 이 곳이 이 소설의 배경이 되고 있는 점은 자명하다. 그것은 이 소설이 과거회상과 현재를 오가는 자전적 형식을 취하고 있기도 하거니와 또 실제의 지명과 장소가 작품 속에 등장하기 때문이다.

정태규에게는 이러한 유년기의 시간과 공간들이 성인이 된 오늘의 우리에게 무엇인가를 묻기 위한 중요한 제재로 쓰이고 있는 것이다. 즉 유년기 아동에게 그들만의 또 다른 하나의 '우주로 통하는 문'이었던 병정놀이를 위한 집과, 성인이 된 지금의 우리에게 집이란 무엇인가를 되새겨 보게 하는 의도로서 가져온 집이라고 할 수 있다. 아울러 이것은 유년의 고향과 환경과도 겹쳐질 수 있는 것이기도 하고 또한 유년기의 그릇이었던 세계관이기도 한 것이었다. 그러므로 비록 유년기의 장난질로 지어졌던 그 집이 비극의 씨앗을 제공한 장소가 되어 불태워지지만 그때의 그 집이 어쩌면 진정한 의미의 집이 아니었던가 하는 점을 작가는 말하고 싶었던 것이다. 어른이 된 지금 우리에게 집은 무엇인가라는 현재적 반성과 함께. 나아가 작가는 바슐라르의 집에 관한 잠언까지 언급하면서 그 의미를 강조하고 있다. "집은 육체이며 영혼이자 인간존재의 최초의 세계이며, 또한 그것은 정녕 하나의 우주이다. 집은 인간의 사상과 추억과 꿈을 통합하는 가장 큰 힘이다"16)라고.

　작품을 쓰는 대부분의 행위가 그렇겠지만 소설에 등장하는 공간적 배경은 이렇듯 작가로서의 발언을 위한 전체 작품의 한 부속재료라는 구조적 요소로써 쓰여지고 있는 것이다. 그러나 이것은 작품의 전체 분위기를 지배하여 예술적 높낮이를 부여하기도 한다. 아울러 이것은 작품이 생산되기까지 작가의 모태이자 터전에서 나온 것이기에 그 중요성이란 더 말할 필요가 없을 것이다.

　정태규 소설에 있어 '자굴산'과 '돌은녘'이라는 작품속의 실명 장소와 고향마을들도 이와 마찬가지일 것이다.

　그리고 정태규의 가족사적인 소설인 「형의 방」에 나오는 '목골', '대양', '용주' 모두 실제 지명이다. 여기에 배경으로 등장하는 고향마을, 동구 밖의 둑길, 개울, 방앗간 그리고 선산의 소나무 등은 모두 가부장제 집안의 출세지향적 전통의식과 이를 지키려는 아버지와 이의 기대를 결과적으로 저버리고 파멸하는 자식 간의 갈등을 말하는 데에 기여하고 있다.

4. 마무리

　한국소설에서 합천 출신 작가와 그의 작품에 나타난 지역성과 장소사랑, 그리고 우리 소설에 나타난 합천의 의미와 특성 등을 중심으로 살펴보았다. 정리하면 다음과 같다.

　첫째, 합천 출신 작가들의 작품 경향과 출신지의 영향에 관한 것이다. 한 작가의 작품에 결정적인 영향을 미치는 작품외적 요소는 집안 가계와 성장지의 환경과 시대 배경이다. 이런 관점에서 이주홍, 최인욱, 홍성원, 정태규의 작품을 통하여 살펴본 고향의 영향은 대체로 비슷한 공통

---

16) 정태규, 앞의 책, 39쪽.

점을 지닌다. 이들의 작품들에 공통적으로 산골마을의 자연 또는 이와 밀착된 소재 가령, 수탈 대상의 전답과 곡식, 호랑이와 포수, 병약한 젊은이의 안식처인 사찰과 호수, 볏집으로 만든 집 들이 그것이다. 즉 일제시대 이주홍의 농촌소설에 나타난 궁핍상과 하층 농민들의 삶의 모습, 최인욱의 부조리한 현실에 대한 탈속적 공간으로서의 산사나 산골마을의 무대, 홍성원의 「폭군」과 같은 초기소설에서의 산촌, 정태규의 자전적 소설들에 보이는 고향 마을의 모습 등은 모두 제 각각 그 배경이 작품주제에 참여하는 양상이 조금씩 다르긴 하지만 기본적으로 산촌이나 농촌마을의 전통과 궁벽한 오지마을의 자연 밀착적 삶의 모습 등이 작품전반에 공통적으로 흐르고 있음을 알 수 있다.

둘째, 작품의 소재로 나타난 합천의 역사적 의미와 문학적 의미의 측면이다. 먼저 『삼국사기』 '열전'에 있는 죽죽설화 속의 대야성이다. 여기서의 대야성은 백제멸망과 신라 통일의 분수령이 되는 역사적 장소가 되어 있다. 이는 역사의 평가와도 일치한다. 다음으로 최인욱의 「죽죽과 용석」, 「낙화부」에 나타난 합천의 의미 역시 대야성이라는 역사적 공간이 주인공 죽죽과 용석의 인물부각에 이바지하되 그 역사적 분기점의 공간으로, 부조리한 현실에 대한 비판적 인물의 육체적 정신적 휴식의 공간으로서의 합천이다. 큰 산과 적당한 크기의 강과 큰 절이 있기 때문이다. 그리고 「칼의 노래」, 「현의 노래」, 「집이 있는 유년풍경」, 「형의 방」 등에 나타난 합천의 모습 모두 깊은 산골지역으로서의 합천이다. 이들 모두에 등장하는 합천은 준비를 위한 재충전의 장소로 또는 작가의 발언을 위하여 작품의 분위기를 지배하는 장소로 등장한다. 특히 「칼의 노래」와 「현의 노래」에 나오는 '초계'와 '가야산'은 모두 재기와 전투 출전을 준비하는 재충전의 장소라는 공통점이 있다. 이렇듯 합천은 탈속과 휴식과 재충전의 장소로 나타나고 있다. 이들은 미래의 귀중한 자산으로 재창조해야 할 유산이며 콘텐츠의 원천으로 계발해야 할 자산이기도 하다.

참고문헌

김부식,『삼국사기』.

류종렬 엮음,『이주홍 소설전집 1~5권』, 세종문화사, 2006.

최인욱,『현대한국단편문학전집』, 문원각, 1974.

______,『21세기 한국소설 최인욱 편』, 창작과 비평, 2002.

홍성원,「폭군」외,『현대한국단편문학전집』, 어문각, 1976.

김 훈,『칼의 노래』, 생각의 나무, 2004.

______,『현의 노래』, 생각의 나무, 2004.

정태규,『집이 있는 풍경』, 해성출판, 1994.

류종렬,『이주홍과 근대문학』,부산외국어대학교 출판부, 2004.

박태일,「이주홍론―교육자로서 걸었던 길」,『소설시대』제6호, 한국작가
　　　　교수회, 2003.10.

______,『근대시의 공간과 장소』, 소명출판, 2003.

______,「지역문학 연구의 방향」,『지역문학연구』제2호, 1988.3.

______,『한국 지역문학의 논리』, 청동거울, 2004.

이주홍문학재단,『이주홍문학저널』제2호, 세종출판사, 2004.

1930년대 한국 계급주의 소년소설과
『소년소설육인집』

박 태 일

1. 들머리

    계급주의 문학은 근대문학 본격 성장기인 1920년대와 1930년대를 거치며 생성·전개·분화했다. 그를 빌려 우리 문학은 부름켜가 유래 없이 크게 자랐다. 게다가 을유광복과 1950년 경인년 전쟁을 거치면서 남북한 문학 전개에 결정적인 영향을 끼쳤다.[1] 그럼에도 그에 대한 연구 역사는 오래지 않아 1980년대 들어서야 본격화했다. 연구 역사가 늦었던 만큼 관심과 성과는 폭발적이었다. 그로부터 적지 않은 시일이 지난 이즈음이다. 계급주의 문학 연구는 매듭을 지은 것이 아닌가라는 생각까지 연구자 사이에 자리 잡을 정도에 이른 것으로 보인다.[2] 사정이 정

---

[1] 북한문학에서는 카프 전통을 선별적으로 끌어들이거나 약화시키면서 주체문학론을 마련해 나갔다. 남한문학 또한 카프 전통에 대한 배제와 선택적 모방을 통해 계급문학을 온전하게 되살리지 못했다. 그런 가운데서 남북한 모두 계급주의 문학에 대한 이해에 있어 정치 편향성이라는 공통점은 한결같았다.

[2] 계급문학에 대한 이즈음 논의를 검토한 글로는 손유경이 대표적이다. 거기서 연구자

말 그러한가? 그런데 아직까지 논의 자리가 적지 않게 남아 있는 곳이 계급문학이다. 전모는 물론, 밑자리와 후대에 끼친 울림까지 끌어안은 연구는 충분하게 이루어지지 않았다.

그런 가운데서 각별히 살펴야 할 데는 두 쪽이다. 첫째, 카프 조직이나 중앙 지도부 활동 중심으로 계급주의 문학을 좁혀 보는 인습에서 벗어나지 못한 점이다. 그러다 보니 어린이문학이나 지역 활동을 포함한 계급문학 전반에 걸친 밑그림을 그리지 못했다. 계급주의 문학은 카프 중앙의 조직 활동으로만 수렴할 수 없을 중층적 활동과 폭넓은 성과를 일궈 냈다. 마땅히 주변 작가와 조직, 담론사회의 관계망, 지역 동향까지 밝히려는 시도가 이루어질 때다. 그럴 경우 1919년 기미만세의거를 물꼬로 1920년대 중반에서 1930년대 초반까지 갖가지 매체의 투고문단을 텃밭으로 삼아 자라난 계급주의 청년 문학인의 꾸준한 성과와 지역 활동이 모습을 드러낼 수 있을 것이다. 문학과 인접 부문 사이 연관성 또한 마찬가지다.3)

둘째, 계급주의 문학의 핵심장인 매체에 대한 발굴과 풀이가 만족할 만한 데까지 이르지 못했다는 점이다. 게다가 매체사회 안쪽의 역학이나 작가 개별론으로 나아가자면 할 일이 적지 않게 남았다. 당장 계급주의 문학을 대표했던 『조선지광』·『비판』·『우리들』뿐 아니라, 카프 소장파 핵심 매체인 『군기』만 하더라도 온전하게 갈무리하지 못한 채 남

는 2000년대 이후 계급주의 문학 연구의 경향을 신경향파문학에 대한 적극적인 재평가 경향, 프로문학에 대한 방법론의 편향성이나 과잉 해석 경향에 대한 반성, 민족주의/계급주의와 같은 이분법적 틀에서 벗어나려는 노력에다 전향문학·비교문학·북한문학과 관련한 새 연구로 나누어 살폈다. 손유경, 「최근 프로 문학 연구의 전개 양상과 그 전망」, 『상허학보』 19집, 상허학회, 2007, 279~308쪽.

3) 한국 계급문학의 흐름과 성과를 몇몇 언론 지식인, 카프 명망가 활동 중심으로 축소시켜 다루어 온 잘못은 오래도록 이어졌다. 그들 가운데서 부풀린 평판을 지닌 이에 대한 재조정은 이루어지지 않았다. 아울러 카프 조직 활동 안쪽 연관에만 매이지 않고 다른 조직이나 부문 활동 사이 연결망을 폭넓게 찾아 나가야 한다. 그를 빌려 카프계 문학이 지닌 민족문학적 동력과 뜻을 제대로 읽을 수 있을 것이다.

아 있다. 나아가 1930년대 중반부터 광복기에 이르는 시기, 카프계 작가의 전향에 초점을 맞춘다면 오늘날 우리가 지니고 있는 통념을 벗어날 뜻밖의 성과를 얻을 수도 있다. 은폐와 배제 기간이 길었던 만큼 계급주의 문학 매체와 문인에 대한 실증 자료 보완이 가져올 의의는 예사롭지 않을 전망이다. 어린이문학 쪽에서 보자면 대표 잡지였던 『신소년』과 『별나라』조차 부분적으로라도 발굴, 풀이가 이루어진 때가 2000년대 초반이었음을 짚어 둘 필요가 있다.4)

이 글은 이러한 문제 인식 아래 계급주의 문학 가운데서도 상대적으로 관심을 받지 못한 채 묻혀 있었던 어린이문학 쪽의 단행본 매체에 초점을 두고자 한다. 계급주의 어린이문학은 계급문학의 하위 영역을 이루면서 1935년 카프 해체까지 대중화 투쟁의 핵심으로 자리 잡았던 부문이다. 목적의식의 강화와 무산대중을 위한 투쟁 전선 맨 앞줄에 섰던 공이 컸다. 그 일을 뒷받침했던 잡지가 『신소년』과 『별나라』였고, 『음악과 시』가 뒤를 이었다. 그리고 낱책으로 나온 것에 다섯 종이 보인다.

우리 동무들! 나이 어린 동무들 우리들에게 가저야 할 출판물은 이제 멧

---

4) 『별나라』와 『신소년』에 대해서는 2002년도부터 관련 성과가 나오기 시작했다. 박태일이 경남 지역문학 차원에서 이들을 다루었고, 류덕제가 『별나라』를 떼어 살폈다. 박태일, 「경남지역 계급주의 시문학 연구」, 『어문학』 80집, 한국어문학회, 2003, 161~199쪽; 박태일, 「나라잃은시기 아동잡지로 본 경남·부산지역 아동문학」, 『한국문학논총』 37집, 한국문학회, 2004, 149~200쪽; 류덕제, 「『별나라』와 계급주의 아동문학의 의미」, 『국어교육연구』 46집, 국어교육학회, 2010, 305~333쪽. 세 권이 나온 『군기(群旗)』는 그 가운데서 카프 개성지부가 맡아서 낸 3호만 최근 알려졌다. 박태일, 「근대 개성 지역문학의 전개—북한 지역문학사 연구 1」, 『국제어문학』 25집, 국제어문학회, 2012, 313~348쪽. 계급주의 어린이문학 전반에 대해서는 권복연이 성글게나마 한 장을 마련해 살피기 시작했고, 최미선·장승희가 뒤를 이었다. 권복연, 「근대 아동문학 형성과정 연구」, 연세대학교 대학원 석사학위 논문, 1999; 최미선, 「카프 동화 연구」, 경상대학교 대학원 석사학위 논문, 2004; 장승희, 「한국 프롤레타리아 소년소설 연구—작품에 나타난 아동상을 중심으로」, 한양대학교 대학원 석사학위 논문, 2004.

가지나 잇나 보와라. 월간잡지로『신소년』『별나라』가 있고 단행본으로『불별』,『소년소설육인집』,『소년소설집』,『왜?』동화집,『어린 페터』가 잇슬 뿐이다. …(줄임)… 요새이 나온 1933년판으로 출판된『소년소설집』조차 이런 허명무실한 내용으로 장치햇스니 우리는 엇지 그대로 잇슬 수가 잇나. 그 소설집에 실린 소설은 벌서 옛날이 아니면 우리가 요구치 안는 소설 뿐이다.5)

‘우리 동무’로 일컬은 대상은 ‘무산소년’을 뜻한다. 그들이 누릴 문학 ‘출판물’ 가운데서 낱책으로 다섯 개를 들었다. 그 가운데서 조선소년사에서 낸『소년소설집』은 이미 무산소년들이 “요구치 안는” “허명무실한 내용으로 장치”한 ‘반동’ 매체로 내치고 있다. 그러니 당대 계급주의 문학인들이 내집단 경계 안에 드는 낱책으로 본 것은 모두 넷이다. ‘프로레타리아동요집’『불별』(중앙인서관, 1931)과『소년소설육인집』(신소년사, 1932), 그리고 번역동화집『왜?』(별나라사, 1931)와『어린 페터』(별나라사, 1931)가 그것이다. 이들 가운데서 오늘날 학계에 알려진 것은『불별』뿐이다. 그것도 광고문으로만 이름이 알려져 오다, 2003년에 이르러 보고되면서 뼈대가 밝혀졌다.6) 나머지 셋은 이제까지 존재조차 알려지지 않은 것이다.

이 글은 그들 가운데서 ‘프로레타리아 소년소설집’『소년소설육인집』

---

5) 정철,「출판물에 대한 몇 가지 이야기」,『신소년』5월호, 신소년사, 1933, 24~25쪽.
6)『불별』은 2003년『지역문학연구』에서 ‘발굴자료’로 한 차례 소개했다. 거기서 박경수가 첫 풀이를 붙였다. 이어 이순욱이 전반에 대한 논의를 폈다. 박경수,「계급주의 동시 이해의 밑거름—프롤레타리아동요집『불별』에 대하여」,『지역문학연구』8집, 경남ㆍ부산지역문학회, 2003, 201~252쪽; 이순욱,「카프의 매체 투쟁과 프롤레타리아 동요집『불별』」,『한국문학논총』37집, 한국문학회, 2004, 243~268쪽; 번역 동화집『왜?』와『어린 페터』는 모두 당대 독일의 대표 프로작가로 알려진 ‘뮤흐렌’의 작품집이다. 일역에서 다시 옮기는 방식으로 별나라사에서 냈는데 둘 다 청곡 최규선이 옮겼다. 이들 어린이문학 쪽 낱책 말고 성인문학 쪽에서는『캅프시인집』(집단사, 1931)ㆍ『농민소설집』(별나라사, 1933)ㆍ『캅프작가7인집』(집단사, 1932)이 나란히 나와 당대 계급문학의 매체 투쟁 양상을 고스란히 되비쳐 준다.

을 대상으로 삼아 그 실체를 널리 알리고자 하는 목표로 쓴다. 목표에 이르기 위해 글쓴이의 됨됨이를 중심으로 매체 환경을 먼저 살피고, 작품 속살을 밝히는 순서를 좇을 것이다. 1930년대 한국 계급주의 소년소설의 성과를 한자리에 온축하고 있는 작품집『소년소설육인집』의 구명으로 말미암아 알려지지 않았던 계급주의 어린이문학에 대한 이해가 깊어질 뿐 아니라, 우리 계급문학의 외연이 더욱 넓어질 수 있기를 바란다.

2. 글쓴이의 됨됨이

『소년소설육인집』은 1932년 6월 20일 신소년사에서 154쪽으로 낸 낱책이다.[7] 총판은 중앙인서관. 신소년사 영업부였던 곳이다. 책이름에서 두 가지를 내걸었다. '소년'의 '소설'이 그것이다. 소년 '동화'가 아니고 소년'소설'이며, 단순한 아동(어린이) '소설'이 아니라 '소년'소설이라 한 것이다. '소설'이라는 쪽에서 보면『육인집』에 실린 글은 경험적 삶의 현실에 뿌리를 둔 이야기라는 뜻을 지닌다. 그러니 전래 민담이나 우화, 환상 형식과 거리를 둔 현실 모방 문학이라는 됨됨이를 분명히 했다. 아울러 '소년'이라 적은 데서『육인집』의 주 수용층을 소년으로 묶었다. 1930년대 무렵 '소년'이라는 일컬음은 어린이나 아동과 달리 중의적이었다. 어느 정도 연령이 있는, 곧 보통학교 상급생에서 고등보통학교 학생층에까지 걸리는 어린이라는 연령대별 뜻과 함께 제도권 학업 바깥에서 일하고 있는 아이라는 계층적인 뜻이 겹쳐진 자리에 놓인 어린이가 그들이다.[8] 한 마디로 '무산소년'이다. 따라서『육인집』의 '소

---

7) 아래부터『소년소설육인집』은『육인집』으로 줄여 적는다.
8) 1930년 당대 문학사회에서 '소년소설'을 어떤 갈래로 보고 있었던가라는 문제는 따로 긴 글을 필요로 하는 연구거리다. 호인이라는 이는 '소년'에 대한 규정을 아예 넓게 잡

년소설'은 무산소년이 겪고 있는 경험적 현실을 그려 담은 소설이라는 뜻을 지닌다.

> "처음 나오는 푸로소년소설집". 소년소설육인집
> "노동하는 조선의 수백만 소년소녀대중을 위하야 우리들은 이 책을 짜냇다. 지금까지 조선에는 가난한 모든 동무들을 위하야 만드러논 이런 책이라고는 하나도 업섯다. 돈 잇고 잘사는 부자집 아해들에게는 이 책이 소용업슬는지 모르며 또 우리는 그들에게 이 책을 사 보라고 요구하지 안는다. 그러나 사랑하는 공장의 농촌의 소년동무들아! 우리는 다가치 이 책을 읽고 우리들의 씩씩한 힘을 내이자!"9)

『육인집』 발간 무렵 나왔던 광고문이다. "처음 나오는 푸로소년소설집"이라 책의 됨됨이를 밝혔다. 그러면서 책이 "공장의 농촌의" "노동하는 조선의" '소년소녀대중'을 현실독자층으로 삼고 있음을 분명히 했다. 아울러 그들에게 "씩씩한 힘을 내"도록 부추기기 위한 목표를 지니고 있음도 밝혔다. "힘잇는 생활과 어린 동무들 굿센 의식을 갓"10)도록 하는

았다. 곧 '소년성'은 '유아성', '아동성', '청년성'을 포괄한다. 호인, 「아동예술시평」, 『신소년』 9월호, 신소년사, 1932, 21쪽. 이와 달리 박승극에게 '소년'은 계급적 성격을 분명히 지닌 대상이다. 도시의 "기계 소리 요란하게 나는 공장에서나 심부름하기에 바쁜 그 어쩐 데서나 별 나뿐 일이 다 일어나는 농촌에서나 어듸를 물론하고 소년들이 일하고 쏘 사는 곳에"서 어려운 처지에 놓인 무산 어린이가 소년이다. 그에 따르면 그 무산소년을 "울이고 우키고 성나게 하고 주먹을 쥐게 하는 그러한 문학작품만이 정말의 소년문학"이다. 박승극, 「소년문학에 대하야」, 『별나라』 1월호, 별나라사, 1934, 23~24쪽. 최미선은 '소년'을 연령별로 나누어 보는 것은 무리가 있다고 여겨 "정신적 또는 신체적으로 성장기에 있는 세대를 지칭하는 대표 용어"로 확정하고자 했다. 최미선, 「한국 소년소설 형성과 전개에 관한 연구」, 경상대학교 대학원 박사학위 논문, 2012, 22쪽. 그렇게 본다면 연령별 나눔은 넘어설 수 있으나, 박승극이 말했던 무산자 현실은 빠지고 만다. 무엇보다 당대 '소년'은 사회적 약자라는 계층적 의미가 핵심이다. 당대 소년소설에 대한 갈래의식을 엿볼 수 있는 터무니 가운데 하나는 『신소년』의 '원고모집' 광고다. "동요/작문/편지/소년소설/동화/소화/만화"로 갈라, 소년소설과 동화를 엄연히 나누었다. 『신소년』 2월호, 신소년사, 1930, 12쪽.
9) 『신소년』 6월호, 신소년사, 1932, 맨 앞 광고지.

계몽과 선동 의도가 뚜렷하다. 당대 '봉건적' 어린이동화, '뿌루조아' 어린이문학과 맞선 자리다. 여기에 작품을 실은 사람은 책 이름으로 밝혔듯이 모두 여섯 사람이다. 구직회·이동규·승응순·안평원·오경호·홍구가 그들이다. 이들 가운데 학계에 어느 정도 이름이 알려진 이로는 이동규·홍구에 머물 따름이다. 나머지는 아직까지 우리 문학사에 이름을 번듯하게 올린 적이 없다.

수원 출신 구직회(具直會 : 1910~?)는 『육인집』 발간 때인 1932년 당시 스물세 살이었다. 조선청년총동맹 아래 경기도 수원청년동맹 양감지부를 이끄는 청년 지도자 가운데 한 사람이었다.[11] 양감면 동소리에서 무산 아동을 위한 계급주의 밤배움 대화의숙大化義塾을 이끌고 있었다. 당대 "아동문학작가 속에서 보기 드문" "실제 소년운동 지도자"[12]였다. 아울러 '조선소년문예협회' 회원으로 이름을 얹었다. 보통학교 이상의 학력을 지녔을 것으로 보이나 확인할 길은 없다.[13] 그는 주로 『신소년』에서 산문과 동요, 소년소설을 중심으로 작품 활동을 했다. 다른 이와 달리 창작 범위는 넓지 않았던 셈이다. 그의 「가마니장」은 발표 뒤 본보기

---

10) "그 소설은 벌서 오래동안 별나라 신소년을 통하야 다 읽고 드른 것일 것이다." 정철, 「소년소설육인집을 보고」, 『별나라』 7월호, 별나라사, 1932, 48쪽.

11) "무산소년 삼십여 명과 밤에는 검은 얼골에 수염이 나고 이십삼십이 넘은 농군들이 구직회라는 젊은 그러나 훌늉한 정신을 가진 선생님 앞에서 밧분 틈을 타서 자미 잇게 참되게 교육을 밧고 잇슴니다." 이동규, 「무산야학소개 : 대화의숙(大化義塾)과 숙가(塾歌)」, 『신소년』 10·11월호, 신소년사, 1932, 12쪽. 「수원청맹 양감지부대회」, 『중외일보』, 중외일보사, 1930.8.20.

12) 홍구, 「아동문학 작가의 프로필」, 『신소년』 8월호, 신소년사, 1932, 26쪽. 여기서 송영·박세영·오경호·구직회·정청산·안평원·승응순·이동규·현동염·홍은표·엄홍섭·김우철·한철염과 함께 구직회를 말하면서 "겨우 23세 된 촌골 선생"이라 적었다.

13) 이즈음 두어 차례 그의 작품이 선뵀다. 「가마니장」과 「무쪽 영감」이 그들이다. 교육문예창작회 엮음, 『야구빵 장수』(한국 근대동화선집 1), 창작과비평사, 1993, 176~182쪽. 『돼지 콧구멍』에는 「무쪽 영감」을 실었다. 겨레아동문학연구회 엮음, 『돼지 콧구멍』(겨레아동문학선집 2), 보리, 1999, 119~127쪽, 206쪽.

가 될 만한 계급주의 소년소설로 호평을 받기도 했다.[14)]

철아鐵兒 이동규(李東珪 : 1911~1952)는 경기도 평택 진위振威 출신이
다.[15)] "학교도 변변히 다니지 못한"[16)] 노동자 출신이며 구직회와 마찬가
지로 『신소년』 독자문단을 중심으로 습작을 하다 작가로 자랐다. 1930년
6월호 『신소년』에 릴레이 연작소설 「불탄 촌」을 발표할 때부터 기성 문
인 대접을 받았다. 따라서 오늘날 확인 가능한 그의 등단작은 「불탄 촌」
이다.[17)] 나이 스무 살 때 일이었다. 1932년부터 신소년사에 들어가 편집

---

14) "1932년도에 잇서 크다란 수확이라 할 동지 구직회의 가마니장을 읽을 째 작가의 실
   천생활이 작품상에 얼마나 생생하게 반영되는가를-거짓업는 실천경험에서 짜낸 추
   진력이 얼마나 굿세던가를. 창작 방법에 잇서 실천의 우위성의 확립 이것이야말로
   프로레타리아레아리즘에서 유물변증법적 창작방법에로의 발전의 기초인 것이라"
   한철염, 「최근 프로소년소설평」, 『신소년』 10월호, 신소년사, 1932, 29쪽.
15) 「통신」, 『신소년』 10월호, 1925, 58쪽. 이제까지 이동규의 전기적 사실에 대해서는
   카프 2차 검거 때 왜경의 조서나 판결서에 나와 있는 바를 터무니로 삼았다. 출생지를
   '경성부 행촌동 210의 5번지'라 본 것이 그것이다. 그런데 이 주소가 그의 출생지 것
   임을 확정할 길은 없다. 『신소년』에 올린 '진위 이동규'라는 기록에 따라 진위에서 태
   어나 자라다 어느 시기 서울로 옮겨와 살면서 본적을 서울 행촌동으로 옮겼을 가능성
   이 큰 까닭이다. 가족 사항은 알려진 바가 드물다. 1934년 스물네 살로 임신한 아내와
   회갑을 맞이한 어머니를 모신 것을 알 수 있다. 「동규 씨 방문기」, 『신소년』 4 · 5월
   호, 신소년사, 1934, 21쪽. 모친 회갑연에는 정청산 · 김욱 · 홍구 · 전평 · 이춘인들이
   모여 하루를 지내고 있어 그들과 각별한 친교를 엿보게 한다. 「신소년소신문」, 『신소
   년』 3월호, 신소년사, 1934, 31쪽. 『육인집』 발간 당시에는 스물두 살이었다.
16) 류희정 엮음, 『1930년대 아동문학작품집(2)』, 문학예술출판사, 2005, 8쪽.
17) 이동규의 등단작은 1932년 2월 카프 기관지 『집단』에 실린 「게시판과 벽소설」로 알
   려져 왔다. 그러다 김명석이 그보다 두 달 빠른, 1931년 12월 『아등』 5호에 실린 벽
   소설 「벙어리」를 찾아 알렸다. 김명석, 「이동규 소설 연구」, 『우리문학연구』 23집,
   우리문학회, 2008, 187~188쪽. 그러나 이 글로 말미암아 다시 그의 등단작은 훨씬
   앞당겨졌다. 「불탄 촌」으로부터 이제까지 등단작으로 알려져 온, 1931년 「벙어리」
   앞까지 『신소년』 · 『별나라』에 발표한 작품만 살펴도 열두 편에 이른다. 소년소설
   「두 가지 정의」(『신소년』 1930년 8월호), 동요 「동무」(『신소년』 1930년 10 · 11월
   호), 장편소년소설 「곡마단」(『신소년』 1931년 2월호~1931년 5월호), 동요 「신자장
   가」(『신소년』 1931년 5월호), 동요 「나무꾼」(『신소년』 1931년 6월호), 동요 「노래를
   부르자」 : 소년소설 「나무쉰」(『별나라』 1931년 가을 특집호), 동요 「자랑」(『별나라』
   1931년 10 · 11월호), 동요 「소년직공」(『신소년』 1931년 10월호), 소설 「이쪽저쪽」

일을 보다 1934년에 나왔다. 1934년 카프 2차 검거로 피검되기 전까지 『신소년』·『별나라』에 연작소설·소설·동요·벽소설·소년소설·동극·동화극·장편소년소설·산문에 걸쳐 활발하게 작품을 올렸다. '조선소년문예협회' 회원으로 활동했다.[18]

승응순(昇應順 : 1908~?)은 황해도 금천 갈현리에서 태어나 자랐다.[19] 금천공립보통학교에 다니면서 1925년부터 『신소년』 '독자문단'에 꾸준히 작품을 선뵈며 문학 역량을 가꾸었다.[20] 1927년 보통학교를 졸업하고, 상급학교에 진학하지 못한 채 고향에 머물며 습작 활동을 거듭하였다. 1929년 12월호부터 『신소년』에서 '소년 서사시' 「생각의 고침」을 실으며 기성 작가로 대접을 받기 시작했다.[21] 전형적인 1920년대 투고문단 출신 작가인 셈이다. 1929년 어렵게 보성고보에 입학했으나 두 해

(『신소년』 1931년 10월호), 동요 「밤일」: 산문 『동요를 쓰려는 동무들에게』(『신소년』 1931년 10월호).

18) 이제까지 그의 어린이문학 작품이 알려진 바는 적다. 『육인집』에 실린 것 가운데서 「나무군」은 『1930년대 아동문학작품집(1)』에 한 차례 올랐다. 『육인집』의 글쓴이 가운데서 북한 쪽에서 다룬 이는 이동규·홍구·안평원·구직회다. 구직회는 구직호라 썼다. 안평원과 구직회는 이름만 올렸다. "카프의 아동문학부가 생기면서 박세영과 송영 등 기성 작가들과 함께 카프 아동문학부원들인 리동규, 홍구, 정청산, 구직호 들과 진보적 아동문학잡지인 『별나라』의 지방지사 출신들인 신인작가 김북원, 리원우(리동우), 남궁만(량가빈), 박고경, 송순일, 강승한, 안평원, 송완순(송강) 등이 많은 작품을 창작하였다." 류희정 엮음, 『1930년대 아동문학작품집(2)』, 문학예술출판사, 2005, 7쪽, 53~56쪽.

19) 안승현에서 한 차례 짧은 소설 「아스팔트의 울분」이 선을 뵀다. 1933년 『제일선』 1월호에 실렸던 것이다. 그리고 '작가인명록'에서는 '미상'으로 기록하는 데 그쳤다. 안승현, 『일제 강점기 한국 노동소설 전집 3』, 보고사, 1995, 34~39쪽, 513쪽.

20) 산문 「우리 동리」가 처음이다. 『신소년』 9월호, 신소년사, 1925, 57쪽. 그 뒤 1927년 금천공보를 졸업할 때까지 『신소년』에만 열여섯 차례나 동요와 산문을 발표해 활발했다.

21) '소년 서사시' 「생각의 고침」에서 "석 달 동안이나 형편 못 되는 상급학교 입학을 괴롭게도 당신에게 요구하얏든 것입니다. …(줄임)… 그리고 오늘부터 광이를 잡고. 당신의 위대한 일을 도와 드리고/그리고 커서는 나도 발에 신등을 매고/만은 불상한 형제를 도와주려 써나렵니다."라 하여 진학을 포기하고 고향에 머물게 된 데 대한 심회를 보여 준다. 『신소년』 12월호, 신소년사, 1929, 33~35쪽.

를 넘기지 못하고 1930년에 그만둔 것으로 보인다. 재학 시에는 보성고 보 대표 문사로서 『학생』에 여러 편의 소설·시·산문을 실었다. 학교 를 그만둔 뒤 신간회 서울지회에 관여하며 '조선소년문예협회'에 몸을 담아 활동했다.22) 1932년부터 이름을 승효탄昇曉灘으로 썼다.23)

안평원安平原은 경북 영천군 금호면이 고향이다. 1927년 『소년계』 3월호와 『별건곤』 4월호에 작품을 올렸고24) 『신소년』 4월호에는 기성 문인으로 대접 받으며 동요 「난초」를 실었다. 그 뒤로도 『신소년』에 동요와 소년소설을 주로 실었다. 각별히 1929년 12월호에는 동요 「오누두리 잇는 집」과 담배 공장 아이의 처지를 그린 소년소설 「소년직공수기」를 함께 내놓았다. 잠시 고향을 떠나 떠돌다25) 1930년에 다시 돌아왔다. 여러 차례 벽소설·소년소설·동요를 발표했으나, 『신소년』 1934년 4·5월호에 소설 「험산을 밟고」를 끝으로 이름을 찾을 수가 없다. 영천에서 보통학교를 졸업한 뒤 상급학교에 진학하지 못한 채 유랑 생활을 거쳐 고향에 머물면서 짧은 문학활동을 벌인 셈이다.26)

---

22) 번역 동화 「만족의 마귀」(뮤흐렌 지음, 『별나라』 1931년 12월호)와 평론 『조선소년 문예단체소장사고』(『신소년』 1932년 9월호), 그리고 장편연재소년소설 「남매」(『신 소년』 1933년 1월호~3월호)와 같은 글이 대표적이다.

23) 홍구가 "초기부터 꾸준히 역사적 의의"를 지닌 작품을 쓴 그의 전환을 우려했을 때 다. 아마 연극계로 걸음을 옮긴 데 따른 것으로 보인다. 협동신무대(協同新舞臺)가 단성사(團成社)에서 그가 편한 사극(史劇)「낙랑공주와 마의태자」를 올린 때가 1933 년이었다. 1935년 현재 서울 "남대문통 오케레코드회사"에 몸을 담아 일했으나, 뒷 날 자취를 보긴 힘들다. 「조선문단집필문인주소록」, 『조선문단』 4월호, 조선문단사, 1935, 186쪽.

24) 『소년계』 3월호, 소년계사, 1927, 20쪽. 놀이 「돈돌니기」를 소개하는 짧은 자리였다. 「지방색 : 採藥山의 두지터(祈雨壇)」, 『별건곤』 6호, 별건곤사, 1927, 86~87쪽.

25) "흘러 다니는 몸이 되어 소식 한 자 못 알리우고 쏘한 제우의 소식을 몰라 궁금합니 다." 「담화실」, 『신소년』 12월호, 신소년사, 1929, 46쪽.

26) 동요·소년시·벽소설·소년소설·비평에 걸친 활동을 했다. 홍구는 그를 두고 "퍽 오래부터 만히 활동해 준 사람"으로 "소설 창작에 노력이 크다"고 덧붙였다. 홍구, 앞 에서 든 글, 26쪽. 작품이 알려지지 않았다가 이즈음 들어 세 편을 선뵀다. 1999년 『팔 려 가는 발발이』에 실린 작품 「물 대기」가 처음이다. 겨레아동문학연구회 엮음, 『팔

오경호吳慶鎬는 황해도 재령군 하방면 화석 출신이다.[27] 1926년 여름에 하방리에 개교한 농촌강습소 보명학원普明學院에서 공부를 했다. 초등·중등·고등 세 과에 걸쳐 1927년 2월 현재 서른 사람 남짓 배우고 있는 곳이었다. 『육인집』의 다른 글쓴이와 비슷하게 문학사에 이름이 오른 적은 없었다.[28] 1927년 『신소년』 4월호에 작문 「어너 봄날」로 첫선을 뵈었고, 1929년 12월호부터 기성 대우를 받으며 동화 「쇠소리꽃」을 발표했다. 1930년에는 고향에서 '시우사詩友社'라는 무산소년 문학동맹 활동을 이끌었다.[29] 吳慶鎬·吳鏡湖·吳鏡昊·吳京昊로 이름자를 번갈아 쓰면서 소년소설·수필·동화·동극·동요를 내놓았다. 그러다 1931년 5월부터 吳京昊로 굳혔다. 1931년 이후 작품은 눈에 뜨이지 않는다. 짧은 기간 작품 활동을 하다 만 셈이다. 1932년과 1933년 두 해 동안 『동아일보』 신원면 신원분국 총무로 일했다.[30]

홍구(洪九 : 1908~?)는 본명이 홍순렬洪淳烈이다.[31] 경기상업학교를

려 가는 발발이』(겨레아동문학선집 3), 보리, 1999, 88~97쪽, 222쪽; 이재복, 『우리 동화 바로 읽기』, 한길사, 1995, 126~128쪽. 이 책에서는 '고통을 느끼는 아이'라는 표제 아래, 안평원의 「북국의 밤」을 소개했다. 그런데 작품명을 「북극의 밤」이라 적었다.

27) 『신소년』 5월호, 신소년사, 1927, 59쪽.
28) 동화 『어린 피눈물』이 이즈음에 선뵀다. 그리고 지은이 소개에는 "계급주의 아동 문학의 전성기에 『별나라』와 『신소년』에 글을 쓰면서 활동했습니다. 황해도 출신이라는 기록이 있습니다"라 적었다. 겨레아동문학연구회 엮음, 『돼지콧구멍』, 앞에서 든 책, 38~48쪽, 205쪽.
29) 오경호, 『어쩌케 살가』(수필), 『신소년』 3월호, 1930, 40쪽.
30) 홍구는 그들 두고 "가장 촉망 있는 작가의 한 사람"이라고 하면서도 "근래에 와서 군의 직업관계상 별로 작품을 볼 수 없는 것이 유감"이라 했다. 신문사 업무를 일컫는 것으로 보인다. 홍구, 앞에서 든 글, 25쪽.
31) 신건설사피검폭거로 왜경에 검거되었을 때 왜로 검경의 조서에는 본명을 홍장복이라 썼다. 그런데 『별나라』의 '별님의 모임'에서 "문예가 홍구(본명) 씨의 주소를 알으켜 주실 수 업습닛가"라는 구독자의 물음에 대한 답으로 "홍구 씨 홍순렬 씨심니다. 경성부 도염동 27이심니다"라 밝혔다. 『별나라』 12월호, 별나라사, 1933, 38~39쪽. 홍구는 본명을 홍순렬과 홍장복으로 쓰고 있는 셈이다.

졸업했으니『육인집』작가 가운데서는 가장 학력이 높다. 1931년부터
『신소년』을 중심으로 작품을 발표했다. 동요 · 아동극 · 소설 · 벽소설 ·
소년소설 · 동화 · 비평 · 수필에 이르기까지 거의 문학 모든 갈래에 걸
친 활발한 활동이었다. 1934년까지『신소년』과『별나라』에만 작품을 서
른 편 가까이 실었다.『삼천리』기자로 일하다 1934년『신소년』과『우리
들』을 내던 중앙인서관으로 옮겼다. 카프 2차 검거 때 전주 감옥에 기소
되어 1년 징역형을 선고 받았다. 그 결정 내용에 따르면 "1934년 1월 중
이상춘의 권유에 의해" 카프에 가입하여 "연극 부원이"[32] 되었다. 광복
뒤에 조선문학가동맹원으로 이름을 올렸고, 작품집『유성』을 비롯해 적
지 않은 작품 활동을 거듭했다.

　앞에서 살펴본 바,『육인집』글쓴이는 몇 가지 특성을 지닌다. 첫째,
나이와 세대다.『육인집』간행 당시 스물두 살에서 스물네 살 어름에 걸
치는 젊은이라는 공통점이다. 이들은 빠르게는 보통학교 상급 학년 무렵
부터『신소년』과『별나라』와 같은 매체의 독자 투고란을 빌려 습작 활
동을 하다 1930년을 앞뒤로 한 시기 기성 문인으로 자란, 1920년대 후반
기 투고문단 출신이다. 1920년대 초반 유학생 · 지식인 중심의 계급주의
문인 세대와 달리 이들은 나라 안에서 자연스럽게 자라난 자생적 계급주
의 세대라 일컬을 수 있다. 기미만세의거 뒤부터 유행처럼 번져 올랐던
사회주의 사상 조류를 독서를 통해 관념으로만 이해한 것이 아니라 밤배
움이나 현장 조직 활동을 빌려 몸으로 내면화하고자 한 이들이다.

　둘째, 학력과 직업이다. 이들은 고등보통학교나 더 높은 상급학교에
진학하기 어려웠던, 또는 보통학교조차 나올 수 없었던 중하위 출신 젊
은이라는 공통점을 지녔다. 따라서 피식민지 제도교육의 수혜자로서 얻
을 수 있을 사회적 지위 향상을 바라보기 어려웠던 계층이다. 고보 중퇴
인 승응순과 상업학교를 나온 홍구가 높은 학력을 지녔고, 오경호 경우

---

32) 권영민, 앞서 든 책, 306쪽.

는 아예 농촌강습소에서 배운 경우다. 제도교육 바깥에 놓여 있었던 특성은 그들을 구직회와 같은 밤배움 교사, 홍구·이동규처럼 출판사 기자와 같이 고용 유동성이 큰 일터나, 안평원처럼 농사 현장에 머물게 하였다. 안정적인 직업을 얻기 어려운 환경이라는 특성이 더한다. 계급 사상 선택으로 말미암은 문필 활동의 제한뿐 아니라, 생활난에서 오는 어려움까지 겹으로 껴안고 있었다.

셋째, 매체나 조직 연결망이다. 이들은 어린이문학을 위한 청년 문예 조직 활동을 통해 지속적으로 수평 관계를 맺어 온 이라는 특성을 지닌다. 여섯 사람 가운데서 홍구를 제쳐 둔 다섯 사람이 모두 당대 신흥문학이었던 계급문학 학습 모임 '조선소년문예협회' 회원이라는 공통점이 그것이다.[33] 게다가 계급주의 매체『신소년』·『별나라』의 글쓴이나 편집진으로 관여하는, 한결같은 매체 연속성을 지니고 있었다. 연결망 지표로 본다면, '조선소년문예협회'와『별나라』·『신소년』과 같은 공식적 연결망 경로를 지닌 공적 접촉이 중심이었다. 특정 지연이나 학연에 바탕을 둔 직접적 결속력은 엷어 연결망의 관계 강도는 높지 않다. 대신 계급주의 어린이문학이라는 도구적 연결망에 의한 유유상종의 정도는 높았다. 그리고 이들 연결망의 중앙에 신소년사에서 일하고 있었던 이동규가 놓인다.『육인집』에 '여러 작가를 대신하야' 그가 서문을 쓰게 된 까닭이다.[34]

---

33) 이 모임은 1920년대 후반부터 1930년대 초반까지 나라 곳곳에서 이루어졌던 여러 청년 문사 모임 가운데서도 '신흥' 어린이문학을 내세운 것이었다. 1928년 승응순을 중심으로 서울에 머물고 있었던 청년 문사들이 모여 '글꽃사'를 '창립'했다. 그러다 1929년부터 그것을 "조선소년문예협회로 변경하고 회원을 전조선"에 걸쳐 모집하였다. 이때 서울에 와 있었던 구직회를 비롯해 서울의 이명식·박홍제·성경린·태재복·이동규·신순석·이규용·정태익에다 영천 안평원, 문천 김돈희, 합천 이성홍, 재령 오경호, 정평 채규삼, 안악 우태형과 같은 지역 문사들이 뜻을 같이한 모임으로 커졌다. 승응순, 「조선소년문예단체소장사고」,『신소년』 9월호, 신소년사, 1932, 27~28쪽.

34)『별나라』·『신소년』에 실린 작품 가운데서『육인집』으로 가려 뽑는 일은 그의 손길

『육인집』의 글쓴이 여섯은 교육에서부터 직업, 생활에 이르기까지 피식민지 주류 사회 가장자리에 놓인 이들이다. 이들은 『육인집』이 나온 뒤, 제국주의 사상 통제가 강화되는 가운데서 활동이 급격히 퇴조한다. 결과적으로 『육인집』 글쓴이는 직접적으로 체제 검열과 탄압에 노출되고 피해를 입을 입장이었다. 승응순이 연극인으로 잠시 얼굴을 보였고, 구직회·안평원·오경호는 카프 해체에 이어 작품 활동을 보기 힘들다. 꾸준히 문필 활동을 이어간 이는 이동규·홍구 정도다. 그러나 그 둘은 전향하여 부왜附倭문학으로부터 자유롭지 않은 걸음을 걸었다. 광복 뒤 『육인집』의 글쓴이들은 문학사에 얼굴을 내밀 수 있을 기회도, 그럴 힘도 지니지 못한 채 잊혀 버렸다.35) 이 점은 광복기 문학의 정치화 과정에서 어린이문학이 지녔던 갈래의 열세에서 말미암은 일이라기보다는 이미 앞 시기부터 계급문학을 선택했던 작가의 삶에서 예견되었던 고난을 반영하는 일이라 하겠다.

3. 무산소년 수용의 세 길

『육인집』에는 여섯 사람이 스무 편을 실었다. 작품을 가려 뽑는 일에 주도적이었을 이동규가 여섯 편으로 가장 많고, 홍구와 승응순이 한 편

<hr>

이 중심이었음이 분명하다. 『육인집』의 서문은 권환과 이동규, 그리고 임화가 썼다. 권환과 임화는 카프 중앙위원이라는 대표성을 지녔던 글쓴이다. 이동규는 카프 맹원이었을 뿐만 아니라 펴낸곳인 신소년사의 기자로 일하고 있었을 때다. 서문을 올린 일은 그가 엮은이임을 짐작케 하는 터무니다. 『육인집』은 그보다 먼저 나온 프로레타리아 동요집 『불별』과 짝을 이루어 냈던 카프 작품집이다. 『불별』 간행은 이동규에 앞서부터 신소년사 편집실 기자로 일하고 있었던 이주홍이 주도적이었다. 그리고 『육인집』의 표지그림은 『불별』과 마찬가지로 이주홍이 맡은 것으로 보인다.
35) 다만 구직회 경우는 광복 뒤 이동규·홍규와 함께 조선문학가동맹 회원으로 이름을 올리고 있으나, 실제 발표 활동을 엿볼 수는 없다.

씩 실어 가장 적다. 나머지 사람은 세 편에서 다섯 편에 이르는 작품을 올렸다. 그런데 이들 작품은 이미 『별나라』와 『신소년』에 실렸던 것이다.[36] 오늘날까지 실물을 얻지 못해 게재지를 알 수 없는 세 편을 제쳐둔 나머지 열일곱 편은 1930년 1월부터 1932년 2·3월호에 걸친다. 다시 말해 1930년대 초반 세 해 동안 나온 작품이 『육인집』을 이루었다. 그런데 이 시기는 1920년대 중반부터 발전, 성장하기 시작했던 우리 계급문학이 대중화론을 앞세우며 조직 투쟁을 활발하게 일궈 나갔던 으뜸 활성기였다.[37] 『육인집』은 이 시기 계급주의 어린이문학의 성과를 고

---

36) 정철, 「소년소설육인집을 보고」, 『별나라』 7월호, 별나라사, 1932, 47쪽. "그 소설은 벌서 오래동안 별나라 신소년을 통하야 다 읽고 드른 것일 것이다." 작품 스무 편에 대한 첫 게재지를 밝히면 아래와 같다. 구직회 : 「참된 배신자」(『신소년』 1930.10·11~1931.2월호), 「절름바리와 거지」(미상), 「흉내쟁이」(『신소년』 1931.10월호), 「옛 생각」(『신소년』 1931.11월호), 「가마니(叺)장」(『별나라』 1932.2·3월합호). 이동규 : 「곡마단」(『신소년』 1931.2~5월호), 「이쪽저쪽」(『신소년』 1931.10월호), 「두 가지 正義」(『신소년』 1930.8월호), 「집안싸홈」(『별나라』 1931.10·11월호), 「나무꾼」(『별나라』 1931.9월호), 「고향」(『신소년』 1932.1월호). 승응순 : 「꿈?」(『신소년』 1932.2월호), 안평원 : 「마지막 남은 것」(미상), 「다 같은 일꾼인 선생」(미상), 「北國의 밤」(『신소년』 1932.2월호), 「紅色 小包函」(『신소년』 1931.3월호), 오경호 : 「그 少年의 편지」(『신소년』 1931.6월호), 「불상한 少女」(『신소년』 1930.5월호), 「어린 피눈물」(『신소년』 1930.4월호), 홍구 : 「도야지 밥 속의 편지」(『별나라』 1932.2·3월합호).

37) 1930년을 앞뒤로 한 시기는 제국주의 왜로(倭虜)가 세계공황을 맞아 그 위기를 벗어나기 위해 1931년 만주침략으로 대표되는 침략 노선을 더욱 뚜렷이 한 때다. 산업을 군사화하며 피식민지 한국을 그 진출을 위한 병참기지로 재편성하기 시작한 때였다. 그런 가운데 우리의 노동투쟁에서는 이미 1927년부터 1928년 사이에 '노동자 속으로'라는 강령을 앞세우며 대두되었던 방향전환론이 1928년 12월 코민테른의 이른바 12월 테제에 따라 노동자·농민을 중심으로 한 볼세비키화 노선으로 더욱 나아갔다. 이전의 대중 파업투쟁과 비폭력, 합법 노선에서부터 경제 투쟁과 정치 투쟁이 결합하여 폭력적, 비합법 노선으로 이행해 갔다. 그와 맞물려 비합법, 지하조직 활동도 커졌다. 1927년부터 1931년 사이가 그러한 방향전환의 핵심기였다. 문학 부문 또한 그에 맞물려 들면서 2차 방향전환론으로 무장했다. 노동투쟁에서 방향전환에 대해서는 김준에서 도움 받을 수 있다. 김준, 「일제하 노동 운동의 방향 전환에 관한 연구」, 『일제하의 사회운동』, 한국사회사연구회, 1987, 12~49쪽.

스란히 온축한 셈이다. 이들 작품 스무 편의 속살은 주인공 무산소년이 놓인 중심 이야기의 단위에 따라 셋으로 나눌 수 있다. 가족 현실과 사회 현실 그리고 그 두 현실을 향한 메타적 시선이 중심을 이루는 전망 현실이 그것이다.

1) 파괴된 가족과 한계 생활

가족은 개인이 사회로 나아가기 위한 출발 단위면서 다시 되돌아드는 귀환 단위기도 하다. 가족 현실은 개인에게 가장 중요한 삶의 중심이다. 그런 점에서 가족의 파괴는 삶의 해체를 극명하게 암시한다.『육인집』에 실린 스무 편 가운데서 열세 편이나 되는 작품이 가족이 파괴되고 해체된 모습을 전제로 삼았다. 무산소년 주인공이 놓여 있었던 삶의 중심 환경이 그만큼 피폐했다는 뜻이다.『육인집』에 담긴 그러한 가족 현실은 생계 책임을 지는 자리에 있는 부모상父母像을 잣대로 살피면 모두 셋으로 나뉜다. 첫째 어버이를 잃어버린 고아의 경우, 둘째 편모슬하, 셋째 어버이가 있다 하더라도 무력한 경우가 그것이다. 어느 쪽이든 생계유지에 대한 책임을 무산소년 스스로 떠맡아야 할 문제 환경이다.

첫째, 고아 소년의 경우는 구직회가 쓴 「옛 생각」과 「절룸바리와 거지」가 대표 본보기다. 「옛 생각」의 주인공 수남은 열세 살, 은수는 열두 살이다. 한 고아원에서 오누이와 같이 정답게 지내는 사이다. 그 둘은 "사무원 선생 감독들의 눈을 피하여" 밖으로 나와 이야기를 나눈다. 작품은 둘이 앉은 자리에서 수남이 은수에게 해 주는, 고아원으로 흘러들게 된 내력담으로 채워진다.

"왜 우리들 가정에는 요만한 행복이나마 오래 동안 그대로 잇서지지 안는 지? 어머니께서는 공장에서 긔게에 치섯는지 엇더캐 되섯는지 자세 생각할 수는 업스나 하여간 일하시다가 실수를 하시여서 몹시 다치섯단다.

그런데 공장주인은 제가 잘못하여 다첫는데 무슨 상관 인냐고 치료비 하나 무러 주지 안헛단다. 그래서 아버지께서는 여간 분이 안이 나서서 공장주와 싸홈을 다 하시엿스나 소용이 업섯단다……."

수남이의 말소래는 점점 비창하여젓다.

은순이는 아모 말 업시 눈물만 흘린다.

"그 뒤 어머니께서는 그여히 그 다치신 것으로 하야 도라가시고 분을 참지 못하시는 아버지께서는 공장 여러 어른들과 한꺼번에 일을 안 하기로 하고 모다들 나오섯단다. 그 뒤에 아버지와 나는 거지가 되다시피 하엿단다. 아버지의 일자리는 업고 이리저리 도라단이다가 아버지마저 도라가시게 되엿다. 그래 나는 이리로 오게 되엿단다."

수남이도 울고 은순이도 울고 해도 설허하는지 그 빛을 감초앗다.

—구직회, 「옛 생각」 가운데서[38]

공장에서 일하다 기계에 다쳐 거기를 나오게 된 어머니에 대한 정당한 보상을 공장주는 해 주지 않았다. 마침내 어머니는 그 일로 돌아가시고 보상을 받지 못한 아버지는 "공장 여러 어른들과 한꺼번에" 파업을 하고 일터를 나왔다. 그 뒤로 아버지도 거지처럼 되다시피 하다 돌아가셨다. 아버지와 어머니를 노동 분규로 말미암아 다 잃어버린 탓에 수남은 고아원에 오게 된 것이다. 고아인 수남과 은수의 앞날이 나아지리라는 보장은 어디에도 찾아볼 수 없다.

「절룸바리와 거지」의 주인공 소년은 아예 고아원에 들어갈 기회조차 얻지 못한 처지다. 어버이를 잃고 기댈 형은 철공장에서 일하다 노동쟁의를 벌이고 쫓겨나 옥에 갇혔다. 그 여파로 소년마저 부채 만드는 일터에서 쫓겨났다. 길바닥으로 내몰린 소년은 학교 다니는 부잣집 아이들 놀림감으로 살아간다. 그러다 절름발이 늙은 거지를 만나 자신도 거지가 되기로 결심한다. 어버이를 잃고 형마저 헤어지게 된 소년에게는 걸

---

38) 『육인집』, 32~33쪽.

인으로 살아가는 길 말고 다른 도리가 있을 리 없었다. 무산소년 고아가 고아원에 얹히게 되는 경우는 그나마 나은 쪽이었다.

둘째, 편모슬하의 무산소년을 그린 경우다. 오경호의 「그 소년의 편지」·「어린 피눈물」, 홍구의 「도야지 밥 속의 편지」, 안평원의 「홍색 소포함」과 같은 작품이 본보기다. 보통학교를 졸업한 다른 소년에게 신문 배달 일을 빼앗기게 된 문맹 소년의 딱한 형편을 그가 보낸 편지글 형식으로 담은 작품이 「그 소년의 편지」다. 어머니와 누나는 소년의 신문 배달로 생계를 유지하다 그마저 끊기는 낭패를 당했다. 소설은 새로 신문 배달을 하게 된 다른 소년에게 배달할 집들을 가르쳐 주기 위해 다음 날 아침 소년이 신문 지국으로 나서는 데서 마무리했다. 「어린 피눈물」의 어머니는 사정이 더욱 나빠 아예 병으로 임종을 앞둔 경우다. 오누이는 어떻게 구완할 도리가 없다.

> "××이란 이가 모시러 오섯서요."
> "웨?"
> "어머니 병이 위중하다고요."
> "어듸 갓는지 안 게시다고 그래라. 돈 한 푼 업는 놈이 저번은 약을 달라고 성화 치듯 하드니 갓금 또 와서 의사가 다 무엇야……."
> 말이 끄치자 다시 조리 끄는 소리가 갓가워 오드니
> "의사님 안 게십니다." 이 말까지 듯고 보니 분함이 용소슴치며 이놈을 멱살을 잡아 실컷 메여 첫스면 시펏습니다.
>
> —오경호, 「어린 피눈물」 가운데서[39]

왕진에 응하지 않을 것을 뻔히 알면서도 오라버니는 밤늦게 병원 의사를 만나러 갔다. 예상대로 퇴짜를 맞고 나오다 홧김에 병원 문을 발로 찼다. 그 일로 유치장에 갇히는 신세로 떨어져 버렸다. 집에 남은 어린 누이는 두려움에 떨며 밤새 오지 않은 오라버니를 기다리다 잠이 든다.

---

39) 『육인집』, 145쪽.

그 사이 어머니는 운명하고 말았다. 아침에 깨어난 누이 앞에는 어머니의 차디찬 주검만 기다리고 있을 따름이다. 오라버니는 언제 감옥에서 나올지 알 수 없는데, 홀로 남은 누이동생 앞에는 "어린 피눈물"을 더욱 흘려야 할 가혹한 현실만 펼쳐진다.

「홍색 소포함」은 앞선 둘과 달리 편모슬하로 떨어지는 과정, 곧 고향을 떠나 있었던 아버지의 죽음 소식을 통보 받는 소년을 주인공으로 삼았다. 왜나라 동경으로 건너가 노동판을 떠돌다 임종한 "아버지의 유골"이 담긴 홍색 소포함을 받고 자신은 학교에서 퇴학을 당한 입장임을 고백하는 형식을 지녔다. 아버지는 노동조합 활동도 열심히 한 터다. 부두 노동자로 일하다 사고로 바다에 빠져 횡액을 당하고 말았다. 앞으로 이 소년이 겪을 곤경은 학교 퇴학에 머물 정도가 아닐 것이다. 어머니와 함께 집안 생계를 책임져야 할 고통스러운 길이 소년 앞에 예정되어 있다.

셋째, 무력한 부모상을 보여 주는 작품이다. 어버이는 이미 바탕에서부터 무산계급으로서 열등한 위치에 있어 생계 능력을 지니지 못한 데다, 판단 능력마저 엷어진 입장이다. 따라서 어버이의 마땅한 보호나 양육을 받지 못한 소년은 가족을 떠나 살게 되거나 고통스런 노동 현실로 나앉을 수밖에 없다. 구직회의 「참된 배신자」·「흉내쟁이」·「가마니장」, 이동규의 「곡마단」·「이쪽저쪽」, 안평원의 「마지막 남은 것」·「북국의 밤」, 오경호의 「불쌍한 소녀」가 모두 무력한 어버이로 말미암은 피폐한 무산소년의 가족 현실을 바탕으로 삼았다. 「불쌍한 소녀」는 열 살짜리 어린 딸을 멀리 남의 집으로 아이 보러 보낸 시골 어버이를 보여 준다. 딸 순이가 어떻게 고향을 떠나 남의 집에 얹혀살게 되었는지, 얼마나 힘든 구박을 받으며 지내고 있는가를 담고자 했다. 이동규의 「곡마단」에서 아버지는 친구의 꾐에 빠져 아들 영수를 곡마단으로 팔아넘긴다. 아버지가 자식을 금지된 인신매매의 대상으로 삼았다.

　　곡마단에 드러가서 재조를 배워 노면 상당히 생기는 것도 만흘 뿐더러 한
가지만 배워 나도 일생 밥버리는 끈허지지 아니할 것이라고 발러 대는 춘삼
의 말을 믿지 아니하려고 하면서도 영수아버지는 기피 미덧다.
　　그날 밤 영수의 집에는 큰 싸홈이 이러낫다. 그러나 나중에는 집안 식구가
모다들 붓잡고 울엇다. 그들 중에 아모도 헤지기를 조하하는 사람은 업섯다.
　　"여보 영수어머니 멧 해만 고생하오. 내가 일본에 가서 엇더케 하든지 돈
을 버러 모하 가지고 와서 다시 살림을 하여 볼 터이요. 이것이 모다 나의 죄
요. 그러치만 어떠케 한단 말이요……."

—이동규, 「곡마단」 가운데서40)

일자리를 잡지 못해 서울을 떠돌아다니고 있었던 영수 아버지였다.
여섯 해 만에 같은 정미소에서 일하다 쫓겨났던 춘삼을 만나 그의 꾐에
쉽게 빠져 드는 길은 당연한 순서였는지 모른다. 왜냐하면 어려운 살림
에 영수를 떼어 놓고 아내마저 친정으로 보내고 난다면 무슨 다른 일거
리를 얻어 떠날 수 있을 듯했기 때문이다. 무기력한 처지로서는 어쩔 수
없는 선택이었던 셈이다. 왜인 단장이 맡고 있는 곡마단에 영수를 팔아
넘기는 아버지는 생계를 책임진 가장으로서 모습이 아니다. 피식민지
제국 통치의 그늘 아래서 제 한 몸 가누기도 힘든 아버지는 가족에게 고
통만을 더욱 안겨 주는 원흉일 따름이다.

　이렇듯 고아로 편모슬하로 아니면 무력한 어버이 아래서 『육인집』의
소년 주인공은 부계로부터 어떠한 도움도 보호도 받기 힘든 고통 앞에
나앉아 있다. 자기 생존뿐 아니라 가족의 생계까지 어린 몸으로 책임져
야 하는 딱한 모습이다. 가난만 거듭 그늘을 늘어뜨리고 있으니 학교 다
닐 기회가 있을 리 없다. 다니던 학교마저 쫓겨나는 형편이다. 이렇듯 가
족의 수직 관계가 파괴되고 훼손된 채로 남은 무산소년에게 형제라는
수평 관계 또한 다르지 않다.41) 바탕에서부터 가족으로부터 어떤 도움도 받지 못

---

40)『육인집』, 49쪽.

한 채 문맹과 우민, 무지로 내몰리면서 가난만을 책임지는 한계 생활을
거듭할 따름이다.

2) 차별적 사회 현실과 억압

『육인집』에는 당대 무산소년이 겪고 있었던 사회 현실을 담은 작품
이 큰 줄기를 차지한다. 그들은 다시 배경 장소를 중심으로 볼 때 세 가
지로 나뉜다. 농촌 현실을 담은 재촌 소년의 경우, 도시 현실을 담은 도
회 소년의 경우, 그리고 그 둘을 넘나들거나[42] 어느 데라 할 수 없을 일
반 현실을 그린 경우가 그것이다.

첫째, 농촌 소년을 그린 작품이다. 이들은 어려운 소작인의 삶을 살거

---

41) 이즈음 최윤정이 1920~30년대 우리 어린이문학에 나타나는 가족모티프를 살폈다.
거기서 글쓴이는 '아버지의 부재'를 중요한 양상으로 짚으면서, 그것이 '영웅형' 어린
이와 '애상형' 어린이를 만들어 내는 효과적인 장치로 보았다. 작품 발표 시기에다,
동화와 동시를 모두 대상으로 삼았다는 점에서 다르지만『육인집』의 소년소설도 큰
틀에서는 맞물려 드는 점이 적지 않다. 최윤정, 「1920년대~30년대 한국 아동문학의
가족모티프 연구—아동잡지를 중심으로」, 건국대학교 대학원 박사학위 논문, 2012,
84~123쪽. 그런데 소년 주인공이 떠안고 있는 가족 파괴의 적지 않은 원인은 파업,
분규, 고용주의 횡포에 있었다. 가족 파괴 현상의 책임이 피식민지 우리에 대한 제국
주의 수탈에 있음을 에둘러 말하고 있는 셈이다. 게다가『육인집』의 가족은 대가족
이 아니라 부부가족, 곧 아버지 어머니와 자녀 단위로 이루어진 가족이라는 특징을
지닌다. 말하자면 윗대로부터 도움 받을 처지가 아닌 근대 노동가족인 만큼 그 파괴
가 안겨 주는 고통은 더할 수밖에 없다.
42) 나라잃은시기 노동 활동은 다른 부문 활동과 밀접한 연관을 가지고 이루어졌다. 김
경일은 "도시에서 노동자들은 어떠한 형태로든지 자신이 떠나온 농촌과 연계를 여
전히 유지하고 있었"고 "점차 그 성격이 약화되었다고는 하더라도 일부 대도시를 제
외하고" "중소 도시들에서는 여전히 농촌적 분위기가 지배하였다"고 풀이한다. 이런
점에서 노동 활동은 농민 활동과 상호 연관을 맺고 발전할 수 있었다. 사회 현실을
도시/농촌의 이원 분류에서 나아가, 그 사이 중간지대를 두어야 함을 일깨워 준다.
김경일,『노동운동』, 독립기념관 한국독립운동사연구소, 2008, 9쪽.

나 그러한 생활도 버티지 못해 마침내 유민으로 떠돌 수밖에 없는, 농민 가족의 아들딸이다. 그들은 부계의 힘든 노동 조건과 겹치는 노동에 나서기도 하면서 성별로 나뉘어 능력에 따라 재배치된다. 구직회의 「가마니장」, 안평원의 「마지막 남은 것」·「북국의 밤」과 같은 작품이 좋은 본보기다. 「가마니장」은 '머드내'라는 곳에서 "한 달에 여섯 번" 서는 가마니장에서 일어난 일을 다루었다. 소년 주인공도 자신이 짠 가마니[43]를 들고 마을에서 십오 리나 떨어진 장터까지 간다. 가마니 검사원으로부터 좋은 등급을 받기 위해 하나같이 가난한 가마니 팔이들은 신경이 곤두선다. 다른 소년소설에 견주어 특별한 글감인 가마니장을 빌려 무산소년의 고된 나날살이를 속속들이 담아냈다.

> "이래서는 살 수 업다. 흉년은 흉년이여서 못살고 풍년은 빗쟁이에게 졸리어 못살고…… 북간도로 다러나던지 이것 어데 살 수 잇느냐." 하시며 한숨을 지우시는 속에도 야릇한 미소를 지우섯습니다. 아버지의 그 야릇한 미소! 그 미소가 나로 하야곰 이 북간도를 직히게 한 원인이엿다고 나는 생각합니다. 그 가을부터 나는 처음으로 가난한 사람은 풍년이 들러도 못사는 것이라는 것을 깨달앗습니다.
>
> —안평원, 「북국의 밤」 가운데서[44]

「북국의 밤」은 고향을 버리고 만주 땅 용정으로 숨어 들어와 살게 된 소년 가족의 내력담이다. 다섯 식구가 뿔뿔이 흩어지고 "흉년은 흉년대로 못살고, 풍년은 풍년대로 빚에 살 수 없어" 소작농 생활을 더 버티지 못할 지경이었다. 하는 수 없이 지주 몰래 그해 곡식을 처분한 뒤 아버지와 소년은 누나를 작은집에 남겨둔 채 야반도주를 감행한다. 그러나 홀

---

43) 가마니 짜기는 제도교육에서도 이른바 농촌 '부업 생산품' 가운데 하나로 다루었던 자리다. 그러나 빈농에게는 그것이 주업이었다. 『초등직업 제5학년』, 조선총독부, 1944, 78~83쪽.
44) 『육인집』, 122쪽.

러 든 만주 땅에서도 "원수의 가난"을 벗어날 길이 없음을 소년은 이미 잘 안다.

「마지막 남은 것」은 가을걷이를 마친 뒤 타작도 하지 않은 채 철남이네 집에서 열두 마지기 소출을 갈라붙이는 날 풍경을 그렸다. 소작료와 금융조합 빚에다, 이렇게 저렇게 빌린 것까지 빼고 보니 마지막 나락 두 말만 남았을 따름이다. 그것조차 철남이 친구인 수돌이네 집 빚으로 내놓은 마당이다. 그런데 그것을 지고 가던 수돌이가 싸리문 밖까지 나갔다 "우리도 같은 처지의 가난한 사람"이니 그것을 두고 가자며 아버지에게 여쭌다. 차마 "동무의 집 마지막 남은 것을 지고 갈 수가" 없었다. 그러한 아들을 아버지는 대견스럽게 여긴다. 철남과 수남의 우정과 연대감을 화소로 끌어들이고 있으나 중심은 한결같이 소작농의 어려운 현실45)이다.

둘째, 도시 현실을 그린 작품이다. 이동규의 「곡마단」, 홍규의 「도야지 밥 속의 편지」가 좋은 본보기다. 「곡마단」은 '장편'이라는 이름을 달고 연재된 작품이다. 피식민지 시기 소년 노동자에게 저질러졌던 구타·학대를 비롯한 물리적 폭력뿐 아니라 인격에 대한 모멸까지 담아냈다. 주인공은 열세 살 소년 영수다. 다니던 보통학교를 그만두고, 곡마단의 어린 단원이 되어 왜인 곡마단장 아래서 온갖 불의를 겪는다. 모두 3부로 이루어진 작품에서 1부는 영수 아버지가 옛 친구 춘삼의 꾐에 빠져 영수를 곡마단에 팔아넘기고, 그 돈을 밑천으로 섬나라로 돈 벌러 떠나는 데까지 이어진다. 2부는 단원의 환대를 받으며 곡마단에 들어서는 이

---

45) 당대 우리 농촌의 소작 관계는 한 해에서 새 해에 걸치는 단기간 계약이 중심이었다. 소작농이 상품생산자로 자라는 길을 막는 데서 더 나아가 농가 경영 재생산 자체를 불가능하게 만드는 정도였다. 그런 까닭에 계급 대립이 컸다. 거기다 왜인 지주들이 거대 토지를 차지하고 있었다. 따라서 지주/소작인 관계에는 민족 모순이 뚜렷하게 자리 잡고 있었다. 박섭, 「식민지조선에 있어서 1930년대의 농업정책에 관한 연구 —'농촌진흥운동'과 '조선농지령'을 중심으로—」, 『한국 근대 농촌사회와 농민운동』, 열음사, 1988, 112~114쪽.

야기가 중심이다. 하나같이 "가난한 집에서 태여나서" "팔려 와 고생하는"46) 열 명 남짓한 아이에다 늙은이, 청나라 사람까지 낀 이들이다. 3부에서는 다음 날부터 시작된 "무섭고도 지긋지긋한" 곡마단 연습과 공연을 빌미로 저질러진 단장의 폭력, 그에 맞서 단원들이 단결해 싸우는 이야기를 담았다.

> 아래에다 그물을 처 노키는 하엿스나 한번 써러지면 정신이 팽팽 돌고 마치 약에 취한 사람처럼 빗틀거리며 밧그로 긔여나오다가는 쓰러지고 쓰러지고 하엿다. 좁은 통속을 들낙날낙하며 쌍재주 넘는 연습 가튼 것을 할 째에 그들의 연한 쌔는 으서지는 것 갓고 눈에는 제절로 눈물이 술술 쏘다저 나왓다. 그러나 그들에게는 한마디 실타는 소리 몸이 괴롭다는 소리를 못하엿다. 그것은 단장과 춘삼의 챗죽이 무서웟든 까닭이다. 그들은 개나 원숭이나 말과 가치 함부로 그 챗죽에 어더맛는 것이다. 인정이라고 조곰도 업는 단장과 춘삼이는 조곰민 잘못히면 함부로 후려갈것다 그들의 연한 살에는 피맷친 것이 풀닐 째가 업섯다. 그러나 아모도 반항을 하지는 못하엿다.
>
> —이동규, 「곡마단」 가운데서47)

영수는 다른 단원들과 "친부모 친형제 같이 서로 의지하고 서로 위로하야" "마굴" 같은 거기서 석 달 훈련을 마치고 무대에 설 수 있었다. 어느 날 공중모험을 할 때였다. 함께하던 연순의 실수로 영수는 아래 그물로 떨어져 버리고 말았다. 화가 난 단장은 영수와 연순을 채찍으로 후려갈기기 시작했다. 그걸 본 영수가 가슴에 불이 붙어 단장에게 달려들고, 뒤이어 나머지 대원들도 힘을 모아 단장과 춘삼이에게 대들었다. 마침내 지도자 격이었던 진주영감이 단장의 권총에 맞아 쓰러지고, 나머지 단원은 경찰서에 잡혀가게 되었다. 그러나 영수를 비롯해 잡혀가는 곡마단원들의 "마음은 무한히 통쾌"하였고, 그들은 가슴에 맺힌 "원한이

---

46) 『육인집』, 63쪽.
47) 『육인집』, 56~57쪽.

다 녹는 것"48) 같은 후련함을 느낀다. 「곡마단」은 곡마단원의 연대감을
바탕으로 왜인 고용주에 맞서는 투쟁 현실을 보여 준다는 점에서 "민족
적, 정치적 성격"49)까지 담아낸 드문 본보기다.

　피식민지 당대 쟁의·동맹파업 투쟁은 방직과 제사를 시작으로 제분·
운수·부두·금속·광산·토목·고무와 같은 여러 소규모 산업 부문에
서 이루어졌다. 「도야지 밥 속의 편지」50)는 그 가운데서 주요 부문이었
던 방직회사 노동쟁의를 배경으로 삼았다. 주인공은 순득과 남순 오누
이다. 순득은 남순이 일하고 있는 방직회사에서 나온 도야지 밥을 거두
어 축사에 가져다주고 그 삯을 받는 일을 하면서 늙은 어머니를 봉양한
다. 그런데 그 공장에서 직공과 회사 사이에 이루어졌던 '담판' 내용과
달리 공장주는 직공들을 회사 안에 가두어 두고 회유하려 든다. 회사 바
깥으로는 자발적으로 직공들이 일하고 있는 양 속이기 위해 거짓 연기
를 뿜어 올리기도 했다. 오라버니가 도야지 밥을 거두러 올 것을 안 남순
은 그 안에 편지를 넣어 공장 안 사정을 알릴 방법을 생각해 냈다. 순득
은 통 속에서 '담배상자' 종이를 발견하고, 그 속에 들어 있었던 편지를
찾아낸다. 그리하여 소설 뒷자리는 도야지 밥 속에서 나온 남순의 편지
를 그대로 옮겨 놓아, 보름 동안이나 공장 안에 감옥과 다름없이 갇힌 직
공의 사정51)을 알려 준다.

---

48) 『육인집』, 62쪽.

49) 김경일, 앞에서 든 책, 312쪽. 노동 투쟁의 전반적인 전개에서 볼 때 1930년대는 보
　　다 격렬하고 지속적인 강건성을 지니고 이루어졌다. 강동진, 「일제하의 한국노동운
　　동」, 『한국근대민족운동사』, 돌베개, 1980, 560~568쪽.

50) 북한에서 소개된 작품은 『육인집』과 달리 손질이 많이 이루어졌다. 아마 홍구가 월
　　북해서 손질한 것으로 보인다. 류희정 엮음, 『1930년대 아동문학작품집(1)』, 문학예
　　술출판사, 2005, 56~58쪽.

51) 당대 노동자는 장시간 과도한 노동, 위험한 노동조건, 강화된 노동강도에 가혹하게
　　시달려야 했다. 이런 사정은 여자 노동자와 유소년 노동자에게 더 심했다. 게다가 우
　　리 노동자의 단결과 조직을 약화시키기 위해 왜로가 채용한 일용노동제는 그러한 가
　　혹한 조건을 어쩔 수 없이 견디도록 내몰았다. 그에 따라 1931년에는 나라잃은시기

옵바야 그런데 한 가지 부탁할 것 잇서. 저 박게 잇는 아주머니들이 우리들은 지금까지 일 안 한다고 그리고 굴뚝 연긔는 그짓말 연긔라고 그리고 또 우리들이 나가려고 하는데 엇더케 하면 조흐냐고 물어다 주우. 그 대답을 엇더케 전할 수 업슬까! 옵바! 내 옷이 덜어우니 옷 가주구 올 때에 옷 속에다 집어느어 가지고 오면 되겟수.

옵바! 이것을 쓰는 데 사흘 걸엿수. 옵바는 날마다 도야지 밥 가질러 왓섯지 엇더케 할 수가 잇서야지. 생각하다 못하야 도야지 밥 속에다 집어늣수.

−홍구, 「도야지 밥 속의 편지」 가운데서[52]

동생 남순이를 비롯한 공장 직공들이 고투를 겪고 있음을 알게 된 순득이다. 기어이 쟁투에서 이기고 어린 동생과 직공이 자유롭게 풀려날 수 있을 계책을 마련하기 위해 입술을 깨문다. 당대 나라 곳곳의 쟁의 · 파업 현장에서 이루어졌을 투쟁 현실과 방법을 짧게 담아낸 작품이다. 피식민 지배 체제 맨 밑바닥에서 생활하고 있었던 무산소년 노동자에 대한 민족적, 계급적 차별과 폭력은 그들을 인격도 지니지 못한 '도야지'처럼 만들었음을 암시한다.

셋째, 농촌과 도시의 교차 현실이나 일반적인 계급 현실을 일깨우고자 한 작품이다. 이동규의 「이쪽저쪽」, 승응순의 「쑴」과 같은 것이다. 「이쪽저쪽」은 부잣집 부남이라는 아이와 가난한 집 수동이라는 두 아이가 하늘과 땅처럼 서로 나뉘어 사는 행색을 빌려 계급 차별 현실을 일깨운다. 보통학교 이 학년 부남이 집은 여자 하인, 남자 하인 십여 명을 두었다. 부남이는 점심으로 통조림에 회에 샌드위치를 먹고 그것이 싫을 때는 약식까지 먹는 아이다. 그에 견주어 수동이는 직공 수백 명인 공장에서 '닭장의 닭'처럼 일한다. 아버지는 시골로 장사하러 가서 집을 비웠고, 편찮은 어머니를 비롯한 다섯 식구는 어린 수동이의 벌이에 기대 사

가운데서 가장 많았던, 모두 205건의 파업투쟁이 한 해에 일어났다. 이이화, 『한국근현대민족해방운동사』, 백산서당, 1988, 82쪽, 207쪽.
52) 『육인집』, 153~154쪽.

는 형편이다. 수동이는 공장에 갈 때 빈 도시락을 들고 갔다 다시 들고
온다. 채울 게 없는 도시락이지만 남들이 가지고 다니니 그도 그리한 것
이다. 그런 가운데서도 수동을 위로하는 것은 또래 친구의 우정뿐이다.

　승응순의 「꿈?」은 "농촌에서 남의 땅 소작으로 근근이 연명을 해 오
든"[53] 집안의 세 소년을 주인공으로 삼았다. 그 셋이 피식민지 현실 사
회로 나아갔다 좌절하여 마침내 자신의 자리를 찾는 과정을 그렸다. 제
목에 있는 물음표가 암시하듯, 보통학교도 간신히 졸업했던 그들이 꿈
만은 컸다. 경태는 "장래 대정치가"를, 천일은 "훌륭한 피아니스트"를,
동숙은 "세계적인 대문학가"를 겨냥한 것이다. 졸업식을 마친 며칠 뒤
그들은 고향을 몰래 빠져나왔다. 경태와 천일은 동경으로 건너가 고학
을 시작했다. 그러나 얼마 있지 않아 동경 거리를 "거의 거지"로 떠도는
신세로 떨어졌다. 두 아이는 "자본주의 사회의 모순"을 온몸으로 배우기
시작한다. "자기의 실제의 책임과 의무를 모르고" "자본주의 사회를 심
각히 해부치 못하고" "어리석은 공상"과 "환멸의 허영"에 빠져들었음을
깨우친 것이다. 그 둘과 달리 동숙이는 애독하고 있었던 소년잡지 기자
가 되기 위해 서울로 갔다. 찾아간 그곳에서 냉대를 받은 동숙은 고생을
하다 왜인 서점 점원으로 취직했다. 세 소년은 사회가 그들이 그렸던 바
와 딴판임을 뒤늦게 배웠다. 그리하여 세 해나 지난 뒤 세 소년의 동향은
아래와 같다.

　　빠른 세월은 어느듯 삼 년이 지나갓다. 그러나 세 소년의 희망은 아직 실
　현될 길이 망연한 채로 잇다. 그사이 경태는 제약회사에서 도태를 당하야 어
　느 방직공장의 직공으로 옴겨간 후 책 한 페―지 읽을 사이 업섯다. 그의 대
　정치가인 리상은 깨끗하게도 뿌리가 잘려저 가는 셈이다. 그리고 천일이는
　약한 몸에 넘어나 고역을 하여 각긔병을 알어 할 수 업시 고향으로 편지를 하
　여 집을 잽히여 돈 보낸 것으로 삼 년 석 달 만에 고향으로 돌아왔다. 동경간

---

53) 『육인집』, 104쪽.

지 삼 년 만에 깡깡이 하나 손에 잡어 보지 못하고 장래 음악가 김천일이는 원대한 희망을 그대로 가삼에 안은 채 무참히 실패를 당하여 성공하기 전에는 죽어도 안 오려든 고향을 병든 몸으로 돌아왔다. 그리고 동숙이는 아직 변동이 업시 서점에 잇스나 이상한 세계적 대문학가가 될 푸로그람을 아직 작정도 못하고 잇다.

—승응순, 「꿈」 가운데서54)

세 소년은 지난 시절에 지녔던 "어리석은 공상", '허영'을 미련 없이 버리고 "모순된 이 사회"에서 마땅히 해야 할 의무와 책임을 깨닫고 그 일에 최선을 다하기로 목표를 바꾸었다. 경태는 방직공장의 직공으로 독학하며 "노동조합 소년부에서 활동"하는 소년 활동가로 나아갔다. 고향으로 다시 내려온 천일과 동숙은 서로 동지가 되어, "무의식한 소년들을 모아 놓고 모든 것을 가르쳐 주며 이약이하여 주는 맹렬한 활동가"로 바뀌었다. 고향을 떠난 지 네 해 만에 자신의 계급 정체성을 확실히 깨닫고 공장의 노동조합이나 농촌 야학에서 자본주의 사회의 모순을 일깨워 주는 청년 지도자로 거듭났다. 소설 「꿈」은 「육인집」의 글쓴이를 비롯해, 숱한 우리의 어린이, 청년이 겪었을 꿈과 좌절의 과정을 온축해 보여 준 셈이다.

이상과 같이 『육인집』의 무산소년은 부자나 소작인, 고용주나 왜인과 같은 계급적, 민족적 강자들에 의한 차별과 억압을 일상적으로 겪었다. 무산계급으로서 겪는 한편, 피식민지 노예 민족 구성원의 한 사람으로서 겪는 계급적, 민족적 차별이라는 이중의 굴레를 온몸으로 아로새기며 살았다. 그리고 이러한 무산소년의 차별적 사회 현실은 고스란히 피식민지 우리 민중의 것이기도 했다. 『육인집』의 작가들은 무산소년이 피식민지 지배 체제 아래서 그러한 차별 현실로 말미암은 억압과 고통을 학습하고, 나아가 그에 대한 투쟁심을 내면화시키고자 애썼던 셈이다.55)

---

54) 『육인집』, 108~109쪽.

3) 학습장 구축과 지도자 양성

『육인집』에는 불행한 가족 현실이나 차별적 사회 현실뿐 아니라, 그에 맞설 수 있을 길을 찾고자 고심한 작품도 한 줄기를 차지한다. 「곡마단」·「절름바리와 거지」와 같은 데서 드러나는 바와 같이 몸소 분노를 터뜨리고 쟁투에 몸을 맡기는 길은 더 견디기 어려울 고통이나 투옥을 전제로 한다. 게다가 일정한 범위를 넘어서는 모습은 검열로 말미암아 작품 발표 자체가 어렵다.56) 따라서 『육인집』의 글쓴이는 가능하고도 합법적인 공간 안에서 이룰 수 있을 전망 현실을 겨냥할 수밖에 없었을 것이다. 그런 위에서 비합법적 투쟁도 뿌리를 지킬 수 있었을 것인 까닭이다. 그렇게 볼 때 많지 않은 가운데서 가능한 길은, 제도교육에 크게 못 미치지만 근대 지식을 닦아 장차 사회 진입을 예비함과 아울러 자신이 놓여 있는 계급적 현실을 더욱 깊이 깨닫고 의식을 단련하는 쪽이었다. 함께 이루기 힘들 이 둘을 제대로 이루기 위해 『육인집』은 무엇보다 그것이 가능할 학습장을 마련하고 투쟁 환경을 가꾸는 데로 눈길을 모은다. 그것은 모두 세 가지로 그려진다. 첫째 무산소년을 위한 학습장을 구축하는 일, 둘째 학습장을 운영하고 투쟁을 효과적으로 이끌기 위한

---

55) 김경일은 이 점에 대해 아래와 같이 짚었다. "이 시기 노동자들은 한편으로는 식민지 민중의 구성원으로서 억압받으면서 다른 한편으로는 특정 계급의 일원으로서 착취를 받는 이중의 굴레에 놓여 있었다. 이러한 점에서 노동운동은 민족차별에 반대하고 반일민족해방을 지향하면서 동시에 일제에 의한 식민지적 착취와 종속에 반대하는 지향을 보였다." 김경일, 앞에서 든 책, 4쪽.

56) 이동규 작품 「고향」의 주인공 영철은 고향에 되돌아와 앞으로 가난한 농민을 위한 지도자가 될 것을 결심한다. 그런데 이어질 이야기를 더 잇지 않고, '부기(附記)' 형식을 빈 다음 작자는 바깥 검열을 의식해 더 쓸 수 없다는, 자기 검열이라는 글쓰기 전략을 끌어다 놓았다. 현실 대응 방식에 대한 구체적인 전망을 당대 작품들이 제시할 수 없었을 사정을 보여 주는 한 본보기다. "이 소설은 이 뒤끝부터가 이 소설의 가장 힘 잇는 곳이다마는 실을래야 실을 수 업슴으로 이 뒤는 끈허 버렷다. 독자는 양해하여 다오." 『육인집』, 154쪽.

덕성을 가꾸는 일, 그리고 지도자를 지속적으로 양성하는 일이 셋째다.

첫째, 계급 교양과 투쟁의 바탕인 학습장을 마련하는 일이다. 곧 회관이나 강습소, 교실이 그것이다. 구직회의 「참된 배신자」가 대표적인 본보기를 보여 준다. 이 작품은 무산소년에게 거짓 앎과 믿음을 퍼뜨리는 기독교를 비판하고 그를 대신할 농촌야학의 설립[57]을 부추긴다. 그 일을 성칠과 성구라는 두 형제를 중심으로 풀어 나갔다. 형인 성철은 섬나라에서 공장 일을 하면서 계급 현실을 깨닫고 그에 맞서 싸우고자 하는 젊은이로 자랐다. 그는 자신의 학습 경험을 남몰래 고향에 남아 있는 동생 성구에게 편지로 알려 그를 일깨우고자 했다. 그런 학습에 힘입어 성구는 마을 사람이 거의 모두 나가고 있는 교회와 목사의 가르침이 참이 아님을 깨닫기 시작한다.

> 전부가 거짓말이다. 사람을 속이는 것이다. 목사님도 밤낮 부지런해라 참어라 하지만 거짓말 가트다. 만약 내가 아직 시기를 못 민나 이러케 고생을 한다 하자 그러면 그 시기는 언제나 올가 그리고 부지런한 사람들은 모다 나종에 잘살가!
>
> "아하— 엇재 머리가 뒤숭뒤숭 하기만 한 게 속상해 죽겠다." 하고 한참 잇드니 다시

---

57) 1920~1930년대 우리에 대한 왜로의 우민화 책략으로 말미암아 공립보통학교에 입학할 수 있었던 학령기 학생은 전체 가운데 30% 정도에 머물렀다. 따라서 그러한 제도교육이 만족시킬 수 없었던 교육열을 밤배움이 충족시켰다. 노동야학, 농민야학, 여자야학과 같이 여러 모습으로 이루어진 그것은 교사만 있다면 적은 경비로 유지할 수 있었다. 교사는 사가뿐 아니라 정년회관, 단체 회관, 서당들을 썼다. 주로 농번기인 겨울이나 밤시간에 이루어진 이러한 밤배움은 소작농충의 자녀, 학령기를 넘겼으나 배우고 싶어 하는 남녀 어른을 대상으로 삼았다. 교사도 그들이 다가서기 어렵지 않은 생활공간에 자리했다. 밤배움의 중요 목표가 문맹퇴치였던 까닭에 거기서 이루어진 학습은 한글, 왜어, 산술, 간단한 한문에다 한국 역사가 중심이었다. 이러한 밤배움에 대해 이른바 조선총독부에서는 1930년대에 들어서면서 탄압을 강화했고, 이른바 농촌진흥사업을 벌이면서 그 됨됨이를 식민야학으로 변질시켜 장악해 갔다. 문소정, 「1920~1930년대 소작농가 자녀들의 생활과 교육」, 『한국사회의 여성과 가족』, 한국사회사연구회, 1990, 97~109쪽.

　　"아니다. 내가 하나님께 대한 정성이 부족하다. 기도를 올리자." 하고 그는 일어나 하날을 우르러 중얼거렸다.
　　해가 넘어가 일손을 떼고 집에 돌아와 보니 편지가 왔다 한다.
―구직회, 「참된 배신자」 가운데서58)

　　성구는 "부지런하고 고통을 참으면 성공이 될 것이라고 힘껏 농사지여 소작료로 모다 듸밀고 몇 푼어치 남지 안는 것을 부둥켜안고도" 그것을 고맙게 여기며 살아가는 빈농 소작인 아들 신세다. 그러나 형의 편지를 받고서 한 발자국씩 자신의 처지를 깨닫기 시작한다. "밤낮 하느님에게 몸을 바치고 순량한 종놈이나 되어서 한세상 살어가라는 효자를 만드는 목사의 설교"59)가 거짓임을 알게 된 것이다. 그리하여 앞으로 불쌍한 이들을 위하여 무슨 일이든지 착수해야겠다고 마음을 다져 먹고 밤배움을 시작한다. 성구를 비롯한 소년 동무들은 목사를 "맹렬히 공격하여" 쫓아 버리고, 교회를 차지했다. 그리고 그곳을 아이들을 위한 밤배움 교실로 삼았다. 그런 가운데 그들의 지도자, 섬나라에 가 있었던 성칠이 돌아오게 되어 소년 동무들은 "행렬을 지어" "정거장으로 마중을" 나간다. 구직회의 종교 비판은 기독교가 무산계급이 놓인 농촌 현실에는 눈을 돌리지 않고, 무조건 부농이나 지주와 같은 유산계급에 순종하도록 만든다는 데 있었다. 그래서 그들을 쫓아내고 그들을 대신할 자체 밤배움과 학습장을 마련하는 일이 필요함을 힘주어 말한 셈이다.60)

---

58) 『육인집』, 11쪽.

59) 『육인집』, 15쪽.

60) 당대 계급문학에서 반종교 활동은 반봉건 활동의 중요 부문으로 강조되었다. 이갑기가 종교를 "주복관계를 소위 대의명분이라 하는 것으로 설명하야 종 된 사람은 영원이 그 주인에게 엇더한 학대를 밧드래도 충성스럽게 하여야 한다고 한다"고 짧게 줄인 바가 핵심이다. 이갑기, 「종교란 것은 엇던 것인가」, 『별나라』 10·11월호, 별나라사, 1931, 4쪽. 종교는 이른바 조선총독부 통치책략과 상호보완 관계에 있었다. 이러한 종교 비판을 두고 최병구는 넓게 다가설 필요가 있음을 짚었다. "프로소설에서 기독교 비판은 일관된 서사"다. 적극적인 의지를 가지고 운명을 변화시키려는 계

안평원이 쓴 「다 같은 일꾼인 선생」은 농촌야학의 설립과 운영이 매우 어려운 일임을 깨우치고자 했다. 보통학교를 졸업하고 집에서 일하고 있었던 영구는 마을에 사립학교가 생기자 교사로 뽑혔다. 그러나 아이들에게 부자의 영리함과 '상놈'의 어리석음을 비롯한 계급 현실을 일깨우는 교육을 하다 설립자들로부터 쫓겨났다. 그러나 거기에 굽히지 않고 농촌야학을 만들어 또래 아이들을 학습시켰으나, 마을에서마저 떠나야 했다. 그럼에도 남은 아이들은 지도자였던 영구의 뒤를 따라 농촌야학을 이어갈 것을 결심한다. 열아홉 살 먹은 영구의 밤배움 설립과 배척 과정을 빌린 당대 밤배움 현장의 고충이 고스란하다. 이렇듯『육인집』은 당대 무산소년을 위한 계급 현실 학습을 안정적으로 할 수 있을 학습장 구축을 강조한다. 설립과 운영의 어려움은 역설적으로 어떤 일이 있더라도 배움을 위한 최소 조건을 마련하기 위한 노력을 멈추지 말아야 할 것임을 말하고 있는 셈이다.

둘째, 무산소년 계몽 조직이나 청년 조직 활동을 이어나갈 덕성을 일깨우고자 하는 작품이다. 가장 큰 것은 분파주의 비판이다. 이동규의 「나무꾼」·「집안싸홈」, 구직회가 쓴 「흉내쟁이」가 모두 그 점을 짚었다.「나무꾼」은 길남과 초동이라는 두 사이좋은 나무꾼 소년을 내세워 단결이라는 가르침을 강조하고 있다. "자기 욕심만 채우고 작고 제 배만 채우는 그런" '부자들'[61]의 잘못된 태도와 다른 무산계급의 덕목이다. 「흉내쟁이」는 신문 인쇄소 문선부에서 일어난 무산소년 사이의 갈등과 연대

급주의자들에게 "기독교는 자신들의 불행을 합리화하는 집단으로 인식되었던 까닭"이다. 자신들이 놓인 "운명의 인과관계를 따지는 가운데" 찾게 된 것 가운데 하나가 기독교'라는 맥락이었던 셈이다. 그러나 기독교가 일방적으로 공격 받을 만한 대상은 아니었다. 기독교 교리와 관련한 자유·평등사상은 거꾸로 통치체제를 위협할 수도 있었다. 이른바 조선총독부 통치책략 체제의 중층성을 읽어야 함을 강조한 셈이다. 최병구, 「프로문학과 운명 그리고 법」,『구보학보』 4집, 구보학회, 2008, 169~170쪽.
61)『육인집』, 87쪽.

감을 그렸다. 사장 측에 붙은 고자질쟁이 또래에 대한 조직적 조롱이 이야기 핵심이다. 당시 계급주의 지식인의 적지 않은 수가 몸담았던 일터기도 했던 인쇄소의 짧은 촌경을 빌려 무산소년 안쪽의 연대감 강화라는 덕목을 부추긴다. 이동규의 「집안싸홈」은 그런 모습을 청년회 운영 방법이라는 쪽에서 구체화했다.

> 회관을 어더 노코 모든 준비도 다하여 노혼 김 동무는 자긔의 공로가 큰 것을 미듬이엿든지 좀 뽐내는 긔분이 잇섯고 일은 퍽 독단적으로 하여 나갓다. 회원 모집에 대하여도 지원자 이십여 명에 단 네 사람을 뽑앗다고 한다.
> 이런 것 모집에도 여러 사람과 가치 안저 협의하는 것이 안이고 자긔 마음대로 혼자 안저서 신입회원 지원자들을 시험보이다시피 한 것이다. 이런 것이야 좀 마음을 돌려 양보를 한다면 문제될 것은 업는 것이엿다만은 김 동무의 성품이 좀 깔깔하고 좀 뻣뻣하야 그것으로 제일 불쾌한 마음을 가젓든 것은 신 동무이다.
>
> —이동규, 「집안싸홈」 가운데서[62]

집세를 못 내 회관을 내놓았다 다시 어렵사리 얻었던 청년회에서는 신입회원을 뽑아 간담회와 같은 청년 대회를 열고자 했다. 이 작품은 그런 과정에서 조직 운영의 어려움과 장애 요소를 보고 형식으로 담은 문학, 곧 오체르크다. 새 회관을 얻는 데 공이 큰 김 동무가 회의 운영에 전횡을 저지르는 분위기 아래서 다른 동무와 감정 충돌이 잦았다. 소년회나 청년 조직 활동을 하다 보면 어디서나 있음 직한 일이다. 이 작품은 그런 경우에 갈등을 줄이면서 어떻게 조직을 이끌어야 할 것인가라는 지침을 일깨우고자 했다. 작품에서는 김 동무의 뻐기기나 독선, "좀 깔깔하고 좀 뻣뻣"한 됨됨이가 비판 요인이다. 그래서 "어듸까지든지 커다란 양보와 자긔희생"을 덕목으로 강조한다.

셋째, 청년 지도자의 길을 권하는 작품도 있다. 이동규의 「고향」이 대

---

62) 『육인집』, 33쪽.

표적이다. 이미 앞에서 든 이동규의 「두 가지 정의」나 구직회의 「참된 배신자」 또한 이런 눈길로 살펴 무리가 없다. 「고향」의 주인공 영철은 가난한 시골 고향을 떠나 서울에서 공부하고 오 년 만에 되돌아온 청년 이다. 떠날 때와 달리 그는 부쩍 자란 모습으로 돌아왔다.

> 그가 고향에 이르자 그중 먼저 그의 눈에 띄이고 그중 그의 머리로 하야금 생각게 하고 마음속에 박히게 한 것은 자기가 살든 그때보다도 몹시 쇠퇴하 엿고 타락된 이 동리의 살림사리이다. 다 문허저가는 도야지 어리깐 가튼 집 서울바닥에 헤매는 거지보다도 드러운 그들의 옷 그리고 다 쭉으러저 가는 그들의 얼골 그에게는 이 동리가 뼉다구만 나문 송장과 같고 말러빠저 뜨더 먹다 남긴 북어와 같고 커다란 폭풍우가 지나간 뒤의 촌락 가튼 늣김을 주엇 다. 그 꼴을 보고 그는 흥분되여 부르지젓다.
> "양복을 입고 비단옷을 입고 모양만 차리고 다니는 서울 놈들 놀러나 다 니고 구경만 다니며 그래도 속에 무엇이 드럿다고 떠드는 도회의 신사 놈들 그놈들을 모다 불러다 이 꼴을 보여 주고 싶다. 시골서는 모다 도야지만도 못 한 살림을 하고 사는데 잘난 체하고 뽐내고 다니는 그들을 모나 붓드러다가 보여 주고 싶다. 그들에게 알리여 주고 싶다."
>
> —이동규, 「고향」 가운데서[63]

돌아와 본 고향은 옛날보다 더욱 피폐했다. "뼉다구만 남은 송장"같 이 "도야지만도 못한 살림을 하고 사는" 고향 사람을 보면서 영철은 "서 울 놈들"에 대한 분노를 참을 수가 없다. "모다 이익만 찾고 인정도 의리 도" 모르는 그들이다. 영철은 서울사람으로 일컬은 유산계급에 대한 분 노와 그들의 실상을 마을 사람에게 교양하고 무산 계급 의식을 일깨우 는 청년 지도자가 되기로 결심한다. 이때 오년 만에 고향으로 돌아왔다 는 설정은 뜻이 가볍지 않다. 고등보통학교를 마쳤다는 사실을 말하는 까닭이다. 그럴 경우 거의 모든 청년 학생은 피식민지 수탈 체제에서도 어렵지 않게 편입할 수 있었다. 그런데 영철은 거꾸로 고향의 못사는 무

---

63) 『육인집』, 95쪽.

산농민 속으로 몸을 던졌다. 앞으로 그가 시골 고향에서 헤쳐 나갈 구체적인 일에 대한 자리는 생략되어 있지만 농촌 청년 지도자로서 나아갈 걸음걸이[64]를 짐작하기란 어렵지 않다.

이동규의 「두 가지 정의」는 밤배움 현장에서 이루어졌던, 계급 학습 과정을 그리고 있다. 교사 세 사람이 가난한 마을 사람의 존경을 받으며 이끌고 있는 산골 사설학교 교실, 물음과 답변 형식을 빌었다. 참된 정의를 실천하고 있는 사람이 있다면 들어 보라는 물음이 그것이다. 그에 대한 답변은 둘이었다. 마을 지주의 마름 아들 박남석은 그 지주를 들었다. 어리장사로 시작하여 사업을 일으켜 "수만은 직공들을 먹여 살리"고 사회사업에도 나서 이른바 "총독에게 표창까지 받고 비석까지 세웟스며" 왜왕으로부터 "공을 표하는 은잔"까지 받은 사람이다. 이른바 조선총독부가 우리에 대한 효율적인 지배를 위해 키웠던 전형적인 식민지 중건 부왜인이다. 거기에 견주어 최영호라는 소년은 자신의 형님 같은 이를 들었다. 중학교를 다니다 말았으나 친구들과 청년회를 조직하고 조합까지 만들어 열심히 농민 활동을 하고 있는 이다. "동리 사람을 위하여" "가난한 사람들을 위하야"[65] 목숨까지 내놓겠다는 각오를 지녔다.

둘 가운데 어느 쪽이 참된 정의를 실천하는 사람인가를 교사는 입으로 답하지 않았지만 글쓴이가 두 사람의 대조를 빌려 말하고자 한 바는 분명하다. 어린 무산소년이나 농민들을 위한 청년 동맹이나 농민 조합원으로 나서 투쟁하는 지도자의 길을 따르라는 일깨움이 그것이다. 무산소년은 사회적 차별과 고통을 거듭 키워 나갈 수밖에 없는 악순환 속에 던져져 있다. 그런 가운데서 중요한 일은 자신이 놓인 계급 현실을 뚜렷하게 깨닫고 계급의식으로 무장하는 일이다. 그러기 위해서는 그런 학습이 가

---

64) 이 작품에서 세우고 있는 지도자상은 하향식 인물이다. 따라서 당대 대중화론에 바탕을 둔 전략으로 제시되었던 상향식 지도자상까지 담아내지는 못했다. 김준, 앞에 서 든 글, 49쪽.
65) 『육인집』, 78~80쪽.

능한 밤배움 장소나 회관 같은 투쟁 토대를 굳건하게 마련해야 할 일이다. 그리고 그 운영을 위해서는 내집단 구성원 사이의 불화나 불신을 딛고 희생정신으로 단결하지 않으면 안 된다. 아울러 그러한 투쟁 활동을 이끌 지도자를 거듭 길러야 한다. 뜻있는 젊은이가 그런 일에 몸을 던져주기 바라는 간절한 바람을 『육인집』은 숨기지 않았던 셈이다.

앞에서 살펴본 바와 같이 『육인집』에 실린 소년소설 스무 편은 1930년대 초반 당대 우리 무산소년이 놓여 있었던 삶의 모습을 모두 세 길로 나누어 담아냈다. 수직, 수평적으로 파괴된 가족 현실 속에서 무산소년은 가족의 생계까지 짊어진 한계 생활 속에 내던져져 있었다. 제도 교육과 인간적 배려와는 거리가 먼 생활이었다. 게다가 부계의 양육과 보호로부터 떠밀려 나온 그들을 맞이한 사회 현실은 더욱 뼈아픈 것이었다. 농촌 장터에서 도시 공장에서 그들은 민족적, 계급적 차별과 억압에 일상적으로 팽개쳐져 있었다. 그렇다고 그러한 가족, 사회 현실을 벗어날 전망이나 방법을 뚜렷하게 마련할 수 있는 처지도 아니었다. 피식민 노예 상태로 있었던 무산소년에게 몸소 투쟁 전선에 나서는 일은 거의 불가능했다. 합법/비합법 공간 사이에서 조심스럽게 가능한 현실 전망을 마련하지 않을 수 없었다. 계급 현실을 교양하고 굳건하게 다지기 위한 안정적인 학습장을 구축하여 지도자를 중심으로 단결하면서 가능한 투쟁을 거듭해 나가는 길만이 바라다볼 가능성이었다.

그럼에도 피식민지 수탈 체제 아래서 『육인집』의 글쓴이 여섯 사람이 꿈꾸었을 무산소년의 해방과 행복을 위한 합법/비합법 사이 어려운 줄타기는 실패가 예정되어 있었다. 카프 맹원 검거와 함께 계급문학 자체의 좌절로 나아간 정세 변화야말로 전향과 실종으로 이어진 그들의 모습을 대변한다. 그들은 『육인집』을 빌려, 1930년대 초반 카프 대중화론으로 대표되는 계급주의 소년 청년 조직 투쟁 활동과 성과를 간접적으로 일깨웠다. 그리하여 많지 않은 작품임에도 피식민지 노예상태로 있었던 한국인의 민족적, 계급적 지위와 모순을 환기하고 식민자 왜인에 대한 저항심을 굳힐 뿐 아니라, 무산소년과 청년의 단결과 희생의 미덕을 그려 담은 뜻은 무겁다. 1930년대 초반 우리 계급주의 어린이문학이 일군 성과의 가장 적극적일 수 있을 자리를『육인집』은 고스란히 보여 준 셈이다.

4. 마무리

1980년대부터 본격적으로 이루어지기 시작했던 계급주의 문학 연구는 아직까지 빈자리가 적지 않다. 그 맨 앞에서 고투했던 매체에 대한 발굴과 구명도 그런 가운데 하나다. 이 글은 이제까지 알려지지 않았던 '프롤레타리아 소년소설집'『소년소설육인집』을 찾아 실체를 알리고, 1930년대 계급주의 어린이문학에 대해 이해를 더하고자 하는 목표로 쓰였다. 논의를 줄여 마무리로 삼는다.

첫째,『육인집』은 1932년 6월 신소년사에서 낸 낱책이다. 엮는 데 주도 역할을 한 이는 신소년사 기자 이동규로 보인다. 카프 중앙위원 임화·권환에 이어 그가 머릿말을 쓴 안에는 1930년 1월부터 1932년 3월까지『별나라』·『신소년』에 실렸던 소년소설 가운데서 가려 뽑은, 구직회·이동규·승응순·오경호·안평원·홍구의 작품 스무 편을 올렸다. 이 시기는 우리 계급문학이 대중화론을 앞세우며 조직 투쟁을 활발하게 일궈 나갔던 으뜸 활성기였다.『육인집』은 1931년 3월에 낸 '프롤레타리아 동요집'『불별』과 짝을 이루며 당대 피식민지 한국 무산소년이 겪고 있었던 경험적 현실을 그려 담은, 소년소설의 성과를 고스란히 온축했다.

둘째,『육인집』글쓴이 여섯은 발간 무렵 스물두 살에서 스물네 살 어름에 걸치는 젊은이로서『신소년』·『별나라』의 독자 투고란을 빌려 습작 활동을 하다 1930년을 앞뒤로 한 시기 기성 문인으로 자란, 자생적 계급주의자다. 이들은 고등보통학교나 더 높은 상급학교에 진학이 어려웠던, 또는 보통학교조차 나올 수 없었던 이다. 따라서 직업도 밤배움 교사, 출판사 기자와 같이 고용 유동성이 큰 일터나 농촌이었다. 그들 가운데 다섯 사람은 계급문학 학습 모임 '조선소년문예협회' 회원으로 활동했다. 지연·학연에 바탕을 둔 직접적 결속력은 엷으나 계급주의 어린이문학이라는 도구적 연결망에 따른 유유상종의 정도는 높았다.

셋째,『육인집』스무 편의 속살은 주인공이 놓인 중심 이야기의 단위에 따라 셋으로 나뉜다. 가족 현실과 사회 현실 그리고 그 둘을 향한 전망 현실이 그것이다. 열세 편이나 되는 작품이 파괴된 가족을 바탕으로 삼았다. 고아거나 편모슬하, 또는 어버이가 있다 하더라도 무력한 입장에 있어 부계로부터 양육과 보호를 받을 수 없었던 주인공은 오히려 가족 생계까지 떠맡거나 거리를 떠돌아야 했다. 아버지에 의한 인신매매까지 겪으며 폭력적인 노동 현장으로 내몰렸다. 이렇듯 가족의 수직·수평 관계가 파괴되고 훼손된『육인집』의 무산소년은 비참과 무지·문맹을 재생산하며 한계 생활 속에 던져질 따름이다.

넷째,『육인집』에는 무산소년이 겪고 있었던 사회 현실을 다룬 속살이 가장 두텁다. 가난을 거듭 키우는 소작 현실이거나 그로부터도 쫓겨나 유민으로 떠도는 농촌 소년, 공장·파업 현장·거리에서 차별과 억압을 몸으로 겪는 노동 소년을 담아냈다. 농촌과 도시를 넘나들며 일반적인 계급 현실을 일깨우기도 한다. 그러한 사회 현실 속에서 지주·고용주·왜인과 같은 강자에 의한 민족 차별과 계급 차별이라는 이중의 굴레를 각인시킨다. 피식민지 수탈 체제 아래서 겪는 차별 현실을 학습하고, 그에 대한 투쟁심을 내면화시키는 몫이 컸던 셈이다.

다섯째,『육인집』에는 불행한 가족 현실이나 차별적 사회 현실뿐 아니라, 그런 현실 아래서 가능할 전망을 찾는 노력도 한 자리를 차지한다. 분노를 터뜨리며 쟁투에 몸을 던지는 길은 더 큰 아픔을 전제로 삼는다. 따라서『육인집』은 무엇보다 학습장 구축의 길을 강조한다. 계급 학습이나 밤배움이 가능한 강습소 · 회관 · 교실을 세우고 청년회 · 소년회 · 조합 조직을 운영하기 위한 구성원의 희생과 단결을 덕성으로 되풀이했다. 투쟁에 앞장설 청년 지도자의 양성 또한 마찬가지다. 직접 투쟁 너머에서 합법/비합법 공간을 오갈 수 있을 자리를 겨냥한 진지 전략인 셈이다.

『육인집』이 담고 있는 1930년대 초반 우리 무산소년의 현실은 뜻이 무겁다. 소극적으로는 당대 계급주의 소년 · 청년 조직의 노농 투쟁 활동을 암시 받을 수 있다. 나아가 당대 무산소년이 겪고 있었던 민족적, 계급적 모순을 환기하고 투쟁 의식을 내면화시키며 대응 전망을 고심했던, 근대 계급주의 어린이문학의 가장 적극적인 자리를 엿볼 수 있다. 빠른 시일 안에『육인집』에서 더 나아가 나라잃은시기 계급주의 어린이문학의 전모를 살필 수 있기 바란다.

참고문헌

1. 기본 자료

『소년계』·『별나라』·『신소년』·『아이생활』·『조선중앙일보』·『별건곤』·『학생』·『조선문단』·『중외일보』

『소년소설육인집』, 신소년사, 1932.

『음악과 시』 창간호, 음악과시사, 1930.

『군기(群旗)』 7월호, 군기사, 1931.

『카프시인집』, 집단사, 1931.

『불별』, 중앙인서관, 1931.

『농민소설집』, 별나라社, 1933.

『남북어린이가 함께 보는 창작동화』, 사계절, 1991.

『광복 60년 동안 가장 빛나는 남북한 창작동화』, 효리원, 2005.

겨레아동문학연구회, 『겨레아동문학선집』, 보리, 1999.

김혜숙 엮음, 『이동규 선집』, 현대문학, 2010.

류희정 엮음, 『1930년대 아동문학작품집(1)』, 문학예술출판사, 2005.

______ 엮음, 『1930년대 아동문학작품집(2)』, 문학예술출판사, 2005.

안승현 엮음, 『일제 강점기 한국 노동소설 전집 3』, 보고사, 1995.

2. 단행본과 논문

강동진, 「일제하의 한국노동운동」, 『한국근대민족운동사』, 돌베개, 1980, 560~568쪽.

권복연, 「근대 아동문학 형성과정 연구」, 연세대학교 대학원 석사학위 논문, 1999.

권영민,『한국 계급문학 운동사』, 문예출판사, 1998.

김경일,『노동운동』, 독립기념관 한국독립운동사연구소, 2008.

김명석,「이동규 소설 연구」,『우리문학연구』23집, 우리문학회, 2008, 187~188쪽.

김봉희,「신고송 문학 연구」, 경남대학교 대학원 박사학위 논문, 2007.

김상욱,「아동문학의 장르와 용어」,『아동청소년문학연구』4집, 한국아동청소년문학연구학회, 2009, 7~29쪽.

김성수,「카프 문학부 편『캅프作家七人集』에 대하여」,『민족문학사연구』1집, 민족문학사연구소, 1991.

김 준,「일제하 노동 운동의 방향 전환에 관한 연구」,『일제하의 사회운동』, 한국사회사연구회, 1987, 12~49쪽.

김학렬,『조선프로레타리아 문학운동연구』, 김일성종합대학출판사, 1996.

류덕제,「『별나라』와 계급주의 아동문학의 의미」,『국어교육연구』46집, 국어교육학회, 2010, 305~333쪽.

문소정,「1920−1930년대 소작농가 자녀들의 생활과 교육」,『한국사회의 여성과 가족』, 한국사회사연구회, 1990, 97~109쪽.

박 섭,「식민지 조선에 있어서 1930년대의 농업정책에 관한 연구−‘농촌진흥운동’과 ‘조선농지령’을 중심으로−」,『한국 근대 농촌사회와 농민운동』, 열음사, 1988, 112~114쪽.

박경수,「계급주의 동시 이해의 밑거름−프롤레타리아동요집『불별』에 대하여」,『지역문학연구』8집, 경남 · 부산지역문학회, 2003, 201~252쪽.

박태일,「경남지역 계급주의 시문학 연구」,『어문학』80집, 한국어문학회, 2003, 161~199쪽.

______,「근대 개성 지역문학의 전개−북한 지역문학사 연구 1」,『국제어문학』25집, 국제어문학회, 2012, 10~53쪽.

______,「나라잃은시기 아동잡지로 본 경남 · 부산지역 아동문학」,『한국문학논총』37집, 한국문학회, 2004, 149~200쪽.

박헌호, 「'계급' 개념의 근대 지식적 역학」, 『근대 지식으로서의 사회주의』, 깊은샘, 2008, 13~39쪽.

역사문제연구소 엮음, 『카프문학운동연구』, 역사비평사, 1989.

오세란, 「청소년소설의 장르 용어 고찰」, 『아동청소년문학』 6집, 한국아동청소년문학학회, 2010, 149~176쪽.

원종찬, 「해방 이후 아동문학 서사 장르 용어에 대한 고찰」, 『아동청소년문학연구』 5호, 한국아동청소년문학학회, 2009, 7~30쪽.

이순욱, 「카프의 매체 투쟁과 프롤레타리아 동요집 『불별』」, 『한국문학논총』 37집, 한국문학회, 2004, 243~268쪽.

이이화, 『한국근현대민족해방운동사』, 백산서당, 1988.

이재복, 『우리 동화 바로 읽기』, 한길사, 1995.

장승희, 「한국 프롤레타리아 소년소설 연구-작품에 나타난 아동상을 중심으로」, 한양대학교 대학원 석사학위 논문, 2004.

전명희, 「한국 소년소설의 형성과 전개양상-장르의 역사적 기반과 흐름에 대해-」, 『한국아동문학연구』 15집, 한국아동문학학회, 2008, 5~27쪽.

전상숙, 『일제시기 한국 사회주의 지식인 연구』, 지식산업사, 2004.

정영진, 『문학사의 길찾기』, 국학자료원, 1993.

______, 『통한의 실종문인』, 문이당, 1989.

최명표, 『한국 근대 소년소설작가론』, 한국학술정보, 2009.

최미선, 「카프 동화 연구」, 경상대학교 대학원 석사학위 논문, 2004.

______, 「한국 소년소설 형성과 전개에 관한 연구」, 경상대학교 대학원 박사학위 논문, 2012.

최병구, 「프로문학과 운명 그리고 법」, 『구보학보』 4집, 구보학회, 2008, 169~170쪽.

최윤정, 「1920~30년대 한국 아동문학의 가족모티프 연구-아동잡지를 중심으로」, 건국대학교 대학원 박사학위 논문, 2012.

『초등직업 제5학년』, 조선총독부, 1944.

삼국사기 열전 죽죽설화의 문학성

─ 갈래, 인물의 성격, 서사적 구조를 중심으로

진 창 영

1. 서론

죽죽설화는 '『삼국사기』 권47 열전7'에 수록된 이야기로서 표면적으로는 우리 고대 역사 속의 사건인 신라와 백제의 이른바 대야성 전투에서 장렬하게 전사한 죽죽이란 인물에 관한 이야기이다. 물론 이 이야기는 죽죽이란 인물의 나라를 위한 충절에 그 초점이 맞춰져 있지만 이를 좀 더 들여다 보면 역사적 사실의 문학적 기록이라는 관점에서 차근히 따져보아야 될 몇 가지 요소를 갖고 있다. 이는 대야성전투라는 역사적 사실에 관한 전후 사정을 통하여, 그리고 삼국사기 기록에 전하는 죽죽 이야기의 내용을 통하여 이후에 전개될 주변국과의 관계와 함께 신라의 변화와도 관련되어 있기 때문에 역사적으로도 큰 의미를 가진 설화이기도 하다. 다시 말해 신라는 대야성 전투 이후 본격적인 통일전쟁기로 접어들게 되는데, 이 이야기는 신라의 통일 의지의 표출과 함께 대당, 대고구려 적극 외교 정책의 시작과, 그리고 진골 중심의 지배세력 교체 등으

로 이어지는 시발점이 된다는 것을 의미한다.[1]

그런데 죽죽설화는 이러한 역사문헌의 기록에 근거한 사실임에도 불구하고 또한 설화라고 부를 수밖에 없는 즉 문학적 요소를 가질 수밖에 없는 당위성을 갖고 있다. 그것은 삼국사기의 죽죽설화가 실제로는 서기 642년 선덕여왕 11년에 일어난 역사적 사건의 이야기로서 이것이 문자로 기록된 연대는 그 이후 500여 년이 지난 고려 중엽인 1145년에 와서야 문자로 기록 정착되었기 때문이다. 이 설화는 그 사이 구비전승되어 온 것일 수밖에 없는 운명이었다. 이 점은 비단 죽죽설화 뿐만 아니라

---

* 위덕대학교 교육학부 국문학전공 교수.
1) 대야성 전투가 기록된 삼국사기 열전 죽죽편 외의 다른 기록인 신라본기 제5－선덕왕, 진덕왕, 태종왕편 중 선덕왕편에 나타나는 김춘추의 심경표현은 향후 신라사회의 권력구도 개편과 변화의 시발점이 되는 암시가 되기에 충분하다. 즉 백제정복을 위한 신라의 적극외교는 물론 신라 내부 권력구도 개편 등으로 이어지는 계기가 된다는 것이다. 내용인 즉 이렇다.

"대야성의 패전에 도독 품석의 아내도 죽었는데 그는 춘추의 딸이었다. 춘추는 그 소식을 듣고 기중에 의지해서 종일토록 눈 한번 깜박이지 않고 사람이나 동물이 앞을 지나가도 살펴보지 아니하더니 이윽고 하는 말이 '대장부가 어찌 백제를 못 없앤단 말이냐'하고 곧 왕에게 나아가 아뢰되 '신은 고구려에 가서 군사를 청하여 백제에 대한 원한을 갚고야 말겠소' 하니 왕이 허락하였다"는 이야기다.

이 이후 김춘추는 백제정복에 대한 결심과 함께 이를 실행하기 위하여 가야계 출신인 김유신과의 협력을 도모하고 이들의 주고받은 혈연 및 정치적 관계가 후일 권력구도의 재편을 가져왔고 백제 고구려 정복과 삼국통일까지 이어지게 된다는 것이다. 결국 대야성 1차전투는 김춘추의 대당, 대고구려 동맹 외교의 시발점이 되었으며 백제 정복 고구려 정벌의 단초가 된 셈이다. 다시 말해 죽죽설화의 배경인 대야성전투는 이러한 신라 통일전쟁의 한 분수령이자 통일전쟁의 동력을 일으키게 한 계기가 된 역사적 사건으로서의 의미가 있다. 그러므로 죽죽설화는 신라와 백제의 대야성전투라는 하나의 단순 역사적 사건을 넘어 이와 같은 신라사회의 변화의 계기를 이루는 내용을 함의하고 있음을 보여준다. 여기서 신라사회의 변화란 김춘추의 가야계 출신 김유신과의 제휴 결속과 함께 성골이 아닌 진골계급으로서 왕위 등극은 획기적인 일로서 이는 신라사회의 지배세력의 교체를 의미하며 이러한 일련의 사건은 모두 신라의 삼국통일을 위한 최종 목표의 과정 속에서 일어나고 있음을 알 수 있다는 점이다.

열전7에 실린 신라통일전쟁기 인물들의 설화는 본질적으로 이런 성격을 가지고 있을 수밖에 없다. 따라서 구비전승과정에서 윤색되었을 개연성도 충분히 상정되어야 한다. 이렇듯 삼국사기 열전의 설화들은 대부분 역사적 사실에 근거한 문헌설화라는 것이다.

따라서 이러한 논의를 토대로 이 글을 쓰는 목적은 다음의 몇 가지 때문이다.

첫째, 죽죽설화가 학술적으로 어디에 위치하고 있는지를 알아보기 위해서이다. 즉 문학이냐 역사냐 하는 그것인데, 이는 역사서 속에 전하는 서사문학이라는 모호한 특성상 맨 먼저 논의되어야 할 부분이다. 이 논의 과정에서 역사적 사실과 문학적 기록의 관계가 드러날 것으로 보이기 때문이다.

둘째, 죽죽설화가 역사적 사실에 근거한 '설화문학'이라고 한다면 이것이 서사문학으로서의 요건을 갖고 있느냐 하는 점을 밝혀 보고자 한다. 즉 이야기의 요소와 그 구성의 요소들 가령 인물, 구성, 배경 등의 요소들을 갖추고 있으며 있다면 인물의 성격과 특징 등과 함께 이런 것들이 인과관계를 가지며 서사적 전개를 이루어 이야기의 요건을 구성하고 있느냐 하는 점들을 들여다보고자 함이다. 아울러 이러한 이야기의 전개가 어떤 내용의 주제로 이어지느냐 하는 점들을 밝혀 보고자 한다. 이를 위하여 근대 서구 신비평new criticism에서 논의된 소설 이론을 주로 원용하고자 한다. 여기서 우리의 전통설화를 서구 이론을 원용하여 풀이하고자 하는 점을 두고 문제 삼을 수 있다. 그러나 이야기의 '서사구조'는 동서양과 고금을 막론하고 상통하고 공유되는 바 있다. 다만 다른 것이 있다면 등장 인물을 중심으로 한 배경과 사상과 문화적 이질성 등등에서의 차이가 있을 뿐 이야기의 서사구조에 관한 이론적 정리는 서구 근대 신비평에서 체계화된 이론 외에 달리 두드러진 것이 없기 때문이다.

셋째, 서사문학 구성의 핵심 요소인 인물의 성격을 밝힘으로써 이것이 이 설화의 주제와 어떻게 관련되고 이것은 이 역사서의 편찬자 김부식의 이념으로 어떻게 연결되는지를 알아보려고 한다.

2. 삼국사기 열전의 문학성 :
허구와 사실, 문학과 역사 사이

죽죽설화는 삼국시대 말 신라의 통일전쟁기[2]에 있었던 역사적 사실이 500년 이상 이야기로 구비전승되다가 고려중엽 『삼국사기』라는 역사서에 문자로 정착되고 이야기이다. 따라서 역사 속에 든 이야기이므로 범칭하여 설화라고 할 수 있다. 김부식이 삼국사기의 편찬을 완료한 시기가 고려 인종 23년 1145년인데 죽죽설화의 대야성전투가 642년이므로 500년이 넘는 기간 동안 구전설화로 전하여 왔음을 알 수 있다. 그런데 문제는 이 이야기를 김부식이 기록할 당시에 순전히 전해오는 구전설화를 채록한 것이었는지 아니면 어떤 다른 문헌사료를 보고 참조하여 기록하였는지는 삼국사기의 기록만으로는 알 길이 없다. 그러나 삼국사기 열전의 이야기는 대부분 이 양자 중 어느 하나이든지 아니면 둘 다를 근거로 기록된 것이든 셋 중 하나에 해당한다. 어떻든 삼국사기 열전의 이야기들과 그 중 하나인 죽죽설화는 오랜 기간 구비전승되다가 삼국사기 편찬 시점에 와서 문자로 기록되어 오늘날 문헌으로 전하는 이른바 문헌설화임은 이론의 여지가 없다.[3]

그런데 이 이야기를 기록하고 있는 삼국사기는 기전체 역사서[4]로 분

---

2) 구체적으로 신라와 백제의 대야성 전투 1차는 신라 선덕왕 11년 642년의 일이다.

3) 이러한 문헌설화는 구전되는 과정에서 기록화 된 것이다. 즉 문자로 기록된 이후에도 지속적으로 구전은 이루어지고 있는 특징을 갖고 있다는 점이다. 상대적으로 구전설화는 현재 구승되는 설화이다. 서울대학교 동아문화연구소 편, 『國語國文學事典』, 신구문화사, 1981, 343쪽 참조.

류되고 있으므로 이 이야기는 일단 사실을 토대로 한 것이라는 점일 개
연성이 크다. 그런데 기본적으로 허구가 들어간 문학, 즉 적충積層의 성
격이 있는 설화로 보는 것이 가능하느냐의 문제에 부딪히게 된다. 즉 죽
죽설화는 역사서인 삼국사기에 실린 이야기로서 본질적으로 역사적 사
실에서 벗어나기 어려운 것 또한 사실이라는 것이다. 삼국사기는 문학
서에 가까운 삼국유사와는 달리 역사서이기 때문이다. 그러나 문제는
인물의 이야기인 '열전'을 별도로 붙인 기전체 역사서라는 점에서 일단
문학성을 갖고 있다는 점을 주목할 필요가 있고 이 점에서 본 논의의 의
미를 찾고자 하는 것이다.

더구나 이 이야기가 사실이라는 점을 뒷받침하는 것으로 이야기에 등
장하는 인물과 장소, 연대의 구체성 때문이다. 즉 대야주 도독 김품석과
그의 아내 고타소낭, 죽죽, 검일 등 인물의 출신과 가계, 당시의 계급과
직책5)이 구체적으로 등장하고 있다는 것이다. 가령 그 계급과 직책만

---

4) 역사 서술의 양식에 있어, 왕 중심의 연대기적 서술 방식의 편년체(編年體)와는 달리
기전체(紀傳體)는 본기(本紀)·세가(世家)·서(書)·표(表)·지(志)·열전(列傳) 등으
로 구성하는 역사 서술 체재를 말한다.
사마천의 『사기』에서 비롯되어 중국·한국의 역대 왕조에서 정사(正史) 서술의 기본
형식임. '기(紀)'는 제왕의 정치와 행적을 중심으로 역대 왕조의 변천을 연대순으로 서
술한 것이다. '표(表)'는 각 시대의 역사의 흐름을 연표(年表)로 간략히 나타낸 것이며,
'지(志)'는 제례(祭禮)나 천문(天文), 경제(經濟), 법률(法律) 등의 문물과 제도에 관해
항목별로 연혁과 변천을 기록한 것으로 일종의 문화사(文化史)나 제도사(制度史)로서
의 성격을 지닌다.
'전(傳)'은 각 시대를 풍미했던 다양한 인물들에 대한 기록이다. '기(紀)'는 '본기(本紀)',
'전(傳)'은 '열전(列傳)'으로 불리기도 한다.
기전체(紀傳體)는 단순한 연대순의 서술이 아니라, 통치자를 중심으로 각 시대의 주요
한 신하와 인물의 전기, 제도와 문물, 경제 실태, 자연 현상 등을 분류하여 서술하여
시대의 특징과 변동을 유기적이고 전체적으로 파악할 수 있다는 특징을 지닌다. 그리
고 각 시대에서 활동한 인간의 삶에 대해서도 좀더 생생하고 다양하게 표현할 수 있
다. 따라서 기전체(紀傳體)는 왕조 전체의 체제와 변동을 서술하기 위한 정사(正史)의
기본 서술 체재로 자리잡았으며, 그 때문에 정사체(正史體)라고도 한다.
5) 17관등상의 계급까지 구체적으로 나옴.

보더라도 김품석의 보좌관 아찬阿湌 서천, 사지舍知 검일, 사지 용석 그리고 김품석의 아내 고타소낭이 김춘추의 여동생이라는 점 등의 가계가 구체적으로 나타날 뿐만 아니라, 이야기의 서두에서 밝히고 있는 연대 또한 신라 "선덕왕 11년 가을 8월"이라고 나타나 있다는 것이다.

그러면 먼저 죽죽설화가 실려 있는『삼국사기』'열전列傳'은 본기, 연표, 잡지 다음에 구체적 역사 사실을 사실적으로 살려내는 인물의 전기 부분이다. 이러한 인물의 전기는 일반적으로 이야기 형태로 기록될 수밖에 없고 또 그렇게 기록하는 것이 가장 효과적 표현 방식이 될 수밖에 없을 것이다. 따라서 이는 자연스럽게 문학의 형식을 가질 수밖에 없다. 어떻든 이런 형식의 기록은 곧 사실성과 함께 역사를 살아 숨쉬게 하는 기능으로 작용하는 효과를 갖기도 한다. 즉 역사 기술 방식에 있어 사마천의『사기』이전의 연대기적 시간 순서에 따른 기술방식인 편년체編年體에서 탈피하여 이른바 기전체紀傳體 방식을 채택한 것이다.6) '열전'의 기록을 문학의 관점에서 논의가 필요한 것도 이 때문이다.

『삼국사기』'열전列傳'의 설화들의 정착과정은 앞서 말한 대로 사실의 구전과 그 이후 문자기록의 순서를 밟는 것은 당연하다. 그런데 문헌정착 과정에서 편찬자인 김부식의 태도이다. 즉 김부식이 열전의 이야기들을 창작한 것이 아님은 자명한 것이고, 문자기록과정에서 두 가지 방법을 상정할 수 있다. 하나는 당시 구전되던 이야기들을 보좌관 최산보崔山甫, 정습명鄭襲明과 이하 보좌역들이 함께 '수집 · 채록'하였을 경우와 다른 하나는 원래의 이야기가 실려 있었던 당시의 문헌자료 즉 인용서들의 내용을 참고하여 이를 모태로 한 이야기로 기록했을 경우를 상정할 수 있다. 여기서 후자의 경우를 증명하는 근거는 열전의 기록 자체

---

6) 사마천(司馬遷)은 열전 서술의 목적을 역사를 움직이는 것은 사람이기 때문에 "때를 놓치지 않은 인물(不令己失時)들이 천하에 공명을 세우는 일(立功名於天下)"을 제대로 기록하여야 한다는 말을 하였다. 이는 인간중심의 역사인식과 인간의 개성을 자각한 결과라 할 수 있다(홍순창,『「史記」의 세계』, 일조각, 1979, 121~122쪽).

에서 충분히 확인된다.『삼국사기』'열전列傳'에 등장하는 다음의 역사
서 또는 역사 기록들이 그 근거가 된다.

　　－**本紀, 古記** : 此與**本紀** 眞平王十二年所書一事小異 以皆**古記**所傳故 兩存
之(列傳 第1 金分信上)
　　－**長淸의 行錄** : 金分信玄孫新羅執事郞**長淸作行錄十卷** 行於世 頗多釀辭
故刪落之取可書者爲之傳(列傳 第3 金分信下)
　　－**羅記** : 張保皐 **羅記作弓福** ……(列傳 第4 張保皐)
　　－**新羅傳記** : 以年代淸海 此與**新羅傳記**頗異(列傳 第4 張保皐)
　　－**新羅古記** : **新羅古記**曰 文章則强首 帝文 守眞 良圖(列傳 第6 强首)
　　－**薛聰所製碑銘** : 世無傳者 但今南地有**聰所製碑銘** 文字缺落 不可讀 竟不
知其何如(列傳 第6 薛聰)
　　－金大問의 **高僧傳, 花郞世紀, 樂本, 漢山記** : 聖德王三年爲漢山州都督 作
傳記若干卷 其**高僧傳 花郞世紀 樂本 漢山記**猶存(列傳 第6 薛聰)
　　－**傳記** : 三代花郞無慮二百餘人 而芳名美事 具如**傳記**(列傳 第7 金歆運)
　　－**新唐書藝文志** : **新唐書藝文志**云 崔致遠四六集 桂苑筆耕二十卷 注云(列
傳 第6 崔致遠)

　　　　　　　　　　　　　　　　　　　　　　　　　(굵은 글씨: 필자)

　여기서 굵은 글씨들은 모두 최초 이야기가 실려 있었던 인용문헌들로
짐작되는 것들이다. 물론 원래 인용서의 정확한 문헌명 또는 자료명은
아닐 수도 있으나 인용한 원자료의 출처를 알려주는 증거로 충분한 것
이다. 즉 김부식의 편찬보좌관들이 당시의 문헌들을 수집 이를 토대로
기록한 증거라는 것이다. 이 점은 이 외에도 고구려의 유기留記와 신집新
集, 백제의 서기書記, 백제본기百濟本紀, 백제기百濟記, 백제신찬百濟新撰,
신라의 거칠부居漆夫가 편수編修한 국사 등 당대 존재했던 사료들을 참
고한 흔적과 또한 이들의 연원이 된 2차, 3차의 사료들을 채취하고 인용
하였을 것이다.[7] 아울러 삼국사기에 인용된 삼한고기三韓古記, 해동고기

---

7) 박두포,「삼국사기 열전의 설화성－전기설화로서의 성립에 대하여」,『청구전문논문

海東古記, 신라고사新羅古事, 김대문金大問의 계림잡전鷄林雜傳, 최치원崔致遠의 제왕연대력帝王年代曆 외에 중국 역사문헌으로 진서晉書, 위서魏書 등은 물론 특히 이규보의 동명왕편서東明王篇序의 "월계축사월득구삼국사 견동명왕본기(越癸丑四月得舊三國史 見東明王本紀)"란 기록으로 보아 주로 이 구삼국사舊三國史에 힘입은 바가 컸을 것8)으로 짐작된다.

따라서 열전의 기록은 이와 같이 원전의 기록을 토대로 기록 편찬한 경우와 구비전승되던 구전설화의 채록에 의한 경우가 합하여 이루어졌을 것이다. 즉 원전의 기록을 토대로 편찬 보좌관들의 견해와 함께 김부식과 그 보좌역9)이 구삼국사 또는 그 이전의 사료를 근거로 함은 물론 역사적 사실을 토대로 전승되어 온 구전설화의 채록 등 여러 방법을 동원하여 종합한 다음 김부식의 감수를 통하여 최종적으로 수정 가필 취사선택하는 과정을 거쳐10) 삼국사기가 탄생하였을 것으로 보고 있다.11)

물론 『삼국사기』는 고려 중엽 유학자 김부식이 그의 유학자로서의 당대 이데올로기를 구현하고자 하는 책무성에 의해 저술된 고려시대 김부식의 텍스트12)라고 할 수도 있다. 그러나 그렇다고 해서 열전의 설화와 그 앞의 본기, 연표, 잡지 등의 기록들이 모두 부정되거나 허구화 되는 것은 결코 아니다. 그것은 당연히 역사서로서의 가치와 그 기록의 내용들이 인정될 수밖에 없는 타당성과 정당성을 이미 확보하고 있는 것은 기정 사실이다. 이런 점들이 부정된다면 우리가 만든 우리의 고대 역사는

집』제1집, 1964, 25쪽 참조.

8) 박두포, 위의 글, 위의 책 같은 곳 참조.

9) 최산보, 이온문, 허홍재를 비롯한 8명의 參考와 정습명 이하 2명의 管句를 합하여 10명의 보좌역의 도움으로 이룩된 것임.

10) 고병익, 「삼국사기에 있어서의 역사서술」, 『한국의 역사인식』(상), 창작과 비평사, 1980.

11) 이는 김부식의 논찬과 지의 서론 부분을 제외하고 나머지 자료들은 보좌역인 참고들의 자료들을 감수한 후 기록되는 과정을 거쳤을 것으로 보고 있다. 권오성, 「삼국사기 열전의 문학성 연구」, 영남대학교 국어국문학과 석사논문, 1981, 30쪽 참조.

12) 김태식, 『화랑세기, 또 하나의 신라』, 김영사, 2003, 17~18쪽 참조.

그 어디에도 없을 것이다. 오히려 '열전'의 서사적 이야기가 들어감으로써 역사로서의 타당성을 더욱 확보하고 있다고 할 수 있다. 이는 사마천의 『사기』 이후 이 형식을 도입한 역사서가 전범처럼 여겨졌고 이러한 역사서가 대세를 이루고 있음에서 알 수 있다. 그것은 인물의 열거에 있어 구체적 사건 하나하나를 토대로 역사를 기록하겠다는 역사가의 의지이기도 한 것이다. 물론 푸코의 말대로 역사서란 그것을 남긴 권력자의 기념비[13]라는 말을 최대한 수용한다 하더라도 최소한 삼국사기 책 속의 열전의 개별적 사건 하나하나에 들어 있는 인물과 시공간의 구체적 내용 자체만큼은 부정될 수 없을 것이고 또 그럴 시각으로 볼 필요도 없다.

요컨대 열전의 설화들이 문자로 기록되는 과정으로 하나는, 편찬 당시의 문헌 자료를 근거로 이를 모태로 하여 기록된 경우와 또 하나는 역사적 사실이 핵심이 되어 민간에 구비전승되어 온 전설이 문자화된 경우로 볼 수 있겠다.

이와 같은 정착과정으로 보아 죽죽설화를 비롯한 열전의 이야기들은 대체로 사실에 근거한 역사이면서 동시에 이것을 현재로 살려내는 문학이었다고 할 수 있다. 물론 허구를 본질로 한 근대 이후의 소설과 같은 전문화 장르의 문학은 아니라고 할 수 있다. 이렇게 보아 죽죽설화가 문학인가 역사인가 라는 원론적 문제가 최종에 남는다. 그 답을 위한 결론적 논의는 이렇다.

삼국사기는 일단 기전체 역사서이다. 그러나 사마천의 사기 이후 역사서술방식의 한 형태가 된 기전체는 특히 열전 부분에서 역사의 생명감을 더하기 위하여 이야기 형태의 인물 사건 배경이 있는 입체감을 부여하는 기술 형태를 취하고 있으며 여기서 서사성을 갖게 된 것이다. 그러므로 역사서 속에 문학성이 살아 있다는 말이 된다. 바로 이 점이 주목할 대목이다. 따라서 삼국사기 열전의 기록들은 역사적 사실의 문학적

---

13) 김태식, 위의 책, 15쪽.

기록이라는 것이다. 다시 말해 바람직한 역사 기술의 형태는 곧 문학성이 들어간 것이라 할 수 있다. 다만 열전의 이야기가 사실fact이냐 아니냐 하는 점에서는 좀 더 논의가 필요하다.

이렇게 볼 때 삼국사기 열전의 인물들은 대부분 사실에 바탕하고 있다고 보아야 하고 이를 토대로 구비전승 과정에서 미화되거나 윤색되었을 가능성을 인정해야 할 것이다. 여기서 미화 윤색되었다는 점을 두고 보면 허구성이 있다는 것이다. 이는 앞서 말했듯 실제 사건이 있은 후 500년이 지난 후에 기록된 것이기에 더욱 그렇다. 따라서 죽죽설화를 비롯한 열전의 인물 이야기들은 모두 사실을 모태로 한 허구인 셈이다. 흔히 소설에서 '허구ficrion'의 개념을 작자의 진실성을 말하기 위한 '지어낸 이야기' 또는 '참말같은 거짓'이라고 말한다. 그런데 여기서 유념해야 할 것은 허구의 개념이 사실이 아닌 '거짓'이라는 점 보다 작자 곧 기록자의 '진실성truth'을 담기 위한 상치라는 사실이다. 다시 말해 죽죽설회에서의 '허구'란 사실이 아닌 또는 지어낸 이야기라는 개념이기보다 김부식의 역사적 진실과 당대의 이데올로기를 담기 위한 문학적 장치라는 것이다. 이렇듯 서사문학 형태의 서술방식은 그의 역사적 진실을 말하기 위한 의도[14])였던 것이다. 이것이 곧 기전체의 역사서 서술방식을 택하게 하였으며 더구나 그 속의 '열전' 형태의 인물열전은 더욱 이러한 의도를 드러낸 것이라 볼 수 있을 것이다.

결국 삼국사기 열전의 이야기들의 성격은, 그 궁극 지향점에 있어서는 엄연히 역사 기록으로서의 역사이다. 즉 역사적 사실에서 비롯되었고 또 역사적 사명감에 의한 기록물이기 때문이다. 그러나 그 기술의 내용은 기록자의 진실성 곧 유학자로서의 국가적 이념을 드러내기 위한 허구적 문학이라는 점이다. 다시 말해 역사적 진실을 위하여 문학적 방법을 택한 기록이었다는 것이다.

---

14) 즉 기전체 방식과 그 속의 열전 형태.

3. 설화의 갈래와 주제

이렇듯 문학의 범주에서 논의의 폭을 확대시켜 보자. 논의의 제목을 일단 죽죽 '설화'라고 하였는데 설화란 사실 고대 서사문학을 총칭하는 문학 개념이다. 일반적으로 옛날이야기를 말한다. 그러나 일상적인 신변잡담을 모두 설화라고 하지는 않는다. 여기에는 일정한 구조를 가지고 있고 구전되는 특징이 있다. 여기에는 보통 신화(神話, myth), 전설(傳說, legend), 민담(民譚, folktale)으로 3분하는데 다음의 세 관점에 따라 분류된다.

(1) 전승자의 태도에 따라 ① 신화는 진실되고 신성하다고 인식하고 있다. 설화는 일상적인 경험에 비추어 보아서 꾸며낸 이야기라고 인정할 수는 있어도 신화의 세계는 일상적 경험이나 합리성을 넘어서 존재한다고 믿고 그 진실성과 신성성을 의심하지 않는다. ② **전설**은 신성하다고는 생각하지 않으나 **진실되다고 믿고 실제로 있었다고 주장하는 이야기**이다. ③ 민담은 진실하다거나 신성하다고 생각하지 않으나 홍미를 주기 위한 이야기라고 생각한다.

(2) 시간과 장소에 따라 ① 신화는 아득한 옛날 일상적 경험으로 측정할 수 있는 범위를 넘어선 태초에 일어난 일이고 특별한 신성 장소를 무대로 삼는다. 가령 태백산이나 올림푸스산 등과 같은 신령스러운 장소가 좋은 예이다. ② **전설**은 **일정한 시간과 장소**를 가진다. 가령 '조선 선조대왕 시절 서울 남산골에…'라고 시작되는 것이 그것인데, 구체적인 시간과 장소의 제시는 전설의 진실성을 뒷받침해 주는 구실을 한다. ③ 민담은 뚜렷한 장소와 시간이 없는 것이 보통이다. 가령 '옛날 옛적 어느 곳에…'라고 시작하는데 '옛날'은 서사적인 과거일 뿐이고 '어느 곳'은 막연한 장소의 제시로서 화자와 청자의 직접적인 경험과는 무관한 작품세계의 배경일 뿐이다.

(3) 중거물에서 ① 신화의 중거물은 매우 포괄적이다. 천지창조신화라면 천지가 곧 중거물이고, 국조신화라면 국가가 바로 중거물이다. ② 그러나 **전설의 중거물은 특정한 개별적인 것**이 된다. 바위라든가 고개라든가 다른 것들과 구별되는 특징을 가지는 유일물이 제시되는 것이다.

(4) 주인공 및 그 행위에서 ① 신화의 주인공은 신이며 그의 행위는 신적인

것이다. 신이란 인간보다 탁월한 능력을 가지고 인간이 숭앙하는 존재로서 신의 행위는 곧 신의 능력 발휘와 신의 관점에서 인간을 대하는 것이다. ② **전설의 주인공은 인간이되 그 행위는 평범한 인간의 행위는 아니다.** 대개의 경우 전설의 주인공은 **특수한 상황 속에서 예기치 않았던 관계를 수행**하며, 이를 성공적으로 극복하지 못하는 경향이 많다. 전설의 **비극성**은 이러한 전설의 특징과 관계된다.15)

(굵은 글씨: 필자)

위의 내용에 비추어 볼 때 죽죽설화는 '전설'에 해당한다. 그것은 죽죽설화의 내용이 다음의 요건들과 일치하기 때문이다. 즉 죽죽설화는 위 (1)에서와 같이 '전승자의 태도'에 있어 '진실성', 그리고 '실제로 있었다고 주장하는 이야기'라는 점, '시간과 장소'의 면에서는 '일정한 시간과 장소'에서 일어난 사건이라는 점, '주인공과 그 행위'가 일반적 평범한 인간의 사고와 행위와 다른 점 등의 면에서 전설의 요건에 해당한다는 것이다. 즉 신라와 백제의 대야성 1차 전투라는 역사적 사실이 배경이 되어 '선덕왕 11년 서기 642년'에 '대야주'라는 구체적 시간과 장소에서 일어난 일이며, 주인공 '죽죽'이라는 인물은 전투라는 극한 상황에서 '용석'의 주장대로 후일을 도모하기 위하여 우선 투항한 다음 후일을 도모하자는 합리적인 제안 즉 평범함을 거부하면서 아버지가 자신의 이름을 죽죽이라고 지은 이유를 명분으로 내세우면서 기꺼이 장렬한 전사를 택하고 있는 비범함을 택하고 있기 때문이다. 아울러 전설은 그 특징상 비극성을 띠는 것이듯 이 이야기의 중심 인물인 죽죽 역시 비극적 이야기의 주인공이기 때문이기도 하다.

그런데 여기서 주목할 대목은 전승자의 진실성 부분이다. 이것은 앞서 말한 작자 곧 기록자의 진실성 다시 말해 김부식의 의도 즉 그의 역사적 진실에 관한 메시지가 그것이다. 이것은 구체적으로 죽죽이란 인물

---

15) 서울대학교 동아문화연구소 편, 『國語國文學事典』, 신구문화사, 1981, 342~344쪽 참조.

의 나라를 위한 충절과 개인을 희생한 국가주의의 표상이 그것이다.[16] 이 점은 당연히 김부식이 임금의 신하로서 그리고 당대 국가의 지도자로서 그리고 권력 담당자이자 유학자로서 그 책무성에 의한 국가를 위한 '충절'과 '멸사봉공' 이데올로기를 말하고자 한 것이 그의 문학적 진실성이 될 것이다. 이는 물론 죽죽설화의 주제이기도 한 것이다. 아울러 이 점은 김부식의 국가 이데올로기 구현이라는 도식성 위에 놓여 있다는 한계도 동시에 갖고 있는 부분이라 하겠다.

그런데 이것이 전승자의 태도, 사건의 시간과 장소, 증거물 등의 면에서 전설이라는 문학 장르라 한다면 사실 삼국사기의 기록만으로는 필요충분조건을 다 가지고 있지 않다. 그것은 삼국사기의 기록이 문학적 풍요성을 갖지 못하고 있기 때문이다. 백제 침공으로 시작되는 전투를 배경으로 중심 등장인물 4명과 부수적 인물 3명이 거명되며 비극적으로 끝나는 소략한 기록이다. 물론 제목은 '죽죽竹竹'이다. 이것이 전설이라는 문학 장르로서의 요건을 갖추자면 차라리 지금까지도 전해 오는 합천 지역의 이야기[17]까지 종합되었어야 했을 것이다. 그러나 삼국사기의 이야기는 군더더기를 붙이지 않은 최소한으로 이야기의 요건(인물, 사건, 배경, 구성)만을 기록하고 있다. 물론 죽죽에 초점을 맞춘 이야기의 반전 등 문학성은 있지만.

---

16) 물론 이 점은 고려 중엽 유학자 김부식이 쓴 고려시대 텍스트라는 관점에 부합되는 도식적 논리일 수 있다. 이에 대한 논의는 이 글의 논외에 해당하므로 여기서 생략한다.
17) ① 죽죽이 자신의 이름을 거명하며 용석의 권유를 거절하며 전사하였기에 합천사람들은 대야성을 '대밭마루' 또는 '죽봉산(竹峯山)'이라 불렀다는 것. ② 죽죽이 충절을 보인 이 곳에 그의 애절한 혼이 대밭으로 변했다는 이야기. ③ 그 때 대야성 전투에서 전사한 죽죽과 신라장병 2천명 그리고 김춘추의 딸 고타소의 영혼을 위로 천도하기 위해 지은 절이 연호사라는 것. 이성동, 「삼국통일과 대야성 합천미인」, 합천신문, 2007.11.15~2008.3.15. 6회 연재분 참조.
이상의 내용은 합천지역에서는 아직도 전해오지만 삼국사기에 이 내용이 기록되어 있지는 않다.

그런데 이러한 삼국사기 열전 이야기들의 주제를 두고 도식적인 국가 이데올로기 구현으로서의 문학이라는 부정적 시각에 대한 논의는 이 글의 범위 밖이므로 논외로 한다.

따라서 죽죽설화는 문학장르로서 전설의 필요충분조건을 모두 갖추지는 못하였지만 4가지 요건 3가지의 특징을 갖춘 특히 기록자 또는 전승자의 진실성을 담은 이야기이다. 이것은 곧 국가를 위해 죽음을 택하는 충절과 절의라는 유교 이념이라고 할 수 있다. 그런데 여기서 중요한 것은 이 주제의 중요성 자체보다 서사문학이라는 문학적 장치를 통하여 역사를 이른바 숨쉬는, 살아있는 이야기로 살려내는 방법을 취하였다는 점이다.[18] 여기서 논의를 좀 더 진전시킨다면 이는 서사문학에서 '인물의 성격'을 살려 내는 것이라 할 수 있다.

4. 인물의 성격

1) 인물설정과 이야기의 형태

죽죽설화는 삼국사기 권47 열전7에 실린 총13명의 중심인물 중 죽죽을 중심으로 한 인물 이야기다. 삼국사기 권47 열전7에 실린 중심 인물들은 '계백階伯'을 제외하고는 모두 신라 사람으로서 신라의 7세기 통일전쟁기 순국인물들이다.[19] 물론 이 이야기 속의 중심인물 외 부수적 인

---

18) 물론 이를 역사에서는 열전이 들어간 기전체 역사기술 방식이라 할 수 있지만 문학에서는 서사적 구조를 가진 이야기라고 할 수 있다.

19) 열전 제7에 입전(立傳)된 인물은 모두 13명인데 해론(奚論), 소나(所那), 취도(驟徒), 눌최(訥崔), 설계두(薛罽頭), 김영윤(金令胤), 관창(官昌), 김흠운(金歆運), 열기(裂起), 비녕자(조寧子), 죽죽(竹竹), 필부(匹夫), 계백(階伯) 등이 그들이다.

물까지 합쳐서 대부분 삼국통일전쟁 과정에서 순국한 인물들이지만 이
들 중에는 삼국통일이 완성된 676년 이후에 순국한 인물도 포함되어 있
다. 신문왕대 보덕국의 반란을 진압하는 과정에서 순국한 김영윤金令胤
이나 핍실逼實 같은 인물이 이에 해당된다.[20] 김부식이 삼국사기를 편찬
하면서 열전7에 입전立傳할 인물들을 어떤 기준에서 선정하였는지 현재
로서는 알 길이 없다. 아울러 수록될 인물들의 순서를 어떤 원칙하에서
정하였는지도 분명히 알 수 없다. 즉 활동시기를 기준으로 인물들의 순
서가 정해진 것도 아니며, 출신 성분의 차이로 선후가 나뉘어진 것도 아
니다. 그렇다고 전쟁 상대국(백제와 고구려) 별로 분류한 것 또한 아니
다. 굳이 추정을 해보자면 편찬에 참고한 원전의 차이를 반영한 것일 가
능성이 있으나 이 역시 확증이 없다. 따라서 다만 한 가지 분명한 것은
신라의 백제와 고구려 대상 통일전쟁기인 서기 610년부터 676년까지
신라의 순국 인물 중심으로 편찬되었다는 점이다. 아무튼 편찬자 김부
식의 선정한 인물은 모두 당시 신라 사회의 4두품 이상으로 평민 이상의
관등[21]을 소임한 인물들로서 주어진 직분을 죽음을 무릅쓰고 수행하였
던 인물들이다.

　요컨대 이런 인물들의 이야기를 통하여 유교적 국가 이데올로기를 제
시하고자 한 것이며, 이른바 국가를 이끌어갈 '지도층의 사회적 책무와
도덕성'[22]에 대한 방향을 제시한 것이라 볼 수 있다. 이야기의 전승자와
편찬자 김부식의 인물 선정 의도 또한 이러한 지도층의 솔선수범과 사
회적 책무라는 명제를 제시하면서 이에 대한 사례를 보이고자 한 것으
로 볼 수 있다.

---

20) 강종훈, 「7세기 통일전쟁기 순국 인물 분석―삼국사기 열전7에 실린 신라 인물들을
　　중심으로」, 『신라문화제 학술논문집』 제25권, 경주사학회, 2004, 136쪽 참조.
21) 가령 죽죽의 경우 사지(舍知) 계급은 17관등 중 13등급으로 4두품에 해당함.
22) 프랑스 근대화 과정에서 생겨난 용어인 이른바 노블리스 오블리제(Noblesse oblige)
　　라고 할 수 있을 것이다.

그러나 열전7의 설화들이 이렇듯 대부분 화랑들의 국가적 수범 사례를 이야기하고 있는데 반하여 죽죽설화는 이와는 사뭇 다른 모습을 보이고 있다. 즉 이야기 속에 설정된 인물들이 이러한 전형을 벗어난다는 것이다.

우선 그는 "대야주大耶州 사람으로 아버지 학열郝熱은 찬간撰干23)의 벼슬을 지냈으며 선덕왕 때 사지舍知가 되어 대야성 도독 김품석의 당하에 보좌로 있었다"고 되어 있다. 대야주는 통일 전 고령을 기반으로 한 대가야 땅이었는데 가야 병합 이후 신라 땅으로 변한 백제와의 접경지였다. 따라서 그는 왕경 출신이 아닌 변방 토착인 출신이었으며 아버지가 5두품의 찬간 벼슬을 지냈고 자신은 13관등의 4두품에 해당하는 사지라는 직급의 평범한 하위직 인물이었다. 따라서 죽죽은 신라의 6두품 이상 중앙 귀족과 그 자제 출신의 화랑도 집단에 속한 인물이 아니라 토착 지역민 출신으로서 국가를 위한 직분의 수행에 충실하여 목숨을 바친 인물이었다.

요컨대 주인공 죽죽은 화랑의 고위 지도자(6두품 또는 그 이상 진골) 출신으로서 국가를 위한 충절과 절의를 보이는 국가주의의 실천자로서 전형적 수범적 화랑으로 설정된 인물이 아니라, 오히려 그 부하로서 상관의 부정을 비판하면서 국가를 위한 충절을 실천하는 인물로 등장하는 것이다. 즉 국토 방위의 책임자로서 책무 수행으로서가 아닌 하위직 인물의 개인적 판단 역시 비굴한 생존보다는 장렬한 죽음이 보다 높은 가치였음을 보여 주는 이야기이다. 그리하여 이런 행위는 궁극적으로 국가를 위한 충절에 귀결되게 되는 자연스러운 문학적 주제 실천이었던 것이다. 이는 곧 하위직 인물의 개인적 판단과 가치 역시 멸사봉공은 당대 최고의 도덕 가치였다고 할 수 있다.

---

23) 지방민에게 주던 외위 관등의 하나임. 17관등 중 11관등에 해당하며 5두품(五頭品)으로 나마(奈麻)에 해당.

아무튼 왕경 출신 진골 귀족과 그 자제들의 순국무사로서의 전형적 화랑이든 화랑의 부하로써 하위직 신분임에도 자기희생을 통한 절의의 실천이든 그 귀착점은 국가를 위한 희생으로서 결국 동일한 것이다. 그러나 여기서 주목할 것은 이러한 주제 실현의 과정상의 문학적 의미이다. 즉 이 이야기에서 설정된 등장인물의 구조가 '지도층(만)의 사회적 책무'라는 도식적 모델로써 제시한 것에서 탈피하여 하위직의 국가주의의 실천사례를 보여 주는 민중지향적 형태를 갖고 있다는 점이다. 다시 말해 화랑과 같은 지도층의 사회적 책무로서의 이데올로기 제시라는 전범적 설화를 벗어나고자 하는 작자의 의도를 보이고 있다는 것이다. 이는 서민의식이 결집된 적층문학인 춘향전이나 홍길동전의 민중지향의 맥락으로 이어지는 이야기 형태라 할 수 있다.

2) 등장인물의 성격

죽죽설화에 등장하는 인물들의 관점도 이러한 관점의 연장에서 볼 수 있다. 즉 도식성을 벗어난 이야기라는 점과 이를 위한 인물의 설정이라는 점이다. 이야기를 보자.

신라 죽죽(竹竹)은 대야주(大耶州) 사람이다. 아버지 학열(郝熱)은 찬간(撰干)의 벼슬을 지냈다. 선덕왕(善德王) 때 사지(舍知)가 되어 대야성도독(大耶城都督) 김품석(金品釋)의 당하(幢下)에 보좌로 있었다. 선덕왕 11년 가을 8월에 백제 장군 윤충(允忠)이 군사를 거느리고 와 그 성을 공격하였다. 이에 앞서 도독 품석이 막객(幕客)으로 있는 사지(舍知) 검일(黔日)의 아내가 얼굴이 아름다움을 보고 겁탈하니 검일이 한을 품었다가 이에 이르러 내응(內應)이 되어 창고를 불태웠다. 때문에 성중이 흉흉하여 능히 고수하지 못할 형편이었다. 품석의 보좌 아찬(阿湌) 서천(西川)[沙湌祗之那라고도 함]이 성에 올라 윤충더러 말하기를 "만약 장군이 우리를 죽이지 않는다면 자원하여 성으로써 항복하겠소"라고 하니 윤충은 "만약 그와 같이 한다면 공과 더불어 즐거움을 같이 하지 않는 경우 저 해(日)가 굽어볼 것이오"라고 하였다. 서천은 품석 및 여러 장병에게 권하여 성을 나가려고 하니 죽죽이 만류하고 이르되 "백제는 반복(反覆)하는 나라니 믿을 수 없고 윤충의 말이 달콤하니 반드시 우리를 꾀는 것이오. 만일 성을 나가면 반드시 적에게 사로잡히고 말 바 될 것이니 차라리 땅에 엎디어 목숨을 구하기보다는 맹렬히 싸우다 죽는 것이 낫지 않겠소" 하였다. 품석은 듣지 않고 성문을 열어 장병이 먼저 나가니 백제는 복병(伏兵)을 발동하여 (나간 장병들을) 다 죽였다. 품석이 나가려 하다가 장병이 다 죽었단 말을 듣고 먼저 처자를 죽이고 자결하였다. 죽죽은 잔병을 수습하여 성문을 닫고 항거하니 사지 용석(龍石)이 죽죽더러 이르기를 "지금 병세(兵勢)가 이러하니 반드시 온전치 못할 것이오. 항복하여 다음 계획을 하는 것만 같지 못하오" 하니 그의 대답이 "그대 말이 당연하오. 하나 내 아버지가 나를 죽죽으로 이름지은 것은 나로 하여금 추운 겨울에도 시들지 말고 남에게 꺾임을 당할지언정 남에게 굴복해서는 안된다는 뜻에서였소. 어찌 죽음을 두려워하여 항복한단 말이오"하고 드디어 힘껏 싸워 성이 함락되자 용석과 더불어 함께 죽었다. 왕은 듣고 애상히 여겨 죽죽에게 급찬(級湌)을, 용석에게 대나마(大奈麻)를 추증하고 그 처자에게 상을 내리고 왕도(王都)로 옮겨 살게 하였다.[24]

이야기의 내용에서 보듯이 '죽죽'은 대야성 도독 김품석의 휘하에서 보좌역을 맡고 있었으며 최고책임자인 김품석은 김춘추의 사위로서 왕경에서 파견된 최소 대아찬(17관등 중 5등급) 이상의 직급[25]으로 진골 출신이다. 그러나 그는 부하의 아내를 취하는 부정을 함으로써 부하의 배반과 내분으로 적의 침공으로부터 전투에서 패하는 우를 범하는 인물로 등장한다. 이 이야기에서는 지도자의 사회적 책무가 어떤 것인가에 대한 역설적 주장을 하고 있는 것이다. 그러나 그의 부하였던 죽죽이 목숨을 바쳐 싸우다 전사하는 영웅을 대리인으로 등장시키는 것이다. 즉 최고위직을 부정적 인물로 등장시키면서 상대적으로 그 하위직인 부하

---

24) 신호열 역, 『삼국사기』 열전 제7 죽죽, 동서문화사, 1976, 776~777쪽.
25) 이야기 속에 김품석의 구체적 직급은 나타나지 않음.

를 등장시켜 자기희생을 실천케 하는 것이다. 처음부터 성 방어의 총책을 맡은 고위직의 충신이 국가를 위하여 장렬히 전사하는 것이 아니라 전투 이야기의 반전에서 등장한 하위직의 자기희생이 실은 순수하고 참다운 희생이며 이것이 곧 국가를 위한 숭고한 희생이라는 점을 은연중 말하려고 한 것이다. 이 이야기의 특이점은 바로 여기에 있다 하겠다.

 가령 열전7의 중심인물 13명 중 백제인 계백을 제외한 12명 중 8명이 왕경인 출신이며 이 중 출신성분이 5두품(나마, 대나마) 이상이든지 또는 화랑임이 확인되는 인물은 해론奚論, 취도驟徒, 눌최訥催, 김영윤金令胤, 필부匹夫, 관창官昌, 김흠운金歆運 등 7명이다. 이 중 김영윤, 관창, 김흠운은 진골 출신이며, '필부匹夫'는 득난得難이라고 하는 6두품이다.[26)]

---

26) 열전7에 수록된 인물들을 부수인물들을 포함하여 신분별로 분류하면 다음과 같다.

이름	출신지	부의 관등 직위	순국 (활약) 시기	순국(활약) 당시 관등직위	순국후 추증 관등	신분판별	비고
찬덕	왕경		610년	가잠성 현령		5두품	해론의 父
해론	왕경	가잠성 현령	618년	대나마(11),금산 당주		5두품이상	
취도	왕경	奈麻(11)	655년		沙湌(8)	5?→6두품	聚福의 子
부과	왕경	奈麻(11)	671년	당주	沙湌(8)	5?→6두품	취도의 子
핍실	왕경	奈麻(11)	684년	귀당제감	沙湌(8)	5?→6두품	취도의 子
눌최	왕경	大奈麻(10)	624년		級湌(9)	5?→6두품	都非의 子
흠춘	왕경	迊湌(3)	660년	장군	角干(1)	진골	김영윤의 祖父
반굴	왕경	장군	660년		級湌(9)	진골	김영윤의 父
김영윤	왕경	級湌(9)	684년	황금서당 보기감	?	진골	
필부	왕경	阿湌(6)	660년	칠중성 부근 현령	級湌(9)	6두품	尊臺의 子
관창	왕경	장군	660년	부장	級湌(9)	진골	品一의 子
김흠운	왕경	迊湌(3)	655년	낭당대감	一吉湌(7)	진골	達福의 子
예파	왕경		655년	대감	一吉湌(7)	진골?	
적득	왕경		655년	소감	大奈麻(10)	4?→5두품	
보용나	왕경		655년	보기당주	大奈麻(10)	5두품	
설계두	왕경		645년	당 좌무위 과의	대장군	6두품	신라이탈자
비령자	왕경?		647년				
거진	왕경?		647년				비령자의 자
열기	왕경?		661년	보기감	沙湌(8)	5?→6두품	
구근	왕경?		661년	군사	沙湌(8)	5?→6두품	열기의 휘하

이들의 이야기는 '지도층의 사회적 책무'로서의 대표적 사례라 볼 수 있다. 가령, 관창의 경우, 16세의 어린 나이에 백제와의 전투에 참가하여 아버지 품일이 아들 관창을 적진으로 진격시켰다가 두 번째에는 계백에게 사로잡혀 목이 말안장에 매달려 되돌아 온 모습을 보고 비로소 "자식의 면목이 살아 있구나, 나라를 위한 전투에서 죽었으니 후회가 없다"고 하였는데, 이 이후 신라군의 전의는 백배 상승하여 백제와의 최후 전투를 승리로 이끌었다. 이와 같은 이야기는 특히 이 중 출신 성분상 지도층임이 명확하고, 죽음의 주제가 국가를 향한 멸사봉공의 분명함으로 나타나고 있는 경우라 하겠다. 김부식이 김음훈 이야기의 말미에 화랑세기의 저자 김대문의 말을 인용하여 언급한 말인 "현좌충신 양장용졸(賢佐忠臣良將勇卒)"27)에서 양장용졸의 모범사례로 내세운 이야기인 것이다.

그러나 죽죽설화는 이러한 인물들의 전형과는 다소 다르게 나타난다는 것이다. 여기서는 지도층이 사회 도덕적 책무를 지키기는커녕 반대로 부정과 비리의 인물이며, 실제 주인공은 이야기의 반전 과정에서 하위직의 평범한 인물이 등장하기 때문이다. 즉 왕경 출신이 아닌 변방의 토착민에다 출신성분 또한 4두품의 하위직으로서 오직 맡은 바 직분을 죽음으로 수행한 것일 뿐이다. 아울러 관창, 김음훈, 비녕자 등과 같이 이들의 장렬한 죽음이 있은 후 이것이 계기가 되어 신라군사들의 결전

심나	지방		634~647년				소나의 父
소나	지방		675년		迊湌(?)	→6두품	
죽죽	지방	撰干(외5)	642년	舍知(13)	級湌(9)	→6두품	
용석	지방		642년	舍知(13)	大奈麻(10)	→5두품	
본숙	지방		660년	上干(외6)			
모지	지방		660년				
미제	지방		660년				

출처: 강종훈, 「7세기 통일전쟁기의 순국인물 분석」, 『신라문화제 학술논문집』 제25권, 경주사학회, 2004, 141~142쪽 참조.

27) 賢佐忠臣 從此而秀 良將勇卒 由是而生者.

의지를 북돋우고 전열을 가다듬어 다음 전투를 승리로 이끌어 내는 이야기도 아니다. 이야기의 내용상 죽죽의 죽음을 결말로 하는 비극이다. 이야기의 결말에 "왕이 듣고 '애상히 여겨(王聞之哀傷)'" 장렬히 전사한 두 사람에게 급찬級飡과 대나마大奈麻의 벼슬을 내리고 처자를 왕경으로 옮겨 살게 하였다는 것으로 마무리되는 것이 전부다.28)

비록 고대서사문학의 한 전형인 전쟁영웅 이야기이지만 오히려 서민정신의 결집물인 적층문학의 주인공의 모습을 닮았다는 것이다. 즉 출신성분이 하위직인데다 지도층의 부정에 비분해 하면서 이를 배격하며 바른 길을 선택하여 죽음을 맞는 비극적 이야기라는 것이다. 인물성격의 구체적 논의를 위하여 구성도를 보자.

인물 구성도

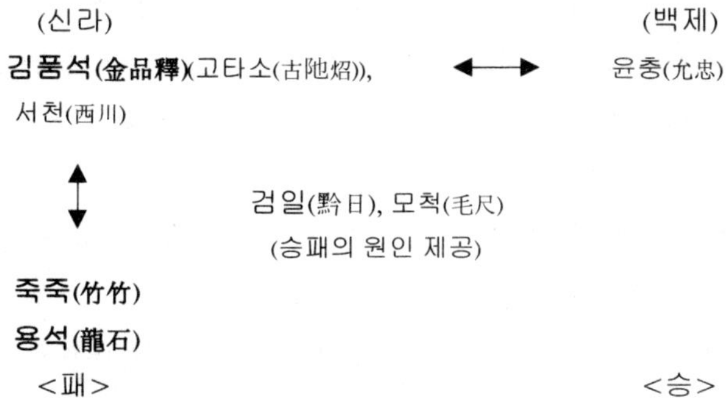

위의 인물 중 신라의 인물은 모두 전투에 패배하여 전사하거나 자결로써 끝나는 비극적 결말이지만 이야기의 초점은 이 패자의 인물의 성

---

28) 다만 이 이야기와는 별도로 열전1의 김유신(상)편에 김춘추가 딸(고타소)과 사위의 죽음을 접한 후 종일 식음을 전폐하고 기둥에 기대서서 눈 한번 까딱하지 않고 사람이 지나가도 분간하지 못할 정도의 충격과 함께 후일 백제 정벌의 결심을 하게 되고 삼국통일을 위한 외교의 서막을 알리는 대목이 있다. 그러나 이 부분은 죽죽설화에는 나오지 않는다.

격에 맞춰져 있다. 죽죽이 비극의 주인공인 것이다. 이를 중심으로 본다면 표면상 적대적 인물(반동인물)은 백제장군 윤충이다. 이야기 구성상 전쟁의 상대로서 1차적인 적이기 때문이다. 그러나 '죽죽의 의기'라는 주제의 관점에서 볼 때 본격 적대적 인물은 오히려 김품석이다. 부하의 아내를 탐한 부정으로 인하여 검일을 적군과 내통하게 하는 전투 패배의 근본원인을 제공하였고 이로 인하여 신라군의 와해와 전투 패배의 결과를 가져오게 하였기 때문이다. 아울러 적과 내통한 검일, 모척 또한 본격 적대적 인물이다. 전투 패배의 결정적 원인을 제공하였기 때문이다. '국가를 위한 의로운 기개'라는 죽죽의 정신을 두고 본다면 상관이 부정한 행위를 했을지라도 적과 내통하여 아군을 궤멸시키는 행위는 용서받지 못할 행동이기 때문이다. 즉 상관(책임자)의 부정과 동료의 배신은 둘 다 어떠한 도덕 윤리와도 반하기 때문이다. 아울러 죽죽은 한 이야기 속에서 성격이 변하지 않는 평면적 인물 또는 정적 인물29)이다. 그것은 김품석이 서천의 항복권유를 받아들여 부하 장수들과 성문을 나가려 하자 죽죽이 만류하며 백제의 이중성을 힐난하며 목숨을 구걸하느니보다 결사항전을 주장하는 것에서부터, 아군이 궤멸되고 최후가 임박하여 용석의 항복권유를 거절하며 역시 결사항전에 임하는 불변의 인물이면서 아울러 도덕적 절의의 전형적typical 인물30)이다.

이렇듯 인물의 유형을 분석하는 이유는 죽죽이란 주인공이 용석과 같은 상식적 평범한 인물이 아니라는 점과 지휘관이 아닌 부하임에도 지휘관이 보여야 하는 국가를 위한 살신성인을 추구하고 있는 주인공의 '인물의 성격'31)을 드러내 보이기 위해서이다. 즉 평범한 인물이 아니란 점은 하위직을 맡은 부하임에도 불구하고 살아서 후일을 도모하자는 용

---

29) E. M. Porster는 「Aspects of Novel」에서, '평면적 인물'로, Edwin Muir는 '정적(靜的) 인물'로 말하고 있다.
30) 정한숙, 『소설기술론』, 고려대학교출판부, 1980, 92쪽.
31) 그것은 이른바 유교적 이데올로기의 전형성에 의한 것이라고 할 수 있다.

석의 말, 즉 평범을 거부하며 아버지가 지어준 이름의 의미를 명분으로
내세우며 죽음을 택한 점 때문이다. 즉 "아버지가 나를 죽죽이라 이름한
것은 추운 겨울에도 시들지 말고 꺾임을 당할지언정 남에게 굴복해서는
안된다는 뜻"이 그것이다. 이것은 용석과 같은 평범함을 거부한 인물임
을 보여 주는 부분으로 인물 성격의 핵심이라 할 수 있다.[32] 다시 말해
극적 반전의 부분으로 전투가 패배로 가는 과정에서 평범한 스토리의
사건 전개가 인물에게로 초점이 전환되는 부분이라고 볼 수 있다. 이것
이 특정 작가의 창작물이라면 '의도된 방향 전환'인 셈이다.

　아울러 이러한 인물의 성격은 곧 이 설화의 주제인 '국가를 위하여 충
절을 지킨 멸사봉공'이라는 이 설화의 주제와 직결되는 것이기도 하다.

5. 서사적 구조

　서사문학의 창작과 읽기는 단순한 흥미와 호기심 유발로부터 시작하
지만 그 본령은 '가치 있는 것을 탐색'하는 데 있다. 인간이 인간답게 사
는 방법이나, 인간답게 사는 것을 방해하는 것이 무엇인가 등이 서사문
학에서 발견할 수 있는 가치와 의미이다. 이것을 흔히 '주제'라고 한다.
작가는 이것을 이야기 속에 은밀히 숨겨서 말하기도 하고, 독자는 숨어
있는 작가의 가치 있는 메시지를 찾고자 함이 서사문학 읽기의 참된 의
의일 것이다.

　이 때 서사문학의 대표 장르인 소설에 있어, '주제'란 하나의 이야기에
나타나는 인물과 그 인물의 성격character, 배경(setting, 즉 시간과 공간)

---

32) 이 점은 물론 고대 영웅설화 주인공의 한 전형성을 보이는 부분이라 할 수 있는데 여
　　기서의 논의는 생략한다.

그리고 이것들이 얽혀서 연결되어 나가는 구성plot 등의 요소들이 모두 향하고 있는 지향점이다. 즉 가치있는 메세지의 구현을 위하여 이러한 요소들이 질서 있게 배열되어 있다는 것이다. 여기서 소설의 구성이 이루어지려면 인물의 행동이 인과관계에 의하여 연결되어[33) 전개되어야 하고, 그것이 펼쳐지는 시간 공간의 배경이 있어야 한다. 그러므로 소설의 구성 즉 **플롯**은 일반적으로 소설의 구조, 짜임새 또는 틀이라고 이해되는 것이다.[34)

그런데 소설의 구성 즉 플롯에서 중요한 것은 인과관계에 의한 이야기의 전개라는 점이다. 이것이 소설을 소설답게 하는 기본 요건임은 소설론의 상식이다. 가령 검일이 적과 내통하게 되는 것은 지휘관인 품석이 자신의 아내를 탐하여 빼앗은 원인의 결과였으며, 죽죽이 용석의 권유를 수긍하면서도 이를 거부하고 죽음을 무릎쓴 결전을 벌이는 이유는 아버지가 지어준 이름 때문이었다는 명분의 결과였던 것이다. 이런 대목들은 죽죽설화에서 이야기가 인과성을 바탕으로 진행되고 있음을 보여 주는 부분이라고 하겠다. 다시 말해 검일이 적과 내통한 것은 자신의 보신과 안일을 위해서가 아니라 부도덕한 상관에 대한 적개심에서 비롯되었다. 다시 말해 죽죽이 자신의 이름에 새겨진 의미에 걸맞은 절의를 지켜야만 한다는 명분이 인因이 되어 죽음을 각오한 전투에 임하게 되는 과果의 행동으로 나타난 것으로 볼 수 있다. 따라서 이것은 곧바로 주제로 이어지고 있음을 볼 수 있다. 여기서 플롯이란 곧 주제의 전달경로[35) 라고 말하는 현대 소설의 이론과도 합치됨을 알 수 있다.

그러면 여기서 죽죽설화의 구성 단계 즉 플롯의 구조를 보자. 플롯이

---

33) R. V. Cassill은 「Writing Fiction」에서 "플롯이란 행동의 인과관계에 의한 연결 그 이상도 이하도 아니다"고 말하는데 이는 소설구성의 일반론이 되어 있다. 그 외에 C. Brooks & R. P. Warren은 「Understanding Fiction」에서 "플롯은 한 편의 소설에 나타난 행동의 구조다"라고 말한다.
34) 정한숙, 앞의 책, 111쪽.
35) 정한숙, 앞의 책, 113쪽.

란 앞서 말한 인과 관계에 의한 사건의 서술 외에 작품을 구성하는 요소인 행동, 성격, 사상에 의하여 이룩된 특수한 잠정적 종합36)이라고도 한다. 이것은 그 하위 구조를 아리스토텔레스Aristoteles가 말한 시작, 중간, 끝의 3단계로 크게 보는 것에서부터 현대에 와서는 4단계에서 6단계까지 다양하게 분류 설명하기도 하지만37) 거의가 대동소이한데, 여기서는 일반적으로 통용되는 브룩스와 워렌(C. Brooks & R. P. Werren)의 4단계설에 의하여 보기로 한다. 죽죽설화를 여기에 비추어 본다면 다음과 같이 구분할 수 있을 것이다. 이른바 발단, 분규, 절정, 결말의 순서에 따른 전개를 볼 수 있다.

① 인물 소개와 백제 장군 윤충의 침공까지가 1단계 **발단**이다.
② 품석이 검일의 아내를 겁탈하면서 전세가 불리하여지고 항복과 항전의 '갈등' 중에 죽죽이 백제의 이중성을 들면서 항복하여 목숨을 구걸하느니 결사항전을 주장하는 '인물의 성격'이 드러난다. 아울러 이러한 분규 결과 품석의 성문을 여는 결정과 함께 백제의 복병에게 섬멸 당한다. 아울러 품석이 자결하는 것까지가 2단계 **분규**이다.
③ 죽죽의 잔병 수습과 항거에 용석의 권유를 거부하고 결전하다 최후를 맞는 것이 3단계 **절정**이다.
④ 왕이 애통히 여겨 벼슬을 내리고 처자에 상을 내리는 것까지가 4단계 **결말**이다.

(굵은 글씨: 필자)

---

36) R. S. Crane, 『Critics and Criticism』, p.620; 한승옥, 앞의 책, 139쪽.
37) 플롯의 구조에 관한 대표적 설로는 다음과 같은 것이 있다.
- 레겔(H. W. Leggett) : 발단(initial situation), 제1행동 단계(first stage of action), 제2행동 단계(second stage of action), 발발(issue), 결말(conclusion)의 5단계.
- 웨스턴(H. Western) : 의도, 의도의 장해, 의도의 반전, 위기, 위기의 반전의 대단원의 6단계.
- 포스터와 해리스(E. M. Forster & J. C. Harris) : 발단(exposition), 전개(development), 절정(climax), 해결(resolution)의 4단계(「The Basic Formulas of Fiction」에서).
- 브룩스와 워렌(C. Brooks & R. P. Werren) : 발단(exposition), 분규(complication), 절정(climax), 대단원(denouement)의 4단계(「Understanding Fiction」에서).

플롯의 구조로 보아, 2단계 분규complication에서는 이 단계의 특징인 '갈등'과 '인물의 성격'이 드러나고, 3단계 절정climax에서도 그 구비요소를 잘 갖추고 있다. 특히 절정climax단계의 특징인 주인공의 행동과 운명이 바뀌는 전환점에서 나타나는 극적인 요소를 갖고 있기도 하다. 즉 죽죽의 결단과 죽음이 그것이며 이것은 격렬함과 비극적 고통이 동반되는 이른바 파토스pathos이기도 하다. 즉 인물의 성격이 명확히 드러나는 장면으로서, 아버지가 지어준 이름 죽죽이라는 이름의 명분인 "추운 겨울에도 시들지 말고 남에게 꺾임을 당할지언정 굴복해서는 안된다는 것"임을 새기며 최후의 결전에서 전사하는 비장의 정서가 그것이다. 이것은 현대 소설의 경우 대개 작중인물의 꿈의 좌절에서 오는 경우가 많지만 여기서는 그렇지 않고, 인물의 전형성을 보이는 경우가 대다수인 고대설화이기 때문이다.

아무튼 고대설화의 특성상 이렇듯 소략한 이야기임에도 그 나름의 플롯에 의한 4단계의 확연한 구조를 갖고 있음을 볼 수 있다는 것이다. 이 점이 죽죽설화가 가지고 있는 문학적 서사구조이다.

6. 결론

죽죽설화가 실려 있는 문헌인 삼국사기는 일단 기전체 역사서이다. 그러나 이것은 서사적 구조를 갖춘 이야기 형태를 취하고 있다는 점에서는 또한 문학이다. 사마천의 『사기』 이후 역사 서술방식의 한 형태가 된 기전체는 특히 열전 부분에서는 역사적 인물의 입체적 생동감을 살리기 위하여 서사적 구조를 갖춘 이야기 형태를 취하고 있다. 그러므로 서사문학의 요소를 갖추고 있다. 다시 말해 죽죽설화는 역사서 속의 서사문학으로서 곧 역사적 사실의 문학적 기록이다. 이렇게 볼 때 바람직한 역사 기술의 형태는 곧 문학성이 들어간 것이라 할 수 있다. 그러므로 이의 연장선에서 본다면 죽죽설화를 비롯한 열전의 이야기들은 또한 사실을 모태로 구비전승 과정에서 미화되거나 윤색되었을 가능성은 일단 열어두어야 한다고 본다. 그것은 실제 사건이 있은 후 500년이 지난 후인 고려 중엽에 기록된 것이기 때문이다. 이런 부분을 서사문학에서의 허구성이라 할 수 있을 것이다. 그런데 이 때의 허구성이란 '사실이 아닌' 또는 '지어낸 이야기'라는 개념 보다 작자 즉 기록자의 '진실성truth'을 담기 위한 장치라는 사실이다. 즉 김부식의 역사적 진실과 당대의 이데올로기를 담기 위한 문학적 장치라고 보아야 할 것이다.

다음은 인물의 성격 부분이다. 삼국사기 열전에 나오는 많은 인물들이 당시 사회 지도층 인물들로써 이른바 '지도층의 사회적 책무와 도덕성'을 다한 것임에 반하여 죽죽이란 인물의 성격은 이 경우에 해당되지 않고 오히려 상관의 부정을 비판적 시각으로 바라보는 하위직으로서 국가를 위한 충절을 실천하는 인물로 등장하고 있다. 이런 점에서 열전의 다른 인물에 비하여 사뭇 신선함을 보이고 있다. 즉 김영윤, 관창, 김흠운 등은 모두 중앙의 진골출신에다 화랑의 신분이었다. 그러나 죽죽은 당시 신라의 최변방 대야주 토착민 출신에다 가계 역시 11관등 중 5두품의 아들이었다. 이 점은 죽죽이란 인물이 '지도층의 사회적 책무'라는 당대 이데올로기 실천의 도식적 모델로써 제시된 것에서 탈피하여 하위직의 국가주의의 실천사례를 보여 주는 서민지향적 성격을 취하고 있음을 보여 주는 부분이다.

다음은 서사적 구조부분이다. 여기서 죽죽은 하위직 공직자이지만 국가를 위한 충절을 지키는 인물로 나타나고 이것은 곧 편찬자 김부식의 유교적 이데올로기 구현이라는 주제로 연결되고 있는데 여기에 인물의 행동(사건, acting)이 인과적으로 배열되어 있음을 볼 수 있었다. 가령 전투 패배의 요인으로 검일의 적과의 내통은 최고 지도자였던 품석의 부정이 그 원인이었기 때문이며, 마지막 죽죽의 결사항전도 아버지가 지어준 죽죽이라는 이름의 대의명분 때문이었던 점들이 그것이다. 즉 서사구조의 중요 요건인 이야기 구성에서 인과관계에 의한 전개를 잘 갖추고 있음을 볼 수 있다는 점이다. 아울러 이러한 이야기의 전개는 발단, 분규, 절정, 결말이라는 4단계의 구조를 나름대로 갖추고 있음도 확인할 수 있었다. 이 때 대의명분을 위한 죽죽의 결단과 죽음이 있는 절정 단계의 극적인 요소와 파국은 비장의 미를 일으키는 요소이기도 하다.

그러나 죽죽설화가 갖고 있는 이러한 서사문학의 요소들은 현대소설의 관점에서 보면, 고대 영웅설화에서 나타나는 공통점인 인물의 전형성을 벗어나지 못한다는 한계를 노정하고 있다.

참고문헌

1. 단행본

『삼국사기』, 신호열 역해, 동서문화사, 1976.

『삼국유사』, 이재호 역주, 명지대학교출판부, 1983.

서울대학교 동아문화연구소 편, 『國語國文學事典』, 신구문화사, 1981.

조동일, 『삼국시대 설화의 뜻 풀이』, 집문당, 2004.

한승옥, 『현대소설의 이해』, 집문당, 1998.

김상현, 『신라의 사상과 문화』, 일지사, 1999.

이선근, 『화랑도와 삼국통일』, 세종대왕기념사업회, 1999.

김태식, 『화랑세기, 또 하나의 신라』, 김영사, 2003.

정한숙, 『소설기술론』, 고려대학교출판부, 1980.

E. M. Porster, 『Aspects of Novel』.

R. V. Cassill, 『Writing Fiction』.

R. S. Crane, 『Critics and Criticism』.

C. Brooks & R. P. Warren, 『Understanding Fiction』.

2. 논문

고병익, 「삼국사기에 있어서의 역사서술」, 『한국의 역사인식』(상), 창작과
　　　비평사, 1980.

강종훈, 「7세기 통일전쟁기의 순국인물 분석」, 『신라문화제 학술논문집』
　　　제25권, 경주사학회, 2004.

박두포, 「삼국사기 열전의 설화성―전기설화로서의 성립에 대하여」, 『청
　　　구전문논문집』 제1집, 1964.

진창영, 「화랑정신의 노장사상적 요소」, 「신라정신의 노장사상적 성격」, 『우리 시의 신라정신과 노장의 생태주의』, 국학자료원, 2007.
______, 「한국 소설과 합천」, 『합천 예술문화 연구』, 향파이주홍기념사업회, 2007.

2부

한국문학과 향파 이주홍의 길

한국 아동문학의 전통과 이주홍의 문학세계 | 원종찬

시대적 코드와 희극성 : 이주홍 소설의 형상화 방법 | 노지승

일제강점기 이주홍의 프롤레타리아 아동문학연구 | 윤주은

이주홍의 「탈선 춘향전」과 「춘향전」 연구 | 김재석

이주홍 『이조문학개관』의 특징과 의의 | 이강옥

한국 아동문학의 전통과
이주홍의 문학세계

원 종 찬*

1. 머리말—키워드 '현실'과 '재미'

향파向破 이주홍(李周洪, 1905~1987)은 한국 아동문학사의 중심부를 관통해온 대표작가의 한 사람이다. 그는 한국 아동문학의 역사적 특성이라 할 수 있는 현실주의를 확립하는 데 크게 기여하는 한편으로 자신만의 독자적인 문학세계를 구축함으로써 방정환, 마해송, 이주홍, 현덕, 이원수, 권정생 등으로 이어지는 정전正典작가의 대열에 올라섰다. 그의 주요작품은 각종 아동문학 선·전집에 대부분 수록돼 있고, 국내 유수의 출판사들이 펴내는 아동문고 시리즈의 단행본으로도 거듭 출간돼오면서 오늘날까지 폭넓은 독자와 만나고 있다.

그의 아동문학에 대한 조명은 비교적 활발히 이뤄져온 편이다. 그의 문학세계가 지니는 특질은 이재철, 이오덕, 손동인 등에 의해서 일찍이 밝혀졌는바, 한결같이 '현실'과 '재미'를 강조한 점에서는 큰 차이가 없다.[1] 주로 이 '현실'과 '재미'에 착목해서 장르별로 한층 구체적이고 체계적인 연구를 시도한 학위논문들이 뒤를 이었다. 그 가운데 정춘자, 박경회, 손수자, 윤주은 등의 논문은 나름대로 연구주제와 대상을 확대한 성과들이라 할 수 있다.[2] 이주홍 연구의 가장 큰 전환점은『신소년』,『별나라』등의 계급주의 아동문학을 문학사에서 복원하려는 움직임에 의해서 마련된다. 월북작가에 대한 해금조치가 이뤄지고 문학연구에 대한 이데올로기적 제약이 누그러지면서 계급주의 아동문학운동에 눈을 돌린 연구열이 고조되었다. 이재복, 박태일, 박경수, 김상욱 등은 자료발굴을 통해 실증적 보완을 이루고 현실주의 관점에서 기존 문학사의 시각을 갱신한 주요 성과를 낳았다.[3]

이주홍은 한국 아동문학의 정전작가 중 거의 유일하게 카프(KAPF, 1925~1935) 계열로 분류되는 활동의 이력을 가지고 있다.[4] 또한 그는 한국 아동문학이 줄기차게 호명했으나 끝내는 뒷전으로 밀려난 '재미'를 체화한 작가로서도 유명하다. 이주홍 아동문학의 '재미'는 '웃음'을 바탕으로 한다. 한국 아동문학은 체질적으로 '웃음'보다 '눈물'에 뿌리박고 있거니와, 이 때문에 정전작품은 이른바 '즐거움의 계보'보다는 '헌신의 계보'라고 할 수 있는 것들이 압도적이다.[5] 여러모로 이주홍에게는

---

* 인하대학교 인문학부 교수.

1) 이재철,『아동문학 개론』, 문운당, 1967; 이오덕,「익살 속에 담긴 겨레 마음」(작품집 해설), 이주홍,『못나도 울엄마』, 창비, 1977; 손동인,「이주홍론—향파동화의 빛깔」,『아동문학평론』, 1983년 봄호.

2) 정춘자,「이주홍 연구」, 단국대학교 대학원 석사학위논문, 1990; 박경희,「이주홍 동화의 '재미' 연구」, 동아대학교 교육대학원 석사학위논문, 1993; 손수자,「이주홍 동화의 문체론적 연구」, 부산외국어대학교 교육대학원 석사학위논문, 2000; 윤주은,「槇本楠郎와 이주홍의 프롤레타리아 아동문학비교 연구」, 부산외국어대학교 대학원, 박사학위논문, 2007.

3) 이재복,『우리 동화 바로 읽기』, 한길사, 1995; 박태일,「이주홍의 초기 아동문학과 "신소년"」,『현대문학이론연구』제18집, 2002; 박경수,「일제강점기 이주홍의 동시 연구」,『한국문학논총』제35집, 2003; 김상욱,『어린이문학의 재발견』, 창비, 2006.

4) 최열,『한국현대미술운동사』증보판, 돌베개, 1994, 61쪽;『한국근대미술의 역사』, 열화당, 1998, 217쪽 참조.

정통성과 이단성을 넘나드는 역동적인 면모가 두드러진다. 요컨대 이주홍 아동문학은 잘 알려진 '현실주의 계보'에 '즐거움의 계보'를 더하여 새롭게 발견될 필요가 있는 것이다.

본고는 기존의 연구 성과를 바탕으로 이주홍 아동문학의 특질을 문학사적 맥락에서 살펴보려는 시도이다. 먼저 한국 아동문학의 역사적 성격을 개관하고, 이어서 이주홍 아동문학이 한국 아동문학에 기여한 바를 살필 것이다. 주로 이주홍 아동문학의 어떤 특질이 한국 아동문학의 현실주의를 진전시켰으며, 동시에 그 취약성까지도 보완했는지에 대해 따져보고자 한다. 이주홍 아동문학의 주된 특질은 카프 시기에 모두 마련되었다고 보기에, 본고는 일제강점기 계급주의 아동문학 작품들에 초점을 두었다. 중요한 것은 '현실'과 '재미'라는 키워드의 안쪽에 자리한 문학사적 계보와 작가의 개성이다. 이주홍이 한국 아동문학의 정통성과 이단성을 함께 감당해왔다는 사실은 기존의 문학사가 간과한 숨은 저류와 거기 맞닿은 작가의 개성을 주목했을 때 모순이 아닌 통일로 설명될 수 있다.

2. 한국 아동문학의 역사적 성격

1) 소년독자 중심의 현실주의

아동은 근대의 발견이고 아동문학은 근대적 아동의 탄생과 더불어 성

---

5) '즐거움의 계보'와 '헌신의 계보'는 전후 일본 아동문학의 두 흐름에 대한 上野 瞭의 명명법에서 가져왔다. 上野 瞭, <第二次世界大戰後の日本兒童文學史の思潮>, 上野 瞭 · 神宮輝夫 · 古田足日, ≪現代日本兒童文學史≫, 明治書院, 1974 참조.

립한다는 사실은 오늘날 하나의 상식으로 받아들여지고 있다. 근대적
아동은 근대사회의 기반인 산업화·도시화의 산물로서 도시중산층을
근간으로 하는 핵가족질서와 교육제도 등에 의해 만들어진다. 전근대사
회의 아동은 '작은 어른' 곧 '작은 노동력'이나 다름없었다. 그러나 근대
사회의 아동은 생산노동으로부터 분리되어 가정교육과 학교에 수렴되
기 때문에 성인과 구분되는 독자적인 생애주기로서 아동기를 경험하게
된다. 아동문학은 바로 이런 근대사회의 아동을 상대로 해서 나타난 것
이다.

　우리의 경우도 비록 식민지적 조건일망정 20세기에 들어서면서 각종
근대적 제도가 마련되기 시작했다. 1920년대 와서는 오늘날과 같은 의
미의 아동문학이 신문과 잡지 등에 활발히 발표되었고, 마침내 성인문학
과 구분되는 독자적인 장르로 정착했다. 전국적인 배포망을 갖춘 아동전
문잡지 『어린이』(1923~1934), 『신소년』(1923~1934), 『별나라』(1926
~1935) 등의 발간은 아동문학의 전개에 중요한 기반이 되었다. 아동문
학은 전국각지에서 솟구쳐 오른 소년운동과 함께 전사회적 현상으로 급
속히 퍼져나갔다.

　아동문학의 열기가 이처럼 뜨거웠던 이유 중의 하나는 역설적이게도
근대적 기반의 취약성에서 찾아진다. 근대 시민사회로 진입하기도 전에
식민지로 전락하여 미완의 근대적 과제를 안게 되니까, 소년운동과 연
계된 아동문학이 강력한 운동성을 띠고서 사회적 파장을 일으킨 것이
다.6) 일제강점기의 아동문학은 식민지 사회현실의 요구를 담아 민족해
방·계급해방의 지평에서 전개되었다. 이와 같은 성격의 아동문학이 시
민사회를 기반으로 해서 전개되는 아동문학과 차이가 나는 것은 당연한
일이다. 일제강점기 한국 아동문학을 추동한 힘은 문학적 이념과 방법
으로서의 현실주의 경향이었다. 1920~1930년대를 풍미한 소년운동과

---

6) 졸저, 『한국 아동문학의 쟁점』, 창비, 2010, 79쪽.

소년문예운동의 기치를 봐도 그러하고, 거울처럼 시대현실을 비추는 주요 작품들의 색채를 봐도 그러하다.

한국 아동문학은 근대적 의미의 아동기가 제대로 보장되지 않았음을 말해주는 이른바 '일하는 아이들'과 마주해왔다. 일제강점기 내내 도시인구보다 농촌인구가 압도했고, 도시인구도 중산층보다는 서민층이 근간을 이루었으며, 학령기 아동의 취학률은 매우 낮은 데 비해 취학연령은 상대적으로 높았다.[7]『어린이』지에 사진을 게재한 독자의 평균연령이 17.72세에 달했다는 연구결과가 확인해주듯이,[8] 일제강점기 아동문학의 주된 독자는 10대 중·후반의 소년들이었다. 그러다보니 10세 이하의 유년독자를 대상으로 하는 공상이나 환상적인 것보다는 10세 이상의 소년독자를 대상으로 하는 현실적인 작품 경향이 훨씬 우세했다. 이럴 때의 현실적인 경향은 광의의 현실주의라고 할 수 있다.

유아·유년문학이 잠재적으로 수면 아래에 놓이게 되자, 현실주의는 점차 하나의 표현방법으로 고착되는 문제점을 안게 되었다. '일하는 아이들'의 삶을 직시하라는 주문은 동화에서 표현방법의 제한을 초래했다. 소년소설이 엄연히 존재했음에도 생활동화·사실동화라는 자기모순적인 장르명칭이 쓰이기 시작했다. 경험적 현실을 다룬 생활동화·사실동화·소년소설과 차별되는, 초경험적 비현실의 동화는 의인동화와 전래동화가 겨우 명맥을 이어가는 형편이었다. 이런 상황은 일제강점기뿐 아니라 분단시대에도 지속되었다.

> 학대받고, 짓밟히고, 차고, 어두운 속에서 우리처럼 또 자라는 불쌍한 어린 영(靈)들을 위하여, 그윽히 동정하고 아끼는 첫 선물로 나는 이 책을 짰습니다.[9]

---

7) 졸저, 위의 책, 74쪽.
8) 이기훈, 「1920년대 '어린이'의 형성과 동화」,『역사문제연구』제8호, 2002, 15쪽.
9) 방정환,『사랑의 선물』머리말, 개벽사, 1922.

> 전쟁이 일어나면 제일 먼저 피해를 받는 것이 어린이고, 보이는 대로 배우
> 는 것이 어린이다. 외세의 침탈에 의해 배고프게 살아온 아이들, 전쟁으로 가
> 족을 잃고 집을 잃고 불구가 된 어린이들, 이런 어린이들에게 과연 어떤 꿈이
> 있는 걸까? 이런 어린이들이 부를 노래는 어떤 것이어야 하고 어떤 내용의
> 이야기책이어야 할까?10)

위의 인용문들에서 알 수 있듯이, 아동문학은 아동이 처한 상황과 분리해서 생각할 수 없다. 때문에 한국 아동문학사의 시각은 방정환부터 권정생까지를 하나의 주기로 파악하는 큰 틀이 주효하다. 한국 아동문학은 권정생의 시대에 와서도 파시즘적 통치체제와 시민사회의 미발달, 그리고 '일하는 아이들'로 상징되는 미완의 근대적 과제로부터 자유로울 수 없었다. 그런데 권정생의 글은 고난 속의 동심을 외면하는 아동문학에 대해 반성적인 제목을 달고 있다. 현실주의 계열과는 관점을 달리하는 쪽에서 분단시대 아동문학의 주류를 차지해온 탓이다.

그 대표적인 예가 이재철의 아동문학사다. 그의 『한국현대아동문학사』(1978)는 '조연현 현대문학사의 아동문학 판version'으로서 분단시대 주류 문학사의 관점을 대변한다. 이 저서는 일제강점기를 '아동문화운동시대', 분단시대를 '아동문학운동시대', 그 중에서도 1960년대를 '본격문학의 전개'라고 규정했다.11) 만일 일제강점기만을 떼어놓고 '아동문화운동시대'라고 한다면, 민족사회운동의 일환으로 전개된 사실에 비춰 수긍할 수 있다. 하지만 이를 분단시대의 '아동문학운동시대'와 병렬로 놓았을 때는 의미가 달라진다. 그렇게 되면 문화운동으로 명명된 일제강점기의 아동문학은 '본격문학' 이전의 미분화 단계로 떨어진다. 그리고 사회현실과의 연관성이 희박한 분단시대의 지배적인 흐름이 전문화 단

---

10) 한국어린이문학협의회 편, 『우리 어린이문학』: 권정생, 「아동문학이 외면했던 고난 속의 동심」, 지식산업사, 1993.

11) 이재철, 『한국현대아동문학사』, 일지사, 1978, 20쪽.

계에 해당하는 '본격문학'이 된다. 문학적으로 전자는 '비순수'요 후자가 '순수'라는 것이다. 따라서 일제강점기를 '문화운동', 분단시대를 '문학운동', 1960년대를 '본격문학'으로 정리하는 문학사 인식은 '현실주의'와 대립하는 '순수주의' 문학의 관점이라고 할 수 있다. 주지하듯이 이런 순수주의는 반공·극우 민족주의와 결탁한 또 하나의 정치이데올로기였다. 그러함에도 이재철의 아동문학사 이후로는 현실주의 경향을 '본격' 이전의 산물로 여기는 문학사 인식이 반복 재생산되고 있다.

2) 헌신과 인고(忍苦)의 아동상(兒童像)

한국 아동문학의 현실주의는 근대적 기반의 취약성에서 비롯된 면이 컸기에 한계도 뒤따랐다. 앞서 살펴본 것처럼 경험적 현실을 다룬 사실적(寫實的) 장르의 편중 현상이 두드러졌고, 작품에 그려진 아동상에서도 제약을 받았다. 이것 또한 역사적 특성이라고 한다면, 자유분방한 주인공이 공상세계에서 모험을 즐기는 '피노키오 경향'보다는 자기희생적인 주인공이 수난의 민족현실에서 역경을 딛고 일어서는 '쿠오레 경향'이 압도했다. 어린이다운 욕망을 표출하고 규범에서 벗어나려는 일탈의 아동상보다는 가족·국가·이념을 지키는 헌신과 인고의 아동상이 지배적이었다. 어른의 소망이 우선적으로 투영된 결과일 것이다.[12]

그렇긴 해도 역사적 현실에서 비롯된 헌신과 인고의 아동상은 독자에게 폭넓게 수용되는 양상이었다. 고난극복형 서사는 현실에 대한 자각을 도모하는 한편으로 사회적 보호망조차 없이 힘겹게 살아가는 아이들에게 격려와 용기를 전했다. 식민지 어린이는 온전히 어린이일 수 없었다. 그들은 여전히 '작은 노동력'으로서 가족의 생계를 나누어 맡았고,

---

12) 졸고, 「아동문학의 주인공과 아동관에 대하여」, 위의 책 참조.

근대국가를 완성할 주역으로서 어른과 짐을 나눠야 했다. 일제로부터 해방된 뒤에도 사정은 크게 바뀌지 않았다. 이를 단적으로 보여 주는 것이 이오덕이 엮은 어린이문집『일하는 아이들』(1978)이다. 아동현실을 있는 그대로 보게 하는 이런 종류의 어린이문집은 1980년대까지 널리 읽히고 있었다.

방정환에서 권정생에 이르는 한국 아동문학의 주인공들은 금세기의 어린이 모습과 많이 다르다.「만년샤쓰」(방정환, 1927)의 주인공 창남이는 선생님 앞에서 말장난을 즐기는 호쾌한 성격을 지녔지만, 화재를 당한 이웃에게 옷가지를 챙겨주고 눈 먼 어머니에게 내의마저 벗어준 뒤, 겨울날의 체육시간을 맨몸으로 견디는 헌신의 화신이다. 많은 이들을 감동시킨『몽실 언니』(권정생, 1983)는 아기 업은 주인공의 초상을 표지로 삼았다. 만일에『돼지책』(앤서니 브라운) 방식으로 표지를 그렸다면 어른과 아이 둘을 한꺼번에 업은 피곳 부인의 자리에 어린 몽실이 들어섰을 것임이 분명하다. 이처럼 어른의 자리에 아이가 들어서 있는 아동문학이 우리에겐 조금도 어색하지 않았다. 그야말로 전형적 상황과 전형적 인물이라는 현실주의 법칙이 관통하는 가운데 한국 아동문학의 최고 작품들이 생산되었다.

한국 아동문학을 대표하는 작품 목록에는『마법의 설탕 두 조각』(미하엘 엔데),『지각대장 존』(존 버닝햄),『학교에 간 사사』(필리파 피어스) 등에서 보는 것처럼 주인공이 환상 속에서 해방을 성취하는 종류가 거의 없다. 마법사와 거래하여 잔소리꾼 엄마 아빠를 손가락 만하게 줄여놓고 통쾌감을 느끼는 주인공이나 자기를 괴롭히는 선생님과 아이들 때문에 학교 가기 싫어하는 주인공에게 절대빈곤에 시달리는 아이들이 공감할 여지는 많지 않을 것이다. 선택의 여유가 없으면 취향도 소용없다. 크레용이 없어서 그림을 다 못 그려낸「세 발 달린 황소」(정수민, 1938)의 주인공한테서 어떤 학용품이라야 한다는 투정이 나올 리 만무하고, 아버지의 실직으로 월사금을 낼 수 없는 형편에 이른 「새로 들어온 야학생」(송영, 1938)의 주인공한테서 학교가기 싫다는 투정이 나올 리 만무하다. 「집을 나간 소년」(현덕, 1939)은 상급학교에 진학할 수 없는 집안형편 때문에 제힘으로 벌어서 배우겠다고 가출을 결심한 소년의 일시적 방황을 그린 것이다. 조금 이채를 발한다싶은 「날아다니는 사람」(노양근, 1936)의 주인공이 꿈꾸는 것은 산을 오르는 자동차, 냇물을 건너뛰는 도구, 누구든지 해먹고 살 수 있는 신기한 쌀이었다. 작품마다 이념적 편차가 없지 않았지만, 빈궁한 삶과 연관된 근대적 과제의 해결은 한국 아동문학의 저변을 이루었다.

헌신과 인고의 주인공을 앞세운 고난극복형 서사는 '참으면 복이 온다'는 값싼 위안으로 문제를 해결하는 통속성에도 문을 열었다. 현실에서 취재한 작품이 압도적인 형국이었지만, 식민지와 분단체제의 강압으로 인해 지배질서를 그대로 승인하는 데 그치는 작품들도 많이 나왔다. 현실주의의 결여태는 동심주의와 교훈주의로 이어졌다. 순수·순진함을 보전하기 위해 자기욕망을 억누르고 '착한 아이' 강박증을 보이는 수동적 주인공을 내세운 작품들이 그것이다. 권위주의시대 교과서에 수록된 작품들은 주로 이런 경향을 띠었다.

아동문학이 어떤 아동상을 추구할 것인가 하는 문제는 매우 중요하다. 이와 관련해서 한국 아동문학은 적지 않은 한계를 드러냈다. 현실주의가 아동문학에 적용되는 수준은 장르별로 차이가 나는 법인데, 이 문제에 대한 이해가 부족했다. 한국적 현실주의의 반영인 헌신과 인고의 아동상은 아동문학 고유의 특성을 십분 발휘한 결과라 하기는 어렵다. 국경과 시대를 넘어서도 통하는 세계적 고전의 아동상에는 미치지 못하는 것이다.

3. 이주홍 아동문학의 특질

1) 아동문학의 최서해적 경향—현실주의 계보

이주홍의 문학을 해명하는 데 참고가 될 만한 작가의 전기적 사항을 추려보면 이러하다.[13] 그는 경남 합천의 가난한 빈농 집안에서 태어났다. 합천의 보통학교를 마친 뒤에는 서당에서 한문을 수학했다. 이웃에 사는 천도교인 집에서 천도교 기관지『신인간』과 잡지『개벽』을 빌려 볼 수 있는 혜택을 입었다. 이 점은 그의 문학적 출발에 있어 매우 중요하다. 그의 기억에서『개벽』은 사회주의에 대한 소개가 잦았다. 문예란에는 박영희, 황석우, 현진건, 염상섭 같은 이름이 빈번히 나왔다. 이 잡지에 흥미를 느끼고 그것을 견본으로 해서 손수 잡지를 꾸미기도 했다. 그는 회고하기를 "개벽은 나의 유일한 무언의 스승이었고, 나를 문학의 동산에 발을 들여놓아준 은혜로운 길잡이"였다고 했을 정도다. 한때 일본에 건너가 토목, 제탄, 식료, 철물, 제과, 문구공장 등을 전전하며 고학을 했고, 교포자녀들을 가르치는 근영학원에서 교편을 잡은 경험도 있다. 1920년대 중반 이후『신소년』에 동요와 동화를 투고해서 실렸다. 여기에서 고무되어 문학을 뜻을 두고 상경한 뒤, 신영철의 주선으로『신소년』편집을 맡게 되었다.『별나라』와 함께 계급주의 아동문학의 온상이었던『신소년』은 그의 주요 활동무대였다. 그는 잡지의 필요에 쫓겨 동요, 동화, 동극, 소년소설 등을 분주히 써나갔다. 표지화도 그리고 노래도 작곡했다. 1930년경 카프 맹원이 되었고, 사회주의 지향이 뚜렷한 잡지『음악과 시』(1930), 프롤레타리아동요집『불별』(1932) 등에 다수의

---

13) 류종렬 편,『이주홍의 일제강점기 문학 연구』(국학자료원, 2004)의 부록 1: 이주홍,
「이 세상 태어나서」와 부록 2:「이주홍 연보」참조.

작품을 발표했다. 일제 말에는 만화와 영화 쪽에 관여하면서 시국에 순응하는 활동을 보이기도 했다. 카프 경력이 참작되었는지 해방 직후에 다시 조선프롤레타리아문학동맹 중앙집행위원, 조선프롤레타리아미술동맹 위원장 등을 지냈다. 그런데 1947년 돌연 사회주의운동단체와 손을 끊고 부산에 정착했다. 좌파 운동에 대한 탄압이 극심해진 시기라는 점을 감안할 수 있겠지만, 작가 스스로 이때의 경위를 밝힌 글은 없다. 이후로는 연극에 힘을 기울이는 한편, 성인문학과 아동문학의 두 방면에서 꾸준히 창작 활동을 벌여 나갔다.

이주홍의 작가적 이력에서 카프와 『신소년』이 차지하는 비중은 매우 크다. 그런데 그 바로 앞에 『개벽』이 놓여 있음을 지나칠 수 없다. 흔히 문단의 좌우파 대립을 들어 문학사를 이분법적 도식으로 파악하기 쉽다. 그러나 일제강점기의 문학사에 분단이데올로기를 소급적용하는 일은 피해야 한다. 이주홍은 1920년대와 30년대 아동문학의 연속성 · 비연속성 문제를 살피는 데에서 중요한 고리가 되는 작가다.

이재철의 아동문학사는 『어린이』를 "민족주의적 경향", 『별나라』를 "계급주의적 경향", 『신소년』을 "절충적 경향"으로 규정했다.[14] 이는 상대적인 구분임을 감안하더라도 한국 아동문학의 역사적 성격과 그 흐름을 간과한 형식론에 가깝다. 이 도식은 『별나라』가 처음부터 『어린이』와 대립하여 만들어진 것이라는 잘못된 통념을 유포해왔다. 하지만 1920년대 말에 이르기까지 세 잡지는 이념상으로 뚜렷이 구분되지 않는다. 세 잡지 모두 계몽적 색채가 강했고 식민지조선의 아동현실에 뿌리를 내리고자 하는 지향을 공유했다. 이재철의 아동문학사는 성인문단의 좌우파 대립 양상을 그대로 아동문학에 대입한 혐의가 짙다. 즉 '민족주의 대 계급주의'라는 도식에 『어린이』와 『별나라』, 그리고 『신소년』을 끼워 맞춘 것이다. 이는 실상과 차이가 있다.

---

14) 이재철, 앞의 책, 6~7쪽.

천도교에서 발행한 『어린이』는 『개벽』과 사상적 뿌리가 같다. 천도교의 민족사회운동은 사회주의와 친연성이 깊었다. 『개벽』이 신경향파문학의 발상지가 된 것은 결코 우연이 아니었다. 개벽사에 근무한 방정환은 신경향파문학이 등장하기 전에 이미 사회주의 의식을 드러내는 소설과 번역 작품을 발표한 바 있다.[15] 『어린이』를 발간할 무렵에 그는 신경향파문학의 산파역할을 하는 김기진, 박영희 등과 더불어 『백조』 후기동인으로 참여하고 있었다. 이런 사상적 배경 때문에 방정환이 주도한 『어린이』는 이익상, 송영 같은 사회주의계열 작가들에게도 지면을 제공할 수 있었던 것이다.

송영의 1920년대 주요작품 「쫓겨가신 선생님」(1928), 「옷자락은 깃발같이」(1929) 등이 『별나라』가 아닌 『어린이』에 발표되었다는 사실은 주목을 요한다. 이 무렵까지도 『별나라』는 계급주의 아동문학의 주요 무대가 아니었다는 증거다. 계급주의 아동문학이 『별나라』와 『신소년』을 무대로 떠오른 것은 1930년이었다.[16]

이점은 이주홍의 작품과 평론을 통해서도 확인된다. 그가 1929년 7월 7일 『동아일보』에 발표한 동요 「빨간 부채」는 오뉘간의 우애를 그린 동심적 작품으로서 계급주의 색채는 나타나지 않는다. 1929년 9월 『신소년』에 발표한 소년소설 「눈물의 치맛감」도 가난한 동무에 대한 시혜적이고 온정주의적 결말을 보이는 점에서 계급주의 아동문학과는 거리가 멀다. 1931년에 발표한 평론에서는 계급주의 아동문학의 전개에서 '1929년과 30년의 차이'를 다음과 같이 분명히 밝히고 나섰다.

---

15) 졸고, 「한일 아동문학의 기원과 성격 비교」, 『아동문학과 비평정신』, 61쪽.
16) 계급주의 아동문학의 방향전환 시기와 관련해서는 류덕제, 「'별나라'와 계급주의 아동문학의 의미」(『국어교육연구』 제46집, 2010)에서 자세히 고찰된 바 있다. 이 논문은 목적의식적 방향전환이 1927년에 이뤄졌다는 기존의 통설을 수정하여 실제의 방향전환은 1930년임을 밝혔다.

조선의 문학운동에 있어서 특히 아동문학운동의 영역에 있어서 지난 1930년은 확실히 투쟁의 일년이었다. 1929년이 초보적, 계몽적 자연발생적임에 반해서 30년은 보다 일보전진한 목적의식적 ××의 활기에 찬 조선아동문학운동 사상에 획선할 일년이었다. (……)

그런데 아동문학운동사상으로 보아 1929년만 하더라도 우리는 그속에서 하등 명확한 계급적 이데올로기를 엿보지 못했다. 아니 어느 모에서든지 조그마한 소재를 추출할 수 있다 하드래도 그것은 혹은 민족적 혹은 인도주의적 무저항주의적 사상으로서의 손에도 다이지 안흘만한 눈꼽 이하이요 전체로 보아서는 그야말로 팥죽 이상의 혼돈이었다.[17)]

1930년에 솟아오른 계급주의 아동문학은 1920년대 아동문학의 문학사적 반전으로서 식민지조선의 아동현실에 대한 지향을 공유하지만 상대적으로 비연속성이 두드러진다. 그만큼 외부적 동인이 컸음을 말해주는데, 성인문단과 일본의 동향을 추수하는 양상이었다. 1927년 카프 제1차방향전환의 모토였던 목적의식성이 아동문학에서는 1930년에 나타난다. 소년운동과 소년문예운동의 방향전환에서도 시차가 존재한다. 사회운동과 보조를 맞춘 소년운동에서 먼저 방향전환이 언급된 후에 소년문예운동에서 방향전환이 언급되는데, 이 소년문예운동의 방향전환이 계급주의 아동문학을 한순간에 확산시킨다. '소년문사'들의 치기어린 성향과 뒤섞인 계급주의 아동문학은 모방적이고 관념적인 성격을 적잖게 드러냈다.

1930년대 『별나라』와 『신소년』에 나타난 『어린이』 비판 풍조는 이와 같은 배경을 염두에 두고 파악해야 한다. 『어린이』와 『아희생활』을 하나로 묶어서 부르주아적이라며 적대시한 '소년문사'들의 발언은 당시 풍미한 복본주의福本主義를 조잡하게 벌여놓은 데 지나지 않는다. 그런데도 방정환이나 『어린이』 쪽에서 계급주의 아동문학을 드러내놓고 비판한 적은 없었다. 계급문학을 둘러싼 아동문단의 논쟁양상이 성인문단

---

17) 이주홍, 「아동문학운동일년감」, 『조선일보』, 1931.2.13~14.

과 다른 점은 여기에 있다.

계급주의 아동문학운동은 계급지상주의라고 할 만한 편향에도 불구하고 문학사적 의의가 적지 않다. 일제강점기의 아동문학은 추상적 아동이 아닌 계급적 아동에 대한 인식을 계기로 해서 감상적 인도주의와 낭만주의를 넘어설 수 있는 인식의 지평이 열렸다. 아동문학에서 현실주의 계보가 한층 뚜렷해진 것도 여기에서 비롯된다. 방정환, 마해송, 이주홍, 현덕, 이원수 등 일제강점기의 주요 작가들은 사회주의나 계급주의 아동문학에 열려 있었다. 그럼 카프에 직접 몸을 담은 이주홍은 계급주의 아동문학의 흐름에서 어떤 위치를 차지하는가?

아동문학이라고 해서 성인문학과는 별도의 회로를 구축하고 있는 것은 아니다. 때문에 한국문학 전체의 흐름에 조응하는 방식으로 아동문학의 흐름을 파악하는 것이 유용할 때가 적지 않다. 임화는 「조선신문학사론 서설」에서 "신경향파문학 가운데 두 개의 상이한 경향을 발견할 수 있다"면서 "창작적 실천상에서 구분할 수 있는 박영희적 경향과 최서해적 경향"을 지적한 바 있다. 여기서 박영희적 경향이란 "낭만적 주관주의"와 관계되는 것으로 "세계관의 생경한 노출"을 특징으로 하며, 최서해적 경향은 "자연주의 문학의 사실적 정신"과 관계되는 것으로 "주관의 표현보다도 대상의 묘사가 작품의 주모티프가 되어 있"는 경향을 가리킨다.[18]

임화는 최서해적 경향을 두고 "이인직 이후의 조선적 리얼리즘의 전 발전"이라고 평가했다. 임화의 명명법은 이기영의 『고향』에 이르기까지 소설사를 관류하는 두 개의 주요 흐름을 포착해낸 비평적 안목에서 나온 것이지만, 리얼리즘을 보는 두 개의 상이한 관점을 가리키는 대표적 명칭으로서 의의가 있다. 리얼리즘론에서는 주관과 객관, 또는 현실

---

18) 임화, 「조선신문학사론 서설」, 『조선중앙일보』, 1935.10.9~11.13; 「소설문학의 20년」, 『동아일보』, 1940.4.12~20. 인용은 두 글에서 부분 발췌했음.

과 전망 가운데 어느 쪽을 강조하느냐의 문제가 늘 쟁점이었다. 이론상으로는 통일을 내세울 수 있겠지만 실천상에서 이 문제는 그리 만만치 않았다. 사회주의 리얼리즘이 이론상으로 논리적 정합성을 지녔어도 실제의 창작에서는 도식주의의 한계를 드러내고 주관적으로 경사되어간 것은 다 아는 사실이다. 임화의 글은 계급문학이 한계에 봉착한 시점에 나온 것이었으니, 박영희적 경향 옆에 최서해적 경향을 가져다놓고 주목하는 그의 비평적 감각이 여간 예리한 게 아니다.

계급문학의 고조기에는 부르주아문학과의 차별성을 강조하느라 당파적·주관적 경향을 강조하는 주장이 우위를 점했다. 카프 제1차 방향전환기에 박영희가 당파성을 앞세워 김기진을 제압한 것은 대표적인 사례이다. '소년문사'들이 다수인 아동문학 쪽은 정도가 훨씬 심해서 이른바 박영희적 경향이 압도했다.

이러한 때에 이주홍은 체험 형식의 풍부한 사실적 묘사를 특징으로 하는 일련의 소년소설들을 발표한다. 한 마디로 '아동문학의 최서해적 경향'이 등장한 것이다. 「청어뼉다귀」(『신소년』, 1930.4)는 그 결정판이었다. 이 작품은 주인공 순덕이가 부역을 나갔다가 어깨가 붓고 고름이 생겨 앓아누워 있는 상황에서 시작한다. 동생 종덕이는 태독을 앓다가 죽었고 어머니도 병이 깊은데, 수해를 당해 소작하는 땅이 개천이 되어버리자 아버지도 일에서 손을 놓은 절망적인 상황이다. 어느 날 지주 김부자가 찾아와서 남의 땅을 놀린다고 야단이다. 아버지는 김부자에게 큰소리 한번 쳐보지 못하고 잘 보이기 위해 어머니더러 식사를 준비시킨다. 아버지의 성화에 밖으로 나간 어머니는 간신히 쌀 한 홉과 청어 한 토막을 구해 가지고 온다. 이때의 집안 풍경이 순덕이의 시점으로 생생하게 그려져 있다.

고소한 밥 익는 냄새 코끝을 간질거리는 청어 굽는 냄새……. 순덕이는 우

선 다른 생각은 다 집어치워지고 누릴 수 없는 식욕이 동했다. 옆방 지주에게
점심을 채려 주고 온 어머니는 꿀깍하고 순덕이의 침 넘어가는 소리를 듣고는
　　　"가만히 있거라. 상물려 나오거든 너도 밥하고 청어하고 줄게 응!" 하고
어깨에 종점터를 가볍게 만져 보고는 다시 곤드러쳐 드러눕는다.
　　무엇에 홍분되었던 순덕이는 누구엔지 모르게 반항하는 목소리로
　　"엡다 다 먹으면 어쩌는디……" 하고 돌아누웠다.
　　"엥…… 어데 점잖은 이가 다 먹는가. 남겨 주느니라. 남겨 주어……."
　　순덕이는 밥은 반만이나 먹고 청어는 젓가락만 대이다가 만 밥상이 나올
것을 그려 보고는 다시 침을 삼켰다.
　　밥상이 물려 나왔다. 접시 밑으로 등골뼉다귀만 소도록하게 추려 있었다.
또 청어대가리 뼈다귀가 마치 비 오는 날 개날구지 똥처럼 밥낱과 함께 꾸역
꾸역 씹히어 있었다. (167~169쪽)[19]

　　어처구니없는 경황인데도 배를 곯은 순덕이는 식욕이 동하는 것을 참
을 수 없다. 그래서 김부자가 남겨 주리라는 기대를 가져보지만 그조차
김부자에 의해 가차 없이 깨져버린다. 작가는 순덕이의 욕구와 좌절을
손에 잡힐 듯 그려냈다. 이런 묘사적 서술에 힘입어 마지막에서 "주먹이
쥐어지고 이가 갈리고 살이 벌벌 떨"(171쪽)리는 순덕이의 폭발적인 감
정이 고스란히 전달될 수 있었다. 이 작품은 지주와 소작인의 관계를 축
으로 해서 주인공이 처한 불행을 계급적 증오로 해결했다. 탐욕스러운
지주와 헐벗고 굶주리는 소작인을 대비시키고 계급의식에 눈뜨는 아동
상을 형상화했다는 점에서 이전의 작품들과는 구별된다.

　　이주홍 작품에 두드러진 체험 형식의 사실적 묘사는 생경하리만큼 투
박한 생활언어로 되어 있다. 실제로 이주홍은 "통역을 시켜야 알아들을
만큼"[20] 사투리를 쓴다고 정평이 나있었다. 이런 생활언어를 순화시키
는 것만이 아동문학에 어울리는 것이라고 여기던 시절, 삶에서 체득한
하층민의 언어를 육체로 하는 소년소설의 등장은 아동문학의 경계를 한

<hr>

19) 본고에서 인용한 텍스트와 쪽수는 이주홍, 『청어 뼉다귀』, 우리교육, 1996.
20) XYZ, 「집필선생의 전모」, 『별나라』, 1935, 1·2월 합본호, 49쪽.

껏 확장시켰다. 아동문학은 곱고 아름다워야 한다는 통념을 깨면서 아동문학의 현실주의가 새로운 수준으로 펼쳐지기 시작한 것이다.

이 계열에서 성공한 작품으로는 「잉어와 윤첨지」(『신소년』, 1930.6), 「돼지 콧구멍」(『신소년』, 1930.8)을 더 들 수 있다. 「잉어와 윤첨지」의 서두를 보자.

> 무서운 큰물이 졌다.
>
> 사흘이 지났다. 들 한복판을 새로 꿰뚫는 냇물에는 아직도 기둥나무, 서까래, 집뚜껑 부스러기, 바가지, 닭의 똥들이 흘러내리고 있다.
>
> 몇 십리 윗마을 한 곳은 온통 집이 떴다고 한다. 어제는 조그마한 어린 애 송장이 떠내려가더라고 본 사람은 이야기한다. 떴다가 잠으렀다 하면서 건너편 수통 구녕으로 들어갔다 한다.
>
> 하늘은 성낸 얼굴이 아직도 더러 풀렸는지 아침까지도 빗방울이 또닥또닥하더니 인제는 이맛살을 구을 듯이 쨍쨍한 볕이 났다.
>
> 오늘 내일 먹게 되었던 누른 보리가 기도 없이 떠내려갔다. 한 뼘이나 남게 자란 모판도 다 묻혀지고 말았다.
>
> 삼지 사지로 뜯어 놓은 걸레 같은 들판 구역구역에서 어머니 누나들은 다리를 뻗고 운다. 저 아랫마을에서는 남자들도 네 사람이나 한데 모여 앉아서 대성통곡을 하더라고 한다. (186쪽)

간결하고 속도감 있는 서술이지만 하층민의 삶을 낱낱이 드러내는 리얼한 언어감각이 돋보인다. 이렇게 마을의 비참한 상황을 먼저 드러내고 지주 윤첨지네 곳간만은 안전하다는 사실을 이와 대조시킨다. 이 작품도 지주의 시혜와 온정을 구하는 소작인의 소박한 바람이 무참히 깨지는 내용이다. 점석이 아버지는 논에서 방천을 하다가 운 좋게 잡은 커다란 잉어를 윤첨지한테 가져가기로 마음먹는다. 주인공 점석이는 동생을 낳은 뒤에 몸이 풀리지 않은 엄마에게 주었으면 하는 기대를 가져보지만, 아버지는 당장 저녁쌀이 없으니 잉어를 윤첨지에게 바치고 양식을 변통해보려는 속셈이다. 아버지의 기대는 윤첨지네 대문간에서부터

좌절된다. 윤첨지는 이웃 노인과 바둑을 두면서 세 번이나 내리 진 까닭
에 잔뜩 골이 나있는 상태다. 마음 약한 아버지는 이런 윤첨지를 보고 주
저하다가 그만 개한테 잉어를 빼앗기고 허벅지까지 물리게 된다.

점석이 아버지는 드갈까 말까 하고 기웃거렸다. 발자국 소리를 들은 삽살
개는 '와르렁' 하고 두 마리가 쫓아나왔다. '엉!' 하고 점석 아버지 왼편 넓적
다리를 퍽 물고 다러메인다.
그 순간 그는 '악!' 하고 쓰러졌다. 그 바람에 삽살개 한 마리는 잉어 꽁지
를 물고 꼬리가 빠져라고 달려간다. 옆의 개도 그걸 보고는 욕심이 생겼든지
물었던 점석 아버지 왼편 넓적다리를 놓고는 다리야 날 살려라고 달음질쳐
갔다. (190~191쪽)

여기에서도 긴박감을 전하는 사실적 묘사가 눈길을 끄는데, 양식을 변
통하러 간 아버지는 양식은커녕 개에게 잉어를 빼앗기고 허벅지까지 물
린 상태에서 설상가상으로 윤첨지가 떠넘기는 세금고지서를 받아들고
돌아온다. 작품은 아버지가 당한 억울한 일을 통해서 점석이가 계급적
각성을 이루는 것으로 되어 있다. 당시에는 경향적 색채를 뚜렷이 하고
자 성급히 설교하는 작품이 많았다. 그러나 이주홍은 빈궁한 삶을 적나
라하게 드러내는 묘사적 방법에 아이들의 관심을 끌 만한 '황당한 사건'
을 결합하는 방식을 즐겨 썼다. 황당함은 지주계급의 부당한 행위에서
비롯되는 것으로 결말에 이르러 자연스럽게 계급적 분노를 자아낸다.

「돼지 콧구멍」도 비참의 극한을 보여 주는 묘사와 황당한 사건이 잘
결합해 있다. 이 작품은 특히 사건에 대한 아이다운 대응이 눈길을 끈다.
뒷집 돼지가 종규네 집 호박밭을 툭하면 망가뜨리는데도 돼지를 먹이는
주사영감은 짐승이 한 일을 어쩌겠느냐고 잡아뗸다. 이를 괘씸히 여긴
종규가 활을 가지고 돼지코를 향해 쏘았더니 주사영감은 피 묻은 활을
가지고 와서 이게 무슨 경우냐고 호통을 친다. 아버지의 울화에 모질게

얻어맞은 종규는 "경우가 무슨 경우야? 경우가 무슨 경우야?" 하고 주사 영감의 말을 되뇌며 다시 활촉을 다듬는다. 비극적 상황과 희극적 행동이 겹치면서 아이러니한 복합감정을 불러일으키는 작품이다. 여기서 아이러니는 '황당한 상황'을 대하는 심리상태의 등가물이라고도 할 수 있다. 어이없음과 기막힘을 정서적으로 환기시키는 데 사실적 묘사가 뒷받침한다.

> 딱! 하고 아버지는 머리를 떠밀어낸다. 보리죽이 한 그릇씩 죽 들어왔다. 종규 동생은 죽사발을 밟아서 발을 데었다.
> 어머니한테 또 한 차례 얻어맞았다. 서로 눈을 꼬느고서 보리죽을 후룩후룩 마셨다. 똘똘 똘 또 돼지가 우루룩하게 나온다. 종규는 다 먹은 죽사발을 치우고 곁방에 두었던 활을 가지고 나와서 돼지코를 보고 냅다 쏘았다. (26~27쪽)21)

생존에 떠밀려 인간의 존엄성도 갈데없는 상황이 그려져 있다. 적나라하게 그려진 빈궁한 삶의 현장성으로 인해, 지주의 탐욕은 공분을 자아내고 주인공의 계급적 분노에 설득력이 더해진다.『신소년』에 발표된 이들 소년소설은 시혜적이고 온정주의적 결말이 지배적이던 그간의 풍조에 쐐기를 박고 냉철한 현실인식과 주체적 대응의 필요성을 각인시켰다. 이런 계급주의 아동문학의 성과를 발판으로 해서 아동문학의 현실주의가 더욱 확고하게 뿌리를 내리게 되었던 것이다.

분단시대에도 이주홍은 체험 형식의 풍부한 사실적 묘사가 힘을 발휘하는 창작활동을 이어갔다. 장편『아름다운 고향』(1954)에서 일제의 탄압을 무릅쓰고 벌이는 농촌마을의 대규모 줄다리기 경기 장면,『피리 부는 소년』(1955)의 주인공 소년이 피난지에서 겪는 농촌과 도시 체험들,『섬에서 온 아이』(1968)의 가출소녀에게 닥친 인신매매의 위기 상황 등

---

21) 본고에서 인용한 텍스트와 쪽수는 이주홍,『톡톡 할아버지』, 우리교육, 1996.

이 그런 예이다. 장편화는 곧 통속화를 의미했던 전후의 혼란기에 이들 장편 소년소설들은 성장서사로서 기능했다. 집을 떠난 주인공이 다시 가족과 해후하는 마지막 장면은 어느 정도 통속성이 깃든 한계를 보이지만, 주인공이 타지에서 겪는 온갖 어려운 일들은 전후 아동현실에 대한 증언의 몫으로서도 의의가 크다. 그가 줄곧 현실주의를 견지했기에 그릴 수 있었던 시대의 화폭이다.

2) 웃음을 유발하는 희화화 경향—즐거움의 계보

한국 아동문학은 '피노키오 경향'보다는 '쿠오레 경향'이 지배적이었다고 앞서 지적했는데, 이는 상대적으로 유년문학보다 소년문학에 적합한 사회환경과 관련된다. 낮은 연령을 대상으로 하는 작품일수록 환상과 공상, 그리고 유희성의 비중은 높아진다. 한국 아동문학에 두드러진 현실적 색채는 소년독자 중심의 문학이 지니는 특성이다. 더욱이 소년운동과 결합된 일제강점기의 아동문학은 민족사회운동의 성격도 지니고 있었다. 때문에 소년을 향해 민족의 동량棟梁이 되어줄 것을 바라는 '위에서 아래로 흐르는' 계몽성이 강했던 것이다.

아동문학은 기쁨을 주어야 한다는 주장이 없었던 것은 아니다. 아동의 감성해방을 외쳤던 방정환은 눈물 못지않게 웃음을 중요시했다. 어린이를 울리고 웃기는 데에서는 그를 따를 자가 없었다. 웃음의 요소를 잘 살려 쓴 동화 「양초귀신」(1925)과 소년소설 「만년샤쓰」(1927)는 요즘 아이들도 즐겨 읽는 대표작이다. 방정환은 '즐거움의 계보'에서도 첫자리를 차지하고 있다. 문제는 이런 '즐거움의 계보'가 '헌신의 계보'에 가려져 좀체 모습을 드러내기 힘들었다는 것이다. 언표로는 '교훈'과 '재미'를 똑같이 강조했지만 실제에서 둘은 충돌하기 일쑤였고 최후의 방점은 늘 '재미'가 아니라 '교훈'에 찍혔다. 그래서 '재미, 웃음, 놀이, 즐거움' 등은 '현실주의'와 접맥되지 못하고 통속의 굴레를 뒤집어쓰곤 했다.

하지만 이주홍 아동문학은 현실주의에 기초하고서도 교훈과 재미가 분리되지 않았다. 재미의 종류는 여러 가지일 것이나, 이주홍에게서는 특히 웃음의 요소가 빛을 발한다. 현실주의 계보에 속하는 이주홍이 방정환을 이어서 웃음으로 즐거움의 계보를 지어왔다는 사실은 중요하다. 권정생에게도 지속되는 이 숨은 계보를 새롭게 발견한다면 한국 아동문학의 유산이 그만큼 풍부해질 것이기 때문이다.[22]

먼저 주목해야 할 것은 카프 시기 이주홍의 동요들에서 발견되는 웃음의 자질이다. 일제강점기는 동요황금기라 명명될 정도로 동요의 비중이 컸다. 동요는 노래로 불리면서 강력한 운동성을 발휘할 수 있었다. 하지만 1920년대의 동요는 애상적인 내용이 대부분이었으니, 역시 눈물이 강세였다. 감상주의에서 벗어난 낙천적 성격의 동요로 잘 알려진 윤석중은 오히려 예외에 해당한다. 서울 출신의 윤석중은 도시아이들 그것도 유년층을 향하고 있었기에 색다른 결과를 산출한 것이라 할 수 있다. 그런데 이주홍은 그와 또 다른 자리에서 감상주의를 넘어서는 동요를 지었다. 그의 동요는 다른 계급주의 동요들과도 차별되는 독특한 일면을 드러낸다.

소년문예운동의 방향전환과 함께 1930년대에 크게 성행한 계급주의 동요들은 눈물주의를 비판하고 투쟁의 가치를 앞세워 증오의 표현을 남발했다. 이 증오의 표현은 상투적 발상도 문제지만 아동성과도 부딪혔다. 예컨대 계급적 색채가 뚜렷해서 계급주의 동요의 대표작으로 꼽히는 손풍산의 「낫」, 「거머리」 등은 개구리나 거머리를 대상으로 한다지만 낫으로 찔러대는 살풍경을 드러내고 있다.[23] 또한 이원우(리동우)의

---

22) 이 문제와 관련해서 비평적으로 한 차례 검토가 이뤄진 바 있다. 박숙경, 「우리 동화의 웃음, 그 어제와 오늘」, 『창비 어린이』, 2005년 봄호.

23) 논두렁에 혼자안저/쌀을베다가/개고리를 한 마리/찔너보고는/미운놈의 모가지를/생

「애기 보는 법」은 주인집 아기를 대상으로 한다지만 갓난아기를 꼬집고 미워하는 데에서 계급성을 구하고 있다.[24] 이주홍의 동요는 이런 종류에서는 비껴나 있다. 계급성에 기초하고서도 유희성으로 감싸안음으로써 아동성을 놓치지 않으려 했기 때문이다.

> 모긔 앵앵앵
> 물고 앵앵앵
> 빨고 앵앵앵
> 조코 앵앵앵
>
> 모긔 앵앵앵
> 맛고 앵앵앵
> 떨고 앵앵앵

각하얏다//논두렁에 혼자안저/쏠을베다가/붉은놀에 낫들고/한울을보며/북편짝의 긔쌀을 생각하얏다(손풍산, 「낫」, 『별나라』, 1930.10). 부자영감 논에서 놀고먹는 거머리/거머리 배를 찔너라//모심으는 아버지 피를내는 거머리/거머리 배를 찔너라(손풍산, 「거머리」, 『음악과 시』, 1930).

24) 난복이가 쥔애를 겨우 재워노쿠서/책임마튼 소년부의보고를 쓰라니까/원수인 애가 또 쌔여울겟지/"제기!"/가슴속엔 분통이 생겨낫다./"쓰, 쓰, 쓰,"하고/혀씃을 톡 차며/"이러다간 오늘밤 토론회에/쏘 못가는가보군!"/하며 할수업시 쏘 업고/박그로 나아갓지ㅡ/"……어리둥둥 이놈의색기/눈쌀, 꼭감고 죽어나주렴."/하며 발굽을놉혓다 나쳣다 하니짠/멋몰으는 쥔애는 벙글벙글 웃겟죠./"무에조타고 요놈의색기야!"/하며 싹싹한두손쑤락으로 쏙 쇠집어/줫지./아 그러니까 쥔애는/아앙ㅡ하고 쏭라팔을 불기시작하겟나/"울겟스면 하나더 마저라!"/이번에는 볼기짝을 톡 첫지/햇드니 앙앙ㅡ하고/더크게 울부짓겟죠./난복이는 안타싸워 쌩 쌩 맴도니싸/그째ㅡ/"어잇 난복아!"하고 찾는소리./"응"ㅡ찾는곳을보니싸 앵동이겟지./"야아 벌서 전긔불이왓는데/왜? 우물거리늬?……"/"요 작은원수 째문이란다!"/"얼핀 재워 버리렴아."/"응ㅡ"/그래 자장가를 불럿지(三行略:원문)/이노래를 부르는 난복이!/가만이 듯고잇는 앵동이!/너무웃으워 픽 웃엇지/"흙흙……" 늣겨울든 쥔애는/얼마뒤에 잠이 들엇다./"앵동아 이것봐! 내 애보는법 신통/하지?"/"히 히 히히……"/조곰후에 쥔애를 듸려다맷기고는/열시까지 일보야겟다는 소리에ㅡ/"네에ㅡ"하고 대답은 해놋코/오줌누러 나오는체 하고 쒸여나왓죠./"앵동아ㅡ"/"응"/"얼핀 가자아ㅡ"/"그래"/앵동이 하구 난복이는/회관으로 거름맛춰 쒸여갓다(이원우, 「애보는법」, 『신소년』, 1933.3).

죽고 앵앵앵

―「모긔」 전문(『불별』, 중앙인서관, 1931)

한울天 따―지(地)
일하는 사람만 살―거(居)
놀고먹는 부자부(富)
지구밧그로 찰―축(蹴)

―「千字푸리」 전문(『별나라』, 1931.9)

아이들은 모든 것을 놀이로 환원하는 특징을 지닌다. 위의 동요에서 보는 것은 증오의 표현이 아니라, 아이답게 웃음으로써 놀리는 표현이다. 단순한 가락, 풍자성, 말놀이 등은 전승 유희요에 닿아있다.

프롤레타리아동요집 『불별』에 실린 또 다른 작품 「편싸홈노리」 같은 것은 전통놀이의 하나인 '편싸움'에 가탁해서 시상을 펼쳤다. "굶은애도 나오라/버슨애도 나오라/한테엉켜 가지고/편쌈하러 나가자"[25)]에서 보는, 가쁜 호흡에 실린 가락은 아이들의 노래를 닮았다. 비슷한 발상인 듯해도 살벌한 대결의식이 앞서는 정청산의 「나왔다」, 홍구의 「주먹쌈」 등과는 차이가 난다.[26)] 이주홍의 편싸움은 어디까지나 대동놀이를 그린 것이다.

이밖에도 「염불 긔도」, 「자리짜기」 같은 것은 의성·의태어의 활용이 절묘해서 웃음을 짓게 만든다. 시어의 반복과 병치를 통한 노래성은

---

25) 이주홍, 「편싸홈노리」 1연, 『푸로레타리아동요집 불별』, 중앙인서관, 1931.

26) 이공장에 쇠마가 주먹쥐고 나왔다/저공장에 쇠마가 쇠뫼미고 나왔다/이학생 쇠마학생 광고들고 나왔다/참다참다 못하야 오늘이야 나왔다//이집에 나무군 낫을들고 나왔다/저집에 머슴이 작대들고 나왔다/우리집 누나도 악을쓰고 나왔다/우리동무 편동무 오늘이야 나왔다(정청산, 「나왔다」, 『별나라』, 1931년 1·2월 합본호). 너이들 주먹들은 하이얀주먹/우리들 주먹들은 식꺼먼주먹/하야코 입분주먹 죠약한주먹/싸오자고 덤비면 무엇을하니/매맛고 압흐다고 우지나말어//우리들 주먹들은 크다란주먹/너이들 주먹들은 조고만주먹/꺼먹코 힘센주먹 크다란주먹/너이들이 마음것 놀녀대엇지/누주먹이 세인가 싸와를볼가(홍구, 「주먹쌈」, 『신소년』, 1932.2).

그의 동요에 두루 나타난다.[27] 토속적이고 서민적 체취를 풍기는 시어의 구사는 윤석중의 유희적 동요와도 다르다.

다음으로 주목되는 것은 동화에서의 웃음이다. 이주홍은 소년소설과 구분되는 동화창작을 병행하면서 낮은 연령의 독자에게도 다가섰다. 본디 동화는 대상을 단순화해서 과장적으로 표현하는 비현실성을 특징으로 한다. 그런데 한국 아동문학에서는 동심의 현실성을 강조하는 기운이 팽배해지면서 장르 인식에 혼선이 생겨났다. 여기에는 오해가 가로놓여 있다. 현실주의 기풍이 워낙 드세다보니 동심의 현실성과 동화의 비현실성을 대립적으로 이해하게 된 것이다. 아래의 글은 장르 문제와 관련하여 1930년대 초의 창작경향이 어떠했는지를 보여준다.

> 원래 이번 현상모집의 주지는 실생활동화의 건설에 있었다. 재래의 동화라면 우화만인 줄로 알다시피 히였다. (…) 이러한 우화도 존재 이유가 전혀 없는 것은 아니다. (…) 그렇지만 이것은 제2의적인 것이 아니면 아니 된다. 동화도 제1의적으로는 실생활을 재료로 한 리얼리즘이 아니면 아니 될 것이다. (…)
>
> 이번 응모한 동화(차라리 아동소설이라 함이 합당할 것이다.) 150편을 취재별로 나누면 ① 생활난, 계급적 불평을 주로 한 사회주의적 경향을 가진 것이 약 4할이요, ② 씨족적 영웅심과 불평을 주로 한 것이 약 3할이요, ③ 이번 만주 □□동포문제로 아동이 분기하여 민족애를 발로하는 것을 주로 한 것이 약 2할이요, ④ 기타가 약 1할이다. (…)
>
> 형식에 있어서는 이번 응모동화 중에 가장 많은 것이 소설적인 것이었다. (…) 다시 말하면 아동소설이었다. (…) 혹시 실생활에서 취재하라고 한 본사의 주문이 오직 아동소설을 의미함인 줄로 작가들을 오해케 함이나 아닌가 하고 생각할 수밖에 없도록 그처럼 '아이들에게 들려줄 이야기'로서의 동화가 희소하였다.[28]

---

27) 이주홍의 계급주의 동요가 지니는 특징의 자세한 내용에 대해서는 박경수의 앞의 글을 참조하기 바람.
28) 「신춘문예 동화선후언」, 『동아일보』, 1932.1.23.

이 글을 보면 동화에서도 "실생활을 재료로 한 리얼리즘"이 강조되었음을 알 수 있다. 이와 같은 주문은 불행히도 동화의 형식적 특성에 대한 이해와 결부되지 못했다. '아동소설과 구별되는 동화가 희소하다'는 위의 지적은 그런 결과로 나타난 현상일 것이다. 1930년대 계급주의 아동문학은 천사적 동심주의를 비판하려다가 "수염난 총각"[29]을 그려내는 판국이었다. 그만큼 계급주의 아동문학에서 강조한 동화의 리얼리즘은 '소설화' 경향으로 기울었다.

사정이 이러했기에 동화와 소설의 장르적 경계가 점점 모호해졌고, 이는 동화의 발전을 위해서 결코 바람직한 것이 아니었다. 이주홍의 동화 창작은 이런 상황을 감안할 때 더 큰 의미로 다가온다. 성장기의 아동을 단일한 층위로 보는 것은 오산이다. 아동문학은 상대적으로 낮은 연령에 적합한 동화와 높은 연령에 적합한 소년소설을 아우르는 성층적 구성을 지니는 것이 자연스럽다.

이주홍의 동화는 다시 알레고리 속성을 지닌 의인동화와 옛이야기 속성을 지닌 동화로 나뉜다. 의인동화가 구체적인 현실에 대한 풍자를 의도했다면, 옛이야기 방식의 동화는 보편적인 교훈을 감싸는 해학을 더욱 살렸다. 어느 쪽이든 대상을 단순화하고 과장하는 동화의 특징이 그에게서는 웃음을 유발하는 희화화 경향으로 나타났다. 이는 그가 삽화cut와 만화 방면에서 활동한 사실과도 무관하지 않을 것이다. 삽화나 만화에서 많이 쓰는 캐리커처caricature 수법은 희화화 경향과 상통한다. "선생님의 글은 유모어하기로 유명해서 마치 만화를 보는 셈"[30]이라는 지적이 일찍부터 있었거니와, 훗날 그가 창작동화에 관한 견해를 밝힌 글에서도 이에 대한 단서도 찾아볼 수 있다. 그는 "아동문학이 아동과 얼마만큼 밀착이 되어 있는가 하는 문제"가 중요하다면서 다음과 같이 주장했다.

---

29) 송완순, 「조선아동문학시론」, 『신세대』, 1946.5, 84쪽.
30) XYZ, 「집필선생의 전모」, 앞의 책, 50쪽.

　그러나 무엇보다도 더 깊은 관심을 갖지 않아선 안 될 것은 많은 작가들이 **동화의 재미성**에 대한 불감증을 불감하고 있다는 사실이다. 동화는 글자의 뜻 그대로 '아이의 이야기'를 말한다. 이야기라면 줄거리가 있는 근골(筋骨)이겠는데 요즘의 동화에는 일반적으로 줄거리의 중요성에 관심을 덜 돌리고 있는 것 같이 보인다. (……) 수필동화란 이름을 지어 불러도 좋을 만큼, 줄거리 아닌 한 단면을 그려 보인 데에 그친 단편동화를 종종 만날 땐 더욱이 그러한 생각이 간절해지는 것이다. 이런 점에 있어선 다양한 변화의 첩출(疊出)로 아동의 흥미를 사로잡는 **만화의 수법**이 우리에겐 타산지석이 되어도 그렇게 불명예스러울 것은 없을 것 같다.31)

이 글에서 '동화의 재미성'에 대한 작가의 남다른 관심을 읽을 수 있다. 이주홍은 동화의 이야기성을 강조하면서 '만화의 수법'을 타산지석으로 삼자는 제안까지 내놓았다. 이 글에서 비판하는 '수필동화'란 일상의 스케치에 머문 이른바 생활동화를 가리킨다. 이 생활동화가 '동화의 리얼리즘'을 무분별하게 적용해서 동화와 소설의 경계를 불분명하게 만든 1930년대 계급주의 아동문학에 연원을 두고 있음은 앞서 살펴본 대로이다. 하지만 이주홍이 1930년대 초의 한 평론에서 "아동문학은 공상이 자유분방한 아동들을 독자로 삼기 때문에 취급여하 경우관계에 따라서 비현실적인 내용이 오히려 유효할 때가 많다"32)고 언급한 데에서 알 수 있듯이, 그는 수법으로서 '동화의 비현실성'을 제대로 파악하고 있었다. 때문에 그는 소년소설과 구분되는 동화의 세계를 확실하게 이어갈 수 있었다.

「개고리와 둑겁이」(『신소년』, 1930.5), 「호랑이 이약이」(『신소년』, 1934.2), 「군밤」(『신소년』, 1934.2) 등은 계급주의에 입각해 있지만 웃음의 자질이 드러나는 즐거움의 계보에서 살펴볼 수 있는 동화들이다.

---

31) 이주홍, 「나의 동화·소년소설관―창작동화에 대한 최근의 감상」, 『아동문학평론』, 1983년 봄호, 31쪽. 강조는 인용자.
32) 류종렬, 「이주홍의 프로문학 연구―일제강점기를 중심으로」(『이주홍의 일제강점기 문학 연구』, 국학자료원, 2004), 220쪽에서 재인용.

「개고리와 둑겁이」는 작가가 이야기꾼으로 나서서 청개구리와 두꺼비의 행태가 어떤 연고를 가지고 있는지 말해주는 유래담식 서술로 되어 있다. 국가의 발생, 자본의 축적, 지배와 피지배, 혁명 등 자본론의 요체에 해당하는 내용을 힘센 개구리와 약한 개구리가 대립하는 이야기로 짜서 힘센 개구리는 두꺼비, 약한 개구리는 청개구리가 되었다는 것으로 제시된다. 계급적 현실에 대한 명확한 알레고리지만, 권선징악의 옛이야기를 듣는 것 같은 입담으로 구수하게 서술되었다. 예컨대 다음과 같은 식이다.

> 여러분들은 요사이 밤에 들판으로 산보하시는 일은 없습니까. 아니 방안에서라도 들창을 열어 걸고 첫 여름의 시원한 바람을 쏘이노라면 들판에서 시끄럽게 복닥거리는 개구리의 우는 소리가 들리겠지요.
> 여러분들은 그 소리를 들을 때에 어떠한 생각이 납니까. 물론 다 각기 처지에 따라서 즐겁게도 슬프게도 들릴 것입니다. 그러나 이것을 들어 보십시오. 이것은 아주 옛날 이야기랍니다. (174쪽)[33]

> 그러나 차차 있을수록 자꾸 자손들이 번성해짐으로 먹을 것이 적어지고 그 중에도 서로 뺏어 먹으려고 싸움이 그칠 사이가 없었습니다.
> 그래서 이래서는 안 되겠다 하고 그들은 서로 의논해 가지고 너희들 차지 우리들 차지 서로 땅을 갈라서 살기로 하였습니다. (……)
> 그러나 이래 놓고 보니 또 큰일이 생겼습니다. 그것은 저희들끼리 속에서라도 기운 센 놈이 대장 노릇을 하는 것입니다. (174~175쪽)

> 여러분들도 요새 밤에 들판을 산보하실 때는 꼭 그 개구리들 소리를 자세히 들어 보십시오.
> "이놈 큰개구리야 이놈아 이놈아" 하고 지금도 악을 쓰고 있습니다.
> "이놈 오기만 오면 잡아먹을 테다" 하고 점잖게 위협을 하노라고 "웅액웅액" 하는 소리도 들리고 또 그 중에도 성미가 급한 놈은 "코액코액" 하고 피를 토하는 듯이도 들려옵니다. (184쪽)

---

33) 본고에서 인용한 텍스트와 쪽수는 이주홍, 『청어 뼈다귀』, 우리교육, 1996.

이처럼 이주홍의 의인동화는 작가가 직접 나서서 이야기꾼으로서의 역할을 수행하는 식으로 된 것들이 많다. 자연스럽게 이야기 속으로 빨려 들어가도록 유도하고 있는 것이다. 「호랑이 이야기」도 힘센 호랑이의 횡포에 맞서는 수천 마리 벌들을 그리고 있다. 역시 계급적 현실을 풍자하는 내용으로서 권선징악의 옛이야기 구조에 따라 서술된 작품이다. 이런 의인동화들은 물론 다른 계급주의 아동문학 작가에게서도 볼 수 있다. 그런데 이주홍의 동화에서 주목되는 사실은 매우 능란한 작가의 입담이 재미를 배가시키고 있다는 것이다. 시작 부분을 보자.

> 대체 어린 사람들은 호랑이 이야기를 원 그렇게도 조르는지요.
> 이 이야기 한 가지만 하고 인제 호랑이 이야기는 그만두기로 합시다. (33쪽)[34]

마치 판소리 하듯 능청스럽게 운을 떼면서 벌에게 혼나는 호랑이 이야기를 들려준다. 계급투쟁의 알레고리지만 작가의 말맛이 어린 독자의 마음을 쏙 빼앗도록 서술된 것이다.

주인집 아들과 심부름하는 아이의 대결을 그린 「군밤」은 현실적인 이야기지만 옛이야기나 다름없이 서술된 작품이다. 군밤을 몰래 혼자만 먹으려는 주인집 아들과 이를 눈치 채고 꾀를 내서 모두 빼앗아 먹는 종수의 이야기는 꾀 많은 약자의 승리를 보여 주는 옛이야기와 통한다. 만일 소년소설이었다면 주인아들의 탐욕 때문에 멍들고 짓밟히는 종수의 비참한 이야기를 그렸을 것이다. 그러나 이 작품은 웃음과 더불어 행복감을 전하는 동화다. 인물의 행동을 과장과 희화화 수법으로 거침없이 그려 갔기 때문에 어린 연령대가 읽기에 수월하다. 여기에서 작가가 대상연령에 따른 장르의 특성에 유의해서 창작했다는 사실이 확연히 드러난다.

해방 이후에도 이주홍은 소년소설과 나란히 동화를 창작했다. 「가자

---

34) 본고에서 인용한 텍스트와 쪽수는 이주홍, 『톡톡 할아버지』, 우리교육, 1996.

미와 복장이」, 「청개구리」 등은 풍자성이 돋보이는 의인동화 계열이고, 「톡톡 할아버지」는 해학이 넘치는 옛이야기 재화 계열이다. 이것들 모두 작가가 탁월한 이야기꾼임 확인시켜준다.

4. 맺음말—이주홍의 문학적 유산

이주홍은 '현실주의 계보'에 속하면서도, 헌신이 아닌 '즐거움의 계보'로 간주되는 드문 작가 중의 한 사람이다. '현실'을 강조하다가 '재미'를 잃거나 '재미'를 강조하다가 '현실'을 잃은 경우가 태반이었던 실정을 감안할 때, '현실'과 '재미'를 모두 갖춘 그의 문학세계는 독특한 위치를 차지한다. 본고는 이런 독특한 면모를 해명하고자 문학사의 계보라는 맥락에서 그의 문학세계를 살폈다. 그 결과, 소년소설은 체험형식의 풍부한 사실적 묘사가 두드러진 '아동문학의 최서해적 경향'으로 파악되었고, 동요와 동화는 현실주의 아동문학에서 매우 드문 '웃음을 유발하는 희화화 경향'으로 파악되었다.

지난 세기 어린이의 삶을 규정한 역사적 상황에 비춰볼 때, 현실주의는 한국 아동문학의 가장 중요한 전통임에 틀림없다. 하지만 현실주의가 그 이름 그대로 지금까지 유효한 것은 아니다. 오늘의 아동문학은 지난 세기와는 판이한 조건에 놓여 있다. 과거의 현실주의라는 잣대로 오늘의 아동문학을 해명하려 든다면 여러 모로 무리가 따른다. 때문에 지난 세기 현실주의가 충족하지 못한 '재미, 웃음, 놀이, 즐거움' 등의 요소를 찾아내고 계열화해서 현실주의를 갱신하고 한국 아동문학사를 새롭게 구성하는 일이 의미를 띤다. 여기서 이주홍의 아동문학은 귀중한 참조사항이다.

문학이 추구하는 어떤 정신의 지향은 형상이라는 육체를 가질 때 비로소 존재성을 획득한다. 현실주의를 발전시키는 데 나름대로 기여한 1930년대 계급주의 아동문학에 결여된 것 중 하나가 바로 형상이라는 육체였다. 그런데 이주홍은 체험 형식의 풍부한 묘사로 특징되는 소년소설을 발표하면서 이 결여를 보완했다. 또한 그는 웃음을 자질로 하는 동요와 동화를 병행하면서 어린이에게 바짝 다가선 성공한 현실주의 작가에 해당한다. 이주홍 아동문학의 가치는 이런 독특한 개성에서 찾아져야 하는 것이다.

아울러 이주홍 아동문학의 한계를 냉철히 파악하는 일도 중요하다. 생생한 체험 형식에다 해학미가 감싸고 있어서 도식성의 느낌은 덜하지만, 그의 주요 작품은 거의 이항대립의 구조로 이루어져 있다. 작중인물은 계급갈등을 축으로 선악이분법의 대립관계를 드러낸다. 때문에 일제강점기의 주요 작품은 계급주의라는 꼬리표를 떼기는 힘들다고 보인다. 그리고 비단 이주홍만의 한계는 아니지만, 장편동화에 대한 도전이 없었던 게 아쉬움으로 남는다. 중국에서는 1930년대 초 좌익작가연맹에서 활동한 작가 장천익張天翼이 계급성에 기초하고서도 대담한 환상세계를 펼친 『대림과 소림(大林和小林)』, 『대머리 마왕 투투(禿禿大王)』 같은 장편을 낳았다.35) 이 작품들은 풍자적 유머와 난센스를 거침없이 구사한 것으로도 유명하다. 여러모로 이주홍과 장천익은 한중아동문학의 비교 대상이다.

한편, 본고에서 미처 검토하지 못했지만, 이주홍의 분단시대 일부 작품들에는 허무주의 그림자가 짙게 드리워져 있다. 이 때문에 시대현실과의 긴장이 떨어지거나 순응적인 아동상을 보이는 작품들이 간혹 보인다. 대표작 중에도 단편 「메아리」는 현실과 절연된 순수주의적 색채가 강하고, 장편 『아름다운 고향』은 동족상잔의 피비린내가 채 가시지 않

---

35) 한연, 『한중 동화문학 비교연구』, 한국학술정보, 2005 참조.

은 시기에 씌어진 것임에도 일제말, 해방기, 6 · 25동란에 걸친 가장 뜨거운 격랑의 시기를 괄호 치고 있다. 이는 동시대 이원수의 대표작들과 비교된다. 이런 한계는 작가가 진보에 대한 신념이라든지 인간에 대한 신뢰를 잃은 데 원인이 있는 듯해서, 1947년 돌연 낙향한 계기를 찾는 일이 중요해진다. 비교문학적 연구와 해방 전후의 행보에 관한 실증적 보완은 차후의 과제로 남긴다.

참고문헌

1. 기본자료

『동아일보』,『조선일보』,『조선중앙일보』 등 일간지.

『한국아동문학총서 1~50권』(원종찬 편, 역락, 2010)에 수록된『신소년』,『별나라』,『소년세계』 등 어린이잡지.

『음악과 시』, 1930년 창간호.

『불별』, 중앙인서관, 1932.

이주홍,『못나도 울엄마』, 창비, 1977.

______,『사랑하는 악마』, 창비, 1983.

______,『아름다운 고향』, 창비, 1981.

______,『청어 뼉다귀』, 우리교육, 1996.

______,『피리 부는 소년』, 산하, 1994.

______,『톡톡 할아버지』, 우리교육, 1996.

2. 논저

권정생, 한국어린이문학협의회 편,「아동문학이 외면했던 고난 속의 동심」,『우리 어린이문학』, 지식산업사, 1993.

김상욱,『어린이문학의 재발견』, 창비, 2006.

류덕제,「'별나라'와 계급주의 아동문학의 의미」,『국어교육연구』 제46집, 국어교육학회, 2010, 305~334쪽.

류종렬 편,『이주홍의 일제강점기 문학 연구』, 국학자료원, 2004.

박경수,『아동문학의 도전과 지역 맥락—부산·경남지역 아동문학의 재인식』, 국학자료원, 2010.

박경희, 「이주홍 동화의 '재미' 연구」, 동아대학교 교육대학원 석사학위논문, 1993.

박숙경, 「우리 동화의 웃음, 그 어제와 오늘」, 『창비 어린이』, 2005년 봄호.

박태일, 『경남·부산 지역문학 연구 1』, 청동거울, 2004.

손동인, 「이주홍론―향파동화의 빛깔」, 『아동문학평론』, 1983년 봄호.

손수자, 「이주홍 동화의 문체론적 연구」, 부산외국어대학교 교육대학원 석사학위논문, 2000.

원종찬, 『한국 아동문학의 쟁점』, 창비, 2010.

윤주은, 「槇本楠郎와 이주홍의 프롤레타리아 아동문학비교 연구」, 부산외국어대학교 대학원, 박사하위논문, 2007.

이기훈, 「1920년대 '어린이'의 형성과 동화」, 『역사문제연구』 제8호, 역사문제연구소, 2002, 9~44쪽.

이재복, 『우리 동화 바로 읽기』, 한길사, 1995.

이재철, 『아동문학 개론』, 문운당, 1967.

______, 『한국현대아동문학사』, 일지사, 1978.

임규찬·한진일 편, 『임화 신문학사』, 한길사, 1993.

정춘자, 「이주홍 연구」, 단국대학교 대학원 석사학위논문, 1990.

최 열, 『한국근대미술의 역사』, 열화당, 1998.

______, 『한국현대미술운동사』 증보판, 돌베개, 1994.

한 연, 『한중 동화문학 비교연구』, 한국학술정보, 2005.

上野 瞭·神宮輝夫·古田足日, ≪現代日本兒童文學史≫, 明治書院, 1974.

시대적 코드와 희극성 :
이주홍 소설의 형상화 방법

노 지 승*

1. 이주홍 문학의 특수성

근현대 작가들 가운데에서 향파 이주홍(1906~1987)은 매우 특별한 존재다. 이주홍은 동화, 동시, 시, 소설, 희곡, 시나리오, 번역 등 거의 모든 장르의 글쓰기가 가능했던 것은 물론, 만화와 그림에도 발군의 실력이 보였던 보기 드문 작가이기 때문이다. 가히 '르네상스맨'이라는 표현이 어울릴 정도로 다재다능한 작가였다. 이러한 방대한 글쓰기가 오히려 이주홍 작품의 1차 자료의 수집을 어렵게 만드는 아이러니도 있다. 또한 그는 식민지 시기인 1920년대 말부터 1980년대까지 60여 년간을 '작가'로 살면서 근현대 문학사를 몸소 체험한, 산 증인이기도 하다. 특히 식민지 시기, 잡지 『新少年』, 『風林』, 『新世紀』 편집장1)으로서 남긴

---

* 인천대학교 국어국문학과 교수.
1) 이들 잡지와 이주홍의 관련 즉 잡지 편집인으로서의 이주홍의 역할과 활약에 대해서
   는 더욱 섬세한 연구가 필요하다. 이 중에서 이미 밝혀진 것은 월간 아동문학 전문지

족적들은 그가 식민지 시기 문화사에서 매우 중요한 위치를 차지하고 있음을 짐작하게 한다. 카프의 맹원으로서 프로문학에서 아동문학 영역을 개척한 공로도 식민지 시기 그의 문학적 공로에서 가장 중요하게 취급되는 대목이다.

그러나 이러한 중요성에 비해 이주홍이 문학사적으로 아직 정당한 평가를 받고 있다고 보기는 어렵다. 일반적으로 이주홍은 아동문학사에서는 대가의 반열에서 다뤄지는 작가이지만 소설이나 희극, 시나리오 등의 여타의 문학 장르 연구에서는 아동문학 분야에서 만큼 높은 평가를 받고 있지 못한 것은 사실이다. 그러나 그의 전체 작품 중에서 소설은 중단편과 장편을 모두 합쳐 90여 편에 이른다는 것을 감안하면 그의 문학적 전모를 밝히는 데 '소설'이 매우 중요한 입지를 차지하고 있음을 쉽게 알 수 있다. 1950년대부터 80년대까지 간행한 9권의 소설집과 희곡, 시나리오는 2006년 이주홍 문학재단에서 간행한 소설 전집 5권, 극문학 전집 3권으로 정리되어 있다. 그러나 이러한 중요한 문화사적 행적과 방대한 작품량에 비해 이주홍에 대한 연구는 주로 그의 아동문학에만 치중해 있는 편이다.

앞서 언급했다시피 중요한 문화사적 행적과 방대한 작품량에 비해[2] 이주홍에 대한 연구는 주로 아동문학에만 치중해 있는 편이다. 이주홍

인 『신소년』에서의 이주홍의 활약이다. 『신소년』은 이주홍의 예술적 재능을 꽃 피운 매체였다. 이주홍이 『신소년』의 편집장을 맡은 것은 1929년부터 폐간되었던 1934년까지였다. 중간에 1년 정도의 공백이 있었지만 『신소년』사에서 이주홍은 작품발표는 물론 원고 청탁, 편집, 장정을 도맡았다. 이주홍의 등단작인 「배암색기 舞踊」도 1928년 『신소년』 5월호에 실린 것이다. 이주홍과 『신소년』과의 관련에 대해서는 박태일의 「이주홍 초기 아동문학과 『신소년』」(박태일, 『경남 · 부산 지역문학연구1』, 청동거울, 2004)을 참조하였다.

2) 이주홍 문학을 언급할 때 그의 생애에 대한 사실들과 자료들을 천착해 들어간 연구한 중요한 논문들의 공로를 빼놓을 수 없다. 특히 류종렬 편저의 『이주홍의 일제강점기 문학연구』(국학자료원, 2004)과 역시 류종렬 저, 『이주홍과 근대문학』(부산외국어대학교 출판부, 2004)는 이주홍 문학 연구의 초석을 다진 단행본 서적이다.

의 작품 중 아동문학이 개인적으로 가장 큰 지분을 차지하고 있었던 만큼 주로 그의 문학 연구가 '아동문학'에 초점이 맞추어져 있었던 사실은 당연한 결과이며 여기에 별다른 이의를 갖지 못한다. 하지만 그가 아동문학을 초월하여 많은 장르의 글쓰기를 해왔던 고로 그의 문학 세계는 아동문학의 측면으로만 한정될 수 없다. 실제로 이주홍은 문학은 아동문학을 넘어서 시, 소설, 희곡, 시나리오, 시사만화에 방대하게 걸쳐져 있었고 이주홍 문학의 원형질은 이러한 장르를 초월해서 발견되어야 할 성격의 것으로 사료된다.

또한 다른 한편으로는 이주홍의 이러한 다양한 장르 섭렵과 긴 문학적 이력이 매우 역설적으로 이주홍을 '문학사' 속의 한 인물로 평가받고 자리매김하는 데는 오히려 걸림돌이 되었던 것으로 보인다. 그 역설은 과연 무엇 때문일까. 상대적으로 긴 문학적 활동 기간 동안 시대적, 역사적 사건과 맞물린 드라마틱했던 시기가 없었고 '모든' 장르의 글쓰기가 가능했기 때문에 상대적으로 연구자들의 이목을 분산시키는 측면이 있었던 것으로 보인다. 그 요인들을 정리하자면 그가 30년대 초 카프 문학가의 범주에 속해 있었고 해방 후 좌익 문학 단체에서 활동했던 사실이 있었지만 47년 이후 특정한 문학단체나 유파에 속하지 않았던 점, 그가 다양한 글쓰기 중에서도 가장 주력했던 아동문학이 보수적인 문학사 서술에서 상대적으로 홀대를 받았던 점, 해방 후에는 부산에 거주하면서 서울을 중심으로 한 문단 권력과도 상대적으로 거리를 두고 있었다는 점 등을 꼽을 수 있다.[3]

이러한 요인들은 이주홍의 문학 자체가 갖고 있는 내재적인 특성 때

---

3) 이러한 요인들은 자주 이주홍의 문학에 대해 궁금증을 갖게 하는 요인들이기도 하다. 정선혜는 이주홍에 개인사와 관련해 다음과 같은 질문을 던진다. 첫째 향파의 사회주의적 구체적 활동과 사회주의자가 된 이유 둘째 향파가 사회주의와 손을 끊게 된 이유 셋째 여러 방면에서 다양한 활동을 한 이유가 그것이다. 정선혜, 「이주홍 아동소설의 문학구조 탐색」, 『한국아동문학연구』, 2007.5.

문이기도 하지만 식민 체험과 분단, 전쟁, 개발독재 등 비일상적 체험이 극대화되었던 한국사의 특수성과 함께, 성인 대상의 문학, 중앙 문단을 중심으로 평가된 정전canon 위주의 '한국문학사' 자체가 지니고 있는 다소 폭력적인 특징에서 비롯된 것이다. 그렇다면 이주홍 문학에 대한 정당한 평가와 대접이 가능하려면 그의 문학을 의미화할 수 있는 어떤 판과 틀이 있어야 할 것이다.4) 무엇보다도 그 판과 틀은 그의 문학의 해석과 평가에 대한 쟁점이 발견되고 이 쟁점에 대한 지속적인 논의들이 있어야 가능하지만 그러나 아쉽게도 그 쟁점은 아직 형성되지 않은 것으로 보인다. 특히 그가 살았던 당대의 문단적 맥락과 시대적 맥락 속에서 그의 문학에 적극적인 의미를 부여하려는 시도는 충분히 이루어지지 않았다.

　이러한 논의를 위해 이 글에서는 초점을 이주홍의 '소설' 쓰기에 한정해 보기로 한다. 이주홍의 소설이 문학사적 맥락 속에서 파악하려면 다음과 같은 시대적 구분과 경향 속에서 구분될 수 있다.5) 첫 번째 유형은 지식인적인 부유부단함과 무능함에 대한 내면적 고민을 드러내는 소설들이다. 이러한 경향은 30년 소설에서는 물론 50년대 이후 작가의 자전적인 소설들에까지 이어진다. 특히 지식인의 일상과 고민이 주된 테마가 되는 소설에서 이러한 경향은 잘 드러나 있다. 두 번째 유형의 소설들

---

4) 그 일례로 '지역문학'이라는 관점에서 그의 문학을 의미화하는 관점도 훌륭한 틀 가운데 하나임은 물론이다. 이러한 시각을 보여 주는 이주홍에 관한 논문으로는 김만석의 「요산과 향파 소설의 공간정치학―산업화 시대 소설을 중심으로」(『인문학논총』경성대 인문과학연구소, 2011.6)를 들 수 있다. 이주홍이 해방 이후 부산에 살면서 작품 활동을 했고 '부산'이라는 지역은 그의 문학을 해명하는 데 매우 중요한 키워드임은 틀림이 없다.

5) 류종렬은 이주홍의 소설을 시기상으로 식민지 시기의 소설, 50년대 소설, 60년대 소설로 나눌 수 있다고 말한다. 시기상의 구별로서는 타당한 구분이라고 할 수 있지만 각각의 시기의 소설들이 갖는 특징들을 언급하고 있지는 않다. 류종렬 편, 『이주홍의 일제강점기 문학연구』: 류종렬, 「이주홍 초기소설의 작품세계 연구」, 국학자료원, 2004, 94쪽.

은 농촌이나 도시의 하층민들을 소재로 한 소설들이다. 이 소설 경향은 역시 전자와 마찬가지로 30년대 후반에서부터 해방 이후의 소설에도 역시 이어진다. 이 소설 속에서 지식인적인 특이성은 서술자의 시선 속에 내재되어 있지만 표면적으로는 감추어져 있어 그 존재감은 잘 드러나지 않는다.

이주홍의 90여 편의 중단편, 장편 소설을 크게 이 두 가지 범주의 소설들로 나뉘어져 있다고 볼 수 있는데 이 두 가지 경향에서 이주홍 소설이 가장 빛을 발하는 것을 후자 쪽이다. 즉 지식인의 내면과 의식을 다룬 소설들보다 도시의 하층민들의 모습과 대중의 풍속을 묘사하는 데서 이주홍 소설 문학의 성취는 가장 빛난다. 특히 50년대 전후, 풍속이 변화하고 60년대 본격적으로 산업화가 시작되면서 그의 외부를 향한 시선은 특유의 희극성이라는 형상화 방법과 어울리면서 이주홍 문학의 핵심적 영역을 차지한다. 그러나 이러한 희극성이 세태묘사라는 중립적 시선에 갇히면서 '비판적' 시각으로 심화되지 않는 나름의 한계 역시 보이고 있다.

2. '완구상(玩具商)'의 내면과 생활의 수락

앞서 언급했다시피 이주홍의 문학적 출발은 프로문학에서부터였다. 계급적 갈등과 이념 운동의 문제는 「그 놈을 그대로 두엇나」(1930)와 「南醫」(1934), 「製菓工場」(1937)의 주요한 소재가 되고 있다. 이 중에서 「製菓工場」은 비록 카프가 해산되고 계급주의 문학이 완전히 퇴조한 후에 발표된 소설로서 개인적 욕망과 인정, 그리고 계급 간의 갈등의 문제를 가장 첨예하게 보여 주고 있다.

「그 놈을 그대로 두엇나」(1930)의 평범한 촌부 김천댁 최성녀는 꾸어 준 돈을 미끼로 성관계를 요구하는 박참봉에게 가위를 던져 상해를 입힌다. 그녀는 유치장에 끌려가면서 자신의 억울함을 군중에게 호소하고 군중은 박참봉을 내놓을 것을 요구하며 그들의 분노를 표출한다. 농촌을 배경으로 지주의 부당한 착취에 분노하는 군중이라는 기본구도를 취하고 있는 이 소설은 피착취계급의 '자연발생적인' 분노에 기반한 신경향파적 소설로서 분류가 가능하다. 「南醫」(1934)는 여러 젊은이들이 사상운동으로 감옥에 간 어느 마을의 이야기다. 감옥에 간 청년들이 직접 등장하지 않고 감옥에 간 이후의 뒤숭숭한 마을 분위기를 그려내고 있는 이 소설은 묘사와 형상화가 집약적이지 않은 약점을 지니고 있다.

이보다 이주홍의 동경 체험6)이 묻어나 있는 「製菓工場」(1937)은 노동문제에 관한 한, 가장 구체성을 띠고 있는 소설이라 할 수 할 수 있다. 일본인의 아들을 살려 준 이후 그와 인간적인 관계를 맺은 '성주'는 그가 감독으로 있는 공장의 노동자가 된다. 조선인 노동자들이 많은 그 제과공장에서 그는 '뭐라 해도 돈 모으는 놈이 제일'이라는 생활 신조를 가지고 조선인들과 어울리는 것을 거부할 뿐더러 같은 조선인으로서 조선인 노동자들이 공장장에 대해 갖는 불만을 일본인 공장장에게 밀고하기까지 한다. 민족적인 도의를 저버린 그였지만 부상당한 자신을 도와주는 조선인들의 인정스러움에 끝내는 자신의 흉물스러움을 뉘우치게 된다.

프로문학과의 관련에서 이주홍의 초기 소설은 노동과 계급문제를 다루고는 있지만 계급 간의 갈등에 관한 시대적인 분위기만을 암시적으로 보여 주고 있을 뿐이며 「製菓工場」을 제외하면 구체적으로 형상화되어 있다고는 할 수 없다. 오히려 전향 문학의 범주에 드는 「玩具商」(1937)

---

6) 이주홍 연보에 의하면 그는 1924년 도일하여 여러 공장에서 일하여 학업을 마친 것으로 되어 있다. 동경의 제과공장을 배경으로 한 소설 「製菓工場」은 이때의 체험을 토대로 창작된 것으로 보인다.

과 「餘韻」(1937)에서의 남성 지식인의 모습에서 이주홍 문학의 특징적 면모가 발견된다.

> 그의 생활은 직업관념을 떠나서 새로운 향기를 느꼈다.
> 그가 직업으로서 대하는 손님이라고는 물론 어린애들뿐이다.
> **그의 세계는 어른들의 세계와는 판연히 교섭이 먼 동화의 세계였다.**
> 어여쁜 인형을 탐내서 어린 계집애들은 날마다 기둥에 붙어 서서 손꼬락을 빨고 섰다. 인생의 욕망을 갖는 데는 그 세계도 조곰도 다름이 없었다.
> 그러나 정말 사람 같지도 않은 인형을 또 정말 강아지 같지도 않은 누비강아지를 왜 그들은 진실한 욕망으로 갖고 싶어 할까.
> **그것은 그들의 예술인 게다.**
> **그는 처음으로 그것을 발견하였다.**
> 그것 아니면서 그것 같은 것에 사람이란 일종의 귀염과 사랑을 느낀다. 그것이 예술이 아닐까. …(인용자 생략)… 또 그러면 어른 그것같이 생겼으면서 사실 어른 그것과는 달른 어린애를 보고 귀여운 생각이 나는 것은 역시 그것이 예술이라서 그럴가. 그는 **이 불가사의한 세계에서 날마다 새로운 진리를 캐내려 노력하였다.**[7]
>
> (강조: 인용자)

이 인용문은 이주홍이 1937년 『朝鮮文學』에 발표한 「완구상(玩具商)」의 한 대목이다. 한때 야학 선생으로서 아이들을 가르치면서 '인류의 행복'과 '사회의 진보'를 추구하던 한 남자가 생활의 세계로 돌아와 '완구점'을 차린다. 처가에서 준 돈 2백 원과 자기의 논 두 마지기를 금융조합에 저당 잡혀 만든 백 원의 자본금으로 완구점을 차렸지만 그는 대책 없이 아이들에게 장난감을 그냥 외상으로 주어버린다. 완구점 경영은 당연히 실패할 수밖에 없다. 그는 다시 짐을 꾸려 아내와 아이와 동네를 떠

---

7) 류종렬 편, 『이주홍소설전집1』: 이주홍, 「완구상」, 세기출판사, 2006, 224쪽. 이 글은 2006년 이주홍문학재단에서 간행한 『이주홍소설전집』을 기본 텍스트로 하였다. 이후의 각주에서는 이 전집의 서지사항 표기를 생략하고 전집 제목을 『소설전집』으로 약칭하고자 한다.

나면서 '예술은 역시 현실 다음'임을 뼈저리게 느끼게 된다. 그에게 정이 든 동네의 아이들이 '선생님 가세요?', '정말 가세요?' 하고 되물으며 서운함을 내보이고 아이들을 두고 떠나는 그의 마음은 무겁기만 하다.

이 소설은 일종의 전향 문학의 범주에 들 수 있다. 일반적으로 전향문학에서 강조되는 것은 이념의 세계에서 벗어나 '생활 세계'로 돌아온 '주의자'들의 내면 의식이다. 이념을 포기한 주인공이 가족의 생계를 위해 안정된 직업으로 선택한 것은 완구상이었지만 어린이의 세계 그 곳에 그는 어떤 진리가 있음을 깨닫고 그것을 캐내고자 노력하게 된다. 이러한 '김'의 내면 의식은 다른 어떤 글쓰기보다 동화에 주력하는 이주홍의 모습과 겹쳐진다. 이주홍은 문단에 등장하기 시작하면서부터 동화를 쓰기 시작했고 카프의 동화 작가로서 발군의 실력을 보여 왔다. 이념이 사라진 시대에 있어서 그는 위의 인용문처럼 '동화의 세계'에 대한 자신의 신념과 가치를 재발견하게 된 것이다. 이러한 신념과 가치의 재발견은 일반적인 전향문학에서 발견하기 힘든 것으로 이념이 아닌 다른 곳에서 자신의 신념을 발견하면서 다시 스스로를 추스르는 개인 이주홍의 선명한 인상을 얻을 수 있다.

소설 「완구상」에서 잘 드러나 있듯이 그는 예술에 있어서 '완구상'의 역할을 하고 있는 셈이며 '동화의 세계'가 그의 주된 탐구 영역임을 다시 확인하고 있다. 그렇다면 '소설'쓰기는 그에게 어떤 의미가 있을까. 소설 쓰기가 그에게 어떤 의미가 없다면 그토록 지속적으로 방대한 양의 소설을 쓸 수는 없었을 것이다. 일단 그가 '소설쓰기'에서 지식인의 고민과 내면을 표출하고 있다는 점은 확인된다. 「완구상」도 그러했고 또 다른 전향소설인 「여운(1936)」도 그러하다. 「여운」의 잡화상을 경영하고 있는 '나'는 감옥에서 출감한 정군을 우연히 만나게 된다. 정군은 '나'와 함께 야학을 하던 주의자였다. 그들은 야학의 여학생인 '봉희'를 동시에 좋아하게 되지만 '봉희'는 '나'보다 정군에 가까운 쪽이었다. '나'와 정군은

얼마 후 나란히 검거되어 감옥에 들어간다. 며칠 간 감옥 체험을 한 '나'
는 바깥 세상이 그리워져 전향을 하게 되는 반면, 정군은 더욱 오랫동안
감옥에 남게 된다. 출옥한 나는 '봉희'에게 정군이 오랫동안 감옥에서 나
오지 못할 것이며 약혼녀가 있으며 백정의 아들이라는 허위 사실을 들
려 주고 결국 '봉희'와 결혼하는 데 성공한다. 봉희와 결혼한 '나'는 잡화
상을 차려 평온한 생활을 하던 중이었다. 이러한 처지에서 출감한 정군
의 존재는 '나'에게 양심의 가책을 불러일으킨다. 정군의 존재는 전향을
한 '나'에게 매우 위협적이어서 악몽을 꾸게 할 정도이다. 끝내 자신의
신념을 버리지 않고 다시 감옥에 들어가는 '나'의 배신과 허위를 추궁할
수 있을 정도로 도덕적 우위를 갖춘 인물이기 때문이다.

> 양쪽 포켓트에 손을 꼽고 다박다박 발자죽 소리를 남기면서 병원 뒷골목
> 네림길로 빠져 나려갔다. 나는 그 뒷자태가 지금노 머리에서 떠나지 않는다.
> 안해를 팔벼이고 누었을 때나 정란이(딸-인용자)의 손을 만즉거리며 행복
> 을 맛볼 때도 **나는 그 악령 같은 그의 뒷자최에 씨달려 잠을 달게 못 잔다. 그
> 는 역시 무서운 인간이었다.**
> 그 뒤 한 달만에 나는 다시 신문에서 여러 사람들 틈에 끼여 있는 그의 사
> 진을 발견했다.8)

이러한 (남성) 지식인의 내면과 고민이 강조되어 있는 소설적 경향들
은 해방 후 발표된 소설에까지 이어진다. 잘 알려져 있다시피 해방공간
은 해방된 조선을 이념과 정치적 투쟁의 장으로 만들었다. 작가 이주홍
도 이 시기에 좌익계 문학단체(조선문학가동맹)에 참여한 바가 있으며
그와 동시에 정치(이념)와 생활 사이에 갈등하는 지식인 남성의 문제를
드러낸다. 조선문학가동맹 기관지인 『文學』에 발표한 소설 「거문고」
(1946)에는 생활과 현실의 중요함을 강조하는 아내와 시국과 정치를 고

---

8) 이주홍, 「餘韻」, 『소설전집1』, 99쪽.

민하는 예술가 남편 사이의 심적 갈등이 주요하게 그려져 있다. 주인공 강현은 나날이 시민대회가 열리고 길거리에 시위대와 삐라가 넘쳐나는 세상과, 현실을 강조하는 아내 사이에 끼어 있다. 강현의 친구인 진혁 역시 그와 비슷한 처지에 놓여 있는데 진혁은 아내의 잔소리에 친구가 찾아와도 부끄러운 줄 모르고 부부싸움을 벌일 정도이다. 해방 정국의 혼란한 세상 속에 놓여 있는 남성 지식인들에게 이미 시국과 정치에 대한 고민은 사라지고 그들의 유일한 고민은 '아내'로 표상되는 현실과 생활임이 드러나 있다.

> 「사실이야. **그러니깐 잘 하고 못 한 것두 없고 글른 것도 없고 그저 두리뭉숭이로 살아가는 게야.** 찢이고 싸울 때 남부끄럽긴 해두 실상 남들은 누리 자신이 느끼고 있는 것만큼 우사스럽게 생각하지는 않거든. 말하자면 그것은 생활에 있어서 한 개의 물결이야. 달이 찾다 기울어졌다 하듯이 꼭-한가지 상태만으로는 유지될 수 없는거니까. 더욱이 애정 문제 같은 것을 보게나. 우리가 맨첨은 부모들의 사랑 속에서 만족에서 만족하지만 무에나 할 것이 꼭 같은 현상만이 연속된다면 거기엔 필연적으로 포화 관념이 생기지 않겠는가. 말하자면 **꼭 같은 자극은 발서 자극 그 자체의 성격을 상실하게 되니깐 말야. 그러므로 우리들은 동무의 사랑 이성의 사랑 자식의 사랑 하다 못하면 조선 봉친에 대한 사랑, 해서 자꾸자꾸 새로운 사랑 새로운 흥분을 요구하게 된 단말이야.**」
> 「그것두 변증법적 발전인가?」
> 강현은 우섰다.9)

 빠듯한 살림살이를 불평하던 강현의 아내는 불만이 있을 적마다 시골에 사는 본처와의 이혼을 실행하지 않는 그를 비난하곤 하여 그를 곤욕스럽게 만들었지만 진혁의 설명을 듣고 강현은 그것이 '지나친 흥분'이라 생각하게 된다. 진혁의 논리는 매우 단순하면서도 명쾌하다. 진혁의

---

9) 이주홍, 「거문고」, 『소설전집2』, 127쪽.

말을 풀면 무엇에 강하게 집착한다고 하더라도 그 애정(사랑)은 곧 다른 것을 찾게 될 것이고 어떤 진지한 고민이나 심각한 일이 있어도 그것은 '생활'이라는 것에 속한 하나의 물결일 뿐이다. 강현은 그(진혁)의 다소 시니컬해 보이는 논리에 위안을 얻게 되고 때 마침 가출했던 그의 아내 선영도 돌아온다. 주인공 강현이 처해 있는 혼란한 해방정국에서 그에게 '정치'와 '이념'은 선택지가 아니었음이 암시되어 있다. 다시 정치와 이념의 시대가 되었지만 그는 내면적으로 이미 정치와 이념이 아닌 생활과 현실을 수락하고 있었던 것으로 보이기 때문이다.

이주홍의 1950년 이전 소설적 실험은 여기에서 일단락을 짓게 된다. 1930년대 프로문학 퇴조기의 소설로부터 해방공간의 소설까지 이주홍의 소설은 크게는 이념이 아닌 현실과 생활을 발견하는 과정 중에 있었음을 알게 된다. 이후 소설들에서는 정치와 이념에 대한 고민은 지식인 남성 주인공들에게서 완전히 사라진다. 이는 사회주의 운동이 완전히 불법화된 남한에서 이주홍이 자의 혹은 타의로 정치와 이념을 완전히 버렸음을 의미하는 것이다.[10] 이 문제를 그의 소설 창작의 문제로 환원하자면 남성지식인의 '내면'을 앞세운 현실인식이 아닌, 새로운 현실인식의 방법이 필요함을 의미하는 것이기도 하다. 바로 그 새로운 현실인식의 방법은 실제로는 해방 이전의 소설에서부터 이어져 온 것이지만 50년대에 이르러 그의 소설에서 완전히 특화되어 자리를 잡게 된다.

---

10) 이념과 정치를 포기한 작가 이주홍의 행적에 대해서는 보다 실증적인 연구가 필요하리라 본다. 해방 이후 그의 소설에도 정치와 이념은 애써, 의도적으로 무시되었던 것으로 보이고 정치, 이념에 대한 작가의 특별한 인식적 변화에서 비롯된 것으로 짐작된다. 본고에서는 이에 대한 작가 이주홍의 내면세계의 진실과 전기적 사실들에 궁금증만을 내보일 뿐 구체적으로 밝힐 수 없었음을 매우 아쉽게 생각한다.

3. 만화적 상상력과 희극성

이주홍의 해방 이후의 소설에서도 지속적으로 지식인 남성은 주요인물로서 등장한다. 「深雪」(1954), 「緣」(1958), 「바다의 詩」(1965), 「햇빛과 나뭇잎과」(1966), 「불시착」(1968), 「편리한 사람들」(1969), 「東萊金剛園」(1969), 「落葉記」(1969), 「山莊의 詩人」(1970), 「喪章」(1970) 등에는 주로 '작가'이거나 '교수'인 남성 지식인들을 등장시켜 그들의 일상과 내면의 심경과 고민을 주로 다루고 있다. 이들 남성 주인공들은 직업으로서는 물론, 소설을 창작할 당시의 작가 이주홍의 생물학적 나이와 비슷한 연배로서 등장함으로써 작가의 분신 같은 인상을 주기도 한다. 이들 소설에는 아내와의 갈등에서부터 작가로서의 열등감, 인간에 대한 배신감과 질투, 그리고 남성 주인공의 질병과 육체적 쇠락까지 일상에서 겪을 수 있는 주인공의 내면적 갈등이 중요하게 등장한다.

지식인 남성의 일상과 고민을 다룬 위의 소설들은 작가가 해방 이전에 이미 이루었던 그의 소설적 경향 중 한 가닥을 그대로 잇고 있다고 할 수 있다. 지식인의 고민이라는 내향성 속에서 현실세계는 연민과 당혹감을 느끼게 하거나 혹은 좌절시키는 요인으로 존재한다는 점에서 이들 소설들은 일찍이 「玩具商」이나 「餘韻」의 소설적 형식과 유사하다고 할 수 있다. 이러한 소설적 형식이 50년대 이후 이주홍이 쓴 소설 중에서 가장 많은 분량을 차지한다는 점에는 이견이 있을 수 없지만 이주홍 소설의 가장 핵심적이거나 혹은 '대표적'이라고 할 수는 없을 것으로 보인다. 그것은 주인공의 내적 갈등이 외부의 현실과 맞물려 있지 않고 오직 '개인적' 일상에만 관련을 갖고 있기 때문이다. 이 점은 이주홍의 50년대 이전의 소설과 결정적으로 다른 점이라 할 수 있다. 「玩具商」, 「餘韻」, 「거문고」 등이 각각 프로문학 퇴조기 혹은 이념적으로 혼란한 해방공간

의 시대적 상황과 등장인물의 삶의 방식이 서로 밀접한 관련을 갖고 있
는 반면, 50년대 이후 남성 지식인의 내면은 시대적인 상황과는 다소 유
리되어 있기 때문이다.

그렇다면 이주홍 소설의 핵심적이면서도 대표적인 특징은 무엇이라
고 볼 수 있을까. 그것은 다음의 묘사에서 보이는 형상화 방법이다.

A 기름 경제한다고 벽 한가운데다가 **유치장 변또 그릇 넛는 구녕만큼**한
조금만 구녕을 뚜러 노코는 그 위에다 호롱을 올여 노앗다.11)

B 노파는 마치 **라켓 사이의 뿔과 같이** 항상 싸옴으로만 이리저리 왔다갔
다 하는 것 같았다.12)

C 「모아조록 장내로도 잘 원조하여 주십시오」 하고 **차프린 수염**을 벗적
드러 네댓 개나 되는 누런 금니를 내놓는다.13)

D **유치진 씨 앞으로 모윤숙 씨 앞으로** 혜자는 구직처의 테스트를 받는 실업
자와 같이 돌아다니면서 지금은 기억도 못 할 무슨 얘기들을 받고 주고 했다.14)

E 그러는 순간 최의사는 자기가 영화배우 같은 착각이 느껴졌다. **파멸의
나락 속에 빠져 있는 카추샤를 구원하기 위해 일어선 네플류도프의 그것 같
은 숭고한 자부심**이기도 한 것이었다.15)

F 한잔 얼큰히 되어 몸이 근질근질해지기만 하면 꼭이 누구더러 보라해
그러는 것은 아니라도 양쪽 소매를 걷어올리고 흡사 **만화 영화에서 포파이
가 그러고 있듯** 팔의 근육을 혹같이 불룩불룩 솟구쳐 힘의 시위를 해보이는
미수터다.16)

---

11) 이주홍, 「南醫」, 『소설전집2』, 51쪽.
12) 이주홍, 「夜花」, 『소설전집2』, 111쪽.
13) 이주홍, 「下宿매담」, 『소설전집2』, 241쪽.
14) 이주홍, 「落選美人」, 『소설전집3』, 343쪽.
15) 이주홍, 「戱文」, 『소설전집3』, 358쪽.

위의 예문들이 보여 주는 묘사의 경향은 일찍이 그의 초기 소설에서 부터 발견할 수 있지만 절정에 이른 것은 전후 50년대 소설에서라 할 수 있다. A~E의 묘사의 특징은 대상에 대한 묘사에 다른 텍스트를 비유적으로 끌어들인다는 데 있다. A의 묘사에서는 '유치장 변또 넣는 구멍'에 대한 직간접적인 체험이 없으면 상상하거나 이해하기 어려우며 B 역시 30년대의 현실에 비추어 보았을 때, 라켓 사이로 공이 오가는 장면을 본 적인 있는 도시의 독자들만이 이해 가능한 구절이다. 호롱을 올려 놓는 구멍과 유치장 변또 넣는 구멍은 서로 비유되기에는 거리가 먼 대상들이며 B 역시 시골 노파가 두 집 사이를 바쁘게 드나드는 모습과 테니스 라켓 사이로 공이 오가는 모습은 역시 서로 비유로 엮어지기에는 매우 거리가 멀다. C와 D, 그리고 E와 F는 '차프린', '유치진', '모윤숙', '카추샤', 만화 '뽀빠이'와 같은 영화나 문학에 대한 배경 지식이 없다면 이해하기 어려운 구절이다. 20년대에서 30년대 채플린영화가 식민지 조선에서 가장 인기 있는 서구의 영화였다는 점 그리고 전쟁 후 유치진, 모윤숙이 문단의 원로로서 대접받았던 현실과 소설 『부활』은 물론, 영화나 연극 '카추샤'가 식민지 시기부터 전후에 이르기까지 대중들에게 가장 인기 있었던 레파토리였던 것 또한 60년대 말부터 텔레비전 만화로 방영되어 70년대부터 '뽀빠이'가 가진 캐릭터적 특성을 대중들이 일반적으로 인지하게 되었던 점[17] 등 이러한 현실적인 맥락이 바로 위의 구절들을 만드는 힘이다.

그렇다면 이러한 비유를 통한 묘사의 힘은 무엇일까. 이러한 비유들은 일종의 상호텍스트성intertexuality으로 부를 수 있다. 텍스트 속에 외부의 다른 텍스트를 끌어들임으로써 독자의 해석 지평을 서술자의 서술 의도에 근접하도록 끌어당기는 것이다. 등장인물의 수염에 대해 서술자

---

16) 이주홍, 「지저깨비들」, 『소설전집4』, 141쪽.
17) '만화영화' 뽀빠이가 텔레비전 만화영화로 방영되기 시작한 것은 1968년경부터이다.
　　「새로운 放送프로」, 『京鄕新聞』, 1968.6.22일자 참조.

가 일일이 묘사하는 것보다 '채플린' 수염이라는 비유로 인해 독자들은 그 장면을 시각적으로 선명하게 떠올릴 수 있으며 전쟁 후 갈 곳 없는 여자를 보호해 주려는 한 의사醫師의 심정을 '카츄샤'에 대한 '네플류도프'의 심정으로 표현하는 것은 그의 연민과 영웅심이 어떠한가를 독자에게 알려 주는 데 효과적이기 때문이다.

이러한 상호텍스트성을 이용한 표현들은 단순히 수사에 그치지 않고 각 소설들이 내포한 주제나 분위기에 밀접한 관련을 지니기도 한다. 특히 D, E, F의 인용된 문장에서처럼 이주홍의 50년대 이후의 소설에서 이러한 표현 방식은 주제와 관련하여 더욱 본질적인 관계를 갖는다. D처럼 별다른 설명이 없이 현실 속의 실존 인물(유치진, 모윤숙)이 허구적 텍스트 속에 들어옴으로써 두 층위에 속한 인물들을 동시에 우스꽝스럽게 만들면서도 미스코리아에 출전한 무지한 대학생 '혜자'를 간결한 방식으로 조롱하는 효과를 갖는다. E에서 유부남인 최의사가 경희에 대해 갖는 호의를 갖는 진지함을 날려버림으로써 장차 그가 처할 곤경을 희극적으로 보이게 한다. 즉 이러한 상호텍스트성을 통한 표현방식은 독자로 하여금 대상으로부터 거리를 확보하고 비판적인 웃음을 가능하게 만든다. F 역시 70년대 최하층 지게꾼인 '미수터'의 허장성세에 대한 웃음을 자아내게 한다.

즉 이러한 표현 효과가 주는 희극성은 앞서 언급했듯이 이주홍의 전후 50년대 소설인 장편 소설『脫線 春香傳』그리고 단편인「落選美人」,「戱文」등에서 가장 잘 드러나 있다. 이주홍의『脫線 春香傳』은 그가 1949년『대중일보』와 1950년『부산일보』에 연재했던 희곡「탈선 춘향전」에 뿌리를 두고 있다. 이 희곡은 이몽룡이 춘향을 만나면서 2막으로 끝난 미완성의 작품이지만 이주홍은 이를 1951년 소설로 완성하여 남광 문화사에서 단행본으로 간행한다.18)

---

18) 이 글에서는 1955년 신구문화사에서 간행된『탈선 춘향전』을 텍스트로 삼았다. 희

전작全作 소설로 탈고한 『脫線 春香傳』의 기본 플롯은 원작 '춘향전'과 거의 동일하며 '춘향전'의 배경(남원)과 기본적인 플롯을 그대로 유지하고 있지만 현대적 사물들을 낯설게 등장시킴으로써 웃음을 유발하고 있다. 방자가 '센티멘탈과 로맨틱'이라는 영어단어를 남발하거나 '떨어진 외관에다 미제 검정 안경'을 쓰는 부조화하며 우스꽝스러운 이몽룡의 패션 그리고 '동짓달 기나긴 밤에 한허리를 열둘로 내어/춘풍 이불 아래 빵까루 넣었다가/이튿날 아츰이 오드란 동까쓰나 붙이리라'는 패러디 시조나 향단과 월매의 댄스, 등장인물이 부르는 당대의 유행가 등이 삽입된다. 『脫線 春香傳』은 특히 미군정기와 전쟁을 거치면서 보다 서구식으로 변화된 여성들의 패션[19]에 대해 다음과 같이 우스꽝스럽게 묘사한다. '머리를 빨갛게 볶아가지고 다니는 년, 목발 타듯 비뜰비뜰 뒷굽 높은 신에 얹혀 다니는 년, 팔다리 벌렁 내놓구서 짤막한 잠뱅이만 뀌고 다니는 년'[20] 등 댄스를 즐기는 향단과 월매를 비롯하여 변화된 여성들의 풍속을 묘사하고 있다. 또한 다음과 같이 여성 데모대가 몰려와 춘향의 사형 언도에 반발하는 장면을 넣음으로써 '민주주의'라는, 이 시기에 가장 유행하던 코드를 삽입시키기도 한다.

> 난데 없는 부녀자 수십 명이 데모를 지어 가지고 디밀어 왔다.
> 『춘향이 사형 반대!』
> 『여성을 노예로부터 해방하라!』

곡 「탈선 춘향전」은 역시 이주홍에 의해 연극으로 공연된 바 있다(김인환 · 정호웅 외, 『주변에서 글쓰기―상처와 선택』, 민음사, 2006, 101쪽 이주홍 생애연보 참조).

19) 1950년대는 한국의 패션사에 있어서 하나의 획기적인 시대이다. 신혜순의 『한국패션 100년』(미술문화, 2008, 41쪽)에 의하면 1950년대와 1960년대는 '현대 의상 개화기'이다. 특히 50년대는 현대 패션의 출발점이라고도 할 수 있다. 이 시기 패션은 물론 '아메리카나이제이션(미국화)'의 한 결과이기도 했다. 1940년대 후반에서부터 출발하여 전쟁 후 정치적 문화적 측면에서 '아메리카나이제이션'이 가속화되고 있었다(김덕호 · 원용진 엮음, 『아메리카나이제이션―해방 이후 한국에서의 미국화』, 푸른역사, 2008, 176쪽).

20) 이주홍, 『탈선 춘향전』, 신구문화사, 1955, 138쪽.

『정치의 민주화 만세!』
각종 표어를 쓴 프랑카―트도 어마어마하다.
뒷이어 일반 구경군 부인네들이 꾸역꾸역 모여든다.
어린애를 업은 향단이도 담밑에 붙어 서서 눈물을 짓고 있다.
…(인용자 생략)…
『지금 명재기각 중에 있사오니, 명찰하신 사또각하께옵서는 특히 열녀 춘
향을 무죄석방하여 주심을 바라나이다. 전라 남원 과부 동맹 대표 안 얌전』21)

『탈선 춘향전』에서 강조되는 문화적 코드 가운데 하나는 바로 '민주
주의'였다. '민주주의'는 역시 해방 후 미국으로부터 건너온 하나의 유행
이기도 했다. 여성들 데모대는 민주주의라는 이름으로 여성들의 권리
의식이 신장되었음을 간접적으로 드러내고 있다. 즉 이 소설은 유행으
로서의 영어, 서구식 패션, 댄스, 유행가, 제도로서의 민주주의 등 전후
戰後의 새롭고 이질적인 문화적 코드를 '춘향전'이라는 친숙한 서사에
삽입시키는 방식을 취함으로써 문화적 충격을 희석시키거나 유행 추수
의 맹목성을 조롱하고 있다.22) 이러한 당대의 유행 코드들을 삽입하는
방식이 바로 『탈선 춘향전』의 기본적인 서술방식이라 할 수 있다.

　이주홍 문학의 핵심적인 표현기법에 대해 대부분의 연구자들은 사투
리의 능숙한 구사와 독특한 해학적인 문장표현이라는 점에 있다는 것은
대부분의 연구자들이 동의하고 있다.23) 그의 문학에서 잘 드러나 있는
유머는 또한 "위트의 효장, 풍자의 기사",24) "박식과 유머와 풍류의 인

---

21) 위의 책, 247~249쪽.
22) 노지승, 「'춘향전' 패러디 소설과 1955년 영화 <춘향전>―전후(戰後) 문화 변동과
　　'전통'의 발견」, 『한민족어문학』, 2009.12, 59~68쪽.
23) 이재철, 「해학적 문장, 건강한 리얼리즘」, 『아동문학평론』, 1987.3, 18쪽; 원종찬, 「한
　　국아동문학이 창조한 주인공―근대아동문학사 연구의 반성」, 『창작과 비평』, 1999년
　　봄, 245쪽; 손수자, 「이주홍 동화에 대한 소고」, 『이주홍의 문학과 인생』, 세한, 2001,
　　220쪽.
24) 손동인, 「풍류와 정력의 제왕」, 『이주홍의 문학과 인생』, 이주홍아동문학상 운영위
　　원회, 세한, 2001, 87쪽.

생"25) 이주홍에 대한 인간적인 평가와도 겹치는 대목이기도 하다. 그런 데 실은 이러한 웃음과 유머가 단순한 수사가 아니라 이주홍의 소설에서 매우 중요한 현실인식의 방법이기도 하다는 점은 강조되어야 한다.

즉 그의 현실인식 방법은 매우 '만화적cartoonish'이다. 여기에서 '만화적'이란 등장인물의 행위와 특징에 대한 디테일한 요소들을 제거하고 가장 선명한 인상으로 단순화시키는 것을 의미한다. 하나의 대상에 대한 이미지를 다른 대상에 대한 인상으로 전이시키는 상호텍스트성에 의한 묘사 역시 대상에 대한 선명한 인상을 강조하기 위한 방법이다. 그 과정에서 필연적으로 대상의 이미지는 과장되기 때문에 '웃음'을 발생시킨다. 이주홍의 이러한 형상화 방법은 일반적인 '만문만화'의 묘사 방식과도 상통한다. 다음은 그가 1939년 11월 29일부터 12월 30일까지 『東亞日報』에 연재했던 '만문만화漫文漫畵'의 예들이다.

(좌)「名會計家」,『東亞日報』, 1939.12.25.　(우)「거리의 비극」,『東亞日報』, 1939.12.4.

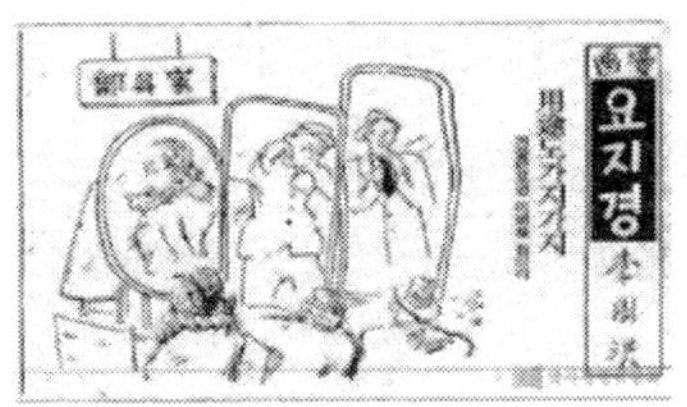

(좌)「天堂 갈 사람들」,『東亞日報』, 1939.11.28.
(우)「用途도 가지가지」,『東亞日報』1939.12.12.

---

25) 이진두, 「박식, 유머, 풍류의 인생」,『이주홍의 문학과 인생』, 이주홍아동문학상 운영위원회, 세한, 2001, 32쪽.

이주홍의 만문문화는 일반적으로 식민지 시기의 많은 만문만화에서 보이는 공통적인 화법畵法을 갖고 있다. 그러나 이러한 묘사 방법이 이 주홍의 소설에도 이어져 있다는 데 이주홍 소설의 특수성이 있다. 특히 특정 인물의 특징을 부각시키는 데 이 방법은 매우 유리하다. 그 한 일례로 <늙은 체조교사>(1953)의 다음과 같은 장면을 들 수 있다.

「선생님, 남훈태평가가 무엡니까」
「남훈태평가라니?」
「이렇게 이렇게 쓴 글자 말입니다」
한문자「南薰太平歌」인 것을 알았다.
「글세, 남훈이란 사람이 지은 술 노래의 이름일 께야」
와르르…하고 아이들이 웃었다.
또 한 놈이 일어섰다.
「선생님 쌍화점이라 건 무엇을 말하는 것입니까?」
「꽃 파는 집이지 뭐야」
「꽃이면 꽃이지 쌍짜는 왜 붙습니까?」
「한 쌍 한 쌍 묶어 놓고 파니까 그러는 게지 꽃집에도 못 가 봤어?」
또 와르르… 웃는다.26)

일제말기 체조교사로서 '국민복에 전투모에 일본도를 그럴 듯하게 비껴 차고서 무릎까지 오는 장화로 온 교내를 제왕처럼' 다녔던 '나인무'는 해방 후에 가르칠 과목이 없어져 임시로 국어를 가르치면서 학생들에게 봉변을 당하는 장면이다. 그는 결국 학교에서도 버티지 못하고 부산 범일동 시장에서 미군 깡통 장사를 시작한다. 전쟁은 인물들의 처지를 한순간에 뒤바꾸어 놓고 한 인물은 이러한 전후 '세태'의 일부가 된다. 위의 인용문은 해방 후 국어를 가르치며 봉변을 당하는 그의 모습을 아주 간명하면서도 선명하게 묘사하고 있다.

---

26) 이주홍,「늙은 체조교사」,『소설전집2』, 474쪽.

자신의 미모를 과신하여 미인대회에 나간 여대생이, 무교양이 들통나 낙선하게 된다는 <落選美人>이나 전차를 기다리는 군상들의 인상을 간단히 묘사함으로 전후의 풍경을 간결하게 묘사하고 있는 <終車와女王>도 이러한 만화적인 묘사와 이에 기반한 상상력을 잘 드러내고있다. 즉 이주홍의 이러한 상상력과 형상화 능력은 1950년대 초반의 '전후'라는 시대상의 모습과 잘 어울려 있는 것이다. 바로 이 소설들은 이주홍의 소설집『무春』(세기문화사, 1956)에 실려 있는데 이 소설집에 대해 평론가 정태용이 '市井語를 가지고 단 한마디로 人物이나 情況을 비비드하게 그려 놓는 솜씨'27)를 높게 평가한 것도 이러한 형상화 및 상상력과무관하지 않은 것으로 보인다.

4. 공유된 코드로서의 시사성

이주홍의 소설에서 보이는 이러한 희극성의 특성은 정리하자면 식민지 시기부터 길러진 것이며 특히 전후 소설에서 특징적으로 잘 드러나있다고 할 수 있다. 이제는 이러한 종류의 희극성은 어떤 종류 혹은 어떤의미를 가진 웃음인가를 짚어볼 차례이다.

'만문만화'의 예를 들자면 일간지에 실릴 당시 형성되어 있는 대중들의 배경지식이 없다면 만화가 내포하고 있는 메시지가 전달되지도 않으며 웃음도 유발시킬 수 없다. 즉 이러한 웃음은 특정한 시간과 공간을 점유한 독자를 전제로 했을 때 발생될 수 있다. 즉 공동체의 공유된 코드가없다면 웃음의 효과를 갖지 못하게 되는 것이다. 따라서 이러한 웃음은공동체를 강하게 결속시킨다. '누구나' 안다고 가정되는 텍스트가 소설

---

27) 정태용,「新刊書評－李周洪 創作集『무春』」,『朝鮮日報』, 1956.7.28.

속에 삽입됨으로써 독자들은 스스로 작가와 동일한 시공간을 살고 있다는 점을 깨닫게 된다. 비록 그 효과가 단일하지는 않을 수 있지만, 즉 모든 독자가 그것을 '우습다'고 여기지 않거나 '우습다'고 생각해도 그 이유는 다를 수 있겠지만 작가와 독자가 직접적으로 소통하고 있는 환상을 갖게 된다. 따라서 독자가 처해 있는 시대와 공간이 작가의 그것과 다르다면 웃음은 감소되거나 아예 사라지게 된다.

웃음 속에서 강화되는 공동체의 의식은 작가의 가치관에 독자로 하여금 동조하도록 유도하는 기능도 갖고 있다.『탈선 춘향전』에서 댄스를 즐기는 향단과 월매의 모습을 보고 독자들은 '댄스'에 대한 50년대의 사회적 맥락을 떠올린다. 이들의 댄스가 재미있게 느껴지는 것은 바로 이러한 사회적 맥락 속에서 '댄스'가 갖는 의미 때문이다. 잘 알려진 바대로 해방 이후 미군정기부터 불기 시작한 댄스 바람이 50년대에 들어서 가정 주부들에게까지 퍼지면서 사회적으로 많은 물의를 일으킨 바 있다. 향단과 월매의 댄스에 대해 희극성을 느끼면서 동시에 독자들은 댄스는 바람직하지 못한 것이라는 가치판단을 동시에 하게 된다. 즉『탈선 춘향전』에 등장하는 아메리카나이제션(미국화)는 이와 같은 웃음을 유발하면서 동시에 비판 받을 대상이 된다. 원전인 '춘향전'이 희화되거나 원전의 권위가 감소되는 것이 아니라 오히려 낯선 50년대 풍속적 코드들이 강하게 부정된다. 특히 결말이 원전과 동일하게 유지됨으로써 원전이 갖고 있는 여성의 정절이라는 주제를 그대로 유지하게 됨으로써 여성들의 변화된 의식과 풍속과는 정반대의 가치관을 담고 있음을 알 수 있다.28)

---

28) 변학도가 춘향의 사형을 집행하려는 장소에는 춘향의 사건과 관련하여 이미 '여성 해방'이라는 정치적 구호를 외치는 여성 단체가 몰려와 있었다. '과부 동맹'이라는 이 여성 단체는 이미 춘향의 석방을 호소하는 탄원서를 제출한 바 있었다. 이들은 한 여자가 두 남자를 섬길 수 없다는 근거로 춘향이 무죄임을 주장한다. 이들의 주장은 '남녀 동권'이나 '여성 해방'과 같은 50년 대 초에 유행하기 시작한 남녀평등의 의제

『탈선 춘향전』은 이러한 가치관을 매우 선명하게 보여준 사례이지만 50년대를 넘어 60년대 소설에 이르면 이러한 윤리와 가치관은 직접 드러나지 있지 않거나 인물들 간의 갈등을 비약적으로 해소하는 차원에서만 부분적으로 드러나게 된다. 그러나 여전히 독자와 공유되는 당대의 코드 찾기 즉 시사성이 있으며 오히려 강화되어 있다는 점을 다음과 같이 확인할 수 있다.

「춤바람이 난 계집을 곡괭이로 쳐죽였어. 집안 살림 망친다고」
미수터는 역시 흥미가 없다는 듯 눈만 감고 누워 있는데 울박만은 정미소의 벽으로 된 골함석에다 등을 딱 붙이고 앉아서 이 잡듯이 신문을 뒤진다.
「파월장병 전사금 지급이라. 제길할 돈이나 벌그로 우리도 월남에나 갈까 부다.」
「꼴값하네. 월남에선 지젯군도 모자란다던가?」
「여승 2명이 또 분실자살이라. 베트공 3백 6십1명 사살이라. 잘도 죽는다. 잘도 죽어. 그 만큼 많이 죽고도 아직 남아 있는 놈들이 있었던가. 그래도 우리는 이렇게 안 죽고 살아 있으니 전쟁에 가서 죽는 인간들보단 좀 나은 편일까?」
…(인용자 중략)…
「가마당 200원이라. 허 짐샀은 천날이 가도 매 한가진데 멘판 올라 가는 것뿐이니 안 죽고 사나… 미소 달 사진 교환이라. 우주 산책에 신기록 수립이라…」
「달이고 개 깨묵덩이고 우리한테 그런게 다 무슨 소용이 있노. 또 다른 소식 없나?」
「데모 학생 전원에 유죄선고라. 공갈기자 구속이라… 메사돈 피고에 무죄라… 또 메사돈 대량 밀수입, 천만원어치 압수라……」[29]

보다는 유교적 가부장제를 강화시키는 논리에 더 가깝다. 즉 『탈선 춘향전』은 변화된 여성상보다는 열녀 '춘향'을 돋보이게 하고 '향단'처럼 퍼머넌트에 양단 저고리를 입고 댄스를 즐기는 여성을 부정적으로 묘사함으로써 결과적으로는 가부장제의 논리 쪽에 기울어져 있는 셈이다.
29) 이주홍, 「지저깨비들」, 『소설전집4』, 147쪽~159쪽.

이 인용문은 「지저깨비들」의 일부분이다. 세 명의 지게꾼이 등장하는 이 소설에서 울산 출신이라 하여 '울박'으로 불리는 지게꾼은 늘 신문을 꼼꼼이 읽는 습관을 갖고 있다. 울박은 신문을 읽고 자신의 동료인 '미수터'와 신문에 난 사건들에 대해 논평한다. 이 소설 역시 1966년에 실제로 일어난 살인사건, 월남전, 월남승려의 분신, 공갈 기자와 메사돈 사건 등 당시에 화제가 되었던 사건들을 인용함으로써 이들 등장인물이 독자와 동시대를 사는 실제 인물이라는 환성을 준다.

1963년경부터 월남 사회를 뒤흔든 월남 승려들의 분신은 월남 정부의 불교탄압에 대한 정치적 메시지였고 1966년에 절정에 이른다.30) 또한 마약인 메사돈이 사회적으로 가장 많은 물의를 일으킨 것도 1965년과 1966년이었다. 소설에서 언급되는 사건은 메사돈을 제조해 판매한 사건이 했다는 혐의를 받고 있던 네 명의 피고인들 중 공무원, 제약회사 사장, 약품상에게 무죄를 확정한 사건으로31) 무죄 판결에 대해 당시 사람들이 의문을 표했음을 간접적으로 암시하고 있다. 이러한 현실 속의 사건들이 동시대인으로서의 공감대를 형성하게 하고 있다.

이 소설을 이끌고 나가는 주요한 갈등은 버스 정류장의 가장 젊은 지게꾼인 홍대추가 돈을 쓰는 데 인색할뿐더러 연배가 위인 울박, 미수터보다 한발 빠르게 일감을 따낸다는 데 있었다. 그러나 울박과 미수터는 정류장에서 지게꾼 일을 할 수 있게 해 준 홍대추의 아버지 홍영감의 은공을 입었던 처지라 쉽사리 그를 쫓아낼 수도 없다. 이들의 갈등은 홍대추 아버지의 친구들이었던 울박과 미수터가 홍영감의 제사에 자발적으로 참석하고 잘 차려진 제사음식을 나누어 먹으면서 서로 화해하게 된다. 홍대추가 늘 돈을 쓰는 데 인색했던 것은 바로 아버지의 제사 비용을

---

30)「越南佛教紛爭 全國에 퍼질지도」,『東亞日報』, 1963.8.16;「나도 焚身하련다」,『東亞日報』, 1963.2.3;「焚身 5명, 소녀불도 습해」,『京鄉新聞』, 1966.5.31;「일곱번째 焚身」,『京鄉新聞』, 1966.6.4.
31)「메사돈 被告에 無罪確定」,『東亞日報』, 1966.7.5.

마련하기 위한 것이라는 사실을 울박과 미수터는 알게 됨으로써 그에 대한 오해가 풀리게 된 것이다. 이 소설에서 갈등을 해소하는 요소는 죽은 친구에 대한 의리와 아버지에 대한 효심이다. 이러한 인륜을 매개로 이들은 화해를 이루고 자신들이 모두 처지가 비슷한 못난 '지저깨비'라는 점에 동조한다. 그러나 이러한 '인륜'을 제외하면 앞서 언급되었던 시사적 이슈들을 대상으로 한 작가의 구체적인 가치관에 대한 적극적인 피력은 보이지 않는다.

그러나 앞서 언급한 신문 속의 사건들은 특징적인 형상과 방법으로는 여전히 유효하다. 즉 신문 속의 사건들은 이들 울박, 미수터, 홍대추들이 독자와 동시대를 살고 있는 현실 속의 인물임을 강하게 상기시키고 그 사건들이 점유하고 있는 현실 속으로 이들 '지저깨비'들의 삶을 밀어 넣음으로써 강한 울림을 갖게 한다. 이 소설 이외에도 다른 소설 속에는 신문, 라디오, 텔레비전 등의 매체를 이용하여 실제의 사건들이 등장하고 이러한 실제사건들 속에 이름 없는 평범한 인물들의 겪는 일상을 끼워 넣는 구조를 취하고 있다. 「遺棄品」(1967)에서도 달리는 버스 안에서 승객들은 라디오로 '국회의원들이 삼성재벌의 사카린 밀수 사건을 규탄하던 중 한 국회의원이 국무위원을 향해 인분을 뿌렸다는'[32] 사건을 듣는다. 「돌아오지 않는 다리」(1973)에서 주인공 '미야 엄마'는 실존 인물이었던 중앙정보부 부장 '이후락'이 텔레비전 뉴스에 등장해 7 · 4 남북공동성명을 낭독하는 것을 보게 된다. 이들 소설에서도 역시 전후戰後 소설들처럼 인물들의 특징을 간결하게 시각적으로 특징화하는 만화적인 형상화와 그 상상력은 유지된다.

---

32) 이 사건은 1966년 9월 22일에 일어난 그 유명한 김두한의 인분 투척 사건이다. 1966년은 삼성 재벌의 사카린 사건으로 내내 떠들썩한 한 해였다. 당시 재무부가 이 사건을 경미하게 처리하여 가중법 적용을 기피하였다는 의혹을 사고 있었다. 김두한은 이러한 의혹에 대한 항의 표시로서 국무위원들에게 사카린 증거품으로 위장한 통에 인분을 넣어 총리와 각료들에게 뿌린 바 있다.

> 밤색 잠바는 노래를 부르고, 곤색저고리는 사이사이로 손벽을 쳐가며 장
> 단 소리를 맞추고 있는데, 흑인들이 째즈를 부를 때 중간중간이 으어! 으어!
> 학고 소리를 지르는 것 같은 그런 으어으어를 어떻게나 크게 지르던지 그 소
> 리가 또 사람들을 깜짝깜짝 놀라게 했다.33)

「유기품」은 이렇게 버스 안에서 안하무인격으로 소동을 벌이는 두 남자가 '흰 잠바'를 입은 한 청년에게 끌려 나가 치도곤을 당한 뒤 버려지는 것으로 끝난다. 승객들은 위세가 있는 그를 어느 '기관'에 있는 사람이라고 추측한다. 이주홍의 소설은 이러한 희극적인 현실을 묘사할 뿐 거기에 비판적 판단의 준거가 되는 어떤 가치관을 적극적으로 드러내지 않는다. 또한 흰 잠바의 남자에게 쫓겨나간, 안하무인의 두 남자를 희극적으로 그려내고는 있지만 그들을 비난하지 않고 또한 어떤 기관원인 듯한 흰 잠바의 남자를 비판적 시선으로 바라보지도 않는다. 단지 서술자의 시선은 그저 중립적으로 이들을 하나의 세태로서만 제시한다. 이는 당시의 억압적인 정치 현실에서 기인하는 것인지 모르지만 희극성에 으레 수반될 수 있는 '비판'적 시선이 1960~1970년대 이주홍 소설에서 매우 조심스럽거나 불투명하다는 한계 또한 갖는다.

5. 결론

이주홍 문학은 실제로는 매우 강한 시사성을 담고 있었지만 정작 그의 문학은 당대의 시대적 특성을 적극적으로 드러내는 현실적 담론의 하나로서 언급되지 못했던 아이러니한 점도 있다. 그의 문학은 식민지 시기부터 1960~1970년대의 문학적, 정치적, 사회적 흐름을 고려하여

---

33) 이주홍, 「遺棄品」, 『소설전집4』, 188쪽.

다시 읽혀야 한다. 그의 문학에서 희극성과 시사성은 서로 상통하는 측면을 갖고 있으며 이는 60여 년이라는 오랜 동안의 문학 활동 중에서도 꾸준하게 그 맥을 잇고 있었던 것으로 확인된다. 따라서 60여 년의 문학적 이력 속에서도 그에게 변하지 않는 문학적 원형질 혹은 문학 정신이 여기에 있었던 것은 아닐까 하는 추측도 가능하다. 이러한 희극성과 시사성은 이주홍 문학의 매우 핵심적인 형상화 방법일뿐더러 만화와 같은 시각적 텍스트의 형상화 방법과 밀접한 관련을 갖고 있는 것으로 보인다. 특히 풍속이 급격히 변화했던 전후 1950년대에 있어서 이러한 시사성과 희극성은 빛을 발한다. 또한 한국 사회가 급격한 산업화를 이루기 시작한 1960년대 이후도 이러한 형상화 방식이 매우 유효한 시기이다. 그러나 윤리의식이나 비판의식이 점차 약해지면서 이러한 형상화가 매우 '중립적'인 시선을 취하고 있다는 점은 한계로 지적될 수 있을 것이다. 다른 한편으로 이러한 비판의식을 강하게 드러내 보이지 않거나 감추고 있었던 데에도 어떤 작가적 진실이나 개인적 고민이 있었던 것은 아닌지 추측해 볼 수도 있다. 이에 대해서는 이 글에서 미처 밝힐 수 없었던 한계가 있었다. 아쉽지만 후속 연구를 기약하고자 한다.

참고문헌

1. 기본자료

류종렬 편,『이주홍소설전집』1~5, 세기출판사, 2006.

2. 단행본 자료

김인환 · 정호웅 외,『주변에서 글쓰기 – 상처와 선택』, 민음사, 2006.
류종렬 편,『이주홍의 일제강점기 문학연구』, 국학자료원, 2004.
류종렬,『이주홍과 근대문학』, 부산외국어대학교 출판부, 2004.
박태일,『경남 · 부산 지역문학연구1』, 정동거울, 2004.
신혜순,『한국패션 100년』, 미술문화, 2008.
이주홍아동문학상 운영위원회 편,『이주홍의 문학과 인생』, 세한, 2001.

3. 논문자료

김만석,「요산과 향파 소설의 공간정치학 – 산업화 시대 소설을 중심으로」,
　　　『인문학논총』, 경성대 인문과학연구소, 2011.6.
노지승,「'춘향전' 패러디 소설과 1955년 영화 <춘향전> – 전후(戰後) 문
　　　화 변동과 '전통'의 발견」,『한민족어문학』, 2009.12.
손수자,「이주홍 동화에 대한 소고」,『이주홍의 문학과 인생』, 세한, 2001.
원종찬,「한국아동문학이 창조한 주인공 – 근대아동문학사 연구의 반성」,
　　　『창작과 비평』, 1999 봄.
이재철,「해학적 문장, 건강한 리얼리즘」,『아동문학평론』, 1987.3.
정선혜,「이주홍 아동소설의 문학구조 탐색」,『한국아동문학연구』, 2007.5.

일제강점기 이주홍의 프롤레타리아 아동문학연구

— 프롤레타리아 아동문학 이론을 중심으로

윤 주 은*

1. 들어가기

1924년 일본으로 유학 간 이주홍李周洪은 그의 수필[1]과 프롤레타리아 아동문학에 대한 평론「兒童文學運動 1年間, 今後 運動의 具體的 立案」을 통해서 스스로 마키모토 쿠스로槇本楠郎[2]의 영향을 받았다고 밝히고

---

* 부산외국어대학교 일본어학부.

1) 이주홍의『술 이야기』(자유문학사, 1987.7) 속의「스미다강의 5월」이라는 글 속에 다음과 같이 기술하고 있다. 113~114쪽.
   "그 중에서도 즐거운 일이 있었다면 그것은 마음에 맞는 글과 그림을 그리는 일이었다. 그리고 여가를 타서 미전 구경을 하고 연극 구경을 하는 것이었다. 아동문학가 전 목남랑(槇本楠郎)씨가 소개해주어서 문학신문이나 무인잡지 같은 데에 주장 동요를 발표했고 미술신문 같은 데는 만화를 그려서 그 방면의 대가 대월원이(大月源二)나 촌산지의(村山知義)같은 사람들의 과찬을 받기도 했다."

2) 마키모토쿠스로 槇本楠郎(まきもとくすろう) 1898~1959. 오카야마(岡山) 출신. 와세다대학 예과중퇴. 마키모토의 아동문학론은 '프롤레타리아트의 해방을 위한「아동

있다. 이는 기존 선행연구3)에 의해 밝혀진 사실이지만 구체적으로 영향 관계는 아직 자세히 검증되지 않은 상태이다. 즉 어느 부분에서 어떠한 영향을 받았는지에 대한 연구는 이루어지지 않고 있었다. 이러한 이주 홍의 언급을 바탕으로 일본 유학 시절 오오사카의 일본아동문학관에서 그 소중한 자료를 찾게 되었다.

본고는 그 자료를 바탕으로 이주홍이 얼마나 마키모토쿠스로(이하 마키모토)의 아동문학적 이론에 어떠한 영향을 받았는지에 대한 고찰이다.

마키모토와 이주홍은 1930년대를 전후한 한·일 양국 프롤레타리아 아동문학의 기반을 닦은 문학가라고 할 수 있다. 특히 마키모토는 1930년 4월 世界社에서 간행한『프롤레타리아 아동문학의 제문제(プロレタリア兒童文學の諸問題)』와 1930년 6월 紅玉堂書店에서 간행한『프롤레타리아 동요 강화(プロレタリア童謠講話)』, 1936년 7월 東宛書房에서 간행한『신아동문학이론(新兒童文學理論)』이라는 세 권의 프롤레타리아 아동문학이론서로서 일본 프롤레타리아 아동문학의 이론적 초석을 마련한 문학가이다.

반면 이주홍은 1920년대 후반부터 1980년대까지 오랫동안 작가 활동을 하면서 시대의 어둠과 사회의 고통을 외면하지 않으려는 노력 했으며, 특히 1930년대를 전후한 일제강점기에서 조선 프롤레타리아 아동문학에 몸을 담고 있으면서 동화와 동요, 평론, 아동극 등 왕성한 작품 활동을 한 작가이다.

마키모토가 1930년에 발행한 두 권의 프롤레타리아 아동문학이론서

도 또한 투사이다!(兒童もまた鬪士である!)」라고 하며, 그러므로 아동문학은「무기」로서 여겨야 한다고 주장했다. 프롤레타리아아동문학의 이론가이자 아동문학가로서 활약했다. 이후, 너무 심했던 교화의식에 대하여 자기비판하고 아동스스로의 자유로운 집단적 창작적 생활을 이끌어낼 것을 주장하며 생활주의 아동문학으로 전환했다.
3) 류종렬,「이주홍의 프로문학연구」,『이주홍의 일제강점기 문학연구』, 국학자료원, 2004, 200~236쪽.

인『프롤레타리아 아동문학의 제문제(プロレタリア兒童文學の諸問題)』
와『프롤레타리아 동요 강화(プロレタリア童謠講話)』는 일본 프롤레타
리아 아동문학의 이론서일 뿐만 아니라, 일종의 지침서로서 다른 프롤레
타리아 작가들에게 많은 영향을 끼쳤다. 또한 마카모토는 일본 프롤레타
리아 아동문학이론의 정신적 지주였다.

이주홍 스스로가 「兒童文學運動 1年間, 今後 運動의 具體的 立案」[4]이
라는 글 속에서 일본 아동문학가 마키모토의 아동문학이론에 영향을 받
았다고 밝힌 부분이 있다. 따라서 본고는 이 부분에 대한 문제의식을 가
지고, 비슷한 시기에 한국과 일본의 프롤레타리아 아동문학 장르에서
이론으로 두 작가의 영향관계를 규명해 보고자 한다.

「마키모토쿠스로의 아동문학이론」에서 마키모토의 프롤레타리아 아
동문학이론을 개괄하고 그의 이론서인『프롤레타리아 아동문학의 제문
제』,『프롤레타리아 동요강화』,『신아동문학이론』의 구체적 내용을 고
찰해 보고자 한다. 아울러 마키모토 아동문학이론의 역할과 한계를 언
급한 선행연구와 세 권의 이론서를 살펴보고, 「이주홍의 아동문학이론」
에서는 「兒童文學運動 1年間, 今後 運動의 具體的 立案」에 나타나 있는
이주홍의 아동문학이론을 구체적으로 살펴보고자 한다.

다음은 「동요이론」과 「동화이론」에서는 두 작가의 아동문학이론을 비
교분석하여 영향관계를 규명하고자 한다. 이는 마키모토의 프롤레타리아
아동문학이론서인『프롤레타리아 아동문학의 제문제』, 동요이론서『프
롤레타리아 동요강화』와 이주홍의 평론「兒童文學運動 1年間, 今後 運動
의 具體的 立案」에 나타난 아동문학 이론을 통하여 밝혀질 것이다.

마지막 장은 결론으로 위에서 언급한 모든 이론적 검증을 바탕으로
하여 결론을 이끌어 내며, 마키모토와 이주홍의 프롤레타리아 아동문학
의 영향관계에 대한 고찰을 정리하고자 한다.

---

4)『조선일보』에 1931년 2월 13일부터 21일까지 연재.

2. 마키모토 쿠스로의 아동문학이론의 개괄

우선 마키모토의 아동문학이론의 전반적인 개괄에 대해서 고찰 한 후 이주홍이 어느 부분에서 마키모토의 영향을 받았는지에 대한 고찰을 하고자 한다.

마키모토는 그가 남긴 동화나 동요 작품이 작가로서의 가장 중요한 부분이라고 할 수 있다. 하지만 마키모토에게는 그 무엇보다 일본 아동문학의 토대가 되는 이론을 확립한 것이야말로 그의 문학본질이라고 말할 수 있다. 그러한 마키모토 이론의 개괄과, 그에 따라 어떤 성과를 이루었고 그 한계는 무엇인지를 살펴보는 것이야말로 마키모토 아동문학 세계에 대한 올바른 이해를 위한 선행되어야 할 부분이라 할 수 있다.

마키모토쿠스로라는 이름은 일본 아동문학사에 오랫동안 남아있을 중요한 한 사람임은 두 말할 나위도 없다. 그가 남긴 아동문학 작품들은 불후의 명작이라고 하기는 힘들겠지만 일본 아동문학이론의 확립자로서 또 아동문학운동의 조직적 지도자로서는 제1인자로 일본 아동문학계에서는 손꼽히고 있다. 마키모토의 아동문학이론은 그 이론 체계가 결코 완벽했다고 할 수는 없지만 일본제국주의라고 하는 무소불위의 시대 흐름에 제약을 받지 않을 수 없었다고 할 수 있기 때문에 그의 이론이 불충분함을 포함하고 있다는 것은 우선 인식하고 가야 하겠다. 그러므로 그가 걸어온 길은 항상 어려움이 따르는 선각자적인 길이었다고 할 수 있다. 그 중에서 가장 중요한 의의를 가지는 것은 프롤레타리아 아동문학과 프롤레타리아 운동이 좌절한 후 가장 힘들었던 시기에 아동문학계에서 지도적인 역할을 했던 부분들이다. 그러나 프롤레타리아 아동문학이론의 지도적인 역할을 했던 마키모토의 아동문학이론들은 세상에 그리 널리 알려져 있지 않을 뿐더러 연구도 그다지 활발하지 못한 이유가 궁금하지 않을 수 없다. 따라서 이러한 마키모토의 아동문학이론을 개괄해보고 그 이론이 남긴 적극적인 역할과 한계를 살펴봄으로써 그 의미를 재확인해 보고자 한다.

마키모토의 아동문학의 이론적 토대는 다음 세 권의 책 속에 수록되어 있다.

    (1) 「프롤레타리아 아동문학의 제문제(プロレタリア児童文学の諸問題)」 1930년 4월, 世界社.
    (2) 「프롤레타리아 동요 강화(プロレタリア童謡講話)」 1930년 6월, 紅玉堂書店.
    (3) 「신아동문학이론(新児童文学理論)」 1936년 7월, 東宛書房.

(1)은 1928년 5월부터 1929년 1월 사이에 프롤레타리아 운동의 필요에 따라 집필한 것을 정리한 논집이다. (2)는 그러한 운동의 시기에 정리한 프롤레타리아 아동문학의 이론체계로서 주로 다루고 있는 내용은 동요에 관한 문제이지만 아동문학의 일반적인 이론이 이 한 편의 이론서로 대표될 수 있다. (3)을 발간한 해는 일본의 정치과정이 일본제국주의에 의한 파쇼화의 정도가 비약적으로 높아졌던 시기로 책 속에 「상하이사변(上海事変)」, 「5·15事件」 등도 「上…事変」, 「五…事件」 등으로 표시해야만 했고, 「中間階級」으로 말해야 하는 것도 「階級」이라는 말이 금기시되었기 때문에 「XX」로 표기되어 있어 여러 곳에서 복자伏字를 볼 수 있다. 그 시기는 글을 쓰는 데 있어서 제약의 정도로 심했기 때문에 (1)과 (2)를 쓴 이 후의 프롤레타리아 문학운동 고양高揚기의 문장 등을 신문에 발표하거나 잡지에 수록한다는 것은 생각할 수도 없는 시기였다.

이 세 저서 중 (1)과 (2)는 발표 금지처분을 받아 지금까지 구하기 매우

힘든 책이 되었고 (3)도 발행부수 자체가 적었기 때문에 현존하는 것은
그 수가 몇 안 될 것으로 생각된다. 마키모토는 이들 이론적 저서의 서문
에 그 문장의 핵심이라고 할 수 있는 것을 써 놓았다. 따라서 그 글의 자
서自序를 정리해 볼 필요가 있으며 이 정리를 통해서 마키모토의 핵심
이론들이 어떻게 변해가고 있는지를 고찰 해 봄으로써 그의 이론들을
재확인하는 의미를 가지고자 한다.

1)「프롤레타리아 아동문학의 제문제」

「프롤레타리아 아동문학의 제문제」의 구성을 살펴보면 이 이론서는
크게 4장으로 나누어져 있다. 그것을 장별로 나누어 보면 다음과 같다.

I.
현대창작동화의 공죄
프롤레타리아 아동문학의 제창
신흥동화작연맹의 결성
프롤레타리아 아동문학의 이론과 실제

II.
동화에 있어서「현실」「비현실」의 문제
아동문학에 있어서 아동과 어른 작품과의 차이점과 템포문제
실연(實演)동화의 제작기술과 연출기술

III.
프롤레타리아 동요 서론
프롤레타리아 동요에 관해서
프롤레타리아 동요의 활용에 관한 각서

IV.
프롤레타리아 동화운동에 관한 각서
  1. 프롤레타리아 동화운동의 의의
  2. 아동예술의 특수성
  3. 작품의 활용과 보급에 관해서
  4. 프롤레타리아 동화운동에 있어서 자료적 문헌

일본 프롤레타리아 아동문학의 발달
  1. 제언
  2. 제1기 전기작가와 작품
  3. 제1기 후기작가와 작품
  4. 제2기 전기작가와 작품
  5. 제2기 후기작가와 작품
  6. 결론
「동화운동」 작품에 관해서

제I장 4절의 「프롤레타리아 아동문학의 이론과 실제」 부분은 실제로
마키모토의 아동문학 이론의 핵심부분이라고 하겠다. 이 부분에 대해서
는 뒤에서 따로 언급하도록 하겠다. 제II장은 동화에 관한 이론이고 제
III장은 동요에 관한 이론이다. 제IV장은 프롤레타리아 동화운동에 관
하여 운동의 의의, 작품의 활용과 보급, 자료와 문헌, 작가들에 관한 구
체적인 언급을 하고 있다.

먼저 이 이론서에 대한 목적 및 전체적인 방향과 핵심적 내용을 나타
내고 있는 자서自序부분의 주요부분을 발췌해 살펴보면 다음과 같다.

현존 사회의 계급대립 사실은 바야흐로 이미 누구도 이것을 부정할 수 없
는 일이 되었다. 그리고 사실은 또 아동에 있어서도 빠른 템포로 전개되고
있다.

종래의 아동은 천진난만하고 순진무구한 이른바 천사와 같은 초계급적인
존재로서 간주되어 왔다. 하지만 이 지배 계급적 기만은 계급투쟁의 격화와

함께 자연스럽게 그 본연의 모습을 나타내고 모든 기만을 완벽하게 떨쳐버
리고는 어느 한 쪽의 계급인 이거나 부계급전사이라는 것으로 실증해가고
있는 것이다. 즉 이 일은 그들 아동 스스로도 이제는 계급에 의해 정치적 · 경
제적 이해를 달리하고 그 해결을 위해서는 마르크스 · 레닌주의적 방법밖에
없다는 것을 잘 알았기 때문이다.

이리하여 아동문학조차 지금 바야흐로 명확하게 어른들의 계급문학과 같
이 프롤레타리아인 전체의 목표 · 사명을 위해 무장하고 협동의 책무를 다해
야 할 해방 전선에 행동을 개시한 것이다. '아동도 또한 투사이다!' 그리고 아
동문학은 그들을 위한 '무기'이다.

예로부터 일본인은 아동을 사랑하는 민족이라 하여 특히 과자와 장난감
의 종류가 많은 점에서 세계제일이라고 말조차 듣고 있다. 아동문학에서도
그 제작기술, 기술적 분화 등에 있어서는 단연 모든 문명국을 능가하고 어른
들의 문학까지도 출중하다. 하지만 그 내용에 있어서는 실로 반비례하여 작
가의 대부분은 의식적, 무의식적으로 아직 자각하지 못하고 마치 봉건노예
를 불쌍히 여겨야 할 그런 문제에 지나지 않는다. 그리고 아동문학은 완전히
독소주입의 주사기가 되어 기진맥진 하고 있는 것이다.

우리들은 우선 이 사실의 적발을 최우선으로 하고 그들을 적으로 돌려 일
기당천으로 맞이하지 않으면 안 되었다. 그리고 어쨌든 죽여야 할 자는 죽이
고 추격해야 할 자는 추격했다. 그리고 우리들의 진영은 시시각각 확대 강화
되어 가고 있다.

우리들은 프롤레타리아 대중의 반수 이상을 차지하고 있는 우리들의 귀
중한 아동을 우리들의 후계자를 결코 적의 손에 넘기지는 않을 것이다. 그 때
문에 투쟁을 신속하게 전개하지 않으면 안 된다.[5]

마키모토는 아동을 계급적 투쟁의 대상자로 취급하고 이 일의 완수를
위해서 아동 스스로가 이제는 계급에 의해 정치적 · 경제적 이해를 달리
하고 그 해결을 위해서 마르크스 · 레닌주의적 방법을 취할 수밖에 없다
고 주장하며 아동문학조차 지금 바야흐로 명확하게 어른들의 계급문학
과 같이 프롤레타리아인 전체의 목표 · 사명을 위해 무장하고 협동의 책

---

5) 「プロレタリア児童文学の諸問題」, 1930.4, 世界社, 1~3쪽. 이하의 모든 인용문은
일본어 원문을 필자 번역에 의함.

무를 다해야 할 해방 전선에 행동을 개시해야 한다고 주장하고 있다. 그 것을 위해 '아동도 또한 투사이다!'라는 말과 아동문학은 그들을 위한 '무기'라는 말로 대변하고 있다. 마지막 부분에서는 '우리들은 프롤레타 리아 대중의 반수 이상을 차지하고 있는 우리들의 귀중한 아동을 우리 들의 후계자를 결코 적의 손에 넘기지는 않을 것이다'라고 하며 그것을 위해서는 투쟁을 신속하게 전개해야 한다고 주장하고 있다.

이 이론서의 가장 핵심이 되는 부분은 제1장 4절의 '프롤레타리아 아 동문학의 이론과 실제(プロレタリア児童文学の理論と実際)' 부분이 라고 하겠다. 이 부분은 ① 프롤레타리아 아동문학의 이론적 근거와 그 사명, ② 아동문학의 특수성 및 종류와 명칭에 대해서, ③ 우리나라 프롤 레타리아 문학작품의 일독一瞥으로 이루어져 있는데 이중에서 ① 프롤 레타리아 아동문학의 이론적 근거와 그 사명이 가장 중요한 핵심이 되 는 부분이다. 이 부분에 대해서 좀 더 구체적으로 살펴보겠다.

그 첫 부분은 "어른들의 문학에 대해서는 이미 일반적으로 그 계급성 을 인정받았다. 하지만 아동문학에 대해서는 아직 강경하게 거부한다. 즉 그들은 그들의 이른바 '동심예술' 내지 '동화문학'은 본질적으로, 원 칙적으로 '초계급성'의 '천지'하고 '신성'한 '예술'이라고 해서 거부하고 있다.6)"라고 시작하고 있다. 하지만 마키모토는 다음과 같은 말로 항변 하고 있다.

일반적으로 말하면 아이들은 어른들과 비교해서 그 생활내용도 정도도 따라서 생활감정도 생활태도도 크게 차이가 난다. 하지만 그것은 아이들이 '신의 아들'이라든지 '어른의 아버지'라든지 하는 말 때문이라고는 할 수 없 다! 그들은 어른들의 도움이 없이는 '지옥으로 쫓겨 가는 인간'으로 조차도 키워지지 않는 것이다. 그리고 아동문학은 가령 아이들이 전혀 사회관과 계 급의식을 지니지 않기(단언할 수 없다!) 때문이라고 해서 그들 자신의 분뇨

---

6) 앞의 책, 16쪽.

조차 핥는 '천진함'만을 표현해야 한다는 것은 결코 아닌 것이다![7]

그리고 초계급자들에 대해서 다음과 같이 비판하고 있다.

그러면 그들 '초계급론자'는 그들의 이른바 '신의 아들'과 '어른의 아버지'를 어디로 계속 인도(引導)하고 있는가? '별의 나라(진실의 「천국」)'인가? '노예의 나라'인가? 올바르게 바라보는 방법을 모르는 자가 '올바르게 보게 방법으로 인도하는' 일이 어떻게 가능할 것인가? 그들은 명백하게 아동을 '노예의 나라'로 수송한다. 그것에는 노예의 법률, 노예의 도덕, 노예의 종교, 노예의 인생밖에 없는 것이다! 그들 아동은 자신들이 왜 가난한지? 어떻게 하면 행복하게 되는지? 이러한 대한 생각을 절대 해서는 안 되는 것이다! 악자는 신이 벌을 내릴 때까지 영원히 기다려야만 하는 것이다![8]

그러면서 아이들을 다음과 같이 대할 것을 주장하고 있다.

우리들은 아이를 '신의 아들'과 '어른의 아버지' 등으로 우상화하고 신비화해서는 안 된다. (이런 견해는 지배계급의 기만이다! 착각이다!) 오히려 자각하지 못하는 '대중' 이하의 그래서 어느 쪽인가의 계급에 기생하는 '불쌍히 여겨야 할 존재'인 것이다. 그렇기 때문에 계급적 '보호'와 '교화'가 필요한 것이다.[9]

그리고 프롤레타리아 아동문학의 최후의 사명과 임무를 다음과 같이 설명하고 있다.

즉 지배 계급적, 노예적 견해, 사고방식, 느끼는 방식을 단호히 배격하고 우리들 무산자 계급의 진실로 '올바른 세계관'으로 이끄는 그 일은 「올바른 행동」으로 이끈 일 이외에는 없기 때문이다. 이것이야 말로 프롤레타리아 아

---

7) 앞의 책, 18쪽.
8) 앞의 책, 20~21쪽.
9) 앞의 책, 21~22쪽.

동문학-아동을 대상으로 하는 프롤레타리아 문학의 일 분화-의 최초의 임
무이자 최후의 임무이며 사명이고 또한 목적이다. 게다가 이런 이유로 존재
의의를 주장할 수 있는 이유가 되어야 한다.[10]

이상의 내용과 주장이 마키모토가 생각한 프롤레타리아 아동문학의
이론적 근거와 그 사명이라고 할 수 있다.
②「아동문학의 특수성 및 종류와 명칭에 대해서」의 첫 부분에 아동
문학의 특수성에 대해 다음과 같이 기술하고 있다.

> '아동문학은 원칙적으로 아동에게만 속해야 하는 문학이다. 그 말은 아동
> 의 심성과 이해력을 무시해서 절대로 성립하지 않는다고 하는 말이다'라고
> 시작하고 있다.
> 즉 아동은 감각에 의해 생기는 인식인 지각이 일반적으로 어른보다 빈약
> 하고 불확실하며 전체적으로 정밀도가 떨어진다. 그렇기 때문에 잘못하면
> 공상에 빠지기 쉽고 현실을 탈각(脫却)하여 가상의 세계로 몰입하여 결국에
> 는 그 세계를 진실이라고 생각해버리는 심적 상태를 다분히 지니고 있다. 이
> 것은 문화의 정도가 낮은 민족도 같지만 그렇기 때문에 아동의 생활내용, 생
> 활감정은 어른의 그것과 다르다. 따라서 희노애락의 「내용」, 가치 · 의의의
> '표준'-즉 진선미에 대한 관념의 차이를 지닌다. 따라서 이 관념의 차이를
> 표현하는 것이 '아동문학의 본질'이고 그 차이를 어른 관념에까지 이끌어 주
> 는 것이 '아동문학의 사명'이고 게다가 그 관념을 프롤레타리아트가 가져야
> 하는 관념으로 이끌어 주는 것이 '프롤레타리아 아동문학'의 사명이 되어야
> 만 한다.[11]

이상으로 「프롤레타리아 아동문학의 제문제」의 가장 핵심이 되는 제
1장 4절의 「프롤레타리아 아동문학의 이론과 실제」속의 '프롤레타리
아 아동문학의 이론적 근거와 그 사명, 아동문학의 특수성 및 종류와 명

---

10) 앞의 책, 22~23쪽.
11) 앞의 책, 23~24쪽.

칭'의 주요내용을 살펴보았다. 무엇보다 이 시기의 마키모토 프롤레타리아 아동문학의 핵심은 사회주의 사상에 입각한 투쟁을 강조하고 있다. 즉 마키모토 이론의 체계는 말할 필요도 없이 마르크스주의 이론을 아동문학에 접목시킨 것으로 그 역할도 대체로 일본의 마르크스주의운동의 발전단계와 발을 맞추고 있다.

마키모토 아동문학이론이 이룩한 역할은 크게 세 가지로 해보면 첫째, 아동문학의 초계급성 비판이고, 둘째, 계급적 관점을 아동심리의 특수성에 있어서 구체화한 점, 셋째, 사회주의 리얼리즘의 이론을 생활주의 동화로서 구체화라 할 수 있을 것이다. 그럼 「프롤레타리아 아동문학의 제문제」를 바탕으로 하여 프롤레타리아 동요에 대하여 좀 깊이 있는 접근을 한 「프롤레타리아 동요강화(童謠講話)」에 대하여 살펴보자.

2) 「프롤레타리아 동요강화」

「프롤레타리아 동요강화」는 프롤레타리아 동요에 대한 정의와 동요론, 동요의 활용, 창작방법, 창작예문 등에 대한 이론서이다. 그 내용을 살펴보면 다음과 같다.

> 제1장 '동요'란 무엇인가?
> 제2장 프롤레타리아 동요론
> 제3장 프롤레타리아 동요의 활용
> 제4장 프롤레타리아 동요의 창작법
> 제5장 프롤레타리아 동요의 작례(作例)

이 이론서의 경우에도 그 목적과 주요내용을 피력한 자서自序를 인용해 보면 다음과 같이 기술하고 있다.

한 때 그 만큼 매우 융성했던 이른바 예술동요도 지금은 이미 오동나무 낙엽 한 장만큼이나 조락(凋落)한 느낌이 든다. 왜 이렇게 갑자기 급격하게 쇠락했는가? 그것에는 이유가 있다.

그들 기성 동요시인들은 입을 모아 아동의 '천진함'을 설파하고 동요가 '동심예술'이라는 것을 역설했다. 즉 아동은 순지무구하고 마치 천사와 같이 초계급적이며 숭고한 존재이고 동요는 그런 신선하고 아름다운 노래라고 정의하며 그 이외의 것은 결코 『동요』가 아니라고 논단했던 것이다. 하지만 이것은 쁘띠부르주아 인텔리들의 뜻 없는 아름다운 몽상이었다. 근거 없는 개념이었다. 사실은 서서히 또는 급속하게 이것을 배신하기 시작했던 것이다.

그들의 이른바 '천사'도 그 보호자의 빈곤을 위해서는 영양불량에 빠지지 않을 수 없게 되어 보호자가 착취자 ××가 된 것을 보고는 '신선하고 아름다운 노래'만을 부르고 있을 수만 없게 되었다. 그리고 일단 보호자가 ×××× ××××깔려, 혹은 불합리함의 ××에 의해 빼앗겨 사라져버리려고 하는 경우는 그들 '천사'도 그 난치(亂齒)를 가지고 적의 팔 안으로 ××졌다. 이 실례는 끊임없이 있다. 그리고 이른바 『동요』도 첨차 그 내용을 달리하고 또 그 이용가치도 바야흐로 분명하게 변화해 가고 있는 것이다.

이것은 무엇을 위한 것인가? 말할 필요도 없이 아동은 그들 기성동요시인들이 규정한 것과 같이 '초계급적' 존재가 아니고 어느 쪽인가의 계급에 직속하는 '어린 계급인'이며 그리고 그 계급대립이 시시각각 첨예화하고 과열되기에 이르러서는 이미 이런 기만적인 '예술'이라고 하는 등의 말에 속임을 당하고 있을 수 없는 것이다. 그리고 그들 '어린 계급인'들은 자기 마음대로 설령 그것이 '예술'이든 아니든 간에 노래하지 않고는 있을 수 없는 것을 노래하여 행하지 않으면 안 되는 것을 행하려고 노력하기 시작했던 것이었다.

이것이 기성동요의 오늘날 쇠락을 초래한 큰 원인이다.

나의 이 졸저도 이런 관점에서 프롤레타리아 아동을 위한 노래-동요를 보다 실제적으로 고찰하려고 시도한 것으로서 그 이외 달리 다른 의미를 가지지 않는 문장으로서 그 만큼 또 모험적인 시도이다. 결코 기성동요시인을 욕을 하거나 중상하기 위한 것이 아니다. 하지만 우리들과 같은 입장에 서있는 동지들의 조언과 충언은 기꺼이 환영한다. 특히 노동자와 농민의 아동단체의 지도자 제군에게는 충분한 비판을 적극적으로 바라는 바이다.

요컨대 나의 이 졸저는 기성동요론을 부정하고 프롤레타리아 동요확립을 위한 최초의 작은 초석에 지나지 않는다. 젊은 동지는 이것을 읽는 것에 의해

더욱 새로운 하나의 초석을 쌓아 올려줄 것이며 또 그렇게 해주지 않으면 안
될 것이다. 계급적 일은 결코 한 개인의 힘에만 의지할 수 없는 것이기 때문
이다.12)

이 이론서에서 주장하는 것은 "아동은 기성 예술동요시인들이 규정
한 것과 같이 '초계급적' 존재가 아니고 어느 쪽인가의 계급에 직속하는
'어린 계급인'이며 그리고 그 계급대립이 시시각각 첨예화하고 과열되
기에 이르러서는 이미 이런 기만적인 '예술'이라고 하는 등의 말에 속임
을 당하고 있을 수 없는 것이다"라는 말대로 아동문학의 초계급성을 비
판하고 있는 것을 엿볼 수 있다.

그리고 그들 '어린 계급인'들은 자기 마음대로 설령 그것이 『예술』이
든 아니든 간에 노래하지 않고는 있을 수 없는 것을 노래하여 행하지 않
으면 안 되는 것을 행하려고 노력하기 때문이라고 하며 아동문학으로서
동요의 필요성을 제기하고 있다. 이런 면에서 「프롤레타리아 아동문학
의 제문제」를 이론을 이어받아 동요부분을 좀 더 심도 있게 이론을 확립
한 것이라고 볼 수 있다.

제1장 제1절의 「동요의 기원과 발달(童謠の起源と発達)」에서 동요
의 기원에 대하여 다음과 같이 설명하고 있다.

오늘날 일반적으로 사용하고 있는 '동요'라고 하는 말의 기원은 「동화」의
그것보다 한층 오래된 것이다. 「동화」는 도쿠카와시대(德川時代) 산토쿄덴
(山東京伝)이 쓴 『骨董集』에 나타나는 것이 최초로 되어 있다. 하지만 「동요」
라는 말은 옛날 중국의 『열자(列子)』, 우리나라에서는 『일본서기(日本書紀)』
에 이미 나타나고 있다.13)

하지만 여기에서 말하는 동요라는 의미는 현재 '동요'가 의미하는 뜻

---

12) 「프롤레타리아 동요강화(童謠講話)」, 1930년 6월, 紅玉堂書店, 1~3쪽.
13) 앞의 책, 6~7쪽.

과는 똑같은 의미가 아니고 지금과 같은 의미로 사용된 것은 도쿠카와 시대에 들어와서 비로소 지금과 같은 '동요'라는 의미로 사용되고 있다고 설명하고 있다.

그리고 제1장 제4절 '동요의 특수성 및 기능(童謠の特殊性及び機能)'의 첫머리에 다음과 같이 아동문학의 원칙을 밝히고 있다.

> 말할 필요도 없이 아동문학은 원칙적으로 아동에게만 속하는 문학이다.
> 즉 아동의 심성과 이해력을 무시하고서는 절대 성립하지 않는다.[14]

그리고 제2장 「프롤레타리아 동요론」에서는 첫 장에 내세우는 것이 '초계급적 동요론의 부정'을 앞세우며 다음과 같이 주장하고 있다.

> 이렇게 하여 어른의 문학과 아동의 문학은 동일궤도에 올리고, 어느 방향을 향해서 달리는 할 수 없이 하지 않을 수 없게 되었다. 하지만 상아탑에 틀어박히기를 바라는 이른바 예술가라고 칭하는 초계급론자(그들은 노예교육에 빠져 있으면서도 그것에 눈치 채지 못하고 도 가난함을 모르고 큰 계급인이다!)는 맹렬하게 이것에 반대한다. 그들은 계급, 사회주의의 말과 함께 선전, 선동의 말을 경멸하고 혐오한다. 그리고 그들은 의식적 무의식적으로 그들의 이른바 천사와 신의 아들과 어른의 아버지를 그들의 인생과 세계관으로 수송하려고 한다. …(중략)…
> 우리들은 단호하게 그들과 날카롭게 대립하는 작가 정도의 작품을 요망한다. 우리들은 아동문학(동요 경우도 같다)을 이런 노예교육의 과외매물, 또는 향락적 매물이라고 믿지 않는다. 또한 단호하게 이러한 것을 존재하게 해서는 안 된다! 또한 우리들은 아이들을 천사와 신의 아들과 어른의 아버지 등으로 우상화하고 신비화해서는 안 된다![15]

이와 같이 마키모토는 아동문학 즉 동화나 동요 모두에 있어서 아동을

---

14) 앞의 책, 31쪽.
15) 앞의 책, 47~50쪽.

초계급화하는 것을 거부하고 있다. 또한 아동을 우상화하고 신비화 하는 것을 비판하고 있으며 현실과 잘 어울리며 사회주의 사상에 맞추어 나갈 것을 주장하고 있다.

제3장 프롤레타리아 동요의 활용(プロレタリア童謠の活用)의 제1절 '형태·내용에 의한 활용상의 분류(形態·內容による活用上の分類)'에서는 동요의 활용에 대한 의미를 다음과 같이 정의하고 있다.

> 활용이란 적극적 이용 내지 의식적 적용이다. 그러므로 프롤레타리아동요가 X동·X전·조직의 말을 모토로 하는 프롤레타리아시의 일 부문 내지 일 분화로 본다면, 그리고 그것이 X의 문학으로서 대체로 알파벳(A·B·C) 내지 음계(도·레·미·파)의 역할을 하는 것으로 본다면 우리들은 그것의 적극적 이용, 의식적 적용에 대해서도 이미 대체로 짐작이 갈 것이다. …(중략)…
> 즉 우리들은 프롤레타리아 동요를 아동교회에 적극적으로 이용하기 위해서는 낭연히 우리들은 대상으로 여겨야 할 이동대중외 그 생활환경, 문화수준, 연령, 성(性) 등등을 이해하고 그들의 일상적 내지 비일상적에 있어서 그 쓰임새에 맞추어서 다양하고 생생한 작품을 조직적으로 생산해야만 하지만 그 경우 문제가 되는 것이 어떤 경우에 어떤 작품을 부여할까? 라고 하는 것이다.16)

프롤레타리아 동요를 적극적으로 이용하기 위해서는 대상으로 여겨야 할 아동대중의 그 생활환경, 문화수준, 연령, 성性 등을 이해하고, 「어떤 경우에 어떤 작품을 부여할까?」를 잘 찾아내는 것이라고 지적하고 있다. 그것을 위해서는 조직된 아동과 미조직된 아동을 분류하고, 평시와 비상시를 잘 구분해야 한다고 주장하고 있다.

그리고 제4장 「프롤레타리아 동요의 창작 법(プロレタリア童謠の作り方)」의 제1절에서 다음과 같이 창작방법에 필요한 조건을 설명하고 있다.

---

16) 앞의 책, 69~70쪽.

우리들의 문학(동요도 포함해서)은 원칙적으로 이데올로기가 명확한 것이 아니면 안 된다. 하지만 이데올로기 그 자체는 문학도 예술도 아니다. 그렇기 때문에 우선 문학예술의 형상적 표현에 가장 중요한 감각적 발동이야말로 첫째로 들 수 있는 것이다. 이 감각적 발동이 없이는 부르주아적 이데올로기도 또 프롤레타리아적 이데올로기도 문학예술로서 절대 표현할 수 없는 것이다. 가공하지 않은 있는 그대로의 관념과 이데올로기는 요컨대 있는 그대로의 관념과 이데올로기에 불과하다. 그것은 별도의 평가로 값어치를 매긴다 해도 문학예술로서의 평가는 얻을 수 없다. 그렇기 때문에야말로 우리들은 명확한 이데올로기를 어떻게 해서 문학예술로 창작해야 할 것인가? 라고 하는 문제에 봉착하고 거기서 십이분 이해해야할 필요가 생기고 도한 문학예술의 종류에 따라서 그 기능을 보다 효과 있게 만들기 위해서 성(成), 연령, 생활환경, 문화수준 등등의 조건이 필요하게 된 것이다.

하지만 이것들은 우리들이 전임적 기술자로서의 준비가 되었을 때의 말이고 일반인은 이런 충분한 실제적 연구를 할 수 없을 것이고 또 처음에는 불필요할 것이다. 단지 그들은 자신이 프롤레타리아이고 그리고 프롤레타리아로서의 체험을 주로한 자기 자신의 눈과 귀, 감각을 통해서 자기의 문학예술을 표현하기만 하면 될 것이다.[17]

이데올로기 자체는 문학도 예술도 아니기 때문에 우선 문학예술의 형상적 표현에 가장 중요한 것은 감각적 발동이라고 지적하며 체험에서 생겨난 자기 자신의 눈과 귀, 그리고 감각을 통해서 문학예술을 표현하라고 제시하고 있다. 이어서 제2절의 '마르크스주의적 견해(マルクス主義的観方)'에서는 가장 감각적인 것이라도 그것이 현실의 인간의 가진 것인 한에는 이데올로기와 결합하고 있다고 지적하며 미키키요시三木淸의 말을 인용하며 마르크주의적 이데올로기야말로 가장 현실적인 이데올로기라며 다음과 같이 설명하고 있다.

가장 감각적인 것이라도 그것이 현실의 인간이 가진 것인 한 어떠한 형태

---

17) 앞의 책, 88~90쪽.

로든 이데올로기와 결합하고 있다. 문제는 그것이 어떠한 이데올로기인가라
는 것에 있다. 그리고 마르크스주의 이데올로기의 특수성은 그것이 오늘날
에 있어서 가장 현실적인 이데올로기인 점이다. 그것은 하늘에서 내려온 것
이 아니라 땅에서 올라온 것이다. 그렇기 때문에 이 이데올로기에 의한 것이
아니라면 인생 및 사회의 어느 단면도 구체적으로 또한 전체적으로 이해될
수 없다. 그것은 개개의 사실을 살리는 혼이고 인생을 보는 눈이다.[18]

동요를 창작함에 있어서 가장 중요한 것은 이데올로기의 문제이고
마르크스주의 이데올로기야 말로 오늘날 가장 현실적인 이데올로기로
서 이 이데올로기에 의한 것이 아니면 인생 및 사회의 어느 단면도 구체
적으로 또한 전체적으로 이해될 수 없으며 그것은 개개의 사실을 살리
는 '혼'이요 인생을 보는 '눈'이라며 단언하고 있다. 즉 프롤레타리아 동
요를 창작과 그것을 잘 활용하기 위해서 줄기차게 무엇보다 초계급주의
의 타파와 대상선택과 환경의 중요성, 그것을 뒷받침해줄 수 있는 사상
적 이데올로기 문제를 강조하고 있다.

3) 「신아동문학이론」

「新兒童文學理論」은 1936년 7월 8일, 東宛書房에서 간행한 것으로
1939년 4월 간행된 「프롤레타리아 아동문학의 제문제」가 나온 지 약 7년
만에 나온 새로운 아동문학 이론서이다. 문제는 약 7년이라는 시기를 두
고 나온 이론서에서 그 시간적 차이는 큰 의미를 함축하고 있다. 즉 「프롤
레타리아 아동문학의 제문제」가 출간되었던 1930년 당시는 아직 프롤
레타리아 문학과 활동이 왕성하던 시기였고 「新兒童文學理論」이 발간
된 1936은 이미 1935년 일본 프롤레타리아 예술연맹이 해체되어 프롤

---

18) 앞의 책, 91~92쪽.

레타리아 문학이 거의 괴멸되어 가던 시기였다. 프롤레타리아문학이 일어날 당시 소부르주아문학으로 부정한 자유주의적 작품과 작가가 「반파쇼」라고 하는 점에서 거꾸로 진보적 역할을 하기 시작했던 시대는 요코미치리이치橫道利一 등의 '학예자유동맹'을 결성(1933)했을 무렵부터 시작하고 있다. 그런 시기적 변화는 마키모토의 아동문학이론에도 변화를 가져다주었다. 그럼 그 변화상을 살펴보자. 우선 그 이론서의 방향과 초점을 어디에 두고 있는지를 엿볼 수 있는 중요한 측도가 되는 자서自序를 발췌해 읽어 보자.

> 일본에서 아동문학을 작가가 의식적으로 창작하기 시작한 것은 약 45년째가 되었다. 하지만 그것이 오늘날의 문학의 기준에서 어쨌든 일단 아동의 문학이 될 수 있게 된 것은 이른바 童心文學의 운동이 발흥한 이후부터로 즉 최근 10수 년 이내의 일이다. 게다가 그 운동조차 현재 우리들의 문학적 상식 이하의 이론적 기초조차 가지지 못한 것은 이미 지식인들조차도 인정하는 것이고 또 유감스럽지만 아동문학들도 인정하지 않을 수 없는 사실이다.
>
> 나는 아동문학을 전공하는 한 사람으로서 진작부터 우리나라 일본의 아동문학을 이론적으로도 창작적으로도 일반문학 <성인문학>의 세계적 수준으로 높이고 싶은 것을 염원해 왔다. 원래 수요라는 점에서 보더라도 또 아동문학이 문학으로 가지는 사회적 중요함, 문학으로서 가지는 기술적 복잡함과 세련됨을 필요로 하는 점 등에서 보더라도 결코 아동문학은 성인문학에 손색이 없을 뿐만 아니라 오히려 그 우위성을 인정하더라도 좋을 정도이다. 그런데 일본에 있어서는 이른바 문단도 사회도 대체로 냉담하고 아직도 그 진가를 아직 인정하고 있지 않다. 이 절반의 책임은 물론 우리들 아동문학에 종사하는 사람들이 져야할 부분이기 때문에 여기에서 우리들의 임무가 확실하게 결정 날 것이다.19)

한 눈으로 알 수 있겠지만 「신아동문학이론」에서는 「프롤레타리아 아동문학의 제문제」나 「프롤레타리아 동요강화」에서 보여 주는 것과

---

19) 「新兒童文學理論」, 東宛書房, 1936.7.8, 1~3쪽.

같이 프롤레타리아 아동문학 사상에 의한 계급투쟁을 부르짖거나 프롤레타리아 문학정신의 확립을 부르짖고 있지 않다. 전체적으로 문체도 부드럽고 그 내용에 있어서도 아동문학은 성인문학에 결코 손색없는 오히려 우위성을 인정할 정도로 그 중요성을 강조하며 지금까지 아동문학을 등한시 한 것은 아동문학에 종사하는 사람들의 책임도 절반은 있다고 강조하고 있다. 이론의 내용은 전체를 네 개의 장으로 나누고 있다. 그 목차를 나타내 보면 다음과 같다.

I.
아동과 문학
아동문학에 있어서 작품평가의 기준
아동문학을 순수예술로서 말할 수 있는가 없는가?
아동문학에 있어서 통속작품과 예술작품
아동문학의 신단계
전환기의 아동문학
금후의 아동문학

II.
일본의 동화계와 이론의 결핍
동화작가의 창작태도
최근의 동화운동
일본 동화계의 현상(現狀)
유년 동화의 기본적 운동
시마자키토손의 아동 서책 연구
안데르센 백년제

III.
발전적 동화론
동요창작에 대한 약간의 사견
조선의 신흥동요

동요감상
동요와 동시의 문제

IV.
현 동화단(童話壇)과 오가와미메이(小川未明)의 존재
(중략 : 서평을 주고 나머지는 극평과 시평 등)
신동요의 작가들
문학에 나타난 무산자 아동

「프롤레타리아 아동문학의 제문제」에서는 마키모토가 일관성 있게
주장해온 아동문학은 계급적 관점의 확립과 소부르주아적 동심주의문
학의 배격, 노농계급아동을 위한 창작방법 연구의 필요라고 하는 명제
를 지니고 있다. 이 명제를 제시한 6년이라는 세월이 지난 후에 저술한
「신아동문학이론」에서는 언 듯 보아서도 전투적 노농계급의 문학이론
으로서 가졌던 날카로움을 잃어버렸으며 코뮤니스트가 아니다 하더라
도 받아들일 수 있을 법한 일반적인 문학상의 합리주의적인 명제로 이
행되고 있음을 알 수 있다. 이러한 명제의 이행은 당시 마키모토 한 사람
만의 변화라고 볼 수 없다. 앞에서도 언급했듯이 1932~1933년 이후의
일본정세는 급격하게 전쟁태세로 들어가 언론의 자유는 이미 존재하지
않았으며 프롤레타리아문학은 프롤레타리아 아동문학을 포함하여 권
력에 의한 압박으로 해체기를 맞이했기 때문이다. 더불어 프롤레타리아
문학의 정치주의적 혹은 극좌 편향적이었던 것에 대한 반성反省기에 들
어갔던 시기로 이론의 변화와 이행은 당연한 일이었음에 틀림없다.

하지만 날카로움을 잃어버렸다고 해서 마키모토 아동문학이론이 퇴
보한 것도 아니었으며 사상의 기본적인 전향도 아니었다. 그것은 초기
투쟁적인 계급성 강조의 이론이 그 계몽적 역할을 달성하였고 다음 단
계, 즉 「소부르주아」라고 말을 들었던 작가와 독자도 획득을 기회로 삼
아 민주주의적 아동문학이론으로 발전해 갔던 모습도 있었기 때문이다.

「新児童文学理論」에 수록된 여러 논문을 잘 읽어 보면 계급투쟁주의가 문장표현상 사라졌다 하더라도 마카모토가 초기에 나타냈던 근본적인 세계관을 잃어버린 것은 아니었기 때문이다. 예를 들면「新児童文学理論」속의「아동과 문학(児童と文学)」이라고 하는 논문 안에서 마키모토가 믿고 있는 아동문학의 본질이 다음과 같이 기술되어 있다.

> 좋은 아동문학은 올바른 문화건설에 도움이 되는 문화내용의 문학이 되어야만 하는 것이다. 바꾸어 말하면 인간 특유의 노동을 기조로 하는 집단적·자주적·창조적 사회생활을 촉진시키는 정서적 박차가 되는 내용을 가진 것이기 때문이다.[20]

이것은 사회주의적 입장에 있던 마키모토가 아동문학에 대한 목적을 나타낸 말로 본다면 추상적抽象的인 문장으로 보일 것이다. 그리고 계급주의를 풍기는 말은 겨우 '집단적'이라는 한 단어에 그치고 있으며 이것도 계급적으로 해석하지 않을 수 있는 문장이다. 왜냐하면 당시는 이미 '인민'이라든지 '대중'이라든지 '계급', '프롤레타리아'라고 하는 말의 사용조차 주의를 기울이지 않으면 권력의 압박을 받을 수밖에 없는 시대였기 때문이다. 사회주의는 물론 민주주의라고 하는 용어들도 이 논집 외의 다른 대부분의 논문에서도 찾아 볼 수가 없다. 하지만 마키모토 아동문학이론이 마르크스주의 세계관의 합리주의와 사회주의로부터 벗어나지 않았던 것은 같은 책의 다른 논문에서 엿볼 수 있다.「아동문학에 있어서 통속작품과 예술작품(児童文学に於ける通俗作品と芸術作品)」이라는 문장 속에 다음과 같이 기술하고 있다.

> 그 내용이 상식을 기조로 할 것인가, 예지(叡智)를 기조로 할 것인가에 의해 통속과 예술을 구별 지을 수 있는 것이다. 한 예를 들면 효행을 주제로 동

---

[20] 앞의 책, 28쪽.

화를 창작할 때, 그 역사적 과정도 사회적 의식도 현실적 관계도 구체적으로 이해하려고 하지 않고 전통적 일반적 관념에서 작품을 썼다고 하면 그것은 통속작품 밖에 되지 않을 것이고 그 작품의 무대 또는 배경의 사회를 그것은 종종 잡다한 문화적 · 이데올로기적 요소의 혼돈의 도가니더라도 거기에 시시각각, 보다 올바른 것이 정 · 반 · 합의 과정으로 변증법적 생장을 계속 수행하고 있는 것을 끝까지 밝히지 않은 채 그려낸다면, 바꾸어 말하면 그 예지가 결여된다면 결코 그 사회를 진실로 구상화할 수도 없고 또 예술작품이라고 할 수도 없는 것이다.[21]

이것은 마키모토가 초기 프롤레타리아 아동문학론에서 주장한 아동문학 계급적 관점의 확립임을 보여 주는 연장발전 선상에 있다는 것을 바로 알 수 있다. 같은 책 속의 「아동문학의 신단계(児童文学の新段階)」에서는 "아동문학의 쇠퇴의 제문제(児童文学の衰微の諸問題)"라는 장에서는 일관성 있게 주장해왔던 마키모토의 동심童心주의문학비판도 볼 수 있다. 아동문학 쇠퇴의 첫 번째의 원인을 마키모토는 다음과 같이 기술하고 있다.

> 이른바 초××적 동심(원문은 복자이나 ××는 「계급」으로 추정)에 의해 아동문학을 쓰려고 하는 그 것이 출발 당초부터 이미 잘못된 일이다. …(중략)… 현실을 살아가는 아이는 결코 어느 ××도 속하지 않는, 또는 어느×× 에도 속한다고 하는 것 같은 아이는 하나도 없는 것이다.[22]

이 글에 이어서 마키모토는 당시의 작가는 존재하지 않는 것(초계급의 동심)을 찾아서 결국 중간계급, 주로 쁘띠부르주아 · 인텔리 아이의 「동심」을 사로잡는다고 기술하고 있다.

이러한 인용을 보더라도 마키모토가 초기의 전투적 프롤레타리아주의에서 시대적 추세에 따라 보다 사회적 합리주의 이론태도로 옮겨가고

---

21) 앞의 책, 67쪽.
22) 앞의 책, 72쪽.

있는 것도 초기 프롤레타리아문학 이후로 일관된 이론적 배경을 가지고 있었던 것을 알 수 있다. 그리고 이 태도는 전쟁 중의 침묵에서부터 전후 戰後에 이르기까지 일관되게 진행되고 있다.

「新児童文学理論」은 마키모토의 이론 활동의 정점을 나타낼 뿐만 아니라 또한 좁은 프롤레타리아문학주의의 범위를 넘어서 일시적으로 합리적인 아동문학관의 기초를 쌓아올린 것으로서 오늘날 재평가 되어도 좋을 것이다. 예를 들면 아동문학개념을 분명하게 한 공식을 마키모토는 다음과 같이 기술하고 있다.

①아동의 입장에서 → ②아동의 관심사를 → ③아동이 읽어서 이해하기 쉽도록 → ④문학적으로 형상화할 것
(① 児童の立場で → ② 児童の関心事を → ③ 児童の読んで理解しやすいように → ④ 文学的に形象化すること)

이것이 의미하고 있는 것은 아동이라고 하는 존재를 즉 성인에 대한 발육과정을 완전히 성인의 발전 과정대로 문학에 적용하는 것에 의해 보다 합리적으로 파악하고 있다. 즉 아동문학을 결정한 원칙적 조건이라고 할 수 있다. 하지만 이것을 부연해 설명하면 「아동문학은 본질적으로는 어른의 문학과 결코 대립하는 것이 아니고 또한 대립시켜서도 안 되는 것이다. 아동은 어른에 대한 성장 과정에 있는 것이며 아동문학은 그러한 과정을 과정으로서 보다 합리적으로 파악한 문학인 것이다. 그러므로 아동문학이라고 하는 예술양식에 의해 아동의 문학적 요구에 따라 문화적 내용은 어른의 그것과 결코 대립시켜서는 안 되는 것이다」라고 할 수 있다. 그리고 앞에서 인용한 예술작품과 통속작품의 구별, 아동문학의 창작목적의 규정 등을 관련지어 생각했을 때, 마키모토의 당시의 논리가 오늘날에 와서 살펴보았을 때 아무리 소박하게 보이더라도, 또는 형식적 문장이 있다 하더라도, 확실한 아동관을 가지고 리얼리즘

아동문학의 기초적 원칙을 확립한 마키모토의 역할을 역사적으로 높이 평가해야 할 것이다. 어떤 경우에는 특별히 리얼리즘이라고 부릴 필요는 없지만 일시적으로 아동문학의 구조와 기능을 처음으로 객관적 입장에 서서 밝혔다고 평가해야 할 것이다. 진보적 아동문학이 지금보다 훨씬 곤란했던 시대인, 이론의 초창기에 이러한 길을 혼자서 걸어 이론적으로 완성했던 마키모토쿠스로라는 존재는 그 의미가 크다고 할 수 있다.

3. 마키모토 아동문학이론의 역할과 한계

마키모토 이론의 체계는 말할 필요도 없이 마르크스주의 이론을 아동문학에 접목시킨 것이다. 그리고 그 성과나 한계도 대체로 일본의 마르크스주의운동의 발전단계와 발을 맞추고 있다. 마키모토 아동문학이론이 이룩한 역할은 크게 세 가지로 압축할 수 있다. 첫째는 아동문학의 초계급성 비판이고, 둘째는 계급적 관점을 아동심리의 특수성에 있어서 구체화한 점, 셋째는 사회주의 리얼리즘의 이론을 생활주의 동화로서 구체화 한 점이다. 한계로 볼 수 있는 것에는 이론의 형식주의적 성격으로 요약할 수 있고 아동관, 사회관, 아동문학의 개념, 아동문학운동 목표 등, 작품의 토대가 되는 것의 일시적 규정에서는 대체로 올바르다고 할 수 있으나 그 토대 위에서 문학작품을 문학작품답게 만드는「문학형상(文學形象)」의 추급追及, 분석이 적다는 점이다. 그것은 마키모토가 기회 있을 때마다 집필한 장르가 대부분이 아동문학의 원칙론과 총론, 시평 형식의 에세이가 대부분이었기 때문일 것이다. 작가연구와 작품연구를 정리한 논문을 더 집필했다면 아마 그 결과는 달라졌을 것이다.

위에서 언급한 마키모토가 이룩한 역할 세 가지 성과를 하나씩 풀어 가면서 살펴보고자 한다.

첫째, 초계급적 아동문학론의 비판은 앞 절에서 언급한 「프롤레타리 아동요강화(プロレタリア童謠講話)」 서문의 논지에서도 분명히 하고 있지만 같은 책 제2장 프롤레타리아 동요론 1절에서는 다음과 같이 명확하게 규정하고 있다.

> 원칙적으로 말을 하면 아동문학(동화를 포함)은 아동성에 혹은 정도 지적 통제와 예술적 정리를 부여하여 아동을 대상으로서 표현하는 문학이다. 따라서 지적 통제와 예술적 정리와는 필연적으로 작가자신의 지적, 도덕적, 신앙적, 과학적, 내지 인생적인 적응도를 결정하고 표현하는 것을 강요당한다. (여기에 이르러 그들의 미몽은 깨진다!) 그들은 입만으로 아동을 천사다, 신의 아들이다, 어른의 아버지다 라며 치켜세우기도 하도 찬미하면서도 실제로는 스스로 자각 하지도 못하는 지도자의 위치에 서서(매우 애매한 입장에 서서!), 그리고 무언가를 이야기하고, 어떤 것을 나타내는 것이다. 그것은 평론가가 이론적으로는 추리의 도움을 빌려 자기의 사상을 발표하는 것과 같고 그들은 심리적, 정서적 형상(동요 · 동화 · 그외)을 가지고 자기의 관념 내지 이데올로기 · 사상 등을 표현하고, 그리고 그 표현의 결과는 대소 · 강약 · 심담의 차이조차 있어 궁극적으로는 선동을 연출하는 것이다. 물론 작자의 의식적과 무의식에 관계없이 이것은 현대 내지 근대의 아동문학이 점차 내용 주의적으로 발달해온 흔적을 보더라도, 또 아동문학의 교화적 사명이 중대시 되고 있는 현상에 비추어보더라도 명백한 일이다.23)

그는 아동을 대상으로 하는 예술의 경우에 있어서도 '예술적 관념투쟁의 경우'라고 표현하고 있다. 이것은 결코 '공식적'이어서는 안 되는 것이기 때문에 그 사명은 프롤레타리아의 정치적 슬로건 등을 직접 해설하는 것이 아니라 어떻게 하면 당의 사상적, 정치적 슬로건에 대한 개안開眼을 빨리 이룰 것인가 하고 생각해야만 한다고 그는 주장한다. 이

------

23) 앞의 책, 46~47쪽.

것을 위해서 아동을 대상으로 하는 계급 · 층 · 그룹의 차이, 지역적 · 문화적 · 생활적 차이, 연령 · 性에 따른 관심사 · 취미 등의 차이를 잊으면 안 된다며 그는 반복하여 강조했다. 그리고 나서 마키모토는 자신보다 선행되었던 다이쇼大正 말기에서 쇼와昭和 초기에 걸쳐 나타난 경향적인 아동문학에 비판을 던진다.

이러한 점은 대체로 아동문학에서 '아동의 심성과 이해력을 무시해서는 절대로 성립하지 않는다'라고 하는 주장에 입각한 것으로 그것은 마키모토아동문학이론의 성과의 두 번째에 해당하는 것이다. 그는 동화에 있어서 현실, 비현실의 문제에서는 로버트 루이스 스티븐슨의 아동의 유희로부터의 인용을 하면서 공상적, 상상적인 아동심성의 특수성을 강조하고 있을 정도이다. 동화의 일반성을 부정하는 소박한 합리주의가 일부에게는 새로운 동화의 본연의 모습으로서 논해진 것에 대한 정당한 비판이었다.

이러한 마키모토 아동문학이론의 원천으로서는 독일의 공산주의 소년운동의 이론적 지도자로 아동문화와 교육에 조예가 깊은 E. 훼른레 Hoernle의 큰 영향을 받은 것으로 볼 수 있다. 마키모토는 훼른레의 '소년소설 · 우화 · 동화에 대해서'를 번역하여 「심일의 교육(尋一の教育)」 1928년 10월호에 발표했다. 이 논지의 골격 특히 장르론으로서는 뒷날에까지 큰 영향을 미치고 있었다. 마키모토는 또 당시 일본의 동화학의 성과[24]를 비판적으로 섭취하는 것을 노력한 것을 그의 논지 여러 곳에서 그것을 찾아 볼 수 있다. 그리고 그것이 동심주의를 비판하면서 다 빠져나오지 못해버린 마키모토 문학이론의 취약점의 근원이기도 했다고 생각되어지지만 여기서는 지적으로만 그친다.

셋째 성과인 생활주의 동화의 제창은 아동의 자발성의 존중에 입각하고 다른 한 면에 있어서는 그때까지의 프롤레타리아 아동문학의 이데올

---

24) 松村武雄박사로 대표되는 이론체계.

로기 주입적인 방법25)을 고치기는 했지만 더욱 변질해버린 생활동화를 더욱 강하게 '동심주의의 뒤집기'라고 평가받아 취약점을 보이고 있는데 그러한 근원은 마키모토 아동문학이론의 원천 속에서 찾아내지 않으면 안 될 것이다.

생활주의 동화의 형성과정에 대해서는 사회주의 리얼리즘의 '사회'를 '생활'이라든지 '집단'이라고 하는 말로서 바꾸어야만 되고 현실의 서사시적 전개라고 하는 면을 사상捨象한 부분에서 「생활주의 동화」의 성립이 있었다고 할 수 있다. 사회적 현실을 그리는 자유를 잃어버렸다고 하는 외압에 맞추어 내적 조건으로서 동심주의가 맥을 이어받았다고 할 수 있을 것이다.

이러한 취약점을 내재하고 있다고는 하지만 마키모토 아동문학이론은 의심할 바 없이 일본 아동문학의 전진에 큰 역할을 했다. 프롤레타리아 아동문학운동은 그의 이론에 의해 지도받았던 것은 틀림없는 사실이다. 그 단계에서는 운동 전체의 당파적 경향을 반영하고 공산주의적 아동문학 진영 밖에 있는 것은 통렬한 비판의 과녁이 되었다. 그리고 그런 논지의 공식주의는 사회변혁의 필연성을 믿고 있거나 세계관적으로는 마르크스주의를 인정하고 있더라도 예술론적으로는 반발하지 않을 수 없다고 하는 많은 아동문학자들을 적으로 돌려버렸다. 운동의 좌절과정에서 자기비판을 끊임없이 반복해 갔던 마키모토의 논조는 「신아동문학이론」의 여러 논문에서는 착각할 정도로 변해 있다. 「자유의 옹호」, 「문예의 옹호」를 위해 민주적 예술적 아동문학운동의 통일전선을 결성하려고 하는 적극성이 유연성을 풍부하게 해온 논지 속에서 분명하게 읽을 수 있게 되었다.

이전의 논적論敵이었던 오가와미메이小川未明의 부르주아적, 쁘띠부르주아적이라고 논란을 해왔던 동화작품들에 대해서 작품에 따라서는

---

25) 마키모토 자신, 이론적으로 이 경향을 비판하면서 실천적으로는 동조했다.

격렬한 말과 함께 설득성이 있는 비판을 통해서 평가하고 그 작품의 위
치를 올바르게 평가하려는 태도로 비평의 자세도 바꾸었다. 하지만 이
런 전진에도 불구하고 역시 마키모토 이론은 형식주의적 성격으로 밖에
볼 수 없다. 이것에 대해서도 결론적인 단정을 내리는 것만으로 그쳐버
렸지만 근본적으로는 그의 논리적인 근거였던 유물변증법이라는 이론
의 방법에 문제가 있었다고 볼 수 있다. 그의 문장에 자주 보이는 '정ㆍ
반ㆍ합의 변증법적 발전'이라고 하는 표현에는 대상에 내재하는 모순의
구조가 객관적으로 나타나지는 않고 있다. 단지 교조주의적, 주관주의
적이라고 규정해야할 것 같은 논리의 적용이 있을 뿐이다.

　앞에서도 언급했지만 그의 한계로 볼 수 있는 것에는 이론의 형식주
의ㆍ공식주의적인 성격으로 요약할 수 있고 아동관, 사회관, 아동문학
의 개념, 아동문학운동 목표 등, 작품의 토대가 되는 것의 일시적 규정에
서는 대체로 올바르다고 할 수 있으나 그 토대 위에서 문학작품을 문학
작품답게 만드는 '문학형상文學形象'에 대한 추급追及과 분석이 적다는
점일 것이다. 하지만 그런 한계와는 달리 분명하게 마키모토의 아동문
학이론은 일본 아동문학의 발전에 기여했다는 것은 의심할 여지가 없을
뿐 아니라 그런데도 불구하고 그의 연구가 아직까지 미진한 것에 대한
의구심은 떨쳐버릴 수가 없다. 이 부분에 대한 것은 본고에 이은 또 하나
의 연구과제로 삼고 싶다.

4. 이주홍의 아동문학이론

　이주홍의 아동문학이론은 『조선일보』에 1931년 2월 13일부터 21일
까지 연재한 「兒童文學運動 1年間—今後 運動의 具體的 立案」이라는 평

론이 그 핵심이다. 이 평론은 시기적으로 볼 때 槇本楠郎의 영향을 받았다고 스스로도 밝히고 있으며26) 실제로도 마키모토의 평론집인 『프롤레타리아 아동문학의 제문제』와 『프롤레타리아 동요 강화』가 발간된 그 다음해에 나온 평론이므로 그 신빙성은 높은 것으로 추정할 수 있다.

그리고 그의 평론 「兒童文學運動 1年間―今後 運動의 具體的 立案」(3)에서 마키모토의 이름을 거명하며 다음과 같이 기술하고 있다.

> 그럼으로 나는 여귀서 日本의 同志 槇本楠郎군의 말을 인용하자.
> 兒童文學의 참 使命은 飛躍的으로 푸로레타리아의 政治的 슬로―간 等 을 直接 解說하는 데에 잇는 것이 아니라 차라리 이러한 슬로―간을 생장과 함께 저절로 抱懷시켜서 實現치 안코는 안흘만치 참으로 根本的으로 兒童을 푸로레타리아의 一員으로 成育식히는 데 잇다. 즉 크게 말하자면 第一期 푸로레칼토의 目標는 푸로레타리아 XX을 完成 식히기 위한 訓練이고 敎化이지만 兒童文學은 그 알파벨의 ABC · 오―케스트라의 大組織(이것이 當然 X의 슬로―간으로 되어 잇다―槇本―)에의 音階 도레미파를 틀림업시 가르키는 데에 잇다. 그리고 그 指導者는 그냥의 語學者 音樂家로서 안 될 것을 레―닌도 쪽쪽히 말한 바와 갓다
> 이러케 어른 文學과 兒童의 文學은 그 使命으로나 그 機能으로나 根本的으로 달는 性質임을 우리는 잘 認識하지 안흐면 안 된다.27)

이주홍이 이를 통해볼 때 평론을 쓸 당시는 마키모토의 아동문학이론에 영향을 받았음이 분명하고 넓게는 프롤레타리아 문학이론에 이론적 근거를 두었음을 알 수 있다. 실제로 그 당시 이주홍은 『신소년』, 『음악과 시』, 『별나라』, 『우리들』 등의 카프계열의 잡지에 작품을 주로 발표하고 이들 잡지의 편집과 인쇄를 맡았고, 1931년 3월 중앙인서관에서 『불별』이라는 프롤레타리아 동요집을 김병호, 양창준, 이석봉, 박세영, 손재봉, 신말찬, 엄흥섭 등과 더불어 발간한 점에서, 그가 프롤레타리아문학운

---

26) 이주홍의 『술 이야기』(자유문학사, 1987.7) 속의 「스미다강의 5월」, 113~114쪽.
27) 『이주홍문학저널』 제4호, 세종출판사, 2006.5.20, 280쪽.

동에 매우 적극적이었고 아울러 그의 사회주의 신념이 매우 투철했음을
알 수 있다.

「兒童文學運動 1年間－今後 運動의 具體的 立案」은 전부 9번에 걸쳐
조선일보에 연재하고 있다. 그 내용의 목차를 정리해보면 다음과 같다.

> 立案1. 첫말, 童謠.
> 立案2. 立案1의 童謠의 연속.
> 立案3. 立案1의 童謠의 연속.
> 立案4. 童話.
> 立案5. 立案4의 童話의 연속, 少年小說.
> 立案6. 少年詩, 兒童劇.
> 立案7. 立案6의 兒童劇의 연속, 노래, 그림.
> 立案8. 立案7의 그림의 연속, 作家同盟.
> 立案9. 實際運動. 끝말.

즉 이주홍은 아동문학을 동요, 동화, 소년소설, 소년시, 아동극, 노래,
그림, 작가동맹, 실제운동이라는 주제로 각각 나누어 자신의 생각을 펴
고 있다. 그 내용을 정리해 보면 다음과 같다.

立案1의 '첫말'의 첫 부분에 다음과 같이 그 시작의 변을 밝히고 있다.

> 나는 過去 一年間 朝鮮 푸로레타리아 兒童文學運動에 대한 결산적 비판과
> 쏘 1931년을 展望하면서 將次로 발압헤 밀려잇는 우리들 運動 課題에 대한
> 管見을 具體的으로 써 보려 한다.[28]

이어서 이 글의 대상과 범위에 관한 것으로서 다음과 같이 기술하고
있다.

---

28) 『이주홍문학저널』 제4호, 세종출판사, 2006.5.20, 271쪽.

　　主로 文學 運動에 關한 것을 쓰지만 必要를 늣기는 대로 演劇 音樂 遊戲 等
에싸지의 一般藝術 쏘 童話隊 勞農少年團 作家同盟 等 實際 運動엣가지 言及
코저 함을 미리 말해둔다.29)

그리고 지난 1930년을 투쟁의 1년이라 규정 조선아동문학사에 있어
서 획기적인 전환을 마련한 시기였다고 평가하고 있다.

　　朝鮮의 文學運動에 잇서서 特히 兒童文學運動 領域에 있서서 지난 一九三
〇년은 確實히 鬪爭의 一年이엇다. 一九二九年이 初步的 啓蒙的 自然發生的
임에 反해서 三〇年은 보담 □보 前進한 目的意識的 XX의 活氣찬 朝鮮兒童
文學運動史上에 劃線할 一年이었다.30)

이어서 그 획기적인 전환의 이유로서는 「작가들의 의식수준이 균등
해진 것, 일정한 통제된 기관이 없으면서도 작가들의 단합이 조직적으
로 용이하게 된 것, 잡지『별나라』,『신소년』이 비약적으로 발전하면 기
관지로서의 능력을 갖추어 계획적 운동이 실현된 것, 사회적으로 독자
대중의 계급적 의식이 비교적 빠르게 각성된 것」 등을 들고 있다.

아홉 개의 주제 중 그 첫째인 ‘童謠’의 첫머리에 “우리는 過去 一年間
作品行爲에 잇서서 第一 注意할만한 것이 이 童謠에 잇섯다”31)라고 시작
하고 있다. 이어서 그 이유로 “이것은 作家들의 專門的 기능의 편중에 原
因된 것이 아니라 모든 客觀的 狀勢가 이러케스럼 하여든 것이다. 웨 그
러냐 하면 몬저 兒童文學 作品의 먼든 部類 中에서도 第一 갓가히 兒童
대중을 接近할 수 잇는 것이 이 童謠이다.”32)라고 하며 아동문학 중에서
제일 가깝게 아동에게 접근할 수 있는 장르가 동요라고 설명하고 있다.

---

29) 앞의 책, 271쪽.
30) 앞의 책, 213~214쪽.
31) 앞의 책, 273쪽.
32) 앞의 책, 274쪽.

동요는 立案2에서도 이어지고 있는데 여기에서는 동요가 왜 가장 쉽게 접근할 수 있는 장르인지를 다음과 같이 설명하고 있다.

> 그럼으로 平時에 別로히 音樂的 素質이 稀薄한 사람으로서도 群集이나 데모째의 鬪爭歌 等類에 平等 以上의 音樂的 衝動과 鑑賞的 滿足을 늣기는 거와 마찬가지로 이 모든 藝術的 素質이 稀薄한 兒童으로서도 多分히 愛着 늣기고 쏘는 불러도 보고 십흔 衝動을 늣길 쑫만 아니라 다가튼 兒童文學部分 中에서도 少年小說이나 少年詩와는 달리 훨씬 이해하기에 쉽고 …(중략)… 이 멧줄 안 되는 것만은 지내면서라도 보아치움즉한 時間的 便宜가 잇는 것도…(중략)… 朝鮮에서 가튼 特殊한 環境에 잇는 各 少年雜誌는 四五十페지 되는 全페지에서 四페지나 五페지씩의 長行物類만은 여러 개 실릴 수 없는 關係로 기징 地面을 節約할 수 잇는 童謠 이것을 提供하는 經濟的 條件도 잇는 것이다.[33]

1930년을 동요의 풍년이요, 동요의 홍수시대라고 평가하고 있는 이유로서 위의 내용을 언급한 것이다. 즉 동요는 음악적, 문학적 요소를 동시에 지녀 아동들의 정서에 쉽게 공감할 수 있을 뿐 아니라 상대적으로 이해하기 쉽고, 짧기 때문에 작품을 읽을 때 시간적 편의를 누릴 수 있으며 신문이나 잡지의 지면을 많이 차지하지 않아서 열악한 지면 사정에도 큰 제약을 받지 않아 많은 작품을 발표할 수 있다는 점을 지적하고 있다.

이어서 사회주의 프롤레타리아 동요에 대해서 다음과 같이 설명하며 아직 발전과정에 있는 상태라고 평가하고 있다.

> 그러나 初期까지는 아즉도 푸로레타리아 童謠란 것도 저들의 藝術形式을 그대로 繼承하여 가지고 觀念的으로 조곰씩의 社會主義的 意識을 약념으로 혹은 比喩的으로 너은 것에 不過하였다.[34]

---

33) 앞의 책, 275쪽.
34) 앞의 책, 276~277쪽.

덧붙여 욕심에 급급하여 자기 본래의 계급적 입장과 이해를 저버린 일부 이름을 파는 문학 소년들이 일반 독자의 계급적 성장을 방해하는 노략질을 배척하며 우리들의 목표로 매진할 것을 주문하고 있다.

다음으로 지난 1년간의 프롤레타리아 동요작품에서 발견되는 과오를 규명하고 있다.

> 첫째로 兒童을 對象으로 周密한 태도와 纖細한 用力으로서 가장 아동이 쉽게 빠르게 알리려는 作品이 作家自身의 氣分과 熱이 압서서 그 內容의 構成으로나 …(중략)… 少年 活動에 대한 無理解로 너무 어렵거나 쌕쌕하기로 해서 여간해서는 兒童이 容易이 詛嚼하고 玩賞 解得하기 어려울 것을 우리는 往往히 보았다. 이것은 다만 童謠의 容器를 빌어쓴 어룬의 詩나 노래임즉한 讀者 對象을 忘却한 自家撞着에온 現實 錯覺이라 안 홀 수 업다. …(중략)… 童謠는 불리는 것이 目的인 以上 우리는 取才 內容에 잇서서나 表現 奇巧에 잇서서 훨신 沈着히 注意를 드러야 할 것이다.[35]

즉 아동을 대상으로 한 동요가 정작 아동이 읽고 해독하고 음미하기가 너무 어렵다는 것과 동요는 노래로 불리는 것이 목적인데 노래할 수 없는 동요가 많다는 것이다.

立案3 또한 「동요」의 연장으로서 위의 과오 규명이 이어지고 있는데 어른 문학과 아동문학이 그 사명이나 기능이나 근본적으로 다른 것을 인식하지 못하는 것을 "韻律的 生命 音樂的 要素 이것이 다른 兒童文學과 童謠의 本質인 것이요 쏘 그것만이 童謠가 童謠로서의 特殊한 機能을 가진 것이다."[36]라며 동요의 본질을 들어 평가하고 있다. 이어서 마키모토의 프롤레타리아 아동문학이론을 인용하고 있다. 그리고 프롤레타리아 아동문학이론에 근거하여 앞으로 동요가 나아갈 길을 다음과 같이 제시하고 있다.

---

35) 앞의 책, 278쪽.
36) 앞의 책, 280쪽.

그리고 지난 해의 中半期까지도 우리가 써온 童謠는 거의가 個人的 立場에서 쓴 것이다. 勿論 그 境遇에 싸라서 이러한 童謠도 必要할 째가 잇는 것이지만은 그째 그째의 政勢와 要素에 싸라서 우리는 모다 集團的 立場에서 데모歌 XXXX혼 集團的 작품을 써야할 것이다. …(중략)… 그리고 今後로 우리들은 作品 製作에 直面해 가지고 注意할 것은 亦是 槇本동무가 具體的으로 규정한 바도 잇지만 抽象的 批判에 의한 槪念的 評價에서가 아니라 對象의 階級層群의 相違 地域的 文化的 生活的 相違年齡性組織 未組職 平常時 非平常時 等 特殊 事情을 잘 枰量하여서 혹은 노래할 것은 혹은 動作에 옴길 것 혹은 들릴 것 등을 特色에 부처 가지고 제작하여서 本來의 效果를 내어야 할 것이다.[37]

여기에서도 '槇本동무가 구체적으로 규정한 바도 잇지만'이라고 언급하고 있듯이 마키모토 아동문학이론의 영향을 받고 있음을 확실히 알수 있고 마키모토의 이론으로서 과오에 대한 논의를 보완하고 있다.

「동요」의 마지막 부분에서는 1931년의 아동문학은 프롤레타리아 아동문학에서 사실상 그 참다운 면모를 발견할 수 있다고 확신하며 부르주아아동문학을 "……보라 그들은 지금 편지童謠니 그림童謠니 別別 化粧을 해가지고 XX 直前의 最後의 발악을 하면서 필연적으로 沒落하고 잇지 안는가."[38]라고 하며 몰락의 과정을 신랄하게 비판하고 있다.

立案4는 「童話」에 관한 평론이다. 동화에 대한 평가가 부진함을 먼저지적하고 발전을 위해 노력을 촉구하고 있다. 그 부진함의 이유로는 "대중의 흡수정세에 관한 문제, 조선의 특수한 경제적 난관, 시간적 여유가없는 점, 동요방면에 너무 힘을 쏟은 점 등을 들며 양으로나 질로나 주의를 끌지 못했다"고 지적하고 있다. 이어서 프롤레타리아 문학이념에 바탕을 두고 이데올로기의 주입을 촉구하고 있다.

---

37) 앞의 책, 281~282쪽.
38) 앞의 책, 282쪽.

三〇年에 잇서서 아니 우리들에 잇서서는 그 存在까지 疑心할만큼 우리들은 童話를 만히 쓰지 안 헛다. 그것은 이우에도 말한 바와 가티 諸者 大衆의 吸收 情勢에 관련된 또 朝鮮 特殊한 經濟的 難關도 큰 原因이지만 事實에 잇서서 우리는 童話 方面에 힘을 넘우 드럿고 또 擧皆는 時間的으로 不自由도 잇엇 든 것이다. …(중략)…

작품만 조혼 것이 나오면 얼마든지 讀者를 獲得할 수도 잇스려니와 小說類의 形式과 한가지로 첫재 具體的 說明的으로 敎化하기에 適當할뿐 아니라 …(중략)… 그들의 欲求에 짜라서 이 童話――般 兒童文學―란 그릇을 빌여서 科學的 社會的 맑스주의적 이데올리기를 주입하여서 아죽 批判力과 認識力이 不足한 그들의 觀念을 어른의 푸로레타리아트가 가질 觀念에까지 誘導케 하는 것이 우리 맑스주의적 藝術家의 根本的 使命이다. …(중략)…

그럼으로 우리는 이런 힘을 逆用하여서 푸로레타리아 英雄的으로 길러내지 안흐면 안 된다. 여긔서 나는 다시 强調하기 위해서 流行은 現實이다. 이것을 社會文化의 行進에서 分離해 가지고 그저 一種의 輕薄한 氣分만으로만 注目을 避하는 것은 즉 現代에 대한 微細한 辨證法的 考察을 忘却하는 것이다. ……우리는 旣成 諸感情에 從屬되여서 안 될 것은 勿論이지만 이것을 함부로 排擊해서 푸로레타리아 哲學 우에 固定化해도 안 된다. 웨 그러냐하면 이러한 固定化는 운동을 中斷하는 것가튼 結果를 招來한다.39)

이와 같이 동화의 부진함을 지적함과 동시에 프롤레타리아 문학이념을 동화를 통하여 주입하려는 의지와 그것을 통해서 프롤레타리아들을 영웅적으로 길러내려고 하는 의지가 확고하게 엿보인다.

그리고 立案5에서는 동화제작의 방법과 동화운동의 매진할 것을 요구하며 끝을 맺고 있다.

그리고 製作에 잇서서는 압날에 日本에서도 現實 非現實 問題에 對한 具體的 理論이 만헛지마는 問題는 取才 如何에 잇는 것이 아니고 이데올로기 問題에 잇다. 原則的으로 보아서는 푸로레타리아의 모든 것이 現實的이어애 하겠지만 現實의 兒童의 要求와 效果 與否를 計算하여서 이로울 째에는 설

---

39) 앞의 책, 283~286쪽.

사 非現實을 쓴다하더래도 그것은 相關 업슬 것이다. 兒童은 어룬보다 훨씬 空想이 自由奔放한 것임으로 取扱 如何 境遇 關係에 짜라서 非現實이 도리혀 有效할 째가 만혼 것이다. …(중략)…

今年에 드러서 나는 여러 作家 동지들에게 童話運動에 徹底한 努力을 재촉하여 마지 안는다.[40]

동화 제작에 있어 프롤레타리아의 모든 것이 현실적이어야 하겠지만 현실의 아동의 요구와 효과부여를 생각하여 이롭다고 생각될 경우에는 비현실적인 이야기를 쓰더라도 관계없다고 주장하고 있다.

立案5의 두 번째 평론은 「少年小說」로 매우 간략하게 다루고 있다. 소년소설을 동요·동화와 비교해서 그 특징을 추출해서 일반소설의 범주 속에 소년소설의 자리를 규명하고 있다.

少年小說은 童謠 다음으로 만혼 作品을 헤일 수 잇다. 두 雜誌마다 每號에 두 세 편씩을 실엿다. …(중략)…

그리고 少年小說도 童謠와 한가지로 만혼 讀者를 가지고 잇다. 이것은 文學的 素養이 잇는 或은 多分히 가지고 잇는 年長 兒童들이 더욱 조하한다. 역시 童話와 마찬가지로 아니 그 보담도 더 現實的이요 具體的이요 說明的이요 敎化的이기 째문에 X의 문학으로서의 役割을 가장 쉽게 한다. 즉 廣義의 어른 小說에 속하는 것이다. 다만 그 使命을 積極的으로 또 廣範하게 다하기 위해서 그 對象에 의해서 質的 形態的 技術的 分化를 必要로 한 것이다. 또 다시 말하면 어느 區別이 없이 兒童이 理解하고 認識하고 感得할만한 內容으로 兒童이 읽을 수 잇는 볼 수 잇는 單純한 體制와 쉬운 말로써 具象해 논 것임으로 少年小說도 어른 小說에 屬하는 한 種類이며 또 어른 小說의 한 分野이다.[41]

소년소설을 동요 다음으로 많은 작품이 나와 있으며 동요만큼 독자

---

40) 앞의 책, 286~287쪽.
41) 앞의 책, 287~288쪽.

또한 많이 가지고 있으며 특히 문학적 소양이 있거나 다분히 가지고 나이든 아동들이 좋아하는 장르라고 지적하고 있다. 특히 동화와 마찬가지로 현실적이요 구체적이요 설명적이요 교화적이기 때문에 당의 문학으로서 역할을 가장 쉽게 한다. 또한 예술성의 본질로 보아 그 모든 것에 있어서 어른의 소설과 다름이 없기 때문에 소년소설도 어른 소설에 속하는 한 종류이며 어른 소설의 한 분야라고 평가하고 있다.

立案6은 「少年詩」와 「兒童劇」에 관한 평론이다. 「少年詩」에 대해서 다음과 같이 평가하고 있다.

> 지난 해에 잇서서 少年 詩는 다른 部分에 비해서 퍽 不振하였다고 볼 수 잇다. 質로 量으로 본 작품 그것 보담도 이것을 쓰는 作家가 얼마 되지 안는 것이다. …(중략)…
>
> 少年詩는 童話에 比하여서 極히 小數의 讀者를 가지고 잇다. 大衆的이 아니라 일부의 인테리에 屬하는 特別한 文學的 素質을 가진 年長少年들이 이 讀者이다. 取才의 內容이라든지 表現形式－文學的 技巧에 잇서서 小說과 가튼 寫實(勿論 境遇에 싸라서는 반듯이 그러치도 안치만 흔히)－아니고 童謠와 가튼 저절로 노래와 動作이 싸러나올 만한 보담 端的인 定型律의 리듬이 아니라 그 소이 幽遠한 象徵的 比喩的 暗示的이기 째문에 그 感覺的 效果性으로 보아서 童謠보다는 훨씬 距離를 멀리해서 特別한 文學的 素養이 잇는 讀者가 아니면 잘 理解하고 消化할 수 업시 되었다. …(중략)…
>
> 그러나 이것은 압흐로 斷然히 技術的 方向을 轉換하지 안으면 아니 될 當面 課題의 하나이다. 저들 썩르조아들의 그거와 가티 過去의 詩는－少年詩도 超現實的으로 大衆과는 距離가 멀었다. 그러나 오늘부터 쓰는 이 少年詩는 亦是 오늘에 쓰는 어른 少年詩의 '工場으로! 農村으로!'의 標語에 싸라서 훨씬 大衆的으로 兒童을 接近하지 안흐면 아니된다. 그러하야 少年詩도 少年詩로서의 藝術的 役割을 遂行할 것이다.42)

少年詩의 부진함에 대한 이유는 작품의 질이나 양의 문제가 아니라 소

---

42) 앞의 책, 289~290쪽.

년시를 쓰는 작가의 문제라고 지적하면서 독자에 대한 평가, 그리고 앞으로 少年詩가 나아가야 할 방향 등에 대해서 나름대로 지적하고 있다.

兒童劇은 立案7에까지 연결되는 것으로 아동극의 정의와 효용성, 형식과 작가 등에 대해서 언급하고 있다.

> 兒童劇을 조화함은 露西亞 兒童에만 限한 것이 아니다. 어데든지 마찬가질 것이다.
>
> 音響 色彩 言語動作 等으로 얼킨 結合的 藝術인 劇인 다른 모든 形式보다 第一의 大衆的이다. …(중략)…
>
> 特別히 經濟的 條件을 帶同하는 映畵 그것 보담도 朝鮮의 處地에 잇서서는 그 經濟的으로나 觀客의 消化 水準으로도 이 劇이 훨씬 可能性을 가젓다. 곳곳마다 劇場이 업고 잇다 해도 XX의 彈壓이 심하다고 할 수나 잇지마는 우리의 지금 處地에서는 반드시 劇場이 必要한 것도 아니고 쏘 劇에만 彈壓이 잇는 것도 아니다. …(중략)…
>
> 階級的 理解를 沒却한 或은 矛盾된 反動的 墮落的인 것에 그들은 왜 陶醉하는가. 그것은 너무도 劇에 굼주렷고 劇藝術에 對한 本能的 慾望 枯渴한 싸닭이다. 그럼으로 우리는 우리들의 劇을 너어주지 안흐면 그리고 우리들의 使命을 다하지 안흐면 안 된다.[43]

극은 음악, 색채, 언어, 동작 등이 모두 사용되는 종합적 예술로서 다른 어떤 형식보다 가장 대중적이라고 평가하며 이런 극의 대중적 친화력을 고려할 때 특수한 아동에게는 충동적 감각적 인상적인 영향을 미칠 수밖에 없다고 하며 계급적 이해를 몰각한 혹은 모순된 반동적 타락적인 극에도 사람들이 열광하는 것은 극에 굼주렷기 때문이라고 분석하고 있다.

立案7에서 '노래'와 '그림'이 이어지고 있다. 아동문학 분야에 '노래'와 '그림'의 장르도 포함시켜 다양화하고 있다. 노래와 그림이 예술의 한 분

---

43) 앞의 책, 291~292쪽.

야이기는 하나 문학분야로 분류한 것이 특이하다.

"여긔서 노래라고 하는 것은 童謠의 作曲化한 것 曲符 鬪爭歌 등을 말한 것이다"라고 노래의 정의를 내리며 다음과 같이 기술하고 있다.

> 朝鮮에서 푸로레타리아 音樂運動이 出發하기는 雜誌『音樂과 詩』(9月創刊)가 나오고 나 뒤로부터 비롯하엿다고 볼 수 잇다. 그리고 푸로레타리아 童謠의 作曲化한 것도 그쌔부텀이다. 그전에 久月동무 曲이 만히 발표되었다. 쏘 나도 몃 개를 시험해 보았지만 嚴密히 보아서 모두가 哀愁的 同情的 極이 初期의 自然生長的인 童謠에다 曲조차 쌕르조아 童謠曲의 類型的 舊殼을 完全히 못 버서나고 音樂的 技術로 보아서도 그 全體의 리듬과 멜로듸가 푸지 쌕르조아的이 아니면 流行歌 類에 갓갑거나 傳統的 古典美에 물드린 것이 만헛다고 하는 것이 正當할 것이다. …(중략)…
> 쌔에 싸라 곳에 싸라 單獨으로 불을 수 잇는 童謠의 作曲化도 必要하지만 보다는 集團的 노래의 作曲애 重要視하지 않흐면 안 된다. 그리하야 工場에는 工場歌 農村에는 農村歌 少盟에는 少盟歌 쏘 데모가, 우리는 미리부터 XXXXX으면 아니 될 것이다.44)

노래의 프롤레타리아 음악운동을 지향하고 있으나 부르주아 동요곡이나 유행가에 가까운 노래가 많았다고 비판하며 공장에서 부르는 공장가, 농촌에서 부르는 농촌가, 소맹에서 부르는 소맹가 등의 집단적 노래를 위한 작곡을 요구하고 있다.

'그림'은 立案7에 이어 立案8에도 이어지는 평론으로 동요와 같이 아동이 제일 좋아하는 장르라고 지적하며 그림 분야의 장점과 그 실제 성과에 대해서 구체적으로 기술하고 있다. 아동잡지 속에 그림을 많이 넣어야 한다는 주장을 하며 그림 제작에 힘쓸 것을 촉구했다.

> 童謠와 한가지로 아니 보담 兒童을 第一 깁버하게 하는 것이요 가장 密接

---

44) 앞의 책, 293쪽.

한 關係를 가지고 잇는 것이 그림이다. 아직 노래를 부를 줄 모르는 어린애가 그림을 보고는 아는 것으로 보아서 童謠보담 더 距離가 갓가운 것이다. 올된 아희로는 발서 돌만 지내도 새그림 보면 잭잭 소그림 보면 엄마—한다. 그럼 으로 그림은 年少兒童 文盲兒童들에게까지 消化된다. 그리고 直覺的인 까닭 에 視覺을 通해서 理解로나 時間을 通해서의 便宜로나 第一 아지 性을 잇고 第一 普及性이 잇고 大衆的이다. …(중략)…

그리고 이곳에서 다시 말하지 안흐면 아니 도리 것은 그림은 다른 文學的 原稿와는 달러서 미리 檢閱을 안 맛는 關係上 차라리 發表가 더 不自由한 것 이다. 그것은 마치 新聞 地上에 依한 雜誌가 미리부터 躊躇해서(물론 朝鮮의 □□□□ 特殊한 事情이 잇지만) 伏字를 안써도 조홈직 한 곳에 往往히 쓰이 고마는 發端이 잇는 거와 맛찬가지로 그림 亦是 여간해서 檢閱에 通過되염즉 한 것이라도 미리부터 躊躇해서 본 쯧을 이루지 못하는 일이 만타. …(중략)…

如何間 우리는 將次로 엇더한 方策을 쓰더라도 이 그림에 만흔 活躍이 잇 서야 할 것이다. 揷畵로 하여금 그 作品의 魅力울 것게 할 쓴 아니라 쏘 讀者 에게 對한 그 作品의 媒介者임을 揷畵가 잇슴으로 그 作品을 더 읽히고 덜 읽 키는 現實的 證據로도 알 수 잇는 것이다. 册을 쥐면 몬저 그림부터 뒤적여 보는 것과 朝鮮兒童들이 日本 雜誌를 조아 하는 것도 亦是 모두가 兒童이 그 림을 얼마나 조와 하는가를 雄辯으로 證言하는 것이다.

무어니 하여도 兒童雜誌에는 그림이 만히 잇서야 한다. 우리는 完全히 『뿌 르조아』的 手法을 脫殼해 가지고 어데까지든지 그들 勞農少年들의 生活感 情과 한 가지로 굵은 線과 單純한 色彩로서 그들을 갓가히 갓가히 親할 수 잇 는 길을 찾지 안흐면 아니 될 것이다. 그들은 日常으로 엇던 그림을 조화해보 나 그들에 벽에는 엇더한 그림이 오려 부처잇나 늘 우리는 이것을 注視하지 안흐면 아니 된다. 그리하야 참으로 그들의 가장 感動케하는 군데를 把握해 서 혹은 逆用 혹은 正面으로 그들의 要求에 適應케해서 푸로레타리아 그림의 部分的 役割을 다하지 안흐면 안 된다.45)

그림은 글을 아직 모르는 아동에게 있어서도 이해가 가능하므로 가장 보급성이 높고 대중적이라고 평가하고 있다. 그리고 책 속에 삽화를 넣 어 그 삽화를 매개로 하여 더 많은 독자들을 얻을 수 있음을 지적하고 있

---

45) 앞의 책, 294~296쪽.

다. 그리고 노농소년들에게 더욱 가까이 다가가기 위해서 부르주아적인 수법에서 벗어나 노농소년들의 생활감정과 같은 굵은 선과 단순한 색채를 이용한 그림을 그려 넣음으로써 그들과 친할 수 있다고 지적하며 프롤레타리아 그림의 역할을 촉구하고 있다.

立案8의 뒷부분은 '作家同盟'에 관한 내용이다. 작가동맹결성의 필요성을 강하게 주장하며 조직결성을 통해 작품에 대한 지도와 이론적 구축의 필요성을 지적하고 있다.

> 오늘날까지 우리 作家들의 사이에는 아즉도 何等의 有機的 機關이 업섯다. 이째까지의 運動도 모두가 地方分散的 狀態에서 持續되여 나왓다. 일로 보아서 藝盟에서 童文班을 들일이지만은 지금 곳 그리하지 못 할 형편에 잇다면 위선 싸로히라도 兒童文學 作家同盟을 組織하여야 할 것이다. 그리하야 組織化한 運動線의 尖端에 서서 製作運動 等에 關한 決定的 指導 理論과 嚴正한 批判 討議가 잇서야 할 것이다. 이리하여야 有機的 結合인 作家同盟의 具體的 團合으로서의 할 職能을 다할 수 잇슬 것이다. …(중략)… 前線의 組織統一과 鬪爭力의 擴大 强化를 保護하기 위해서 나는 하로밧비 朝鮮 푸로레타리아 兒童文學 作家同盟의 結成을 促進한다.46)

아직까지 예맹藝盟에서 아동문학 부분이 결성되어 있지 않으므로 우선 따로 아동문학부분의 작가동맹을 결성을 촉구하고 있다. 특히 그러한 조직화가 이루어져야 비로소 결정적인 지도 이론과 엄정한 비판토의를 거칠 수 있고, 기능을 다할 수 있기 때문이라고 설명하고 있다.

立案9는 이 평론의 결론에 해당하는 부분으로서 '實際運動'이라는 제목으로 아동문학의 지도자이기 이전에 먼저 실제 소년운동의 오거나이저임을 강조하며 운동에 나설 것을 촉구하고 있다.

> 우리는 藝術이기 前에 몬저 社會人인 것을 이저서는 안 된다. 雜誌에―機

---

46) 앞의 책, 297쪽.

關紙 等에도-原稿의 몃 篇씩 쓰는 것만으로 우리들이 할 일을 다하엿다고 생각해서는 안 된다. 우리는 兒童文學 指導者이기 전에 모저 實際 少年運動의 올가나이저 이어야 한다.

X에 屬하지 안는 藝術家를 무더 버려라! 文筆的 超人을 무더버려라! 文筆的 活動은 全般 푸로레타리아 運動의 一部分이 되지 안으면 아니 된다……文筆的 活動은 組織的 計劃的 統一的 XXX(當時의 社會民主主義) 活動위 一構成 部分이 되지 안으면 아니된다-(레닌)- XX的 過程에 잇는 우리들의 藝術運動이란 모두가 그러케 되지 안으면 아니 된다. …(중략)…

맑스主義란 階級XX의 承認을 푸로레타리아트의 XX의 承認까지 延長할 者에만을 말하는 것이다.이 속에서서야 맑스주의자와 普通 小쌕루조아지와의 가장 深淵한 差異가 存在한다. 이것이 맑스주의의 眞實한 理解와 是認의 試金石이다.-레닌- 우리는 童謠나 童話를 써서 내트리는 것만으로는 아모 것도 안 된다. 그 속으로 드러가서 實演하고 活用함으로써 우리들의 作品은 徹底히 쪼 積極的으로 그 使命과 役割을 다하는 것이다. 都市에 잇는 作家는 銅貨會 音樂會 等을(勿論 實際에 잇서서 容易한 일은 아니다)자주 열도록 할 것이다. 그리고 地方에 잇는 작가는 몬저 勞農 少年團 가튼 것으로 만들어서 먼지 소년들의 組織化에 힘을 다할 것이다. …(중략)…

問題는 個人的 事情에 잇는 것이 아니고 항상 階級的 理解에 걸어 잇는 것이다. 團結이 업시는 斷然히 우리들의 XX는 아니 XXX는 우리는 언제나 理論과 實際 觀念과 具體 이것이 철저히 相互符合됨으로부터 우리들의 所期한 目的은 成果하는 것이다.

作品을 걸머지고 兒童 大衆 속으로!
作家이기 前에 少年 運動者로![47)

레닌의 말을 인용하며 프롤레타리아 이론에 따른 소년운동 전개를 촉구하고 이론과 실제, 관념과 구체를 철저히 상호부합시킴으로서 소기의 목적을 달성될 것이라고 주장하고 있다. 근로 아동의 프롤레타리아화는 이미 계급적 의식을 자각하고 있는 아동들에 의해 자연발생적으로, 그리고 필연적으로 형성될 것이라고 보는 판단되며 그런 이유로 아동문학

---

47) 앞의 책, 298~299쪽.

운동은 프롤레타리아 계급운동의 기반 위에서, 성립되고 그 일부분으로서 구성된다는 것이다.

마지막 「끝말」에서는 지난 1년 동안의 「과오를 청산하고 옳은 길을 보다 발전시키자」는 것이 자신이 말하고자 했던, 또 말했던 요점이라고 하고 있다.

이상 이주홍이 1931년 2월13일부터 21일까지 조선일보에 9회에 걸쳐 연재한 「아동문학운동 1년간－금후 운동의 구체적 입안」이라는 평론을 살펴보았다. 그 내용는 「童謠, 童話, 少年小說, 少年詩, 兒童劇, 노래, 그림, 作家同盟, 實際運動」이라고 하는 9개 분야를 각각 다루고 있다. 「동요」에서 「그림」까지는 아동문학부분의 한 장르로서 그 의미를 다루고 있고 「작가동맹」과 「실제운동」은 아동문학을 더욱 발전·촉진시키기 위한 방법으로서 어떤 틀의 조직과 어떤 방식의 운동을 펼쳐나가야 하는 지를 구체적으로 제시하고 있다. 무엇보다 이 평론은 기본적으로 프롤레타리아 문학정신을 바탕으로 하여 아동문학이론을 풀어나가고 있는 것에 그 특징이라고 할 수 있을 것이다. 이런 면에서 볼 때 이 평론의 본문에서도 언급하고 있듯이 마키모토의 아동문학이론의 영향을 실제적으로 받고 있음을 엿볼 수 있다.

이주홍의 아동문학이론이 프롤레타리아 문학사상에 바탕을 두고 있는 것은 앞 절의 9회의 걸친 그의 글을 통해서 엿볼 수 있고 그 글은 거의 모든 장르에 걸쳐 있다는 것을 이미 살펴보았다. 이 사실을 뒷받침하고 있는 것이 류종렬의 「이주홍의 프로문학 연구－일제강점기를 중심으로－」48)라는 논문이다. 이 논문에서는 이주홍의 프로문학 운동에 관련한 중요한 세 가지 사항을 다음과 같이 설명하고 있다.

첫째, 『신소년』, 『음악과 시』, 『별나라』, 『우리들』 등 카프 계열의 잡지

---

48) 류종렬, 『이중홍의 일제강점기 문학연구』, 국학자료원, 2004, 200～236쪽.

에 작품을 주로 발표하고 편집과 인쇄를 맡았다는 점이다. 둘째, 1931년 3월 『불별』이라는 프롤레타리아 동요집을 김병호, 양창준, 이석봉, 박세영, 신말찬, 엄홍섭과 더불어 펴낸 것이다. 셋째, 『조선일보』에 1931년 2월 13일부터 21일까지 9회 연재한 「아동문학운동 1년간―금후 운동의 구체적 입안」이란 평론이다. 이 세 사실은 향파가 프롤레타리아 문학운동에 매우 적극적이고, 아울러 그의 사회주의 신념이 매우 투철했음을 구체적으로 보여 주는 것이다.[49]

이주홍의 데뷔초기인 1930년 전후의 시기는 앞 장 이주홍의 삶과 문학배경에서 이미 언급한 것과 같이 그가 1924년 일본으로 건너가 탄광, 토목, 철물, 문구, 제과 공장 등의 막노동을 전전하며 하면서도 동경정칙 영어학교 등을 졸업하며 학문에 힘쓴 후, 히로시마의 근영학원에서 1928년 4월 1일부터 1929년 1월 31일까지 교편을 잡으며 문학에 대한 열정을 태우다가 조선일보 신춘문예에 「가난과 사랑」이 입선되어 문학에 대한 청운의 꿈을 안고 서울로 다시 돌아온 시기와 겹친다. 특히 6년 가까운 그의 일본에서의 생활은 당시 일본에서 유행했던 프롤레타리아문학운동의 번성기와 겹쳤기 때문에 문학에 뜻을 두고 있었던 이주홍으로서는 그 영향을 받지 않을 수 없었을 것이다. 특히 사회주의와 노동자, 농민이 그 바탕인 프롤레타리아 문학은 이주홍 또한 합천의 가난한 농민출신이라는 것과 무관하지 않을 것이다.

그것을 뒷받침하는 것이 그의 일본체험을 적은 「스미다강의 5월」이라는 수필에서 "아동문학가 槇本楠郎 씨가 소개를 해주어서 문학신문이나 부인 잡지 같은 데에 동요를 발표했고, 미술신문 같은 데는 만화를 그려서 그 방면의 대가 大月源二나 村山知義 같은 사람들의 과찬을 받기도 했다"[50]라고 스스로가 언급하고 있다. 일본 프롤레타리아 아동문학의 대표적 이론가이자 작가인 마키모토의 도움을 받았다고 스스로 언급할 정

---

49) 앞의 책, 202쪽.
50) 이주홍, 「스미다강의 5월」, 『술이야기』, 자유문학사, 1987.7, 113~114쪽.

도이면 그의 영향을 받은 것 또한 충분히 뒷받침될 수 있을 것이다. 그리고 실제로 프롤레타리아문학의 실천으로서 「편싸움노리」,51) 「새벽」52) 등의 시를 프롤레타리아 계열의 잡지에 발표하기도 하고 김병호, 양창준, 이석봉, 박세영, 손재봉 등, 신말찬, 엄흥섭 등과 조선프롤레타리아 동요집 『불별』을 발간한 데 있다. 이 잡지의 서문에 권환과 유기정이 각각 서문을 썼는데 그 끝에 '조선푸레타리아예술동맹'의 소속임을 밝히고 있는 것을 보아 당시 조선프로예맹의 비공식적인 지원을 받고 있다는 점을 은밀히 내세우는 것으로 여겨진다. 그리고 그 서문에는 카프의 계급주의 이념을 지지하는 시인들이 자신들의 문학이념에 토대를 두고 창작한 작품들을 모아서 간행한 동요집임을 밝히면서 「우리 조선에서는 가장 처음 되는 우리들의 노래책」이라고 「이 동요집을 서슴지 않고 어린이 대중과 프롤레타리아 동요판에서 활동하려는 미지의 동지들에게 권하는 바이다」라고 되어 있다.53)

이러한 여러 가지 상황 아래서 생각해 볼 때 이주홍의 아동문학에 대한 평론이자 이론이라고 할 수 있는 「아동문학 1년간—금후 운동의 구체적 입안」이라는 평론은 그의 아동문학에 대한 대표적인 이론이자 앞으로 실천해 나가야 할 바를 밝힌 그의 아동문학에 대한 방향제시와 실천적 지표라 해도 과언이 아닐 것이다. 다시 말해 이주홍이 일본에서 귀국하여 본격적으로 문학에 전념하면서 당시의 프롤레타리아 문학운동의 기운 속에서 일어나기 시작한 프롤레타리아 아동문학에 대한 1930년, 1년간을 되돌아본 감상이자 그것을 바탕으로 앞으로 어떤 방향으로 나아가야할지를 제시한 이론이라고 할 수 있다.

그 내용에 있어서도 동화, 소년소설, 소년시, 아동극, 노래, 그림, 작가동맹, 실제운동에 이르기까지 프롤레타리아 아동문학 현황을 제시하고,

---

51) 『음악과 시』 제1권 제1호(1930.8), 『불별』(중앙인서관, 1931.3.10) 재수록.
52) 『음악과 시』 창간호, 1930.8.15.
53) 앞의 책, 208~209쪽.

이를 비판하였으며, 거기에 따라 실제 앞으로 운용할 실천적 방안을 제
시했다는 측면에서 당시로서는 매우 획기적이고 의미 있는 문장이라 할
수 있고, 그 가치도 높이 평가 받아야 할 것이다. 이 글을 통하여 이주홍
의 아동문학에 대한 이론의 깊이와 더불어 그의 프롤레타리아문학과 사
회주의에 대한 신념과 실천의지를 엿볼 수 있고, 창작방법에 있어서도
당시의 식민지 조선의 현실에 바탕을 두고 접근했다는 측면에서 그 의
미는 매우 크다고 할 수 있다.

5. 동요이론

마키모토쿠스로의 동요이론은 『프롤레타리아 동요강화(童謠講話)』
에서 살펴 볼 수 있다. 이 책에는 프롤레타리아 동요에 대한 정의와 동요
론, 동요의 활용, 창작방법, 창작예문 등에 이르기까지 그의 프롤레타리
아 동요에 대한 정의와 활용에 이르기까지 모든 이론적 근거를 담고 있
다. 그 내용을 살펴보면 다음과 같다. "아동은 기성 예술동요시인들이
규정하듯이 '초계급적' 존재가 아니라 어느 쪽 계급이든지에 직속하는
'어린 계급인'이다. 그리고 그 계급대립이 시시각각 첨예화, 과열화됨에
따라서 이런 기만적인 '예술'이라고 하는 말에 속임을 당할 수는 없다"
라고 언급하고 있는 것처럼 아동문학의 초계급성을 비판하고 있음을 엿
볼 수 있다.

그리고 그들 '어린 계급인'들은 설령 그것이 '예술'이든 아니든 간에
노래하려고 함으로 아동문학으로서의 동요에 대한 필요성을 제기하고
있다. 따라서 이러한 면을 「프롤레타리아 아동문학의 제문제」에서 이어
받았고, 이 이론서는 동요의 목적성과 활용성을 강조하며 동요부분을

좀 더 심도 있게 확립한 것이라고 볼 수 있다.

이러한 아론들을 뒷받침하기 위해서 제2장 '프롤레타리아 동요론'의 첫 장에 '초계급적 동요론의 부정'을 앞세우며 하지만 '상아탑'에 틀어박히기를 바라는 이른바 '예술가'라고 칭하는 '초계급론자'(그들은 노예교육에 빠져 있으면서도 그것을 눈치 채지 못하고 또한 가난함을 모르고 큰 계급인이다!)는 맹렬하게 이것에 반대한다. 그들은 "'계급', '사회주의'의 말과 함께 '선전', '선동'의 말을 경멸하고 혐오한다"54)라고 주장하며 이를 뒷받침하는 주장으로 "우리들은 단호하게 그들과 날카롭게 대립하는 작가 정도의 작품을 요망한다. 우리들은 아동문학(동요 경우도 같다)을 이런 노예교육의 과외매물, 또는 향락적 매물이라고 믿지 않는다. 또한 단호하게 이러한 것을 존재하게 해서는 안 된다! 또한 우리들은 아이들을 '천사'와 '신의 아들'과 '어른의 아버지' 등으로 우상화하고 신비화해서는 안 된다!"55)라고 주장하고 있다.

이와 같이 마키모토는 아동문학 즉 동화나 동요 모두에 있어서 아동을 초계급화하는 것을 단호히 거부하고 있다. 또 우상화하고 신비화 하는 것도 비판하며 현실과 잘 어울리는 사회주의 사상에 맞추어 동요를 창작하고 활용할 것을 주장하고 있다.

제3장 프롤레타리아 동요의 활용(プロレタリア童謡の活用)의 제1

---

54) 앞의 책, 47~48쪽.
　「象牙の搭」に閉じ篭ってゐようと望む所謂「藝術家」と称する「超階級論者」(彼等は奴隷教育に毒されながら、しかもそれに気付かず、また貧乏をも知らずに育った階級人だ!)は、猛烈に此に反対する。彼等は「階級」「社会主義」の語と共に「宣傳」「扇動」の語を無下に軽蔑し嫌悪する。

55) 앞의 책, 50쪽.
　吾々は断然彼等と鋭く対立する作家並に作品を要望する。吾々は児童文学(童謡の場合も同様だ)を斯る奴隷教育の課外読物、又は単なる享楽的読物(実は現実逃避の麻酔剤なのだ!そしてその事がまた奴隷教化の一方法なのだ!)とは信じない!また断じて斯くあらしめてはならない!また吾々は子供を「天使」や「神の子」や「大人の父」などと愚像化し神秘視しては不可ない!

절 '형태 · 내용에 의한 활용상의 분류(形態 · 內容による 活用上の分類)'
에서는 동요의 활용에 대한 의미를 "'활용'이란 '적극적 이용' 내지 '의식
적 적용'이다. 그러므로 프롤레타리아동요가 'X동 · X전 · 조직의 말'을
모토로 하는 프롤레타리아시의 일 부문 내지 일 분화로 본다면, 그리고
그것이 'X의 문학'으로서 대체로 '알파벳'(A · B · C) 내지 '음계'(도 · 레 ·
미 · 파)의 역할을 하는 것으로 본다면 우리들은 그것의 '적극적 이용', '의
식적 적용'에 대해서도 이미 대체로 짐작이 갈 것이다"56)라고 정의하고
있다. 이어서 그는, "즉 우리들은 프롤레타리아 동요를 아동교화에 적극
적으로 이용하기 위해서는 당연히 우리들은 대상으로 여겨야 할 아동대
중의 그 생활환경, 문화수준, 연령, 성性 등등을 이해하고 그들의 일상적
내지 비일상적에 있어서 그 쓰임새에 맞추어서 다양하고 생생한 작품을
조직적으로 생산해야만 하지만 그 경우 문제가 되는 것이 어떤 경우에
어떤 작품을 부여할까? 라는 것이다"57)라고 프롤레타리아 동요를 적절
하게 이용하기 위한 방법을 제시하고 있다.

　프롤레타리아 동요를 적극적으로 이용하기 위해서는 대상으로 여겨
야 할 아동대중의 생활환경, 문화수준, 연령, 성性 등을 잘 이해하고, '어
떤 경우에 어떤 작품을 부여할까?'를 잘 찾아내는 것이라고 지적하며 그

---

56) 앞의 책, 69쪽.
　　「活用」とは「積極的利用」乃至「意識的適用」である。だからプロレタリア童謡
　　が、『X動・X전(傳)・組織の言葉』を標語とするプロレタリア詩の一部門、乃至一
　　分化であって見れば、そしてそれが『Xの文学』として大体に「アルファベット」
　　(A・B・C)乃至「音階」(ド・レ・ミ・ファ)の役割を演ずるものであって見れば、
　　吾々はその「積極的利用」、「意識的適用」に就いても、すでに大體見當はついて
　　ゐる筈である。
57) 앞의 책, 70쪽.
　　即ち吾々のプロレタリア童謡を児童教化に積極的に利用するためには、當然
　　吾々は対象とすべき児童大衆の、その生活環境、文化水準、年齢、性、等々を
　　理解して、彼等の日常的乃至非常時に於けるカンパニャに応じて、多種多様の
　　生々潑剌たる作品を組織的に生産しなければならないがその場合に問題となる
　　のが『如何なる場合に如何なる作品を與ふべきか？』と云ふことである。

것을 위해서는 조직된 아동과 미조직된 아동을 분류하고, 평시와 비상시를 잘 구분해야 한다는 주장과 함께 방법을 제시하고 있다.

그리고 제4장 '프롤레타리아 동요의 창작법(プロレタリア童謡の作り方)'의 제1절에서 다음과 같이 창작방법에 필요한 조건을 「우리들의 문학(동요도 포함해서)은 원칙적으로 이데올로기가 명확한 것이 아니면 안 된다. 하지만 이데올로기 그 자체는 문학도 아니다. 그렇기 때문에 우선 문학예술의 형상적 표현에 가장 중요한 감각적 발동이야말로 첫째로 들어야 한다. 이 감각적 발동이 없이는 부르주아적 이데올로기도 또 프롤레타리아적 이데올로기도 문학예술로서 절대 표현할 수 없는 것이다. 가공하지 않은 있는 그대로의 관념과 이데올로기는 요컨대 있는 그대로의 관념과 이데올로기에 불과하다. 그것은 별도의 평가에 해당된다 해도 문학예술로서의 평가는 허용되지 않는다. 그렇기 때문에야말로 우리들은 명확한 이데올로기를 '어떻게 해시 문학예술로 창작해야 할 것인가?'라고 하는 문제에 봉착하고 거기서 충분히 이해해야 할 필요가 생기고 또한 문학예술의 종류에 따라서 그 기능을 보다 효과 있게 만들기 위해서 성成, 연령, 생활환경, 문화수준 등등의 조건이 필요하게 된 것이다. 하지만 이것들은 우리들이 전임적 기술자로서의 준비에 대한 말이고 일반인은 이런 충분한 실제적 연구를 할 수 없을 것이고 또 처음에는 필요할 것이다. 단지 그들은 자신이 프롤레타리아이고 그리고 프롤레타리아로서의 체험을 주로한 자기 자신도 눈과 귀, 감각을 통해서 자기의 문학예술을 표현하기만 하면 될 것이다」[58]라고 설명하고 있다.

---

58) 앞의 책, 88~90쪽.
　　吾々の文学(童謡を含めて)は、原則的にイデオロギーの明確なものではなければならぬ。然しイデオロギーそのものは文学でもない。だから先づ文学芸術の形象的表現に最も重要な感覚的発動こそ、第一に挙げなくてはならぬのである。この感覚的発動なしにはブルジョア的イデオロギーも、またプロレタリア的イデオロギも、文学芸術として表現する事は絶対に出来ないのである。生のまま観念やイデオロギーは、要するに生のままの観念やイデオロギーに過

이데올로기 자체는 문학도 예술도 아니기 때문에 우선 문학예술의 형
상적 표현에서 가장 중요한 것은 감각적 발동이라고 지적하고 있다. 또
한 체험에서 생겨난 자기 자신의 눈과 귀, 그리고 감각을 통해서 문학예
술을 표현하라고 제시하고 있다. 이어서 제2절의 '마르크스주의적 견해
(マルクス主義的観方)'에서는 가장 감각적인 것이라도 그것이 현실의
인간이 가진 것이라고 한다면 이데올로기와 결합하고 있다고 지적하며
미키키요시三木清의 말을 인용하고 있다. 마르크스주의적 이데올로기야
말로 가장 현실적인 이데올로기라며 "가장 감각적인 것이라도 그것이 현
실의 인간이 가진 것인 한 어떠한 이데올로기와 결합하고 있다. 문제는
그것이 어떠한 이데올로기인가라는 것에 있다. 그리고 마르크스주의 이
데올로기의 특수성은 그것이 오늘날에 있어서 가장 현실적인 이데올로기
인 점이다. 그것은 하늘에서 내려온 것이 아니라 지상에서 올라온 것이다.
그렇기 때문에 이 이데올로기에 의한 것이 아니라면 인생 및 사회의 어느
단면도 구체적으로 또한 전체적으로 이해될 수 없다. 그것은 개개의 사실
을 살리는 '혼'이요 인생을 보는 '눈'이다"[59]라고 설명하고 있다.

ぎぬ。それは別途の評価に値するとしても、文学芸術としての評価は許されな
いのだ。だからこそ吾々は、明確なイデオロギーを、如何にして文学芸術に創
作すべきか？—の問題に逢着し、そこで対象を十二分理解すべき必要が生れ、
そして文学芸術の種類に従ってその機能をヨリ効果づける為の性、年齢、生活
環境、文化水準、等々の酌酌まで必要となって来るのである。
だが、これ等は吾々が専任的技術者としての用意に就ての言葉であって、一般
人は斯る充分なる実際的研究は出来ないのあらうし、また最初に於ては必要で
もあらう。ただ彼等は自分がプロレタリアであり、そしてプロレタリアとし
ての体験を主とした自分自身も「目」「耳」「感覚」を通して、自己の文学芸術を表
現しさへすればいいのだ。

59) 앞의 책, 91~92쪽.
最も感覚的なものであっても、それが現実の人間のものである限り、なんら
かのイデオロギーと結合してゐる。問題はそれが如何なるイデオロギーであ
るかにある。そしてマルクス主義のイデオロギーの特殊性はそれが今日に於
て最も現実的なイデオロギーであるところにある。それは天上から降りて来

동요를 창작함에 있어서 가장 중요한 것은 이데올로기의 문제이고 마르크스주의 이데올로기야 말로 오늘날 가장 현실적인 이데올로기로 서 이 이데올로기에 의한 것이 아니면 인생 및 사회의 어느 단면도 구체적으로 또한 전체적으로 이해될 수 없다. 그것은 개개의 사실을 살리는 '혼'이요 인생을 보는 '눈'이라며 단언하고 있다. 즉 프롤레타리아 동요를 창작하고 그것을 잘 활용하기 위해서는 무엇보다 초계급주의의 타파, 대상선택과 환경의 중요성, 그리고 그것을 뒷받침해줄 수 있는 사상적 이데올로기 문제를 강조하고 있는 점이 그 특징이다.

그런데 마키모토의 경우 한 가지 짚고 넘어 가야 할 점이 있는데 그것은 마키모토의 경우 동요의 정의를 동시와 구별하고 있다는 점이다.[60] 즉 마키모토는 '아동의 정형적 가요歌謠를 동요'라고 하고 그 반대의 '비정형적 자유시를 동시'라고 정의내리고 있다. 하지만 본고에서는 이주홍의 동요와 비교하는 차원에서 마키모토의 동시의 경우에도 그 의미

たものでなく、地上から昇って来たものである。それだから、このイデオロギーによるのではないならば、人生及び社会のどの断面も、具体的に、また全体的に理解されない。それは個々の事実を生かす「魂」であり、人生をみる「眼」である。

60) 아동의 문학 수준이 높아짐에 따라 그들은 「심성」과 「이해력」에 의거하여 그들 자신의 「문학」을 요구하기 시작했다. 이것에 대응하여 생겨난 것이 「아동문학」이고 이 중에 한 분야가 「아동시」(이른바 정형·비정형의 아동 시)가 존재하다. 이 아동시에 포함되어 있는 것이 이른바 「동요」를 비롯하여 각종 잡다한 명칭으로 불리고 있는 「아동의 시」가 있다. 문제는 그 명칭 <용어>가 너무 아무렇게나 사용하고 있는 만큼 그 용어의 개념과 각각이다. 즉 아동의 정형적 가요(歌謠)를 「동요」라고 부르는 것을 대체로 일치하지만 그 「소년기」 또는 「소녀기」에 해당하는 것은 「소년시」, 「소녀시」라고 부르는 자도 있고, 도 어떤 일부는 아동의 비정형 자유시만을 「소년시」라고 부르고 있다. 또 어떤 이는 그것을 「아동자유시」, 「아동시」, 「동시」 등으로 부르고 있다. 이러한 용어의 혼란은 결국 아동문학이론의 기초가 아동학적 내지 과학적 기초가 충분하게 확립되지 못하고 있는 것에 기인하도 이 용어의 정리는 다음 기회로 미루면서 여기에서는 아동의 정형적 가요 「동요」와 그 반대의 비정형적 자유시 「동요」에 대해서 양자의 관계와 특징 등을 밝히면서 자신의 견해를 피력하고 싶다(「新兒童文學理論」, 230~232쪽).

를 아동을 위한 시로서의 의미로 그 명칭을 「동요」로 통일하여 비교하였다.

이주홍은 「아동문학운동 1년간, 금후 운동의 구체적 입안」에서 가장 많은 항목을 할애하여 '동요'를 다루고 있다. 먼저 '1930년은 동요의 풍년이요, 동요의 홍수시대'라며 그 내·외부적 요인에 대해서 "동요는 음악적·문학적 요소를 동요에 구비하여 아이들의 정서에 쉽게 공감하고, 다른 장르에 비해서 상대적으로 이해하기 쉬우며, 짧기 때문에 작품을 대할 때 시간적 편의를 얻을 수 있고, 신문이나 잡지의 지면을 적게 차지하기 때문에 큰 제약을 받지 않으면서도 효과를 얻을 수 있고, 많은 발표에 의해 상호 상승효과를 얻을 수 있다"[61]라고 지적하고 있다.

여기에서 마키모토의 아동문학이론에서 언급한 부분과 상통하는 부분이 나오는데 그 내용을 비교해보자.

> 말할 필요도 없이 아동은 그들 기성동요시인들이 규정한 것과 같이 초계급적 존재가 아니고 어느 쪽인가의 계급에 직속하는 어린 계급인이며 그 계급대립이 시시각각 첨예화하고 과열되기에 이르러서는 이미 이런 기만적인 예술이라고 하는 등의 말에 속임을 당하고만 있을 수 없는 것이다. 그리고 그들 어린 계급인들은 자기 마음대로 설령 그것이 예술이든 아니든 간에 노래하여 행하지 않으면 안 되는 것을 행하려고 노력하기 시작했던 것이었다(『프롤레타리아 동요강화』自序).
>
> 그런데 兒童文學史上으로 보아 29년만 하여도 우리는 그 속에서 하등 明確한 階級的 이데오로기를 엿보지 못하였다. 아니 어느 모에서든지 조그만한 萌芽를 摘出할 수 잇다 하드래도 그것은 혹은 民族的 혹은 人道主義的 無抵抗主義的 思想으로서의 손에도 다이지 안흘만한 눈꼽 以下이요 全體를 보아서는 그야말로 팟죽 以上의 混沌이었다. 嚴正한 意味에서 우리는 30年을 무더버린다하자 그러나 올케 30年을 비롯해서 社會的으로 階級的 對立이 尖銳化해질수록 어느 쪽에든가 直屬치 안흐면 아니될 어린 階級人인 兒童도 極이 自然發生的이나마 從來의 그 모든 쌀루조아들의 XXXX에 내지 藝術

---

61) 「아동문학운동 1년간, 금후 운동의 구체적 입안」, 앞의 책, 273~275쪽.

等에까지 XX지 안흐려 鬪爭意識이 白熱化지는 客觀情勢에 짜라서 우리는
더욱 굿센 基柱로써 저들과 對立한 것이다.[62]

아동문학사상에 있어서 1929년은 아직 명확한 계급적 이데올로기가 등장하지 않았고 다만 민중적 혹은 인도주의적·무저항주의적 사상에 불과한 맹아를 확인했을 뿐이라고 하며, 그러나 사회적으로 계급적 대립이 점점 첨예화되어 감에 따라 '어느 계급에 든지 속하지 않으면 안 될 어린 계급인인 아동'(필자가 밑줄로서 지적한 부분)도 자연발생적으로 계급적 투쟁의식이 뚜렷이 나타나는 객관적 정세에 따라서 프롤레타리아 아동문학은 그 계급적 이데올로기를 더욱 뚜렷하게 내세우게 되었다고 지적하고 있다. 이와 같이 아동문학의 계급적 이데올로기를 내세우는 부분에서 마키모토가 내세운 문장[63]이 이주홍의 글에서도 비슷하게 어조로 사용하고 있는 것은 마키모토의 이론적 영향을 뒷받침하고 하는 부분이라고 하겠다.

이어서 초기에는 프롤레타리아 동요가 과도기적 상태에 있다면서 그 한계를 "그러나 初期까지는 아즉도 푸로레타리아 童謠란 것도 저들의 藝術形式을 그대로 繼承하여 가지고 觀念的으로 조곰씩의 社會主義的 意識을 약념으로 혹은 比喩的으로 너은 것에 不過하엿다. 물론 그것은 發展過程의 必然的 狀態이엇다"[64]라고 지적하고 있다.

즉 부르주아 예술형식을 빌려와 관념적으로 사회주의적 의식을 첨가한 수준에 불과하였다고 지적하고 이것은 초기 발전단계의 필연적 현상으로 평가하고 있다. 이어서 계급적 이해가 상반되는 일부의 초계급적·동심예술 논자적 동요작가들에 대하여, "그러나 陣營이 漸次로 구더지는 反面에 그야 目的 意識的으로 宣傳 煽動 組織으로서 充實한 內容

---

62) 「아동문학운동 1년간, 금후 운동의 구체적 입안」(2), 276쪽.
63) 밑줄 친 부분에 해당.
64) 「아동문학운동 1년간, 금후 운동의 구체적 입안」(2), 276~277쪽.

과 새로운 形式으로서 그러케 수만흔 新聞童謠들이 階級的 利害가 相反하는 一部의 超階級的 童心藝術論者的 童謠作家의 몃 少年들의 손을 거처 나와서 意識的 無意識的으로 現實을 逃避하고 階級的 兒童의 心性과 理解力을 無視하고 自己의 어름어름한 人生觀과 世界觀을 아즉 모든 事物에 대한 批判眼이 좁고 認識이 不足한 兒童의 觀念을 점점 自己에게로 갓가히 쓸어가려는 얄미운 그들의 內在的 意圖와 아즉 認識이 不充分해서 自己가 어느 階級에 속해 가지고 잇는 것도 모르도 또는 알면서도 發表慾에 汲汲하야 自己 本來의 階級的 立場과 利害를 저버린 一部의 賣名 文學少年들의 一般讀者의 階級的 成長을 妨害하는 노략질 등을 除斥하면서 또한 事實이 事實그것이라 그까진 것 問題도 삼지 안코서 우리들 目標한 길로만 邁進할 것이다"65)라며 엄한 비판을 내리고 있다.

즉 계급적 이해가 상반되는 일부의 초계급적·동심예술 논자적 동요 작가들은 "의식적·무의식적으로 현실을 도피하고, 계급적 아동의 심성과 이해력을 무시하고 어름어름한 인생관과 세계관을 아동에게 주입하려 하며, 자기본래의 계급적 입장과 이해를 저버린 채 발표욕에 급급하여 일반 독자의 계급적 성장을 방해한다"고 비판을 가하고 있다.

이어서 프롤레타리아 동요작품에서 발견되는 과오를 "첫째로 兒童을 對象으로 周密한 태도와 纖細한 用力으로서 가장 아동이 쉽게 쌔르게 알리려는 作品이 作家自身의 氣分과 熱이 압서서 그 內容의 構成으로나 (중략) 少年 活動에 대한 無理解로 너무 어렵거나 쌕쌕하기로 해서 여간해서는 兒童이 容易이 詛嚼하고 玩賞 解得하기 어려울 것을 우리는 往往히 보았다. 이것은 다만 童謠의 容器를 빌어쓴 어룬의 詩나 노래임즉한 讀者 對象을 忘却한 自家撞着에온 現實 錯覺이라 안 흘 수 업다. …(중략)… 童謠는 불리는 것이 目的인 以上 우리는 取才 內容에 잇서서나 表現 奇巧에 잇서서 훨신 沈着히 注意를 드러야 할 것이다"66)라며 날카롭

---

65) 「아동문학운동 1년간, 금후 운동의 구체적 입안」(2), 277쪽.

게 지적하고 있다.

즉 아동을 대상으로 한 동요가 정작 아동이 읽고 해독하고 음미하기가 너무 어렵다는 것, 어른의 문학과 아동의 문학은 근본적으로 그 기능이나 대상이 다른 성질인데 착각하여 인식하지 못하고 있는 점과 동요는 노래로 불리는 것이 목적인데 노래할 수 없는 동요가 많다는 것을 지적하고 있다.

마지막으로 프롤레타리아 작가가 쓴 동요가 대부분 개인적 입장에서 쓴 것을 지적하며 집단적 입장에서 쓸 것을 주장하며 "그리고 지난 해의 中半期까지도 우리가 써온 童謠는 거의가 個人的 立場에서 쓴 것이다. 勿論 그 境遇에 짜라서 이러한 童謠도 必要할 째가 잇는 것이지만은 그 째 그째의 政勢와 要素에 짜라서 우리는 모두 集團的 立場에서 데모歌 XXXX흔 集團的 작품을 써야할 것이다"67)라고 지적하고 있다. 이어서 槙本의 동요작품의 규정을 언급하며 "今後로 우리들은 作品 製作에 直面해 가지고 注意할 것은 亦是 槙本동무가 具體的으로 규정한 바도 잇지만 抽象的 批判에 의한 槪念的 評價에서가 아니라 對象의 階級層群의 相違 地域的 文化的 生活的 相違年齡性組織 未組職 平常時 非平常時 等 特殊 事情을 잘 枰量하여서 혹은 노래할 것은 혹은 動作에 옴길 것 혹은 들릴 것 등을 特色에 부쳐 가지고 제작하여서 本來의 效果를 내어야 할 것이다"68)라며 앞으로 작품제작에 있어서 독자 대상의 여러 특수한 사정을 잘 고려하여 작품을 씀으로써 그 본래의 효과가 나타내게 할 것을 촉구하고 있다. 여기에서도 마키모토의 이론적 근거를 제시함(필자가 밑줄로서 지적한 부분)으로써 이주홍의 아동문학이론의 근거가 마키모토의 영향을 받았음을 뒷받침하고 있다.

이상과 같이 마키모토와 이주홍은 프롤레타리아 동요에 있어서의 이

---

66) 앞의 책, 278쪽.
67) 앞의 책, 281~282쪽.
68) 앞의 책, 281~282쪽.

론적인 기본방향, 동요의 목적성과 활용성에 대한 인식, 동요 창작에 있어서 방법 등, 그 내용적 유사성을 위에서 언급된 것과 같이 그들의 저작물 통해서 엿볼 수가 있었다. 이것은 마키모토의 프롤레타리아 아동문학이론이 어떤 형식이로든 이주홍의 프롤레타리아 아동문학이론에 영향을 미치고 있음을 뒷받침하는 하나의 근거로 삼을 수 있을 것이다.

6. 동화이론

이주홍과 마키모토의 아동문학이론의 비교는 단순히 두 사람의 문학적 비교라기보다 한·일간의 아동문학비교라고도 할 수 있다. 특히 그중에서 산문의 대표적인 장르인 동화에 대한 비교는 그 나름의 의미가 있을 것으로 생각된다. 특히 이 두 사람은 1930년대 당시 각각 프롤레타리아 문학사상에 근거를 두고 아동문학 이론을 펼쳤으며 이주홍은 스스로 마키모토의 영향을 받았다고 언급하고 있다. 이러한 두 문학가의 1930년대를 전후로 하는 프롤레타리아 아동문학 중 동화부분 이론만을 다시 한 번 고찰해 봄으로써 두 사람의 문학적 영향관계를 확실하게 정리해 보려고 한다.

마키모토는 '프롤레타리아 문학운동시대'에 '프롤레타리아 아동문학이론'을 정립한 사람이다. 그는 『프롤레타리아아동문학의 제문제(プロレタリア児童文学の諸問題)』라는 이론서를 통하여 마키모토 자신의 아동관児童観과 아동문학관児童文學觀을 비교하면서 이렇게 말한다. "일반적으로 말하면 아이들은 어른들과 비교해서 그 생활내용도 정도도 따라서 생활감정도 생활태도도 크게 차이가 난다. 하지만 그것은 아이들이 '신의 아들'이라든지 '어른의 아버지'라든지 하는 말 때문이라고는 할 수

없다! 그들은 어른들의 도움이 없이는 '지옥으로 쫓겨 가는 인간'으로 조차도 키워지지 않는 것이다. 그리고 아동문학은 가령 아이들이 전혀 사회관과 계급의식을 지니지 않기(단언할 수 없다!) 때문이라고 해서 그들 자신의 분뇨조차 핥는 '천진함'만을 표현해야 한다는 것은 결코 아닌 것이다! 원칙론적으로 말한다면 아동문학은 아동성에 어느 정도의 지적 통제와 예술적 정리를 부여하여 아동을 대상으로 표현하는 문학이다."69)

여기에서 마키모토는 전시대의 '초계급적인', '동심'의 문학에 전면적으로 공격을 가하고 있다. 또한 그들 전시대의 작품도 "대소(大小)·강약(強弱)·심천(深淺)의 차이가 실제로 존재하여 궁극적으로는 '선동'과 '선전'의 역할을 한다(そして表現の結果は大小·強弱·深浅の差こそあれ、究極に於ては「煽動」「宣伝」の役割を演ずるのだ。)"70)라고 지적한다. 이어서 아동문학의 사명에 대해서 아동문학은 원칙적으로는 아동에게만 속해야 하는 문학이다. 그 말은 아동의 심성과 이해력을 무시해서는 절대로 성립할 수 없다는 말이다. 즉 아동은 감각에 의해 생기는 것의 인식인 지각이 일반적으로 어른보다 빈약하고 불확실하여 전체적으로 정밀함이 결여되어 있다. 그렇게 때문에 잘못하면 공상에 빠지기 쉽고 현실을 탈각脫却해서 가상의 세계에 몰입하여 그런 세계를 진실이라고 믿어버리는 심적 상태를 다분히 가지고 있다. 이것은 문화의 정도가 낮은 민족도 같지만 그렇기 때문에 아동의 생활내용, 생활감정은 어른의 그것과 상

---

69) 『プロレタリア児童文学の諸問題』, 1930.4, 世界社, 18~19쪽.
　　一般的に云ふなら子供は大人と比較して、その生活も程度も、従って生活感情も生活態度も大いに異なる。然しそれは子供が「神の子」や「大人の父」であるが為では断じてない！彼等は大人の庇護なしには『地獄へ追ひやられる人間』にさへ育たないのだ！そして児童文学は仮令子供が全然社会観や階級意識を持たない(断言する事は出来ない!)からと云って、彼等自身糞尿さへ舐める「天真」さをのみ表現すべきものでも断じてないのだ。
　　原則的に云ふなら、児童文学は、児童性に或る程度の知的統制と、藝術的整理とを與へて、児童を対象として表現する文学である。
70) 앞의 책, 19쪽.

반된다. ……그 차이를 어른의 관념세계에까지 이끌어가는 것이 '아동문학의 사명'이고 더욱이 그 관념을 프롤레타리아트가 지녀야 할 관념에까지 이끌어가는 것이 프롤레타리아 아동문학의 사명이 되어야 한다고 주장하고 하고 있다.

이상의 내용이 마키모토 아동문학 이론의 바탕이라 할 수 있을 것이다. 마키모토는 이와 같은 아동문학이론의 방향과 신념에 바탕을 두고 동화에 대해서는 다음과 같이 크게 두 가지 표현 양식으로 나누고 있다.

> 우리나라 현대 창작동화를 일독할 때 우리들은 그 표현양식으로 대별하여 두 가지 표현양식이라는 것을 인지할 것이다.
> 그 하나는 예로부터의 표현양식을 답습하는 이른바 동화적 세계를 전개하는 동화로 이것은 일견 매우 비현실적·비자연과학적인 것이고 또 하나는 이것과 엄연히 대립적 표현양식을 취하는 즉 아동의 현실적 생활을 바로 동화로서 표현하려고 하는 새로운 표현양식이다. 그리고 이 후자를 새로운 동화작가들은 새로운 동화의 표현양식으로서 간주하고 있다.71)

이어서 동화작가에 대해서는 다음과 같이 기술하고 있다.

> 프롤레타리아 동화작가는 일개의 프롤레타리아로서 그것이 지니는 과학과 감정과 의지를 가지고 프롤레타리아 아이들의 현실적 생활에 파고들어가 눈과 귀, 그리고 예민한 전신적 감각을 움직이지 않고서는 여러 가지 중요한 역할을 지닌 예술로서의 프롤레타리아 동화를 만들어 낼 수 없다.72)

---

71) 앞의 책, 「童話に於ける「現実」「非現実」の問題」, 52쪽.
　わが現代の創作童話を一瞥する時、吾々はその表現様式に、大別して二様の表現様式のである事を認めるのである 。
　その一つは、旧来の表現様式を踏襲する、所謂童話的世界を展開する童話で、これは一見甚だしく非現実的・非自然科学的のもので、もう一つはこれと厳然対立的表現様式をとる、即ち児童の現実的生活を直ちに童話として表現しようという新しき表現様式である。そしてこの後者を、新しき童話作家は新しき童話の表現様式であるかの如く看做しつつある。

이와 같이 마키모토는 동화를 원칙론 적으로 말한다면 아동문학 아동성에 대하여 어느 정도의 지적 통제와 예술적 정리를 부여하여 아동을 대상으로 표현하는 문학이며 원칙적으로는 아동에게만 속해야하는 문학이어야 한다고 하였다. 어른들과 다른 관념의 차이에서 오는 불확실을 프롤레타리아 아동 문학가들은 그 차이를 어른의 관념세계에까지 이끌어가는 것이 '아동문학의 사명'이고 더욱이 그 관념을 프롤레타리아트가 지녀야할 관념에까지 이끌어가는 것이 '프롤레타리아 아동문학'의 사명이라고 주장하고 있다.

이와 같은 마키모토의 동화이론에 비교하여 이주홍은 프롤레타리아 동화에 대하여 어떤 입장을 취하고 있는지 그의 「아동문학운동 1년간, 금후 운동의 구체적 입안」(4)에서 밝힌 동화에 대한 생각을 살펴보자.

이주홍은 먼저 동화에 대한 평가에서 부진함을 먼저 지적하고 발전을 위해 노력을 촉구하고 있다. 그 부진함의 이유로는 대중의 흡수정세에 관한 문제, 조선의 특수한 경제적 난관, 시간적 여유가 없는 점, 동요방면에 너무 힘을 쏟은 점 등을 들며 양으로나 질로나 주의를 끌지 못했다고 지적하고 있다. 이어서 프롤레타리아 문학이념에 바탕을 두고 이데올로기의 주입을 촉구하고 있다.

三〇年에 잇서서 아니 우리들에 잇서서는 그 存在까지 疑心할만큼 우리들은 童話를 만히 쓰지 안 헛다. 그것은 이우에도 말한 바와 가티 諸者 大衆의 吸收 情勢에 관련된 또 朝鮮 特殊한 經濟的 難關도 큰 原因이지만 事實에 잇서서 우리는 童話 方面에 힘을 넘우 드렷고 또 擧皆는 時間的으로 不自由도 잇엇 든 것이다. …(중략)…

---

72) 앞의 책, 53쪽.
　　プロレタリア童話作家は、一個のプロレタリアとして、それのもつ科学と感情と意志を持ってプロレタリア子供の現実的生活にくひ入り、目と耳とそして鋭敏なる全身的感覚を動かすことなくしては、種々なる重要な役割をもつ、芸術としてのプロレタリア童話を産み出すことは出来ない。

작품만 조혼 것이 나오면 얼마든지 讀者를 獲得할 수도 잇스러니와 小說
類의 形式과 한가지로 첫재 具體的 說明的으로 敎化하기에 適當할뿐 아니라
…(중략)… 그들의 欲求에 싸라서 이 童話—一般 兒童文學—란 그릇을 빌여
서 科學的 社會的 맑스주의적 이데올리기를 주입하여서 아죽 批判力과 認識
力이 不足한 그들의 觀念을 어른의 푸로레타리아트가 가질 觀念에까지 誘導
케 하는 것이 우리 맑스주의적 藝術家의 根本的 使命이다. …(중략)…

그럼으로 우리는 이런 힘을 逆用하여서 푸로레타리아 英雄的으로 길러내
지 안흐면 안 된다. 여긔서 나는 다시 强調하기 위해서 流行은 現實이다. 이
것을 社會文化의 行進에서 分離해 가지고 그저 一種의 輕薄한 氣分만으로만
注目을 避하는 것은 즉 現代에 대한 微細한 辨證法的 考察을 忘却하는 것이
다. ……우리는 旣成 諸感情에 從屬되여서 안 될 것은 勿論이지만 이것을 함
부로 排擊해서 푸로레타리아 哲學 우에 固定化해도 안 된다. 웨 그러냐하면
이러한 固定化는 운동을 中斷하는 것가튼 結果를 招來한다.[73]

이와 같이 동화의 부진함을 지적함과 동시에 프롤레타리아 문학이념
을 동화를 통하여 주입하려는 의지와 그것을 통해서 프롤레타리아 주의
자들을 영웅적으로 길러내려고 하는 의지가 확고하게 엿보인다.

이주홍은 동화의 발전을 위해서는 아동들이 흥미를 느끼는 유행적 사
상이 프롤레타리아 철학과 다소 상반된다 하더라도 융통성이 활용해야
한다는 상당히 유연한 입장을 취하고 있다. 그리고 동화도 좋은 작품만
만들어 낸다면 얼마든지 독자를 획득할 수 있다고 보았다. 하지만 주의
를 환기시키는 것은 '동화란 그릇'을 통하여 과학적·사회적 마르크스
주의 이데올로기를 주입하여 어른의 프롤레타리아주의자들이 가지는
관념까지 아동들의 관념을 유동하는 것이 마르크스주의적 예술가의 근
본적 사명이라고 하며 덧붙여 아동들을 부르주아의 유행적 사조에 휩쓸
리지 않도록 해야 한다고 주장하고 있다.

그리고 立案5에 이어진 동화제작의 방법과 동화운동의 대하여 다음

---

73) 앞의 책, 283~286쪽.

과 같이 주장하며 매진할 것을 요구하며 끝을 맺고 있다.

동화제작에 있어서 日本에서도 現實 非現實 問題에 對한 具體的 理論
이 많았지만 問題는 取才 如何에 있는 것이 아니고 이데올로기 問題에 있
다며 이데올로기의 확립을 촉구하고 있다. 여기에서 현실 비현실의 문제
는 앞에서 언급한 槇本의 『프롤레타리아 아동문학의 제문제』의 제2장 1
절 '동화에 있어서 현실, 비현실의 문제(童話に於ける'現実', '非現実'の
問題)」'를 가리키는 것으로 마키모토 아동문학이론의 영향을 받고 있는
것을 분명하게 뒷받침하고 있다.

하지만 이주홍의 경우는 단지 「현실」, 「비현실」의 문제가 표현양식
의 문제에 국한 된 것이 아니라 동화 제작에 있어 프롤레타리아의 모든
것이 현실적이어야 하겠지만 현실의 아동 요구와 효과부여를 생각하여
이롭다고 생각될 경우에는 비현실적인 이야기를 쓰더라도 관계없다고
주장하고 있어 현실적으로 프롤레타리아 이념을 넘어 사회현실과 타협
하고 있는 면이 엿보인다고 하겠다.

이러한 몇 가지 측면에서 생각해 볼 때 이주홍은 마키모토의 아동문
학이론을 적어도 읽어보았고 그의 프롤레타리아 아동문학이론에 근거

---

74) 앞의 책, 286~287쪽.

하여 자신의 「아동문학운동 1년간, 금후 운동의 구체적 입안」을 써 내려갔음을 알 수 있고 이는 이주홍이 마키모토의 이론에 분명하게 영향을 받고 있음을 추측할 수 있다.

다음으로 마키모토와 이주홍의 아동문학운동에 대한 이론적 언급에 있어서는 문학운동이라는 측면에서 그 궤를 같이 하고 있으나 언급하고 있는 부분은 차이가 있다. 즉 마키모토의 이론에 있어서 언급은 『프롤레타리아 아동문학의 제문제』속의 제4장 「프롤레타리아 동화운동에 관한 주서(プロレタリア童話運動に就いての走り書)」의 제1절에 「프롤레타리아동화운동의 의의(プロレタリア童話運動の意義)」에서 그 의미를 언급하고 있다. 이주홍의 경우는 「아동문학운동 1년간, 금후 운동의 구체적 입안」(9)에서 「실제운동」이라는 소제목으로 아동문학운동의 실제적인 의미를 설명하고 있다.

먼저 마키모토의 프롤레타리아 동화운동에 대한 의의를 살펴보면 먼저 계급예술의 임무에 대하여 다음과 같이 정의를 내리고 있다.

> 계급예술의 임무를 보다 적극적, 보다 효과적으로 이루려고 하는 경우, 당연 예술작품자체는 그 대상인 대중의 질적 차이에 의하며, 표현기술상 내지 형태상으로 분화를 필요로 한다. 즉 무리, 계층, 계급에 의한 생활환경, 문화 수준의 차이, 그리고 연령, 성별에 의한 차이, 등등을 위한 표현기술상 내지 형태상의 분화이다. 그리하여 연령적으로 아동기를 대상으로서 계급예술 운동을 수행하려고 하는 것이야말로 이른바 '프롤레타리아동화운동'(적극적으로는 프롤레타리아 아동교화운동)이라고 할 수 있다.[75]

그리고 혁명적 프롤레타리아 예술에 대하여 다음과 같이 정의를 내리며 동화운동의 임무에 대하여 다음과 같이 언급하고 있다.

---

75) 앞의 책,『プロレタリア児童文学の諸問題』, 122쪽.

레닌은 우리들의 예술에 대하여 어디까지 X의 슬로건을 대중화하는 것이야 말로 그 참된 역할이라는 것을 가르치고 있다. 하지만 이것을 결코 「공식적」으로 생각하지 않으면 안 된다. 즉 아동을 대상으로서의 형상적 표현을 생명으로 하는 예술은 노골적인 좌익적 슬로건 등을 노출하는 것에 의해 보다 적극적, 보다 효과적 작품이자 운동이라는 것을 생각하지 않으면 안 된다. 문제는 가장 근본적인 교화(선동, 선전, 조직)을 의미한다. 즉 현전의 X의 지도력 또는 슬로건이 보다 어떤 형식으로 기변화하려고 하더라도 결코 그 계급적 존재를 본질적으로 부정할 수 없는, 아니 그 사수를 몸으로 이룩해 낼 정도로 어른들의 프롤레타리아를 양성시키기 위한 이러한 근본적 참된 교화야 말로 특히 아동예술에 있어서 교화수단으로 기대해야 할 것이고 또한 「동화운동」의 임무로 받아들여야 할 것이다.[76]

이어서 혁명적인 교화를 하기 위한 방법으로서 다음과 같이 언급하고 있다.

> 혁명적 프롤레타리아 교육내지 교화는 무엇보다도 우선 투쟁과 함께 투쟁의 과정에 의해서 이루어진다. 그러므로 계급아동예술운동은 그 일상적, 초보적, 기본적 교훈을 보다 계산적, 보다 조직적, 보다 흥미적으로 이루어져야만 한다. 즉 그것을 위해서 「기술」, 기술상의 「분화」이다.[77]

이와 같이 프롤레타리아 아동문학을 위해서 보다 계산적이고 보다 조직적이고, 흥미 있게 진행해야 만이 그 성과를 얻을 수 있다고 주장하고 있다.

이것에 대하여 이주홍은 프롤레타리아 아동문학운동의 실제적인 의의와 방법에 대하여 다음과 같이 언급하고 있다.

> 우리는 藝術이기 前에 몬저 社會人인 것을 이저서는 안 된다. 雜誌에ㅡ機

---

76) 앞의 책, 『プロレタリア児童文学の諸問題』, 122~123쪽.
77) 앞의 책, 『プロレタリア児童文学の諸問題』, 123쪽.

關紙 等에도—原稿의 몃 篇씩 쓰는 것만으로 우리들이 할 일을 다하엿다고 생각해서는 안 된다. 우리는 兒童文學 指導者이기 전에 모저 實際 少年運動의 「올가나이저」이어야 한다.

「X에 屬하지 안는 藝術家를 무더 버려라! 文筆的 超人을 무더버려라! 文筆的 活動은 全般 푸로레타리아 運動의 一部分이 되지 안으면 아니 된다…… 文筆的 活動은 組織的 計劃的 統一的 XXX(當時의 社會民主主義) 活動위 一構成 部分이 되지 안으면 아니된다」—(레닌)— XX的 過程에 잇는 우리들의 藝術運動이란 모두가 그러케 되지 안으면 아니 된다.78)

아동문학의 지도자는 먼저 실제 소년운동의 오거나이저임을 강조하며 운동에 나설 것을 촉구하며 문필적 활동은 전반적으로 프롤레타리아 운동의 일부분이 되어야만 한다고 주장하고 있다. 이어서 레닌의 말을 인용하며 프롤레타리아 이론에 따른 소년운동 전개를 촉구하고 이론과 실제, 관념과 구체를 철저히 상호부합시킴으로서 소기의 목적을 달성될 것이라고 주장하고 있다. 근로 아동의 프롤레타리아화는 이미 계급적 의식을 자각하고 있는 아동들에 의해 자연발생적으로, 그리고 필연적으로 형성될 것이라고 판단하고 있다. 그런 이유로 아동문학운동은 프롤레타리아 계급운동의 기반 위에서 성립되어 그 일부분을 구성한다는 것이다.

都市에 잇는 作家는 銅貨會 音樂會 等을(勿論 實際에 잇서서 容易한 일은 아니다)자주 열도록 할 것이다. 그리고 地方에 잇는 작가는 몬저 勞農 少年團 가튼 것으로 만들어서 먼지 소년들의 組織化에 힘을 다할 것이다.

問題는 個人的 事情에 잇는 것이 아니고 항상 階級的 理解에 걸여 잇는 것이다. 團結이 업시는 斷然히 우리들의 XX는 아니 XXX는 우리는 언제나 理論과 實際 觀念과 具體 이것이 철저히 相互符合됨으로부터 우리들의 所期한 目的은 成果하는 것이다.

作品을 걸머지고 兒童 大衆 속으로!

作家이기 前에 少年 運動者로!79)

---

78) 앞의 책, 298쪽.

작가는 작품을 걸머지고 아동 속에 들어가며, 작가이기 이전에 소년 운동가로서 슬로건을 내걸면서 이 슬로건에 맞추어 작품을 써내려 가야 된다고 주장하고 있다.

이상과 같이 프롤레타리아 아동문학운동을 보는 두 작가의 시각은 모두 레닌의 말을 인용하며 작가이기 이전에 조직운동가로서, 그리고 적극적으로 프롤레타리아 교화운동을 펼침으로써 그 소기의 목적을 달성할 수 있다고 주장하고 있다. 이와 같은 면에서 생각할 때 두 작가의 프롤레타리아 아동문학운동을 보는 시각이 같은 궤도를 달리고 있다는 것을 엿볼 수 있을 것이다.

이상과 같이 프롤레타리아 동화이론에 있어서도 마키모토의 이론적 기술은 이주홍과 그 차이를 보이는 면도 없지는 않으나 전체적 흐름에서 볼 때, 작가에 대한 기술, 동화제작 방법과 표현양식, 동화운동의 의의라는 측면에서 영향을 미치고 있음을 두 사람의 저술을 통해서 엿볼 수 있었다.

이 이외에도 이주홍은 마키모토의 아동문학이론서에는 언급되고 있지 않는 부분이지만 「아동문학운동 1년간, 금후 운동의 구체적 입안」에는 일제강점기 당시의 조선에서의 나타나고 있던 아동문학 장르로서 '소년소설', '소년시', '아동극', '노래', '그림' 등에 관한 이론적, 현실적 양상에 대하여 언급하고 있다. 마키모토의 아동문학 이론서에서는 언급되어 있지 않은 사항이므로 상호 비교 고찰할 수는 없으나 이 부분 또한 당시 일제강점기 조선에서 실제로 행해지고 있었던 프롤레타리아 아동문학의 한 분야들로서 그 의의는 간과할 수 없을 것이다. 특히 '소년소설'과 '소년시'의 경우는 동화와 동요의 연장선상에서 취급될 수 있는 부분이므로 그 내용을 간단하게나마 정리해보면 다음과 같다.

첫째로 '소년소설'에 대한 언급은 이주홍의 「아동문학운동 1년간, 금

---

79) 앞의 책, 298~299쪽.

후 운동의 구체적 입안」(5)에서 극히 간략하게 언급하고 있는데, 소년소설을 동요와 동화에 비교하여 그 특징을 규정짓고 일반소설의 범주 속에서 소년소설을 자리매김하고 있다. 소년소설은 동요 다음으로 많은 쓰여졌다고 하며 작가와 작품을 다음과 같이 열거하고 있다.

> 少年小說은 童謠 다음으로 만흔 作品을 헤일 수 잇다. 두 雜誌마다 每號에 두 세 편씩을 실엿다. 이해의 少年小說을 主要히 쓴 作家로 嚴興燮 尹基鼎 宋影 金性奉 向破 太英善 李明植 安平原 吳慶鎬 李東珪 具直會 군들의 조흔 作品을 어덧다. 이에서 우리는 이해에 새로 쓰는 이들의 우수한 作品으로 太의 「土軍」李의 「人血 注射」安의 「林間 學校」吳의 「어린 피눈물」具의 「절름바리와 거지」東珪의 「두가지 正義」等을 추려 낼 수 있다.[80]

이어서 소년소설은 동요와 마찬가지로 많은 독자를 가지고 있으며 문학적 소양이 많은 나이 많은 아동들이 더욱 좋아한다고 하며 그 이유로는 동화와 마찬가지로 더 현실적이고, 구체적이며, 설명적이고, 교화적이기 때문이라고 다음과 같이 지적하며 소년소설을 넓은 의미의 소설이라고 규정하고 있다.

> 그리고 少年小說도 童謠와 한가지로 만흔 讀者를 가지고 잇다. 이것은 文學的 素養이 잇는 或은 多分히 가지고 잇는 年長 兒童들이 더욱 조하한다. 역시 童話와 마찬가지로 아니 그 보담도 더 現實的이요 具體的이요 說明的이요 敎化的이기 쌔문에 X의 문학으로서의 役割을 가장 쉽게 한다. 즉 廣義의 어른 小說에 속하는 것이다. 다만 그 使命을 積極的으로 또 廣範하게 다하기 위해서 그 對象에 의해서 質的 形態的 技術的 分化를 必要로 한 것이다. 또 다시 말하면 어느 區別이 없이 兒童이 理解하고 認識하고 感得할만한 內容으로 兒童이 읽을 수 잇는 볼 수 잇는 單純한 體制와 쉬운 말로써 具象해논 것임으로 少年小說도 어른 小說에 屬하는 한 種類이며 또 어른 小說의 한 分野이다.[81]

---

80) 앞의 책, 287~288쪽.

이러한 이주홍의 아동소설에 대한 시각은 당시의 아동 대상 문학 장르로서 소년소설이 자리를 잡고 있다는 것을 반영하고 있으며 그런 만큼 아동문학이론의 한 분야로서 자리매김하고 있다고 볼 수 있겠다.

두 번째로 소년시의 경우도 마키모토의 이론서에는 언급되어 있지 않는 부분이다. 이주홍은 「아동문학운동 1년간, 금후 운동의 구체적 입안」(6)의 앞부분에 소년 소설과 마찬가지로 매우 간단히 언급하고 있다.

다른 아동문학 장르에 비해서 부진했다고 지적하며 그 이유로서 작품의 질이나 양의 문제가 아니라 소년시를 쓰는 작가의 부족 현상이라고 지적하고 작가와 작품을 다음과 같이 언급하고 있다.

> 지난 해에 잇서서 少年 詩는 다른 部分에 비해서 퍽 不振하였다고 볼 수 잇다. 質로 量으로 본 작품 그것 보담도 이것을 쓰는 作家가 얼마 되지 안는 것이다. 金海剛 申孤松 동무가 몃 번 썻고─初期에는 炳昊 동무도 썻다─安平原 吳慶鎬 車紅伊 李聖洪 등 여러 사람들이 썻다. 우리는 「採鑛夫」「어린 이날」(車紅伊) 「새벽」(吳慶鎬) 「논밧이 젓어요」「말 궁둥이를 짜르며」(李聖洪) 등을 優秀한 작품으로 헤인다.82)
>
> 少年詩는 童話에 比하여서 極히 小數의 讀者를 가지고 잇다. 大衆的이 아니라 일부의 인테리에 屬하는 特別한 文學的 素質을 가진 年長少年들이 이 讀者이다. 取才의 內容이라든지 表現形式─文學的 技巧에 잇서서 小說과 가튼 寫實(勿論 境遇에 짜라서는 반듯이 그러치도 안치만 흔히)─아니고 童謠와 가튼 저절로 노래와 動作이 짜러나올 만한 보담 端的인 定型律의 리듬이 아니라 그 소이 幽遠한 象徵的 比喩的 暗示的이기 째문에 그 感覺的 效果性으로 보아서 童謠보다는 훨씬 距離를 멀리해서 特別한 文學的 素養이 잇는 讀者가 아니면 잘 理解하고 消化할 수 업시 되었다. …(중략)…
>
> 그러나 이것은 압흐로 斷然히 技術的 方向을 轉換하지 안으면 아니 될 當面 課題의 하나이다. 저들 쌕르조아들의 그거와 가티 過去의 詩는─少年詩도 超現實的으로 大衆과는 距離가 멀었다. 그러나 오늘부터 쓰는 이 少年詩는 亦是 오늘에 쓰는 어른 少年詩의 「工場으로! 農村으로!」의 標語에 짜라서 훨

---

81) 앞의 책, 288쪽.
82) 앞의 책, 289~290쪽.

썬 大衆的으로 兒童을 接近하지 안흐면 아니된다. 그러하야 少年詩도 少年詩
로서의 藝術的 役割을 遂行할 것이다.[83]

소년시는 인텔리에 속하는 특별한 문학적 소질을 가진 나이 많은 소년들이 주된 독자라고 지적하며 그 이유를 소설·동요와 비교하고 있다. 소년시는 그 취재의 내용과 표현양식, 문학적 기교에 있어서 소설과 같이 사실이 의거한 것도 아니고 동요와 같이 저절로 노래와 동작이 따라 나오는 정형률의 리듬을 고수하지도 않고 또한 상징적, 비유적, 암시적인 내용으로 이루어져 있기 때문에 특별한 문학적 소양을 지닌 독자가 아니면 이해하기 힘들다라고 지적하고 있다. 그러므로 소년시는 기교적 방향을 전환할 필요가 있으며 '공장으로! 농촌으로!'의 표어를 따라서 훨씬 대중적으로 아동독자에게 근접하지 않으면 안 된다고 지적하며 그렇게 될 때 비로소 소년시도 소년시로서의 예술적 역할을 수행할 것이라고 주장하고 있다.

이상으로 동요와 동화의 연장선상에서 이주홍의 소년소설과 소년시의 이론적 내용을 살펴보았다. 비록 마키모토와의 이론과는 비교할 수 없는 부분이기는 하지만 큰 틀에서 볼 때 결코 마키모토의 프롤레타리아 아동문학이론의 궤를 벗어나고 있지 않음을 알 수 있다. 나머지 장르인 '아동극', '노래', '그림' 등도 궁극적으로 마키모토의 이론과 관련지어 살펴볼 필요성은 있다고 생각되며 차후의 과제로 남겨 놓는다.

---

83) 앞의 책, 289~290쪽.

7. 나오며

마키모토쿠스로와 이주홍은 한·일 양국의 프롤레타리아 아동문학에 있어서 그 이론적 기초를 마련하고 직접 작품 활동을 하였다는 점에서 근대 아동문학사적으로 중요한 위치를 차지하는 작가이다.

마키모토가 1930년에 발행한『프롤레타리아 아동문학이론의 제문제』와『프롤레타리아 동요강화』라는 두 권의 프롤레타리아 아동문학 이론서는 당시 일본 프롤레타리아 아동문학의 이론서로서, 프롤레타리아 아동문학 지침서로서 프롤레타리아 작가들에게까지 많은 영향을 끼쳤다. 이주홍의 경우에는 1924년부터 일본으로 건너가 유학을 하였으며, 이때 프롤레타리아 문학에 관심을 가지게 되었고, 스스로 자신의 프롤레타리아 아동문학 이론은 마키모토의 영향을 받았다고 그의 수필과 평론 「兒童文學運動 1年間, 今後 運動의 具體的 立案」을 통하여 밝히고 있다.

현재까지 이주홍의 아동문학 선행연구는 이주홍의 「프롤레타리아 아동문학이론」과 그에 따른 초기 동요, 동화작품들이 마키모토의 영향을 받았다고만 밝히고 있다. 따라서 본 논문에서는 실제로 이러한 사실들을 검증해 보는 것에 그 목적이 있다. 이주홍이 마키모토의 저작물을 통하여 프롤레타리아 아동문학 이론을 세우는 데 있어서 어떠한 영향을 주고받고 있는지에 대한 검증과 동시에, 이와 같은 프롤레타리아 아동문학 이론을 정리하였다. 이주홍의 프롤레타리아 아동문학이론은 프롤레타리아 문학이 갖추어야 하는 기본적인 자세뿐만 아니라 동요이론과 동화이론상에 있어서 마키모토와의 영향 관계를 밝힐 수 있었다. 그 내용을 정리하면 다음과 같다.

첫째, 이론에서 이주홍은, 아동은 기성 예술동요시인들이 규정한 것과 같이 '초계급적' 존재가 아니고 어느 쪽의 계급에 직속하는 '어린 계급인'이며 그리고 그 계급대립이 시시각각 첨예화하고 과열되기에 이르러서는 이런 기만적인 '예술'이라고 하는 말에 속임을 당하고 있을 수 없는 것이라고 하며 아동문학의 초계급성을 정면으로 비판하고 있는 것을 볼 수 있었다.

여기에서 마키모토의 아동문학이론에서 언급한 부분과 상통하는 부분으로, 말할 필요도 없이 아동은 그들 기성동요시인들이 규정한 것과 같이 '초계급적' 존재가 아니고 어느 쪽인가의 계급에 직속하는 '어린 계급인'이라고 하고 주장하고 있듯이 아동문학의 계급적 이데올로기를 내세우는 부분에 있어서도 마키모토가 내세운 문장을 이주홍의 글에서도 비슷한 어조로 사용하고 있는 것은 마키모토의 이론적 영향을 뒷받침하고 하는 부분이라고 하겠다.

둘째, 이주홍은 동화제작에 있어서 "日本에서도 現實 非現實 問題에 對한 具體的 理論이 많았지만 問題는 取才 如何에 있는 것이 아니고 이데올로기 問題에 있다"며 이데올로기의 확립을 촉구하고 있다. 여기에서 현실 비현실의 문제는 앞에서 언급한 마키모토의『프롤레타리아 아동문학의 제문제』의 제2장 1절「동화에 있어서 '현실', '비현실'의 문제(童話に於ける'現実', '非現実'の問題)」를 가리키는 것으로 마키모토 아동문학이론의 영향을 받고 있는 것을 분명하게 뒷받침하고 있다.

하지만 이주홍의 경우는 단지 '현실', '비현실'의 문제가 표현양식의 문제에 국한 된 것이 아니라 동화 제작에 있어 프롤레타리아의 모든 것이 현실적이어야 하겠다고 하고 있다. 또한 현실의 아동 요구와 효과부여를 생각하여 이롭다고 생각될 경우에는 비현실적인 이야기를 쓰더라도 관계없다고 주장하고 있어 현실적으로 프롤레타리아 이념을 넘어 사회현실과 타협하고 있는 면이 엿볼 수 있었다. 하지만 이러한 동화이론의 밑바탕에는 마키모토의 동화이론이 잠재되어 있고, 적어도 이주홍은 마키모토 아동문학이론을 읽어보았고 마키모토의 프롤레타리아

아동문학이론에 근거하여 이주홍의 「아동문학운동 1년간, 금후 운동의
구체적 입안」이라는 평론을 써 내려갔음을 알 수 있다. 이는 이주홍이
마키모토의 이론에 분명하게 영향을 받고 있음을 뒷받침하는 부분일
것이다.

　동요이론의 영향관계에 보면, 이주홍은 「아동문학운동 1년간, 금후
운동의 구체적 입안」에서 가장 많은 항목을 할애하여 동요를 다루고 있
는데 그의 동요 이론에는 마키모토의 아동문학이론에서 언급한 부분인
『프롤레타리아 동요강화(童謠講話)』 자서自序 속에서 "아동은 그들 기
성동요시인들이 규정한 것과 같이 '초계급적' 존재가 아니고 어느 쪽인
가의 계급에 직속하는 '어린 계급'이라고 언급한 부분과 상통하는 부분
인 "社會的으로 階級的 對立이 尖銳化해질수록 어느 쪽에든가 直屬치
안흐면 아니될 어린 階級人"이라고 지석하는네 여기에서 그 영향관게를
충분히 엿볼 수 있다.
　이와 같이 아동문학의 계급적 이데올로기를 내세우는 부분에서 마키
모토가 내세운 문장이 이주홍의 글에서도 극히 비슷한 어조로 사용하고
있는 것은 마키모토의 이론적 영향을 받고 있다는 것을 뒷받침하는 부
분이라고 하겠다.
　그리고 이주홍은 마지막으로 프롤레타리아 작가가 쓴 동요가 대부분
'개인적 입장에서 쓴 것'을 지적하며 '집단적 입장에서 쓸 것'을 주장하
고 있다. 이는 마키모토의 프롤레타리아 아동문학의 기본적 사상인 '집
단적 투쟁'을 뒷받침하는 것으로 "今後로 우리들은 作品 製作에 直面해 가
지고 注意할 것은 亦是 槇本동무가 具體的으로 규정한 바도 잇지만…"이
라며 직접 이름까지 거론하고 있는 것을 볼 수 있다.
　이것은 이주홍이 마키모토의 프롤레타리아 문학이론이 존재한다는
것과 그 영향을 받고 있다는 것을 전제하고 있는 것으로 앞으로 작품제

작에 있어서 독자들의 여러 특수한 사정을 잘 고려하여 작품을 씀으로 써 그 본래의 효과가 나타내게 할 것을 촉구하고 있는 부분이다. 즉 이는 마키모토의 이론적 근거를 제시함으로써 이주홍의 아동문학이론의 근거가 프롤레타리아 아동문학에 근거를 두고 있음을 강조하고 마키모토의 영향을 받았음을 뒷받침하고 있다고 볼 수 있을 것이다.

모쪼록 본고의 의의는 우리나라에서 나온 마키모토쿠스로에 대한 최초의 연구라는 점이며, 마키모토에 대한 연구가 본 논문을 통하여 활발히 진행되는 계기가 되기를 바란다. 또한 그 영향관계가 밝혀진 이주홍의 초기 프롤레타리아 아동문학의 작품 또한 비교문학적 입장에서 그 연구가 더욱 더 진행되어 나갈 수 있기를 두 문학자의 연구자로서 희망하는 바이다.

참고문헌

1. 단행본

槇本楠郎,『プロレタリア児童文学の諸問題』, 槇本楠郎、世界社、復刻
　　　　板, 1930.
槇本楠郎,『新児童文学理論』, 槇本楠郎, 東宛書房, 1936.
槇本楠郎,『プロレタリア童謡講話』, 槇本楠郎, 紅玉堂書店, 1936.
槇本楠郎,『赤い旗』, 紅玉堂書店, 1930.
槇本楠郎,『小さい同志』, 自由社, 1931.
『日本児童文学大系』30, ほるぷ出版, 1980.
『日本児童文学全集』7, 河出出版社, 1953.
『日本児童文学』(通号 26(7)別冊), 日本児童文学者協会編, 1980.
『児童文学』, 日本文学研究資料刊行会編, 有精堂出版, 1977.
『プロレタリア文学』, 日本文学研究資料刊行会編, 有精堂出版, 1971.
『児童文学研究必携』, 日本児童文学学会編, 東京書籍, 1976.
『日本児童文学大事典』, 大日本図書株式会社, 1993.
『国際児童文学館紀要』(通号 12), 1997.3(大阪国際児童文学館).
『日本児童文学』1956년 12월호, 통권 제14호.
横谷輝,『児童文学の思想と方法』, 啓隆閣, 1973.
小川未明,『新選日本児童文学』, 小峰書店, 1970.
小川未明,『児童文学論』, 日本青少年文化センター刊, 1973.
鳥越信,『日本児童文学史研究』, 風涛社, 1971.
山田清三郎,『前衛』, 前衛芸術家同盟, 1928.
이주홍,『韓国笑話集』, 六興出版, 1980.
류종렬 편저,『이주홍의 일제강점기 문학 연구』, 국학자료원, 2004.

류종렬, 『이주홍과 근대문학』, 부산외국어대학교 출판부, 2004.
『이주홍 문학저널』 제3호, 세종출판사, 2005.
『이주홍 문학저널』 제4호, 세종출판사, 2006.
『아동문학의 전통성과 서민성』, 한국아동문학가협회편, 세종문화사, 1973.
한국무정부주의 운동사 편찬위원회, 『한국아나키즘운동사: 전편·민족해방
　　　투쟁』, 형설출판사, 1987.
이주홍, 『술이야기』, 자유문학사, 1987.
문병란, 『민족문학강좌』, 남풍, 1991.
이재철, 『이동문학개론』, 서문당, 1996.

2. 논문

遠藤純, 「槇本楠郎編『現代童話集』の成立と賢治童話」, 国際児童文
　　　学館紀要, 通号 12, 1997.3.
木島始, 「童話と大人たち―槇本楠郎の理論をめぐって」, 日本児童文学 通
　　　号 26, 日本児童文学者協会 編/日本児童文学者協会, 1980.05.
酒井朝彦, 「槇本楠郎の作品について」, 『日本児童文学全集 7 』, 河出
　　　書房, 1953.
槇本楠郎, 「戦後日本の児童文学運動と新人」, 日本児童文学 通号26,
　　　1980.3. 日本児童文学者協会 編.
槇本楠郎, 「増大する児童文化の危機」, 日本児童文学 通号26, 1980.3.
　　　日本児童文学者協会 編, 日本児童文学者協会
槇本楠郎, 「救国児童文学の諸問題」, 『教育と社会』4권 5호, 1949.
菅忠道, 「プロレタリア児童文学について」, 『文学』第22권 第12호, 1954
　　　년 12월.
　　　　, 「解説」, 『日本児童文学大系』(3), 三一書房, 1955.
　　　　, 「槇本理論とその役割」, 『日本児童文学』特集·槇本楠郎, 제
　　　2권 11호, 1956년 12월.

関英雄, 「児童文学史概説・昭和一戦前」, 『国文学解釈と鑑賞』 제27권
　　　제13호, 1962.11.

______, 「児童文学作家の今日的評価一槙本楠郎」 제27권 제13호, 1962.
　　　11.

류종렬, 「이주홍의 프로문학 연구」, 『이주홍의 일제강점기 문학 연구』,
　　　국학자료원, 2004.

______, 「이주홍 초기소살의 작품세계 연구」, 『이주홍의 일제강점기 문학
　　　연구』, 국학자료원, 2004.

______, 「이주홍의 생애와 소설세계」, 『이주홍과 근대문학』, 부산외국어
　　　대학교 출판부, 2004.

______, 「이주홍 소설의 서지적 연구」, 『한국문학논총』, 한국문학회, 2003.

박경수, 「일제강점기 아주홍의 동시연구」, 『이주홍의 일제강점기 문학 연
　　　구』, 국학자료원, 2004.

______, 「일제강점기 이주홍의 시 연구」, 『이수홍의 일제상점기 문학 연구』,
　　　국학자료원, 2004.

박태일, 「이주홍 초기 아동문학과 『신소년』」, 『이주홍의 일제강점기 문학
　　　연구』, 국학자료원, 2004.

김성진, 「1930년대 이주홍의 동화연구」, 『이주홍 문학저널 제3호』, 세종
　　　출판사, 2005.5.20.

이주홍의 「탈선 춘향전」과 「춘향전」 연구

김 재 석*

1. 서론

한국 희곡사와 연극사에서 이주홍이란 이름은 아직 낯설다. 나이 열여섯에 동네 친구들과 어울려 「병모(病母)」1)란 작품을 공연해 본 이래, 20여 편이 넘는 극작품을 꾸준하게 창작하여 온 그이지만 아직 관련 연구자들의 주목을 제대로 얻지 못하고 있는 실정이다. 그 이유로는 중앙 문예지에 실린 그의 극작품이 소수이며, 또 유명 극단에 의해 공연된 작품도 적다는 점을 먼저 꼽아야 할 것이다. 그것과 더불어, "그의 다양한 예능활동이 본격적인 순문학 작가로서 자신의 문학적 특징을 인식시키는 데에 오히려 장애요소"2)가 되었다는 지적도 기억할 필요가 있겠다.

---

* 경북대학교 국어국문학과 교수.

1) 이주홍, 정봉석 엮음, 「나의 연극 노우트」, 『이주홍 극문학 전집』 제2권, 부산 : 세종출판사, 2006, 6쪽.

2) 박태일, 「이주홍의 초기 아동문학과 『신소년』」, 『현대문학이론연구』, 현대문학이론학회, 2002, 148쪽.
박태일은 이 글에서 이주홍의 아동극에 대해서도 살펴보았다. 그는 이주홍의 아동극이 노동야학이나 소년회, 소년 동맹 활동 현장 실무에 활용하기 쉬운 단막극, 소인극,

그런 점에서 보자면 이주홍에 대한 연구는 더욱 특별한 의미를 가지게 된다. 즉 한국 사회가 안고 있는 서울 중심주의의 병폐에 대한 진단이자, 다양한 문학 갈래를 넘나들며 창작하는 작가를 경원시하는 문단 풍조에 대한 비판의 의미까지 덧붙여지기 때문이다.3)

이주홍 문학에 대한 연구가 전반적으로 부족한 형편이긴 하지만, 희곡에 대한 연구는 더 더욱 부족하다.4) 이주홍의 희곡에 대한 연구는 정봉석에 의해 본격화되었는데, 흩어져 있던 작품을 모아『이주홍 극문학 전집』5)을 간행하였으며, 부산의 학생극과 성인극을 출발시키는 역할을 그가 담당하였다고 평가하였다.6) 춘향을 제재로 한 희곡을 검토한 또 다른 글에서는 어려운 현실 속에 놓여 있던 당대 관객들에게 웃음을 안겨준 효과가 긍정적이라고 말했다.7) 정봉석의 노력에 의해 이주홍의 극문학에 대한 바탕이 제대로 갖추어졌으므로, 앞으로는 보다 세밀하게

합창극을 지향했다고 말했다.

3) 서구에서는 문학의 여러 갈래를 넘나들며 창작하는 것을 오히려 당연하게 생각하고 있다. 주지하다시피, 셰익스피어(Shakespeare)는 훌륭한 시인이기도 했으며, 브레히트 (Brecht) 역시 시인이자 소설가로도 맹활약하였다. 최근 들어 한국에서도 시인이자 소설가인 김승희처럼 창작 활동 영역을 넘나드는 일이 조금씩 확산되고 있지만, 그러한 행위를 경원시하는 풍조가 줄어들지는 않고 있는 것 같다. 문학가라면 모든 문학 갈래를 넘나들며 창작하는 것 자체가 당연시 되는 분위가 확산되어야 한국 문학이 한 단계 더 도약할 수 있을 것이라 생각하고 있다. 그런 점에서도 이주홍은 중요하게 다루어져야 할 작가인 셈이다.

4) 부산지역의 연구자들이 앞장서서 이주홍 문학 연구에 힘을 쏟고 있다. 소설과 아동문학에 대한 연구는 상대적으로 많이 이루어진 편이다. 소설을 중심으로 한 이주홍 문학 연구는 류종렬의『이주홍과 근대문학』(부산 : PUFS, 2004)이 있으며, 여러 연구자들에 의해 그간 이루어진 개별 성과들은『이주홍 문학연구』(제1 · 2권, 부산 : 대산, 2000)에 잘 갈무리 되어 있다.

5) 정봉석 엮음,『이주홍 극문학 전집』전3권, 부산 : 세종출판사, 2006.

6) 정봉석, 류종렬 편, 「일제강점기 이주홍의 극문학 연구」,『이주홍의 일제강점기 문학 연구』, 서울 : 국학자료원, 2004; 정봉석, 「이주홍 희곡의 정체와 부산 연극의 접변 양상 연구」,『한국문학론총』제38집, 한국문학회, 2004 참조.

7) 정봉석, 「이주홍의 춘향 제재 변용 희곡 연구」,『동남어문학』, 동남어문학회, 2005, 237쪽.

작품을 읽고 분석하여 한국 희곡사와 연극사내에서 그 의미를 자리매김하는 방향으로 연구가 진행될 것으로 보인다. 이 글 역시 그러한 입장에서 이루어지는 것이다.

이번 논의는 「탈선 춘향전」(1949)과 「춘향전」(1951)을 대상으로 하여 이주홍의 극작 특징을 밝혀 보는 데 초점을 맞추기로 한다.8) 광복 후 이주홍이 발표한 희곡의 소재는 크게 둘로 대별할 수 있다. 그 하나는 세태 · 풍속적인 소재이고, 또 하나는 고전 · 역사적 소재이다. 「탈선 춘향전」은 고전 · 역사에서 소재를 취한 작품이면서도 당대의 세태 · 풍속을 적극 담아내려 했다는 점에서 이주홍 희곡의 한 정점이라 여겨진다. 거기에 더하여 이주홍은 몇 년 뒤에 「탈선 춘향전」과 경향이 상당히 다른 「춘향전」을 발표하고 있어서 흥미를 더하고 있다. 「탈선 춘향전」과 「춘향전」의 차이는 광복 이후 이주홍 문학관의 변모를 보여 주는 좋은 예가 된다고 여겨지기 때문이다. 이 글에서는 이주홍의 두 작품을 춘향전을 변용한 한국의 모든 희곡과 비교하여 평가하는 일은 피하려고 한다. 두 작품의 지닌 특성을 정밀하게 분석하는 작업이 먼저 이루어져야 하고, 뒤이어 이주홍의 희곡의 전체 흐름과 어떤 관계를 지니는가를 파악하는 연구가 있어야 하기 때문이다.

---

8) 「탈선 춘향전」은 『이주홍 극문학 전집』의 제1권에, 「춘향전」은 제2권에 실려 있는 작품을 사용하기로 한다. 이후에 작품을 인용할 때에는 쪽수만 밝히기로 한다. 정봉석에 따르면 「탈선 춘향전」의 1막은 1949년에 발표되었고, 이 작품이 인기를 얻자 2막을 추가하여 1950년에 공연하였다고 한다(정봉석, 「이주홍의 춘향 제재 변용 희곡 연구」, 222쪽). 이번 논의에서는 1막과 2막 창작의 시기적 차이는 무시하기로 한다.

2. 「탈선 춘향전」 : 세태풍속 희극 추구

1) 원전 춘향전에서 벗어나기

「탈선 춘향전」이란 제목이 아주 특이하다. 작품의 성격을 이처럼 잘 보여 주는 제목을 또 만나기란 쉽지 않을 것 같다. 탈선이란 정상을 벗어남이니, 관객들이 잘 알고 있는 춘향 이야기에서 벗어난 연극이라는 사실을 제목으로 선언하고 있는 것이다. 원전 춘향전9)으로부터 벗어난다면, 탈선의 이유와 방향이 있을 터이므로 그러한 궁금증 자체가 관객을 흡입하는 요인으로 작용한다. 이주홍이 택한 탈선의 핵심은 이도령과 춘향이 첫날밤을 제대로 치르지 못한다는 데 있다. 우리가 잘 알고 있는 춘향전의 극적 사건들은 첫날밤을 지낸 후부터 본격화된다. 그런데 「탈선 춘향전」의 전체 이야기는 이도령이 춘향의 방에 들어가기까지 생겨난 사건들이다. 이도령이 춘향의 방에 들어가긴 하지만 합방을 제대로 할 만한 시간도 가지지 못한다. 월매의 부탁을 받고 점을 쳐주었던 판수가 이도령이 내직으로 올라가는 아버지를 따라 한양을 갈 것이며, 그때 춘향을 버리고 갈 것이라고 예언했기 때문이다. 점괘를 듣고 놀란 월매는 춘향의 방에 금방 들어간 이도령의 멱살을 쥐고 끌어낸다.

> 월매 : 내 생전에 돈이 소원이라 부자 사위 보기 평생에 소원이러니. 이 빌어먹을 놈의 팔자 또 이래 될 줄을 누가 알았을꼬……. (그러다가 별안간 울음을 뚝 그치면서) 향단아—.

---

9) 원전 춘향전은 「춘향전(가)」의 수많은 이본 가운데 어느 한 편을 특정하여 지칭하는 것은 아니다. 원전 춘향전이란 추상적인 개념의 용어인데, 춘향 이야기 중에서 한국의 일반적 관객이 알고 있는 가장 보편적 내용을 담은 작품을 가리키는 용어로 한정해 이 글에서 사용한다.

향단 : 네?

월매 : 울기만 하면 무슨 수지가 맞겠냐. 너 어서 대문 꼭꼭 걸어 점그고
　　　기름 솥에 부을 활활 넣어라.

향단 : 아닌 밤중에 기름 솥에 물은 왜요?

월매 : 아무리 생각해도 이놈들을 그대로 둘 수가 없구나. 펄펄 끓는 기름
　　　솥에다 이 두 놈을 산채로 튀겨놔야지.

방자 : (기급을 해 몽룡의 손을 끌어안고) 도…도…도련님…데…데…덴뿌
　　　라 되기 전에 빨리 내뺍시다. (361쪽)

　월매의 분노에 겁을 잔뜩 먹은 이도령과 방자는 담을 넘어 피하려 하
고, 마침 그곳을 지나던 순라군에게 발각되자 죽어라고 도망을 가는 것
으로 막을 내린다. 분명히 극의 서두는 춘향전과 마찬가지로 광한루에
서 두 사람이 만나는 것으로 시작되었지만 극의 마지막은 전혀 엉뚱한
곳으로 흘러가버린 것이다. 한국에서 춘향전이 가지고 있는 무게감을
생각해보면, 「탈선 춘향전」은 탈선이 무엇인지를 그야말로 잘 보여준
셈이다.

　춘향전의 결말과 전혀 다른 결말을 제시한 「탈선 춘향전」의 의도는
무엇인가. 이주홍은 「탈선 춘향전」에 등장하는 인물들을 통해 자신의 이
익 추구에만 혈안이 되어 있는 세태풍속을 야유하고 있다. 방자부터 살
펴보기로 하자. 극중 무대는 광한루로 변함없지만 이도령이 먼저 등장하
는 것이 아니라 방자가 먼저 등장한다. 그것도 "앞가슴을 풀어헤치"고
"못마땅한 얼굴"을 하고는 노래까지 크게 부르며 나타나는 모습이 심상
찮다. 그의 말도 시비 일색이다. 그는 "이 꼴에 무슨 봄놀이가 당하냐. 전
생에 무슨 놈의 죄를 지었기에 밤낮없이 요 모양 요 꼴인지"(307쪽)라며
투덜거린다. 방자의 불만은 자신의 처지에 대한 비관에서 나온 것이다.

방자 : 그런데 그 많은 사람 가운데서 하필 절 부르길 꼭 "얘 방자야―"하
　　　고 부른단 말씀이죠.

도령 : 그래서?

방자 : 그러자하니 화가 나서 건디겠어요? 그래서 "이놈아, 다 같이 타고 난
　　　 인생에 다 같이 주장할 인권이 있다! 양반은 씨가 있으며 방자는 뱃
　　　 속부터 생긴 방잔 줄 아느냐―"하구는 요렇게 한 대 쥐어 질렀죠(하
　　　 마트면 이도령을 칠 듯). (309쪽)

　방자를 보고 방자라 부르는 것이 왜 잘못되었느냐는 이도령의 질문에
대한 답이다. 자신이 방자인 것은 틀림없지만 많은 사람들 앞에서 인격
적으로 무시당하는 것은 참을 수 없다는 말이겠다. 방자는 자신을 무시
한 상전의 머리를 주먹으로 쳐 떨어뜨려 버렸다고 너스레를 떨고, 이도
령이 방자라고 부르자 "본능적으로 주먹을 쥐다간"(310쪽) 겨우 마음을
다스리는 인물이다. 그럼에도 불구하고 그는 그 자신의 처지에 대한 불
평불만만 가득할 뿐 자신의 처지에 대해 좀 더 깊이 있는 고민을 하고,
답을 찾아나가지는 않는다. 오히려 그는 향단에게 같은 종류의 폭력을
가한다. 이도령의 부탁으로 춘향에게 간 그는 향단을 보기 전에는 은근
한 정을 품었다가, 향단이 못생겼다는 사실을 알고는 "산신령도 눈이 멀
었지. 글쎄 이걸 계집애라구 낳았담"(319쪽)이라며 모욕을 가한다. "한
날 한시에 난 손구락도 길고 짜른 게 있는데 사람치구 잘난 사람두 있고
못난 사람도 있"(319쪽)다는 향단의 항변은 사실상 방자가 상전에게 한
항변과 동일한 것이다. 방자는 이도령을 대할 때에도 최대한의 이익을
뽑아내기 위해 온갖 꾀를 다 부린다. 자신의 신세를 한탄하면서 이도령
에게 담배를 요구하기도 하고, 춘향의 집을 알려주는 대가로 돈을 받아
내고, 새 옷을 얻어 입기로 약속도 한다. 이주홍은 그가 얻어낸 담배를
이도령이 도로 받아가도록 하고, 얻어낸 동전은 월매가 빼앗아 가버리
도록 하여 방자의 행동이 옳지 않음을 드러내고 있다.

　월매는 "딸자식 하나 길른 것 한갓 돈 있고 권세 있는 집안에 넣으려
자나께나 빌"(352쪽)어온 사람이다. 물론 자신의 "신분이 미천하야 떳떳

이 세상에 행세를 못"(352쪽)하는 까닭에 생겨난 욕심이지만 월매가 취하는 행동은 도를 넘어서고 있다. 춘향이 아픈 것 같아 판수를 불러 점을 친 월매는 목신木神 부정이라는 말을 듣고는 집안에 있던 나무 궤짝을 부숴 동티를 풀려고 한다. 마침 그 속에 숨어 있던 이도령과 방자는 도망을 나오게 된다.

> 월매 : 너는 이놈 누 집 자식고? (문득 이도령인 듯해서) 아—아니 도령님
> 은 아닌 게라우? 도, 도 도령님은 아닌게라우?
> 도령 : 아—아—아—니 난 도령님은 안야. 뭐 뭐 뭐라고 했나 박, 박, 박가올
> 시다.
> 월매 : (O.L) 응 박가라면 너 이놈 새 장터 박첨지네 손주새끼로구나. 이놈
> 들 산귀신이 들어왔으닌께루 우리 딸년이 병이 안날 리가 있간디?
> (348쪽)

이도령의 신분에 따라 그를 대하는 월매의 태도가 급변하고 있음을 잘 보여 주고 있다. 집안에 낯선 남자가 있다는 사실이 문제가 아니라, 그 남자가 돈 있고 권세 있는 집안의 자제가 아니라는 사실이 월매를 화나게 만드는 것이다. 자신이 쫓아낸 남자가 이도령이라는 사실을 알게 되자 월매는 태도를 돌변하여, 대문을 활짝 열고나서 마당에 엎드려 "모든 잘못을 귤껍질 벗기듯 활짝 털어 용서하시입고 도령님 부디 이 미천한 집에서 하룻밤을 쉬시다 가시옵소서"(352쪽)라고 청하기까지 한다. 노래를 듣기 원하는 이도령의 청을 여기가 술집이 아니라며 춘향이 거절하자, 술집에서만 소리하는 게 아니라는 식으로 춘향을 부추긴다. 이도령과 춘향을 서둘러 합방시키기 위해 애를 썼지만, 판수의 점괘는 월매가 꿈꾼 모든 것이 잘못되었음을 알게 한다. 딸에게 좋은 신랑감을 찾아주려는 마음은 탓할 게 없지만, 오로지 돈 있고 권력 있는 사람을 쫓아다니는 월매의 잘못은 아주 추하다.

이도령은 탈선의 정수가 무엇인지를 잘 보여준다. 이도령은 방자 앞에서 "사나이거든 저 꿋꿋한 소나무를 보아라. 봄이 오든 겨울이 오든 눈 끔쩍하지 않고 으엿이 버티고 서있는 저 소나무의 절개를 배우란 말야!"(314쪽)라며 큰 소리를 치지만 춘향을 한 번 보자마자 그것이 횐소리였음을 드러내고 만다. 그는 춘향을 차지하기 위해 자신의 지위를 이용하려다가 "양반이면 혼자 양반이지. 그래 걔가 아무 대나 내깔기는 빵빵걸인 줄로 아십니까"(317쪽)라며 방자에게 조롱당하기도 한다. 춘향의 비판은 더 직접적이다. 춘향은 "가문 팔구 세문 팔아서 남의 집 미혼처녀 농락하는 것만 직업"이냐고 되묻고는, "그따위 대갈머리는 개 밥통을 만들어 버려두 부족한 게라구 그래. 난 서푼어지도 못되는 권력에 누질러서 사랑의 신성을 더럽힐 그런 천하고 썩어빠진 여성은 아니라"(324쪽)면서 거절한다. 춘향은 이도령이 저지른 잘못의 본질을 정확하게 파악하고 꾸짖고 있다.

그럼에도 불구하고 춘향의 본뜻을 제대로 파악하지 못한 이도령은 오직 그녀의 사랑을 얻기 위해 좌충우돌한다. 춘향의 집을 알아내기 위해 방자를 형님이라 부르기도 하고, 심지어 돈을 주며 포섭하기도 한다. 양반의 체면을 강조하던 그이지만 춘향의 집에 들어가기 위해서는 개구멍을 마다하지 않는다. 결국엔 순라군에 들켜 자신을 개라고 부르는 수모를 당하기도 한다. 우여곡절 끝에 춘향과 마주한 자리에서조차 자신의 잘못을 모르고 있어서 다시 질타 당한다.

> 춘향 : 백년 가약을 하면 뭘 하나요.
> 도령 : 하 너두 날만큼이나 성미가 급하구나. 우리가 두 내외 되어서는 나
>   는 벼슬을 구하여 당장 높이 백성을 호령하고 "아ー니"
> 춘향 : 아ー니는 뭐유. 그래 벼슬이 되그들랑 백성의 수족이 되어 알뜰히
>   나라에 충성을 바침이 마땅하겠거늘. 높은 자리에 등개구 앉아 도
>   리어 세도지위로 백성을 괴롭히려드니 이 어찌 내 낭군될 자격이

있겠소. …(중략)… 가제는 게편이라구 이 넓은 세상엔 당신 맘에
드는 아내도 수두룩 하겠죠. 소인은 물러갑니다. …(중략)…
도령 : 응. 자네는… 아 아니 당신은 내 귀부인이 되어 여보게 – 하고 부르
거덜랑 네 – 하고 노상 내 옆을 떠나지 않을 것이요.
춘향 : 그럼 난 아무 생명 없는 나무등치가 돼서 연장처럼 당신 시키는 대
로만 해야된단 말이오. 아예 난 갑니다. (또 일어서려 한다) …(중
략)…
도령 : 그래 나 백성의 수족이 되어 당신의 인권을 존중하고 헐 테니 제발
그대루 일어서지나 마시오. (357쪽)

결국 춘향의 입을 통해 직접 설명을 듣고 나서야 자신이 해야 할 일을
깨닫게 된다. 춘향을 통해 이도령의 잘못을 직접 비판하는 까닭은 세태
풍속에 대한 비판이라는 이주홍의 의도 때문이다.[10) 이주홍은 광복 후
의 급변하는 사회 상황 속에서 자신의 모색을 실천에 옮겨보았었다. 일
제강점하에서도 그러했지만,[11) 광복 이후에도 이주홍은 사회주의문학
집단에 속해 있었다. 문학을 통해 세상의 변화에 기여하고자 하는 뜻은
강하였지만 그 당시 정세하에서는 어려운 문제가 많았다. 이주홍은 19
47년에 부산의 동래중학교로 전근해가면서 사회주의문학 집단과 단절
했다고 한다.[12) 「탈선 춘향전」은 그 무렵 이주홍의 새로운 선택을 보여
주는 작품이다. "백성의 수족이 되어 당신의 인권을 존중"하겠다는 이도

---

10) 다음의 예도 군 징집과 관련된 당대 사회의 모순을 지적하기 위한 것임이 분명하다.
　향단 : 키가 멀숙한 녀석들이 병정은 안 나가구서 멀건 세상에 무슨 지랄들이야!
　순라군A : 왜 약올라. (명함 케이스를 꺼내 뵈며) 이게 눈에 뵈여? 요원증이야. 요
원증.
　순라군B : (자기도 꺼내 뵈며) 군복 착용증까지 있다면 죽겠지?
　향단 : 그렇다면 응당히 총후 향토방위나 알뜰히 하고 있을 일이지. 남의 집 다 큰
색시 부뜰구서 까시나 하란 요원증이래여. 정신 좀 똑똑히 채려. (338쪽)
11) 일제강점기 이주홍의 사회주의문학 경향에 대해서는 박태일의 앞의 글에서 다루
었다.
12) 류종렬, 「이주홍과 부산 지역문학」, 『현대소설연구』, 현대소설학회, 2003, 59쪽.

령의 다짐은 아주 평범한 이야기이지만, 한편으로는 세상 살아가는 이
치 중에서 가장 기본적인 자세를 말하는 것이기도 하다. 이주홍은 「탈선
춘향전」에서 당대 사회가 안고 있는 모순의 여러 면들을 제시하되, 그것
의 해결 방안은 집단의 힘에 의해서가 아니라 개개인의 자각에서 찾고
있는 것이다. 이주홍의 문학관이 사회주의문학론의 관점과는 확연하게
달라지고 있음을 알게 한다.

2) 만담의 연극적 수용

「탈선 춘향전」은 굉장히 재미있는 희극이다. 쉼 없이 터져 나오는 웃
음을 주체하기 어려울 정도로 재미있다. 희극에서 사용되는 모든 기법
들이 총동원된 것 같은 느낌이 들 정도로 다양한 기법들을 사용해서 관
객의 웃음을 유발한다. 무엇보다도 원전 춘향전을 비틀어 버린 것이 웃
음의 기본 바탕을 이루고 있다. 이주홍은 관객들이 지금 '탈선'한 춘향전
을 보고 있다는 사실을 잊지 않도록 한다. "춘향전 책에는 이도령하구 춘
향이하고가 백년가약을 맺고 살"(324쪽)지만, "이십세기 과학시대"(315
쪽)의 춘향전은 이전과 다를 수 있다는 주장이겠고, 그 결과 "하여간 오
늘밤 연극은 깽판"(349쪽)이라고 말하는 것이다. 이를 통해 「탈선 춘향
전」의 이도령과 방자를 비롯한 여러 인물들의 행동은 원전 춘향전의 인
물과 끊임없이 비교되면서 더 큰 웃음을 유발할 수 있게 된다.
「탈선 춘향전」의 희극적 장면13)이 두 사람의 등장인물 사이에서 이
루어진다는 사실을 주목할 필요가 있다. 제1막 광한루 편에서는 이도령
과 방자(광한루 이야기)—방자와 향단(사랑 싸움)—이도령과 방자(낙심

---

13) 장면이란 희곡작품 내에 존재하는 의미 단위인데, 대체로 하나의 작은 이야기 거리
   가 시작되어 마무리되는 토막이다.

한 이도령), 이런 식으로 두 사람씩 무대에 출연하고 있다. 춘향은 잠깐만 등장할 뿐 위 세 토막의 장면이 제1막의 전체를 구성하고 있다. 제2막 월매집 편에는 월매와 판수까지 등장하여 외관상으로는 제1막의 방식과 달라 보이지만, 토막의 크기가 작아졌을 뿐 기본적인 바탕은 같다. 이도령과 방자(춘향집을 찾아가는 과정)—월매와 향단(월매가 낮에 있었던 일에 대해 물음)—향단과 순라군(향단 희롱)—방자와 향단(연애)—이도령과 순라군(개구멍에서 이도령의 수난)의 순서이다. 이도령이 춘향의 집으로 들어간 이후에는 무대상에 등장 인물 대부분이 무대에 나와 있기 때문에 두 사람 사이에 이루어지 장면이 만들어지기 어렵다는 점을 고려해 보면, 제2막의 경우에도 기본적인 방법은 같은 것이 분명하다.[14)

　각 장면에 등장하는 두 명은 과장된 행동, 비상식적인 상황 연출, 말재주 부리기, 유행가 부르기, 역할 바꾸기 등등의 다채로운 방식으로 웃음을 연출해낸다. 한 예를 보기로 하자.

　　도령 : 아, 이놈이 조금 있다간 나하구 농 하겠다. 그래 대관절 정부사 아
　　　　　 들이 어떻게 했단 말이냐?
　　방자 : 네, 그 날도 마침 일기청명한 날이오라 소인하고 단둘이 소풍을 나
　　　　　 왔습죠. …(중략)…
　　도령 : 그래서?
　　방자 : 그러자하니 화가 나서 견디겠어요? 그래서 "이놈아. 다같이 타고 난
　　　　　 인생에 다같이 주장할 인권이 있다! 양반은 씨가 있으며 방자는 뱃
　　　　　 속부터 생긴 방잔줄 아느냐—"하구는 요렇게 한 대 쥐어 질렀죠.
　　　　　 (하마트면 이도령을 칠 듯)
　　도령 : 어! 어! 이놈이 정말!
　　방자 : 이런 주먹에 그대루 배겨나겠어요? 킥! 하더니만 부러진 놈의 모가지
　　　　　 가 이렇게 디룽—디룽 허겠죠. 그러는 놈을 이 발로(목탁소리) 툭!
　　　　　 찼더니만 핑그르릉… 하구는 저 산 너머로 날아가겠죠.

---

14) 그럼에도 불구하고 방자와 향단, 이도령과 춘향 두 사람만의 장면이 잠깐씩 나온다.

　　도령 : 그래서 어떻게 됐단 말이냐?
　　방자 : 글쎄올시다. 한 삼 년 뒤에 그 놈의 모가지가 다시 도아왔더군요.
　　도령 : 어디서 돌아왔단 말이냐?
　　방자 : 아마 지구를 한 바퀴 돌다온 모양이죠. …(중략)…
　　도령 : 허, 그 놈 익살이 상당하군─. (309쪽)

　요약하자면 방자가 정부사의 아들을 한 대 패주었다는 이야기인데, 그것을 설명하기 위해 갖은 표현이 다 동원되었다. 심지어 떨어져나간 머리가 지구를 한 바퀴 돌아서 다시 왔다는 춘향전의 시대에 맞지 않는 과장된 허풍까지 들어가 있어 관객을 포복절도하게 만든다. 두 사람 사이에 이루어지는 이러한 식의 대화가 「탈선 춘향전」의 곳곳에서 웃음을 유발한다.

　당대 희곡뿐만 아니라, 그 이전 시기의 희곡작품에서 좀처럼 찾아보기 어려운 이러한 공연기법은 어디에서 비롯된 것일까. 그것은 만담漫談의 연극적 수용이다. 만담은 한 두 사람의 배우에 의해 연행되는 연극의 일종으로, 배우의 입담으로 재미있는 이야기를 들려주는 방식이 기본이다. 한국에서는 만담의 출발을 1920년대 신불출로부터 잡는 것이 일반화 되어 있는데,[15] 현실비판적인 내용을 웃음에 담아낸 풍자극으로서의 가치를 높게 평가하고 있다. 그러나 관객에게 웃음을 던져주는 것을 제일 큰 목적으로 하고 있으며, 따라서 현실감을 전혀 따지지 않고 웃음을 자아낼 수 있는 모든 요소들을 동원하는 것이 만담의 일상적 모습이다. 1960~1970년대에 만담이 크게 유행했던 적이 있었는데, 그 무렵 최상의 콤비로 불렸던 장소팔 · 고춘자를 떠올려보면 그 특징을 잘 알 수 있을 것이다.

　한국에서 만담이라고 부르는 연행물은 일본의 만당漫談과 만사이漫才

---

15) 반재식 편저, 『漫談 百年史 : 신출불에서 장소팔 · 고춘자까지』, 서울 : 百中堂, 2000, 67쪽.

를 모두 포함하는 개념이다. 일본에서는 만당과 만사이를 구별하고 있는데, 가장 큰 차이는 만당이 한 명의 배우에 의해 연행되는 반면 만사이는 두 명 이상의 배우들이라는 점에 있다. 발생의 계보도 조금 다른데, 만당이 도쿄에서 시작되었다면 만사이는 오사카에서 시작되어 도쿄 쪽으로 퍼져 나갔다. 1920년대에 시작된 일본의 만사이는 유명한 콤비들을 탄생시키면서 대중오락의 중심에 서게 되었다.[16] 일본에서 만사이의 종류는 10여 가지로 나누기도 하는데, 재담을 하면서 유행가를 부르기도 하고 재미있는 춤도 섞어 보여 주는 방식이 주류를 이룬다.[17] 일제강점기부터 유행한 한국의 만담 역시 그러한 특징을 거의 그대로 가지고 있다.

이주홍이 만담을 수용하여 사용하게 된 까닭은 웃음을 유발할 수 있는 무궁무진한 표현력에 높은 점수를 주었을 것이며, 또 다른 이유로는 원전 춘향전의 기둥 줄거리 사이사이에 희극적 장면으로 삽입하기가 쉽기 때문일 것이다. 만담의 수용은 세태풍속 희극을 추구한 「탈선 춘향전」에 딱 어울리는 결정이었다.

> 방자 : 안얘요. 도령님도 장차루 나이가 차봐요. 제가 눈물이 달다고 한 뜻을 그제서야 짐작하리다. 온몸이 못 견디게 뒤틀리게 될 때 무엔지 없이 소리쳐 보고 싶을 때, 아! 그때의 심경을 무어라고 해석해야 알아들이실까요. 센치멘탈하달까. 로맨틱하달까. (모노루-구식) 아냐, 그 델리케트한 심리현상이란 무어라고도 표현할 수가 없어요. 눈물. 눈물! 이 원통한 눈물아.
> 도령 : 아니 이런 변 좀 봤나. 이런 존 날 네가 우는 꼴 볼라고 나왔단 말이냐?
> 방자 : (유행가조로) 울랴고- 내가 왔던가. 우-슬랴고 왔던가-. 도령님 미안하지만 담배나 하나 주이소.
> 도령 : 아무도 안 보는데서니깐 주긴 한다만 아이! 한 개밖에 안 남았군. (럭키 스트라익을 준다)

---

16) 秋田 實, 『大版笑話史』, 大版 : 編輯工房ノア, 1984, 18쪽.
17) 相羽秋夫, 『上方漫才入門』, 東京 : 弘文出版株式會社, 2001, 38~47쪽 참조.

방자 : 에그므니낫. 양담배로군요. 라이타는 제게 있어요. 참 고맙습니다.
　　　양반 상놈이야 차별이 있지만 담배 먹는 데까지야 무슨 차별이 있
　　　겠어요. 민주주의가 안얘요. 도령님! (314쪽)

　작품의 시대 배경과 어울리지 않는 단어들이 난무하고 있고, 노래가
나오기도 하고 흔히 신파조라 부르는 방식의 대사 투까지 등장하지만
아무런 문제가 생기지 않는다. 만담이란 원래부터 그러한 것이기 때문
이다. 더욱이 위의 예와 같은 장면은 춘향전의 이야기 전개에 영향을 주
지 않으면서 쉽게 삽입될 수 있는 성질의 것이기 때문에 「탈선 춘향전」
의 이야기를 확대하는 데에 큰 기여를 한다.

　「탈선 춘향전」이 만담을 수용하여 희극의 표현 영역을 확대했다는
점은 높게 평가하여야 한다. 연극인들에게 만담은 저급한 대중오락물로
인식되는 경우가 일반적이지만, 이주홍은 그것이 지니는 장점을 인식하
여 희극에서 활용방법을 모색해 본 것이다. 이 점은 이주홍의 무대예술
경험 폭이 대단히 넓다는 것을 말해주기도 한다. 「탈선 춘향전」이 이도
령과 춘향이 합방하려다가 못하고 쫓겨나는 것으로 마무리되는 것도 만
담의 수용과 관련이 있다. 이도령과 춘향이 이별을 하고 나서 변사또가
등장하게 되면 두 사람, 혹은 세 사람 사이에 이루어지는 만담풍의 장면
을 만들어 넣기가 어려워지기 때문이다. 이도령과 춘향이 연애를 하는
부분에서는 희극적 상황의 연출이 얼마든지 가능하지만, 그 이후 부분
에서는 춘향의 고생이 중심을 이루는 까닭에 희극적 상황이 극의 중심
으로 부상하기는 어렵다는 점에서 그렇다.[18]

---

18) 이주홍은 소설 「탈선 춘향전」(서울 : 삼성출판사, 1973)을 남기고 있는데, 이 작품은
　　원전 춘향전의 전체를 다루고 있다. 그러나 이 작품을 그대로 연극으로 만들 수는 없
　　다. 소설이기 때문에 가능한 부분들로 이루어져 있기 때문이다.

3. 「춘향전」: 합리적인 춘향전의 추구

1) 원전 춘향전으로 돌아가기

이주홍은 탈선을 그만두고 원본의 춘향전의 세계로 다시 돌아왔다. 「춘향전」은 「탈선 춘향전」과는 달리 원본의 질서를 전혀 흩뜨리지 않고 있다. 원전 춘향전의 현대화라 부를 수 있는 작업이 되겠는데 원전과 다른 특징이 무엇인가를 알아보는 것이 가장 중요한 일로 보인다. 이주홍은 자신의 「춘향전」을 아름답고 순수한 사랑 이야기로 만들고 싶었던 것 같다. 이를 위해서 이주홍은 이몽룡과 춘향을 아주 이성적이면서, 또 강직한 인품의 인물로 형상하고 있다. 인물의 성격에 일관성을 부여한 것이다. 주지하다시피 원전 춘향전의 이몽룡과 춘향은 성격이 일관되지 않다. 오랜 기간에 걸쳐 창작되고, 다양한 이본이 형성되었으며, 때로는 판소리와 소설을 넘나들면서 소통되었던 까닭에 그러한 현상이 생겨난 것이다.19) 원전 춘향전이 가지고 있는 그러한 문제들을 개선하여 사실성을 높이기 위해, 이주홍은 원전 춘향전의 유명한 부분도 필요하다면 과감하게 삭제해 버리는 방식을 택했다.

그러한 변화 중에서 눈에 가장 뜨이는 부분은 이몽룡과 춘향의 첫날밤과 그 이후의 사랑 놀음 장면이다. 원전 춘향전에는 두 사람이 합방을 하게 되고, 그 이후 몇 달간 꿈같은 시간을 보내는 광경이 상당히 길고도 상세하게 묘사되어 있다. 이주홍의 「춘향전」에서는 그 부분이 다음과 같이 바뀌었다.

---

19) 예를 들어, 기생계(妓生系) 춘향전과 비기생계 춘향전으로 나누어본다든가, 아니면 불망기계(不忘記系) 춘향전과 비불망기계 춘향전으로 나누어 보는 시도들은 모두 그러한 차이가 작품 해석에 중요하다고 생각하기 때문에 이루어진 분류이다. 설성경 역주, 『춘향전』, 서울 : 고려대학교 민족문화연구소, 1995, 12쪽 참조.

몽룡 : 내 진작이 그 소리 듣고자 한 것이오. 어서 한 곡조 타보시오.

춘향이 거문고를 무릎에 얹어 섬섬옥수로 줄을 고른다.

몽룡 : 가락 바람에 촛불 후릴라. 문은 닫을까.

몽룡 문을 닫는다. 문살에 비치는 두 사람의 정다운 그림자. 유창한 거문
고의 곡조가 흘러 나오면 가락에 맞춰서 막 뒤에서 노래 소리가 높아 온다.

노래 : 임은 창송이 되고 / 나는 녹죽이 되야 / 낙목한천에도 우리 둘이는 / 푸
르러 있어 / 그 남은 엽진 초목들이 / 못내 불위하게 하리로다. (암전) (92~93쪽)

　이몽룡은 춘향에게 "서로 길이길이 변하지 않을 것을 천지신명에 맹
서"(90쪽)하는 불망기를 써주면서 사랑을 약속했고, 춘향은 그것을 "혼
수상 사주단자"(90쪽)로 받아들여 같은 방에 들게 되었다. 이몽룡과 춘
향은 그들이 할 수 있는 최상의 방식으로 진지하게 사랑을 약속한 것이
다. 그리고 첫날밤을 지내게 되지만, 그들의 모습은 문살에 비치는 그림
자를 통해 볼 수 있을 뿐이다. 그들의 모습은 우리가 익히 잘 알고 있는
모습과 많이 다르다. 원전 춘향전의 두 사람은 "도련님 옷과 모두 한 데
다 둘둘 뭉쳐 한편 구석에 던져두고, 둘이 안고 마주 누웠으니 그대로 잘
리가" 없다. 두 사람이 "골즙(骨汁) 낼 때 삼승(三升) 이불 춤을 추고"[20]
방안의 온갖 기물들마저 참지 못하고 소리를 내는 모습이 재미있게 묘
사되어 있다. 그 이후 부끄러움이 점차 없어지면서 '업고 안고 노는' 두
사람의 사랑 놀음은 외설의 경계를 아슬아슬하게 비켜갈 정도이다. 이
로 인하여 두 사람에게서 한량과 기생의 모습을 발견하는 것도 잘못은 아
니다. 그런데 이주홍은 두 사람의 그러한 사랑 놀음을 자신의 「춘향전」에
서 완전히 빼버렸으며, 더 나아가 첫날밤을 치를 때 배경에 깔리는 음악

---

20) 설성경 역주, 『춘향전』, 77쪽.

을 통해 청송녹죽青松綠竹의 절개를 강조하기까지 했다. 이몽룡은 춘향에게 "나는 기어코 과거에 급제해서 이 어지럽고 어둑껌껌한 세상을 햇빛보다도 더 밝게 해 놓을 것"(101쪽)이라 다짐하기도 한다. 이주홍의 「춘향전」에서 두 사람은 대단히 이성적이며, 또 사랑의 가치에 대한 믿음이 확고한 인물들로 비쳐진다. 이러한 식의 변화는 이몽룡의 아래 이야기에 강한 무게를 실어주게 된다.

> 몽룡 : 속이고 싶어서가 아니라 혹시 암행어사가 드러날까봐서 그리했었
>   소. 무거운 신하의 몸이 되어 오늘의 공사를 앞두고서 어찌 사사일
>   을 먼저 볼 수가 있었겠소. 그 동안의 모든 불찰은 널리 용서하시
>   오. (157쪽)

원전 춘향전에서는 암행어사가 되기 전의 이몽룡과 암행어사 이몽룡이 너무 달라 독자(청중)에게 어리둥절함을 안겨줄 정도이지만, 이주홍의 「춘향전」에서는 그러하지 않은 것이다. 시종일관해서 청송녹죽의 절개를 보여 주는 인물이기 때문이다.

춘향 역시 그러하다. 이주홍은 월매의 친구 농주를 매파로 등장시켜 춘향의 절개를 강조해서 보여 주는 역할을 맡기고 있다. 농주는 춘향을 부잣집의 소실로 보내라고 월매에게 강권하면서, "가서 아이 하나라도 낳아주기만"(111쪽) 하면 평생 호강할 것이라고 약속한다. 월매 역시 솔깃해 하지만, 춘향은 그 제의를 단호하게 거절한다. 변사또가 춘향에게 수청을 요구하기 직전에 절개를 지키며 살아가는 춘향의 이러한 태도를 보여줌으로써 그 이후 춘향의 태도에 일관성을 높여주었다. 정숙하고 절개 있는 여인으로서의 모습이 강조되었기 때문에 뒷날 춘향이 누리게 되는 모든 복은 운이 좋아 얻어진 것이 아니라, 자신의 의지로 획득한 것이라는 의미가 보다 강조되어 진다.

이몽룡과 춘향의 인물 형상이 이성적으로 변화되면서 「춘향전」은 재

미가 없는 연극이 되기 쉽다. 원전 춘향전은 인물의 일관성을 중요하게 여기지 않기 때문에 이몽룡과 춘향이 스스로 희극적 인물의 역할을 할 수가 있다. 위에서 예를 든 첫날 밤 부분도 그러하지만, 광한루에서 돌아온 이후 부친의 퇴청만 기다리는 이몽룡의 모습은 재미의 압권이라 할만하다. 밤이 깊어지기를 기다리며 이몽룡이 책을 읽으려 노력을 하고 있으나 글이 전혀 눈에 들어오지 않는다. 「대학」을 읽어도 "대학지도는 재명명덕하며, 재신민하며, 재춘향(在春香)이로다"라는 식이 되고, 부지불식간에 "애고 애고 보고지고"를 큰 소리로 외쳐 멀리 있던 부친까지 놀라게 만들기도 한다. 그 순간에도 "남의 집 늙은이는 이롱증(耳聾症)도 있느니라마는 귀 너무 밝은 것도 예삿일이 아니"21)라며 불평하는 이몽룡의 모습이 우습기만 하다. 그러나 이주홍의 <춘향전>에서 이몽룡의 이러한 모습을 찾아볼 길 없음은 당연한 일이다. 이몽룡은 시종일관 의젓해야 하기 때문이다. 따라서 이주홍의 <춘향전>에서는 춘향 만나기를 청하기 위해 그네 터로 갔던 방자가 춘향에게 거절당하는 것으로 마무리가 되고, 바로 춘향집 장면으로 넘어가게 된다. 이주홍은 이몽룡과 춘향에게서 사라진 희극적 재미를 방자와 향단을 통해 보충하고 있다. 방자와 향단의 사랑 이야기를 추가하여 극적 재미를 얻으려 한 것이다.

> 방자 : 향단아! 인젠 우리가 이 이상 더 농담만으로 제 맘속을 속여 나갈
> 　　　수는 없다.
> 향단 : 놔 좀!
> 방자 : 인젠 죽는 한이 있더라도 못 놓겠다. 난 네 얼굴을 보기만 하면 전
> 　　　신은 불떵어리처럼 뜨거워진다. …… 난 어젯밤 꿈에도 너를 봤어.
> 향단 : (한참 있다 맘에 차잖은 듯) 어젯밤만?
> 방자 : 아니 매일 밤

---

21) 설성경 역주, 『춘향전』, 49~55쪽.

향단 : 같애
방자 : 너두?
향단 : (고개로만 수긍한다)
　　　방자 미친 듯이 껴안는다. 향단이도 하자는 대로 몸을 맡긴다. (97쪽)

덜렁거리고 실수를 잘 하는 방자와 착하고 정에 약한 성격으로 보이
는 향단의 사랑 장면은 관객에게 웃음을 안겨주기에 충분하다. 두 사람
이 만나서 사랑을 확인하며 서로 껴안고, "꿈꾸듯 하늘을 쳐다"보며 별
을 헤는 이 장면은 재미를 안겨주면서, 한편으로는 이몽룡과 춘향이 지
닌 이성적인 면을 상대적으로 강조해주는 역할도 한다. 이주홍이 원전
춘향전과 다르게 방자와 향단을 결혼시켜 아이를 낳게 한 것도 극의 마
지막까지 이들을 통해 극적 재미를 보충하려 했던 의도 때문이다.

이몽룡과 춘향이 이성적이고, 또 강직한 모습을 지니게 되면서 이주
홍의 「춘향전」은 지고지순한 사랑의 이야기가 된다. 다시 말하자면, 춘
향에게서 신분의 제약이라는 측면이 약화되기 때문에 "인간의 평등이
라는 근대 이념에 부합하는 춘향전의 가치"22)를 강조하려는 시도와는
거리를 두게 된다. 이 사실은 미세하지만 이주홍의 변화를 느끼게 하는
중요한 부분이다. 「탈선 춘향전」에서 이주홍은 당대의 세태풍속에 관심
을 기울이고 있었지만, 집단의 힘에 의한 변화를 택하지는 않았다. 「춘
향전」에 와서는 당대 세태풍속에 대한 최소한의 관심도 삽입하지 않으
려 했을 뿐만 아니라, 춘향에게서도 신분의 차이에서 오는 문제, 즉 계급
적 모순의 측면을 부각시킬 수 있는 면을 스스로 자제하고 있다. 춘향전
의 현대화 작업시에 춘향의 성격을 어떻게 변화시켜 형상하느냐에 따라
서 사회 변혁의 문제와 연결될 수 있는 여지는 높아진다.23) 그럼에도 불

---

22) 김종철, 「정전으로서의 『춘향전』의 가치」, 『선청어문』 제33호, 선청어문학회, 2005,
　　161쪽.
23) 김용옥의 시나리오 <새춘향뎐>(1989)이 좋은 예가 될 것이다. 이몽룡을 통해 사
　　회변혁의 측면들을 이야기하면서도 춘향의 성격을 원본에 비해 상당히 적극적으

구하고 이주홍은 자신의 「춘향전」을 그러한 방향과 전혀 연결시키지 않고 있다. 「탈선 춘향전」과 비교해보면, 그가 자신의 작품에서 사회적인 관심의 문제를 스스로 털어내려 하고 있다는 점을 알 수가 있다. 일제강점기부터 광복직후까지 사회주의 문학론에 입각해 있었던 그가 이제는 그것과 거리를 멀리 두고 있음을 보여 주는 것이다. 한국 전쟁이 이주홍의 그러한 변화를 만들어낸 강력한 계기가 되었음은 틀림없어 보인다. 한국 전쟁의 와중에서 이주홍은 자신의 문학적 배경 때문에 정치사회적 중압감을 느끼지 않을 수 없었을 것이다. 이주홍은 자신의 「춘향전」을 지고지순한 사랑의 이야기로 만들어냄으로써 자신의 문학적 입장이 변했음을 확고하게 보여 주려 했던 것이리라.

2) 극적 사실성의 강화

원전 춘향전에서 탈선하지 않으려는 작가는 운신의 폭이 좁아질 수밖에 없다. 이주홍의 「춘향전」은 광한루의 만남에서 시작하여 어사 출도로 극이 마무리되고 있어서 원전 춘향전의 이야기 틀이 전혀 바뀌고 있지 않다. 「탈선 춘향전」에서도 알 수 있듯이, 작가 자신이 원전 춘향전의 특정 부분만 취하고자 할 경우에는 다양한 이야기의 삽입과 개성적 인물의 창조도 가능하다. 그렇지만 원전 춘향전의 전체를 그대로 가지고 와서 연극화하는 경우에는 작가의 개성을 드러내기가 아주 어렵게 된다. 기왕에 알려진 이야기의 틀을 깨뜨리지 않으면서 조화롭게 삽입될 수 있는 이야기 거리와 인물을 만들어내는 일이 쉽지 않기 때문이다.

이주홍의 「춘향전」이 지닌 공연적 특징은 사실성 제고이다. 즉 이야

로 바꾸어 두었다. 원전 춘향전을 현대화한 소설에서도 이러한 경향은 두루 나타나고 있다.

기의 사실성을 제고하기 위해 사건들의 인과관계를 세밀하게 따져 배치
하고 있다는 것이다. 이러한 특징은 무대상에 등장하는 모든 것들이 인
과관계에 의해 잘 배치되어 있어야 한다는 사실주의적 극작술의 원칙을
지키려 했기 때문에 생겨났다. 「탈선 춘향전」이 사실주의적 극작술을
파괴하고 있었던 데 비하여 「춘향전」에서는 사실주의적 극작술로 다시
회귀하고 있다. 모든 면에서 '탈선'은 사라진 것이다.

　원전 춘향전을 극화하기란 그리 어렵지 않다. 공연 예술인 판소리를
근간으로 하고 있기 때문에 이야기 단락이 뚜렷뚜렷하여 막과 장을 나
누기가 쉽기 때문이다. 이주홍은 극 전체를 5막 11장으로 나누었는데,
먼저 전체 이야기를 도표로 정리해 보기로 하자.

막	장	극중 장소	주요 내용
1	1	광한루	이몽룡이 그네 뛰는 춘향을 보고 방자를 보냄
	2	버드나무 숲	춘향은 이몽룡의 요구를 거절하고 집으로 돌아감
2	1	춘향의 집	춘향의 집을 찾은 이몽룡이 불망기를 쓰고 합방을 함
	2	춘향의 집	남원을 떠나게 된 이몽룡과 춘향이 이별함
3	1	춘향의 집	신임 사또의 기생점고 때문에 춘향이 잡혀감
	2	동헌	변사또의 수청을 거부한 춘향이 모진 매를 맞음
4	1	들판	이몽룡은 서울로 가던 방자를 만나고, 농부들에게 춘향에 대한 욕을 하다가 맞을 뻔함
	2	춘향의 집	거지 차림으로 춘향의 집을 찾은 이몽룡이 월매에게 구박받음
	3	옥중	이몽룡은 옥에 갇힌 춘향을 찾아가고, 춘향은 월매에게 이몽룡을 따뜻하게 대해줄 것을 부탁함
5	1	동헌	변사또의 잔치에 이몽룡이 암행어사 출도를 함
	2	동헌	춘향은 구출되고, 모두가 이 사실을 기뻐함

정리된 도표를 보면, 원전 춘향전의 이야기를 순서 변화 없이 그대로 따라가고 있다는 사실을 알 수가 있다. 전체 흐름은 같지만 그 사이사이에 조금씩의 변화는 없지 않은데, 그 모든 것들이 사실성을 강화하려는 이주홍의 의도를 반영하고 있는 것이다. 1막에서는 2장을 독립시켜 둔 것이 눈에 뜨인다. 광한루에서 이몽룡과 춘향이 만나 사랑을 시작하는데, 이주홍은 이몽룡과 춘향이가 마주 대하여 이야기를 나누는 일이 없도록 분리시켜 버린 것이다. 그로 인하여, 사또의 자제라 하더라도 함부로 만나주지 않은 춘향의 이성적인 면모가 그렇지 않은 경우에 비해 더 부각되는 효과를 가지게 된다. 이몽룡과 춘향을 매우 이성적인 인물로 만들려는 이주홍의 시도를 여기서도 읽을 수가 있다.

제2막 2절은 이별의 자리이다. 이주홍은 월매의 친구 농주(옥선 어미)를 등장시켜 이몽룡이 서울로 떠나게 된다는 정보를 미리 제공하는 역할을 맡겼다. 원전 춘향전에서는 부친이 몽룡을 불러서 직접 이야기하는 것으로 되어 있다. 그 부분을 위해 별도의 자리를 마련하는 것이 공연상 번거로우면서도 비효율적이기 때문에 이러한 방식으로 처리한 것이다.

농주 : 난들 잘이야 알겠수. 사령으로 다니는 뒷집 곰보딱지가 그러더구
　　　만… 데빌구야 가건 말건. 어쨌든 금 같은 남의 자식을 제 맘대로
　　　주물러놓고는 그래 흐지부지 깔아 문대구 말 셈인가?
월매 : 모드리, 말로는 때를 봐서 예는 갖춘다지만.
농주 : 어유, 서울 놈 말도 마우. 사내놈들은 다 도둑놈이지. 그중에도 명
　　　색이 양반이란 놈들은 상지상 도둑놈드리야. 한창 좋아하구 있을
　　　제 내 작치를 해야지. 후루룩하고 놓치고 나면 닭 쫓는 개나 됐지
　　　뭐여?
월매 : 서울 놈이라고 다 그렇겠고만. (94쪽)

이몽룡이 서울로 떠난다는 이야기를 들었음에도 불구하고 월매는 느긋하다. 심지어 농주가 끈질기게 이몽룡에 대해 험담을 해도 그만은 예

외일 것이라고 생각하는 것이다. 이러한 월매의 태도가 상식적으로 납득이 가지 않는다고도 볼 수 있겠지만, 이몽룡이 매우 이성적인 인물로 그려진 이 작품에서는 오히려 합리적이다. 평상시 이몽룡의 태도를 보아서는 춘향을 서울로 데리고 갈 것이라고 믿고 느긋했는데, 그 믿음이 깨어진 것을 아는 순간에 화가 폭발하여 "오늘밤에 어너놈 살인 하나 안 나고 견디낼 상하냐?"(104쪽)라며 생떼를 쓰는 것이 더 사실적이기 때문이다. 춘향의 태도 역시 그러한 방식으로 처리되어 있다. 이주홍은 이몽룡의 서울로 떠난다는 사실을 춘향이 간접적으로 먼저 알도록 설정하였다. 춘향이 그 소식을 우연하게 듣도록 하기 위해 이주홍은 방자와 향단의 연애 장면을 완전하게 새로 만들어 삽입을 한 것이다. 우연히 그 이야기를 듣고 충격을 받고 있던 춘향에게 이몽룡이 그녀를 서울로 데리고 가지 못한다고 말하자 드디어 화가 폭발하게 되는 것이다. 그녀의 우려가 현실화 되었기에 화를 내는 것이어서, "젊은 계집년의 신세는 헌신짝만큼두 안 생각한시구서 그래 양반의 뱃속이란 그런 생각만 쌔두는 곳이오?"(100쪽)라며 대드는 춘향의 행동도 이해할만한 것이 된다.

이야기의 사실성을 제고하려는 이주홍은 춘향이 동헌으로 끌려가는 3막 1장 대부분을 새로운 이야기로 채워 넣었다. 이몽룡이 떠난 2년 후인데, 방자와 향단이 결혼하여 아이를 하나 낳고 춘향의 집에서 살고 있다는 획기적 설정이 등장한다. 막이 열리면 방자와 향단은 서로 툭탁거리며 말싸움 중이다. 두 사람의 싸움을 보다보면 관객들은 춘향의 현재 처지와 관련된 여러 정보를 한꺼번에 얻을 수가 있게 되어 있다. 방자가 신관사또를 모시러 한양에 가는 길에 춘향의 편지를 이몽룡에게 전하려 했으나 그 집이 이사를 가버려 실패했다는 것이다. 거기다가 이몽룡이 "딴 데로 장가를 갔는지 노류장화로 주사청루에나 흠뻑 빠져서 있는지"(108쪽)도 모르고 있는 안타까운 사정도 알 수가 있게 된다. 이어서 등장한 농주와 월매의 이야기를 통해, 춘향이 어려운 처지임에도 불구하고 정절을 지키며 살고 있다는 사실이 알려진다. 그 모든 일이 진행되고 난 마지막에야 동헌의 박번수와 김번수가 등장하여 춘향을 끌고 가게 되어 있다. 이몽룡과 춘향의 이별 장면 다음에 곧바로 변사또가 등장하고, 기생점고로 이어지는 원전 춘향전에 비해 춘향의 처지가 크게 강조되어 있음을 알 수가 있다. 상당한 시간을 할애해서 사실성을 제고한 이주홍의 의도는 관객에게 춘향의 절개를 합리적으로 인식시키기 위함이다. 이몽룡의 소식도 모르는 상황 속에서도 곽부자네 소실로 들어가라는 주변의 청을 뿌리치고 있었기에 "내가 왜 기생이"냐, "죄 없는 백성을 어너 주릴 틀어 죽일 놈이 잡아오라더냐."(113쪽)라는 춘향의 항변이 관객으로부터 지지를 얻을 수 있게 되는 것이다. 관객들이 춘향의 절개에 대해 충분한 인식을 가지면 가지게 될수록 고통을 두려워하지 않는 춘향의 선택에 대한 지지가 높아짐은 두 말할 나위가 없다.

이주홍의 「춘향전」은 원전 춘향전에 비하면 이야기 전개가 아주 합리적이다. 이몽룡과 춘향은 이성적이며 진실한 인물이어서 뒷날 그들이 누리는 모든 복도 그들이 차지해서 마땅한 것들로 비쳐지게 된다. 「춘향전」을 지고지순한 사랑 이야기로 만들어보려던 이주홍의 의도가 성공을 거두었다고 해도 좋겠다. 그렇지만 지나치게 세세한 부분에까지 합리성을 부여하려는 의도가 때로는 과하게 보이는 부분도 많다. 원전 춘향전에서는 어사또 출도 이후 방자와 향단에 대한 특별한 이야기 거리는 없다. 이야기의 전개로 볼 때 이몽룡과 춘향에게 집중되어야 하기 때문이다. 그럼에도 불구하고 이주홍은 방자와 향단을 끝까지 등장시키고 있다. 사실성을 높이려던 이주홍의 의도가 작용한 까닭이다. 천기누설을 염려한 이몽룡이 방자를 잠시 가두어 두었는데, 어사또 출도 후에 방자가 동헌으로 쫓아온다. 방자가 이몽룡에게 한탄을 하자, "이놈아 하도 네가 방정맞고 입이 싸니까 혹시 내 일이 누설될까 해서 일부러 운봉영장한테다 잠시 가두어두라고 했"(159쪽)다는 설명까지 덧붙인다.[24] 이어서 방자의 아들을 이몽룡이 높이 안아 올리고서는 "그놈 다른 건 몰라도 다음 날 일등어사는 해먹겠다."(160쪽)고 말하고, 방자가 "감격에 넘쳐 매달려 울면서 도령님"(160쪽)이라 말하는 데에서 작품이 마무리가 된다. 원전 춘향전이 월매의 호들갑스러운 자기 자랑으로 흥겹게 마무리가 되는데 비해 여러 면에서 이 부분은 불필요해 보인다. 하나만 이야기 하자면, 이주홍의 「춘향전」은 그 흐름상 방자의 아들에게 어떠한 상징적 의미도 부여할 수가 없는데 굳이 이야기를 더 늘려가면서 극의 마무리를 늦출 이유는 없는 것이다. 원전 춘향전의 애매함을 합리적으로 해결하여 사실성을 높이려는 의도는 좋지만, 그것이 지나쳐 극의 생동감을 떨어뜨리는 것은 바람직하지 않다. 지나치게 부분적인 것에까지 합리적이고자 하는 이주홍의 태도가 한국 전쟁을 거치면서 가져야만 했던 작가의 불안감과 연결되는 것이 아닐까 하는 생각도 든다.[25]

---

24) 『열녀 춘향 수절가』에서는 이몽룡과 방자가 편지를 두고 옥신각신하다가 방자가 '제기접시' 같은 것을 보게 된다. 그러자 이몽룡이 "만일 천기를 누설하면 목숨을 보전치 못하리라"(185쪽)고 말한다. 판소리 「춘향가」에서는 방자가 이몽룡을 알아보자, "어사또 생각에, 저 애가 관물을 오래 먹어 눈치가 비상한 놈이라, 천기 누설될까 허여 편지 한 장 얼른 써서"(뿌리깊은 나무 편집, 『판소리 다섯 마당』, 한국 브리테니커, 1982, 67쪽) 운봉에 보내는 것으로 되어 있다. 그 이후 이 문제에 대한 언급은 따로 없는 것이 일반적이다.

25) 이 부분에 대해서는 작가의 전기적 사실에 대한 진전된 조사와 더불어 작가의 다른 작품들을 대상으로 좀 더 면밀한 검토가 필요하다 하겠다. 그럼에도 불구하고 이러한 예단을 내어놓는 이유는 「탈선 춘향전」에서 「춘향전」으로 옮겨간 작가의 태도에서 지나친 경직성을 느낄 수 있기 때문이다. 이에 대한 해명은 앞으로 계속해 보고자 한다.

4. 결론

한국에서 활동하는 작가라면 누구나 춘향전을 다시 한 번 써 보고 싶어 한다. 이몽룡과 성춘향의 사랑 이야기는 여러 각도에서 변주가 가능하기 때문에 독창적이고 개성 있는 작품을 만들어내기가 용이한 까닭이다. 그렇지만 그만큼 더 치열해야 한다는 점도 생각하여야만 한다. 특색 없는 작품이라면 원전 춘향전을 각색한 작품 중의 하나로 처리되어 아무 성과 없이 사라지기가 쉽기 때문이다. 이주홍의 「탈선 춘향전」과 「춘향전」은 그 방면에서 상당한 성과를 거둔 작품으로 오래 기억이 될 것 같다.

「탈선 춘향전」과 「춘향전」은 창작 시기가 별로 많이 차이가 나지 않음에도 불구하고 상당히 다른 성격을 가지고 있다. 「탈선 춘향전」이 원전 춘향전으로부터 가능한 멀어지려고 하면서 작가의 상상력을 발휘하였다면, 「춘향전」은 원전에 최대한 가까이 다가가면서 작가의 상상력을 절제하고 이야기의 합리성을 추구하려는 태도를 보였다. 「탈선 춘향전」이 만담을 연극적으로 수용하면서 세태풍속 희극의 가능성을 열어보였다면, 「춘향전」은 합리적인 이야기 전개를 통하여 지고지순한 사랑의 이야기를 선보여 주었다. 그러한 점에서 두 작품을 비교해 보면, 「탈선 춘향전」에 보이는 당대 사회 문제에 대한 관심이 「춘향전」에서는 완전히 거세되어 있음을 확연하게 알 수가 있게 된다. 거기에서 작가의 태도 변화를 읽어낼 수 있으므로 「탈선 춘향전」과 「춘향전」은 광복 후 이주홍의 희곡에서 중요한 작품으로 떠오르게 된다.

일제강점기와 광복 직후까지 서울을 중심으로 활동하던 이주홍은 1947년에 부산으로 내려갔다. 넓게 보아 고향으로 돌아간 셈이기도 하지만, 서울에서 최대한 멀어지려는 이주홍의 생각이 작용하지 않았다고는 할 수 없을 것이다. 「탈선 춘향전」은 사회주의 문학관으로부터 이주홍이 멀어지고 있음을 보여준다. 부산에 칩거하면서 나름대로 새로운 문학 방향을 모색하고 있었다고도 말할 수 있겠다. 그렇지만 한국 전쟁의 발발은 사회주의 문학론자였던 그에게 엄청난 압박을 안겨 주었을 터이므로 더 이상의 모색이 진전되기 어려웠을 것이다. 해군 정훈대에서 순회 공연단을 이끌기도 했지만,[26] 어려운 상황 속에서 자기 자신의 예술적 입장에 대한 고민도 많았을 것으로 보인다. 「춘향전」에서 당대 사회에 대한 관심을 거세하고, 또 합리적으로 모든 사건을 정리하려 했던 작가의 태도는 당시 그가 겪고 있던 심리적 압박감을 반영하는 것이겠다.

「탈선 춘향전」과 「춘향전」에서 거둔 성과가 그 이후 다른 희곡에서 어떻게 나타나고 있는지, 그리고 작가의 태도 변화가 소설과 희곡 전반에 어떤 영향을 미치고 있는가를 계속해서 살펴 보는 것이 다음 과제로 남는다. 거기에 더하여 부산 지역에 기반을 두고, 공연 활동에 직접 참여하면서 창작 활동을 계속했다는 점과 작품의 경향을 함께 묶어서 따져 보는 일도 긴요해 보인다. 이주홍의 희곡과 문학에 대해 많은 이들이 관심이 필요한 때이다.

---

26) 정봉석, 「이주홍 희곡의 정체와 부산 연극의 접변 양상 연구」, 14쪽.

참고문헌

1. 기본 자료

뿌리깊은 나무 편집,『판소리 다섯 마당』, 한국 브리테니커, 1982.
설성경 역주,『춘향전』, 서울 : 고려대학교 민족문화연구소, 1995.
정봉석 엮음,『이주홍 극문학 전집』전3권, 부산 : 세종출판사, 2006.

2. 논저

류종렬,「이주홍과 부산 지역문학」,『현대소설 연구』, 현대소설학회, 2003.
______,『이주홍과 근대문학』, 부산 : PUFS, 2004.
박태일,「이주홍의 초기 아동문학과『신소년』」,『현대문학이론연구』, 현대문학이론학회, 2002, 148쪽.
반재식 편저,『漫談 百年史 : 신출불에서 장소팔ㆍ고춘자까지』, 서울 : 百中堂, 2000.
이주홍, 정봉석 엮음,「나의 연극 노우트」,『이주홍 극문학 전집』제2권, 부산 : 세종출판사, 2006.
이주홍문학재단 편,『이주홍 문학연구』제1ㆍ2권, 부산 : 대산, 2000.
정봉석,「이주홍 희곡의 정체와 부산 연극의 접변 양상 연구」,『한국문학론총』제38집, 한국문학회, 2004.
______,「이주홍의 춘향 제재 변용 희곡 연구」,『동남어문학』, 동남어문학회, 2005.
______, 류종렬 편,「일제강점기 이주홍의 극문학 연구」,『이주홍의 일제강점기 문학 연구』, 서울 : 국학자료원, 2004.
相羽秋夫,『上方漫才入門』, 東京 : 弘文出版株式會社, 2001.
秋田 実,『大版笑話史』, 大版 : 編輯工房ノア, 1984.

이주홍 『이조문학개관』의 특징과 의의

이 강 옥*

1. 서론

향파 이주홍은 망월암望月庵이란 필명으로 1949년 『이조문학개관(李朝文學槪觀)』을 유인본으로 펴냈다. 1949년 무렵이면 근대적 학문으로서의 국문학 연구가 시작된 지 얼마 되지 않은 시점이다. 그 점을 고려하면서 『이조문학개관』을 읽으면 뜻밖에도 상당한 성취가 있었고 그만큼 많은 문제를 안고 있음을 발견하게 된다. 지금까지 이 책은 이주홍 연구나 한국고전문학 연구 영역에서 크게 주목받지 못했다.

향파는 1949년 9월부터 국립부산수산대학교 전임강사가 되어, 1·2학년을 수강 대상으로 하는 '국어와 국문학' 과목을 맡게 되었다.[1] 그는 해박한 지식과 당당한 자긍심을 가졌기에 대학 저학년을 대상으로 한 강의지만 기존 교과용 도서를 밀어내고, 스스로 교재를 만들어 가르쳤다.[2] 스스로 '교과용 도서'라 일컬었지만 저술 시기 전후의 국문학 연구

---

1) 박태일, 「이주홍론—교육자로서 걸었던 길」, 『경남·부산 지역문학 연구1』, 청동거울, 2004, 251쪽.

수준을 고려하면 상당한 노력을 기울여 일정한 학문적 성취를 이룬 책
이라 할 수 있다. 향파는 동래중학에 근무할 때부터 이미 '한국문학사'
저술을 시작했다 한다.3) 김태준의『조선소설사』,4) 조윤제의『조선시가
사강』, 김사엽의『조선문학사』을 근간으로 하리라는 계획도 세웠다.5)
한국문학사는 결실을 맺지 못했지만, 향파는 한국문학사를 준비하면서
한국문학의 흐름에 대하여 나름대로의 견식을 축적시켜갔다.『이조문
학개관』은 이와 같은 향파의 학문적 온축을 바탕으로 하고 있기에 학문
적 검토의 대상이 되는 이유가 충분하다.

향파는 국문학 관련 저서들을 소장하면서 독파했다. 향파가 소장했던
국문학 관련 저서들 중『이조문학개관』이전에 나왔던 것들은 다음과
같다.

> 김태준, 朝鮮小說史, 청진시관, 1935; 김태준, 朝鮮漢文學史, 조선어문학
> 회, 1936; 조윤제, 조선시가사강, 박문출판사, 1937; 손진태, 朝鮮民族說話의
> 研究, 을유문화사, 1947; 양주동, 麗謠箋註, 을유문화사, 1947; 지헌영, 鄕歌
> 麗謠新釋, 정음사, 1947; 김사엽, 朝鮮文學史, 정음사, 1948; 우리어문학회,
> 國文學史, 수로사, 1948; 구자균, 朝鮮平民文學史, 문조사, 1948; 양주동, 詳
> 註 國文學讀本, 박문서적, 1948; 고정옥, 國語國文學要綱, 대학출판사, 1949;
> 조윤제, 朝鮮詩歌의 研究, 을유문화사, 1948; 우리어문학회, 國文學概論, 일

---

2) 위의 논문, 257쪽. 향파가 엮은 대표적인 교과용 도서는『中等國文』(상·하), 남푸린
트사, 유인본;『新國文選』, 유인본;『新稿國文選』, 유인본;『李朝文學槪觀』, 유인본;
『國文學發生序說 1』;『散稿集編』, 유인본;『散稿集編』, 용문사, 유인본;『이문잡취』,
유인본;『신고 이문잡취』, 천우사, 유인본;『李朝가사집』, 유인본 등이다(위의 논문,
258쪽 참조).

3) 박지홍, 천년 묵은 거목,『이주홍의 문학과 인생』, 이주홍문학상 운영위원회, 2001,
78쪽.

4)『이조문학개관』에서는「구운몽」의 줄거리를 소개한 뒤 그 끝에 '金台俊씨小說史에
依함'이란 간주를 달았다(76쪽).

5) '두메는 어떻게 생각하는지 모르겠으나 내 생각은 이래요. 천태산인의「소설사」와 도
남선생의「시가사강」에 김사엽씨의「국문학사」를 토대로 하여 우리 문학사를 엮어
서 어떻게 잘 정리하면 괜찮은「국문학사」가 될 것 같아요(박지홍, 앞의 글, 78쪽).'

성당서점, 1949; 조윤제, 敎育 國文學史, 동방문화사, 1949; 고정옥, 朝鮮民謠
研究, 수선사, 1949

　　<u>최남선 엮음, 시조유취, 한성도서주식회사, 1929; 우현기 엮음, 時調集, 중
앙인서관, 1941</u>; 문세영 옮김, 春香歌, 영창서관, 1942; <u>함화진 엮음, 증보 가
곡원류, 조선문화관출판부, 1946</u>; 이희승 엮음, 정정 역대조선문학정화 상
하, 박문출판사, 1946; 이윤재 옮김, 도강록, 대성출판사, 1946; 신영철, 古文
新釋, 동방문화사, 1947; <u>김종식, 時調讀本, 동심사, 1947</u>; 이명선, 조선고전
문학독본, 선문사출판부, 1947; <u>가사집, 삼문사, 1948</u>[6]

『이조문학개관』을 저술하면서 주로 밑줄 친 자료들을 참조했을 것이
다. 소장하지 않은 책 중에서 향파가 참고했을 법한 중요한 국문학 관련
책은, 조윤제의『국문학사』, 이명선의『조선문학사』정도이다.

　향파는 조선시대 문학 전공자가 아니기에 이러한 책들을 두루 참고하
여 작가와 작품을 선택하고 거기에 대해 나름대로의 입장을 피력했다고
할 수 있다. 본고는『이조문학개관』이 당대 국문학 연구와 관련되는 양
상을 살피면서 그 특징과 의의를 구명하려 한다.

2. 책의 서술 체제

　책의 처음에는 범례凡例가 붙어 있고 다음과 같은 서술 목차가 제시되
어 있다.

　　一. 李朝文學의 槪瞥
　　二. 太祖至世祖朝時代作家
　　三. 成宗至明宗朝時代作家

---

6) 경남 · 부산지역문학회,『이주홍문학관 소장도서 목록』, 이주홍문학관, 2002.

四. 宣祖朝時代作家

五. 光海至憲宗朝時代作家

六. 肅宗朝時代作家

七. 景宗至哲宗時代作家

八. 結語

'一. 李朝文學의 槪瞥'에서 조선문학의 흐름을 개괄하고 몇 명의 재위 왕을 한 단위로 묶어 시기를 구획한 뒤, 각 시기마다 열 명에서 스무 명 정도의 작가들을 소개하고 대표 작품들을 열거했다. '五. 光海至憲宗朝 時代作家'에서 '헌종憲宗'은 '현종顯宗'을 잘못 표기한 것이다. 본문에서 는 '김득신金得臣' 한 사람만을 '현종조' 문학자로 소개하였다.

본문 서술 방식의 한 예를 보이면 다음과 같다.

申維翰(景宗朝)

字은 周伯 號는 靑泉이라하니 寧海人으로서 肅宗癸巳에 登第하여 能文達 筆로 이름이나 製述官이되어 通信使 南泰耆를 따라 日本에 들어가 紀行文에 있어서는 朴燕巖의 熱河日記와 雙璧이라는 海遊錄을 지어 盛名을 날렸다 그 는 詩詞가 다 奇崛 艶麗하여 人口에 膾炙되는 絶調가 많았다.

五言絶句一首
朱欄俯綠池
日照幽蘭靜
中有鼓琴人
欹巾坐花影

矗石樓詩
晉陽城外水東流
叢竹芳蘭綠映洲
天地報君三壯士
江山留客一高樓

歌屏日暖潛蛟舞
劍幕霜侵宿鷺愁
南望斗邊無戰翁
將壇(笳)[7]鼓伴春還

작가의 이름을 항목 명으로 삼고 작가의 내력을 소개했다. 자와 호, 본을 밝히고 과거 급제, 벼슬을 소개하고 작가의 문학적 일생을 대표할만한 사실을 제시하였다. 널리 알려진 일화를 소개하기도 하였다. 신유한의 경우는 『열하일기』와 쌍벽을 이루는 『해유록』을 지었다는 사실을 제시했다. 한시에 대해서는 네 글자의 시품詩品으로써 작풍을 설명했다. '기굴염려奇崛艷麗'가 신유한의 작풍을 요약 설명하는 시품이다. 마지막으로 작가의 대표작 몇 편을 제시한다. 다만 소설은 길기 때문에 원문을 옮기기보다는 줄거리를 소개하거나[8] 제목만 나열하였다.[9]

다른 한편 신광한申光漢의 경우는 「만망(晚望)」, 「조우숙신륵사(阻雨宿神勒寺)」 등 한시에 대한 언급은 작가 소개 부분에 포함시키고 말미에는 시조만 옮겼다. 국문 문학 위주의 서술 의도를 확인할 수 있다.

저술 원칙은 '범례'에서 밝혔다. 우선 이 책의 대상이 '고급중학高級中學' 또는 '대학초급大學初級'이라 하였다. 이들을 위한 국문학 강좌의 보충 교재라는 것이다. 향파는 전공자가 아니기에, '이 方面에 專攻하는 著名한 여러 先輩들의 글에서 參考하여 編著의 若干의 主觀을 보태었다.'고 하였다.

다음으로 한문학을 언급한 동기를 해명했다. 국문으로 된 국문학과 한자를 빌어 표현한 한문학을 구분해야 하지만, 한문학에 대한 이해 없이는 진정한 국문학에 대한 이해가 어렵기에 국문학과 한문학을 비교하

---

7) 책에는 빠져있는 것을 『대동시선』을 참고하여 넣었다.
8) 「허생전」, 「호질」, 「양반전」(『이조문학개관』, 99~101쪽; 앞으로 이 책으로부터 인용할 때는 쪽수만 밝힐 것임).
9) 「만복사저포기」, 「이생규장전」, 「취유부벽정기」, 「남염부주지」, 「용궁부연록」(21쪽).

게 했다고 하였다. 한문예단漢文藝壇의 세계를 넘어볼 수 있고 발전소장
發展消長하는 흐름을 이해하는 것도 해롭지 않다는 것이다. 당시 국문학
연구를 주도한 도남 조윤제까지 '좁은 의미의 국문학'과 '넓은 의미의 국
문학'을 구분하여 한문학에 대한 다소 배타적 태도를 보인 것을 환기하
면 향파의 이런 태도는 한문학에 대하여 열린 시각을 가진 경우라 할 수
있다. 향파가 이런 시각을 갖출 수 있었던 것은 한학에 대한 그의 깊은
조예 덕이었다고 짐작된다. 향파의 외숙은 당시 지방 한시계의 거두였
던 만정晚汀 강만달姜晚達 선생이었는데 향파는 어릴 때부터 외가의 한
학 분위기에 젖었다. 칠팔 세 때부터는 영남 유학계의 태두인 김사문 선
생의 글방에서 『동몽선습』, 『사략』 등을 배웠다.[10] 열세 살에 보통학교
를 마치고 다시 서당으로 가서 한문을 배웠다. '신학문은 하라는 대로 했
으니까 이제부터는 조선사람 글인 진서眞書를 배워야 한다'는 아버지의
명령 때문이었다. 서당에서 『소학』, 『논어』, 『중용』, 『연주시(聯珠詩)』,
『고문진보(古文眞寶)』 등을 배웠는데 성만을 알려준 '김선생님'으로부
터 졸음을 쫓아내며 힘들게 한문 공부를 하는 모습을 「이 세상에 태어나
서」라는 자전적 수필에서 생생하게 기록하였다. 그렇게 하여 향파는 고
향 합천에서 신동이란 이름을 들었고 그 뒤 중국 고전 한문학에 대한 해
박한 지식을 갖추게 되었다. 『수호지』, 『서유기』, 『홍루몽』, 『채근담』
등을 번역한 것도 이런 한학적 조예를 바탕으로 한 것이었다.[11]

　서술의 기준은 작품이나 갈래가 아니라 작가이다. 연대를 따라가면서
작가의 존재를 알리고 그 대표작을 소개한다는 목표가 분명했기에 작자
가 알려지지 않은 작품에 대해서는 언급하지 않았다. 전체 문학사의 흐
름을 염두에 두기는 했지만 그 흐름을 이해하는 데 가장 중요한 요소가

---

10) 이주홍, 「이 세상에 태어나서」, 『이주홍의 일제강점기 문학 연구』, 국학자료원, 2004,
　　281~282쪽; 박태일, 앞의 논문, 236~237쪽.
11) 향파의 한학 조예에 대해서는 손춘익, 가면을 벗어던진 피에로의 일상, 『이주홍의 문
　　학과 인생』, 이주홍문학상 운영위원회, 2001, 238~239쪽 참조할 것.

되는 개개 작품에 대한 기초지식을 제공하고자 했다.

3. 조선시대 문학사의 전개에 대한 구상

향파는 조선시대 문학 전공자가 아니지만 나름대로 조선시대 문학의 흐름과 관련되는 폭넓은 상식을 가진 듯하다. 상식을 바탕으로 하고 당시까지 나온 개론서와 이론서들을 두루 참조하여 조선시대 문학의 흐름을 정리하였다.

'이조문학의 개별'에서는 한국문학의 전개 과정을 개술하였다. 먼저 사회 발전이 문학 갈래의 발전을 이끈다는 전제에서 한국문학의 형성과 초기 시가 갈래의 전개를 설명했다. 사회발전이 시가의 '단독적' 발전을 가져왔다는 것이다. 고구려 <황조가>, 백제 <정읍사>, 그리고 신라의 향가 작품들이 그 예에 해당한다. 이 시기에는 '한문화漢文化의 영향이 그다지 심하지 않'12)았기에 모어母語로 된 시가 예술이 왕성하였다. 반면 고려에 들어와서는 사정이 달라졌다. '치밀어 들어오는 외세와 함께 한문학의 강화'13) 때문에 고유 문학의 자리가 좁아졌다고 보았다. 특히 거란, 여진, 몽고 등 북방민족의 침략 바람에 자국문화가 순조롭게 육성될 여유가 없어졌다고 하였다. 이런 생각은 문학사를 민족정신의 전개과정으로 보고 그 구체적 실현태로서 국문문학과 한문문학의 길항 양상을 살폈던 조윤제의 문제 의식과 긴밀하게 연결된 것이다. 그런데 조윤제의 이런 설명법은 국문학 개별 영역과 갈래에 대한 연구가 충분히 축적되기 전, 개별 갈래의 존재 양상에 대한 막연한 추정을 바탕으로 한

---

12) 7쪽.
13) 위의 쪽.

것이었다. 국문학 연구가 진척되어 고려 시대 문학의 본질에 대한 생각
이 수정되면서 고려시대 한문학이 우리 고유문학의 억압기제로서만 작
용한 것은 아니었다는 사실이 밝혀졌다.

어떻든 향파는 이런 생각을 계속 밀고 갔다. 고려시대에 <청산별곡>
이나 <서경별곡>, <가시리> 등 '걸작 가요'가 나오기는 했지만, 대부
분의 '문학적 동기動機'가 한문학에 밀리어 위축되고[14] 거세당하거나, 아
니면 유행되던 것마저 이요俚謠 혹은 남녀상열지사男女相悅之詞란 명목으
로 축출되어 버렸다고 하였다. 전자의 판단이 고려 시대 한문학의 역할
에 대한 연구가 부족해서 나온 부정확한 것이라면 후자의 판단은 주체
에 대한 오해에서 비롯된 오류라 할 수 있다. 고려가요를 이요나 남녀상
열지사로 규정한 주체는 조선 시대 사대부였기 때문이다.

고려시대 경기체가에 대해서도 '한문가요에다 겨우 토를 단 정도에
불가'한 것이라며 부정적으로 평가했다. 그런 판단은 조선시대 문학에
대해서도 마찬가지로 이뤄졌다. 향파는 조선 초기에 나온 권근權近의
<상대별곡(霜臺別曲)>, 주세붕周世鵬의 <엄연곡(儼然曲)>, 변계량卞季
良의 <화산별곡(花山別曲)>, 김구金絿의 <화전별곡(花田別曲)> 등을
고려시대 경기체가의 모방으로 보고, 한문학을 근간으로 하는 유교정책
바람에 전대의 문학적 전통이 발전 계승되기는커녕 압살되고 말았다 하
였다. 다만 시조가 광범위하게 창작된 것이 특기할만한 일이라 긍정적
으로 평가했다.

또 향파는 훈민정음의 창제를 조선 문학을 위해서도 특별히 중요한
사건임을 강조했다. 훈민정음은 송강문학과 서포소설을 가능하게 했고,
외국문자를 빌리지 않고서도 민족 감정을 자유롭게 표현할 수 있게 했
다고 하였다. 그런데 문맥 상 착오인 듯하지만, 민족 감정의 표현 사례를
<용비어천가>, <월인천강지곡> 등 경전의 언해에서 찾은 것은 아무

---

14) 이 점은 조윤제가 『국문학사』에서 고려 전기를 '위축시대'로 명명한 것과 이어진다.

래도 어색하다.

향파는 시조에 대해서 이중적 태도를 보였다. 먼저 민족시가 형식으로서 민족 정서를 담은 점을 높이 평가하였다. 다른 한편 시조가 '정신적으로 여유 있는 상류층의 단편적 영탄을 하기에 가장 간편한 형식이다'라고 다소 부정적으로 평가하였다. 상류층에게 시조는 한문학의 한 방계에 지나지 않았고 여기餘技 이상의 의미를 갖지 못한다는 것이다. 고려유신들의 회고가, 성심문, 김상헌 등의 충의가忠義歌, 이순신, 김종서 등의 호기가豪氣歌 등이 있긴 하지만, 시조는 결국 호사한 생활을 누리던 자들의 풍류자락風流自樂의 노래이거나 벼슬을 잃고 낙향하여 고고한 체하는 은일취미隱逸趣味의 노래였다고 하였다.

이런 시조를 탈바꿈시켜 새로운 경지를 개척한 존재로 먼저 황진이를 들었다. 황진이는 시조의 세계를 '관념의 虹橋'로부터 끌어내어 '인간현실'에 닿게 했다고 보았다. 다음으로 정철과 윤선도를 들었다. 이들에 의해 우리 문학사는 최고도의 완숙미를 보이게 되었다고 하였다.

가사歌詞는 정극인丁克仁의 <상춘곡(賞春曲)>, 이현보李賢輔의 <춘면곡(春眠曲)>, 박인로朴仁老의 <태평사(太平詞)>, 차천로車天輅의 <강촌별곡(江村別曲)>, 정철의 <사미인곡(思美人曲)>, <성산별곡(星山別曲)> 등을 대표작으로 보았다. 이들은 '언어미의 금자탑'을 세운 것으로서, '우리 국문학도 한문학과는 딴 가닥으로서의 튼튼한 지반을 확립'하였다고 보았다.

요컨대 시조에 대한 평가가 주로 세계관이나 현실 반영의 차원에서 이뤄졌다면 가사에 대한 평가는 주로 표현 매체의 차원에서 이뤄졌다.

한편 소설에 대한 평가는 몇가지 문제점들을 노출하고 있다. 고려조 이규보의 『백운소설(白雲小說)』을 소설의 맹아로 보고 김시습의 「금오신화」를 '근대성'을 띤 소설의 효시로 보았다. 이외에 강희맹姜希孟의 『촌담해이(村談解頤)』, 유몽인柳夢寅의 『어우야담(於于野談)』, 송세림宋世琳

의 『어면순(禦眠楯)』, 허균許筠의 「홍길동전」 등을 소설사를 구성하는 중요한 작품으로 보았다. 그런데 『백운소설』은 시화, 일화, 기타 교술 산문이 뒤섞여 있는 것이고 『촌담해이』, 『어면순』은 소화집이며, 『어우야담』은 야담과 교술 산문이 섞여 있는 것이다. 이들을 소설의 범주에 넣어 논한 것은 소설과 잡록집, 소화 등을 구분하지 못한 당대 국문학 전공자들의 오류와 한계를 그대로 답습한 것이라 할 수 있다. 단편 서사에 대한 연구가 진척되면서 이들은 비교적 일관되게 구분되었다.

그리고 문학사의 결정적 계기를 마련한 작가로 '정음소설正音小說'을 창작한 김만중과 가단에서 기성문단을 대체한 김천택金天澤과 김수장金壽長을 들었다. 김만중이 정음소설을 지었다는 것은 「구운몽」과 「사씨남정기」를 염두에 둔 것일 텐데, 두 소설이 소설사에서 가진 위상이나 역할을 문제삼기보다는 한글로 쓰여졌다는 점을 우선 고려한 판단이다. 「구운몽」은 한글 창작설도 있지만 한문 창작설도 그에 못지않게 설득력을 얻고 있으니 「구운몽」의 가치를 한글로 지어진 데에서만 찾은 것은 적절하지 않다. 김천택이나 김수장을 중시한 것은 그들이 서민계급을 대변하기 때문이다. 향파는 서민계급을 주향유층으로 하는 문학적 삶을 가장 바람직한 것으로 보았다.

既成文藝發展의 順調로운 環境도 한때의 일이고 壬辰·丙子의 兩大國亂을 치루고난 國政은 疲弊할대로 되어 經濟的 破綻과 黨爭과 動搖하는 地盤 위에 일어나는 精神的貧困의 負擔者인 上流文學보다는 漸次로 活潑해지는 商人中心의 庶民文學이 勝해질 轉換期에 다다랐다. 情意와 本能을 無視한 形式的인 觀念文學보다는 現世의 無常觀을 率直히 告白하고 來世欣求의 理想을 自由롭게 滿足시켜주는 新興의 正音文學이 곧 民衆의 것이 될 것은 至極히 當然한 일이었다. 제일 손쉽게 四四調의 許多한 民謠의 制作流布, 가지각색의 庶民生活의 悲嘆과 空想을 反映한 小說野談의 簇出, 한편 金天澤, 金壽長, 朴孝寬 等은 靑丘永言, 歌曲源流를 編纂하여 在來의 歌謠를 整理하며 朴氏傳, 뱀주부傳, 홍부傳, 薔花紅蓮傳 外에 春香傳, 沈淸傳類의 戲曲이 나와 새

로운 歌劇道를 創造하는 等 國文學은 完全히 오랜世代를 걸쳐 가리웠던 漢文
學의 遮雲을 물리치고서 다음 世代의 生氣潑潑한 新文學에로의 棧橋를 놓아
준 것이다.15)

우리 고전문학사의 마지막 전성기를 이렇게 요약 진술하였다. 상류
문학을 대체한 서민문학, 한문학을 대신한 정음문학(국문문학)을 부각
시켰다. 전성기를 이끌어간 갈래나 작품의 공통점은 국문으로 된 것이
라는 점이다. 그런데 이 대립 짝의 내용을 '정의와 본능을 무시한 형식
적 관념문학' : '현세의 무상관을 솔직히 고백하고 내세흔구의 이상을
자유롭게 만족시켜주는 정음문학'으로 설명한 것은 설득력이 떨어진
다. 관념문학에 대한 규정은 그런대로 수용할만하지만, 민중이 주도하
는 정음문학의 내용이 '현세의 무상관을 고백한다'거나 '내세 흔구의 이
상을 자유롭게 만족시켜' 주는 것이라는 설명은 어색하다. 이런 설명은
조선후기 서민문학을 규정하는 개념인 '현실주의'와 연결되기 어렵기
때문이다.

판소리나 판소리계소설을 '희곡'으로 본 것도 특이하다. 마지막 시기
국문학의 의의는 한문학의 그림자를 걷어내고 신문학의 길을 놓아준 것
이라 했는데, 이는 민족정신의 현현 양상에 따라 한국문학사를 기술하
려 했고, 그를 위한 구체적 방안으로서 국문문학과 한문문학의 관계나
투쟁을 살피려 했던 조윤제의 문학사관에 이어지는 것이다. 다만 신문
학을 궁극 귀결점으로 설정하고 고전문학을 그 단계에 이르는 과정으로
본 것은 근대 신문학 우선주의라 할만하다.

李朝作家의 紹介는 一旦 여기서 끝막는다. 知名 無名 間에 時調作家도 이
外에 더러 있고, 漢詩作家만 하더라도 李建昌, 金澤榮, 黃梅泉等 決코 無視할
뿐은 아니나 在來詩壇의 한 支流이거나 아니면 才致를 살린 模倣 程度에 지

---

15) 10~11쪽.

나지 못한 理由에서이다. 甲午更張을 前後하여 國漢詩壇은 內部的인 自然崩
壞와 外部的인 新風潮의 刺戟으로 해서 純粹한 傳統이란 것은 大混亂을 惹起
할 運命에 부디쳐 詩歌의 形式도 破壞 혹은 改貌되어 統一을 잃은 채 새로운
思潮 밑 形式과 頭尾가 相接했다. 許多雜樣한 無名氏의 歌謠와 小流16)류의
流行은 이 새 時代로의 行路를 提示한 것이지만 舊 世代에 발만 걸쳤을 뿐이
지 정작이 그것은 新文學의 崩17)芽로서의 領域이라 함이 마땅하겠기로 여기
서는 言及을 避해두고 만다.18)

이것이 이 책의 결론이다. 갑오경장은 전통 한국 문학이 내부적으로
붕괴하고 외부로부터 신풍조가 들어오는 계기가 되었다. 전통 문학은
대혼란을 겪었는데 특히 시가의 형식이 파괴되거나 변했다. 다양한 가
요와 소설도 유행했다. 그런데 전통 문학의 총체적 변화 및 혼란과 신문
학의 생성이 비약적으로 설명되었다. 아예 그 과정은 없고 그 자체가 '신
문학의 맹아'라는 식이다. 물론 이 책의 목표가 전통 문학과 신문학의 관
계나 계승 양상을 해명하는 것이 아니기에 신문학 형성과 관련하여 많
은 것을 기대할 수는 없지만, 조선시대 전통 문학의 마무리에 대한 설명
이 지나치게 소략하다.

4. 갈래 · 작가 · 작품의 선택과 평가의 특징

『이조문학개관』은 실명 작가만을 대상으로 한다는 원칙을 고수했다.
그래서 어쩔 수 없이 작가가 분명한 한시를 거듭 활용할 수밖에 없었다.
작가에 대한 소개는 『국조인물지(國朝人物志)』 등 조선시대 인물을 소

---

16) 說의 잘못 표기임.
17) 萌의 잘못 표기임.
18) 117~118쪽.

개하는 문적, 조윤제의 『조선시가사강』, 김태준의 『조선한문학사』 등의 국문학 서적, 기타 인물 사전 등을 참고했던 것으로 추정된다. 그중 특히 『국조인물지』의 내용이 일관되게 반영되었음을 알 수 있다.

조선시대 초기부터 후기까지의 한시 작품들을 두루 싣고 있는 시 선집으로는 이규용李圭瑢이 편찬한 『해동시선』과[19] 장지연의 『대동시선(大東詩選)』을 들 수 있다. 『이조문학개관』의 한시들은 『대동시선』에 대부분 실려 있음을 우선 확인할 수 있다. 그런 점에서 향파가 『대동시선』을 참조했을 가능성이 크다. 그러나 『대동시선』에 없는 한시가 『이조문학개관』에 실려 있기도 하다. 가령, 성삼문의 「사세시(辭世詩)」나 이개李塏의 '옥당춘난일초지(玉堂春暖日初遲)', 이행李荇의 박은朴誾 추모시 등은 『대동시선』에 실려 있지 않다. 또 『대동시선』과 구절이 일치하지 않는 경우도 있다. 이달李達의 한시 중 『대동시선』이 「伽倻山」이라고 제목 붙인 작품이 『이조문학개관』에서는 「紅流洞詩」라고 되어 있다. 또 유응부兪應孚의 '장군지절진이만(將軍持節鎭夷蠻)' 시는 『대동시선』에 실린 것과 다른 점이 많다.[20] 그런 점에서 향파가 『대동시선』 이외에도 참조한 한시 선집이 더 있었을 것으로 추정된다. 한편 『이조문학개관』과 『해동시선』의 관계를 따져보면 그 간격은 더 크다. 가령 성현의 「제청주동헌(題淸州東軒)」의 제3구를 비교하면 『이조문학개관』과 『대동시선』이 '염廉' 자를 썼는데, 『해동시선』은 '첨簷' 자를 썼다. 서거정의 「수기(睡起)」 제1구의 경우 『이조문학개관』과 『대동시선』이 함께 '의의依依' 자를 썼는데, 『해동시선』은 '심심深深' 자를 썼다. 그리고 『이조문학개관』

---

19) 『해동시선』은 李圭瑢이 編輯하고 韓晚容이 校閱하였으며, 序文은 尹喜求와 李圭瑢이, 발문은 崔永年이 썼다. 滙東書館에서 신활자본으로 간행하였다. 정확한 간행연대는 알 수 없는데, 1925년의 증보판(3刊)이 현재 영인되어 있다.

20) 『이조문학개관』: 『대동시선』을 비교하면, '夷蠻' : '戎邊', '塞外' : '沙塞', '晝永空庭何所玩' : '駿馬五千嘶柳下', '良鷹' : '豪鷹' 등에서 큰 차이가 있다. 또 신유한(申維翰)의 「촉석루시(矗石樓詩)」도 『대동시선』과 비교하면 '翁' : '氣', '還' : '遊' 등 글자의 출입이 있다.

에 실려 있는 한시 중『대동시선』에는 실려 있지만『해동시선』에는 실려 있지 않는 경우가 많다. 이상과 같은 근거에서『이조문학개관』은『해동시선』보다는『대동시선』과 친연성이 더 크다 할 수 있겠다.『이조문학개관』이『대동시선』과의 친연성이 가장 큼에도 불구하고『이조문학개관』에는『대동시선』에 실려 있지 않는 시가 있다는 사실은 또 다른 출전을 생각하게 한다. 성삼문의「사세시」나 이개의 '옥당춘난일초지' 시, 이행의 박은 추모시 등『대동시선』이나『해동시선』에 실려 있지 않은 작품들은 모두 김태준의『조선한문학사』에 실려 있다.21) 그런 점에서 제3의 출전은 김태준의『조선한문학사』라 할 수 있다. 한시에 대한 해석이나 작가에 대한 평에서도『이조문학개론』은『조선한문학사』에 의지한 바가 크다.22)

그런 점에서『이조문학개관』은 한시에 대한 전통적 선별안과 선별 결과를 대체로 수용했다고 할 수 있다. 물론 향파가 한시 작품들을 옮겨 소개한 것은 국문문학의 배태와 전개를 설명하기 위해서였다. 그렇다면 한시 중에서도 서민 정서와 국문문학의 취향에 부합하는 경우들을 더 긍정적으로 평가해야 마땅하다. 그렇지만 한시에 대한 평가에서 그런 문제의식을 찾기는 쉽지 않다. 오히려 서민문학의 형성과 긴밀하게 연결되어야 할 한시의 변화를 도외시한 감이 없지 않다. 대표적 사례가 조선후기 위항 한시의 경우다.

향파는 조선후기 낙사시사洛社詩社를 이끈 임준원林俊元, 최승대崔承大, 홍세태洪世泰, 송석원시사宋石園詩社를 이끈 천수경千壽慶, 장혼張混, 조수

---

21) 김태준,『조선한문학사』, 124쪽; 125쪽; 127쪽.
22) 가령 권필(權韠)의 성향과 시화를 소개하는 데서『이조문학개관』이 '마침 辛亥秋에 儷文으로 疏菴 任叔英이 對策하여 時政得失을 切論하며.... 그 일이 있은지 不過三日만에 죽고만 것이다.'(54~55쪽)라고 한 구절은『조선한문학사』의 '時政得失을 잘 譏刺하더니 辛亥春에 儷文으로 任叔英(疏菴)이 對策하야 時政得失을 切論하며.... 그후 三日만에 죽었다.'(145쪽)는 구절을 거의 그대로 옮겼다. 속에 인용된 시도 똑같다.

삼趙秀三, 차좌일車佐一, 김낙서金洛瑞 등 중인 위항 시인들의 존재를 언급하지 않았다. 한시의 전개과정을 통해 국문문학의 형성을 설명해온 향파에게 조선후기 위항 한시의 존재는 매우 중요한 문학 현상이라 할 수 있다. 시조 가단에서 평민 작가의 출현을 아주 중요한 문학사의 현상으로 판단하고 높이 평가했던 향파이기에 한시 시사에서 평민이나 중인 작가의 존재 역시 소중하게 다루어야 했을 것이다. 위항 한시의 출현과 성행은 당시 형성되기 시작한 서민문학 전반과 긴밀히 관련되는 새로운 문학 현상인 것이다.

구자균은 1947년에 이미 『조선평민문학사』를 간행하여 위항 시인들의 한시를 전반적으로 정리하여 소개한 바 있다. 향파 소장 도서에는 1948년 간행의 『조선평민문학사』가 포함되어 있다. 향파는 구자균의 이 책을 분명 읽었을 것이다. 그럼에도 불구하고 『조선평민문학사』의 성과를 『이조한문개관』에 거의 반영하지 않았다. 이에 대해서는 향후 다른 차원에서의 검토가 필요하다.

위항 시인들에 한시에 대한 이런 소극적 태도와 대조되는 것이 여성 한시에 대한 태도다. 『이조문학개관』은 그 시기 뿐만 아니라 그 뒤 문학사 혹은 문학개관과 비교할 때 여성 작가에 대한 비중을 가장 크게 잡은 경우라 할 수 있다. '成宗至明宗朝時代作家'에 황진이黃眞伊, 임벽당林碧堂, 이계생李桂生, '宣祖朝時代作家'에 이옥봉李玉峰, 신사임당申師任堂, 송씨宋氏, 빙호당氷壺堂, 장씨張氏, 이씨李氏, 승이교勝二喬, 허난설헌許蘭雪軒, 조씨曹氏, 김씨金氏, 양사기소실楊士奇小室, '光海至憲宗朝時代作家'에 이씨李氏, '肅宗朝時代作家'에 취련翠蓮, '景宗至哲宗時代作家'에 계월桂月, 영수각 서씨令壽閣 徐氏, 유한당幽閒堂, 계향桂香, 혜경궁 홍씨惠慶宮 洪氏, 운초雲楚, 죽서 박씨竹西 朴氏, 금원錦園 등이다. 이들은 도합 24명으로, 소개된 남성 작가가 78명임을 감안하면 매우 큰 비중이다. 가령 1770년 전후에 민백순(閔百順, 1711~1774)이 편찬한 『대동시선(大東詩選)』은 기

자조선부터 18세기 전반부까지 267명의 한시를 싣고 있는데 그중 여성 시인은 8명뿐이다.23) 『해동시선』은 1,194명의 한시를 싣고 있는데 그중 여성 시인은 113명(名媛 96인, 女僧 3인)이다. 장지연의 『대동시선』은 전체 2,073명 중 85명(名媛 45인, 娼妓 40인)의 여성 작가를 소개했다. 남성 작가와 여성 작가의 비중을 비교하면 『이조문학개관』이 특히 여성 작가에 대해 많은 지면을 할애했음을 알 수 있다.

여성 작가의 계층을 따져보면 임벽당 김씨, 신사임당, 송씨, 빙호당, 장씨, 이씨, 허난설헌, 조씨, 김씨, 영수각 서씨, 유한당, 혜경궁 홍씨 등 사대부여성이 가장 많고 그 다음이 황진이, 이계생, 승이교, 취련, 계월, 계향 등 기생이고, 이옥봉, 양사기의 소실, 이씨, 운초, 죽서 박씨, 금원 등 소실 혹은 부실副室도 있다.

『대동시선』을 편찬한 장지연이나 『해동시선』을 편찬한 이규용李圭瑢이 '명원名媛' 혹은 '창기娼妓' 문학의 개념을 사용한 데 반해, 향파는 '규수문학閨秀文學'24)이나 '규수작가'25)란 개념을 활용하면서 이들 여성 작가들의 작품을 두루 높이 평가했다. 그중에서도 특히 허난설헌과 이옥봉을 최고로 보았다.26) 허난설헌은 '그 명성이 멀리 외국까지 전파되었을 뿐만 아니라 작품의 질적 수준으로 보아서라도 역대 규수작가 중의 최고봉'27)이라고 하고서는 여성 특유의 예민한 혜성慧性이 전 작품에 두루 관철되고 있다 보았다. 그리고 '청려아절淸麗雅絶'이란 시품으로써 허난설헌의 시세계를 포괄했다. 이옥봉은 허식虛飾의 형식을 배격하고 다감청묘多感淸妙의 작품들을 창작한 여류한문학의 거성巨星이라 평가했다.

---

23) 김남기, 『대동시선』 해제, 『대동시선』 상, 서울대학교 규장각, 2001, 5~27쪽 참조.
24) 95쪽.
25) 51쪽.
26) 이씨를 설명하면서 '그가 唐詩에 造詣가 깊었던 알 수 있겠다. 저 蘭雪軒이나 玉峰에는 미치지 못한다 하더라도'(73쪽)라고 하였다.
27) 51쪽.

아울러 황진이에 대해서도 격찬을 아끼지 않았다. 황진이는 시조 6수, 한시 6수만을 남겼음에도 불구하고 시조에서는 송강 정철이나 고산 윤선도와 나란히 평가해줄 만하다 하였다. 종래의 사대부 작품들이 예술을 위한 예술의 성격이 강했던 반면, 황진이의 작품 세계는 인간을 위한 예술이라 하였다. 공문허례空文虛禮를 일삼는 형식주의의 전통을 일축하고 적나라한 인간의 모습을 충실히 그렸다고 보았다. 그런 점에서 황진이로부터 비로소 시조다운 시조가 창시되었다고 해도 과언은 아니라 하였다. 황진이의 작품에서 근세성近世性을 찾는 등 다소 지나친 바가 있긴 하여도 여성 작가의 작품을 이렇게 높이 평가할 수 있었던 것은 향파가 남성 중심의 인식적 고식성을 일찍 극복하였기 때문일 것이다.

이들 여성 한시의 출전은 어딜까? 가령 『이조문학개관』이 '양사기소실楊士奇少室'의 작품으로 소개한 경우를 비교해보자. 향파는 이 여성을 양사언의 동생인 양사기의 소실이라 하고 「기사기(寄士奇)」, 「추한(秋恨)」 두 편을 전재했다.28) 이에 반해 『대동시선』은 '양봉래소실楊蓬萊少室'의 「기봉래(寄蓬萊)」, 「규원(閨怨)」 두 편을 실었다. 『해동시선』은 '양사언첩楊士彦妾'의 「기정(寄情)」 한 편을 실었다. 이중 「기사기」, 「기봉래」, 「기정」은 같은 시다. 그리고 작자도 같은 여성이다. 그럼에도 불구하고 그 명칭이 이렇게 다르다.

영수각서씨令壽閣徐氏의 경우 『이조문학개관』은 「기장아부연행중(寄長兒赴燕行中)」, 「화두초월(和杜初月)」, 「차이백(次李白)」 3편을 옮기고 있다. 반면 『대동시선』이 영수각 서씨의 작품이라고 옮긴 5편의 한시는 이와 전혀 다른 작품이다. 『해동시선』은 「차두시추흥운(次杜詩秋興韻)」 한 편을 옮겼는데 이는 『대동시선』에 실려 있는 것이다. 금원錦園의 경우, 『이조문학개관』은 「하노성(下櫓聲)」, 「금강산만폭동(金剛山萬瀑洞)」 등을 실었다. 이에 반해 『대동시선』은 이와 중복되지 않는 「관해

---

28) 53쪽.

(觀海)」, 「통군정(統軍亭)」, 「헐성루(歇惺樓)」 등 4편을 실었다. 『해동시선』은 「관해」, 「통군정」을 옮겼으니 둘 다 『대동시선』에 들어 있는 것이다.

'허난설헌과 여류문학'이란 제목으로 조선시대 여류문학에 대해 언급한 『조선한문학사』도 몇몇 여성 작가의 이름을 거론했지만 작품들을 제시하지는 않았기에[29] 『이조문학개관』이 여성 한시를 옮길 때 『조선한문학사』를 참조한 것도 아니라 하겠다.

이상에서 볼 때 『이조문학개관』은 『대동시선』이나 『해동시선』, 『조선한문학사』 어느 책도 아닌 책을 참고하여 여성 한시를 옮겨왔다. 여성 작가에 대한 향파의 적극적 관심은 멀게는 애국계몽기의 여성관과 연결될 수 있다. 국권을 박탈당하게 된 민족적 위기 상황에서 여성들이 나서야 함을 주창하기 위해 『애국부인전』, 『녀자독본』 등을 간행하고 또 『대동시선』을 통하여 많은 여성 작가들을 소개한 장지연의 의식지향을[30] 수용했다 할 수 있다. 또 가깝게는 1924년과 1927년에 결성된 조선여성 동우회와 근우회 등의 영향을 생각할 수 있겠다. 사회주의 의식에 바탕을 둔 이들 여성 운동은 식민지 조선 사회에 큰 충격을 주어 모든 분야에서 남녀평등을 지향하게 했던 바,[31] 카프 운동에 동참한 바가 있던 향파가 그런 분위기를 적극 수용했다고 할 수 있겠다.

이렇게 많은 한시들을 두루 실었지만 국문 작품 중심주의를 망각한 것은 전혀 아니다. 특히 어떤 작가가 국문 작품과 한문 작품을 동시에 남겼을 경우 국문 작품을 우선적으로 한문 작품을 무시하고 국문 작품만을 싣는 경향을 보였다. 가령 맹사성孟思誠은 「연자루(燕子樓)」라는 널리 알려진 한시를 남기고 있지만[32] 『이조문학개관』은 연작 시조 「강호사

---

29) 『조선한문학사』, 166~168쪽.
30) 이강옥, 『한국 야담 연구』, 돌베개, 2006, 553~563쪽 참조.
31) 김경일, 「1920~30년대 한국의 신여성과 사회주의」, 『한국문화』 36집, 서울대 규장각 한국학연구원, 2005, 249~295쪽.

시가(江湖四時歌)」만을 옮겼다. 이덕형李德馨, 이항복李恒福의 경우도 시조만 소개했다. 뛰어난 서사 한시를 남긴 송순宋純의 경우도 마찬가지다. 그의 한시에 대한 설명은 없이 <면앙정가>에 대해서만 언급했다. 그것도 한역漢譯본이 있다는 사실만 지적하고[33] 몇 편의 시조 작품들을 옮겼다. 박인로와 정철의 경우, 시조와 가사만을 옮겼고 윤선도의 경우는 시조만을 옮겼다.

황진이에 대해서는, 시조 6수 한시 6수를 지었다는 것을 지적하고서 시조 6수와 한시 5수를 옮겼지만, 시조의 탁월함에 대해서만 언급할 뿐 한시에 대한 평가는 생략했다.

국문 작품의 선택과 평가에서도 일관된 경향성을 발견할 수 있다. 먼저 정철의 <사미인곡>과 <속미인곡> 중의 선택이 의미심장하다. 대체로 <사미인곡>이 사대부 여성의 정서를 세련된 표현법으로 보여 주는 반면 <속미인곡>이 서민 여성의 정서를 솔직하게 드러내는 수사법을 활용했다고 평가된다. 향파는 그중 <속미인곡>을 선택했다. 이는 이명선이 『조선고전문학독본』에서 <사미인곡>을 선택한 것[34]과 대조된다. 향파가 <속미인곡>을 선택했다는 것은 서민과 여성 작가를 중시하고 그들을 작품을 높이 평가한 자세와 연결되는 것이다.

또 박인로에 대한 평가에서도 이명선과 대비된다. 이명선이 '量으로는 松江과 比等하고 作家로서의 熱情도 못한 배 아니나, 質로는 到底히 松江의 밑외지 못한다.'[35]라고 평가한 반면, 향파는 '비록 그의 長歌가 松江에 미치지 못하고 短歌가 孤山에 이르지는 못할망정 그 두 峰頭 사이에 끼여 설 뚜렷한 存在이다.'[36]라 일정한 능력과 의의를 부여했다. 또

---

32) 『대동시선』 5, 2~7쪽.

33) 이때는 <면앙정가> 국문 원본이 아직 발견되지 않았다.

34) 이명선, 『조선고전문학독본』, 44~46쪽.

35) 위의 책, 52쪽.

36) 57쪽.

박인로의 개별 작품에 대한 평가에서도 대조된다. 이명선이 박인로의 대표작으로 <嶺南歌>를 선택하여 '그 주제는 그의 도학적 취미와 한문투의 활용에는 적합하였을는지 모르나, 현실성이 극히 희박하여 독자에 주는 인상은 의외로 미약하다. 임진왜란 이후 전혀 진취성을 잃고 쓸데없는 당파 싸홈으로 말미암어 田野에 蟄息하지 않으면 안되었든 양반관료들이, 무기력하고 고답적인 문학의 일 표본으로 이 영남가를 들 수 있을 것이다.'37)고 매우 부정적으로 평가한 반면, 향파는 <太平詞>를 선택하여 '임진란의 말 부산에 있는 적병이 奔潰하였다는 소식을 듣고 거듭 돌아온 태평성세의 기쁨을 노래'38)했다고 평가했다.

  향파와 이명선의 이런 시각의 차이는 이명선에 대해 향파가 가졌던 일종의 타자의식과 관련된다고 본다. 이명선은 충북 괴산 출생으로 1948년에 유물사관에 입각한『조선문학사』를 내고 줄곧 그 사관을 관철시켜 가며 서울대 교수가 되었지만 좌익교수로 낙인 찍혀 1949년 서울대를 떠나야 했다.39) 1930년 전후 카프 운동에 참여하고 1945년 봄 사상 불온자로 검거되었다가 해방을 맞이한 향파는 해방 이후에도 좌파 계열 문학 단체에서 활동하였다. 그러나 대부분 좌파 문인들이 월북을 하자 좌파 활동을 접고 부산으로 내려와 1947년 동래중학의 교사가 되었다. 그리고 1949년 국립 부산수산대학교 교수가 되면서 신분 보장을 받았다.40) 이런 처지에서 유물사관에 입각한 이명선의 학문적 결과를 그대로 수용하기는 부담스러웠을 것이다. 이명선에 대한 타자의식을 가지게

---

37) 이명선, 앞의 책, 52쪽.
38) 56~57쪽.
39) 이명선의 학문적 행적에 대해서는 김준형, 길과 희망: 이명선의 삶과 학문세계,『이명선 전집』, 보고사, 2007, 473~556쪽 참조.
40) 향파가 근무한 국립부산수산대학교는 광복 뒤 이른바 '국대안'의 회오리에 휘말린 곳이다. 향파는 이곳에서 안정된 생활을 하게 되었지만, 제도권 대학 학위가 없었던 그가 교수자격 검증이나 행정적 승급과 관련하여 마음이 편치 않았을 것으로 짐작된다(이와 관련하여서는 박태일, 앞의 논문, 251~257쪽 참조).

된 향파는 영남 출신이면서 민족주의자인 조윤제와 우익 보수주의자인 김사엽 등의 학설에 기대게 되었다고 하겠다. 특히 국문문학 작품에 대한『이조문학개관』의 평가에서 김사엽의『국문학사』의 논지를 거듭 확인할 수 있다.41) 김사엽은 박인로 문학을 언급하면서 「태평사」를 높이 평가하고 먼저 인용하였다.

향파의 작품 평가 성향이 가장 두드러지게 나타나는 곳은 윤선도의 경우다.

> 저 송강이 그렇듯이 고산 역시 정치가이긴 하였으나 사적 가치로서는 문학자로서의 그인 便이 훨씬 유명하다. 일찍이 시조작가로 송강, 황진이, 박인로 등의 우수한 작가가 없는 바 아니었으나 自來로 長歌에 송강, 短歌에 고산을 침은 질로 보나 양으로 보나 실로 괴이치 않은 것이니 타 작가의 거개가 비록 자연 풍월을 읊어 고고한 정신생활을 과시하긴 했으나 말하자면 귀거래 정신을 모방한 실로 逸趣를 위한 逸趣를 일움에 反해서 홀로 고산은 天生으로 타고난 예술적 재능과 열정으로서 자연의 眞髓속에서 호흡하며 항상 뜨겁고 鼓動하는 애정으로서 자연의 맥박속에서 같이 산 것이었다. 소위 국문학이라고 일칼으는 여타의 작품이 대개는 어딘지 없이 漢文臭氣를 면치 못하는데 비해서 유독 고산이 우리말을 가장 완전히 가장 아름답게 문학 우에다 살리고 창조한 점으로 보아서는 어문학사적으로나 예술적으로나 실로 그 공로가 크다 아니할 수 없다.42)

'자연의 진수 속에서 호흡하고 자연의 맥박 속에서 같이 살았다'는 것이 내용적 측면의 고산 문학의 요처를 말했다면 '우리말을 가장 완전히 가장 아름답게 문학 위에다 살리고 창조'했다는 것이 형식 혹은 문체 측면의 요체를 말한 것이다. 전자는 관념이 아닌 현실 삶의 실감을 강조한 것이고, 후자는 우리 국문 문체의 아름다움을 강조한 것이다. 그런 점에서 이 둘은 고산 문학뿐만 아니라 모든 국문 문학 작품에 대한 평가에서

---

41) 김사엽,『국문학사』, 정음사, 1948, 115~117쪽.
42) 70쪽.

향파가 줄곧 강조한 바라 하겠다.

이상에서 볼 때 향파는 여러 책들로부터 작품을 옮겨오고 작품에 대한 관점과 평가 태도를 참조했다고 할 수 있겠다. 그렇다고 하여 향파가 자기 나름의 작품 감상을 하지 않았다거나 자기 식의 감식안이 없다는 뜻은 아니다. 제가들의 견해를 참조하되 자기 식으로 곱씹고 환골탈태하여 개성 있는 관점을 설정한 것이다. 가령 향파는 『이조문학개관』에서 권근權近의 대표작으로 「춘일성남즉자시(春日城南卽事詩)」를 뽑았다. 그 뒤 자전적 수필에서 다시 이 시를 인용하면서 살구꽃 아래 서 있던 유년의 소녀를 회상하였다.43) 이를 보면 향파는 무턱대고 남의 의견을 쫓은 것이 아니다. 한시 작품의 선택과 평가에서도 독자적 감상을 바탕으로 하였고, 또 결과를 내면화하는 단계까지 나아갔음을 짐작할 수 있다.

5. 『이조문학개관』의 한계와 의의

향파는 고전 국문학 연구의 기초조차 마련되지 못했던 시기에 비전공자로서 놀랄만한 성실성과 우리 문학에 대한 사랑, 그리고 한문학에 대한 조예를 바탕으로 하여 조선시대 작가와 작품들을 두루 개괄하여 소개하였다. 1940년대에 대중이나 교양과정 대학생들을 대상으로 한 문학개론 류가 조선 시대 전 시기의 다양한 작가와 국문 및 한문 작품을 한꺼번에 소개한 전례는 드무니 『이조문학개관』을 특별한 자리에 놓아야 마땅하다.

『이조문학개관』의 가장 큰 특징은 한문학에 대해 큰 비중을 두면서

---

43) 이주홍, 「이 세상에 태어나서」, 299~301쪽.

도 국문문학 중심으로 문학사를 구상하고 설명했다는 점이다. 한시를 많이 옮겼지만 양반 한문학의 존재와 역할을 비판적으로 바라본 것이다. 여기서 문학적 감각과 문학사에 대한 당위론적 생각 사이의 괴리를 발견한다. 어릴 때부터 서당 교육을 받아 한학의 분위기에 젖은 향파는 한시에 대한 뛰어난 감각을 갖추고 있었다. 향파는 좋은 한시를 알았고 그래서 그것을 좋게 평가할 수도 있었다.

그런데 고려시대 한시가 전 시기 '국문문학'을 압살하기만 한 것은 아니었다. 조선 시대 사대부에게도 한시와 시조가 배타적 존재는 아니었다. 사대부의 한시는 국문이 실용화되지 않은 시대에 민중의 노래를 기록해주고 민중의 정서를 담아주는 중요한 역할을 하였다. 그러나 향파는 민족 해방 국면에서 국문문학을 중심으로 진정한 우리나라 문학사를 건설해야 한다는 당위감을 떨쳐낼 수는 없었다. 그래서 실감과 문학사 기술 사이의 심각한 괴리가 초래되었다. 지나치게 국문문학을 중심에 놓고 그 가치를 부각시켜야 한다는 사명감에 얽매어, 실제로 국문문학보다 훨씬 더 많이 인용하고 있는 한시에 대한 적절한 평가를 해주지 못하고, 국문문학과 한문학과의 진정한 관계에 대한 적절한 해명도 해주지 못한 것이다.

또 『이조문학개관』은 실명 작가와 작품만을 대상으로 한다는 대 원칙을 세우고 그에 따랐다. 그럼으로써 작품과 갈래의 선후 관계를 명백하게 설정할 수 있었다. 그러나 이 원칙은 탁월한 작품들을 단지 작가가 알려지지 않았다는 이유로 배제하게 하였다. 무명씨의 작품 가운데 탁월한 작품이 많은 점을 고려할 때 이런 결과는 유감스런 것이다. 특히 민요나 설화 등 구비문학과 야담, 사설시조 등의 갈래 전체가 이 원칙 때문에 배제되었다.

문학사의 흐름을 중시하는 서론의 서술 방침과 작가별 대표 작품 중심으로 기술하는 본론의 서술 태도가 걸맞지 않는다는 인상도 준다. 개별 작가는 개인사와 일화 중심으로 제시되었을 뿐, 문학사의 흐름을 이해하는 데 가장 중요한 개별 작가 간의 관계를 설명하는 데 이르지는 못한 것이다. 또 개론서이기는 하지만 당대 상황과 작가 작품 간의 관계를 해명하려 하지도 않았다. 개별 작가에 국한할 때도 그렇다. 대표 작품을 선택하는 것이 개별 작가의 삶에 특이한 사건과 연루되는 경우를 중심으로 하고 있어서 선택된 작품이 그 작가의 문학세계를 대변한다고 보기 어려운 경우도 있다.

이 책이 문학사가 아니기 때문이라는 변명이 가능하겠지만 조선시대 문학이 근대문학으로 귀결되는 양상에 대한 결론 부분의 진술도 지나치게 단순하고 비약적이라는 한계를 보였다.

그럼에도 불구하고 『이조문학개관』은 조선시대 문학 전공자가 아닌 향파의 놀라운 박식과 폭넓은 안목을 유감없이 보여 주는 책이라 할 수 있다. 향파 스스로 '보충교재'라고 규정하고 자기의 '若干의 主觀'만을 보탰다고 겸손하게 말하였지만, 이 책은 당시 간행된 국문학 전공자의 문학사나 개론 류와 비교해 보아도 손색이 없다. 국문문학과 서민 정서의 맥을 살피려 한 건강한 시각을 일관되게 끌고 갔다는 점을 최고의 장점으로 인정할 수 있다. 여성 작가들을 대거 소개하고 그들의 작품에 대해 남성 작가와 대등하게 평가해 준 점은 오늘날의 입장에서 보아도 선진적 안목의 소산이라고 할 수 있다.

참고문헌

『이주홍문학연구』, 대산, 2000.

『이주홍의 문학과 인생』, 세한, 2001.

경남·부산지역문학회,『이주홍문학관 소장도서 목록』, 이주홍문학관, 2002.

구자균,『朝鮮平民文學史』, 문조사, 1948.

김경일,「1920~30년대 한국의 신여성과 사회주의」,『한국문화』36집, 서울대 규장각 한국학연구원, 2005.

김남기,『대동시선』해제,『대동시선』상, 서울대학교 규장각, 2001.

김사엽,『朝鮮文學史』, 정음사, 1948.

김종식,『時調讀本』, 동심사, 1947.

김준형,「길과 희망: 이명선의 삶과 학문세계」,『이명선 전집』, 보고사, 2007.

김태준,『朝鮮小說史』, 청진서관, 1935.

______,『朝鮮漢文學史』, 조선어문학회, 1936.

류종렬 편,『이주홍의 일제강점기 문학 연구』, 국학자료원, 2004.

민백순,『대동시선』, 서울대 규장각.

박지홍,「천년 묵은 거목」,『이주홍의 문학과 인생』, 이주홍문학상 운영위원회, 2001.

박태일,「이주홍론―교육자로서 걸었던 길」,『경남·부산 지역문학 연구1』, 청동거울, 2004.

손춘익,「가면을 벗어던진 피에로의 일상」,『이주홍의 문학과 인생』, 이주홍문학상 운영위원회, 2001.

우리어문학회,『國文學史』, 수로사, 1948.

이강옥, 『한국 야담 연구』, 돌베개, 2006.

이규용, 『해동시선』, 滙東書舘, 1925.

이명선, 『조선고전문학독본』, 선문사출판부, 1947.

______, 『조선문학사』, 조선문학사, 1948.

이주홍, 『이조문학개관』, 유인본.

______, 「이 세상에 태어나서」, 『이주홍의 일제강점기 문학연구』, 국학자료원, 2004.

장지연, 『대동시선』, 『장지연전집』 5-6, 단국대 동양학연구소, 1982.

조윤제, 『조선시가사강』, 박문출판사, 1937.

______, 『朝鮮詩歌의 研究』, 을유문화사, 1948.

______, 『국문학사』.

최남선 엮음, 『시조유취』, 한성도서주식회사, 1929.

3부

합천 문화 전략의 방향성

복합미디어 시대의 문화전략과
영상콘텐츠 기지로서의 합천 | 허혜정
합천 '이주홍어린이문학관'의 운영과 발전 방향 | 최영호
합천 지역 설화의 스토리텔링 방안과 그 실제 | 정태규 외 4인

복합미디어 시대의 문화전략과
영상콘텐츠 기지로서의 합천

- 애니메이션 개발전략을 중심으로

허 혜 정*

1. 서론

현재 각 지자체는 지역의 문화유산과 원천콘텐츠를 발굴하고, 그것을 지역의 관광자원화하는 일에 관심을 쏟고 있다. 빼어난 자연경관과 국보급 문화재와 유적 등을 보유하고 있는 합천도 예외는 아니다. 대표적으로 합천에는 세계문화유산으로 지정된 팔만대장경은 물론 석등(보물 제518호), 합천 치인리마애불입상(보물 제222호) 등 수많은 유물과 유적이 존재한다. 뿐만 아니라 합천군 가야면 치인리의 가야산 자락에 자리잡고 있는 해인사는 통일신라시대 화엄 10찰의 하나로 지역의 대표적인 관광자원이라 할 수 있다. 창건된 지 1,000여 년을 넘어선 한국의 대표적인 사찰이자 대한불교 조계종 제12교구 본사다. 본래 사찰은 무수한

---

* 숭실사이버대학교 문예창작과 교수.

서책을 만들어내던 아카데믹한 공간이며 동시에 정신수양의 터전이며 미적 이념을 구현하는 예술적 공간이었다. 또한 사찰은 청정한 마음의 도량이라는 점에서 통일신라인들이 가장 아름답고 청정한 합천의 자연경관을 선택하여 해인사를 건축했다는 사실을 의미심장하게 돌이켜 볼 필요가 있다.

해인사의 '해인'은 화엄경에 나오는 '해인삼매'라는 구절에서 따왔다고 한다. 그 뜻은 '우리 마음의 번뇌를 소멸시키고 치유하는 경지를 상징하며 불가에서는 그러한 경계를 '정토'로 일컫는다. 옛 선조들은 합천의 수려한 경관에서 중생들이 사는 현실세계이면서 부처가 화현하는 도량道場을 총체적으로 상징하는 정토를 상상했는지도 모를 일이다. 예로부터 한국인이 꿈꾸었던 낙원이자 문화적 원형처럼 작용해온 '청정한 땅'이 곧 합천지역이었던 것은 아닐까. 이렇듯 천혜의 자연과 오랜 문화적 향취를 간직한 합천의 문화자원은 국보급 유물만이 아니라 신화, 풍속 등 거의 우리 문화의 전 영역이라 할 만큼 광범위한 영역에 걸쳐져 있기에 콘텐츠의 활용범위는 대단히 다양해질 수 있다.

무엇보다 연간 50만 명의 관광객이 방문하는 가야산국립공원과 같이 관광자원이 되어있는 명승지, 주요 사적, 자연물에 깃든 신화와 설화, 풍속적 자료 등은 현대에 와서도 다양한 문화콘텐츠의 리소스가 될 수 있다는 점에서 광범위한 포지셔닝 작업이 필요하다고 판단된다. 더 나아가 그러한 정보들이 디지털 콘텐츠화 된다면 시간과 공간의 제약 없이 지자체의 문화재 관련 자료, 교육 홍보 자료, 관공서용 E-book 형태 및 문화시장에서의 상품으로도 그 활용 범위가 넓어지게 된다. 입체적으로 디지털 헤리티지화까지 진행된다면 문화콘텐츠산업 시장에서의 응용 가능성[1]은 물론, 문화보전과 전파를 위한 시청각자료, 연구 및 교육자

---

1) 특히 3D나 VR, 동영상 등의 멀티미디어 콘텐츠로 한 단계 더 가공될 경우 파급 효과는 엄청나게 커진다. 합천의 전승물들과 관련된 드라마틱한 요소를 영화, 드라마, 애

료, 관광콘텐츠 등 활용의 폭이 무궁무진하다.

하지만 이러한 자원들을 지자체의 관광자원으로 개발해가기 위해서는 우선 방문객들이 과연 합천으로부터 무엇을 떠올리고 무엇을 기대하는가에 대한 인식 조사가 피할 수 없는 과제이다. 각 지자체가 경쟁적으로 지역문화를 관광자원화하고 있는 상황에서 합천의 상징과 브랜드 이미지를 공기관의 제도적 차원에서 강구할 필요가 있다. 합천이 대중과 미디어에 쉽게 부각되기 위해서는 대중의 관심도가 높은 이슈와 뉴스거리를 생산해야만 하며, 구체적인 볼거리, 느낄거리, 들거리 등을 적극적으로 개발해야 한다. 우선 관광자원을 개발하기 위해 수려한 자연경관은 필수적이라는 점에서 합천은 큰 강점을 가지고 있다. 자연은 말 그대로 인간의 손길이 가닿지 않은 공간이지만 문화의 향기가 깃들기 시작하면 그 자연은 상상력과 창조력에 의해 예술적 정신이 움직이는 공간이 된다. 합천의 모든 경관을 한 편의 예술작품으로 구성해내듯 관람객의 마음에서 우러나오는 진한 감동의 문화적 체험을 제공하는 것이 진정한 관광지로서의 품격을 높이는 길임은 말할 필요가 없을 것이다.

본 논문은 천혜의 경관을 자랑하는 합천이 어떻게 구체적인 문화콘텐츠 생산의 기지가 될 수 있는지, 그것이 다매체 다채널 환경 속에서 어떤 강점을 가질 수 있는지 영상콘텐츠 개발의 전략과 방향을 가늠해 보고자 한다.

니메이션 등으로 가공한다면 콘텐츠로서의 상품성은 물론 문화재나 민속자료로서의 가치는 물론, 연구자료, 교육자료로서의 효과를 거둘 수도 있고, 게임과 같은 각종 디지털 매체의 소재나 배경 등으로도 활용 가능하다. 즉, 하나의 원천콘텐츠가 다양한 문화산업에 적용되고 무한 가공이 가능한 원소스—멀티유즈(one source—multi use) 개념의 모범적인 사례가 될 것이다.

2. 스토리노믹스 전략 :
합천을 테마로 한 애니메이션 개발

가야산국립공원과 해인사 팔만대장경 등 국보적 문화유산을 보유해온 합천은 한국 제일의 관광도시로 도약하기 위해 중단기 홍보 마스터플랜을 수립하고 수려한 자연경관과 천년의 역사 자원을 적극 개발해가고 있다. 합천 해인사 소리길 조성이나 자연경관을 활용한 관광지 조성 등은 그러한 노력을 대표한다. 싱그러운 송림과 경상남도 기념물 제 215호로 지정된 학사대 전나무, 아름다운 산사와 암자가 어우러져 있는 자연경관 및 문화유산을 자랑하는 합천은 수학여행지나 자연휴양지로서 무궁무진한 자원을 간직하고 있는 셈이다. 뿐만 아니라 합천군청 관광개발사업단에서 관리하고 있는 합천영상테마파크는 영화 <태극기 휘날리며>의 촬영지로 잘 알려져 있다. 이는 드라마 <서울1945>, 영화 <바람의 파이터>, <만남의 광장> 같은 영상물의 제작장소로 활용되었고2) 얼마 전 종영된 KBS 드라마 <각시탈> 촬영현장이 되는 등 각종

---

2) 영상테마파크는 합천군 합천읍에서 합천댐 관광지 쪽으로 15분, 황매산에서 20분 정도 걸린다. 2004년 4월 처음 개장해 면적은 약 7만 5000㎡다. 2003년에 개봉한 영화 '태극기 휘날리며'의 평양시가지 전투 세트장에 많은 관광객이 찾아오자 합천에서 본격적으로 테마파크로 조성했다. 2004년부터 2010년까지 220억 정도 사업비가 투자됐다. 연간 약 22만명의 관광객이 찾는다.//영상테마파크에는 과거의 모습이 정교하게 재현돼 있다. 1920년대 경성(서울)의 거리 풍경과 건물들, 1980년대 서울 거리, 1960~1970년대 모습 그대로인 시외버스터미널 등의 옛 건물 150채 정도이다. 또한 폐허가 된 평양시가지, 조선총독부, 경성역, 반도호텔, 세브란스병원, 파고다극장, 동화백화점 등도 섬세하게 재현됐다. 경성역 앞에서 출발 일제강점기 시가지를 한 바퀴 도는 '전차'가 즐길 거리이다. 건물은 외형뿐 아니라 내부까지 사용 가능하도록 지어졌다. 관광객을 위한 찻집이나 전시관, 영화관 등도 마련돼 있다. 영상테마파크에서는 영화 뿐 아니라 CF 촬영과 가수들의 뮤직비디오 촬영지로도 활용된다(김정훈, 『경향신문』, 2011년 11월 24일).

영화와 드라마를 제작하는 곳으로 유명하다.

하지만 아름다운 경관이나 테마파크를 조성해 관광객을 유치하는 것은 타지역 지자체에서도 익히 활용하고 있는 방안이다. 뿐만 아니라 영상의 도시로 알려진 합천도 엄격히 말한다면 드라마와 같은 대중물을 통해 각인된 이미지이지 합천 그 자체를 떠올리게 하는 콘텐츠를 통해서는 아닌 것이다. 여하튼 합천을 대한민국 최고의 관광지로 개발해가기 위한 다양한 전략이 수립되어 있는 현실에서, 합천의 관광자원으로 활용될 영상콘텐츠 전략이 본격적인 프로젝트로 추진된 바 없다는 사실은 매우 놀라운 사실이다.

합천은 합천만의 특별한 브랜드를 각인시킬 수 있는 콘텐츠를 생산해야 한다. 이를 위해 합천을 방문하는 이들이 자연과 문화유적을 관람하는 것 외에 합천을 어떻게 인식하고 있는가 하는 질문을 던져볼 필요가 있다. 합천 하면 아름다운 경관과 다양한 국보적 유물이 떠오르지만 다만 그러한 것들이 있다고 알 뿐이다. 현재 합천에는 "水려한 합천" 등 자연경관의 아름다움을 강조하는 문구들이 슬로건화 되어 있다. 그러나 그 외에 무엇이 합천을 돋보이게 할 수 있는 요소인가? 합천을 어떤 이미지로 부각시킬 것인가? 전통문화유산이나 다이나믹한 지역문화를 부각시킬 것인가? 등을 고려하여 합천군의 문화적 비젼을 선명하게 제시할 수 있는 공적인 메시지를 재구성하고 그것을 압축, 반복할 필요가 있다. 아울러 합천만의 철학이나 비젼을 표현하는 장기간의 플랜이 결합된 상징적인 호소와 합천의 전통성 및 미래적 비젼이 동시 부각되어야 한다.

이는 현재 합천에서 시행하고 있는 지역행사들과 맞물린 EI 전략과도 연계될 필요가 있다. EI(event identity)는 전체 이미지 통합을 말한다. 행사를 일관성 있게 통합 운영 관리하는 전략적 커뮤니케이션이라 할 수 있다. 합천의 과거와 현재 그리고 미래의 가치를 상징하는 아이덴티티를 힘있게 구축하고, 그것이 함축된 단어나 도형 및 상징적 요소들의 결합물로 표현된 브랜드 이미지를 대중에게 전파하여야 한다. 합천의 자연과 지역문화를 표현하면서도 문화적 상상력, 미래적 가치관, 감성적 가치를 지닌 슬로건이 창출된다면 합천을 대중에게 효과적으로 각인시킬 수 있을 것이다.

그럼에도 불구하고 어떤 지역이나 문화에 대한 인식이라는 것은 슬로건의 호소나 단기간의 상징전략으로 하루아침에 이루어지는 것이 아니라는 점에서 합천의 자연과 문화를 어린 날부터 자연스럽게 접하게 할 수 있는 방법이 필요하다. 대중들이 드라마나 영화를 통해 타 지역의 문화에 자연스럽게 익숙해지고 나아가 호기심과 흥미를 갖고 스스로 그 지역을 찾게 되듯, 합천을 떠올리게 하는 영상콘텐츠가 개발된다면 합천을 보다 효과적으로 각인시킬 수 있는 통로가 마련될 수 있다. 이러한 의미에서 주목되는 것은 오늘날 관광뿐 아니라 특정문화에 대한 호감을 창출하고 그것을 소비하게 하는 엔터테인먼트 영상물의 위력이 무시하지 못할 정도로 막강해지고 있다는 사실이다.

무엇보다 대중에게 가장 쉽게 각인되는 것은 스토리이다. 합천의 자연과 문화적 아름다움을 가장 강력하게 전달하고 각인시키는 스토리 전략에는 무엇이 있을까? 그 방편을 멀고도 가까운 나라 일본에서 암시받을 수 있다. 애니메이션이 그것인데, TV를 보면 어린이들이 잘 보는 애니메이션 전문 채널도 있으며 방영하는 애니메이션도 매우 다양하다. 단적으로 일본의 애니메이션을 떠올려보면 자세히 보지 않아도 후지산 같은 일본의 자연경관이나 전통문화가 잘 녹아 있는 것을 알 수 있다.[3]

---

3) 일찍부터 중국과 일본은 독특한 문화 컨텐츠를 세계에 알려 자신들만의 독특한 문화를 알려 왔다. 가령 한복을 보고 기모노라고 하는 외국인들이 많은 것도 일본 애니매이션의 위력을 말해준다. 그에 반해 우리나라는 여기저기서 문제의 소리가 나올 만큼 우리나라의 전통문화를 세계에 알리는 것의 중요성을 인지하지 못하고 노력이 부진했던 것이 사실이다. 지금에 와서 문화를 알리기 위한 많은 활동이 이루어지고 있지만

애니메이션은 어린 날부터 자주 접한다는 점에서 거기서 파생되는 영향이 적지 않다. 뿐만 아니라 문화와 국가의 경계를 너머 수출의 주요품목이 된다는 점에서 문화 상품으로서의 가치 또한 크다고 볼 수 있다. 합천의 가야산과 황매산, 그것에 깃든 각종 전승이 가진 드라마틱한 요소 등을 애니메이션으로 가공하여 합천의 자연과 문화를 보급, 수출할 경우, 혹은 인터넷을 통한 대중과의 공유가 이루어질 경우 그 홍보효과는 무시하지 못할 정도로 막강할 것이라 예견한다.

애니메이션은 다양한 상황 설정이 가능하며, 표현의 방식에 한계가 없다. 애니메이션은 재미있으며, 날마다 다양한 나라의 다양한 사람들이 본다는 점에서 매스커뮤니케이션이라 할 수 있다.[4] 아이들이 모여 이야기를 나눌 때에도 유행하는 애니메이션에 관한 이야기를 빼놓을 수 없다. 애니메이션을 통해 어린 날 각인된 이미지는 결코 쉽게 지워지지 않는다. 또한 애니메이션에서 파생되는 놀이문화는 매우 다양하고 인터넷이나 방영물로까지 이어진다는 점에서 그 여파는 상상하기 힘들 정도이다. 일본의 후지산이나 온천, 닌자, 기모노 등 일본이 그랬던 것처럼, 영국이 신사의 나라라는 이미지를 만든 것과 같이 합천의 자연과 신화, 역사, 문화를 이미지로 알림으로써 합천을 매력적인 관광지로 각인시킬 수 있을 것이다. 대중들로 하여금 합천의 자연과 문화에 대한 호기심을 불러일으켜 스스로 찾아 알고자 하는 마음을 끌어낼 수 있다면 보다 지속적이고 근본적인 문화선전 효과를 충분히 창출해갈 수 있을 것이다.

근본적으로 애니메이션은 이미지의 산물이라 볼 수 있다. 애니메이션 속의 요소들은 다양한 사실들이 이미지가 되어 과장되거나 다른 생소한 것과 결합되기도 한다. 무한한 변형과 상상이 가능한 애니메이션에 합천의 이미지를 효과적으로 담기 위해서는 우선 합천을 선전할 수 있는

속을 끝에 가서 흐지부지되거나 마무리가 허술했던 경우가 많다.
4) 랜들 P. 해리슨, 『만화와 커뮤니케이션』, 한나래 출판사, 2008, 49쪽.

정보의 선별, 컨셉, 아이덴티티를 바로 세우는 것이 중요하다. 또한 전문가들의 의견을 수렴한 장기적이고 계획적인 투자가 필수적이며 영상산업과 더불어 확장, 분화되고 있는 관련 산업에도 발을 맞춰 최대한의 효과를 끌어낼 수 있도록 하는 것이 필요하다.

현재 국내에서는 엔터테인먼트 영상 기업체들을 중심으로 미국과 일본 등 영상 선진국의 기업군 내지는 토탈콘텐츠 시장과의 교류와 제휴를 통한 국제화와 멀티미디어화가 가속적으로 이루어지고 있다. 멀티미디어의 성공에는 세계화, 시장규모의 확대, 지역적, 개인적 오리지널리티 등이 필수적이기 때문이다. 그와 함께 콘텐츠비즈니스에 있어 가장 중요한 것은 역시 프로그램의 내용(콘텐츠)이라는 인식이 형성되면서, 스토리가 곧 경제적 가치와 결합하는 스토리노믹스에 대한 인식이 형성되고 있다. 일단 콘텐츠가 매체의 급류를 타게 되면, 발원지가 되었던 지점과 거의 관계없이, 자신의 손길이 미치지 않는 영역에서, 자신도 모르게 빠른 속도로 전파되므로 홍보물의 역할도 톡톡히 하게 된다. 복합매체 바다 속의 콘텐츠의 가장 큰 특징 중의 하나는 바로, 한 번 탄생한 개개의 정보나 작품들이 다른 요소와 합체, 융화, 간섭 등의 과정을 거치면서 진화하거나, 변형되거나 제3의 작품으로 탄생되거나 하는 등의 현상을 겪으면서, 매체의 격류 속을 타고 함께 흐르는 것이다.

이렇게 엄청난 파급력을 지닌 콘텐츠의 원천은 스토리이며, 스토리생산의 전략기지로서 합천은 많은 강점을 가지고 있다. 무엇보다 합천은 'OSMU(원소스 멀티 유스)'가 적용되는 콘텐츠의 세계에서, 다양한 아이템으로의 파생 효과를 지닐 힘 있는 원천콘텐츠를 간직하고 있다. 높은 산봉우리에서 출발된 물줄기일수록 길고 폭 넓은 강을 이룰 수 있듯이, 신화와 같이 웅장하고 전승력이 강한 스토리는 그만큼 폭넓고 다양한 장르, 콘텐츠들을 파생시키는 발원지, 원류로써의 역할을 할 수 있게 되는 것이다. 예컨대 세계문화유산으로 지정된 팔만대장경 속의 이야기나

가야산을 터전으로 한 대가야의 신화, 무지개터나 자연유적에 깃든 설화들, 대중의 사랑을 받아온 법정스님이나 무학대사의 수도담 등 각종 문학적인 요소들을 스토리로 가공하여 콘텐츠로 개발하는 것은 문화전승을 관광자원화하는 데 하나의 모델로도 기능할 수 있다.

우선 애니메이션에 작극적으로 활용할 수 있는 소스는 합천의 자연과 신화이다. 합천군 가야산은 역사적으로 해동의 10승지 또는 조선팔경의 하나로 알려져 있었고, 1966년 사적 및 명승지 제5호, 1972년 국립공원 제9호로 지정되었을 만큼 경관이 수려한 곳으로 매년 50만 명 이상의 관광객이 찾아올 정도로 매력적인 곳이다. 무엇보다 특별한 점은 가야산이 대가야의 시조신화가 깃든 곳이라는 점이다. 신화의 서사는 본질적으로 인간사회의 질서나 관념을 자연에 기탁해 표현한다는 점에서 자연적 요소가 큰 작용을 한다. 합천의 자연을 매력적으로 담아낼 애니메이션의 스토리라인으로 훌륭한 원천이 아닐 수 없다. 서구의 고대 그리스 로마 신화에는 익숙하면서도 단군신화, 바리데기 등을 제외한 한국의 신화에는 비교적 어두운 대중들에게 가야의 신화를 통해 합천의 역사와 문화, 자연적 특성과 지역적 아이덴티티를 호소할 수 있는 것이다.

몇 년 전 재미있는 애니메이션이 제작된 적이 있다. <호박전>이라는 애니메이션인데 호박전을 좋아하는 삼신할매와 한 가족이 얽힌 재미있는 단편 애니메이션으로 부엌의 조왕신과 조상신이 모두 나오는 작품이었다.[5] 전체적으로는 조왕신 등 각 신에 대한 설명도 자연스럽게 이루어지고 색채도 은은하여 어린이들에게 흥미와 한국인의 가신신앙같은 전통문화를 자연스럽게 접하게 할 수 있는 작품이었다.[6] 합천에는 신화와 민담, 불교전통과 관련된 다양한 이야기는 물론 애니메이션에 적용될 수 있는 다양한 흥미로운 소재들이 가득하다. 합천의 자연과 문화를

---

5) 정상진, 『우리민속과 전통문화』, 세종출판사, 2004, 85쪽.
6) 정상진, 『우리민속과 전통문화』, 세종출판사, 2004, 77쪽.

테마로 한 애니메이션이 개발된다면 합천군이 관광자원으로 삼고자 하는 자연의 아름다움은 물론 역사, 풍속적 특성, 먹거리, 입거리, 놀거리, 들거리 등을 입체적으로 담아낼 수 있다.

신화 뿐만 아니라 합천의 제1경으로 불리는 가야산, 가야산국립공원 내의 '홍류동 계곡' 합천 8경인 황매산, 모산재와 황매평원의 철쭉꽃 경관(무학대사의 수도담이나 조선 천하의 명당자리라는 '무지개터'와 순결한 사람을 가려낸다는 전설을 가진 '순결바위'를 상상적인 스토리로 구성하는 것도 가능) 등을 담아낼 수 있음은 물론 인간과 자연과의 조화와 화해의 길을 제시함으로써, 인간이 지향해야 할 방향을 제시할 수도 있다. 합천이 자랑할 만한 명소나 문화유적마다 담겨 있는 특별한 내력을 주목한다면 콘텐츠의 원천은 무궁무진하다고 여겨진다. 예컨대 합천호와 합천댐 물 문화관, 또는 대양면 정양늪을 활용한 생태적 메시지를 가진 애니메이션, 또는 합천만의 놀이문화와 풍속을 적극 선전할 수 있는 애니메이션도 기대할 만하다. 놀거리에 민감한 현대인들의 감성을 담아 대암산 패러글라이딩 활공장이나 황강의 수상레져, 황강마라톤대회를 테마로 한 애니메이션을 제작할 수도 있겠다. 합천만의 특색과 향기가 담긴 여름나기, 전통예절, 민속놀이 등도 주목할 만한 소스가 될 수 있다. 이미 '대장경천년세계문화축전'을 위해 개발되었던 대장경 밥상, 해인사 전통 사찰음식, 합천 황토한우나 다비같은 장례문화를 통해 자연 속에서 삶의 철학과 내면적인 멋을 즐기는 합천만의 독특한 문화를 전달할 수 있다.

전체적으로 자연이라는 인간의 근원적인 뿌리를 인식하여 건강한 정서를 되찾게 해줄 애니메이션이라면 합천의 이미지를 인상적으로 각인시킬 수 있을 것이다. 현대인의 감성을 담아내면서도 자연친화적이며 전통의 향기를 살리는 콘텐츠라면 합천의 자연과 문화적 이미지를 인상적으로 호소할 수 있을 것이다. 21세기 세계인의 공통언어인 애니메이선으로 보편적 감성을 지향하면서도 한국과 합천지역의 문화적 독창성을 강조한다는 컨셉을 갖춘다면, 합천의 전통을 현대적 문맥 속에 부활시키는 한류시대의 새로운 문화상품개발을 노려볼 수도 있을 것이다.

3. 애니메이션 개발의 단계와 활용방안

현재 다매체 & 다채널화 경향 속에서 거대해진 콘텐츠 시장은 매체들간의 융합이라는 '미디어믹스Mediamix' 양상을 띠면서 급속도로 확산되고 있다. 각각의 특성을 지닌 채 스스로의 그물망을 확장해오던 미디어들은 서로의 경계를 무너뜨리면서 서로에게 촉수를 내밀고 융합하여 더 큰 그물망을 형성하는 것이다. 이를테면 영상콘텐츠의 수

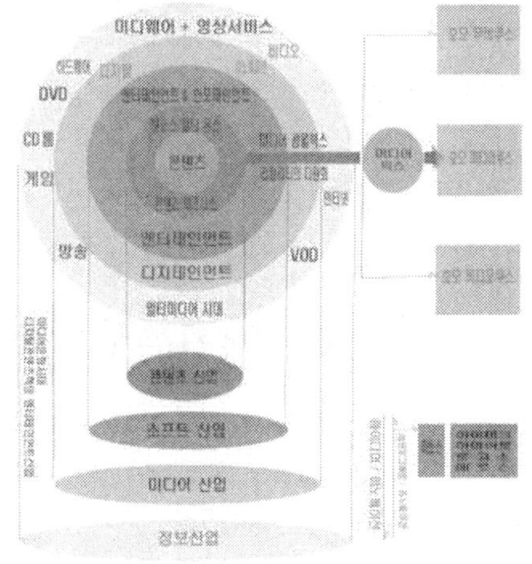

익사업은 극장 개봉뿐만 아니라, TV, IPTV, 렌탈 비디오, 캐릭터, DVD, 출판 등 다양한 수익 창구를 통해 전개되고 있다. 특히 인터넷이라는 전세계적 네트워크망과 결합하면서 그야말로 전세계적 파급력을 지닌 콘텐츠 시장을 노린 콘텐츠개발이 패키지로 진행되는 것이 현대의 추세이다.

이렇듯 복합매체의 격류를 타고 고부가가치를 산출할 수 있는 콘텐츠의 양태는 다양할 수 있지만, 특히 애니메이션은 신화와 역사에서 현대

의 우스개까지 대중이 요구하는 모든 스토리를 담아낼 수 있고, 그 실현 방식도 매우 다채롭다는 점에서 미디어믹스의 세계에 적응하는 것이 매우 용이하다. 영화나 드라마에 비해 제작비용도 저렴하거니와 '원소스 멀티 유스' 전략에 있어서, '원소스'의 역할을 해낼 수 있는 가장 적합한 리소스라는 점에서 콘텐츠 비즈니스에서 가장 주목하고 있는 분야 중 하나이다. 합천의 문화자원을 제대로 애니메이션으로 콘텐츠화만 할 수 있다면, 미디어믹스가 가속화되는 현실에서 그 상품화의 전망은 놀랍도록 밝은 것이다. 애니메이션 개발은 영상콘텐츠로서의 기본적인 시장성은 물론 관광 홍보자료 및 다양한 파생상품으로 지자체의 재정에 도움이 될 수도 있다. 애니메이션, 사진집, 게임, 모바일 시장, 캐릭터 시장, 만화, 축제와 이벤트 등 다양한 콘텐츠비즈니스가 총괄 입체적으로 진행될 수 있다.

1) 투입자본 확보와 스텝구성

개발에 있어 가장 우선적으로 고려해야 할 문제는 결과물들이 나오기까지는 지원이 필요하다는 점이다. 실제적인 제작과정에서 필요한 개발비를 어떻게 확보할 것인가에 대한 철저한 계획이 마련되어야 하며 영상화 작업에 필요한 절차 또한 고민해야 한다. 필자의 애니메이션 개발경험에 비추어보면 가장 먼저 맞부딪친 난제는 투입자본의 확보 문제였다. 현재 합천지역의 재정은 영상콘텐츠 작업을 추진하기에는 다소 열악한 조건으로 판단된다.[7] 합천군 기금운용계획을 확인해보면, 예술지

---

7) 합천군의 재정여건은 세입에 특별한 증가요인이 없어 2011년 당초예산과 비슷한 수준 전망된다. 농업경쟁력강화, 노인복지, 인구증가시책 등으로 재정수요는 급격히 늘어나지만 각종 보조사업에 따른 군비부담 증가로 자체 가용재원이 부족한 실정임을 지자체 홈페이지에서 확인할 수 있다.

원에 투입되는 것으로 사료되는 체육문예진흥기금은 3,086,482,000원 (2011년)이다. 콘텐츠 개발에 있어 지자체의 재정을 투여하거나 기업체의 협찬을 받을 수도 있겠으나 합천의 발전을 위한 지역프로젝트로서 추진된다면, 지자체의 조성기금 외에 지역민의 자발적인 협조를 얻는 방안이 좋지 않을까 판단한다. 녹색관광과 지역농민의 진흥을 중점사업으로 추진하고 있는 지자체의 특성상, 재외합천향우연합회, 농공단지, 협동조합, 산악회, 합천군청사진동호회, 상가위원회나 조직부녀회, 동우회, 각종 지역단체의 협찬이나 후원을 광범위하게 고려해볼 수 있다. 성공적인 제작을 위한 제작설명회, 이익배분, 활동, 후원, 주관, 협찬의 노출효과 등의 보상적 작업은 제작비를 필요로 하는 콘텐츠의 속성상, 끊임없이 부딪치게 되는 숙제가 될 것이다.

투입자본의 확보가 가능하다면 재화를 효율적으로 배분하여 작업을 추진할 수 있는 기획자, 합천에 대한 이해는 물론 문화시대의 생리를 활용할 수 있는 수주기관, 즉 제작자와 스텝진을 확보하는 일이 긴요하다. 애니메에션 작업에는 콘티대본, 그림, 나레이션, 연출, 촬영, 사진, 특수효과, 가공과 제작, 홍보 등 다양한 스텝진들이 참여하게 된다. 이들의 공동작업을 통해 갖가지 결과물들을 산출하는 과정에서 소요되는 재정과 구체적인 기획안을 마련할 필요가 있다.

2) 콘텐츠의 오리지널리티 확보와 대중의 기대수치 반영

애니메이션 제작을 기획할 때 도전 받는 첫째 문제는 아마도 창작의 주체에 대한 문제일 것이다. 특히 미디어믹스를 특정으로 하는 콘텐츠 시장으로 콘텐츠가 진입했을 때, 그 창의성은 순도가 높아야 한다. 이러

---

http://living.hc.go.kr/contents/view_contents/contents_2_1

한 순도를 학술적 워크샵을 통해 제출된 아이디어와 컨셉을 활용해 가공해낼 필요가 있다. 이는 다시 개인 작업이 아닌, 이미지개발, 촬영, 편집, 녹음 등 다양한 제작진들이 참여하는 공동작업 형태로 진입하게 되며, 이미지, 문자, 컴퓨터 그래픽, 기타 요소들이 간섭하고 융화되면서 하나의 목표를 향해서 구체화되어 갈 것이다. 이는 복잡하게 확장되고 있는 콘텐츠 시스템을 통과하게 되면서 다시 변형과 확산을 겪게 된다.

때문에 합천의 테마로 한 콘텐츠화 작업에는 순도 높은 창의성과 학술적으로 검증된 안목, 제작과정과 맞물린 장기적이고 치밀한 전략이 필요하다. 애니메이션 제작은 합천을 비롯한 대내외에 합천에 대한 보편적인 인식도를 상승시키고 치밀한 퍼블리시티효과를 생산하기 위한 것이다. 이는 합천이라는 브랜드 이미지를 구성하기 위한 총체적 작업의 부분일 수 있기에 이를 위해 선차적으로 고려해야 하는 작업들이 있다. 자본주의 사회에서 영상콘텐츠는 철저히 '대중에 대한 서비스'의 개념을 지향하고 그를 향해 이동해야 하는 만큼 합천에 대한 대중에 대한 이해가 필수적이다. 우선 필요한 것은 합천에 대한 일반인의 인식실태에 대한 조사와 분석이다. 체크포인트로 합천의 자연경관이나 지역에 대한 대중적 인식과 기대수치, 합천의 문화에 대한 언론노출과 파장, 방문경험, 그간에 형성된 이미지와 인지도에 대한 자료를 포괄적으로 수집, 정리, 분석하고 이를 토대로 형성된 지역브랜드와 연계시켜 개발 계획을 입안할 필요가 있다.

아울러 적극적인 인력 투입을 통해 지역의 이미지 경쟁 상황을 조사하고 합천을 PR할 수 있는 특징요소들을 분석, 검출한다. 경쟁 지역의 장단점이나 언론노출 실태 등에 대한 분석을 토대로 특성화된 이미지를 검출하는 작업이 필요하다. 개별 정보의 촬영과 수집, 가공, 배치, 맥락에 따라 벤치마킹 정보도 수집(드라마, 애니메이션, 가요 등 문화콘텐츠화 사례를 탐방하거나 촬영)할 필요가 있다. 이러한 작업과 병행하여 합천의 아이덴티티를 압축하는 자원들에 대한 연구와 자료 선별은 물론 활용 가능한 텍스트의 범주 확정이 필요하다.

3) 예술성과 시장성을 조화시키는 아트 매니지먼트

애니메이션은 극장용 스크린자료, DVD, 3D 입체영화, 비디오, 출판형 사진작품집, 동화집 등 다양한 형태로 상품화된다. 애니메이션의 핵을 이루는 캐릭터들은 게임, 모바일 시장, 국내외의 인터넷으로 급속히 파급될 수도 있다. 애니메이션은 그야말로 종합 엔터테인먼트 비즈니스 형태를 지니는 것이다. 이러한 상품패키지가 개발되기 위해서는 대중의 문화적 감수성 속으로 파고들 수 있는 하이아트형(고감도) 엔터테인먼트 전략이 필요하다. 예술이면서 동시에, 엔터테인먼트 비즈니스의 콘텐츠상품이라는 양면성은 어느 쪽도 무시될 수 없다. 한쪽만을 강조하고 추진했다가는 둘 모두를 잃고 마는 결과를 초래하는 것이다. 예술성과 상품성을 동시에 추구하고자 하는 작가, 화가, 음악인, 감독과 스텝진들, 그리고 이들보다 더 상업성에 치우쳐 있는 DVD, 3D 입체 영상 전문인들, 콘텐츠를 철저히 상품이라는 시각으로 보는 제작자, 배급자, 홍보자 등 다양한 욕구와 관점을 지닌 많은 이들이 참여하게 될 것이다. 그에 따른 결과물들 역시, 보다 예술성이 강한 것에서부터 완전히 상업성에 치우쳐 있는 것까지 다양하게 나오게 될 것이다. 그러나 이 결과물들은 기획에서부터 제작, 홍보, 납품, 감상에 이르기까지 합천의 브랜드화와 관광마케팅이라는 목적 하에 링크되어야 한다.

개발 단계에서 구체적으로 고려되어야 할 사항은 다음과 같다. 학술적 탐색과 대중의 인식수준에 대한 조사를 통해 예술성과 상품성을 갖출 만한 원천의 발굴, 즉 콘텐츠화 대상이 되는 텍스트를 확정하고 스토리라인 구성, 이미지 창출, 동영상 등 다양한 텍스트의 제작과 가공, 정렬이다. 제안하건데, 구체적인 개발전략으로 우선 합천의 문화세계로 관객들을 안내할 수 있는 주 캐릭터를 설정하고 합천의 자연을 상징하는 보조 캐릭터를 판타스틱한 컨셉으로 설정함으로써, 생태주의적 인식을 바탕으로 대자연의 사절단들이 다양한 캐릭터로 작품내 외에서 활동할 수 있도록 장치할 수 있다. 구성면에서는 합천의 문화유적에 깃든 신화나 설화나 민담을 옴니버스로 적용시킬 수 있다. 그럼으로써, 다매체 다채널이 요구하는 다양한 스토리 라인의 성격에 따라서, 상영장소와 시간이나 소비층의 특성에 맞게 분리, 결합, 변형이 가능하도록 할 수 있다.

표현 방법에 있어서는, 합천의 문화의 특성과 보편적 공감력을 지난 녹색이미지를 현대적 인물상과 결합시키는 쪽을 택한다면 좋을 것이다. 복합 매체 시대에 맞는 미래 언어로써, 지역의 전통민요나 자연물(물소리, 새나 짐승의 울음소리 등)의 음향을 개발 적용하고, 사실과 상상의 교차라는 독특한 판타지 형식을 도입하는 애니메이션의 포맷을 확정해볼 수도 있다. 애니메이션을 사진, DVD, 3D 입체영상, 캐릭터, 음악 등 각 분야의 문화 장르로 분리, 합성 등이 가능하도록 구성함으로써, 다양한 콘텐츠 확보를 파생시킬 수 있도록 기획한다면 좋을 것이다. 동시에, 지역의 농산물, 토산품 등의 다양한 부대상품에 활용할 수 있는 로고와 디자인, 그래픽 작업을 병행하고, 특히 수익성을 극대화시킬 수 있는 캐릭터 시장, 출판시장, 게임시장의 속성에 맞게 캐릭터를 아이콘화하는 작업을 별도로 추가할 수 있다.

4) 지적 재산권 확보와 홍보

애니메이션 제작 마무리 과정에서 가장 중요한 작업은 지적재산권을 확보하고 매뉴얼화하는 것이다. 캐릭터와 같은 상품의 세목들을 매뉴얼화하고 이를 변주한 합천군의 심볼과 로고 엠블럼, 마스코트, 시그니처 등을 동시 제작한다. 애니메이션을 중심으로 지역상징이 일관성 있게 노출되어야 신뢰감을 주고 인지도를 얻을 수 있기 때문이다.

무엇보다 문화상품의 성공은 홍보와 긴밀하게 맞물려 있다. 제작 단계가 마무리되면 언론사 관계자와 지역민들에게 보도자료와 시사회 초청장을 발행한다. 언론에 배포되는 보도자료와 초안을 검토하고 기사로 작성된 사례를 분석한다. 뉴스가 될 만한 획기적인 이벤트, 대중들이 관심을 가질만한 프로그램 등을 동시 구성하여 보도자료를 지자체의 홈피에 동시 노출시킨다. 상영 소식, 부대행사 등을 안내하는 홍보물을 사람의 통행이 빈번한 공공건물 내/외부에 설치하여 소식을 알린다. 퍼블리시티는 시기가 너무 빠르거나 늦으면 성공하지 못한다. 제작소식을 신속하게 선전할 수 있도록 언론사 리스팅을 하고 메일박스를 만들어 일선의 기자나 실무자에게 쉽게 접근할 통로를 마련한다. 취재 차량과 인력을 위한 편의공간을 마련하는 친절함도 필요하다.

이러한 과정에서 매체와의 유대 강화는 필수적이다. 한번 인연을 맺은 언론사와는 유대 관계를 지속해야 한다. 관련 보도를 해준 언론사에 감사편지 등을 회신하며, 매년 새로 거듭난 합천에 대한 지속적인 관심을 호소한다. 애니메이션에서 다른 상품이 파생되거나 할 때 혹은 TV 방영, 세미나, 소책자 발간 등이 이루어질 때 주기적으로 언론이 필요로 할 만한 정보를 제공한다.

아울러 개발된 애니메이션을 노출시키기 위한 검색 엔진 구축과 인터페이스 제공이 지자체의 홈피에서 이루어질 수 있다. 이미 합천에서 시행되고 있는 다양한 축제나 이벤트의 특성을 감안한 통합구축이 된다면 더욱 바람직할 것이다. 합천의 제도적 지원과 군민이 일체화되어 온라인 공간에서의 합천의 이미지 상승을 위한 다양한 홍보활동을 전개한다. 예컨대 애니메이션 관람소감, 합천 방문경험 글쓰기 이벤트를 시행한다거나 군청이 스폰서가 되어 컨텐츠쇼를 지원하여 인터넷에 게시, 유포하는 등의 전략을 강구할 필요가 있다. 학술포럼을 통해 합천과 관련된 학술적 이슈를 선전하고 홈페이지 또는 카페, 블로그 등의 웹사이트 검색엔진에 관련소식과 기사 등이 노출되도록 한다. 네티즌에게 친절한 답변을 달아주거나 이메일을 전송하는 등의 작은 친절은 합천을 오래 기억시키고 차후에도 대중의 관심을 쉽게 유도할 수 있다.

5) 수익창출: 가상교육용 콘텐츠웨어와 부대상품 개발

한 번 애니메이션의 이미지 작업이 이루어지면 이것을 상영관의 영상 머티리얼로 제작하거나 인터넷 영상물, DVD 등의 형태로 가공하는 것은 매우 쉬운 일이다. 애니메이션을 합천의 문화와 전통을 대중에게 전달하는 교육오락물로서 가공할 수도 있다. 이를 합천지역의 영상테마파크, 각종 기념관, 지역의 교육기관, 회관과 센터 등에서 상영할 수 있다. 홍보효과가 큰 시간과 장소를 선택하여 운송 가능한 옥외 스크린과 앰프를 설치하여 관광객들을 대상으로 사진과 영상을 통해 합천의 문화체험을 하게 할 수도 있다. 이는 합천의 지역민들에게 문화적 자부심을 고취시킴은 물론 관광객들의 만족도에도 기여할 것으로 판단된다.

그런데 현재 합천군을 관광지화 하고자 하는 지자체의 노력에도 불구하고 구청민원실에는 이정표 하나 없는 관광지의 실태나 교통편에 대한 민원이 적지 않게 올라와 있다. 콘텐츠화 작업이 성공적으로 진행된다 하더라도 방문객을 배려한 지역개발이 적절히 이루어지지 않는다면 녹색관광지로 합천을 특성화하고자 하는 노력에는 한계가 있을 수밖에 없다. 애니메이션 개발이 지역개발 및 부대상품개발로 이어진다면 더욱 수익성을 극대화시킬 수 있다.

이를테면 애니메이션 개발 과정을 합천의 교통편이나 안내로고, 다양한 토산품 상품화 전략과 링크시키고, 문화시설 등과 연계한 브랜드화 전략을 입체적으로 진행한다. 애니메이션 이미지 작업과정에서 합천의 정체성과 문화적 예술적 이미지를 전달하는 심벌마크, 비주얼 디자인 등 합천을 좀 더 쉽고 빠르게 기억시킬 수 있는 디자인작업이 병행될 수 있다. 디자인된 이미지를 활용하여 합천의 공적 상징물 전체를 통일화시키고 합천만의 관광상품들의 특성을 각인시킬 수 있다. 예를 들자면 합천을 가야산 형상으로 디자인하여 컨셉화시키고 관련행사의 EI(event identity)의 통일화를 이루어 행사, 간행물 및 인터넷상의 홈페이지에도 BI를 인상적으로 적용한다거나 지역특산물의 이미지로 활용한다거나 하는 등이다.

그림 19. 합천군청 홈페이지에 제시된 지역토산물 로고

다음에 제시된 그림은 해인사와 합천의 자연, 합천군의 농산물이 소비자에게 행복과 풍요를 선사한다는 의미를 담은 로고이다. 이러한 인상적인 심볼이나 로고타입, 서체나 레터헤드, 레이아웃 등의 특징도 애니메이션 디자인 작업을 통해 동시 창출하여 팜플릿, 공공간행물, 상품전단, 초청장, 봉투, 위촉장, 감사패, 명함, 포스터 등에 활용한다. 합천의 명소마다 필요한 주차유도 사인, 지역행사진행 요원 의상, 기념품, 뱃지 등 BI를 적용할 수 있는 모든 곳에 이미지를 활용한다. 이는 합천에 대한 주목율을 높일 수 있으며 입체적으로 합천의

브랜드를 일반인들에게 각인시킬 수 있다.

　이 외 합천의 명확한 이미지를 전달하면서도 합천의 문화적 향취, 군민의 공감대를 형성할 수 있는 상품브랜드를 창출할 수 있다. 애니메이션의 내용을 출판물로 담은 만화, 합천의 자연물을 활용한 방향제, 애니메이션에 소개된 먹거리, 관광객을 위한 기념엽서, 타올, 티셔츠, 손수건, 머그컵, 우비, 우산, 가방, 부채, 키홀더, 스카프, 접시, 시계, 패션악세사리, 벨트 등 상품목록은 다양해질 수 있다. 시외터미널과 역, 지역행사장마다 템플릿을 비치하여 관광객의 살거리를 안내한다. 부개발된 상품은 애니메이션과 더불어 상품등록이 필수적이다.

4. 결론

　복합매체시대의 영상산업은 매체 간의 융합을 통해 콘텐츠 비즈니스의 성격을 띠면서 막대한 수익 창출의 기회를 만들어가고 있다. 현대 콘텐츠산업의 총아로 떠오르고 있는 애니메이션 제작은 캐릭터 시장, 게임, DVD, 3D 입체 영화, 레져(여행), 스틸사진, 케이블, 만화, 출판물 등 다양한 부대대상품 개발로 이어지고 있는 것이 현대의 추세이다.

　하지만 영상콘텐츠 제작이라는 대규모 사업이 실제로 진행되기 위해서는, 그만큼 철저한 시장성에 대한 보장이 전제되어야 하며, 투입자본은 물론, 자료나 소재 확정, 내용 전개, 캐릭터 설정 등에 이르기까지 치밀하게 기획되어야 한다. 이를 위해서는 개발비 지원, 합천에 대한 문화소양 및 문화산업의 마인드를 가진 인력 확보, 학술적 워크샵을 통한 전략개발 등 총체적이고 구체적인 탐색이 이루어져야 한다. 치밀한 기획과 전략을 바탕으로 합천의 자연이나 문화자원을 상상의 원천으로 한 텍스트의 상품화가 진행되고, 갖가지 매체들이 합류하는 미디어믹스 현상에 발맞추어 부대상품을 가공하고 효율적인 시스템을 통해 운용할 수 있다면 그것은 장기적으로 보아 지역의 퍼블리시티 효과 및 재정에도 도움이 될 것이라 판단된다.

현재 많은 애니메이션이 상영관이나 TV용으로 제작되는 경우가 많은 상황이지만 합천을 테마로 한 작품은 애니메이션의 기획 제작을 너머, 컴퓨터 게임, 모바일 시장 등을 겨냥한 새로운 수익모델을 겨냥해 기획될 수 있다. 또한 홍보/학술/교육 분야의 교육자료로 활용하여 군민의 문화적 공감대 확산과 합천에 대한 인식수준을 고양시킬 통로가 될 수 있다. 하나의 제작물을 가지고, 지역홍보, 관광기획물, 지역 토산품의 부대상품개발로 수익모델을 창출함은 물론 인터넷 등 다양한 유통통로를 통해 해외 문화수출까지도 노려볼 수 있다. 애니메이션 제작을 'CT(Culture Technology)'를 활용한 부대상품개발과 연계시킴으로써 세계문화시장을 겨냥한 차후의 콘텐츠 생산을 자극할 수도 있는 것이다.

콘텐츠화의 기반이 되는 합천의 역사와 전통문화는 풍부한 상상과 표현을 가능케 하며, 합천의 자연과 문화유적에 산재하는 다양한 이야기와 에피소드는 현대의 볼거리로 충분히 재창조될 수 있다. 이는 합천지역의 문화유산에 새로운 상품성과 현대 문화의 옷을 덧입혀 관광자원화한다는 점에서 기존의 애니메이션 시장에서 찾아보기 힘든 획기적인 상품이 될 것이다.

참고문헌

랜들 P. 해리슨,『만화와 커뮤니케이션』, 한나래 출판사, 2008.

서영호,『일본 문화 예술의 현장』, 도서출판 문, 2008.

정상진,『우리민속과 전통문화』, 세종출판사, 2004.

표인주,『한국인의 생활양식과 전통문화예술』, 민혹원, 2004.

김정훈,『경향신문』, 합천관련 기사, 2011년 11월 24일.

한국문화콘텐츠진흥원 홈페이지 http://www.kocca.or.kr

합천군청 홈페이지 http://hc.go.kr/index.php

Ledoux, Trish, Ranney, Doug, & Patten, Fred(Ed.), Complete Anime Guide: Japanese Animation Film Directory and Resource Guide, Tiger Mountain Press, 1997.

Lowe, Richard & Schnotz, Wolfgang(Eds) Learning with Animation. Research implications for design, Cambridge University Press, 2008.

합천 '이주홍어린이문학관'의
운영과 발전 방향

－ 기대하지 않은 곳에서 등장할 아이들의 놀라운 창의력을 위해*

최 영 호**

1. 들어가는 말

작년 12월 28일, 합천은 향파 이주홍 선생의 문학적 삶이 깃든 이주홍 어린이문학관을 세웠다. 동시에 이곳을 지역 문화유산을 보존하는 탐방 코스의 하나로 개발한 후 이를 통해 합천의 역사와 문화적 위상을 높이 겠다는 실천적 의지도 밝혔다. 예로부터 명장이 만든 장롱은 앞판과 뒤 판의 목재가 다르지 않다. 유서 깊은 합천의 문화적 의지를 투영한 이주 홍어린이문학관이 실제로 안과 밖이 다르지 않은, 우리나라 어린이문학 관의 좋은 본보기가 되길 기대한다.

---

* 이 글은 합천 이주홍어린이문학관 개관 기념 학술심포지엄(2012)에서 '기조발제'로
  발표한 것을 수정 보완한 것임.
** 해군사관학교 인문학부 교수.

용주면 합천호수로에 자리한 이주홍어린이문학관은 지상 2층 639.2㎡, 생가복원 2동 59.22㎡, 총 연면적 698.42㎡의 규모의 건물로서, 총 사업비 20억 1,000만 원을 들여 2년 6개월에 걸친 공사 끝에 지어졌다. 아담한 외관과 복층 구조의 문학관의 1층엔 상설전시장과 자료실, 관리실이 있고, 2층엔 다목적 세미나실과 어린이도서관 및 귀중서고가 자리한다. 뿐만 아니라 건물 초입엔 이주홍 선생의 문학적 체취를 직접 느끼도록 생가도 복원했는데, 이는 멀리서 찾아오는 방문객들에게 숙박과 편의를 제공하려는 합천의 배려로 보인다.

이주홍어린이문학관의 특징은 크게 세 가지다. 하나는 부산에 건립된 이주홍문학관과는 '같으면서도 다르다'는 것이고, 다른 하나는 두 곳 모두 건물의 성격이 '문학관'이란 것이다. 마지막 하나는 우리나라 '최초의 어린이문학관'이란 것이다. 다시 말해, 향파 선생의 문학적 삶이 투영된 또 다른 의미의 문학관이자 문학 고유의 특성을 간직한 우리나라 최초의 어린이문학관이란 얘기다. 이런 중첩된 건축적 의미는 곧 문학관 건립의 중요성 못지않게 장차 내실 있는 운영과 체계적인 관리를 요구하고 있다.

모두가 알다시피 사람이 살지 않는 집은 흉가에 불과하다. 문학관도 일종의 집이며, 다른 집과 달리 여럿이 함께 사는 집이라는 특성을 갖는다. 사람과 함께 하는 집은 응당 사람 냄새가 나야 한다. 공동으로 이용하는 문학관의 냄새는 다양하고 깊어야 한다. 이것은 우리를 가슴 뛰게 하는 건축물과 사람 사이의 숭고한 약속으로서, 이는 문학관 운영과 관리의 무한 책임의 다른 말이다. 주된 사용자가 우리의 미래라는 '어린이'라는 점을 감안하면 그 운영과 책임은 배가될 수밖에 없다.

문제는 제 구실을 하지 못하는 문학관의 폐해는 지금 당대로만 끝나지 않는다는 사실이다. 그것은 개개인을 넘어 세대와 세대를 이어가며 고질적인 문화적 흉물로 변하기 쉽다. 같은 예는 전국에 널려 있다. 어린이문학관 건립을 추진한 합천은 누구보다 이런 폐해를 잘 알았을 턴데, 이런 역경에도 불구하고 합천은 이주홍어린이문학관을 완성했다. 그렇기에 이를 합천지역의 문화유산으로 삼고 지역의 문화적 위상 제고의 지렛대로 삼겠다는 실천적 의지는 흘려들을 수 없다. 왜냐하면 이런 중대 발표는 문학관을 제대로 발전시키겠다는 합천의 야심찬 정책적 결정이기 때문이다. 오늘의 학술심포지엄도 이런 심뇌어린 고민과 판단의 결과일 것이다.

과연, 어떻게 하면 이주홍어린이문학관을 지상의 다른 문학관과 차별화하고 좀 더 창의적인 문화공간으로 만들 수 있을까? 빨리 가려면 혼자 가고 멀리 가려면 함께 가라는 말이 있다. 합천은 문학관의 운영과 관리에 지혜와 용기를 함께 발휘해야 하는데, 그 시작은 짐을 혼자지기보다 여러 계층과 함께 나눠져야 한다. 합천이란 지역적 시각을 벗어나 보다 열린 시각과 다각적인 방안을 갖추는 것이 급선무다. 그래야 "기대하지 않은 곳에서 등장할 아이들의 놀라운 창의력을 위해" 어린이문학관을 탄생시킨 합천의 통 큰 문화적 저력을 보여줄 것이고, 합천이 진짜로 큰 지역문화를 창출할 곳으로 격상될 것이기 때문이다. 땅이 넓고 건물이 많고 사람이 들끓는 지역이 큰 지역일 수 없다. 그보다는 해당 지역을 아끼고 사랑하는 사람이 많을수록 그곳은 더 큰 지역일 것이다.

2. 어린이의 삶과 세계, 어떻게 볼 것인가?

아이들은 인형의 머리를 빗질하면서도 그 인형과 대화하고, 거울을 보면서도 자기와 대화하고, 아득한 미래의 꿈도 불러내어 진지하게 대화한다. 경계심을 무장해제한 상태로 낯선 사물에 접근해서는 그것과 곧잘 친구까지 맺는다. 이것이 과학적인지 아닌지는 잘 모르겠다. 그러나 과학이라고 해서 반드시 정확한 사실적 기록만 목표로 하진 않는다. 과학은 사실적인 관찰보다 그런 이해 아래 놓인 논리와 이론이 중요하다. 따라서 아이들과 얘기하는 인형의 생김새나 거울의 크기나 꿈의 형태가 중요한 게 아니라 그것들과 아이들이 '어떤' 대화를 나누고 '무엇'을 주고받느냐가 더 긴요하다. 이것이 바로 아이들의 삶에 밥이 되고 살이 된다.

그런즉 문학관은 다른 건물과 달리 겉보다 내용이 풍부해야 한다. 인간의 외면적 삶보다 내면적 삶을 중시하고, 드러나지 않은 감정에까지 촉수를 뻗는 것이 문학의 주된 기능 중 하나라면, 문학관 역시 형식보다 내용의 건강성을 갖추어야 한다. 방문객이 줄을 잇는 문학관은 영감을 자극하는 상상력의 보물 창고이다. 어른들의 인식적 경계를 순식간에 허물어버리는 아이들의 사유는 역설적이게도 이런 문학관에 익숙하다.

그런데 아이들의 진짜 세계는 어떠한가? 한 마디로 아이들에겐 '노는 게 일'이다. 변화와 변주가 시초를 다투는 디지털시대인 지금도 그렇다. 집밖에서 놀던 아이들이 인터넷상에서 놀고 있고, 처한 곳이 어디든 쉽게 적응한다. 이렇다 할 장난감 하나 없는 데서도 아이들은 놀이꺼리를 귀신같이 찾아낸다. 반면, 애원하던 장난감도 쉽게 내버리는 것이 아이들이다. 어른들의 눈엔 아이들의 이런 태도가 낯설고 엉뚱하게 느껴질지 모른다.

그러나 우리가 주의할 점은 따로 있다. 시시한 것 속에서도 전혀 새로운 것을 찾아내고, 주어진 세상과 겁 없이 '온몸으로' 맞서는 아이들의 특성이다. 친한 친구들 간의 싸움에서도 확인된다. 아이들은 시시한 것을 두고서도 죽기 살기로 싸운다. 그런데 이상하게도 다음 날이면 누가 언제 그랬냐며 다시 웃고 뒹군다. 조금의 지루함도 못 견뎌 하던 아이들의 삶은 순간순간 온몸으로 살면서, 온몸으로 싸우고, 온몸으로 사랑하고 있는 것이다. 아이들의 진짜 세계는 자기 몸과 삶이 만나는 지점에서 펼쳐진다고 해도 과언이 아닐 듯하다.

아이들의 세계가 얼마나 이색적인지는 이름난 동화에서 발견된다. 프랑스 작가 쌩텍쥐베리의『어린왕자』나 중남미 작가 바스콘셀로스의 『나의 라임오렌지 나무』는 아주 널리 알려진 대표적인 예다. 여기엔 현실과 초월적 세계를 넘나드는 아이들의 세계가 가득하다. 물론, 이것이 아이들에게만 국한된 세계는 아니다. 왜냐하면 진짜 동화는 아이들의 세계를 아이들에게 들려주기 위해 창작된 것이 아니라 어른들의 세계를 아이들이 알아들을 수 있도록 창작된 문학의 한 형태이기 때문이다.

『임금님 귀는 당나귀 귀』는 임금의 귀가 당나귀만큼 크다는 얘기라고 믿는 사람은 드물다. 임금의 넓고 큰 귀는 그것을 통해 세상의 소리를 모두 듣고 현명하게 판단해야 할 임금의 권위를 상징한다. 그러나 이 동화 속 임금의 귀는 자신에게 주어진 정당성 권위를 사적으로 사용하거나 언론을 통제하는 타락한 권위를 상징한다.『벌거벗은 임금님』은 또 어떤가? 이 동화 역시 나체로 거리에 나선 임금을 본 아이의 깔깔거림을 비아냥거리는 얘기가 아니다. 사실을 사실대로 보고 말할 수 있는, 인간의 순수한 용기를 누구든 갖고 있다는 것을 말하고 있다. 널리 알려진『토끼와 거북이』도 새롭게 봐야 한다. 이것은 서로 다른 존재의 빠르고 느림을 그린 게 아니다. 치열한 경쟁 속에서 살아가지만, 추구하는 목표의 있고 없음에 따라 새로운 의미의 성공과 실패를 규정할 수 있다는 얘기라 할 수 있다. 세 편의 동화는 결국 아이들의 동화 형식을 빌려 쓴 어른들의 세계를 재현한 것이다.

최근 문학계와 영화계에 동시에 화제가 된 황선미의『마당을 나온 암탉』도 좋은 예다. 작품 자체로도 크게 호평을 받았지만 애니메이션으로 제작됨으로써 더 큰 울림을 준 이 작품은 양계장을 탈출한 겁 없는 암탉과 철부지 청둥오리의 기막힌 만남을 문학적 장치로 설정해 아이들과 어른들의 세계를 절묘하게 중첩시키고 있다.

매일 알만 낳고 살던 암탉 잎싹이 양계장을 탈출한 후 나그네와 달수의 도움으로 자유를 만끽한다. 그런 잎새가 우연히 버려진 알을 발견하여 난생 처음 알을 품는다. 그로 인해 생명의 탄생에 깜짝 놀지만, 그 알은 동족이 아닌 오리의 알이었다. 아기 오리 초록은 종족이 다른 잎싹을 '엄마'로 여긴다. 그러나 암탉 잎싹은 매일 같이 족제비의 위협에 시달린다. 이를 피해 초록이를 데리고 안전한 늪으로 피신한다. 배가 고픈 이들은 몰래 농가를 찾게 되고, 거기서 집오리가 사는 안전한 마당에 다다른 후 한숨을 돌린다. 하지만 그곳 역시 천국은 아니었다. 아름다운 늪에서 자유롭게 헤엄치던 초록이의 눈엔 마당 한켠의 좁고 더러운 연못이 행복의 공간일 수 없었다. 더욱이 초록이의 목을 조이는 주인의 손은 더 더욱 큰 위협이었다. 마침내 마당을 나온 암탉 잎싹과 오리 초록은 주인의 손길을 피해 구사일생 탈출하지만, 나그네를 잡아간 무서운 족제비의 위협은 계속 닥친다. 있는 힘을 다해 달아나던 초록이가 벼랑으로 떨어지는 순간, 엄마 잎싹은 겁에 질린다. 그러나 바로 벼랑 끝에서 두 날개를 퍼덕이며 날아오르는 초록이를 보고 더욱 놀란다. 초록이의 비상은 한 존재가 바라는 근원적 자유였다. 도전과 자유, 선택과 책임, 생태계에 깃든 자연스런 죽음과 삶을 다룬 이 동화엔 우리 사회에 팽배한 혈연주의에 물들지 않는 사회가족의 의미가 심층생태학과 사회학적 상상력을 통해 그려지고 있다.

아이들의 세계와 어른들의 세계가 얼마나 같고 다른지는 미국작가 바바라 파크의 동화『믹에게 웃으면서 안녕』에서도 엿볼 수 있다. 파크의 동화는 주로 평범한 아이들을 주인공으로 설정해 일상에서 일어나는 분노와 저항, 어이없는 실수와 자기 꾀에 속아 넘어가는 삶을 다룬다. 이 동화 역시 동일한 연장선상에서 쓰여졌는데, 그 핵심은 어린 자식을 자전거 사고로 먼저 잃고 실의에 빠져 살아가는 하르테 가족이 어떻게 슬품을 극복하는지에 주안점을 두고 있다. 동생 믹이 사고로 죽은 직후부터 누나 포엡은 동생이 자신의 실수로 죽었다는 죄책감에 시달린다. 하지만 포엡보다 더 큰 고통을 느끼는 것은 그런 포엡을 지켜보는 가족들이다. 살아남은 자의 슬픔과 괴로움은 이들의 삶을 짓누른다. 그런데 고통에 젖은 하르테의 가족이 도리어 그런 포엡으로부터 더 큰 위로를 받는다는 얘기다.

믹의 누나 포엡은 동생이 숨진 자리를 찾곤 한다. 그때마다 가족은 애통해하며 말리지만 소용없다. 과연, 포엡에게 믹이 숨진 곳은 그 비극적인 자리는 어떤 곳일까? 놀랍게도 포엡의 눈에 비친 그곳은 사랑하던 자기 동생이 숨진 곳이 아니었다. 오히려 그곳은 동생 믹이 마지막까지 살다가 간 곳이다. 포엡은 동생 믹이 죽은 그 자리에 허리를 숙여 글을 남긴다. "믹 하르테가 여기에 있었다"고. 이는 포엡이 행한 자기 성찰의 결과였지만, 하르테 가족은 바로 여기서 삶의 위로를 받게 된다.

이런 시각에서 보면 아이들의 세계는 무한한 자유의 세계라 할 수 있다. 배움이 커질수록 자유도 커진다는 사실을 인정한다면 우리에겐 금지해야 할 것이 있다. 그것은 적어도 아이들이 하는 숙제를 다시는 울면서 하는 숙제로 만들지 말아야 하고, 아이들이 발견할 창조적 상상력을 강박 관념으로 구속하지 않는 일이다. 아이들의 숙제가 '놀면서 하는 자율적인 공부'로 '자연스럽게' 수행될 때 숙제의 진가는 구현된다. 그로 인해 아이들의 상상력과 창의력도 높아진다.

독일 『뮌히터 타게이스차이퉁』지의 편집장이었던 칼 세르만의 가장 친한 친구는 세계의 아이들이다. 이런 천진함은 그가 15여 년 전에 유니세프 기금을 모금하기 시작해서 대략 7백만 유로의 기부금을 마련했다는 사실로도 확인된다. 유명 잡지의 편집장이 세계의 아이들과 친구가 된 것은 엘레나가 던진 충격적인 한 마디였다.

세르만과 엘레나 사이엔 은밀한 약속이 있었다. 엘레나가 아침에 일찍 일어나 세르만의 침대로 오면 세르만은 엘레나에게 먼 나라로 신나는 모험 여행 얘기를 들려주기로 했고, 대신 엘레나는 그런 여행에 누구를 데려갈 것인가를 정하는 약속이었다. 물론, 누구를 선정할지는 순전히 엘레나의 마음이었다. 엘레나는 엄마 아빠는 당연히 포함시켰고, 그 외에도 환상 여행에 참여시킬 자들을 기상천외하게 뽑았다. 여동생, 할머니, 할아버지뿐 아니라 토끼, 코끼리, 말, 거북이, 부엉이, 쥐도 있었고, 심지어 거대한 코끼리도 선정했다. 두 사람의 환상 여행 이야기엔 깨가 쏟아졌다. 그러던 어느 날 엘레나는 의미심장한 물음으로 세르만을 궁지로 몰아넣는다.

> "아저씨, 근데 그게 다 진짜예요?"
> "음, 당연히 지어낸 이야기지. 목이 말라 다 죽게 된 우리를 오아시스로 데려다 준 베두인들도, 우리에게 겸양의 미덕을 가르쳐준 승려들도, 백인 소도둑에게 붙잡힌 우리를 구햇었던 인디언들도……. 모두 다 거짓이란다."
> "그럼 아저씨는 왜 맨날맨날 거짓말만 해요?"
> "엘레나, 아저씨는 여러 나라에 가봤지만 그곳 사람들이 어떻게 사는지, 어떤 일을 겪는지도 잘 모른단다."
> **"그럼 가서 물어보면 되잖아요."**

세르만은 어린 엘레나가 했던 "그럼 가서 물어보면 되잖아요."라는 말에 깜짝 놀란다. 그 후 곧장 엘레나가 시킨 대로 엘레나의 아버지를 사진가로 데리고 2년간에 걸쳐 세계의 어린이를 찾아다닌다. 바로 그때 만난 아이들이 결국 그의 가장 친한 친구가 되었다. 이탈리아 비저호프의 꼬마 농부, 푸른 이탈리아의 섬 노바글리의 어부 소년, 그리스 시키가에 남은 마지막 아이, 터키의 산골 마을에 살며 동화적 세계를 꿈꾸는 소녀, 이란 오아시스처럼 싱그런 14세기의 소녀 등이 모두 그러했다. 어린 엘레나의 한 마디는 세르만의 고착된 눈을 뜨게 했고, 다른 세계로 인도했다.

아이들의 세계는 눈에 보이는 곳에서 펼쳐지지 않는다. 나팔꽃이 사람들의 눈앞에서 꽃피지 않듯이. 제비꽃처럼 너무 수수해서 우리 곁에 줄창 있어도 관심을 크게 받지 못하긴 하지만 나팔꽃이 실제로 피는 광경은 신비롭기 그지없다. 그 중 하나로 온밤을 새우며 지켜봐도 나팔꽃의 실제 개화 시기를 알 수 없기 때문이다. 그러하던 나팔꽃이 아침이면 활짝 피어 있지 않은가! 꽃망울이 너무 작아 몸을 숙이지 않으면 폈는지 안 폈는지조차 알 수 없는 제비꽃도 그렇지만 지천에 널린 나팔꽃의 개화 시기는 우리를 비밀의 세계로 안내한다. 바로 생의 일상적 경이로움과 발견에의 기쁨이 그것이다. 밤을 새워 지켜봐도 피지 않던 꽃망울이 아침이면 개화한 모습에서 우리는 아연 실색해진다. 더욱이 이것은 생을 보는 우리의 시각을 다시 뜨게 만든다. 모든 살아 있는 생명체는 절대 사람의 눈앞에서 자라지 않는다는 진실이 그것이다.

이런 비유는 오늘 우리가 논의하는 아동문학관의 운영과 발전 방향을 생각하는데도 주요한 시사점을 던진다.

과연, 아이들을 위해 지어졌다는 이주홍아동문학관을 어떤 방향으로 운영하고 발전시키는 것이 보다 생산적인가? 이것은 이주홍아동문학관의 사용자인 아이들의 상상력과 창의력을 어떻게 자극하는가의 문제와 직결된다. 왜냐하면 이주홍아동문학관의 사용자인 아이들의 상상력과 창의력은 마치 나팔꽃의 꽃망울이 우리 눈앞에서 개화하지 않듯이 이주홍아동문학관을 만든 기술자의 상상력과 창의력의 한계를 초월하는 문제이기 때문이다. 물론, 이것은 문학관 자체의 문제로 그치지 않고, 우리 모두 함께 풀어야 할 숙제이다.

오늘날 우리의 교육 현실은 아이들의 '상상력'과 '창의력' 공부보다 학습 능력을 높이는 데 큰 우위를 두고 있다. 다시 말해, 아이들은 자신들이 아닌 어른들의 관심에 따라 교육받고 있다는 얘기다. 그 결과, 아이들 개인적 호기심이나 그들만의 관심 분야보다 학교 공부나 성적 위주의 교육에 치중하는 바람에 아이들의 상상력과 창의력은 갈수록 낮아지고 있는 추세이고, 이는 우리를 더욱 착잡하게 만든다.

이 같은 사례는 널려 있다. 그 중 부모들이 공통으로 겪는 사례가 있다. 우리나라 어른들은 어린 자식이 글눈을 깨치면 곧장 공부하라는 말을 입에 달고 산다. 부정하지 못할 것이다. 그런데 이 때문에 어떤 결과가 생기는지는 간과한다.

갓난아이를 둔 부모는 어린 자식이 울면 그 울음소리만 듣고서도 자식의 현재 상태를 파악한다. 배가 고픈 것인지, 똥을 싸서 불편한 것인지, 아니면 잠을 못 자서 그런 것인지를 귀신같이 알아챈다. 더욱이 잘 기어 다니지도 못하던 자식이 걸음마를 할 때는 기절초풍하기 일쑤이고, 마침내 말문이 열리기 시작하면 주체할 수 없는 기쁨에 할 말을 잃는다. 그런 자식이 드디어 글눈을 떠서 책을 더듬더듬 읽노라면 손뼉을 치며 동네방네 자랑한다. 어렵게 뜬 자식의 글눈은 곧 어머니와의 구체적인 공감의 시작이자 한 존재와 다른 존재와의 소통의 출발점이다. 그런데 그렇게 기뻐 날뛰던 어머니의 다음 행보는 우리를 너무나도 슬프게 한다. 글눈을 뜬 아이가 이런저런 동화책을 읽거나 책읽기에 푹 빠져 있으면 어머니의 입에선 틀에 박힌 '전형적인' 말이 쏟아진다.

'이제부터 책 읽지 말고 공부하거라!'

어른 아이 할 것 없이 책을 읽는 행위는 흔하지만 실로 엄청난 일이다. 특히나 읽을 책을 '스스로' 골라서 '스스로' 읽는다는 것은 곧 그 자체가 즐거운 공부이다. 그런데 우리의 어머니는 아이들의 삶에서 이런 유쾌한 즐거움을 '공부'라는 이름으로 빼앗아 버린다. 대신, 강요된 공부의 전형적인 형태인 '학습지'를 공부하라며 건넨다. 즉, 책 읽지 말고 공부하라는 어머니의 주문은 공부에 대한 즐거움보다 공부에 대한 강박관념이다. 이로 인해 크게 피해받는 것은 우리 아이들의 상상력과 창의력이다.

책 읽기가 아닌 학습지 풀이에 익숙한 아이들은 이런 실력 배양이 진짜 공부인 줄 착각한다. 아이들의 문제 풀이 실력은 쌓여도 문제 해결의 능력은 여기서 사라진다. 더 나아가 문제를 제기할 수 있는 능력은 생각조차 할 수 없는 상황이 초래된다. 이주홍아동문학관의 탄생은 아이들의 상상력과 창의력을 드높이는 하나의 자극제일 수 있다.

이와 관련하여 세계 각국의 전체적인 삶의 위상의 기준으로 제시되는 OECD 국가별 지표 순위 속에서 한국의 현주소를 살피는 것도 필요할 듯하다. 아이들의 문제는 아이들만의 문제일 수 없고, 교육 문제도 교육만의 문제일 수 없기 때문이다. 아이들의 문제와 아동교육 문제는 불가피하게 다른 분야의 문제와 직결되는데, 다음 표에서 그 일단을 볼 수 있다.

<OECD 국가 내 한국 지표 순위>

지표	순위	내용 설명
노동시간	1위	1년 2,316시간, 289.5일 노동 독일 178.75일 노동, 독일보다 110.75일 더 노동
대학생 아르바이트 시간		주당 평균 노동 33.2시간, 1년 1593.6시간 노동 1년에 199.2일, 한 달 임금 89만원 수준
남녀임금격차	1위	남성이 여성보다 평균 38%의 임금을 더 받음
저임금고용 비중	1위	최저임금 250만 명, 최저임금 이하 250만 명
여성 자살율	1위	10만 명 당 11명, OECD 국가 평균 2배
노인 자살 빈곤율	1위	2명 중 1명이 빈곤상태
10~30대 사망원인 중 자살	1위	2위 헝가리, 3위 일본

가계저축율	16위	20개국 기준, 평균 6.1%, 한국은 2.8%
자영업자 비율		31.3%로 OECD 평균 15.8%보다 2배 많음. 그리스, 멕시코, 터키 등의 국가가 한국보다 높지만, 이들 국가 대부분이 관광업에 의존한다는 것을 고려하면 우리나라 자영업 비율은 매우 비정상적임
대학졸업자 비율	1위	
국공립대학등록금	2위	1위 미국
공교육비 학부모부담	1위	정부의 공교육비 비율 OECD 평균 이하
이혼율	1위	
사회적 신뢰	24위	OECD 29개국 기준
사회정의	25위	OECD 평균 6.67에 미치지 못하는 5.89
행복지수	25위	24위 포르투갈, 26위 폴란드. 세계 178개국 중 102위
결핵발병율	1위	
자궁 유방 절제술	1위	
항생제 사용율	1위	
초고속무선인터넷 보급율	1위	34개국 기준 모바일브로드밴드 가입자 4,540만 명

이렇듯 <OECD 국가 내 한국 지표 순위> 표에서도 알 수 있듯이, 교육인적자원부가 아이들을 위해 주 5일제 수업을 한다고 하더라도 평균 365일 중 289.5일을 노동해야 하는 어른들로선 자식을 돌볼 시간이 부족하다. 특히나 OECD 29개국 중 대학졸업자 순위도 1위이고, 대학등록금도 세계에서 미국 다음으로 많다. 세계에서 공교육부담금이 가장 많다는 사실까지 합치면 왜 우리의 부모들이 어릴 때부터 '책 읽지 말고 공부하라'는 주문형 공부의 실체가 짐작된다. 그것은 곧 '공부해서 출세하라'는 얘기다.

하지만 이런 출세 위주의 공부가 모범인 시대는 서서히 가고 있다. 우리나라 초고속무선인터넷 보급률이 전 세계 1위라는 사실도 이를 증명한다. 이것은 아이들이 배우고 익히는 곳이 반드시 학교라는 장소로만 국한되지 않는다는 얘기다. 이제 학교는 전 방위로 열려 있고, 수많은 정보가 있는 곳이 곧 배움터다.

3. 이주홍어린이문학관, 무엇이 문제인가?

앞서 아이들의 세계와 삶의 특성을 따로 지루하게 서술한 데는 이유가 있다. 그것은 어린이문학관의 바람직한 운영과 관리를 위해서다. 이런 관점에서 지금의 이주홍어린이문학관의 실태를 보면 어떠한가? 불행히도 지금의 운영과 관리 상태는 수준의 높낮이를 말할 형편이 못 된다. 환상의 드라이브 코스인 합천의 황강변을 따라 오랜 역사의 숨결이 드리운 용문정과 드라마 세트장으로 이름난 영상테마파크 초입에 세워져 있고, 청소년수련원과 더불어 양지바른 곳에 있지만, 방문객이 아직은 많지 않다. 합천의 수려한 악견산과 금성산, 합천호를 구비 돌아 봉산대교로 이어지는 명품 드라이브코스 100리 길은 연인들의 추억과 기념사진 촬영지로 제격이지만, 동화나라와 문학의 세계, 경남과 합천의 어린이문학가의 흔적들이 전시된 이곳은 현재 개점휴업 상태다. 도대체 무엇이 문제인가?

필자는 이번 기조 발제를 위해 지난 3월 초 이주홍어린이문학관을 찾은 바 있다. 그날은 마침 토요일이었다. 일부러 평일이 아닌 토요일을 택한 데는 나름의 이유가 있다. 하나는 문학관을 실제 이용하는 아이들의 모습을 보고 싶었다. 평일보다는 아이들이 많을 것 같아서였다. 다른 하나는 아이들과 함께 온 부모들을 직접 보고 싶었다. 하지만 아무도 없었다. 아이는커녕 어른의 그림자도 찾아 볼 수 없었다.

내심 전국적으로 실시되는 주 5일제 수업 날이라 문학관을 찾는 사람들도 제법 있으리라 여겼다. 그러나 나의 예상은 완전히 빗나갔다. 교육과학기술부가 밝힌 3월 10일의 통계상 학교별 토요프로그램의 참가율은 아래와 같다.

구분	참가 인원	비율
서울	9만 2559명	7.6%
부산	9만 1562명	20.9%
대구	7만 8589명	21.3%
인천	4만 1981명	10.7%
광주	2만 7744명	11.3%
대전	4만 4803명	19.3%
울산	3만 7748명	23.3%
경기	13만 4272명	23.3%
전국	93만 5913명	13.4%

이런 낮은 비율은 성적 위주의 공부와 입시 중심의 교육 제도가 바뀌지 않는 한, 그대로 지속될 것 같다. '놀토'로 인해 학교를 가지 않는 아이들은 다시 학원을 택했다. 학교별 토요프로그램을 운영했지만 학생들의 참여율은 그래서 저조했다. '놀토' 뒤엔 이런 불편한 진실이 있었던 것이다. 물론 학부모들도 토요문화센터 등에 가입해서 자신들이 배우던 계획된 프로그램을 그만두고 당장 집에서 자식을 돌보기가 힘들었을 것이다. 또한, 가족과 같이 있고 싶어도 다니던 맞벌이 직장을 나가지 않기도 어려웠을 것이다. 주 5일제 수업의 활성화엔 교육계와 학부모의 공동 노력이 요청된다.

여하튼, 내가 방문한 '놀토'에는 단 한 명의 어린이도, 단 한 명의 어른도 없었다. 그래서 그런지 2층 어린이열람실의 문도 굳게 잠겨 있었다. 관리자가 청소하는 분에게 열람실의 열쇠 여부를 묻는 통에 아이들의 발길이 이미 오래 전부터 끊긴 문학관임도 짐작할 수 있었다. 계약직 관리자가 미안해했지만, 그것은 그의 책임일 수 없었다.

1층에 설치된 두 곳의 전시실, 즉 이주홍선생의 유품전시실과 어린이용 상설전시실도 둘러보았다. 선생의 유품과 자료는 깔끔하게 진열되어 있었으나 풍부하진 않았다. 전시물의 게시 위치도 키가 작은 아이들에겐 조금은 높아 보였다. 어린이용 상설전시실의 자료들도 있었으나 아이들이 불티나게 달려들 만한 것은 아니었다. 다만, 직접 시를 녹음해서 듣는 음성녹음실과 거울 효과를 이용한 사물에 대한 관심 유발 설치물은 그런대로 흥미꺼리였다. 입구엔 이주홍선생의 옛 동화를 직접 읽고 체험할 수 있는, 큰 활자본 동화책도 있었다. 하지만 이미 이런 형태의 전시물은 일반 어린이유치원에 가면 흔히 볼 수 있어 이주홍어린이문학관만의 자랑꺼리는 아니었다.

상설전시실 중간엔 경남과 합천의 어린이문학가를 소개한 공간이 있었다. 어린이문학과 우리나라 대표 어린이문학가에 대한 간단한 소개도 있었다. 소개 내용은 소략했다. 아이들의 관심을 끌기에도 역부족이었다. 2층 계단 한쪽 벽엔 이주홍 선생을 추억하는 사진 몇 장도 있었으나 어른이 보기에도 너무 높아 접근이 어려웠다. 아이들의 눈이 쉽게 가 닿긴 더 더욱 어려웠다. 별도의 설명문도 없었다. 각각의 의미 깊은 사진들이 언제 어디서 누구와 어떻게 해서 찍은 것인지도 설명되어 있지 않았다. 단지, 아는 사람만 보고 알라는, 묵언의 명령 같았다. 색 바랜 사진들은 그렇게 엄숙하게 걸려 있었다. 사진들 속의 선생이 철지난 시간의 문을 열고 나오기엔 우리와의 소통이 멀어 보였다. 2층을 내려와 들어온 입구 쪽으로 다시 갔다. 방명록엔 지금까지 다녀간 사람들의 수가 넉넉

잡아 150명도 되지 않았다.

이주홍어린이문학관은 이주홍 선생의 삶의 흔적을 주축으로 몇몇의 책들과 얘기들이 펼쳐져 있었지만, 전체적으로는 어린이문학관으로서 갖추어야 할 내용물이 너무 빈약했다. 현재 상태로는 "체험하고 느끼며 재미있게 배우자!"는 문학관의 슬로건은 감동 없는 구호에 불과했다. 그로 인해 문학관의 빈 공간은 더 크게 보였고, 앞으로 주최 측이 해야 할 일도 엄청나 보였다.

물론, 이제 막 문을 연 문학관의 방문객 숫자는 큰 의미가 없을지도 모른다. 그러나 그렇다고 해서 전국에서 최초의 어린이문학관이 갖추어야 할 내용의 부실함이 용인된다는 것은 결코 아니다. 문학관의 이름에 부합하는 귀중 자료도 없었고, 세계 어린이문학사는 고작하고 우리나라 근·현대어린이문학사에 대한 소개 자료도 일천했다. 비치된 작품과 자료 부족을 채우려면 앞으로 대대적인 예산이 필요하다는 생각과 함께 굳게 잠긴 문틈으로 봤던 열람실의 텅 빈 서가도 무척 애처로웠다. 아이들이 오래 보고 놀며 번뜩이는 착상을 하기엔 태부족인 어린이문학관이었다. 좀 더 냉정히 말해 이주홍어린이문학관은 다른 문학관과 차별성을 따지고 말고 할 것이 없는 문학관이었다.

관리자에게 신원을 밝힌 후 2층 귀중본 서고를 보여 달라고 했다. 조심스레 내부를 열어준 귀중서고 역시 예상대로였다. 몇 권의 책과 현판, 병풍만 놓인 깨끗한 곳이었다. 어지럽게 널린 자료들이 가지런히 정리되어서 깨끗한 곳이 아니라 쌓아둘 것도 없고, 손때가 전혀 묻지 않은, 건립될 당시 그 모습 그대로 텅 빈 서고였다. 이를 지켜보는 심정은 참으로 난감했다. 귀중 작품이나 자료가 거의 없고, 아이들의 발길도 닿지 않은, 우리나라 최초의 어린이문학관의 내부는 이런 모습이었다. 오히려 내부보다 밖이 아름다운 문학관이었다. 개점휴업 상태로 있는 이주홍어린이문학관의 문제점을 간략히 정리해보자.

첫째, 설립 취지에 맞는 어린이문학관으로서의 기능을 제대로 수행하고 있지 않다. 적어도 어린이문학관이라면 '문학관'으로서의 기능 못지 않게 주 사용자인 아이들의 흥미를 수준 높고 다채롭게 유발하는 곳이어야 한다. 그러나 지금의 상태는 일반 유치원이나 유아용 놀이방 수준 이상의 것이 못 된다. 특히나 전시되어 있는 것들도 인터넷과 디지털문화에 친숙한 아이들의 흥미를 끌어내지 못하고 있다. 옛날과 달리, SNS와 TGIF(트위터, 구글, 인터넷, 페이스북)에 젖은 아이들의 세계가 어떻게 바뀌고 있는지, 그런 변화의 성향들이 무엇 때문에 생겨난 것인지를 세밀히 헤아리는 어린이문학관이어야 하는데, 지금의 이주홍어린이문학관의 전시는 있는 것을 있는 그대로 유리벽 속에 고정시킨, 구태의연한 박물관식 전시 형태에 급급하고 있다.

둘째, 귀중 자료는 말할 것도 없고 기본 자료도 부족했다. 적어도 어린이문학관을 표방한 이상, 이곳만큼은 우리나라 어린이문학 관련 근·현대 자료들이 제시되어 있어야 한다. 건물을 짓는 데 들었던 예산 이상의 예산이 기초 자료 구입에 투자되어야 한다. 하드웨어보다 소프트웨어가 충실할 때 방문객은 놀랄 것이고 되찾게 될 것이다.

셋째, 전시물이 아이들의 눈높이를 벗어나 있다. 이것은 주 사용자인 어린이의 키의 높낮이를 말하는 게 아니다. 앞서 말한 어린이 세계의 고유성과 특수성을 감안하여 '어떤' 것에 흥미를 느끼고, '어느' 정도의 높이에 전시해야 하며, '얼마나' 오래 집중할 수 있는지를 전체적으로 생각해서 배치하자는 얘기다. 또한, 아이들에겐 너무 어렵고 함께 간 어른들에겐 너무 시시한 것은 두 그룹 모두에게 실망감을 주기 때문에 두 그룹의 완충지대, 아이와 부모가 함께 참여하고 배울 수 있는 구성적 배치가 요구된다. 먼 길을 달려 아이를 데려온 부모가 자식은 어린이 상설전시실에 두고 자신은 이주홍선생의 유품과 작품이 전시된 곳에 있다면, 두 곳을 하나로 접속시키는 공간과 자료 배치는 반드시 재고해야 할 듯하다. 하지만 지금의 문학관은 여기에 대한 배려가 없다.

넷째, 문학관의 안과 밖을 잇는 문학적 장치가 없다. 주차장에서 문학관까지의 거리는 대략 30~40미터다. 아이들은 어른에겐 극히 짧은 30초도 무척이나 길고 지루하게 느낀다. 이 길을 거쳐 문학관까지 이르는 동안 아이들이 어떤 의문과 흥미를 가지는지에 대한 주최 측의 고심이 부재한다. 문학이 인간의 외면적 삶이 아닌 내면적 삶을 새롭게 탈바꿈하는 것이라면 여기에 대한 배려도 반드시 있어야 한다.

다섯째, 진짜 고객인 아이들이 '부재하는' 어린이문학관이다. 이것은 곧 문학관을 만들었으니 올 사람은 오라는, 사용자인 아이들이 아닌 관리자인 주최 측 위주의 극히 폐쇄적인 운영 시스템이다. 이 시스템에 대한 대대적인 혁신과 손질이 요구된다.

마지막으로 이주홍어린이문학관의 위치 문제이다. 가까운 곳에 합천영상테마파크가 있어서 그런지, 사람들의 관심과 시선은 '정적인 것'보다 '동적인 것'에 치중되어 있었다. 문학관 방문 후 영상테마파크도 직접 들러본 결과, 문학관의 안내 팜플릿이 영상테마파크 매표소에 비치되어 있긴 했다. 그러나 비치된 그대로 잠들어 있었고, 사람들의 관심은 냉담했다. 이 두 곳을 적절히 잇는 프로그램을 적극적으로 개발할 필요가 있는데, 문학관 운영과 관리자의 관심은 여기까지 닿지 않고 있다.

결국, 이주홍어린이문학관의 현실태는 문학관을 건립했다는 데 만족해 건립 그대로 방치되어 있다. 이는 주최 측의 총체적인 기획력 부족과 부실한 운영과 관리의 결과라 생각되며, 기본 자료와 내용은 갖추어지지 않은 채 너무 건물 완공에만 성급히 초점을 맞춘 것이 아닌가 하는 생각을 갖게 한다. 주최 측의 어린이문학관에 대한 기본 인식과 관심 부족, 한국 최초의 어린이문학관에 걸 맞는 기본 자료와 귀중 자료 미비, 문화적 투자 예산에 대한 주최 측의 확고한 의지 결여, 어린이와 어른 모두를 결속시키는 자연스런 공간 배치 방치, 방문객 유치를 위한 문화적 전략 부재, 주변 문화 환경과의 적절한 교류와 상생 마인드 부족 등의 문제점을 노정한다.

이런 문제점은 이주홍어린이문학관 건립을 계기로 합천이 표방하는 문화유산 보존과 탐방코스로의 개발 의지를 위축시키고, 이를 통해 합천의 역사와 문화적 위상을 제고하는 데도 제한적일 수밖에 없다. 실제적 내용이 뒷받침되지 않는 형식적 문학관은 그 감동이 망막에만 새겨질 뿐 가슴으로까지 전이될 수 없기 때문이다. 그런 점에서 볼 때, 이주홍어린이문학관의 운영과 관리 주최 측인 합천의 냉철한 자기 검증, 확고한 추진 의지, 현명한 예산 투자, 차별화된 기획력을 깊이 있게 고심하여 다시 수립해야 한다.

4. 이주홍어린이문학관, 감동적인 대안은 없는가?

없지 않다. 그러나 지금의 이주홍어린이문학관이 처한 문제는 엄청나다. 더욱이 이런 문제가 기본적인 것이라는 데 심각성이 있다. 물론, 이것은 이주홍어린이문학관만의 문제일 수 없다. 우리나라 문학관들이 처한 공통의 문제이다. 우리가 바라는 문학관은 하나의 관점에서 포착하기보다 끊임없이 노력하고 노력하는 이상적 목표를 향한 쉼 없는 노력에서 완성될 것이다. 앞서 이주홍어린이문학관의 운영과 발전 방향을 단지 합천이란 지리적 경계에 가둬두지 말자고 말한 이유도 여기에 있다. 다른 지역과의 활발한 교류와 연대 가능성은 하나의 이색적인 문학관을 소유했다는 확신보다도 그 완성을 향한 쉼 없는 노력으로 가시화될 것이다.

1) 창의적인 마인드를 갖춘 사람이 필요하다

이주홍어린이문학관의 모든 재현 방법과 전시의 관점은 아이들이 인간답게 사는 길을 위해 존재해야 한다. 즉, 사람과 사람 사이의 신뢰가 얼마나 중요한 결실을 맺을 수 있는지를 아이들이 배우고 익히는 장소여야 한다. 그 무한한 결실을 위해, 이주홍어린이문학관은 '문학'을 통해 이룰 수 있는 폭넓은 세상이 얼마나 값진 것인지를 느낄 수 있도록 해줘야 한다. 우리의 아이들이 뜻하지 않는 곳에서 등장할 놀라운 창조력을 길러내는 문학관은 그래서 사람을 중시해야 한다.

여기서 말하는 사람이란 주 고객인 어린이, 관리와 운영주최인 합천 문화행정가, 그리고 문학관을 창의적으로 운영하고 관리할 수 있도록 계획을 세우고 추진하게 하는 전문기획위원들이다. 물론, 어린이는 합천 자체뿐 아니라 인근 지역과 전국의 어린이들로 확대되어야 한다. 여기서의 어린이는 이들을 보호하고 안내하는 부모들까지를 포함하는 개념이다. 그런 맥락에서 문학관의 발전 방향은 아이와 어른을 한꺼번에 와서 보고 느끼게끔 고려되어야 한다. 이 또한 운영 주최 측의 탁월한 기획력과 세심한 배려를 요구한다.

다음은 운영과 관리 주최인 합천의 문화행정가들이다. 이 분들의 주된 업무는 만들어서 보여 주는 외형적인 과업에 치중되어 있기도 하지만,

실제로는 보이지 않는 부분에 대한 남다른 식견과 이해력을 요한다. 이
들에게 가장 요구되는 것은 문학관을 운영할 참신한 문화컨텐츠다. 단지
문학관을 지었다는 데서 끝나는 게 아니라 '어떻게' 운영하고 관리할 것
인가가 이 분들의 진짜 문제여야 한다. 이 역시 탁월한 기획력과 시대의
추이를 감별하고 그때그때 반영시키는, 기획위원회의 설립을 재촉한다.

결국, 사람이 문제이다. 사람이 그 대안의 첫 과제라는 얘기는 이주홍
어린이문학관을 '어떻게' 운영하고 관리해 나갈 것인가라는 방향 설정
의 핵심이다. 그런즉, 문학관의 발전을 위한 10명 정도의 기획위원회 발
족을 적극 추천한다. 예상되는 구성원과 전문 분야는 다음과 같다.

- 경남도 추천 도 단위 문화행정관 / 1명 (당연직)
- 합천군 추천 군 단위 문화행정관 / 1명 (당연직)
- 합천군 소재 초등학교 국어교사 / 1명
- 합천 해인사 총무 / 1명 (당연직)
- 합천 출신 문인 및 문학 전공 교수 / 2명
- 경남지역 문학 전공 교수 / 1명
- 전국 단위 국문학 전공 교수 / 1명
- 출판문화 관련 전문가 / 1명
- 유럽 책마을 탐방 관련 전문가 / 1명

이런 형태의 기획위원회라면 다른 지역의 공감도 불러내고, 합천이
추진할 문학관의 발전 방향에도 매우 생산적일 것이다. 필자가 제안하
는 구성원들의 전문성과 다양성은 합천이 대도시나 중소도시가 아니기
때문에 오히려 더 큰 설득력을 얻을 수 있다. 또한, 지역 균형발전을 위
한 노력의 일환으로도 합천은 경상남도에 당당한 예산 지원을 요청할
수 있다.

합천은 경남도뿐 아니라 행정안전부와 한국정보화진흥원이 나서서
추진 중인 국가 DB사업의 일환으로 참여하여 어린이문학관련 자료와

작품들을 체계적으로 디지털화함으로써 우리나라 최초로 건립한 이주
홍어린이문학관을 지역의 소중한 문화유산으로 자리매김하는 데 앞장
서야 한다. 그리하여 어린이문학을 연구하거나 창작하려는 사람들이라
면 반드시 이곳 합천을 다녀갈 수 있도록 하고, 그들이 요구하는 다양한
형태의 문화적 서비스를 제공하는 데 노력해야 할 것이다. 합천은 경우
는 다르지만 이미 세계 수준의 문화 행사를 합천 해인사가 추진한 팔만
대장경 천년 행사를 통해 잘 보여준 바 있어서 다양한 형태의 노하우를
갖고 있으리라 믿는다.

　물론, 필자가 종교계와 출판계, 해외 책마을 탐방 관련 전문가들의 참
여를 추천하는 데는 그 외에도 다른 이유가 있다. 다른 지역과 달리, 합
천은 불교문화가 엄숙히 자리해 있다. 우리나라를 방문했던 외국인들에
게 체류 기간 동안 꼭 방문하고픈 곳이 어딘지를 물은 적 있다. 두 곳을
빠뜨리지 않았다. 한 곳이 경주 불국사였고, 다른 한 곳이 이곳 합천 해
인사였다. 이는 합천의 지역문화가 지닌 장점을 말해주며, 해인사 측에
도 지역문화 발전에 관심을 갖게 하는 계기일 수 있다.

　유명 사찰의 소재지가 합천이라는 것도 그렇지만, 불교계 역시 불교
문화의 대중화를 위해 아이들과의 다층적인 만남을 원할 것이다. 불교
의 관용은 단순히 너그러운 마음만이 아니다. 그것은 자기를 넓히고 심
화하는 행위와 직결되어야 한다. 그것은 다른 사람의 일을 자기 일처럼
생각하고 그것을 고려할 수 있도록 하는 열린 마음이다. 역설적이게도
이런 윤리적 근간을 쌓음으로써 사회와 하나가 되는 불교의 실천적 의
지는 상호 경계의 공간이 아닌 자유로운 공간을 창조할 수 있다. 합천 해
인사의 종교문화적 실천과 어린이문학과의 만남은 수많은 사람들의 마
음을 열고, 마음이 다차원적으로 움직일 수 있는 심적 공간을 이룰 것이
다. 이런 협력은 이주홍어린이문학관의 발전을 위해서도 매우 상생적인
일이다.

다음, 출판계와 해외 책마을 탐방 전문가들이다. 합천군이 기획위원회를 통해 펼칠 여러 가지 콘텐츠들이 가시화되고, 그 구체적인 성과들을 결산할 시기가 되면 어떤 형태로든 책과 관련되는 일로 이어질 것이다. 책은 시간의 집약이자 지식과 역사를 하나로 묶는다. 초창기부터 반복된 시행착오를 줄이고, 합천의 지역성과 문학의 세계성을 글로벌 스탠더드 차원으로 올리기 위해 두 전문가의 선정은 불가피하다. 더 좋기로는 이렇게 구성된 기획위원들이 미리 세계 책마을 탐방 전문가와 현지 가이드의 도움을 받아 유럽의 시골마을에서는 과연 어떻게 책과 인간을 만나게 하는지, 또 그것을 어떻게 관광자본으로 이어가는지를 견학하는 기회를 갖길 적극 추천한다. 물론, 일정한 예산도 필요하고 행정력도 뒷받침되어야 한다. 아무런 투자 없이 단순한 도덕적 마음가짐만 갖고 바라보기만 해서는 이 문학관의 위상은 절대 높아질 수 없다. 세계의 한적한 마을들이 어떻게 작은 책방을 운영하면서도 세계인들의 발길을 붙잡고 자연스럽게 찾도록 하고 있는지, 직접 확인하는 과학적 관찰의 신뢰성을 쌓아야 한다. 이런 관찰자의 정직성을 토대로 현실적 실용성을 이곳에 도입하는 방안이다. 단, 유럽의 시골책방을 둘러본다는 매우 구체적이고도 현실적인 문제는 어느 개인에게 주안점을 두기보다 인간 존재와 지역사회 전체성을 염두에 둔 정신적 차원까지 포함된 실천이어야 한다. 여기엔 합천과 경상남도의 강력한 추진 의지와 개방적인 문화적 마인드가 반드시 있어야 한다.

2) 감동적인 기획과 과감한 투자가 필요하다

이주홍어린이문학관의 발전은 예산이 있다고 해도 제대로 투자해야 할 곳을 찾는 기획력을 갖지 못하면 오히려 후퇴할 수 있다. 문화적 기획력의 가장 첫 출발은 이주홍선생과 관련된 문학 자료 전체뿐 아니라 어린이문학과 관련된 일체의 자료를 집대성하는 데서 시작해야 한다. 여기에 덧붙여 우리나라 근현대 어린이문학 관련 작품과 역사를 반드시 구입함으로써 합천을 어린이문학의 실질적인 산실로 만들 정도의 기획력을 구가해야 한다. 이를 위해서는 어린이문학과 일반문학과의 관계를 제대로 전공한 분의 도움을 받아야 하며, 부족한 자료가 어디에 어떻게 산재하는지, 그 문학적 지형도를 시급히 만들어야 한다. 기존에 알려진 자료뿐 아니라 드러나지 않고 감추어진 자료, 알려졌다고 하더라도 가급적 진짜 판본을 찾아서 전시하는 정도가 되어야 한다. 물론, 여기엔 단기, 중기, 장기계획이 순차적으로 세워지고 체계적으로 추진되어야 하고, 각각의 시기에 따라 지역단위, 도 단위, 전국 단위의 학술대회도 병행함으로써 관련 문인이나 학자들이 이주홍 선생의 문학세계에 대한 보다 수준 높은 논의를 이어가야 한다. 또한, 숨겨진 자료들도 이곳으로 모일 수 있도록 제도적 장치를 갖추어 나가야 한다.

뿐만 아니라 아이들 차원에서도 이주홍어린이문학관에서 열리는 주제를 응용하고 실천하는 기회를 갖도록 해야 한다. 가령, 학문적 차원에서 이주홍선생의 문학적 삶과 관련해 이주홍어린이문학관 건립의 의미를 한꺼번에 논의한다고 하면, 아이들의 차원에서는 문학과 건축이라는 주제로 글을 짓거나 실제 건축 전문가를 초청해 문학관 앞마당과 청소년수련원 공터에서 '창조적인 문학의 집'을 함께 짓도록 하는 방안이다. 하나의 집이 흙과 나무로 지어지는 경우도 있지만, 문학이란 소재로 짓는다면 어떤 집들이 지어질지 궁금하다. 분명 우리의 아이들은 전혀 새로운 상상력을 동원해서 예상 밖의 집을 지어보일 것이다.

그뿐 아니다. 불교계의 참여도 참신한 방안이다. 이주홍 선생의 문학과 종교와의 문제를 논의한다고 할 때, 아이들과 불교계가 어린이문학에서 말해지는 불교 논의의 장을 마련하는 방법이다. 여기에 앞서 말한 건축과의 연관성을 부여하면 더욱 더 흥미로워진다. 문학과 불교, 그리고 건축이란 테마로 탑과 절을 재탄생시키는 것이다. 재료는 골판지 같은 제한된 것으로 제한해도 되고, 주변에서 손쉽게 획득할 수 있는 다른 재료로도 제작하도록 돕는다. 그런 재료는 세상에 널려 있다. 집을 짓는 상상만으로도 아이들은 흥미 있어 할 것이다.

출판계 인사를 초청하는 방안도 있다. 이런 기획은 단지 책 한 권을 만드는 차원에 그치지 않는다. 가령, 합천지역에 가장 넓게 분포된 것이 '논'이라면 이 논을 주제로 아이들과 애기해보고, 아이들이 이야기를 순차적으로 따라가며 책을 만드는 방법이다. 우리의 아이들이 '책'이란 것이 무엇인지를 권위 있는 출판계 전문가에게 직접 배워가면서 책 만드는 일에 동참하게 하는 방법이다. 그 책은 '논' 이야기에서 끝나지 않고, 그 논에 오래도록 농사를 지어온 인간과 생명의 문제, 지구촌의 부족한 식량자원 문제 등을 생각하도록 할 것이고, 나아가 땅과 물의 관계, 하늘의 움직임까지 추론하게 만들 것이다. 그럴 때, 아이들은 이미 잘 알고 있는 것에서 전혀 색다른 것을 추출하는 창의력을 갖게 될 것이다. 논의의 시작은 합천지역에 널리 분포된 '논'이지만 그 방향은 인간, 자원, 지구촌, 천지운행으로 확장될 수 있다. 따라서 출판계 인사를 초청하는 기획은 아이들에게 인간이 무엇인가를 인식한다는 것과 거기에 어떤 의미가 부여되어 있다는 것을 함께 깨우치는 방향으로 나아가는 기획일 것이다. 왜냐하면 한 권의 책이 개체화된 대상으로 파악되는 순간 거기에 깃든 일반적 의미도 동시에 출현하기 때문이다.

3) 다양한 연계 프로그램이 필요하다

인간의 가장 큰 위대함은 연결의 능력이다. 옛날 원시인들은 추위가

닥치면 곧 죽음이 엄습하는 것으로 보았다. 그들은 생존을 위해 불을 찾아야 했고, 불씨를 구하러 멀리까지 가지 않을 수 없었다. 그러다가 발을 헛디뎌 물에 빠질 경우, 어렵게 구한 불씨는 꺼져 버리기 일쑤였다. 그것은 곧 죽음을 의미했다. 그런데 시간이 갈수록 원시인들은 굳이 멀리까지 가서 불씨를 구할 필요가 없었다. 왜냐하면 숲속에서 불이 나는 광경을 보면서 불씨가 어디에 있는지 간파했기 때문이다. 강풍으로 쓰러지는 나무들 서로 부딪히는 순간 불이 일어났고, 무엇이 부딪혔을 때도 불꽃이 튀는 것을 목격한 뒤로, 원시인들의 태도는 달랐다. 그들은 불씨가 어디든 존재한다는 걸 알았기 때문이다. 오늘날 우리는 이성끼리의 만남에도 불이 있다는 걸 안다. 연인들의 붉게 변한 얼굴은 곧 그들의 가슴속 불의 은유였다. 다시 말해, 그 불은 사랑의 징표였다. 인간과 불, 나무와 불, 가슴속 불, 여기엔 우리 인간이 하나와 다른 하나를 연결시킬 수 있는 능력을 갖고 있다는 얘기다. 인간의 위대성은 불을 발견하는 능력의 위대성이 아니라 불을 피울 줄 아는 연결의 능력이다.

그런데 아이들의 연결 능력은 일시적인 현상에 머물지 않는다. 다리를 저는 사람의 목발이 어른의 눈엔 다소 불편하게 보이지만 아이들에겐 신기한 것으로 다가온다. 그래서 아이들은 그런 목발을 직접 한 번 만져보곤 한다. 하지만 어른들은 그런 아이들을 제지하거나 나무란다. 그것은 상대방의 불편함을 먼저 생각한 어른들의 조치다. 그러나 아이들의 행위는 불편함보다 목발에 대한 호기심이 먼저다. 이렇듯, 아이들의 연결 능력은 제한되지 않는다. 그것은 멘델레프의 주기율표처럼 규칙은 있으나 폐쇄되어 있지 않다. 끝이 열린 멘델레프의 주기율표의 특징은 아직은 발견된 원소가 없지만 앞으로 만약 찾는다면 그것이 어떤 자리에 놓일 수 있는지를 '열어두고, 비워둔' 것이다. 이주홍어린이문학관은 이곳을 방문한 아이들이 여기서 보고 듣고 느낀 문학적 접촉을 우리가 예측할 수 없는 형태로 창조하는 것에서 성과의 유무를 따져야 한다.

이를 위해 이주홍어린이문학관의 초입에서부터 본관까지의 길을 창의력을 촉발하는 길로 만드는 방안도 있다. 이것은 주변 공간을 새롭게 연결하는 방법 중 하나다. 바닥이든 길섶이든 놀기 좋아하는 아이들이 작은 것 하나에도 생각이 바뀌고 기이한 형태 하나에도 상상력이 발동하도록 어린이문학과 관련된 이미지나 상징물을 설치하는 것도 좋을 듯하다.

경기도 성남 율동공원에 있는 책 테마 파크Book Theme Park의 예는 좋은 본보기다. 이곳은 책을 주제로 한 테마 공간으로 1,800평 규모의 대지에 걸쳐 조성되어 있다. 특히, 주목되는 부분은 바람, 시간, 공간, 하늘, 한글, 천자문, 하늘, 물이라는 서로 다른 9개의 테마를 책의 메타포로 활용한 점이다. 각각의 테마가 연결되는 곳마다 사려 깊은 건축적 장치와 문학적 만남을 시도함으로써 관람객의 감동을 불러낸다. 관람객은 책 카페에 위치한 실내 공간으로 들어가기 전에 이미 동선대로 움직이다 보면 자연스럽게 책과 만나고, 책과 책의 이미지들로 인해 책에 대한 편견과 고정 관념을 떨치고, 전혀 다른 의미의 책까지 상상하게 된다. 책 모양의 연못을 만들어 놓고 그 위에 비친 하늘이 또 다른 형태의 책이 되는, 물의 책의 경우는 조금은 억지스럽지만 함께 간 어른과 아이에게 공감의 시간을 끌어내기에 충분하다. 또한, 책 카페 입구에 세워진 책 카페의 벽면엔 목판 형태로 각인된 한글 조형 벽이 있고, 그 위엔 책을 읽고 있는 동상도 아찔하게 놓여 있으며, 벽면의 진갈색과 램프 벽면의 흰색이 이색적인 대조를 이루고 있어서 관람객의 시선을 빼앗는다. 아이나 어른이나 가장 흥미롭게 여기는 부분은 책 카페 주변으로 '시간의 책'이라는 램프다. 이 램프를 따라 건물 주위를 뱅뱅 돌아서 올라가다 보면 벽마다 수많은 형태의 부조들을 만나게 된다. 바로 여기엔 처음 문자가 발명되던 시대부터 비트시대인 아톰에 이르기까지의 과정이 장구한 책으로 펼쳐져 있는데, 이 램프 길을 통해 아이들은 왜 책을 읽어야 하는지를 군이 설명하지 않아도 책을 가까이 대할 수 있도록 유도하고 있다. 책 카페는 바로 그 끝에 위치해 있다.

이주홍어린이문학관도 이런 책 테마 파크의 사례를 본보기로 삼아 주변 공간을 보다 독창적인 활용하는 방법을 모색할 필요가 있다. 그 하나는 걸어서는 10분, 자동차로 2~3분 거리에 있는 영상테마파크와의 창의적인 연결이다. 영상테마파크는 많은 장점을 가졌지만, 그 자체로 새로운 이야기를 만들어낼 수 없다. 이미 다른 곳에서 만들어진 스토리를 잠시 잠깐 빌려서 구현한 후 영상을 통해 그 원형을 우리에게 보여줄 뿐이다. 영상테마파크는 사람들의 눈 맞은 잠시 빼앗겠지만 그 자체로 생성된 고유한 이야기를 갖지 못한다. 누군가가 나서서 새로운 이야기를 만들어줘야 한다. 영상은 그렇게 만들어진 것을 재현할 뿐이다. 비유컨대, 세상을 놀라게 한 <해리포터 이야기>나 <반지의 제왕> 같은 영화는 문학관에서 만들어진 후 영상테마파크에서 촬영한 것이다.

이주홍어린이문학관은 어린이문학을 통해 새로운 이야기를 만들어낼 수 있다는 자신감을 아이들에게 보여줘야 한다. 생판 없는 이야기를 만든다는 것도 그렇지만 있었던 이야기를 전혀 새로운 각도로 재창조할 수 있고, 심지어 전혀 엉뚱하게 둔갑시킬 수도 있다는 가능성을 갖는 문학관이어야 한다. 널리 알려졌다시피, 3D 영상분야의 세계적인 영화감독 제임스 캐머런이 만든 <아바타(Avata)>만 하더라도 그 이야기는 다른 곳에서 가져온, 다시 말해 다른 것들을 연결한 이야기지 않은가. 영화 <아바타>는 일본의 미야자키 하야오의 <천공의 성 라퓨타>와 <바람의 계곡 나우시카>, 조나던 스위프트의 <걸리버여행기>에 나오는 이야기를 새롭게 연결시켰다. 영화 자체로 연결한 것이 아니라 문학에서 뽑아낸 이야기를 서로 엮어 짰다. 합천은 이주홍어린이문학관과 영상테마파크를 단순한 문화행정적으로 연결하는 데 만족하지 말고, 이주홍어린이문학관에서 장차 영상테마파크에서 촬영될 수 있을 만큼의 이야기를 내놓는, 어린이문학창작대회 등도 과감히 개최해 봐야 한다. 그 효과는 합천의 지역적 경계를 넘어 전국 단위로 확대될 것이며, 이주홍 어린이문학관은 전국적 관심과 함께 어린이문학과 영상문화와의 새로운 연결 고리를 찾는 자리가 될 것이다.

그러나 가장 고질적인 문제가 있다. 합천과 주변 지역을 잇는 교통 문제이다. 합천은 지리적 여건상 경남의 다른 지역과 자동차로 1~2시간 가량 떨어져 있다. 때문에 다른 지역 아이들이 이주홍어린이문학관을 애써 찾는다 하더라도 오고 가는 데만 해도 한 나절이 걸린다. 합천지역만의 이용공간으로 그치지 않고 멀리까지 이를 확장하려면, 지역과 지역을 잇는 교통문제를 포함해 다각적인 연계 프로그램 개발이 절실하다. 유치원, 학원, 학교를 연결하는 것은 물론이고 주 5일제 수업과 연계된 주말 프로그램을 찾아야 한다. 각 지역 문화센터와의 공동 프로그램을 추진하는 것도 그 한 방법이고, 전국지역 어린이문학 교류 창작대회, 부모와 함께 하는 어린이문학포럼 개최, 전국 단위 어린이문학 창작대회, 한국교원단체 주관 어린이문학 담당 교사 교육 프로그램 개발 포럼, 지역문학인들의 만남 등 다양한 연계 프로그램도 활용해 볼 수 있다. 이를 통해 심리적 거리를 줄여야 합천과 다른 지역 간의 지리적 거리도 단축될 것이다. 주 5일제 수업의 주말 프로그램에 다른 지역 어린이의 동참을 유도할 때, 무엇보다 부모들이 오지 않는데 어떻게 어린이가 혼자서 이주홍어린이문학관을 올 수 있겠는가! 부모들이 마음 놓고 맡길 수 있는 정기적인 교통수단 없이는 불가능하다.

이를 위해 합천의 차량지원 등도 대승적 차원에서 마련할 필요가 있다. 이를 단지 예산 낭비라고 보면 딱히 할 말은 없지만, 합천이 바로 이곳을 문화유산을 보존하는 탐방코스의 하나로 개발하고, 이를 통해 합천의 역사와 문화적 위상을 높이려는 의지를 천명한 만큼 그에 따른 탈지역적 연계 프로그램 운영은 필수적일 것이다. 우선은 합천 자체만이라도 지역주민센터를 순회하며 아이들에게 교통 편의를 제공해 보는 것이다. 그런 후 인근 지역으로 하루 1~2회 정도 '이주홍어린이문학관행 셔틀버스'를 무료로 운행하는 방안을 도입하면 어떤가? 이런 과정에서 이주홍어린이문학관의 활발한 연계 프로그램 운영 이야기가 인근 지역으로 확대되면, 경상남도에 상신하는 합천의 문화예산 확보는 훨씬 수월할 것이다. 지역의 균형 발전이란 명분도 찾을 것이다. 지자체의 감동적인 시도 없이 지역의 균형 발전만 부르짖는 한계도 깰 것이다.

주변 공간을 활용하고 연결하는 연계 프로그램은 실로 다양하다. 어린이문학관은 일반문학관에 곧장 대비되는 의미는 아닐 것이다. 이를 감안하면, 다양한 연결법이 있을 듯하다. 어린이문학관은 우리가 갇혀 있다는 생각과 사고의 건강성을 촉발하고 닫힌 세계관에 대한 근원적 사유를 하도록 자극한다. 그리고 그것과의 과감한 결별을 선언하게 하는 자리일 수 있다. 이를 위해 어린이문학관은 일반문학관에 대한 콤플렉스가 없어야 한다. 이는 다른 것과 대비하여 어린이문학관의 위상이 저열하다는 차원의 환상을 떨치지 않는 한 결코 새로운 창조적 공간으로 거듭 날 수 없다는 얘기와 같다. 이런 맥락에서 아이들의 호기심과 책과의 연결 방법이 있다. 그것은 아이들의 창조적 상상력을 자극하는 인형극이나 공연극장을 함께 운영하는 것이다. 문학관 실내에다 캐릭터박물관을 두는 것도 추천할 만하다. 우리의 전통꼭두각시놀이를 상시적으로 열거나 어린이극단의 정례 공연도 유치하는 방안도 있다.

캐릭터박물관은 소규모 예산으로도 우리나라뿐 아니라 아시아 여러 나라의 모형을 충분히 수집할 수 있는 장점이 있고, 이를 통해 아이들의 상상력도 다각도로 끌어낼 수 있다. 이는 이주홍어린이문학관의 글로컬화(Global+Local)에도 크게 기여할 듯하다. 또한, 캐릭터박물관의 독창성은 아이들이 즐기는 각종 인터넷 게임 속의 캐릭터들로도 확대시킬 수 있고, 이를 계기로 인터넷과 디지털문화에 물든 아이들에게 아날로 그와 디지털의 새로운 만남을 갖게 할 수 있다.

　연계 프로그램 중 다른 하나는 '찾아가는' 이주홍어린이문학관의 운영이다. 지금의 장소에 갇혀 있지 않고 문학관을 다른 지역의 문화행사와 연대해서 기획 프로그램을 가동하는 방안이다. 여기에 사회문화적 발전 추세가 반영된 재미난 프로그램을 탑재하면 더욱 흥미로울 것이다. 이를테면 어린이 책과 영상문화, 탈脫 경계적 삶과 아이들의 세계, 디지털문화와 아날로그문화의 친구 맺기, 아이들이 꿈꾸는 책과 이야기 세상 등의 프로그램이 있고, 곧잘 행해지고 있는 글짓기 대회나 어린이문학 작가초청 강연, 어린이문학 낭송대회, 어린이가 본 어른들의 세상 이야기 등도 생각해 볼 수 있다. 이런 창의적인 프로그램을 '놀토'를 맞이한 학교의 토요교육프로그램의 하나로 이주홍어린이문학관이 주축이 되어 획기적으로 제시한다면, 교육과학기술부의 고민도 덜고, 이주홍어린이문학관의 기능과 역할도 확대할 수 있다. 그 외에도 다양한 연계 프로그램들이 여럿 있을 텐데, 구체적인 계획과 실행 방법에 대해서는 앞서 제안한 기획위원회에서 심도 있게 논의하면 될 듯하다.

　하지만 이 모두는 시간만 있다고 해결될 문제가 아니다. 집중적인 예산 투자와 지속적인 관심, 끊임없는 노력과 열린 마인드가 반드시 필요하다. 불교문화가 깊게 드리운 합천지역은 다른 지역과 달리 부처님의 '자비심'에 대한 이해도 남다른 고장이다. 그 자비심은 위에서 아래로 일방적으로 내려지는 관용과는 성격이 다르다. 오히려 그 자비심은 지금의 성인들보다 앞으로 자라나는 세대가 더욱 더 소중하고 더욱 더 존귀한 존재라는 것을 인식하는 데서 비롯되는 관용이다. 합천지역은 시혜자 스스로 자신을 낮추는 배려의 문화가 지배적인 곳이다. 그런 까닭에 이주홍어린이문학관의 혁신적인 발전을 성찰함에 있어서도 남다른 배려의 문화를 중시할 것이라 믿는다. 이런 배려의 문화가 실천적 행동 지침에 투영되어 하나와 다른 하나를 창조적으로 연계시킴으로써 이주홍

어린이문학관을 우리나라 최초의 어린이문학관으로 발전적으로 자리
매김할 것이라 기대한다.

5. 맺음말

합천은 우리나라 최초로 어린이문학관을 공들여 세웠다. 그러나 문학
관을 지었다는 사실만으로 문학관의 진가는 확보될 수 없다. 어쩌면 이
곳을 다녀간 아이들이 전혀 기대하지 않는 곳에서 아이들이 발견한 창
의력을 다양하게 발휘할 때, 문학관의 진가도 드러날 것이다. 아이들이
자주 찾고, 마음껏 뛰어 놀고, 신나게 배우면서 발랄한 상상력을 촉발시
키는 문학관이 될수록 이주홍어린이문학관의 진가는 더욱 완성될 수 있
을 것이다.

이러한 목표와 목적을 위해 무엇보다 먼저 문학관이 갖추어야 할 가
장 기본적인 것부터 구비해야 한다. 어린이문학과 관련된 우리나라 초
창기 문학 자료부터 철저히 수집하고, 시대별 작품과 작가 소개, 주요 작
품들에 대한 창작 배경 등이 담긴 문건들도 체계적으로 확보해야 한다.
나아가 중장기 계획을 마련해 한국과 세계의 어린이문학 관련 자료들도
연차적으로 구입한 후 집대성된 어린이문학 자료를 정례적으로 공개해
야 한다. 그럴 때 국내 유일의 어린이문학관으로서의 가치를 인정받을
것이고, 한번 다녀간 방문객들도 합천에서 만난 세계 어린이문학의 역
사와 문학적 향기를 잊지 않을 것이다. 아이들의 꿈은 충분히 커야만 그
모습을 시야에서 놓치지 않는다고 한 『행복한 왕자』의 작가 오스카 와
일드의 말은 단지 아이들에게만 했던 말이 아니다. 이주홍어린이문학관
을 체계적으로 운영하고 미래지향적으로 관리하는 데도 중요한 시사점

을 던지는 말이다.

모든 인간은 각자 쌓은 체험의 총체이다. 작가는 자신이 겪은 체험들을 글로 옮기는 존재이다. 작가들의 숨결이 투영된 이주홍어린이문학관을 아이들이 찾아와 발견할 동심의 세계는 그 자체로 제한되지 않는다. 아이들이 자기 삶의 다른 부분으로 넓힐 수 있도록 합천은 도와야 한다. 이곳이 사람 냄새가 나는 문학관이어야 하는 이유는 여기에 있다. 여기엔 문화행정가, 문학전공자, 지역인사, 불교계 및 교육계 인사 등을 주축으로 한 기획위원회의 설립과 운영이 절실히 요구된다. 이런 기획위원회에는 합천이란 지역적 경계를 뛰어넘어 어린이문학에 깊은 관심을 지닌 다른 지역 분들도 과감히 수용해야 한다. 다양한 전문가들로 구성된 기획위원들이 모여 정례적으로 회의를 가져야 하고, 회의 결과에 따른 기획전을 개최함으로써 고품격 어린이문학관으로서의 기능을 충실히 수행해야 한다. 여기엔 합천군의 적극적인 관심과 실질적인 예산 투자가 수반될 수밖에 없다. 단, 과감한 예산 지원을 하더라도 합천은 기획위원회의 결정에 대해 일체의 간섭을 하지 않는 열린 마인드가 있어야 한다. 지원은 하되 간섭은 하지 않는, 합천의 선진국형 문화행정 마인드는 궁극적으로 합천이 바라는 지역문화의 위상을 세계적 수준으로 격상시킬 것이다. '가장 지역적인 것이 가장 세계적인 것'이라는 말에 부합하는 우리나라 최초의 어린이문학관은 이런 연장선상에서 탄생할 것이다.

이런 열린 의식과 철저한 관심, 체계적인 기획과 끊임없는 노력, 과감한 투자와 겸손한 책임감이 없다면, 이주홍어린이문학관은 지금의 개점휴업 상태는 물론 역사적 흉물로 변하는 것은 자명한 일일 것이다. 이런 뼈아픈 지적과 충고는 문학관의 운영을 일부러 복잡하게 만들거나 앞으로의 발전 방향을 어렵게 하려는 게 아니다. 이미 이런 시행착오를 우리나라 곳곳의 문학관들이 잘 보여 주고 있기 때문이다.

이주홍어린이문학관은 어디로 나아갈 것인가? 그 결정은 합천의 용기와 지혜 속에 있다. 기획력도 부족하고, 차별성도 없고, 독창성이라곤 전혀 찾아볼 수도 없는, 기존의 다른 문학관들처럼 이곳을 폐쇄된 형태로 둘 순 없다. 합천 역시 이런 초보적인 수준의 운영과 관리를 현재 상태로 두는 것을 원치 않을 것이다. 우리나라 최초의 어린이문학관이란 이름을 표방한 이상, 합천은 참신한 기획과 과감한 투자, 재미있는 실험을 복된 짐으로 알고 실천할 의무가 있다.

감동적인 실천은 합천 자체만의 노력으론 부족하다. 하나의 관점에서 포착되지도 않는다. 끊임없이 노력하고 노력해도 이룰 수 없는 이상적인 목표일 수 있다. 중요한 것은 합천이 문학관을 소유했다는 확신보다도 그 완성을 위해 쉼 없는 노력하는 자세다. 지자체의 부족분은 경상남도는 물론 전국 차원의 협력을 요구해야 한다. 교육과학기술부와 문화관광부 차원의 지원도 이끌어내야 한다. 다음 세대를 위한 합천의 수고로운 고민이지만 유쾌한 일일 것이다. 이런 진정성과 즐거운 노력이 없는 한, 이주홍어린이문학관은 또 하나의 잘 지어진 불행, 잘 건립된 흉가가 될 것이다. 합천의 통 큰 문화행정력, 획기적인 사고 전환, 과감한 추진력과 현명한 지혜가 기대된다.

이제, 합천은 신중한 프로메테우스의 지혜와 덜렁이 에피메테우스의 용기로 일을 저질러야 한다. 아이들도 지켜볼 것이다. 이 일이 자기들을 위해 저지르는 합천의 어른들의 용기와 지혜의 실천이란 걸 '제대로' 알면 아이들도 자신들의 이름을 도둑맞은 문학관으로는 안 볼 것이다. 알면 알수록 산지사방에서 달려올 것이고, 느끼면 느낄수록 더욱 존경할 것이다. 그리고 사랑할 것이다. 이곳 이주홍어린이문학관과 합천을…! 이주홍어린이문학관은 아이들의 가슴에 진정으로 죽을 때 영원히 살아 있는 문학관이 된다. 부디, 이곳이 기대하지 않은 곳에서 등장할 아이들의 놀라운 창의력을 위해 소신공양하는 문학관이길 기대하면서, 이주홍 선생의 동시 「귓속말」을 탐독하는 것으로 일천한 논의를 접겠다.

그거야 그거야
알았지?
이 이야긴
꼭 너혼자서만
알고 있어야해 응?
간밤의 꿈에
내가 떡장수 할머니가
됐다던 일
이 이야긴
꼭 너 혼자서만
알고 있어야해 응?

—이주홍, 「귓속말」 전문

합천 지역 설화의
스토리텔링 방안과 그 실제

정 태 규* 외 4인

1. 들어가며

1) 연구의 목적

지역의 문화유산은 그 지역에 터 잡아 대대로 살아온 지역민의 과거로부터 집적된 역사적, 예술적, 학술적 가치가 높은 문화적 소산물이다. 지역의 문화유산은 지역의 고유성을 보여 주기도 하지만 모든 문화권에 걸쳐 발견되는 보편적 이미지와 주제를 드러내기도 한다.

지역의 문화유산을 활용한 다양한 콘텐츠가 보편적인 관심을 받고 있는 것은 그것이 고유성과 보편성을 동시에 가지고 있기 때문일 것이다. 지역 문화유산을 활용한 문화산업은 지역의 문화 경쟁력 강화에 중요한 역할을 하므로 지역문화유산의 보존과 활용의 필요성이 크게 부각되고

---

* 소설가.

있는 실정이다.

지역문화는 지역의 문화적 개성에 의해 만들어진 토박이들의 공동체 문화이다. 따라서 지역문화는 다른 지역과는 구별된 특별한 개성을 연출하게 된다. 지역문화산업을 개발하는 데 있어 이를 효과적으로 활용하면 지속가능하면서 개성 있는 문화콘텐츠로 발전시킬 수 있는 것도 이 때문이다.

지역의 개성을 가장 명확하게 드러내는 문화는 '전통문화'이며, 그 중 문화콘텐츠산업으로 연계시키는 데 적합한 것은 전통문화의 소산물인 '문화유산'이다.

합천지역은 일찍이 문화산업의 중요성을 인식하여 영상테마파크를 조성하고 영화 촬영 유치 등 문화콘텐츠 개발에 대한 의지가 매우 높았다. 그로 인해 지역사회의 경제적, 문화적 파급효과를 일정하게 발휘하고 있기도 하다.

그러나 합천지역의 문화콘텐츠 개발의 방향은 주로 외관이 화려하고 대외 인지도가 높은 특정 문화유산의 브랜드 이미지 구축, 그리고 문화유산의 문화재 지정 및 보존에만 관심을 가졌을 뿐, 문화콘텐츠의 총체적 활용방안은 부족해 보인다.

최신 트렌드에만 국한되거나 거대한 문화유산에만 치중해 개발되는 지역콘텐츠는 문화적 개성이 없어 지역성을 확보할 수 없다. 알려지지 않은 그 지역 민초들의 아날로그적 감수성이 오롯이 녹아있는 작은 문화유산을 콘텐츠화 하려는 노력이 필요하다. 합천의 설화문학을 모티브로 스토리텔링 작업을 시도하려는 이유가 여기에 있다.

지역의 문화유산을 문화콘텐츠산업으로 연계시키기 위해서는 개별 문화유산에서 문화적 · 경제적 가치가 있는 요소를 추출하는 일이다. 이 작업은 일정한 기준안을 바탕으로 이루어져야 하는데 그것이 '스토리텔링Storytelling'이다. 이에 본고는 합천 지역 설화의 현황분석을 통해, 그것을 스토리텔링화 함으로써 이 지역 설화의 가치를 재인식하고, 다른 여러 다양한 문화콘텐츠로 연계될 수 있는 가능성을 제시하고자 한다.

2) 스토리텔링의 정의, 중요성

스토리텔링은 말 그대로 스토리story와 텔링telling의 합성어이며, 이것을 우리말로 옮긴다면 '이야기하기' 및 '이야기 꾸미기'가 된다. 즉, 하나의 의미 있는 지식을 재미있고 흥미진진한 이야기로 꾸며서 그 속에 담긴 정보와 의미를 전달하는 방법으로 현재 교육, 문화, 산업, 마케팅 분야에서 다양하게 활용되고 있는 실정이다.

그런데 보다 중요한 것은 바로 'ing'의 의미이다. 스토리텔링은 현재진행형의 의미를 강하게 내포하고 있으며 과거 문화유산의 현재적 재현이나 승화, 현재적 의미화를 포함하는 방법적 다양성을 함축하고 있다. 그런 의미에서 스토리텔링은 다양한 방식으로 이야기를 서술할 수 있는 ─개방성을 지니고 있다고 볼 수 있다.

또한 스토리텔링은 감성적이면서도 상호작용적인 특징을 지니고 있다. 정보 전달로서의 기능만이 아닌 상대방에게 감동을 줄 수 있는 콘텐츠로서의 새로운 가능성을 열어 주고 있어서 그 중요성은 더욱 강조되고 있다.

역사문화를 활용한 지역의 스토리텔링이 문화콘텐츠 산업의 선두주자 역할을 톡톡히 해낼 수 있다는 것이다. 한 지역의 역사문화가 옛 이야기로만 존재하는 것이 아니라 지금 이곳에서 있는 '나'라는 존재와의 소통을 가능하게 만들고 그 안에 담긴 진정성을 전달하는 것이 스토리텔링 창작의 중요한 의미이다.

2. 합천 지역 설화 문학의 현황

합천의 설화문학을 정리한 저서는 합천 문화원에서 심혈을 기울여 편찬한 '합천의 구비문학(2012.2.28)'이 대표적이다. 이 저서에는 합천 지역 17개 읍면에 분포하고 있는 신화, 전설, 민담, 지명연기설화, 민요, 구전가사 등을 총망라하고 있는데 그 방대함이야말로 타의 추종을 불허할 정도이다.

이 저서에 의하면 합천 지역에는 전설이 약 462편, 민담이 157편, 민요가 238편이 전해지고 있다. 실로 어마어마한 양이다. 더불어 신화 한 편, 구전가사 5편이 전해지고 있으니 그 다양성 또한 어느 지역 못지않다.

여기에 수록된 자료 가운데 합천지역의 지역성을 잘 드러내면서 스토리텔링 대상으로서 주목되는 자료의 유형은 신화를 제외한 '전설'과 '민담'이다. 일반적으로 신화는 마을사람들에게 익숙한 이야기가 아닌 탓에 공동체 전승이 잘 되지 않으며, 정통성이 강한 일부 무당에 의해 무가로 전승되게 마련이다. 그러나 전설은 마을과 고을이라는 지역 공동체를 중심으로 전승되며, 민담은 전승범위가 지역은 물론 전국적 범위에서 더 나아가 세계적인 전승력을 가지고 있다.

'전설'은 현실세계에 구체적인 증거물을 둔 역사적 사실 기반의 허구적 이야기이며 역사 인물과 연관되기도 하고 특정 장소, 특정한 유적지나 유물과 연관되기도 한다. 합천 지역에서도 그런 사실적 기반을 바탕으로 다양한 전설이 기록과 구전을 통해 폭 넓게 전승되고 있다. 왕에서부터 관료, 정치가, 장군, 학자, 민중영웅, 예술가에 이르기까지 수많은 역사인물들과 밀접한 관련이 있다.

합천의 '민담'은 한국 민담의 원형적인 모습을 그대로 잘 드러내고 있다. 지리적, 문화적 조건을 인지하며 살아가는 합천 '토박이'들이 인생의 희노애락을 경험하면서 다양한 민담을 전승시켜 나갔기 때문이라고 할 수 있다.

합천의 민담은 현대사회에 와서 대중매체의 발달로 인해 기능을 상실하였지만, 아직도 지역민의 기억 속에 상당부분 저장되어 있다. 그에 대한 증거가 합천의 전설과 민담의 '유형적 다양성'과 '양적 방대함'을 확인할 수 있는 설화 자료의 목록이다.

3. 합천 지역 설화의 스토리텔링의 실제

1) 설화 스토리텔링의 조건

스토리텔링은 문화원형(설화 등의 문화유산 포함)을 기존의 소설적 형식을 비롯하여 영화, 캐릭터, 애니메이션, 연극, 음악, 미술, 교육사업 등 매우 다양한 문화콘텐츠로의 변용을 가하는 작업이다. 본고에서는 설화를 소설적 형식으로 스토리텔링하는 데 주목하였다. 소설적 형식은 가장 친근하며 또한 다른 콘텐츠로의 변용을 선도하고 다양한 의미화의 원동력이 될 수 있기 때문이다.

문화원형은 시간 및 공간을 달리 하는 다른 다양한 범주를 가지며 각기 보편성과 특수성을 갖고 있다. 스토리텔링은 그러한 문화원형의 다양성, 보편성, 특수성을 바탕으로 기존 원형의 보호, 보존, 계승의 차원을 넘어 콘텐츠로서의 창조적 발전과 변화 그리고 문화적 가치의 재해석으로서의 승화를 요구한다.

말미에 실은 작품들은 다섯 소설가가 합천의 설화를 모티브로 하여 소설적 형식을 빌어 스토리텔링한 것이다. 각 작품들에서 문화원형인

설화가 어떤 방식으로 현재적 의미로 재해석되고 있는지, 다양한 콘텐츠로서의 가능성은 무엇인지 살펴보고자 한다.

2) 설화 스토리텔링의 실제

(1) 나여경[1] 작가의 경우

가. 배경 설화 : 황계 막소의 상사풀이 굿과 황계폭포

합천읍에서 용주 소재지인 용마리를 거쳐 평산, 장전을 지나면 황계가 나온다. 옛 선비들은 황계폭포를 금방이라도 무너져 내릴 듯한 절벽, 날아 떨어지는 폭포수의 장관과 주위 경관의 수려함 등 뛰어난 위용을 보고 중국의 유명한 노산폭포에 비유하였다.

합천팔경 중의 하나인 황계폭포 위에 택계라는 동네가 있는데 이곳에서 폭포 골짜기를 따라 십리쯤 올라가면 막소폭포가 나오고 그 아래 '막쏘'라고 불리는 깊이를 알 수 없는 거대한 가마솥 같은 소沼가 자리하고 있다. 이 막소는 거대한 용이 살고 있다하여 옛날부터 상사相思풀이 굿과 기우제터로 이름난 곳이다.

지금으로부터 약 70여 년 전 의령군 어느 마을에 재색을 겸비한 부잣집 외동딸이 있었는데 그 이웃에 살던 노총각이 이 아가씨에게 반해 상사병을 앓다 죽고 말았다.

그 뒤 한이 맺힌 노총각의 넋이 큰 뱀으로 변해 밤이면 나타나 이 아가씨의 몸을 칭칭 감고 한시도 떨어질 줄 몰랐다. 뿐만 아니라 이 뱀은 눈물로 지새우는 아가씨의 눈물만 받아먹고 살았기 때문에 그녀는 점점 말라갔다고 한다.

---

1) 경인일보 신춘문예 등단. 소설집 『불온한 식탁』, 제11회 부산작가상.

아가씨의 부모가 수소문한 끝에 만난 유명한 점쟁이가 황계폭포 위 ‘막소’에서 상사풀이 굿을 하고 나면 이 뱀이 물러갈 것이라고 했다. 굿을 하기로 정한 당일, 소문을 듣고 굿을 구경하기 위해 아침부터 합천군 내 사람들이 구름처럼 몰려들었다고 한다. 결국 이 아가씨의 혼삿길이 막힐까 걱정한 부모가 굿을 취소해 버렸다고 한다.

나. 집필 취지

설화는 예부터 전해 내려오는 이야기로 그 종류에는 신화, 전설, 민담이 있다. 신화가 새 왕조의 건립에 대한 정당성을 확보하기 위해 만들어진 이야기라고 한다면 전설과 민담은 일반 민중들 사이에서 구전되어 온 것인데 증거물 없이 흥미위주로 만들어진 민담에 비해 합천의 설화는 대부분 증거물이 있는 전설이라고 볼 수 있다.

그런데 기록된 전설의 내용 대부분이 부정적이다. 특정 공간이나 장소의 사물, 지명, 인물을 이용해 기록된 이야기가 대체로 사람들이 천편일률적으로 만들어 놓은 금기와 터부시 되는 것을 지키지 않아서 벌을 받는 내용이다. 이는 금기와 터부에 대한 맹신과 유교적 사고(명당 터에 대한 욕심, 남아선호 사상)에서 비롯된 이야기의 구성이라고 볼 수 있다.

필자가 집필하고자 하는 내용 역시 기우제와 상사풀이 굿터로 유명한 황계 막소에 얽힌 이루지 못한 비극적인 사랑에 관한 전설이다. 이에 필자는 막소폭포와 함께 유명한 황계폭포를 연계하여 비극적이고 부정적인 전설을 현대물로 재구성하면서 흥겨운 상황으로 바꾸어 그렸다.

금기시 되는 일에 대한 응분의 대가로 나타나는 결과물이 아니라 그 상황을 극복하고 일어서는 희망의 메시지를 주려는 의도에서 집필했음을 밝힌다. 앞으로는 천혜의 절경을 자랑하는 아름다운 명소에 어울리는, 비극적인 전설이 아닌 희망의 새로운 전설들이 새겨지길 바란다.

가연(아름다운 인연)

-나여경-

"어머낫!"

앞서 걷던 이들이 지희의 외마디 비명에 놀라 뒤를 돌아본다.

택계교에서부터 시작된 조붓한 오솔길 옆 옹기종기 핀 들꽃과 막 물들기 시작하는 신록에 취해 걷던 지희가 튀어나온 돌부리를 미처 보지 못해 발을 헛디딘 모양이다. 놀라 달려온 이들이 부축하는데 한 쪽 발을 절뚝거리며 몸을 일으킨 지희의 미간이 찡그려진다.

"에효, 이거 원 이래서 내가 한시도 눈을 못 뗀다니까. 또 내 생각하다 넘어졌지?" 그 와중에 넉살 좋은 성찬이 농담을 던지고 그 소리에 모두들 킥킥댄다.

눈을 흘기던 지희가 곁에 떨어진 꽹과리를 집어 들고 한 쪽 발을 절뚝거리며 일어나는데 성찬이

"자, 업혀!"

하며 등을 내밀자 모두들 박수를 치면서 빨리 업히라고 성화다. 오래 전부터 지희를 마음에 두고 있는 성찬의 내심을 눈치 챈 팀의 배려다. 그러거나 말거나 지희는 성찬의 등을 밀치고 절뚝거리며 휑하니 앞서 걷는다.

무색함을 무마시키려는 듯 자신의 꽹과리와 바꿔 메고 있던 지희의 장구를 양손으로 두두두둥 두드리며 성찬이 앞으로 전진을 외친다.

아름다운 인연이라는 뜻의 의약품회사 사물놀이 동아리인 '가연'과

총무부 몇 명이 황계폭포로 나들이를 나선 것은 순전히 합천 출신인 팀의 리더 성찬의 뜻에 따른 것이었다.

회사창립기념일 공연을 앞두고 연습에 지쳐있던 차에 성찬의 제안을 듣고 모두들 흔쾌히 찬성했다. 폭포 초입부터 조붓하게 펼쳐진 오솔길로 들어서던 이들이 나오길 잘했다며 한마디씩 했다. 눈이 시원하게 펼쳐진 연둣빛 신록과 지하 연습장과는 확연하게 다른 신선한 공기에 모두들 기분이 좋아 보였다.

'자연정(紫煙亭)'이라고 쓰인 현판의 정자에 앉아 있던 지희가 쉬어가요, 하며 손짓한다.

정자 주위로 울긋불긋 피었던 봄꽃이 물러간 자리에 초록 물든 신록이 앞 다퉈 제자리를 잡으려는 듯 허공에 드리워진 나무줄기를 가리며 여기저기 얼굴을 내밀고 있다.

"아, 이런 좋은 곳이 있었네요. 정말 나오길 잘했어요. 머리가 다 맑아지는 거 같아요." 사물놀이의 북을 맡고 있는 상원과 사내 커플로 결혼한 지 얼마 되지 않은 선영의 말에 모두들 고개를 끄덕인다.

지희 옆으로 자리를 잡고 앉던 성찬이

"흐흐흐 이건 시작에 불과해, 곧 보게 될 황계폭포는 우리나라에서 뛰어난 세 개의 폭포 중 장엄하기는 박연폭포만 못하고 맑기는 조계폭포만 못하고 기이하기는 한계폭포만 못해서 이 세 폭포 다음 정도라고 말들을 하지."

누가 합천 출신 아니랄까봐 엄청 자랑하네, 누군가 던진 한마디에 껄껄 웃던 성찬이 자랑 할 만하니까 하는 거지, 하며 지희를 힐끔 쳐다보더니 빙긋 웃고 나서 말을 잇는다.

"어떤 여자를 무진장 짝사랑한 남자가 있었대." 주위의 풍경을 이리저리 둘러보던 이들이 짝사랑이라는 말에 자못 흥미롭다는 얼굴로 성찬을 바라본다.

"남자는 여자를 너무 짝사랑한 나머지 죽고 말았는데 뱀이 되어 여자를 칭칭 감고…" 여기까지 말 한 성찬이 갑자기 지희의 목을 팔로 칭칭 감는 시늉을 하자 꺅하고 지희가 비명을 지르며 자리에서 일어난다. 이를 지켜보던 이들이 또 다시 웃음보를 터뜨린다.

"그 뱀은 여자의 눈물을 받아먹고 살기 때문에 그녀는 빼짝 말라갔다더군."

"푸하하하하 구라가 너무 심한데 응? 뱀의 밥이 여자의 눈물이란 말이야?" 사물놀이패의 징을 담당하는 지협의 한마디에 모두들 따라 웃자

"어허 이 사람들이… 세상일이 이성적으로만 해결되고 이루어지지는 않잖아. 가끔 가다 황당하고 뭐 세상에 이런 일이 같은 일들이 얼마나 많아."

"그래서 그 여자는 결국 어떻게 됐는데? 그 다음 스토리는 점쟁이의 등장이겠군." 지협이 맞받아친다.

"그래 맞아. 이 황계폭포 바로 위쪽 동네가 '탁계'고 그 곳에서 골짜기를 따라 올라가면 막소(莫沼)폭포가 나와…"

"막쏘요?" 지희가 고개를 갸우뚱하며 묻는다.

"음! 거기에 깊이를 알 수 없는 소(沼)가 있는데…"

"소는 또 뭔가요?" 지희가 다시 묻는다.

"폭포 떨어지는 아래 물 고인 웅덩이 있잖아, 가끔 호러 영화나 TV에서 용이 산다면서 나오는 곳." 상원의 설명에 지희가 가만히 고개를 끄덕인다.

"그 소 역시 거대한 용이 살고 있었다고 전해지는 곳이야. 그래서인지 옛날부터 기우제와 상사풀이 굿터로 이름난 곳인데 유명한 점쟁이가 막소 폭포에서 굿을 하면 그 뱀이 떨어져 나간다는 거야. 해서 굿을 하기로 했는데… 그런데 말이지, 뭐 별다른 구경거리 없던 시절이라 상사풀이 굿을 한다고 소문이 나니까, 합천 사람들이 벌떼처럼 몰려들었다더군.

연세 지긋하신 용주 어르신들은 그때 일을 지금도 생생하게 기억하고 계신다고 들었어.”

“햐 그거 재미있긴 했을 것 같은데!” 하는 상원의 말을

“그러니까 사람들이 그렇게 몰려들었겠지.” 하며 선영이 받는다.

상원과 선영에게로 향하던 모두의 눈길이 어서 다음 말을 하라는 듯 성찬에게로 옮겨간다.

“근데 말이야, 앞길이 구만리 같은 딸, 온 동네 소문나서 혼삿길 망칠까봐 결국 그 굿은 불발로 그치고 말았다는군. 이상은 황계폭포 윗동네 막소폭포의 전설이었습니다. 자, 이제 우리의 목적지 황계폭포로 다시 전진!”

성찬의 성화에 모두들 뭔가 아쉽다는 표정으로 자리를 털고 일어나 황계폭포로 향한다.

앞서 걷는 성찬이 “다러매앤듯~~한 주울기 무울” 하며 남명 조식이 황계폭포를 둘러보고 지었다는 시를 구성지게 읊자 뒤따르던 상원이 ‘얼쑤’ 하며 북으로 장단을 넣는다. 판소리에도 일가견이 있는 성찬의 소리에 “역쉬, 우리 미스터 노야.” 하며 지금까지 말없이 후배들 말을 듣기만 하던 경리부 김 부장이 한마디 던진다.

병풍처럼 둘러 선 암벽을 타고 떨어지는 장쾌한 물줄기의 일단 폭포와 그 아래로 이어지는 이단 폭포의 전경이 한눈에 들어오는 위치에 이르자 모두들 붙박인 듯 그 자리에 멈춰 선다. 처음부터 출사를 목적으로 따라나선 김 부장의 카메라 셔터 누르는 손길만이 바쁘다. 합천 8경 중 하나라더니 빈말이 아니네, 라며 지엽이 지잉~하고 징을 울린다. 푸른 기운 머금은 나무와 폭포 주위로 퍼져 나간 징소리의 여운이 한동안 그들 주위를 휘돌며 머문다. 사방으로 펼쳐진 암벽 틈 사이 마치 수를 놓은 듯 돋아난 초록 풀잎 위로 떨어지는 위쪽의 장대한 일직선 물줄기와 다시 아래에서 바위 위로 펼쳐져 흐르는 모양새가 풍만한 엉덩이를 치마

속에 감추고 한들거리며 앞서 걷는 여자와 기골이 장대한 장부가 뒤따르는 모습처럼 느껴진다.

무거운 짐을 들고 한낮의 뜨거운 볕에 땀을 흘리며 걸었던 일행이 반석 위에 각기 가져온 짐을 내려놓은 후 종아리까지 바지를 걷고 여기저기 물에 텀벙텀벙 뛰어든다. 그 사이에 지엽과 상원은 폭포 뒤쪽으로 들어가고 김 부장은 폭포와 이들을 카메라에 담느라 정신이 없다.

"저 폭포 말이야 왜 내 눈엔 꼭 힘 넘치는 남성이 쏟아내는 사정액처럼 보이냐. 폭포 물 떨어진 저 소는 꼭 풍만한 여자의 엉덩이 같고 말이야."

한동안 물놀이에 빠졌던 이들이 반석 위에 모여 앉아 점심식사를 하고 나자 상원이 폭포를 올려다보며 한마디 던진다.

"뭐라고? 으휴 정말!" 하며 선영이 상원을 향해 눈을 흘긴다.

"어, 그러고 보니 저 폭포 물줄기를 받아 세수하면 득남을 한다는 속설이 있는데 그런 형상이 만들어낸 이야긴가?" 성찬의 말.

"그래? 그렇다니까 남자의 사정액 같은 폭포수로 세수를 한다. 득남 맞네. 선영아, 빨리 가서 세수 한 번 하고 와라 응, 어서!" 상원의 말에 모두 배를 쥐고 자지러지게 웃는다. 반석 위를 맴돌던 웃음이 떨어지는 장쾌한 폭포소리에 말려들어간다.

"자, 자, 자 이제 우리의 상사(相思)굿을 펼쳐보세!"

식사 후 흐트러진 자세로 있는 모두를 향해 성찬이 꽹과리로 시선을 모은 후 사물놀이의 연습을 알린다.

"근데 상사굿은 또 뭐야?" 지엽이 성찬을 향해 묻는다.

"그날 막소 폭포에서 못한 상사풀이 굿을 오늘 우리가 하자는 거지. 막소폭포에서 하려던 굿은 여자를 짝사랑하다 죽은 남자의 화신인 뱀을 떨어뜨리기 위한 굿이었지만 오늘 우리가 하는 굿은 사랑하는 사람들을 맺어주기 위한 굿이지. 하하하."

"어허, 이거 무슨 꿍꿍이가 농후한 굿 같은데 응?" 하는 김 부장의 말

을 따라 킥킥거리는 소리와 함께 징과 북이 울리며 맞소, 맞소를 연달아
외친다.

"사람들이 참, 이거 왜 이러세요. 오로지 백옥처럼 깨끗하고 순수한
제 마음을 곡해하시면 안 됩니다. 전 단지 이곳 황계폭포에 사랑하는 이
와 다녀가면 그 인연이 맺어져 잘 살게 된다는 전설을 우리 이 가연 사물
패가 만들어 보자는 거지요. 그리고 그걸 또 실천하고 싶고요."

"호호호호 실천? 누구우라앙?" 선영이 실타래처럼 말을 꼬아 놀리며
지희를 쳐다보고 얼굴이 붉어진 지희는 성찬을 연신 흘겨본다.

그러거나 말거나 성찬은 꽹과리를 울리며 본격적인 연습에 들어가기
위한 진을 친다.

깽깽 지깽지깽하며 시작된 꽹과리의 청명한 음이 폭포 소리에 젖어들
듯 잔잔하게 울려 퍼지다가 어느 순간 어허, 하는 구령에 따라 성찬의 어
깨와 몸 신명을 타고 먼 숲으로 퍼져나간다.

그 소리에 탄력을 더하듯 어느 순간 두둥 하는 성원의 북과 춤을 추듯
올라갔던 지엽의 징채가 지잉 하고 깊은 소리를 울리며 끼어들고 지희
가 장구의 궁글채와 열채를 동시에 두드리며 합류한다.

모두의 어깨와 고개가 소리를 따라 움직이고 어허, 하는 구령이 네 명
의 입에서 동시에 터진다. 그들의 모습을 찍던 김 부장과 선영의 몸이 악
기의 소리를 따라 함께 움직인다.

어야 엇 상사로다 여어잇, 하는 성찬의 소리가 절정의 순간에 끼어들
고 북채와 장구채가 동시에 허공에 오르더니 어잇, 하며 화답한다. 징,
북, 장구, 꽹과리가 하나 되어 끊일 듯 끊일 듯한 음이 쌓아져 터지는 신
명의 장단이 폭포의 장쾌한 물소리와 대결이라도 벌이는 양 높아간다.

바람, 비, 천둥 · 번개, 구름을 상징하는 징, 장구, 꽹과리, 북이 자연의
온갖 소리를 불러내고 귀를 먹먹하게 하는 폭포의 물소리와 섞여 또 하
나의 절경을 만들고 있다.

땀을 흠뻑 흘린 이들의 공연이 마무리 되자 휴일을 맞아 황계폭포로 나들이 나왔던 구경꾼들이 우레와 같은 박수를 친다.

"아, 오늘 야외 공연 대박이었씀다. 속보이는 우리의 상쇠 프러포즈 작전으로 시작 됐지만 결론은 멋진 상사굿이었씀다 음허허허."

연습을 마치고 황계폭포를 내려오는 길, 지엽의 농담에 모두들 껄껄거리며 웃음을 터뜨리는데 앞서 절뚝거리며 걷는 지희를 냉큼 어깨에 둘러 맨 성찬이 바둥거리는 그녀의 엉덩짝을 두세 번 때리더니 모두를 향해 외친다.

"황계폭포에서 이렇게 여자를 어깨에 둘러매면 가연을 맺게 된다는 또 하나의 전설이 있답니다. 하하하하!"

(2) 배길남[2] 작가의 경우

가. 배경 설화 : 박대석과 보은의 호랑이

1969년 가을 잣송이를 수확할 때의 일이다. 숭산에 거주하는 박대석이란 사람이 중봉中峰밑에서 잣송이를 따다가 점심을 먹고서 쉬고 있었다. 그러다 바위 밑을 보니 큰 고양이만한 귀여운 짐승새끼가 있기에 너무 귀여워 새끼 얼굴에 볼을 대고 비비며 놀았다. 그런데 바위 위에서 걸걸거리는 소리(호랑이나 고양이 등이 기분 좋을 때 내는 소리)가 들리기에 주위를 살펴보니 커다란 어미 호랑이가 지그시 내려다보고 있는 것이었다.

이를 본 박씨는 혼비백산하여 잣송이를 따는 도구는 물론 신었던 신발마저 버리고 해인사로 도망갔고 도착하자마자 기절해 버렸다.

그런데 이상한 것은 그날 밤에 지게, 망태, 낫, 신발 등 두고 온 모든

---

2) 부산일보 신춘문예 등단.

물건이 절 맨 앞에 있는 국사단 뜰에 가지런히 놓여 있었다고 한다. 이는
필시 어미 호랑이가 자기 새끼를 귀엽다고 어루만져 준 것에 대한 보은
報恩의 뜻이라고 사람들은 여겼다 한다.

나. 집필 취지

합천을 대표하는 여러 명승고적과 거기에서 유래하는 이야기들은 너
무나도 많다. 그런데 저는 가야산과 그 곳에 있는 해인사에 자꾸만 눈이
갔습니다. 왜일까요? 전국 각지를 통틀어 호랑이와 관련된 이야기가 이
토록 많고 연관이 된 곳도 없으리란 생각이 들어서였습니다. 제가 아주
어릴 적 읽었던 동자승과 호랑이에 대한 이야기가 해인사에서 유래되었
고, 그 호랑이로 인해 호환이 없도록 하겠다는 산신山神의 약속이 다시
해인사 백련암의 제선齊禪스님의 이야기(1942년)로 연결되고, 그런 호
랑이의 이미지가 또 한 번 박대석 씨의 보은이야기(1969년)로 연결되더
군요. 저는 이 세 가지의 설화를 읽고 무릎을 쳤었습니다. 거기에다 호랑
이와 관련한 지명, 호랑이 발자국이나 호랑이 생존 가능성에 대한 뉴스
들도 합천 지역에서 많이 등장하더군요. 스토리텔링이란 말자체가 단
어, 이미지, 소리를 통해 사건, 이야기를 전달하는 의미를 가지고 있습니
다. 이 속에 있는 단어, 이미지, 소리는 특정한 곳의 문화를 대변한다고
본다면 합천의 가야산 주변에서 유래되는 호랑이 이야기들은 눈에 보이
지 않는 무한한 자원이라고 말할 수 있을 것입니다.

저는 세 가지 설화 중 '박대석 씨와 보은한 호랑이'설화를 중심으로 짧
은 소설을 적었습니다. 가야산 입구와 해인사, 가야산 중봉中峰을 무대
로 박대석 씨의 가상의 아들이 호랑이 다큐멘터리를 찍다가 겪는 사건
과 주인공의 자각 등이 주 내용입니다. 호랑이가 가진 친근하고 신비한
이미지를 부각시킨 내용입니다. 그리고 주인공 호평의 마지막 자각은
우리 주변과 고향이 가진 좋은 점을 이어가거나 되살릴 생각은 하지 않

고, 서울 중심의 사고에만 젖어있는 세태에 대한 풍자라고 봐도 좋을 것입니다.

다. 스토리텔링 작품

호랑이 돌아오다
-배길남-

"뭐? 발자국 나온 데가 해인사 근처 중봉(中峰)이라고?"
호평은 휴대폰에 대고 다짜고짜 고함을 쳤다.
"아따, 형님. 귀 찢어지겠습니다. 하여튼 진짜라니까요? 빨리 이리로 와야겠어요."
호평은 통화를 끝내고도 한동안 가야산 쪽을 처다보았다. 하필이면 가야산, 그것도 중봉 근처란 말인가….
"감독님, 뭐해요? 김 기사 전화죠? 후딱 오라고 난리에요."
호평은 채근하는 조감독의 말에 정신을 차리고 얼른 차에 올랐다. 부르릉~! 시동이 걸리고 차는 가야산 입구로 달리기 시작했다. 차창으로 다시 가야산을 향해 시선을 던지던 호평은 두 달 전 김 노인과의 만남을 떠올렸다.

"이 쪽이 다큐멘터리 제작하시는 박호평 감독입니다."
프로덕션을 같이 운영하는 선배의 소개가 끝나기도 전에 김 노인은 호평의 손을 덥석 잡고 놓질 않았었다.
"자네가 돌아가신 대석이 아제 아들이구마! 자네가…."

그는 아버지의 이름을 대며 눈물까지 글썽거렸다.

"내가 자네 부친한테 은혜를 마이 입었제…, 아따 한 번 안아 봐도 되나?"

김 노인은 다짜고짜 호평을 안더니 웃는지 우는지 걸걸대는 소리를 내며 연방 등을 두드려 댔다. 얼결에 노인의 품에 안긴 호평은 "예, 예." 하면서도 뒷짐 지고 서있는 선배에게 눈총을 몇 번이고 주었었다. 노인은 볼일을 보고 나가는 길이었는지 호평과의 인사를 마치고는 곧장 출입문으로 향했다.

"꼭 합천으로 오라고. 찍을 기 분명히 있을 기야. 정 사장, 알았제?"

노인은 선배에게 다짐하듯 말을 누르더니 호평을 다시 한 번 바라보고 "내 가꾸마, 다음에 또 볼끼야. 허허허." 하고 사무실을 나섰다. 그가 나가자마자 호평은 선배에게 따지듯 물었다.

"도대체 저 영감이 누군데 난리야? 또 자기가 뭔데 이래라, 저래라 하는 거야?"

자리에 앉은 선배는 그러거나 말거나 싱글대며 대답했다.

"자식, 성질은? 야, 어쨌든 네 덕에 우리 프로덕션 제대로 살았다."

"그건 또 무슨 소리야?"

"잘 들어. 나도 갑자기 일어난 일이라 얼떨떨하지만 말이야…."

선배와 호평이 운영하는 프로덕션은 다큐멘터리를 제작하는 소규모 기획사였다. 자본이 부족해 항상 허덕였지만 그들이 만든 다큐멘터리는 몇 번이나 상을 받을 정도로 실력을 인정받고 있었다. 그러나 요즘 두 사람의 고민은 커져 있었다. 방송사에서 수주 받은 '한국의 호랑이'라는 다큐멘터리를 제작하고 있던 중, 방송사의 파업으로 인해 일체의 제작비 지원이 끊겨 있던 상태였기 때문이었다. 제작 일정이 어긋나자 절반 정도 찍은 작품은 물론이고 다른 곳에서 수주 받은 기획마저도 손을 대지 못하는 사태가 벌어졌었다. 말 그대로 열악한 제작 환경이 실력 있는 이들의 발목을 잡고 있는 형국이었다.

"제작비 때문에 여기저기 수소문하고 있었는데 한국의 호랑이라는 주제에 관심이 있다는 분이 있다는 거야. 그래서 만난 분이 방금 오신 김 노인이야. 그런데 저 분이 먼저 네 이야기를 꺼내더라구. 네 아버지를 잘 아신다며 한참 네 이야기만 하시더니 당장 호랑이 기획에 제작비를 지원한다는 거야. 그것도 자그마치…."

선배는 손가락 두 개를 꼽아 보였다.

"이 천?"

"자식아, 이 천이 아니라 이 억!"

선배와 껴안고 만세를 부르면서도 호평은 한 쪽으로 의아한 생각을 버리지 못했었다. 한 번도 보지 못한 그가 왜 나에게 이런 도움을 주는 걸까…?

"이번에 우리 작품, 진짜 대박 나는 거 아닙니까? 마침 합천 온 길에 호랑이 발자국이라니."

"조감독님, 호랑이 다큐니까 대박이 아니라 호박이라고 해야죠."

조감독의 한 마디에 운전하던 FD가 우스갯소리를 했다.

"시끄럽다. 고마. 운전이나 똑바로 해라."

호평의 한 마디에 조감독이 말꼬리를 물고 늘어졌다.

"어? 감독님, 고향 와서 그러신지 며칠 새 부쩍 사투리를 쓰십니다?"

"뭐라하노? 내가 언제?"

"지금, 바로 지금 또 쓰셨잖아요."

아닌 게 아니라 저절로 튀어나온 사투리에 호평 자신도 당황스러웠다. 그는 쓴웃음을 지으며 다시 한 번 담장처럼 펼쳐진 가야산으로 시선을 던졌다. 이번 작업은 이래저래 호평의 신경을 건드리는 일이 많았다. 그것은 자신의 고향과 이름, 어린 시절에 관한 것이었다. 지금은 사라진 지명이지만 호평은 경남 합천의 숭산이라는 곳에서 어린 시절을 보냈었다. 김노인이 말했었던 아버지의 이름은 박대석으로 호랑이와 관련한 이야기로 유명한 사람이었다.

박대석 씨가 젊은 시절의 이야기다. 그는 가야산의 중봉中峰근처에서 잣을 따는 일을 했는데 우연히 호랑이 새끼를 발견했다. 그는 그 새끼를 귀엽게 여겨 해치지 않고 놀아주고 있었는데 이상한 낌새를 느껴 뒤를 돌아보니 어미 호랑이가 걸걸걸 소리를 내며 지켜보고 있었다는 것이다. 놀란 박대석 씨는 짐을 모두 버리고 해인사로 도망쳤다고 한다. 그런데 나중에 보니 어미 호랑이가 새끼와 놀아준 것을 고맙게 여겨 그의 짐을 그대로 절에 옮겨두고 갔다는 이야기였다. 이 이야기는 근방에서 무척 유명한 이야기였지만 호평으로선 그리 달갑지 않은 사실이었다. 아버지가 자신의 이름을 호평虎平으로 지은 것도 그 일 때문이었다. 아버지는 호평이 호랑이의 정기를 받은 아이라고 자랑했고, 호평에게 늘 과한 기대를 걸었었다. 덕분에 호평은 어린 시절부터 그 기대에 늘 억눌려 지내왔었다. 영화 일을 한다고 했을 때 아버지와 불화 끝에 고향을 등졌던 것도 사실 그 과한 기대에서 벗어나고자 했던 것이었다. 훗날 아버지가 돌아가시기 직전 화해를 했지만 합천과 가야산 일대는 호평이 잊고 싶어 하는 과거의 공간일 뿐이었다. 억지로 사투리를 고친 것도 그런 맥락이었다. 그런데 이번 작업을 하면서부터 고향이나 가야산이 계속 관련되고 있으니 호평의 입장에선 영 개운치 않은 일이었다.

원래 호평의 다큐멘터리는 호랑이의 존재에 포커스를 맞추기보다 남아있는 한국 호랑이의 흔적과 그 주변 사람들의 이야기를 다루어 친숙했던 호랑이의 이미지를 모으는 작업이었다. 호평은 핑계를 대어 다른 지방으로 취재를 갔고, 호랑이 이야기가 많은 합천에는 일부러 다른 팀을 보냈었다. 그런데 합천 팀이 호랑이 발자국에 대한 정보를 얻자 이야기가 달라져 버렸다. 선배 정 사장은 몇 번이고 호평에게 전화를 해 바가지를 긁어댔다.

"이것 봐, 이거 대박이라구. 네 고향이잖어? 먼저 잡는 놈이 임자야.
빨리 가!"

호평은 울며 겨자 먹기로 합천으로 향할 수밖에 없었던 것이다.

해인사 일주문으로부터 가야산 중봉으로 올라가는 길은 가파르지 않
았지만 촬영 장비들을 챙겨가는 길이라 만만치 않은 길이었다. 3시간이
다 되도록 쉬다 걷다를 반복하자 겨우 김 기사 일행을 만날 수 있었다.

"형님, 오셨습니까? 이쪽이 발자국 발견하신 배 포수님입니다."

경력 40년이 넘는다는 배 포수 노인의 안내로 촬영팀은 발자국 촬영
에 들어갔다.

"발자국 크기가 어른 손바닥보다 커요. 발자국이 네 개 쌍이 아이라
두 개 쌍으로 일직선이지요? 멧돼지 같은 건 아인 기지. 크기가 한 15센
치는 될 기라. 살쾡이도 커봐야 4~5센치 밖에 안 되거든. 표범도 이 근
처에 있다카지만 15센치면 호랭이지. 호랭이."

배 포수는 카메라와 발자국을 번갈아 손가락질하며 설명했다. 조감독
이 몸을 부르르 떨었다.

"와~! 이거 으스스 한데요?"

호평 또한 괜히 주위를 살피게 되었다. 카메라 기사인 김 기사와 배 포
수와의 논의 끝에 호평의 제작팀은 무인 카메라를 두 대 설치하고 산을
내려갔다.

그 뒤로는 시간과의 싸움이었다. 정 사장은 제작기간을 최대한 늘려
주었다. 그리고 호랑이가 찍히지 않더라도 이 잠복촬영은 다큐의 완성
도와 리얼리티를 살려줄 것이었다. 또 만약에 호랑이라도 등장하는 날
에는 정말 대박인지 호박인지가 터질 것이다. 문제는 고가의 장비가 산
에 노출되어 있다는 것과 저장장치의 교환이었다. 제작진은 팀을 나누
어 사흘에 한 번씩 카메라를 점검하기로 했다. 사람의 흔적을 자주 남겨

서 좋을 것 없다는 배 포수의 조언 때문이었다. 그렇게 2주가 흘러갔다. 아직 호랑이는 나타나지 않고 있었다.

"형님, 다녀오겠습니다. 그 놈의 호랑이 진짜 안 나타나네요."

김 기사가 인상을 찌푸리며 말했다.

"날씨 안 좋다던데…, 무리하지 말고 갔다 온나. 2번 카메라 있는 데서 벌써 한 명 미끄러지가 크게 다칠 뻔했다."

호평이 대답하자 김 기사와 같이 올라가는 조감독이 또 딴지를 걸었다.

"감독님, 이제 경상도 사람으로 완전 돌아가셨네요? 사투리…, 와우!"

호평이 또 인상을 쓰자 조감독은 얼른 물건을 챙기고 밖으로 튀어나 갔다. 문득 창밖을 보니 검은 먹구름이 잔뜩 끼어 있었다.

두 사람이 산으로 올라간 지 2시간도 안되어 비바람이 몰아쳤다. 걱정 이 된 호평과 제작진은 휴대폰으로 몇 번이고 전화를 했지만 연락이 되 지 않았다. 비바람이 잦아지길 바랐지만 더욱 거세지기만 할 뿐이었다. 저녁이 다 되어도 두 사람이 돌아오지 않자 경찰에 실종신고를 하기에 이르렀다. 촬영 팀 모두는 산 입구까지 가서 구조팀을 기다렸다.

"이봐, 실종신고 한 지가 언젠데 아직 안 오는 거야?"

"오는 길 쪽의 둑이 무너졌대요. 차가 오려면 한 시간은 더 걸린다는 데요?"

"안 되겠어! 내가 먼저 올라갈 테니까 경찰 기다렸다 오면 안내해!"

"감독님!"

호평은 주위의 만류를 무릅쓰고 산으로 뛰어 올라갔다. 감독으로서 책임감도 있었지만 어린 시절 돌아다녔던 곳이란 자신감도 있었다.

"김 기사! 조감독!"

두 사람이 어디에서 조난당했는지 몰라 올라가는 내내 고함을 쳤지만 아무도 대답이 없었다. 날은 벌써 어두워진 상태였다. 벼락이 칠 때마다 검은 숲들이 보였다 사라졌다. 중봉에 다다라 1번 카메라 주변의 숲을 뒤졌지만 동료들의 모습은 찾을 수 없었다. 2번 카메라 위치로 가던 도중 휴대폰이 울려왔다. 동료를 찾았다는 소식일지도 몰랐다. 주춤거리며 호주머니에서 꺼내던 휴대폰이 수풀사이로 미끄러졌다. 몸을 기울여 휴대폰을 주우려는데 호평이 딛고 있던 돌이 무너져 내렸다. 팔을 내저었지만 아무 것도 잡히지 않았다. 호평은 균형을 잃고 계곡으로 굴러 떨어지고 말았다.

"으아아악!"

정신을 잃었던 호평이 잠시 깨어났을 때 그는 누군가가 자신을 업고 바람처럼 달리고 있는 걸 느꼈다. 노랗고 까만 털이 보인 것도 같았다. 그것도 잠시. 호평은 다시 정신을 잃었다. 또 한 번 깼을 때 그는 평평한 곳에 누워 있었다. 걸걸대는 소리가 들려왔는데 그것은 참으로 편안한 기분이 드는 소리였다. 그 소리와 함께 "인자 아제 은혜를 갚았으이 죽어도 여한이 없소."하는 말이 둥둥 떠다니듯 귀에 들어왔다. 호평은 자신이 꿈을 꾼다고 생각했다.

"감독님! 감독님, 괜찮으세요?"

호평이 눈을 뜨자 밝은 햇살과 함께 조감독과 김 기사의 얼굴이 보였다.

"얼마나 걱정했는지 몰라요. 감독님, 우리 때문에…. 으허허엉!"

"여, 여긴 어디고?"

"해인사 백련암이에요. 구조팀이 우릴 구하고 나서 감독님 찾느라 난리도 아니었어요. 어떤 분이 감독님 전화로 여기 계신다고 하더라구요. 휴대폰 신호 추적도 여기고요. 그런데 와 보니 감독님만 있고…."

호평은 눈을 감았다 뜨더니 무언가 생각난 듯 벌떡 일어났다.

"그 분 지금 어디 있노?"

“예? 구해주신 분요? 스님들도 모르신다고 하고….”

“아니, 그러니까 그 할아버지, 기…, 김 노인!”

“예?”

분명 꿈속의 그것은 김 노인의 목소리였다. 그러나 김 노인의 모습은 보이지 않았다. 구조팀이 들것을 가져 와 호평을 태우고 가는데도 그는 연방 고개를 돌리며 김 노인을 찾고 있었다.

이틀 뒤, 입원해 있는 병원으로 찾아온 정 사장에게 호평이 물었다.

“정 선배, 전에 사무실에 찾아왔던 김 노인 있제? 지금 연락되나?”

“으응…, 그런데 그게 말이야. 변호사 사무실에서 우리한테 돈이 들어온 건 확실한데, 그 변호사도 의뢰인의 신분을 알 수 없다고 하더라구….”

“맞제? 연락이 안 되제?”

“웅? 너 뭐 아는 거 있나? 그러고 보니 너 정신 차리고 김 노인부터 찾았다며? 아는 거 정말 없어? 투자금엔 아무 문제없지만 이거 좀 이상하잖아.”

호평은 뭐라 말하려다 고개를 저었다.

“아이다, 아무 것도 아이다.”

생각 같아선 “그 김 노인이 우리 아버지가 돌봐준 새끼 호랑이였어.”라고 말하고 싶었지만, 말 그대로 정신이상자 취급을 받을 것 같아서 그만두기로 했다. 호평을 의아하게 바라보던 정 사장이 말했다.

“너 사고 나고 나서 이상하게 된 거 아냐? 게다가 그 사투리는 뭐야?”

“아…, 사투리? 이기 진짜 내 말튼데 뭐. 인자 억지로 서울 말 안 쓸라고…. 아, 피곤하네. 내 잠 좀 잘게요.”

정 사장이 고개를 갸우뚱거리며 병실을 나섰다. 호평은 창문을 바라보았다. 멀리 가야산이 눈에 들어왔다. 왠지 아득한 느낌이 들었다. 퇴원하자마자 고향집에 들르자는 생각을 했다. 호평의 눈이 스르르 감겼다.

어디선가 걸걸대는 소리가 들려오는 듯도 했다.

(3) 양영아3) 작가의 경우

가. 배경 설화: 미녀로 둔갑한 백여우

상포에 천년 묵은 여우가 한 마리 살고 있었다. 이 여우는 둔갑遁甲에 능해 밤이 되면 하얀 옷을 입은 아리따운 아가씨로 둔갑하여 황씨 총각들을 밤마다 불러내 사랑을 나누었다. 황씨 총각들은 밤새도록 어여쁜 아가씨와 사랑을 나누다 아침에 깨어보면 흰옷 입은 아가씨는 간 곳이 없고 흰 여우 털만 몇 개 옷에 묻어 있었다.

이 마을에 황 장사라는 기골이 장대하고 힘이 센 사람이 용모가 준수한 외아들과 함께 살고 있었다. 백여우는 예외 없이 황 장사 아들까지 홀려 사랑을 나누는 사이가 되었다. 황 장사는 이들 사이를 갈라놓아야 겠다고 생각하고 바위만한 돌을 다섯 개 준비해 보름달이 뜨기를 기다렸다.

아니나 다를까 예쁜 아가씨로 둔갑한 백여우와 아들이 서로 껴안고 사랑을 나누는 것을 보고 벼락같이 소리를 지르며 바위만한 돌을 던지자 여우로 변한 여자가 들판 쪽으로 달아났다. 황 장사는 계속 따라가며 바위 5개를 차례대로 던져 멀리 쫓아 버렸다. 이후 여우가 다시는 나타나지 않았지만 보름달만 뜨면 애인을 부르는 듯한 애절한 여우의 울음소리가 동네에 메아리쳤다고 한다.

나. 집필 취지 : 신라와 발해의 사랑

경남 합천은 옛 신라의 땅이다. 옛 합천은 육로보다는 수로가 발달하

---

3) 경인일보 신춘문예 소설 당선 등단(2000).

여 해방직후까지 낙동강과 그 지류인 황강을 거슬러 합천읍 함벽루 앞 남정나루까지 돛단배가 다녔다. 바로 이것이 옛 신라의 땅, 합천과 옛 고구려의 피가 흐르는 발해를 연결시킨 지점이기도 하다. '바다 발渤', '바다 해海', 발해는 바다인 셈이며, '밝은 해'의 의미를 지니고 있다. 역사적으로 통일신라와 발해는 친하지 않았다. 아니, 친할 수 없었다는 것이 맞는 말일 것이다. 삼국통일을 이룬 신라 입장에서는 고구려의 후예가 세운 발해의 약진이 마뜩찮았을 것이다.

역사에는 가정이 없다지만, 만약 통일신라와 발해가 하나의 나라를 이루었다면 어땠을까? 라는 생각을 지울 수 없는 것이 작금의 현실이다. 일본과의 독도 문제, 중국의 동북공정에 가슴 답답한 것이 하루 이틀의 일이 아니기 때문이다.

합천의 설화 <미녀로 둔갑한 白여우>는 황씨 총각들을 사랑한 백여우의 못다 이룬 사랑을 그리고 있다. 밤이 되면 어여쁜 아가씨로 둔갑한 백여우가 황씨 총각들을 유혹해 사랑을 나누지만 결국 총각의 부모에 의해 사랑을 잃어버린다는 이야기이다. 통일신라와 발해의 관계를 그리는 데에 있어 다소 무리가 있겠으나, 보름달만 뜨면 애인을 부르며 울었다는 백여우는 발해의 유물관을 지키며 혼자만의 짝사랑을 놓지 못하는 곰 같은 여자로 다시 태어났다. 전생에 여우였으니, 이제는 곰 같은 여자로 살아보는 것도 나쁠 것 같지 않았다. 하수상한 시절, 옛 신라 땅 합천에서 발해의 역사를 꿈꿔보는 것도 의미 있는 작업이 아닐까, 라는 생각을 한다.

발해 박물관

-양영아-

여자는 오늘도 흰색 저고리에 검정색 치마를 입었다. 참빗으로 빗은 듯 가지런히 땋아 내린 긴 댕기머리에 박물관 한쪽에 꽂혀 있는 태극기까지 든다면 영락없이 독립운동에 나선 유관순의 모습 같을 것이다. 여자는 박물관에 그 누구보다도 가장 먼저 출근했다. 아침 일찍부터 나온 그녀가 가장 먼저 들르는 곳은 발해4) 전시관이다. 전시관이라고 해봤자 유물은 하나도 없다. 그저 발해 유물관이라는 푯말이 한쪽 구석에 조그맣게 세워져 있을 뿐이다. 텅 빈 유물관이나마 만들 수 있었던 것은 오랜 기간 박물관에 몸 바쳐 일해 온 그녀의 성실성 덕분이었다. 게다가 일 년 전 새로 바뀐 박물관장은 공교롭게도 국내에서 몇 안 되는 발해전공 연구자였다. 관장과의 첫 면담에서 그녀는 이런 규모의 박물관 내에 발해가 빠져 있다는 것은 말이 안 된다며 잊혀진 역사, 발해를 되살려야 하는 것은 바로 우리의 사명이라고 눈물까지 글썽였다고 했다. 관장은 여자의 행동에 감동해 그 날로 삼국시대 다음에 발해관을 만들었다. 여자의 행동에 박물관 직원들은 불만을 터뜨렸다. 가뜩이나 새로 온 관장

---

4) 668년 고구려 평양성이 함락되자, 698년 고구려 유민 대조영이 건국한 나라이다. 발해는 고구려 유민이 지배층의 주류를 이루었고, 대부분의 피지배층은 말갈족으로 구성된 나라였다. 228년 동안 대륙과 해상에서 막강한 힘을 자랑하며 동북아시아를 지배했지만 고려와 조선시대에는 발해를 신라와 이웃한 나라로 여겼을 뿐 한국사에 포함시키지 않았다. 조선 후기에 실학자 유득공이 발해사를 우리 역사라고 주장한 이래 그것을 한국사에 포함시키는 것을 당연시하였다.

의 요구가 많은데 발해에 관한 서적까지 뒤적이며 공부를 해야 했기 때문이다.

"아휴, 곰처럼 엎드려 앉아 편지나 쓸 일이지 무슨 잘난 척이야. 하긴 읽지도 않는 편지를 쓰는 것보다야 황 교수의 관심을 끄는 일이긴 하지 뭐. 그나저나 신혜 씨가 가장 바빠지겠어. 가상의 유물들을 만들려면 말야."

직원들은 내가 근무하고 있는 사이버 박물관으로 건너와서 여자의 흉을 봤다. 입사 한지 얼마 되지 않았던 나는 그들의 이야기를 들으며 여자의 얼굴을 흘끔거렸다. 직원들이 몰려와 자신을 욕하고 있는 것을 모르지 않을 텐데도 여자의 얼굴은 태연하고 행복해 보였다.

여자는 오른 손에 펜과 노트를 들고 천천히 박물관 안을 둘러보기 시작한다. 나는 유리 너머로 여자를 바라보며 컴퓨터의 전원을 켠다. 위잉 모터 돌아가는 소리가 오늘 따라 유난히 크게 들린다. 오늘은 중학교에서 단체 관람을 신청해 놓은 날이다. 학생들의 단체 관람이 있는 날은 바쁘고 골치 아픈 일이 많이 생긴다. 요즘 아이들은 실제 유물들보다는 사이버상의 가상 박물관을 즐겨 찾는다. 한꺼번에 사이버 박물관으로 들어온 아이들은 말도 되지 않는 질문들을 게시판에 올리며 답변을 요구한다. 가장 빠르면서도 성의 있는 답변을 하는 것이 나의 주요 업무 중 하나이다. 게시판을 둘러보며 어제 저녁부터 새벽에 올라온 질문들에 리플을 달기 시작한다. 가장 최근에 생긴 발해 유물관에 대한 질문이 대부분이다. 나는 키보드를 톡톡 두드리다 문득 고개를 들어 여자를 쳐다본다. 그녀는 발해 유물관 한쪽 구석에 놓인 자신의 자리에 앉아 무언가를 열심히 쓰고 있다. 아마도 황 교수에게 보내는 편지를 쓰고 있을 것이다. 약간 고개를 수그린 채로 그녀는 움직이지 않고 오른손만 조금씩 이동할 뿐이다. 텅 빈 발해 전시관에서 그녀만이 유일한 유물처럼 먼지를 뒤집어 쓴 채 앉아 관람객들을 맞을 것이다.

발해 유물관이 생긴 후 며칠 되지 않아 사무실에 있던 자신의 책상을 전시관으로 옮기겠다고 했을 때 직원들은 못 말린다며 고개를 저었다. 전시관 안에 있으면 유물들을 살펴보는 것도 한결 수월하고, 관람객들에게 좀 더 적극적이고 성의 있게 안내를 할 수 있으리라는 것이 여자의 생각이었다. 하지만 이제 관람객들은 여자의 길고 자세한 설명을 꺼려했다. 특별한 요청이 있지 않는 한 여자는 파리 떼처럼 떼 지어 줄을 서서 유리에 손자국을 찍어대는 아이들의 뒷모습만 바라보아야 했다.

어느 새 다가온 황 교수가 말을 건넨다. 황 교수는 한 달 뒤로 다가온 발해 탐사 여행 때문에 요즘 들어 부쩍 박물관에 얼굴을 자주 내민다. "이번에 만든 발해 전시실 인기 좋던데, 조회 수가 계속 오르는 걸 보니." 황 교수는 턱으로 유리 너머를 가리키며 사람 좋은 미소를 짓는다. 하지만 이쪽을 바라보고 있던 여자와 눈이 마주치자 금세 차가운 얼굴이 되어 유리문을 밀고 밖으로 나간다. 여자는 멀어지는 황 교수의 뒷모습에서 오랫동안 시선을 떼지 않고 있다.

여자는 매일 황 교수에게 편지를 쓴다. 처음에는 호의로 받아들여 여자의 편지에 몇 번 답장을 해주었던 황 교수도 계속되는 편지에 서서히 지쳐갔다. 게다가 따로 살고 있는 그의 모친을 여자가 찾아간 사실을 안 뒤부터 황 교수의 태도는 급속도로 냉랭해졌다. 여자는 자원 봉사를 나왔다며 그의 어머니를 찾아가 한동안 말벗이 되어 드린 모양이었다. 그러다 어느 순간 황 교수 때문에 찾아 왔노라 말했고 혼자 사는 아들을 측은해 하던 모친은 그를 불러 여자의 이야기를 꺼냈다. 황 교수가 박물관장을 찾아 간 것은 모친에게 불려갔던 바로 그 날 오후였다. 여자의 성실함을 높이 사고 있던 박물관장은 개인의 연애사는 참견할 수 없는 일이라며 황 교수에게 여자를 만나 알아듣게 이야기를 해보라고 타일렀다. 여자는 그의 어머니를 찾아가는 일은 그만두었지만 그에 대한 사랑만은 버리지 않았는지 부치지도 못할 편지만은 멈추지 않았다.

H대학의 부설인 박물관은 처음 이 대학 출신의 한사람이 기증한 신라 유물들을 전시하는 것으로 문을 열었다. 그러던 것이 해를 거듭하며 후원자들이 생겨났고 그 규모가 커지면서 삼국시대 유물들까지 전시하게 되었다. 그러다 역사학자인 총장과 관장이 만나면서 사이버 박물관까지 선보이게 된 것이다.

여자가 박물관에 근무한지 20년이 넘었다. 대학을 졸업하고 바로 박물관에 들어왔으니 아마도 마흔을 훌쩍 넘겼을 것이다. 특수 유리 너머 진열된 유물들을 조심스레 어루만지며 그녀는 청춘을 모두 보내 버린 셈이다. 진열대 속에 갇혀 있는 멈춰진 천년 세월의 흔적들처럼 그녀의 청춘도 저 너머에 박제된 채 진열되어 버린 것일 지도 모른다. 20년이 넘는 세월동안 그녀는 무엇을 지키고 있었을까. 혹 먼지를 쓰고 있는 유물들이 그녀를 지켜준 것은 아니었을까. 그래서 여자는 그토록 태연하고 당당하게 자신의 사랑을 이어가고 있는 것이 아닐까.

나는 여자의 치마저고리와 하나로 질끈 묶어 땋아 내린 칠흑 같은 검은머리를 바라본다. 여자의 머리는 지나치게 기름지고 검었다. 20년 동안 몇 번 밖에 안 잘랐다는 그녀의 머리는 항상 윤기가 흘렀고 숱이 많아 무거워 보였다. 치렁치렁 땋아 내린 댕기머리를 한 여자가 소리도 없이 박물관 안을 돌아다닐 때면 검고 기름진 한 마리 뱀이 그녀를 따라 다니는 듯 했다. 여자의 커다란 몸짓 어디에 저런 고요가 숨어 있었을까. 방문객들이 떠난 실내를 돌아보는 그녀를 훔쳐보며 나는 괜스레 숨을 죽이곤 했다. 그녀의 땋은 머리는 비단구렁이처럼 자르르 윤기를 흘리며 여자의 등 뒤에서 조용히 출렁거렸다. 사각사각 치맛자락 스치는 소리만이 실내에 가득하면 금세라도 진열대 구석에서 천년 된 구렁이들이 길게 기지개를 켜고 쉿소리를 내며 물처럼 흘러나올 것만 같다.

쉬읏, 배암들아. 어서 나와 그녀의 흰 목덜미를 칭칭 휘어 감고 그녀의 목에 붉고 투명한 혓바닥을 깊이 꽂으렴.

주문을 걸 듯 나는 마음속으로 중얼거린다. 왠지 나는 여자가 싫었다. 그녀가 20년 세월동안 한결같은 마음으로 황 교수를 짝사랑했다는 것을 알고 나서는 더욱 그랬다. 여자는 자신을 쳐다보지도 않는 남자를, 심지어 관장을 찾아가 창피해서 얼굴을 못 들겠으니 제발 여자를 내보내달라고 했다는데도, 공공연하게 여자가 마녀 같아 무섭기조차 하다는 데도 상관하지 않았다. 오히려 그럴수록 여자의 사랑은 더욱 단단해지고 깊어지는 듯 했다. 참으로 모를 일이었다. 황 교수의 외모가 어느 여자나 반할 정도로 눈에 띄는 것도 아니었고, 그의 인품이 남들보다 고매하고 훌륭해서 흠모의 대상이 되는 것도 아니었다. 게다가 그는 젊은 시절 만났던 여자와 이 년간의 결혼생활을 한 뒤 이혼한 경력도 있었다. 그리고 지금까지 독신으로 살며 수없이 여자를 바꾼다고 했다. 한교수의 여성편력은 여자의 소문과 더불어 박물관 사람들의 입에 오르내리는 단골메뉴였다.

여자의 사랑이 시작된 것은 20년 전 오페라 하우스에서였다. 그때 오페라는 보통 사람들에게 생소하고 낯선 것이었다. 황 교수는 자신이 직접 기획을 맡은 오페라에서 주인공으로 무대에 섰다. 발해의 왕실에 숨겨져 있던 가상의 비극적인 사랑을 극화한 오페라에서 신라의 공주를 사랑한 장군의 역할을 맡았던 것이다. 독일 뮌헨에서 고고학을 전공한 한교수가 그 곳에서 취미 삼아 공부해온 성악 실력을 마음껏 뽐낼 수 있는 무대였다. 박물관 측이 후원을 하고 관장까지 참석했기에 박물관 직원 모두가 초대권을 들고 가서 관장에게 눈도장이라도 찍으려했다. 두 시간 넘게 계속된 오페라를 보며 몇몇은 졸기도 했던 모양인데 유독 여자만이 두 손을 맞잡은 채 무대 위 배우들을 응시했다. 끝내 신라의 공주와 함께 장군이 자신의 칼로 죽음을 택하는 엔딩 장면에서는 여자의 두 볼에 눈물까지 흘렀다고 했다. 전혀 새로울 것이 없는 내용이었다. 적국의 공주를 사랑한 비운의 장수 이야기는 시대를 넘나들며 있었던 것이고, 다만 신라와 발해라는 시간 속으로 공간만이 바뀌었을 뿐이었다. 오페라 공연이 끝났을 때 모두를 서둘러 자리에서 일어서며 참 시간 안 가던 걸, 한마디씩 농담을 했다.

하지만 여자는 쉽사리 자리에서 일어설 수 없었다. 특히 기획을 맡았던 황 교수가 했던 마지막 인사말은 여자의 마음을 온통 발해와 황 교수에 대한 사랑으로 묶어 버리는 계기가 되었다.

"발해의 왕국, 발해사는 우리의 잊혀졌던 희망이자 꿈입니다. 이제 천년 전의 왕국을, 수수께끼 속에 묻혀 버린 우리의 역사를 우리 손으로 되찾아야 할 때입니다. 지금은 사라져 가고, 지워져 가는 우리의 진정한 사랑처럼 발해사는 평생 연구되어야 할 우리의 과제이며 업이라고 생각합니다."

그래서였을까. 여자는 잊혀져 있던 발해의 역사를 캐듯 자신의 사랑을 업으로 여기며 끝까지 지켜 나가고 싶은 것일까. 하지만 황 교수는 어떠한가. 20년 동안 계속되는 여자의 관심을 부담스러워하고 치를 떨며 싫어하지 않는가. 나는 어쩐지 여자를 비웃어주고 싶은 마음이 들었다. 요즘 같은 시대에 바보 같은 짝사랑을 20여 년간 하고 있다니. 신경질적으로 키보드를 두드리다 나는 문득 아마도 그녀는 황 교수에 대한 사랑을 끝까지 버리지 않을 거라는 생각이 들었다. 여자는 자신의 사랑을 평생 놓지 않을 것이다. 황 교수의 사랑을 받지 못해도 그녀는 지금처럼 행복해할 것만 같다. 나는 새롭게 색깔을 입히려 클릭해 들어갔던 발해전시실의 문을 닫아버리고 컴퓨터의 버튼을 눌러 꺼버렸다.

여자는 출근하자마자 무언가를 손에 들고 관장실로 들어갔다. 그리고 붉게 상기되어 관장과 함께 아침 조회에 참석했다. 여자가 중국 길림성 박물관에 있는 지인의 도움으로 어렵사리 벽화의 모사도를 구했다고 했다. 발해의 문왕 시대의 것으로 추정되는 벽화의 모사도는 별다른 특징이 없어 보였다. 중국 말갈족으로 보이는 사람들이 드넓은 벌판 위를 말을 타고 달리고 있었다. 문왕의 딸 정혜공주와 정효공주 무덤에서 발견된 벽화의 모사도가 길림성 박물관에 있다던데 그것을 구한 것일까. 여자가 무슨 연줄이 있어 벽화의 모사도를 구했는지는 모르겠지만, 그리고 그것이 문왕 시대의 벽화 모사도가 맞는지 진위 여부를 가려봐야겠지만 박물관에 활기를 준 것은 사실이었다. 진위 여부를 떠나 텅 비어 있는 발해 유물관을 채울 수 있게 된 것이다. 관장은 여자가 있는 발해 전시실에 들러 벽화 모사도를 거는 일을 손수 지시하기까지 했다.

관장은 우리 손으로 발해 유물을 캐내 보자며 아침 조회에서 열을 올리듯 말했다. 여자가 구해온 발해의 벽화 모사도에 한껏 고무된 듯했다. 참 내, 무슨 수로 북한과 중국 만주지역에 몰려 있는 발해 유물을 캐내겠다는 거야. 누군가 조용히 불평을 하듯 내뱉는 소리가 들렸다. 나는 무의식적으로 얼굴을 돌려 여자의 뒷모습을 훔쳐봤다. 그리고 발해의 유물이라는 말에 여자의 몸이 흠칫 떨리는 것을 놓치지 않았다. 여자는 언제나 그랬다. 발해에 관한 그 어떤 말이라도 나오면 경기를 하듯 온몸을 떨었다.

관장은 조회가 끝난 후 나를 따로 불러 가상의 유물들을 만들어 보라고 했다. 나는 사이버 박물관으로 들어와 관장의 지시에 따라 오후 내내 컴퓨터로 유물들을 디자인하기 시작했다. 발해의 황제들이 사용했음직한 화려한 금 혁대와 왕관을 디자인했다. 그리고 부거무덤군5)의 제1호 무덤에서 나옴직한 황실의 장식품들을 그려 나갔다. 여자는 내가 올려놓은 사이버상의 유물들을 바라보며 너무 아름다워, 어쩜 이럴 수가……. 몇 번이고 감탄의 말을 내뱉으며 한동안 눈을 떼지 않았다. 마치 그녀는

---

5) '부거무덤군'은 함경북도 청진시 청암구역 부거리 일대에 본래 1만여 기의 무덤으로 이루어져 있다. 현재 남아 있는 500여 기 중에서도 최근에 발굴된 연차골무덤군은 동서 150m, 남북 100m 범위에 16기의 무덤들로 이루어져 있다. 그 가운데서 가장 남쪽에 있는 제1호 무덤은 이 무덤들의 중심무덤이고 나머지 무덤들은 그에 종속된 무덤 형식으로 되어 있다. 무덤들에서는 무기, 마구, 도기, 장식품 등 여러 가지 유물이 나왔는데 특히 제1호 무덤에서 많이 나왔다. 이는 이 무덤의 주인이 왕족이었음을 말해주는 것이다.

실제 유물들이 출토되기나 한 듯 감동 어린 표정을 지으며 넋을 놓았다. 여자의 얼굴이 기쁨으로 붉게 상기되는 것을 바라보며 나는 반나절 걸려 디자인한 유물들을 아무 망설임 없이 지워버렸다. 관장에게는 전산상의 오류가 발생했다고 둘러댈 참이었다. 최첨단의 속도와 기능을 지닌 정보화센터의 컴퓨터들은 가끔 그렇게 바이러스에 걸리거나 오류를 만들어냈다. 가장 빠르고 편리하고 정직하면서도 가장 속이기 쉬운 게 컴퓨터이기도 했다. 자신의 기쁨이었던 유물들이 사라진 것을 알면 여자는 어떤 얼굴을 할까.

아침부터 박물관 안 공기가 심상치 않다. 여자가 걸어 놓은 벽화의 모사도가 어제 저녁 감쪽같이 사라져 버린 것이다. 여자는 넋이 나간 듯 하얗게 질려있다. 어느새 모두가 제자리로 돌아가 버리고 여자만이 텅 빈 전시관에 홀로 유령처럼 앉아 있다. 요즘 여자는 며칠 앞으로 다가온 발해 답사 여행과 어렵사리 구한 벽화의 모사도 때문에 풍선처럼 한껏 부풀어 있었다. 황 교수에 대한 맹목적이고 열정적인 사랑을 이어가는 그녀. 그녀는 왜 사랑에 지치지도 않는가. 변한 것은 없었다. 하지만 발해 전시실의 공기는 그 전의 경쾌하던 질서를 잃고 어딘지 모르게 흔들리듯 떠다녔다. (끝)

(4) 정태규[6] 작가의 경우

가. 배경 설화 : 영지(影池)와 칠불봉

대가야국의 허황후는 김수로왕과의 사이에서 많은 자식을 두었는데 그 중 일곱 왕자가 허황후의 오빠인 장유화상의 수행력에 감화되어 처

---

6) 부산대학교 문학박사. 부산일보 신춘문예 등단(1990).
　소설집『집이 있는 풍경』(1994), 『길 위에서』(2007).
　<제1회 부산소설문학상>, <제28회 향파 문학상>, 부산소설가협회 회장.

음 입산수도한 곳이 가야산 칠불봉이었다. 속세를 떠나 불문에 든 아들의 안위가 걱정이 된 왕비가 이곳을 수차례 찾아와 만나고자 했다. 그러나 이미 발심출가하여 세상을 잊은 지 오래인 일곱 왕자를 만날 수 없자 왕자들이 수도하고 있는 봉우리가 그림자 져 비치는 이 연못에서 그 그림자만 보고 그리움을 달래며 돌아갔다고 한다. 이후 가야산 정상우측의 이 봉우리들을 칠불봉이라 하고, 이 연못은 그림자 못이라 하여 영지라고 부르게 되었다.

나. 집필 취지

해인사는 법보 대찰로서 그 경내는 이미 불문의 세계이자 부처의 세계이다. 그것은 승僧과 성聖의 세계로서 속인이 함부로 볼 수조차 없는 숭엄의 상징인 것이다. 천하의 대황후인 허황후조차 불문에 든 아들을 함부로 볼 수 없어 영지에 비치는 봉우리 그림자만 보고 갔다고하는 전설의 내용은 시사하는 바가 크다. 세속의 권세와 지위로도 어쩔 수 없는 승僧의 길과 속俗의 길의 경계를 여실히 보여준다. 영지가 해인사 입구 못 미쳐 있다는 사실도 의미심장하다. 영지는 바로 불문과 사바 세계의 경계에 있는 소통의 문인 것이다.

그 문 앞에서 속인은 온갖 짐으로 무거워진 마음을 달랜다. 끝내 버리지 못한 인간적인 정과 욕망과 집착의 마음들…. 그건 몇 천년 전 허황후 시대에도 그랬고 오늘날까지도 그러하다. 그리운 이에 대한 간절한 마음은 그렇게 인간 삶의 원형이 되어 과거와 현재를 이어준다.

하심(下心)

-정태규-

해인사 호텔에서 성보박물관을 지나 다리에 이르는 길에는 새벽안개
가 자욱하다. 게다가 부슬비마저 슬금슬금 내리고 있다. 이른 시간에다
궂은 날씨 탓인지 행인들은 보이지 않는다. 은수는 숲길이 시작되는 다
리 위에서 잠시 멈춘다. 난간 아래론 맑고 푸른 계곡물이 흘러가고 있다.
은수는 안개에 싸여 있는 계곡의 위쪽을 바라보며 망연히 그 소리를 듣
는다. 새벽에 혼자 듣는 계곡의 물소리는 은밀한 느낌이다. 그러나 안개
탓으로 한층 젖어 있다. 그녀는 그런 감상을 털어내기라도 하듯 긴 머리
칼을 쓸어 올리고 우산을 다잡아 쥔다. 그녀는 다시 걸음을 천천히 떼어
놓기 시작한다.

일주문으로 향하는 숲길은 고요하다. 하늘을 덮고 있는 키 큰 소나무
와 참나무들이 비에 젖은 채 예불에서 아직 깨지 않았다. 안개 사이로 보
이는 연둣빛 잎들이 잠에서 막 깬 아이의 뺨처럼 곱다. 젖어서 둥치가 검
게 보이는 나무들은 저마다 새벽 참선에 든 듯하다. 숲 향기가 가슴 가득
고여 온다. 은수는 심호흡을 깊게 하며 더욱 걸음을 늦춘다. 눈에 보이는
안개와 나무와 잎사귀 하나까지, 그리고 향기 하나까지 모두 다 생생하
게 기억에 담아 두고 싶은 마음이다.

정운, 그도 새벽마다 이 나무와 잎사귀를 보고 이 향기를 맡을 것이다.
본사 근처의 암자나 선원의 앞마당에서. 그와 같은 것을 보고 같은 향기
를 맡고 있다는 사실만으로 은수는 가슴이 먹먹해진다. 그러나 그것은

이미 같은 것이 아니라는 것, 같은 것이라도 보는 마음에 따라 달라진다는 것, 그리고 정운은, 아니 이젠 원성이라는 법명의 스님이 된 그는 그녀 자신과 보는 마음이 너무나 달라져 버렸다는 것을 깨닫자 가슴이 아파온다. 아직도 아물지 않은 생채기가 쑤셔오기 시작한다. 그녀는 다시 걸음을 멈춘다. 나뭇가지에서 떨어지는 빗물이 후두둑 우산 위로 떨어지고 길은 여전히 안개 속에 가려져 있다.

은수야.

그녀가 대학 졸업을 앞두고 있었고 정운은 대학원을 다니고 있던 무렵이었다. 둘이 자주 가던 대학가 찻집에서였다. 정운은 깊은 눈매로 그녀의 눈을 들여다보며 낮은 목소리로 불렀다. 목이 쉰 듯한 그 낮은 목소리를 듣는 순간 그녀는 가슴이 철렁 내려앉았다. 늘 따라다니던 불안한 예감의 실체와 갑자기 조우한 듯한 당혹감이 그녀를 사로잡았다.

정운은 그렇게 불러놓고 다시 말이 없었다. 그러나 그녀는 그가 무슨 말을 하려는지 이미 알고 있었다. 그녀는 그의 눈을 마주 바라보았다. 그의 눈은 조금 슬퍼 보였다. 목소리만큼이나 가라앉아 있기도 했다. 둘은 그렇게 서로의 눈 속을 탐색하듯이 마주보며 한참을 말없이 앉아 있었다.

은수야.

그가 조금 더 속삭이는 듯한 어조로 다시 불렀다. 그녀의 목소리를 확인하고 싶다는 듯이. 그녀는 여전히 대답하지 않은 채 시선을 돌려 창밖의 담쟁이 넝쿨을 바라보았다.

난 다른 공부를 하고 싶어. 네가 이해해 줬으면 해.

그가 시선을 내리깔고 한숨처럼 말했다.

'아뇨. 절대로 이해 못 해요. 나는, 우리 사랑은 도대체 어쩌란 거예요.' 그런 말이 목젖까지 치밀어 오르는 것을 그녀는 꾹꾹 눌러 참았다. 이미 수십 번도 더 앙칼스럽게 퍼부어댄 이야기가 아닌가. 효용성이 다

한 언어에 지나지 않았다. 다른 좋은 공부도 많은데 왜 하필 그 공부냐고 눈물로 호소하는 것도 이미 효력을 상실한 후였다.

난 영원에 이르고 싶다. 정말 간절하게. 그것 말곤 이 세상에서 하고 싶은 게 없다. 미안하구나. 이해해 다오.

그는 또 그렇게 말할 것이었다.

올지도 안 올지도 모를 불확실한 영원을 구하기 위해, 그 차가운 영원을 위해, 이 확실하고 뜨거운 사랑을 버릴 건가요. 이 어리석은 사람.

그녀는 또 그렇게 말할 것이었다.

출가 서원식 날짜가 정해졌어. 한 달 후 상원암에서 봉행하기로 했어. 다시 이 세상으로 환속하는 일은 없을 거야. 그렇게 알아 줘.

그는 통보하듯이 담담하게 말했고 그녀는 창밖에서 시선을 돌려 그를 멍하니 바라보았다.

그, 그럼 이게 마지막인가요?

그는 고개를 가만히 끄덕여 보였고 그녀는 새삼 터져 나오는 울음을 참느라 어깨를 들썩였다. 그렇게 그는 정운의 길을 버리고 원성의 길로 떠났다. 그녀는 출가식에 가지 않았다.

안개가 점차 걷혀가고 있다. 비도 그치고 나뭇잎에서 듣는 빗방울 소리가 들린다. 부지런한 새들이 울기 시작한다. 숲길은 갈수록 아름답다. 안개가 걷힌 숲은 세수한 처녀 얼굴처럼 싱그럽다. 길옆의 비림을 지난다. 명승들의 숭덕비를 모아 놓은 곳이다. 영원한 부처의 길로 한평생 정진하신 고승대덕에게 숭덕비가 무슨 소용이 있으랴. 그 스님들께서 살아오서 자신의 숭덕비를 보았다면 대노하여 일갈하지 않겠는가. 어리석고 어리석은 중생들아.

은수가 정운을 다시 찾아 나선 것은 그로부터 6개월 후였다. 먹지도 못하고 자지도 못하는 폐인이 되어 거의 꼬챙이처럼 말라 있을 때였다. 사랑의 감정이란 얼마나 끈질긴 것인지 은수 자신도 놀라면서도 그 집착을 쉽사리 내려놓지 못했던 것이었다. 얼굴만 한 번이라도 보면 살 것 같은 심정이었다. 그녀는 허공을 밟듯이 허위허위 상원암으로 달려갔다.

그러나 수행중인 행자를 아녀자가 면회 한다는 건 불가능한 일이었다. 총무처에 일을 보는 보살이 은수의 딱한 사정을 듣고 혀를 끌끌 차더니만 '업이로다. 업이로다.'를 외치면서도 총무스님에게 부탁을 하는 눈치였지만 스님은 완강하게 고개를 가로저었다.

출가한 지 일 년도 안 된 행자가, 더구나 속세에서 연인의 연을 맺은 여인을 만난다는 것은 있을 수 없는 일이지요. 시간이 늦었으니 봉양이나 하구 객사에 하룻밤 쉬었다가 그냥 가시지요.

스님은 그 말만 남긴 채 뒤도 돌아보지 않고 선원으로 올라가 버렸다. 그날 밤 은수는 산사의 객방에서 울며 잠이 들었다. 꺼지지 않는 울화가 가슴에 걸려 어수선한 꿈속을 헤매다 새벽에 잠이 깨었다.

방을 빠져나온 그녀는 선원 쪽으로 올라갔다. 어둠이 채 가시지 않은 산길을 얼마간 올라가자 긴 건물이 나오고 앞마당에선 선승들이 줄을 지어 원을 그리며 걷고 있었다. 그녀는 얼른 나무 뒤에 몸을 숨기고 스님들의 얼굴을 하나하나 눈여겨보았다. 아, 줄 지어 걷고 있는 사람들 중에 꿈에서도 그리던 얼굴이 거기 있었다. 삭발을 하였으나 그 서늘한 눈매와 갸름한 턱 선이 분명 정운이었다. 그녀는 스님들이 소세를 마치고 다시 선방으로 들어가기까지 정운의 움직임을 지켜보았다. 가슴에 걸린 울화가 얼마쯤 내려간 기분이었다.

그러나 그 울화는 결코 완전히 내려간 게 아니었다. 세월에 묻혀 사그라질 줄 알았으나 그것은 언제나 다시 도지는 고질병이 되어 있었다. 그녀가 다시 정운을 만나러 나선 것은 일 년이 지난 어느 날이었다. 상원암에서 사미계를 받고 정식 스님이 되어 해인사의 어느 암자로 옮겼다는 소식을 들은 후였다. 암자로 가기 위해 그때도 이 길을 걸어 올라갔었다. 겨울이어서 군데군데 눈이 쌓인 숲길은 춥고 미끄러웠다. 그때도 다리를 건넜고 비림을 지났고 길상탑을 지나 영지影池를 만났다.

영지의 내력을 알게 된 것은 그때였다. 숨이 차올라 잠시 쉬어가기로 한 곳이 하필 영지 앞이었다. 조그만 연못 같기에 그저 그런가보다 하다가 안내판에 소개한 영지에 얽힌 전설을 읽고선 한동안 얼어붙은 그곳을 멀거니 바라보았다. 안내판의 전설은 이러했다.

대가야국의 허황후는 김수로왕과의 사이에서 많은 자식을 두었는데 그 중 일곱 왕자가 허황후의 오빠인 장유화상의 수행력에 감화되어 처음 입산수도한 곳이 가야산 칠불봉이었다. 속세를 떠나 불문에 든 아들의 안위가 걱정이 된 왕비가 이곳을 수차례 찾아와 만나고자 했다. 그러나 이미 발심출가하여 세상을 잊은 지 오래인 일곱 왕자를 만날 수 없자 왕자들이 수도하고 있는 봉우리가 그림자 져 비치는 이 연못에서 그 그림자만 보고 그리움을 달래며 돌아갔다고 한다. 이후 가야산 정상우측의 이 봉우리들을 칠불봉이라 하고, 이 연못은 그림자 못이라 하여 영지라고 부르게 되었다.

이 숲속에 있는 조그만 연못에 칠불봉이 보일 리 만무했다. 그런데도 허황후가 자식들이 있는 봉우리를 이 연못에서 발견하는 것은 그 간절한 그리움과 사랑 때문일 것이었다. 승僧과 속俗의 경계 앞에선 황후의 지위도 소용이 없었나 보다. 황후가 아니라 한 어머니로서의 그 절절한 마음이 느껴져 가슴이 뜨거워졌다. 몇 천 년 전 황후가 앓았던 그리움의 병을 은수도 같이 앓고 있는 것이었다. 용맹정진은 승僧의 일이라지만 그리움은 어쩔 수 없는 속俗의 일인 것을. 간절하게 들여다보면 정말 이 연못에 그의 얼굴이 비칠까. 은수는 새삼 영지를 돌아다보았지만 얼음이 꽁꽁 언 연못엔 그림자 하나 비치지 않았다.

눈길을 헤치며 찾아간 암자였건만 거기서도 은수는 정운을 만날 수 없었다. 동안거冬安居를 위해 더 깊은 산 속의 암자로 옮겨갔다는 것이었다. 눈이 쌓여 갈 수 없을 뿐만 아니라 갈 수 있더라도 가서는 안 된다는 것이었다. 그녀는 다시 눈길을 걸어 내려오다 영지 앞에서 쪼그려 앉아 얼음 위의 돌거북만 바라보았다. 가슴 속으로 오래된 겨울바람이 이리저리 불고 있었다.

길상탑을 지나자 날씨는 완전히 갠다. 안개는 사라지고 아침 햇살이 나뭇잎들 사이로 비쳐 든다. 바람이 불어온다. 말갛게 씻긴 잎들이 햇빛에 반짝인다. 사람의 마음도 저렇게 말갛게 씻어질 수 있다면….

드디어 영지에 도착한다. 연못을 둘러싼 나무들의 그림자가 수면 위로 드리워져 있다. 그 그림자들 사이로 은수는 얼굴 하나를 찾아본다. 그녀가 찾는 얼굴이 그의 얼굴인지 그녀 자신의 얼굴인지 이젠 그것도 모르겠다. 바람이 불고 수면이 일렁이며 그림자가 흔들린다. 어떤 것이 정말 그의 얼굴인가 아니면 나의 얼굴인가. 그도 아니면 모두 허상인 그림자일 뿐인가.

허허, 보살님. 뭘 그리 열심히 보고 계신고?

얼핏 정신을 차려보니 동자승을 거느린 노스님 한 분이 만면에 웃음을 띠고 합장을 해 보인다.

아, 아뇨. 연못이 예뻐서요.

은수는 괜히 허둥대며 합장으로 답한다.

뭐가 예쁜 게 보이나? 내 눈엔 아무것도 안 보이는데?

노스님은 놀리듯이 껄껄 웃는다.

관상을 보아하니 보살님 짐이 너무 무거워 보여. 안 그러신가?

네, 네 조금….

보살님, 하심이란 말 아시는가. 아래 하, 마음 심. 이제 그만 마음 내려 놓으시게.

노스님은 또 껄껄 웃더니 뭐라 할 새도 없이 합장을 하고 돌아선다. 동자승이 쪼르르 달려가 스님의 손을 잡는다.

스, 스님

은수가 급히 불렀지만 스님은 뒤도 돌아보지 않고 스적스적 걸어 가버린다. 햇살이 일렁이고 바람이 불고 새가 운다. 그것은 이 세상의 새소리가 아닌 듯하다.

(5) 이정임7) 작가의 경우

가. 배경설화: 오도산지기와 축지법

일제 강점기에 이름도 알 수 없고 고향도 알 수 없는 허름한 옷의 노인이 혼자 오도산 정상부근 토굴 속에 살고 있었다. 생활은 주로 오도산에서 나는 약초나 산채를 채취해서 묘산시장이나 멀리 야로시장까지 나가 팔아 쌀을 구해 먹고 살았다. 묘산 장날 산에서 내려오면 아이들이 쫓아다니며 '오도산지기!' 하며 놀렸는데 그는 웃기만 하고 일체 대응도 하지 않았다.

그는 저녁때면 묘산 소재지인 산제리와 안성에 자주 놀러 내려왔다가 밤이 이슥해서야 토굴로 혼자 돌아갔다고 한다. 그런데 이 노인이 사랑방에서 놀다 토굴로 간다면서 나가면 얼마 되지 않아서 산꼭대기 아래 토굴의 불이 켜졌다. 이 일 때문에 그는 이인異人으로 소문이 났다. 이는 한 두 사람의 목격이 아니라 많은 사람들이 실제로 봤기 때문에 모두가

---

7) 부산일보 신춘문예 등단(2007).

그를 축지법縮地法 쓰는 이인이라고 여겼다.

　그런데 해방 후 이 오도산지기가 어디로 갔는지 어느 날 갑자기 없어졌다고 한다. 산제리 사람들이 오도산 꼭대기 토굴에 가보니 혼자 밥해 먹은 흔적만 있고 사람은 온데간데 없어졌다고 한다.

나. 집필 취지

　탐관오리가 나라를 주무르던 시대의 홍길동, 일제 강점기의 오도산지기. 그렇다면 시절이 하 수상쩍은 현재에도 축지법을 쓰는 인물이 하나 나와야 할 것 같았다. 하지만 현재의 축지법을 쓰는 인물은 나라를 위해 싸우지도, 초야에 묻혀 은둔하지도 않는다. 이유는 하나. 먹고 살아야 하니까. 사회의 테두리 안에서 보호받지 못하는 인물이 '잘' 먹고 살기위해 축지법을 배우고 그것을 돈벌이에 이용하는 모습이 마음에 들지 않는 분도 계실 것이다. 하지만 못난 도인을 그리고 싶다기보다는 자본주의 사회에서 '잘' 사는 것에 대해서 고민을 하는 소시민적 도인을 그리고 싶었다.

　힘을 가진 사람들이 자신의 안위를 위하여 남 따위는 생각지도 않고 함부로 일을 굴리는 모습이나 '빨리빨리 문화'에 젖어 전체를, 미래를 보지 않고 쉽게 일을 진행하는 모습을 요즘 자주 보았다. 이것이 마음에 들지 않아서 에라이 다 죽자고, 남한의 지형을 바꿔보자고, 주인공의 옆구리를 슬쩍 찔렀다. 주인공이 어떤 결정을 내릴 지는 독자의 추측에 맡긴다. 소재를 가지고 신이 나서 구상할 때 단편소설 분량으로 일을 내버렸는데 그것을 30매로 줄이다보니 깊이감이 아쉽다. 그래도 촥, 촥, 속도감 있는 읽기가 되었으면 하는 바람이다. 그렇다고 축지縮紙하시는 일은 없기를 바란다.

축지법 교본 제3판
-이정임-

스타벅스 카라멜 마키아또를 홀짝이며 노인은 아주 만족한 표정이었다. 여자냐 남자냐 묻고 싶었지만 아무렴 어떠냐, 그 질문은 생략하기로 했다.

-그래서, 축지법을 배우고 싶다고?

-네.

-달달한 거 먹고 싶다.

-네?

-월넛 브라우니.

-아, 네.

얼른 뛰어가서 월넛 브라우니를 샀다. 노인은 눈을 감고 긴 시간동안 오물오물, 공들이듯 먹고 마셨다. 삼십분쯤 지났을까. 노인이 말했다.

-너는 성격이 우유부단하고 둔해서 적성에 안 맞아. 딴 일 알아봐.

비싼 한방삼계탕을 뚝딱 해치우더니 평소에 올 일이 없는 프랜차이즈 커피숍에 데려와서 후식까지 사준 마당에 포기하라니. 욱, 하고 주먹만 한 것이 저 아래에서 솟구쳤으나 꾹, 참고 말했다.

-어르신. 제가 퀵서비스를 하는 사람입니다. 빠르게 계산해서 움직이는 것은 10년 동안 훈련되어 있습니다. 그러니 좀 알려주십시오. 나이는 꽉 찼고, 이 바닥은 답이 없고, 새롭게 뭔가 해야 될 것 같습니다. 어머니는 병원에 계시고 형님은 빚이 많아 파산상태입니다. 지금은 제 빚

이 불어나고 있습니다. 한번만 도와주세요.

—입이 너무 달다.

—네?

—시럽 없이 아메리카노 따블샷. 뜨끈한 걸로다가.

노인을 본 것은 벚꽃이 흐드러지게 핀 4월의 어느 월요일이었다. 그날 나는 번화가의 대형 빌딩 주차장에서 보안요원과 입씨름을 했다.

—빨리 빨리 빼주세요, 빨리 빨리.

—서류 받고 나갈게요, 서류 받고.

고객님 서류만 받고 금방 뜰 거라고 얘기했지만 보안요원은 딴 소리를 했다. 윗분들이 이렇게 시키니까 어쩔 수 없다고. 헬멧도 벗었는데, 못생기거나 험악한 얼굴은 아니라고 자부하는데, 내 얼굴은 보지 않고, 아침부터 차암, 골치 아프게 차암, 그러면서 손만 휘이 휘이 내저었다. 이렇게 큰 빌딩에, 버젓이 주차장도 있는데 오토바이 출입금지를 만든 윗분들은 돌대가리가 분명하다.

그때 마침 고객님이 등장했다. 왜 이렇게 늦어요? 고객님이 서류를 건네며 짜증을 내셨다. 막판에 늑장부리신 게 네놈이잖아, 말하지는 못하고 죄송합니다 고객님, 그랬다.

—금액은 만원이십니다, 고객님. 쿠폰 여기 있으십니다, 또 이용해주세요, 고객님.

만원이신 돈을 받고, 다음 기회를 부르시는 돈을 드렸다.

—빨리 빨리 가주세요. 기차시간 놓치면 끝장이에요.

나는 보란 듯이 오토바이를 꺾어 쌩하니 달렸다. 하지만 도로에 진입하자마자 사거리 신호등 앞에서 발이 묶였다. 뒤에서 고객님이 보고 있는 것이 아닌가, 괜히 마음이 급했다. 고객님의 재촉에 휘둘리면 사고 나는데. 눈을 부릅떴다. 서류를 받아야하는 사내는 고객님의 상사였다. 왜 이렇게 늦어? 소리를 꽥 지른 그는 서류봉투를 받자마자 인사도 없이 뒤 뚱뒤뚱 달려갔다.

올 땐 몰랐는데 오토바이를 대놓은 곳에 사람이 많이 모여 있었다. 행 색이 누추한 사람들이 한편을 바라보고 줄을 길게 만들어 서 있었다. 봄 이었지만 사람들은 때가 전 겨울 점퍼를 입고 곱은 등을 하고서 차례를 기다렸다. 줄의 저쪽 끝에는 무료급식소라고 적힌 현수막이 걸려있었 다. 현수막을 보고나니 밥 냄새가 났다. 문득 배가 고파왔다. 오늘 일한 것에서 순수입을 뽑으면 오천 원이 될까. 그것도 밥 한 끼 사먹고 나면 끝이다. 그냥 저 줄에 들어가 한 끼 공짜로 얻어먹을까 싶었다. 그래도 나는 엄연히 다른 처지에 있는 사람인데, 말이 안 된다고 피식 웃어버렸 다. 그래놓고 다시 생각하니 말이 안 될 것도 없었다.

퀵서비스는 사실, 불법이다. 오토바이는 승용차이므로 영업을 못한 다. 퀵서비스에 관한 법도 없다. 살아가고 있지만 주소지불분명으로 어 디에 어떤 방식으로 살아가는지 아무도 알 수 없는 노숙자나, 존재하지 만 사회적으로는 존재할 수 없는 퀵서비스맨이나 법테두리 바깥에서 살 아내고 있는 것이다.

―그래, 살아있었네. 많이 묵자! 천천히 받자! 싸우지 말고!

줄 가운데가 소란스러웠다. 노숙자들이 어느 노인에게 인사를 했는데 그때마다 노인의 걸걸한 목소리가 우렁우렁했다. 노인은 아주 작고 말랐 지만 어깨까지 오는 머리를 한데모아 쫑쫑 땋아 내린 모습이었다. 겉모습 은 여자 같은데 목소리는 남자였다. 노숙자인지 아닌지도 구분하기 애매 했다. 배식을 돕던 중년의 남자가 노인에게 다가와 인사했다. 덕분에 봄 나물 반찬을 만들었습니다. 많이 드시고 가세요. 아암, 그래야지! 입에 침 이 고이기 시작했다. 한건 더하고 점심을 사먹자. 피댕이(PDA)를 켰다. 저 질 업체들이 올린 저단가 주문만 가득했다. 마침 근처 출판사에서 시청 앞까지 만 원짜리 한 건이 떴다. 속도가 생명이다. 얼른 헬멧을 썼다.

시청 광장 앞 도로에 서서 신호를 기다리는데 가로수 사이로 노란색 조끼를 입은 한 무리의 사람들이 바삐 움직였다. 거기도 무료급식소였다. 하, 진짜 저기서 한 그릇 얻어먹을까. 그러고 있는데 어? 어어? 하고 나도 모르게 입이 벌어졌다. 조금 전 기차역에서 본, 숱 없는 흰 머리를 쫑쫑 땋아 내린 작은 노인이 그곳에 있었기 때문이다. 노인은 아까처럼 줄을 서 있었다. 그곳에서 밥을 먹고 여기까지 와서 다시 줄을 서있다는 건 현실적으로 불가능했다. 내가 그곳에서 물건을 받아 여기 오는데 십오 분밖에 걸리지 않았다. 차를 타고 왔다고 해도 오토바이인 나보다 빠를 리 없었다. 저 노인은 무슨 수로 저리 빠르게 이동했을까. 뒤에서 출발을 재촉하는 경적소리가 울렸다. 노인을 뒤로 하고 일단 달리기 시작했다.

그날 저녁 인터넷으로 무료급식소에 대한 정보를 찾아서 시간대별로 장소를 체크했다. 다음날 무료급식소 첫 개소시간에 맞춰 찾아갔더니 역시 그 노인이 있었다. 노인은 비빔밥을 가볍게 해치우고 일이초 사이에 사라졌다. 13분 만에 다음 급식소에 도착해 노인을 찾았다. 노인은 벌써 그곳 식사를 끝내고 식판을 반납하고 있었다. 다음날도 그 다음날도 노인은 무료급식소마다 찾아가서 식사를 했다. 배식 받는 것을 보자마자 다음 급식소로 출발해도 노인은 이미 그곳에 도착해 배식을 받고 있었다. 짧은 시간에 공간 이동하는 것도 놀랍지만 최대 서너 끼를 한 번에 해결하는 것을 보면 도인이거나 외계인이거나 하늘을 나는 돼지가 분명했다. 매일 밤 고민하다 사기꾼이 아니란 것만은 확실하단 생각에 노인을 찾아가 다짜고짜 매달리기 시작했다. 살려달라고.

더블샷 아메리카노를 한 모금 마신 노인은 내가 펼쳐놓은 노트 한 장을 찢었다.

─축지법은 땅을 줄여서 먼 거리를 가깝게 하는 술법이다─이. 그럼

어떻게 땅을 줄이느냐-이? 부채 접듯이 땅을 접으면 된다-이? 종이로
부채 접는 것 아냐-으?

　노인은 요상한 억양으로 주문 외듯 설명을 시작했는데 주변의 사람들
이 자꾸만 흘끔거렸다. 그(녀)는 검지와 중지로 브이(V)를 만들어 보이
고는 종이 위에 두 손가락을 얹었다. 검지를 앞으로 내딛더니 중지 쪽으
로 종이를 접듯이 끌어왔다. 그러고는 중지를 뻗어 앞으로 내딛고 검지
쪽으로 끌어왔다.

　-다리만 잘 뻗으면 땅이 촥, 촥-이것은 실제로 땅을 접을 때 나는
소리이다-잘 접힌다. 나를 따라 해라. 촥, 촥, 촥, 촥.

　부끄러웠지만 노인의 진지하고 무서운 눈빛 때문에 얼른 따라했다.
손가락 두 개를 테이블에 얹고 어기적어기적 손가락으로 걷는 시늉을
했다.

　-소리는?

　-…차-악, 차-.

　-아니! 촥이라고, 촥!

　-…촥, 촥.

주변 사람들이 키득거리기 시작했다. 이게 다 뭐하는 짓인가 싶었지
만 노인이 나를 시험하는 것이란 생각에 암말도 못하고 때가 긴 그의 손
톱만 쳐다봤다.

　-이 동작을 아주 빠르게, 정확히 해내야만 축지법이 완성된다. 내일
아침에 나를 데리러 와라.

　그러고 노인은 가게를 나섰다. 어디로 갈까요, 물어도 대답이 없었다.
다음날 제일 처음 여는 무료급식소로 찾아가니 그가 식판을 들고 서 있
었다.

　오도산 정상의 토굴에서 거지처럼 살 것. 산을 하루에 스무 번씩 오르
내릴 것. 식사는 무료급식소를 이용할 것. 설거지나 산나물 채취 등으로

급식소 밥값을 할 것. 두 달 동안 죽은 듯이 연습하면 축지법을 알려준다. 노인의 조건이었다. 첫날, 세 번째 왕복 후 그대로 집에 갈 뻔 했다가 노인이 내민 초코파이 한 상자에 발이 묶인 것을 빼고는 나름 성실히 수행했다. 어서오십시오가 새겨진 깔판을 흐트러짐 없이 다리로 착, 착, 접는 연습을 마치고 나자 노인의 손을 잡고 실제 축지법을 수행할 수 있었다. 체공시간을 늘려 땅에 발을 딛는 그 상황을 정확하게 설명하고 싶지만 글쎄, 자전거 배우던 때랑 비슷하다는 것 말고는 어떤 말로도 표현할 방법이 없다. 개울 사이를 접어 넘는 것을 시작으로 조금씩 영역을 넓히며 땅을 빨리 접어 뛰어다니기 시작했다.

　－최신 지도책 그림을 달달 외워라. 네가 어디에 있는지 가야할 곳의 방향을 어떻게 잡을지 전체 그림을 머릿속에 떠올릴 수 있어야 한다.

　－스승님. 그냥 내비게이션을 쓰면 안 되나요?

　－와이파이가 터지지 않으면 끝장이다. 통신사를 믿지 마라. 약정 끝날 때까지 피눈물 쏟을 수도 있다. 네가 있는 곳에서 가야 할 곳까지를 전체적으로 떠올린 다음, 어디 부분을 접을 것인지 미리 계획해야 한다.

　자는 시간, 먹는 시간을 빼고는 계속 땅을 접었다 폈다 반복했다. 여름의 끝자락에 다다랐을 때는 노인의 체공시간에 얼추 맞춰갈 수 있었다.

　중요 서류, 마감 직전 원서 접수 등 대행. 전국 40분 내에 배송완료. 카카오톡 상담 환영. 일은 정말, 아주 적게 들어왔다. 하지만 수입은 전보다 더 많았다. 값을 세게 불러도 정말 급한 사람들은 부르는 값에 덤까지 얹어 주었다. 신인문학상 마감날짜를 맞추기 위해 먼지까지 탈탈 털어 이용하는 지역의 작가지망생을 제외하고는 거의가 돈이 많은 사람들이었다. 하루에 몇 억씩 거래하는 이들이 지역에서 지역으로 서류나 가벼운 물건을 넘겨 일을 빨리 처리하는데 축지법을 원했다. 돈으로 돈을 긁어모으는 방식이 그렇게 가벼운 것이 오가는 일인 줄 몰랐다. 문득 공중에서는 수천 수억 원이 왔다 갔다 하는데 몇 천원 더 벌겠다고 먼지를 마셔가며 도로를 달린 것이 아득하게 느껴졌다. 쓸쓸했지만 엄마의 병원비를 해결하려면 멀었으므로, 얼른 카페모카와 치즈 케이크를 사서 스승님을 찾아가야 하므로 촥, 촥, 촥, 촥, 열심히 땅을 접어 나갔다.

-6시 전까지 서류 좀 넣어줄 수 있습니까?

어마어마한 액수를 부르던 사내는 땀을 뻘뻘 흘리며 말했다. 반대편이 나서기 전에 지역개발 건으로 서류를 처리해야한다며 조심스럽게 말을 꺼냈다. 내일 아침에 서류를 넣게 되면 그 전에 반대세력이 몰려올 것이고 그렇게 되면 처리가 늦어지므로 자신이 난처해진다는 것이다. 남한의 끝에서 끝으로 이동해야하는데 겨우 30분 정도 남아있는 상황이었다. 사내가 가져온 사과상자에 들어있는 현금이 파릇파릇 싱싱했다.

-이 박스 말고도 네 박스 더.

겨드랑이까지 젖어 시금털털한 냄새를 풍기는 사내가 자꾸 재촉했다. 시간은 어떻게든 맞출 수 있지만 나쁜 방법을 써야 했으므로 고민을 해야 했다.

-스승님, 땅을 접을 때 위에서 보지 않고 옆에서 땅을 세게 밀면 땅이 한꺼번에 촤르르륵, 하고 후딱 접히지 않을까요?

언젠가 이런 질문을 했다가 찰싹, 노인에게서 따귀를 맞았다.

-전체를, 앞을 먼저 봐라. 빨리 갈 생각에 함부로 땅 접으면 큰일 난다. 논을 잘못 접으면 곡식이 상하고 밭을 구기면 사과가 떨어진다. 산이나 강을 잘못 접으면 홍수가 나거나 짐승이 떼로 죽는다. 잘 살자고 빨리 가는 것을 가르치는 것인데, 빨리 가자고 급하게 덤비면 다 죽는 꼴이다. 내가 이 일을 가르쳐준 것은 그런 못된 짓을 하지 않을 것 같아서였다. 네가 만약 일을 그르치면 우주 끝까지라도 쫓아가서 혼낼 줄 알아라. 지옥을 보여 주마.

실제로 조금이라도 더 빨리 가려고 하면 실수를 했다. 비닐하우스를 망가뜨리고 절벽의 돌을 떨어뜨리고 물고기를 수십 마리 죽였다. 상수도지역에 오줌을 누기도 했고 땅을 너무 깊이 접어 약한 지진을 일으키기도 했다. 그러니 이 일을 수락하면 정말 큰일을 내는 것이다.

제주도나 마라도쯤의 측면을 강하게 차면 순식간에 땅이 접혔다가 펼쳐질 것이다. 땅이 접히는 찰나의 순간에 땅의 제일 높은 부분—아마 한라산쯤 되겠지—을 딛고 좌르르륵, 미끄러지며 땅을 펴면 원하는 목표 지점까지 당도할 수 있을 것이다.

하지만 그 뒤에 어떤 일이 일어날지는 아무도 몰랐다. 급하게 일을 처리하면 제주도의 어느 바위가 사라지고, 어마어마한 돈을 들여 만든 4대강의 보를 박살낼 수도 있다. 최악의 경우, 독도가 다른 나라 땅에 붙박일 수도 있는 일이었다. 하지만, 뭐. 어디까지나 추측 아닌가. 멧돼지 몇 마리 죽는 것으로 끝날 수도 있잖아. 이런 생각도 들었다.

—빨리 좀 결정합시다, 빨리.

사내가 자꾸 재촉했다. 죄송합니다, 고객님. 입버릇처럼 중얼거리며 다시 생각을 시작했다. 시간은 25분이 남아있는 상황이었다. 전국 지도의 등고선과 축척과 지명이 눈앞을 스쳐갔다. 접기는 힘들지만 한번만 접으면 먼 거리를 이동할 수 있는 호남 지역 평야, 서해안 일몰과 접기는 쉽지만 여러 번 세세하게 접어야하는 영남 지역의 구불구불한 산맥이 눈앞에 그려졌다. 그 순간, 어떤 확신이 내 안에 생겼다. 에라이! 결심했다! '잘' 살려면 이 수밖에 없다!

사내의 겨드랑이가 다 젖어 녹아내릴 때쯤 나는 벌떡 일어났다. 그리고 외쳤다.

고객니임!

4. 나오며

　본고는 합천지역 문화콘텐츠 사업이 첨단 문화산업과 거대 문화유산 중심으로 가고 있음에 대한 문제점을 극복하기 위한 방안의 하나로서 설화의 소설적 스토리텔링에 대한 논의를 전개하였다. '인물', '사건', '배경'이라는 소설의 3요소를 모두 갖춘 설화를 스토리텔링화 함으로써 합천 지역 민초들의 원형적 감수성을 드러낼 수 있는 작업이 되고자 했다. 그리고 설화를 소설적 형식으로 작품화 하여 그 실과 허를 보임으로써 합천의 문화 원형을 스토리텔링하는 데 하나의 작은 표지가 될 수 있도록 하였다.

　예나 지금이나 이야기story는 문학의 원류이자 핵심이다. 더구나 오늘날 SNS라는 가공할만한 대량정보의 상호소통과 쌍방향 방식의 인터넷 시대 정보들은 지극히 파편화되어 있고 개별화되어 있다. 이러한 시대에 제대로 된 서사문학의 요소를 갖춘 이야기는 문화컨텐츠의 핵심 역할을 한다. 따라서 일상생활의 주변 소재를 통한 올바른 스토리텔링은 이렇듯 파편화된 정보들을 흡인하여 양질의 문화로 선도하는 큰 역할을 할 것이라고 본다. 이런 관점에서 이번 합천지역 설화를 통한 스토리텔링은 하나의 출발점이자 시범으로 보이고자 하였다. 부족한 점들에 대한 많은 질정을 바란다.

김재석

연극평론가, 경북대 국어국문학과 교수
『한국 연극사와 민족극 연구』(태학사, 1998) 외

노지승

인천대학교 국어국문학과 교수
『유혹자와 희생양 : 한국근대소설의 여성표상』(예옥, 2009)

박태일

시인, 경남대학교 국어국문학과 교수
시집『그리운 주막』(문학과지성사, 1984) 외, 연구서『한국 근대시의 공간과
　　장소』(소명출판, 2000) 외

원종찬

한국아동청소년문학학회 회장, 인하대 한국어문학과 교수
『한국 아동문학의 쟁점』(창비, 2010) 외

윤주은

부산외국어대학교 일본어학부 외래교수
『이주홍과 마키모토 구스로우의 프로레타리아 아동문학 비교연구』

이강옥

영남대학교 국어교육학과 교수
『구운몽의 불교적 해석과 문학치료교육』(소명출판, 2010) 외

정태규

소설가, 부산소설가협회 회장, 부산대학교 문학박사
소설집『집이 있는 풍경』,『길 위에서』,『물로 칼베기』외

진창영

국제언어문학회 회장, 위덕대학교 교육학부 국문학전공 교수
『우리 시의 신라정신과 노장의 생태주의』(국학자료원, 2008) 외

최영호

2012 여수세계엑스포 전문위원, 해군사관학교 인문학과 교수
『해양문학을 찾아서』(집문당, 1994) 외

허혜정

시인, 숭실사이버대학교 문예창작과 교수
시집『적들을 위한 서정시』(문학세계사, 2008) 외 멀티영상포엠 다수
연구서『현대시론』1, 2권(한국학술정보, 2006) 외

한국문학 속의 합천과 이주홍

| 초판 1쇄 인쇄일 | | 2012년 11월 29일 |
| 초판 1쇄 발행일 | | 2012년 11월 30일 |

지은이		김재석 노지승 박태일 원종찬 윤주은 이강옥 정태규 진창영 최영호 허혜정
펴낸이		정구형
출판이사		김성달
편집이사		박지연
책임편집		이하나
편집/디자인		정유진 이원숙
마케팅		정찬용 권준기
영업관리		한미애 천수정 심소영
인쇄처		월드문화사
펴낸곳		국학자료원

등록일 2006 11 02 제2007-12호
서울시 강동구 성내동 447-11 현영빌딩 2층
Tel 442-4623 Fax 442-4625
www.kookhak.co.kr
kookhak2001@hanmail.net

| ISBN | | 978-89-279-0204-1 *93800 |
| 가격 | | 32,000원 |

* 저자와의 협의하에 인지는 생략합니다.
  잘못된 책은 구입하신 곳에서 교환하여 드립니다.

*** 이 책은 합천군과 향파이주홍기념사업회의 지원으로 발행되었습니다.**